2000년 제24회 이상문학상 수상작품집

시인의 별 외

문학사상사

2000년도 이상문학상 수상작품집
제24회 대상 수상작
이인화 〈시인의 별〉 외 9편

ⓒ 문학사상사, 2000

제24회 이상문학상 대상 수상작 선정 이유서

주제의 완결성과 기법적 치밀성, 광활한 상상력의 힘으로
한국 소설의 새로운 방향을 제시한 문제작

문학사상사가 주관하는 이상문학상의 2000년도 대상 수상작으로 이인화 씨의 〈시인의 별〉을 선정한다.

이 작품은 시공을 초월하는 상상력을 바탕으로 남녀의 사랑 이야기를 새롭게 구성하여 놓음으로써, 소설적 주제의 완결성과 그 기법의 치밀성을 자랑하고 있다. 이 작품에서 보여 주는 섬세한 문장 표현과 그 광활한 상상력의 무대는 한국 소설의 새로운 하나의 방향을 제시하는 것이라고 생각한다.

이상문학상 선고위원회는 이인화 씨의 작가적인 창의력을 높이 평가하면서, 다시 한 번 대상 수상의 영예를 축하드린다.

2000년 1월
이상문학상 선고위원회
이어령 · 김윤식 · 김채원 · 윤후명 · 권영민

다양한 기법과 상상력의 확대

2000년도 이상문학상 대상 수상작으로 〈시인의 별〉을 결정하는 데에 모든 심사위원들이 쉽게 찬성한 것도 바로 그 같은 상상력의 활달함이 우리 소설이 빠져들고 있는 일상의 늪에서 벗어날 수 있는 하나의 가능성임을 높이 평가하였기 때문이다.

권영민(문학평론가 · 《문학사상》 주간)

▶ 우리 소설문학의 성과와 방향을 가늠할 수 있는 기회

금년도 이상문학상 심사는 새천년의 문턱에서 우리 소설문학의 성과를 놓고 그 방향을 새롭게 가늠해 볼 수 있는 기회가 되었다.

지난 일 년 동안 문예지에 발표된 중편소설과 단편소설은 약 350여 편이다. 이 가운데 세 편 이상의 작품을 발표한 작가는 공선옥, 구효서, 김연경, 민경현, 박청호, 배수아, 서정인, 서하진, 송경아, 신장현, 심상대, 유재용, 윤대녕, 윤성희, 윤후명, 이경자, 이남희, 이순원, 이승우, 이응준, 전경린, 정영문, 조경란, 조용호, 차현숙, 최성각, 최인석, 최일남, 하성란, 하창수, 한승원, 한창훈, 현길언 등이다.

현재 우리 문단에서 가장 왕성한 창작활동을 하고 있는 작가들이 바로 이들이라고 할 수 있다. 이번 심사 과정에서 우수작으로 추천된 대부분의 작품도 이들의 작품이다.

　이상문학상의 예심 과정은 이상문학상 심사 규정에 따라 이루어졌다. 문학사상사에서는 문학평론가, 문학담당 교수, 이상문학상 기수상작가, 일간지 문학담당 기자들을 우수작 추천위원으로 위촉하여 작품을 추천받았다. 그리고 《문학사상》 독자들이 추천한 우수작을 함께 포함시켜 예심 과정을 거치게 되었다.

　이 과정에서 가장 많이 거론되어 본심의 대상이 된 작품들은 다음과 같다(이하 가나다순).

　　고은주 〈저기 내가 걸어간다〉
　　김인숙 〈브라스밴드를 기다리며〉
　　박덕규 〈포구에서 온 편지〉
　　배수아 〈징계위원회〉
　　서하진 〈겨울, 기차가 지나는 마을〉
　　신경숙 〈그가 모르는 장소〉
　　원재길 〈물 속의 집〉
　　이순원 〈아비의 잠〉
　　이인화 〈시인의 별〉(부제:채련기〔採蓮記〕 주석 일곱 개)
　　전경린 〈다섯 번째 질서와 여섯 번째 질서 사이에 세워진 목조
　　　　　　마네킹 헥토르와 안드로마케〉
　　조경란 〈나의 자줏빛 소파〉
　　하성란 〈옆집 여자〉
　　한창훈 〈돛 낡는 어부〉

▶우리 소설의 일상적 늪에 던지는 활달한 상상력의 정치함
　이상문학상 본심은 2000년 1월 7일 문학사상사 회의실에서 열렸다. 문학평론가 이어령(이화여대 석좌교수)·김윤식(서울대 국문학

과)·권영민(《문학사상》 편집주간, 서울대 국문학과) 교수, 소설가
김채원·윤후명 선생이 심사위원으로 참여하였다. 김채원 선생은
1989년도 이상문학상 수상작가이며, 윤후명 선생은 1995년도 이상
문학상 수상작가이다.

　본심에 오른 작품들에 대해 심사위원들이 우선 개괄적으로 의견
을 제시하였다. 이를 정리해 보면, 무게 있는 주제를 다룬 중편소
설이 줄어들고 있는 대신에 일상의 현실과 인간의 내면의식을 삽화
적으로 그려 내는 작품들이 많다는 점, 소설 속에서 다양한 목소리
를 살려 내고자 하는 새로운 기법적 추구가 뚜렷하게 자리잡고 있
다는 점, 여성 작가들의 소설적 작업이 더욱 확대되고 있다는 점
등이다.
　본심 과정의 첫 단계에서 예년과 같은 방식으로 모든 심사위원들
이 각각 2~3편의 후보작을 천거하였다. 이인화의 〈시인의 별〉, 이
순원의 〈아비의 잠〉, 김인숙의 〈브라스밴드를 기다리며〉, 배수아의
〈징계위원회〉 등의 작품이 먼저 거론되었다. 그리고 최종 단계에서
〈시인의 별〉, 〈아비의 잠〉 두 편의 소설이 2000년도 제24회 이상문
학상 대상 수상작의 후보로 남게 되었다.
　〈시인의 별〉은 시간과 공간의 거리를 뛰어넘는 소설적 상상력과
간결한 문체의 감응력이 주목되었으며, 작품 속에서 이야기 만들기
의 과정 자체가 기법적으로 문제적인 것임을 지적하여, 이른바 인
문학적 상상력의 소설적 완성이라는 평가를 받았다. 〈아비의 잠〉은
환상성과 실재성을 조화시키는 소설적 구성과 그 서정적 문체가 높
이 평가되었다.
　그런데, 〈아비의 잠〉은 이야기의 속도감이 느리고 이 작가의 기존
작품들에 비해 주제의식이 약하다는 점이 지적되었다.
　〈시인의 별〉은 아주 단순한 모티프를 이용하여 소설 속에서 이야

기를 만들어 가는 과정 자체를 하나의 이야기로 형상화하는 데에 성공하고 있다. 이 작품이 지니고 있는 로맨스적인 사랑 이야기는 낡은 주제지만 새로운 감동을 던져 준다. 그것은 바로 시공을 넘나들며 이루어지는 상상력의 정치(精緻)함에 의해 가능해진 것이다.

2000년도 이상문학상 대상 수상작으로 〈시인의 별〉을 결정하는 데에 모든 심사위원들이 쉽게 찬성한 것도 바로 그 같은 상상력의 활달함이 우리 소설이 빠져들고 있는 일상의 늪에서 벗어날 수 있는 하나의 가능성임을 높이 평가하였기 때문이다.

새천년의 시작과 함께 이상문학상의 영예를 안게 된 이인화 씨에게 축하를 보낸다.

대상 및 추천 우수작으로 최종 확정되어 《2000년 이상문학상 수상 작품집》에 수록된 작품들과 그 게재지는 다음과 같다.

▶대상작
이인화, 〈시인의 별〉(부제:채련기〔採蓮記〕 주석 일곱 개) (문학사상, 2000년 1월호)

▶추천 우수작
박덕규, 〈포구에서 온 편지〉(문학사상, 1999년 8월호)
배수아, 〈징계위원회〉(문학사상, 1999년 10월호)
원재길, 〈물 속의 집〉(문학사상, 1999년 4월호)
이순원, 〈아비의 잠〉(문학사상, 1999년 12월호)
조경란, 〈나의 자줏빛 소파〉(현대문학, 1999년 3월호)
한창훈, 〈돗 낚는 어부〉(현대문학, 1999년 8월호)

▶기수상작가 우수작

최수철, 〈매미의 일생〉(현대문학, 1999년 8월호)
최일남, 〈풍경소리〉(21세기문학, 1999년 겨울호)

드넓은 '초원'의 상상력과 특이한 기법
—가장 오랜 소재를 새로운 방식으로 재해석

〈날개〉로 대표되는 이상의 문학이 '골방'의 상상력에 근거하여 그 비상을
꿈꾸었다면, 이인화 씨의 경우 드넓은 '초원'의 상상력을 발동하여 시공을
초월하는 하나의 완결된 작품을 만들고 있다. 언뜻 보기에는 이 두 가지의
상상력이 서로 다른 것 같지만 사실은 동질성을 지닌다는 것을 알 수 있다.

이 어 령(李御寧)
(문학평론가 · 이화여대 석좌교수)

금년도 이상문학상 대상 수상작으로 이인화 씨의 〈시인의 별〉을
추천한다. 이 작품은 단순한 모티프를 매우 정교하게 재구성하고
있다. 〈날개〉로 대표되는 이상의 문학이 '골방'의 상상력에 근거하
여 그 비상을 꿈꾸었다면, 이인화 씨의 경우 드넓은 '초원'의 상상
력을 발동하여 시공을 초월하는 하나의 완결된 작품을 만들고 있
다. 언뜻 보기에는 이 두 가지의 상상력이 서로 다른 것 같지만 사
실은 동질성을 지닌다는 것을 알 수 있다.

이 소설은 그 소재로 본다면 일종의 로맨스에 해당한다. 남녀간
의 사랑, 헤어짐과 만남의 패턴을 보면 그대로 하나의 로맨스라고
할 수 있다. 그러나 이 작품을 소재 내용의 전개과정만을 따라 읽
어서는 안 된다. 오히려 하나의 이야기를 구성하는 방식 자체를 소
설로 만들어 가는 작가의 특이한 기법을 주목할 필요가 있다. 문헌
적인 주석이라는 말 끼워 넣기의 방법으로 이야기를 만들어 가는
과정 자체를 소설의 이야기로 바꾸어 놓고 있기 때문이다.

그러므로 이 소설은 가장 오랜 소재를 놓고 새로운 방식으로 재해석하고 있는 것으로 생각된다.

최종 결정 단계에서도 나는 이인화 씨의 작품에 망설임을 표하지 않았다. 그 이유는 다른 후보작들이 작품의 완결성에서 이인화 씨의 작품보다 모두 뒤지고 있다는 느낌을 받았기 때문이다. 새천년의 벽두에 이상문학상의 대상 수상자가 된 이인화 씨에게 축하를 보낸다.

왜소한 한국 소설계에 돋보이는 신선함
—동아시아의 중세에 대한 시대적 관심에 부합

지난날의 과도한 사회적 상상력에서 생긴 반동이
지나친 자아 탐구에로 치달아 매우 왜소해진 오늘날의
이 나라 소설계에서 비추어 볼 때 이 수상작의 신선함이 돋보인다.

김 윤 식(金允植)
(문학평론가 · 서울대 교수)

〈시인의 별〉은 썩 낯선 작품. 실험성에서 오는 낯섦이 아니라 애기 방식에서 오는 낯섦이다.

부제에서 드러나듯, '주석(註釋)'의 한 형식인데, 이 형식의 내력이랄까 계보에 대한 논의란 이 작품의 평가와 결코 무관하지 않다. 중세 로마법 연구자들에 의해 형성된 이 주석의 형식은 주석학파를 이루었고, 마침내 인문학적 상상력의 한 형식인 '문헌학'의 방법론에 이어진 바 있다. 두루 아는 바와 같이, 문헌학이란 정밀한 문헌 검토라는 과학(근거) 쪽을 기둥으로 하고, 휴머니즘을 다른 기둥으로 하여 이루어진다.

〈시인의 별〉은 자칫하면 로맨스로 빠지기 쉬운 소재를 이 두 가지 기본향을 바탕에 깔아 유려하게 극복하고 있다. 지난날의 과도한 사회적 상상력에서 생긴 반동이 지나친 자아 탐구에로 치달아 매우 왜소해진 오늘날의 이 나라 소설계에 비추어 볼 때 이 수상작의 신선함이 돋보인다.

　이 외에도 수상작은 다음 두 가지 미덕을 갖고 있다. 동아시아의
중세에 대한 시대적 관심에 부합된다는 점이 그 하나. 다른 하나는,
이 점이 소중한데, 소설에 대한 새삼스런 흥미 유발이 그것이다.

괄목할 만한 밀도 있는 문장과 미학적인 안목
—남성적인 큰 틀의 소설이면서도 여성적 섬세함이 깃들인 작품

단순한 옛 인물의 주석(그것도 상상의 원문에 대한 상상의 주석)이라기보다 독자적으로 재창조된 문학의 향기를 지닌 작품이다. 밀도 있는 문장, 미학적인 안목, '작가의 말'에도 있듯 시대의 꿈을 던져 놓았다는 점에서도 의미 있게 읽힐 수 있겠다.

김 채 원(金采原)
(소설가 · 제13회 이상문학상 수상작가)

최종심사에 오른 작품들을 읽은 전체 뒷인상은 대체로 의례적이다, 평면적이다, 이런 느낌이었다. 좀더 연륜이 있는 작가들의 글을 읽고 싶다는, 후보작들을 젊은 세대로 한정시키지 않았는가 하는 허전함이 있었다.

그러나 〈시인의 별〉을 만났을 때는 읽어 가는 동안 몇 번씩 앞에 실린 작가의 사진을 보게 되었는데, 그만큼 공명(共鳴)하여 울리는 대목이 있었다는 뜻일 것이다. 단순한 옛 인물의 주석(그것도 상상의 원문에 대한 상상의 주석)이라기보다 독자적으로 재창조된 문학의 향기를 지닌 작품이다.

주인공 안현이 황야를 헤매며 자기 인생의 목적을 잃고 깊은 회의를 느끼는 장면은 읽는 사람으로 하여금 또한 인생에 대한 회의를 느끼게 하나 그의 죽음 뒤, 먼 훗날 한 작가에 의해 작품화되어 꽃피우는 것에 역시나 하는 감회를 느낀다. "일어날 것은 일어나고야 말듯" 꽃피울 것은 언제고 꽃피워지고야 만다는…….

밀도 있는 문장, 미학적인 안목, 남성적인 큰 틀의 소설이면서도 여성적 섬세함이 깃들인, '작가의 말'에도 있듯 시대의 꿈을 던져 놓았다는 점에서도 의미 있게 읽힐 수 있겠다.

다만 '채련기 주석 일곱 개'라는 부제가 말해 주고 있는, 연밥 따는 장면을 어느 부분에서 중요하게 자세히 그려 놓았으면 더욱 단단하고 아름답게 효과를 거두지 않았을까 하는 생각.

그리고 심사 과정에서 언급되었던 작가들 중에서, 이순원의 작품은—물 밑에서 자맥질하여 물 위까지 떠오르지 못한—좋은 소재였으나 형상화 과정에서 미흡함이 있지 않았는가, 나는 그렇게 보았다.

그에 비해 이 시대의 씨줄과 날줄 속에 들어가 있는 한 그룹의 단면도를 그려 낸 〈포구에서 온 편지〉는 문학의 무거움을 배제한, 그러면서도 주제를 잘 살려 낸, 작가의 치기 없는 솜씨로 인해 재미있게 읽는 맛을 느끼게 해준 단편이라고 나는 보았다.

숭고하고 준엄한 사랑의 뜻
―새천년 우리 소설의 벽두에 놓인 예사롭지 않은 작품

이 소설이 그리고 있는 숭고하고 준엄한 사랑 앞에 나는 가슴이 메어
오래 생각에 잠겼다. 구도(救道)이자 순교(殉敎)인 사랑이 웅숭깊은
삶의 뜻을 새삼스럽게 해주었기 때문이다.

윤 후 명(尹厚明)
(소설가 · 제19회 이상문학상 수상작가)

우리 문학, 우리 소설에서 가장 취약한 부분이 인문학이나 고전주의라는 생각을 해왔다. 이 생각은 아직 백 년밖에 안 된 우리 소설이 이제 겨우 걸음마 수준에서 벗어나는 정도라는 생각과 닿아 있다. 그럼에도 불구하고 우리 소설은 성숙과 풍요의 시대를 거치지도 못하고, 어느 날 보니 문득 소멸하는 별처럼 요상한 빛을 띠고 있었다. 그렇게 우리 소설이 너무 안쓰럽게 가볍고 얇은 삶 쪽으로 기울어 가는 것이 비감스러워 나의 세기말은 어두웠다. 이러다간, 쓰는 사람에게나 읽는 사람에게나 소설은 결국 버림받게 되리라 우려되었다.

문학이 현실(한시성)에 발을 딛고 이상(영원성)을 바라본다는 평범한 진리의 요체 뒤에는, 이 땅에서의 삶이 이제는 세계와 불가분의 관계를 맺고 있으며, 나아가 우주와 교감한다는 인식이 바로서야 한다. 유명한 말들을 끌어다 쓰면, 문학은 인간학이며 휴머니즘일진대, 도대체 이 경박한 세태를 이끌지는 못할지언정 세태에 이끌려 말초 감각만으로 분식된 글 아닌 글에 무슨 참다움의 미학이

있을 것인가.

〈시인의 별〉은 재래식 도량형으로는 잴 수 없는 소설이다. 그러므로 재래식 눈금으로 읽을 때의 소략함을 논외로 치지 않으면 안 된다. 그럴 때, 우선 무엇보다도 아름답고 향기롭다. 현재에서 과거를 살펴 어느새 새로운 미래를 보는〔溫故知新〕 안목이 섬뜩하게 빛난다. 이 소설이 그리고 있는 숭고하고 준엄한 사랑 앞에 나는 가슴이 메어 오래 생각에 잠겼다. 구도(救道)이자 순교(殉敎)인 사랑이 웅숭깊은 삶의 뜻을 새삼스럽게 해주었기 때문이다. 아울러, 새천년 우리 소설의 벽두에 이와 같은 작품이 놓이게 됨을 예사롭지 않은 느낌으로 받아들였다. 길상(吉祥)이리라.

설화적으로 재구성된 사랑의 절묘한 표현
─사랑이라는 이름의 인간 심성에 대한 독자적인 해석

〈시인의 별〉을 대상작으로 결정한 것은, 소설 속에서 이야기를
만들어 가는 과정 자체를 하나의 이야기로 형상화하는
작가의 상상력과 기법을 더 높이 평가하였기 때문이다.

권 영 민(權寧珉)
(문학평론가 · 《문학사상》 주간)

금년도 이상문학상 대상 수상작으로 이인화 씨의 〈시인의 별〉이
선정되었다. 이 작품은 인간의 심성에 자리하고 있는 사랑의 의미
를 매우 특이한 구성법을 통해 소설적으로 형상화하고 있다.

이 작품에서 주목되는 것은 사랑이라는 이름의 인간 심성에 대한
작가의 독자적인 해석이다. 사랑이라는 이름으로 수없이 거론되어
온 이 보편적인 인간의 심성을 작가는 한 사람의 남성의 삶의 과정
을 통해 설화적으로 재구성한다. 그리하여 소설의 결말 부분에서 허
무의 감정보다는 오히려 그윽한 감동을 자연스럽게 연출하고 있다.

이 작품의 모티프가 되고 있는 것은 고려시대의 한 시인의 삶이
다. 그것을 실재하였던 일처럼 가상하여 이야기를 만드는 과정 자
체가 이 작품의 전체적인 줄거리를 이룬다. 모두 일곱 개의 삽화
를, 마치 옛 문헌에 주석을 달듯이 풀어 가고 있는 구성 방식은 매
우 낯선 소설적 수법이다. 역사 속에 한 줄의 기록으로 남아 있는
이야기의 흔적을 찾아서 시간과 공간을 뛰어넘는 치밀한 상상력으

로 거기에 주석을 붙여 하나의 이야기를 만들어 가는 수법은 이 작가만이 감당할 수 있는 힘이다.

심사 과정에서 내가 특별히 주목하였던 작품은 이순원 씨의 〈아비의 잠〉, 이인화 씨의 〈시인의 별〉, 김인숙 씨의 〈브라스밴드를 기다리며〉 등이다.

이 작품들은 모두 새천년을 열면서 문학의 방향과 소설의 좌표를 암시하는 감동과 설득력을 지니고 있기 때문이다. 환상과 현실, 역사와 허구 사이를 넘나드는 소설적 상상력의 진폭도 활달하고, 안정된 문체와 섬세한 감각의 언어가 매우 안정적이라는 점도 마음을 놓이게 한다. 다만 지난 시대의 문학에서 우리가 높은 점수를 주었던 거대 담론의 틀이 대부분 무너지고 있다는 점이 아쉬운 부분이었다.

대상 수상작으로 두 편의 후보작을 지목해야 하는 순간에, 나는 〈아비의 잠〉과 〈시인의 별〉을 내세웠다. 이 두 편의 작품 가운데 어느 것이 대상작으로 결정되어도 상관없다는 마음이었다. 물론 〈아비의 잠〉이 지니고 있는 환상적 요소가 서사 구성에서 중시되는 개연성을 방해하고 있다든지, 〈시인의 별〉이 드러내는 설화성(說話性)이 현대적인 감각에 뒤지고 있다는 느낌이 없었던 것은 아니다. 그러나 이 작품들이 보여 주는 소설적 감응력을 다른 어떤 작품도 따르지 못한다는 것은 분명한 사실이다.

〈시인의 별〉을 대상작으로 결정한 것은, 소설 속에서 이야기를 만들어 가는 과정 자체를 하나의 이야기로 형상화하는 작가의 상상력과 기법을 더 높이 평가하였기 때문이다.

이인화 씨에게 축하를 보낸다.

차 례

시인의 별

이인화

1966년 경북 대구 출생.

서울대 및 동대학원 국문학과 졸업.

1988년 《문학과사회》에

평론 〈유황불의 경험과 리얼리즘의 깊이〉를 발표하며 등단했다.

장편소설로 《내가 누구인지 말할 수 있는 자는 누구인가》·

《영원한 제국》·《인간의 길》·《초원의 향기》,

평론으로 《한국 문학의 근대성과 유토피아》·

《한국 근대문학 일반이론 서설》,

역서로 《한국과 그 이웃나라들》 등이 있다.

현재 이화여대 국문학과 교수로 재직중이다.

시인의 별
—*채련기(採蓮記) 주석 일곱 개*

주석 1. 시인 안현

안현(安顯)은 고려 충렬왕 때 사람이다. 일찍 아버지를 여의고 승천부(경기도 개풍)에서 홀어머니의 손에 컸다. 열두 살이 되자 개경으로 나와 친척집에 기거하면서 공부했는데, 착실한 성격에 글재주도 뛰어나서 장차 크게 되리라는 기대를 모았다. 열여섯에 관리로 임용되는 예비시험인 감시(監試)에 합격한 뒤에는 여러 스승을 찾아다니며 학문을 쌓았고 국자감에서 친구들과 교유했다.

마지막 관문인 예부시(禮部試)를 통과한 것은 스무 살이 되던 해였다. 그러나 배경이 없는 안현은 관직에 나아가지 못했다. 설상가상으로 충렬왕이 즉위하면서부터는 나라의 모든 것이 실용과 효율을 쫓는 원나라 식으로 바뀌었다. 중서문하성과 상서성이 합쳐져 첨의부로 바뀌고 추밀원은 밀직사로, 어사대는 감찰사로 축소되었다. 육부도 통폐합되었고 기타 의례적 관청들은 일체 폐지되었다.

이렇게 줄어들고 남은 자리는 원나라에 유학하고 돌아온 권문세가의 자제들에게 돌아가서 그의 벼슬길은 더욱 요원해졌다.

안현은 어머니를 봉양하고 싶은 마음에 임관(任官)을 부탁하는 편지를 쓰기도 하고 세도가를 찾아가 차운시(次韻詩)를 지어 주기도 했다. 그러나 모두 소용이 없었고 오히려 이름만 더럽히게 되었다. 차운시는 본래 불후의 명시를 흠모하여 그 운을 따라 짓는 시로, 이 무렵 고려에서는 유력한 인사의 시를 차운하여 추켜 줌으로써 벼슬을 구하는 수단이 되고 있었다. 관행처럼 너나없이 하는 일이 있었는데 유독 안현의 경우만이 문제시되었다.

그즈음 안향(安珦)이나 이진(李瑱) 같은 선배 세대들은 순탄하게 벼슬길을 밟아 조정의 중신이 되어 있었다. 고생을 해보지 않은 선배들은 고매한 말로 안현과 그 동기들을 꾸짖었다. 이진의 편지글에는 이런 말도 나온다.

"선비의 자질은 인격과 학식이 먼저이고 글재주는 나중입니다. 안현 등이 비록 재주는 있다 하나 저렇게 경박하고 성급하고 비루하니 어찌 벼슬과 복록을 누릴 수 있겠습니까?"

("士之風格 先器識後文藝 安顯等 雖有才而浮躁衒露 豈享爵祿者哉." 李瑱, 《東巖集》 卷之七, 〈答權溥〉)

이러매 안현은 절망하여 서경으로, 운중도로 혼자 여행을 다녔고 세상을 원망하는 마음을 갖게 되었다.

그의 친구들은 경우가 달랐다.

조숙창(趙肅昌)은 안현과 동기지만 고종 연간에 좌사간을 지낸 조규의 아들이었다. 그는 등과하던 해 지방관으로 임용되었다가 금방 개경으로 돌아와 순탄하게 승진했다. 실록을 편찬하는 사관, 관리들의 인사를 담당하는 전리사를 거쳐 요직 중의 요직이라는 밀직사에서 왕명의 출납을 맡은 승지가 된 것이 몇 달 전이었다. 성품이 담백했으나 시류를 헤아려 몽골인과 잘 사귀었고 동료들과도 사이

가 나쁘지 않았다. 나중에 안현을 위해 역참 관리 자리를 알아봐
준 것도 그였다.

또 다른 동기인 이세화(李世樺)는 안현과 같이 한미한 집안 출신
이었다. 그러나 그는 세상이 바뀌자 일찌감치 공부를 때려치웠다.
그는 본래 얼굴이 희고 키가 훤칠한 데다 말솜씨가 좋은 사내였다.
한번 마음을 돌이키니 도처청산(到處青山)이었다. 근처 쌍화 가게
여주인부터 그 수양딸, 수양딸의 시주절에 있는 여승, 그 여승의 동
생…… 가지각색의 여자들이 그에게 반하여 열중해 왔다. 그는 유
부녀와 관계하다 그 남편에게 들켜 줄행랑을 놓기도 하고 관희(觀
戲) 같은 야밤의 구경거리가 있으면 생전 처음 만난 여자를 덤불숲
으로 데려가 덮치기도 하면서 선비들 사이에 크게 인망을 잃었다.

그러나 아무려면 어떤가. 얼마 후 그는 좋아 지내던 과부의 주선
으로 왕의 근위대에 들어갔다. 고려말로 겁설(怯薛)이라 부르던 근
위대 '케시크'는 본래 쿠빌라이 칸을 보필하는 귀족 자제들의 호위
대였다. 원나라에 유학했던 충렬왕은 자신의 케시크를 창설하고 이
를 단순한 호위대가 아닌 왕의 통치 행위 전반을 보좌하는 근시(近
侍) 기구로 만들었다. 이런 까닭에 몽골 옷에 머리도 변발로 바꾼
이세화는 순풍에 돛을 단 듯 세도가 당당해졌다. 언제 떠내려갈지
모르지만 아직 얼마 동안은 밀물이었다.

안현은 더욱 외로워졌다. 출세한 이세화가 찾아와 이젠 그까짓
시 나부랭이 짓고 공자 맹자를 읽어 봐야 말짱 헛일이라고, 자기와
함께 몽골말이나 배우자고 권한 적이 있었다. 안현은 화를 내며 그
를 내쫓았으나 그 뒤부터는 사람이 달라진 듯 기력을 잃고 말았다.
침울한 마음을 술로 달래었고 술이 없을 때는 산에 들어가 혼자 울
기도 했다. 이 무렵에는 그나마 뒤를 돌봐 주던 친척도 등을 돌렸
다. 안현의 생활은 날로 궁핍해 갔고 종내에는 끼니도 막막하게 되
었다.

그 무렵 박연폭포로 유명한 천마산에는 과거 추밀원에서 부사(副使) 벼슬을 지낸 박(朴)씨 노인이 살고 있었다. 늘 못마땅한 얼굴로 무신들이 집권했을 때는 이렇지 않았다고, 이렇게 줏대 없이 대국에 굽실대지 않았다고 비난하는 난처한 늙은이였다. 그러거나 말거나 원나라와의 전쟁이 끝난 그즈음에는 말발을 잃은 지 오래여서 한창 때 마련한 저택에서 아내와 외동딸과 함께 쓸쓸한 만년을 보내고 있었다.

이 박씨 노인이 물빠진 갯바닥 같은 안현의 집에 혼담을 넣어 왔다. 안현은 깜짝 놀랐다. 알고 보니 그해 원나라 대관(代官), 다루가치의 움직임이 수상해졌기 때문이었다. 막 열다섯 살이 된 딸이 공녀(貢女)로 끌려가지 않을까 두려워진 노인이 허둥지둥 데릴사윗감을 찾았던 것이다. 이리하여 스물여덟이 넘도록 장가를 가지 못했던 안현은 박씨 집안의 서실(壻室)이 되어 처가살이를 하게 되었다.

안현의 어머니는 기뻐 눈물을 흘렸다. 며느리는 얼굴도 아름다울 뿐만 아니라 마음씨 또한 착했다. 시어머니를 가까운 곳에 모시고 극진히 봉양하면서 남편과 시어머니의 귀여움을 받으려 애쓰는 모습이 사랑스러웠다. 장가를 든 뒤부터는 안현도 씻은 듯이 달라졌다. 술을 끊고 다시 공부를 시작한 것이다.

"나는 이제 친구들의 출세에 마음을 끓이지 않기로 했소. 시를 짓는 것이 부귀영화를 누리려고 하는 짓은 아니라오. 나는 시와 살이(生)가 온전히 하나가 되는 길을 찾아보겠소. 성현의 가르침을 익히며 시 공부를 하다 보면 내 마음에도 반드시 아름다운 어떤 것이 꽃필 것이오. 아직 그것이 무엇인지는 모르지만 반드시 그런 경지가 있을 것이오. 만약 어떤 친구가 현달했다면 그건 그럴 만한 때가 와서 그렇게 된 것일 게요. 세상이 나를 알아주는 순간도 어느 무렵엔가는 올 것이고 설혹 현생(現生)에서 오지 않으면 내가 죽은 뒤에라도 올 것이오. 그 순간이 언제 오든 이제는 상관하지 않겠

소. 당신같이 어진 여인을 배필로 맞았으니 나는 아무것도 두렵지
않소."

안현은 등줄기를 꼿꼿이 세우고 책상 앞에 앉아 아내에게 이렇게
말하곤 했다. 그러면 아직 세상의 신산함을 모르는 아내는 완전히
믿고 의지하는 눈빛으로 고개를 끄덕이는 것이었다. 부부 사이의 애
정은 날이 갈수록 깊어 갔고 잠시도 떨어져서는 살 수 없게 되었다.

그런데 간신히 살 만해지자 여러 해 동안 천식으로 고생하던 안
현의 어머니가 돌아가셨다. 그리고 몽골에 줄을 댄 권문세족들이
사람을 마음대로 잡아가 자기네 장원에서 농사짓게 하는 일이 널리
퍼졌다. 갑자기 작인(作人)들을 잃은 안현의 처가는 살림이 크게 기
울었다. 부리던 하인들이 사라지고 담장과 지붕이 헐어 갔으며 훌
륭한 가구들이 어느 결에 하나 둘 없어져 갔다.

안현은 다시 침울해졌다. 처가의 불행을 진심으로 위무했지만 그
자신 점점 더 말이 없는 과묵한 사나이로 변해 갔다. 그렇게 두 해
가 지나자 처가까지도 당장의 의식(衣食)을 걱정하지 않을 수 없는
지경에 이르렀다. 안현은 결국 자존심을 버리고 먼 서해의 대청도
로 나가 일개 수역(水驛)의 역참 관리가 되었다.

주석 2. 안 서기

그 뒤 안현에게 일어난 일들은 오랫동안 한국에 알려지지 않았
다. 그 동안 연구자들은 안현의 이름이 몇몇 개인 문집에 나타나는
데 정작 그의 시는 한 편도 전하지 않는 것을 의아하게 여겼다. 안
현의 시는 그가 살았던 시대 직후에 편찬된 《삼한시귀감(三韓詩龜
鑑)》이나 《십초시(十鈔詩)》는 물론 130권이라는 대규모의 시문전집
인 《동문선(東文選)》에도 보이지 않는다. 이것은 작품이 곧바로 인

멸될 정도로 그의 생애가 지리멸렬했거나 소문과 달리 그의 시가 별수없었기 때문이라고 해석되곤 했다.

그러던 중 1997년 8월 이스탄불의 톳카푸 궁전 도서관에서 앙카라 대학의 라시드(Resid Rahmeti Arat) 교수에 의해 17세기의 필사본 한 권이 발견되면서 이 문제가 새롭게 환기되었다. 그것은 표지와 앞부분이 떨어져 나가 제목과 저자를 확인할 수 없는 가운데, 17세기 오스만 튀르크의 대학자 에블리야 첼레비(Evuliya Chelebi)의 저작으로 추정되는 책이었다.

이 책의 필사자(筆寫者)는 훌레구 한국이 있었던 바그다드를 여행하다가 퇴락한 니자미야 대학의 서고에서 파스파 문자로 씌어진 팍스 몽골리아 시대의 문헌들을 찾아내었다고 한다. 필사자는 그 가운데 "타인의 체험을 통해 영지(靈智)를 획득하고 알라신의 신성(神性)을 깨달을 수 있는 이야기" 여섯 편을 골라 아랍어로 번역하여 이 한 권의 사본을 만들었다. 아마도 신기하고 재미있는 외국의 이야기를 설교학 교재로 편집하려는 의도였던 것 같다.

이 여섯 편 가운데 마지막이 '고려인 비칙치(서기) 안의 이야기'이다. 고려인 서기였던 안이라는 인물이 자신의 아내를 살해하고 처형되기까지의 사연과 처형되기 직전 그가 옥중에서 지었다는 〈채련기(採蓮記)〉의 내용을 설명한 것이다. 라시드 교수가 현대 터키어로 번역한 이 필사본은 교토 대학의 다무라 마사아키 교수와 같은 일본의 동양사학자들에 의해 연구되었다(田村正明, 〈元代高麗人安書記考〉, 《大谷學報》 통권 79-1호, 교토, 1999년 참조).

엄밀하게 말해 이 필사본에 나오는 안 서기가 안현이라는 증거는 없다. 그 당시에도 "한시를 잘 짓고 중국 문장에 능통한" 안씨 성을 가진 고려인은 얼마든지 있었을 것이다. 안 서기가 아내를 빼앗겼다는 "고려 땅"이 굳이 대청도일 수도 없다. 그러나 나이나 이력, 아내를 찾아 수년 간 황야를 헤매는 외곬의 성격 등에서 아무래도

이 안 서기가 안현이라고 여겨지는 것은 무슨 까닭일까. 소설가류의 몽상이라고 해도 할말없지만 안현이 대청도의 역참 관리가 된 바로 그 해, 즉 1280년에 쿠빌라이 칸의 여섯째 아들이었던 이아치〔愛牙赤〕가 대청도로 유배되었다는 사실이 여간 수상하지 않았다(고려사 권29. 충렬왕 6년 8월조).

 필자는 이 사실에 주목하여 '안현'이라는 인물과 '안 서기'라는 인물을 하나로 연결해 보았다. 굳이 이런 무리를 한 것은 안 서기가 썼다는 〈채련기〉 때문이었다. 각각을 따로 떼놓고 볼 때 안현은 고려 땅의 불우한 시인이요 안 서기는 몽골에 귀화한 고려 출신의 불쌍한 치정범이었다. 그러나 둘을 이어 놓고 동일한 사람으로 보자 전혀 새로운 의미가 드러났던 것이다.

 어느 시대, 어느 나라에도 불우한 식자(識者)들은 있다. 갑자기 열린 새시대 속에 전통적인 문인 집단들이 소멸되고 그들을 대신할 신흥 사대부들은 아직 출현하지 않았던 과도기. 낡은 교육제도의 관성에 의해 만들어졌으되 새시대의 물결에 적응하지 못하고 익사해 버렸던 무수한 지식인들. 그러나 그뿐이었을까. 어쩌면 안현은 그렇게 무의미하게 스러져 버리지 않고 시대의 심연, 그 깊은 혼돈 속으로 내려가 자기 운명의 의미를 알아내려고 하지 않았을까. 그래서 저 〈채련기〉와 같은 글을 남기지 않았을까.

 이렇게 보면 〈채련기〉는 아주 다른 해석의 그물망으로 휘말려 들어간다. 실제의 원본(原本) 〈채련기〉는 어떤 글이었을까. 라시드 교수가 번역한 필사본에는 그 내용의 간략한 설명만이 있을 뿐이다. 필자는 이 그물을 엮어 보기로 했다. 이 글은 결국 실제로는 존재하지 않는 〈채련기〉의 주석, 상상의 원본에 대한 상상적인 주석 작업이다. 그러면 다시 1280년으로 돌아가 보자.

주석 3. 역참 관리

그해 초여름의 모임이 벽란도에서 열린 것은 안현의 환송연 때문이었다. 수도 개경에서 30리 길. 술자리를 위해 예성강 포구까지 내려온 친구들은 많지 않았다. 혼자 고고한 척하던 안현이 대청도의 역참 관리라는 비참한 벼슬을 얻어 떠나는 것이 내심 고소하지 않은 것은 아니었으나 저마다 일이 바빴고 비 개인 뒤끝이라 길도 좋지 않았다. 날이 저물자 참석자들도 대부분 개경으로 돌아가 버리고 요릿집에 남은 것은 어린 시절부터 허물없이 지내던 두 친구뿐이었다.

안현은 호기 있게 기생을 어르는 친구 곁을 떠나 난간에 몸을 기대었다. 강변 대숲의 습기를 머금은 바람이 술에 달아오른 얼굴로 부딪쳐 왔다. 그의 얼굴은 창백했고 짙은 눈썹 아래 빛나는 크고 부드러운 눈동자에는 무거운 우울이 깃들여 있었다.

같은 해 과거에 합격한 동기들의 모임인 이 문주회(文酒會)는 벌써 10년이 넘고 있었다. 관직에 등용된 친구들은 '선생'이라 부르고 등용되지 못한 친구들은 '대인'이라고 추켜 부르면서 서로 끌어 주고 밀어 주는 가운데 한 세월이 흘러갔다. 많은 친구들이 붉은 비단옷을 걸친 뒤에도 안현만은 계속 푸른 적삼이었다. 이제 서른이 넘어 먼 서해의 역참으로 떠난다면 출세길은 끊긴 거나 다름없었다.

예성강은 저녁 노을을 받아 아라비아 상인들이 파는 주홍빛 유리처럼 빛나고 있었다. 짐배며 거룻배들이 머리와 꼬리를 잇대고 오가는 강 어귀. 청색 깃발을 달아 세운 주막과 색주가, 요릿집들이 막 불을 밝혀서 저녁인데도 사방은 오히려 밝아지는 듯했다. 시시각각으로 변하는 구름의 움직임에 따라 오가는 사람들의 얼굴이며 의복이 또렷하게 들어왔다. 어부들, 상인들, 몽골인들, 중국인들,

수레꾼, 뱃사공, 관리…… 그 사이로 남자를 부르는 창녀들의 손짓, 장터 각다귀들의 고함과 욕설, 기슭에 가까운 기생집에서 들리는 연습풍의 가야금 소리, 음식을 끓이는 냄새가 섞여들었다.

안현은 자신의 얼굴을 부볐다. 피로했다. 저처럼 번화한 세상과 자기는 영영 마주칠 일이 없는 따로따로의 운명에 지배되어 각기 다른 방향으로 걸어갈 것만 같았다.

"대천(待天)이, 여기 있었군. 일어나. 일어나라구. 이 귀중한 시간을 식은죽 모양 밍밍하게 보낼 셈인가."

안현의 자(字)를 부르며 어깨를 치는 것은 이세화였다.

"어쩌자는 겐가?"

"어쩌기는. 풍객(風客, 바람둥이)이 꽃그늘을 두고 그냥 가리? 아, 재미 좀 봐야지. 요 옆집에 항주에서 온 색시들이 있대요. 몇 달이나 궁중에 붙잡혀 있었는데 나도 도끼 몽둥이에 기름칠 좀 하세."

쓴웃음을 지으며 안현은 옷매무시를 고쳤다.

"오늘 고마웠네. 나 먼저 일어설 테니 잘들 돌아가시게나."

"이거 너무 섭섭하지 않나. 한참을 못 볼 텐데."

일어나 안현의 소매를 붙드는 것은 승지 벼슬을 하는 조숙창이었다. 안현은 웃으면서 한길로 나섰다. 친구들은 옷섶이 벌어진 채로 안현을 따라 나왔다.

"정말 그냥 갈 텐가?"

"객잔에 아내가 기다리고 있어."

"그래도……."

"내일 배웅 나올 생각은 말게. 새벽 썰물 때 조용히 떠날 테니."

"눈 딱 감고 일 년만 참아 보게. 그 안에 내가……."

조숙창은 말을 잘못했다 싶어 입을 다물었다. 안현의 얼굴이 금방 딱딱하게 굳어졌기 때문이다. 포구의 소음이 저만치 밀려나고 소삽한 바람이 세 사람의 주위를 감돌았다. 얼마가 지났을까. 안현이 착 가라앉은 목소리로 입을 열었다.

"난 괜찮아. 무리하게 그럴 것 없어."

"대천이…… 자꾸 그렇게 어렵게 살지 마. 좀 쉽게 살면 안 되겠나?"

숙창은 입가를 일그러뜨리고 안현을 응시했다. 그리곤 내친 김이란 생각에 말을 이었다.

"잠치다이(站赤, 역참 관리) 노릇이 좋지는 않지만 대청도는 꽤 큰 섬일세. 몽골인들도 자주 드나들지. 이 기회에 낚시나 하면서 몽골말을 배우는 것이 어떻겠나. 자네의 시재(詩才)를 왜 모르겠나만…… 세상이 변했어."

이세화가 끼여들며 조숙창을 거들었다.

"정말이야. 이젠 몽골말을 잘해야 벼슬길이 열린다네. 사해(四海)가 한 지붕 아래 있다지 않은가. 천하의 땅이란 땅은 모두 원나라라네. 토지는 광대하고 사람은 한량없고 물산은 넘쳐나니 천지가 개벽한 이래로 이런 나라는 처음이라구."

안현은 이세화를 외면하고 어두운 강물을 바라보았다. 노란 등불을 밝히고 요리를 만들어 파는 배에서 희미하게 '예성강곡'이 들려왔다. 안현은 한껏 숨을 들이쉬며 고기잡이불처럼 깜박거리는 옛 사람들의 감미로운 시문(詩文)을 생각하려고 애썼다. 그러나 이세화는 취해 있었다.

"들어 봐. 글쎄, 원나라는 농민들에게 세금도 걷지 않는다는군. 소금 전매금과 상세(商稅)만으로도 나라 살림이 해결된다니. 상인들이 종래에 각 고을, 나루터, 관문을 지나갈 때 물던 돈도 완전히 없애 주었어요. 세금은 물건의 매각지에서 한 번만 내라 이거야. 세상에 이런 태평성대가 어디 있어. 태평성대야, 태평성대."

결기를 일으킨 것은 역시 술 탓이었다. 안현은 자기도 모르게 버럭 소리쳤다.

“제발 그만둬! 그런 소리들 하려거든 다시는 나를 부르지도 말게! 그저 이(利)와 병(兵)으로 천하를 낚으려 하니 이 치세가 얼마나 가리!”

뭐라고 붙들 사이도 없이 안현은 쌩 소리가 나게 몸을 돌렸다. 그리고 뛰듯이 걸음을 옮겨 습기를 담뿍 품은 여름밤의 어둠 속으로 모습을 감추었다. 손사래를 치며 안현을 부르던 두 친구는 머쓱한 얼굴로 서로를 보며 동작을 멈추었다.

도망치듯 포구를 떠난 안현은 혼자 해변의 어두운 자갈밭을 걸어다녔다. 벽란정 근처의 주막을 찾아가 독한 몽골 소주〔亞刺吉酒〕를 기울이기도 했다. 그리하여 객잔의 누추한 방을 찾아들었을 때는 이미 밤이 이슥한 뒤였다.

안현의 기척에 쪼그려 앉은 채로 엎드려 옷소매에 얼굴을 대고 자던 아내가 깨어났다. “이제 오세요?” 머리를 매만지는 음전한 동작. 새끈거리며 앉은 자세를 고치는 숨소리. 안현은 물끄러미 앉아 있다가 왈칵 아내를 끌어당겨 껴안았다. 아내는 남편의 심상치 않은 기색에 놀라 눈만 꿈뻑거리고 있었다.

“여보, 미안하오!”

아내의 목을 껴안고 안현은 절규하듯 그 한 마디를 토해 내었다.

나어린 아내를 절해고도(絶海孤島)로 데려간다. 개경에서 고생도 모르고 자란 열아홉 살의 아내를. 제 고집대로 살아 버린 내 안에 아내의 희생에 값할 만한 무엇이 있었던가. 나는 도대체 무엇을 위해 이렇게 살아 버린 것일까. 나는 소무(蘇武)처럼 지조를 지켜 한 시대에 개결한 이름을 드날리려는 사람이 아니다. 그렇다고 동방삭(東方朔)처럼 세상을 풍자하면서 한 생을 즐겁게 마칠 수 있는 도인도 못 되리라. 그런 주제에 원나라에 빌붙어 권세를 구하는 일은 도저히 성품에 맞지 않다고 잘난 척을 하고 있다.

"왜 그러세요? 친구 분들과 안 좋은 일이 있었어요?"

목이 껴안긴 채 아내는 가냘픈 목소리로 물었다. 안현은 대답 없이 고개를 저었다. 입을 열기만 하면 밑도 끝도 없는 탄식이 쏟아질 것 같았다. 꾸역꾸역 목구멍으로 치미는 말들, 견딜 수 없는 절박함에 내몰린 말들.

나는 결국 아무 재주도 없는 사람이다. 그저 시도(詩道)를 그리워하는 작은 서생일 뿐. 《시경》을 읽으면서 세상이 꿈처럼 행복했던 옛날을 생각하고 시와 삶이 온전히 하나가 되는, 이룰 수 없는 내일을 꿈꿀 뿐이다. 자나 깨나 앉으나 서나 나는 노래를 듣는다.

하(夏)·은(殷)·주(周) 삼대의 행복이 만든 노래. 그 착한 세상을 그리는 천하 만민의 통곡과 우수가 깃들인 노래. 마을의 제사라도 있는 날이면 젊은 남녀들이 두 패로 나뉘어 춤을 추면서 노래를 불렀다. 한쪽이 발을 구르며 "운다 운다 징경이. 물 가운데 섬가에 징경이" 하고 노래하면 또 한쪽도 발을 구르며 "아리따운 아가씨는. 군자의 좋은 짝이라" 하고 화답하곤 했다.

덕의 존숭과 부부애의 찬미. 아리따운 아가씨가 군자의 덕(德)을 즐거워하여 화합하는 부부애가 세상 모든 사람들의 평화를 만들 수 있다는 질박한 믿음. 단 하루라도 나의 시가 현세를 넘어 그 믿음에 가 닿기를 원하지 않았던 때가 있었던가. 사랑을 즐기지만 음란하지 않는[好色而不淫] 부부의 유별함이 있어 부모와 자식의 친밀함이 있고, 부모와 자식의 친밀함이 있어 임금과 신하의 의로움이 있고, 임금과 신하의 의로움이 있어 세상이 바로 서게 된다는 그 말에 감격하지 않았던 때가 있었던가. 그러나……

"여보, 시세(時世)가 나를 용납하지 않아."

안현은 심한 고통을 참는 사람처럼 양미간을 모으고 아내에게 겨우 그 한 마디를 했다.

"아니에요. 그렇지 않아요. 서방님은 훌륭한 분이라고…… 친정 아버님도 늘 말씀하셨어요."

아내의 목소리에 담긴 순진한 열성에 눈물이 날 것 같았다. 그러면서도 가슴이 먹먹했다. 차라리 아내가 화라도 내어 주었으면 속이 후련할 것 같았다.

"원나라는 사람들의 탐욕자사(貪慾自私)를 부추겨 천하의 공리(公利)를 이루려 하오. 이제 시는 죽었소. 이제 시는 기껏해야 향락의 장식이나 이록(利祿)을 구하는 방도에 지나지 않아요. 여보, 이제 나는 무엇을 해야 하지…… 대청도로 가서…… 앞으로 어떻게 살아야 하지……."

아내는 퍽이나 놀라는 듯했다. 느닷없이 절벽에서 떠밀려 떨어진 듯한 멍멍함일까. 그녀는 아연한 눈길로 안현을 우러러보다가 어린 아이처럼 훌쩍훌쩍 울기 시작했다.

이튿날 새벽 안현은 아내와 함께 작은 거룻배를 타고 대청도로 떠났다. 바다엔 바람이 심했고 파도소리 높았다.

주석 4. 이아치

그날 안현은 먼동이 트자마자 바닷가로 내려갔다. 해는 아직 산 뒤에 가려져 있어서 감청빛 바다 위엔 엷은 안개가 덮여 있었다. 다행히 바다는 잔잔하여 차르륵차르륵 하는 물결소리가 졸릴 듯 단조롭게 들려왔다.

안현은 일꾼들을 부려 포구를 청소하고 삿자리를 깔고 차일을 치고 200인분이 넘는 양고기 요리며, 밥이며 된장국거리를 준비했다. 몽골인 역참장(잠치)에서부터 빗자루를 든 아이 녀석까지 대청도 사람들은 모두 긴장하여 숨을 죽이고 있는 것이 느껴졌다.

오늘이 드디어 이아치가 도착하는 날인 것이다. 두 달 전 부임하던 날부터 지금까지 안현은 오로지 오늘의 준비에만 매달려 왔다. 백령도 아래에 위치한 대청도는 당시 몽골인들이 '첸헤르 아랄(푸른 섬)'이라 부르던 중요한 수역이면서 동시에 몽골 황족들의 유배지였다. 원나라의 마지막 황제가 된 토콘테무르(順帝)를 비롯하여 많은 황제의 아들과 형제들이 몇 년씩 대청도에 유배되었고 그곳에서 죽기도 했다.

안현이 부임했을 때 섬은 이아치가 유배된다는 소식에 온통 제정신이 아니었다. 그 동안 이런저런 죄인들이 있기는 했지만 이렇게 신분이 높은 황족이 유배되는 것은 처음이었다. 이아치는 진짜 황자(皇子)였다. 쿠빌라이 칸의 여섯째 아들이었고 고려의 왕비인 쿠틀룩 캘미쉬 공주(제국대장공주)의 동생이었던 것이다.

그러나 섬사람들을 공포에 몰아넣은 것은 이런 신분의 고귀함이 아니라 그를 둘러싼 무시무시한 풍문들이었다. 중국 문화를 존숭하는 아버지와 달리 이아치는 몽골의 전통 무교(巫敎)를 믿었다. 특히 죽은 혼령이 행운과 수명을 더해 준다는 발바르 신앙을 좋아해서 자신이 죽인 사람들의 목을 상자에 넣어 다니며 수시로 가지고 놀았다. 목들은 곧 털이 빠지고 살이 썩어 구더기가 끼며 뼈가 다 보이는데도 이아치는 조금도 개의치 않는다고 했다. 썩은 살이 찐득찐득 달라붙어 코도 찌부러지고 눈알도 빠져 누가 누군지 알 수 없을 만큼 더러워지면 그제서야 땅에 묻고 다른 누군가를 죽여 새 목을 가지고 다닌다는 것이었다.

그 동안 안현의 가장 큰 임무는 역졸들을 부려 기겁을 한 섬사람들이 도망치지 못하게 감시하는 일이었다. 체념을 한 섬사람들은 손톱만큼이라도 비위를 거스르지 않도록 눈물겹게 일했다. 유배자의 신분이 신분인지라 고려 조정에서도 목수와 와장들을 파견해 부랴부랴 새 집을 짓고 궁중으로부터 각종 기물을 갖다 날랐다. 이아치가 유배지에 도착하는 오늘은 개경으로부터 세도가 따르르한 고관대작들이 총동원되어 이아치를 섬까지 전송한답시고 한바탕 법석을 떨 예정이었다.

"오, 오, 온다. 저기…… 저기."

뱃사람 하나가 부들부들 떨며 수평선을 가리킨 것은 정오가 막 지날 무렵이었다. 60인이 탈 수 있는 돛대 두 개의 2천 석짜리 배가 세 척이었다. 배들은 삼각돛의 조화를 자랑하며 눈깜짝할 사이에 대청도 포구로 들어왔다.

안현은 두렵고 착잡한 심정으로 배에서 내리는 이아치를 바라보았다. 뭍으로 올라선 이아치는 머리를 약간 뒤로 젖혔다. 그리곤 눈꼬리가 날카롭게 찢어진 눈을 통해 자존심과 불신과 불쾌감이 뒤섞인 곁눈질을 사방에 뿌렸다. 안현은 그가 아직 스무 살도 되지 않았다는 말이 믿어지지 않았다. 키는 거의 육 척이나 되었고 뼈대는 굵직굵직했으며 두툼하고 주걱 같은 손가락들을 갖고 있었다.

성큼성큼 걸어오는 이아치를 향해 고개를 숙이다가 안현은 친구 이세화를 발견했다. 이아치를 시중 들 고려인 관리로 따라온 것이다. 이아치가 자신의 관저로 들어간 뒤 두 사람은 길가의 소나무 밑에서 반갑게 재회의 정을 나누었다. 묘한 거리낌도 있는 사이였지만 이런 곳에서 친구를 만난 반가움은 그 모든 과거지사를 덮어버렸다.

"여보게 그런데 저런 귀인(貴人)이 대체 왜 여기로 유배된 건가?"

"나도 들은 이야긴데…… 성질이 진짜 좆 같다더군. 저 자식 수발을 들려면 자네도 간장깨나 썩일 걸세."

이세화는 목소리를 낮추어 그의 아버지조차 저주한 이아치의 흉폭성을 들려주었다. 이아치가 유배형을 당한 것은 자신의 직속 상관인 바얀〔伯顔〕 대장군을 때렸기 때문이라는 것이다. 자신이 점찍은 중국 여자를 바얀이 데려가자 이아치는 미쳐 날뛰며 그의 지휘소에 뛰어들었다. 불 같은 분노에 사로잡혀 바얀을 때려눕히고 도끼로 그의 손가락 세 개를 잘라 버린 것이다. 곁에 있던 바얀의 막료들이 죽음을 무릅쓰고 제압하지 않았다면 이아치는 아마 계속 도끼를 휘둘러 바얀을 토막내어 버렸을 것이다. 쿠빌라이 칸은 격노했다.

얼마나 한심한 자식이란 말인가. 맏아들 칭킴은 연왕이 되어 화북 전역을 통치하며 아버지를 보좌하고 있었다. 둘째 망갈라는 안서왕으로 섬서, 감숙, 청해, 사천을 장악하고 실크로드를 관리했으며 셋째 노무간은 북평왕으로 카라코룸에서 몽골 초원을 호령하고 있었다. 넷째 후게치는 운남왕으로 남중국과 말레이 반도를 다스렸고 다섯째 오크룩치는 서평왕으로 티베트를 통치하고 있었다. 제형들은 이렇게들 건실하건만 이 똥물에 튀겨 죽일 여섯째 놈은 계집 때문에 제 상관을 죽이려고 하고 있었다.

관대한 쿠빌라이 칸도 이때만은 낯빛이 달라졌다고 한다. 이아치가 잡혀 오자 존귀한 손에 직접 몽둥이를 쥐고 고함소리를 지르며 신하들이 말릴 겨를도 없이 피투성이가 되도록 두들겨 팼다는 것이다. 아무튼 지지리 인망도 없는 자식이었다. 쿠빌라이 칸이 벽력치듯 유배를 명했을 때 단 한 명의 신하도 그 결정에 반대하지 않았다고 한다.

"어디 그뿐인가. 나 원, 여자도 어지간히 밝힌다더군. 여자가 없으면 단 하루도 잠을 못 잔대요."

이세화의 말은 회오리바람처럼 안현을 흔들어 놓았다. 가슴속에 알 수 없는 불안이 뭉게뭉게 피어 올랐다.

일어날 일은 반드시 일어나게 되어 있다. 서해의 투명한 공기 속에 먼 하늘을 물들이는 낙조가 점점 짧아 갈 무렵 그 일은 일어났다. 빨래를 하고 돌아가던 아내가 이아치의 눈에 띄고 말았던 것이다.

이튿날 안현은 이아치의 유배소에 불려 갔다. 해가 저물 무렵이었다. 이아치는 어두운 방 안에 앉아 식사를 하고 있었다. 안현은 고개를 조아리고 방 바깥의 마루에 엎드렸다. 이아치는 이마를 찌푸리고 그를 노려보다가 손으로 삶은 양고기의 한 부위를 쫙 찢었다. 그리고는 난폭하게 이빨로 뼛조각을 떼어 내고 소금을 친 고기 국물에 살점을 흠뻑 적셔 입으로 가져갔다.

"어제 내가 본 여자가 네놈의 안식구라지?"

그 말을 방문 앞에 시립하고 있던 이세화가 통역했다. 안현은 얼굴빛이 변했다. 그리고 마치 벼랑 끝에 서서 나락을 내려다보는 심정으로 이아치의 다음 말을 기다렸다.

"고려인들은 개새끼야."

이아치의 목소리는 조용했다. 이세화는 곤혹스러운 얼굴로 그 말도 통역했다.

"항상 큰 나라에 꼬리치며 보호를 애걸한다. 그러니 개새끼지. 예라옹곤(야성의 혼)을 잃고 타락한 늑대란 말야. 늑대는 항상 고독하게 자유를 누린다. 고삐에 매이느니 차라리 싸우다가 죽지. 하지만 늑대도 타락하면 개가 돼. 게라옹곤(집안의 혼)이 되는 거야. 바로 너희 놈들처럼. 그러니 너희 고려놈들은 분수를 알아야 해. 개새끼 주제에 예쁜 여자를 데리고 산다거나, 호의호식한다는 게 말이나 돼!"

이아치는 뜯어먹던 뼈다귀를 접시에 던지고 손뼉을 쳤다. 그러자 이아치의 부하가 나타나 안현 앞에 한 벌의 비단옷과 머리 장식을 내려놓았다.

"어제 그 여자, 이리 데려와. 네놈한테는 과분한 여자다. 대신 너에겐 열 명이고 스무 명이고 마음대로 여자를 살 수 있는 돈을 주지.”

이아치는 품속에 손을 넣어 말발굽 은〔馬蹄銀〕일백 냥이 든 비단 주머니를 안현에게 던졌다. 안현은 온몸을 떨다가 튕기듯이 고개를 쳐들었다.

“세상에 이런 법은 없소. 그 여자는 내 아내요. 알겠소? 나무 기러기 들고 붉은 가마 태워 데려온 내 아내란 말이오. 남의 정실을 빼앗아 가겠다니, 그게 가당키나 한 소리요? 어림도 없는 소리 하지 마시오!”

“건방진 놈!”

통역할 겨를도 없이 이아치가 밥상을 박차고 일어섰다. 그러자 앞마당으로 칼등이 휜 만도를 찬 이아치의 부하들이 달려왔다.

“이놈 당장 죽여 버려!”

부하들이 달려들어 옷자락과 머리채를 잡고 안현을 끌어내렸다. 화가 나면 입에 거품을 물고 거의 숨도 못 쉴 만큼 흥분하는 것이 주군의 성미였다. 명령이 내려진 이상 정말로 목을 쳐야 했다. 부하들은 안현을 질질 끌고 집 밖으로 나가려 했다.

“안 됩니다. 마마, 제발…… 안 됩니다.”

이세화가 큰 소리를 지르며 버선발로 달려가 부하들을 제지했다. 그리고 다시 달려와 이아치 앞에 무릎을 꿇고 몽골말로 손짓 발짓을 하며 열심히 간언했다. 아마도 자신이 안현을 설득하겠다는 말인 듯했다. 이아치는 싸늘한 눈초리로 이세화와 안현을 번갈아 노려보다가 내뱉듯이 ‘오하이(좋아)’ 하고 방으로 돌아갔다.

그 뒤에 일어난 일은 설명할 필요도 없을 것 같다. 이세화는 겨우 살아난 안현을 붙들고 귀가 따갑도록 현실을 설득했다.

“너무 예쁘게 생긴 여자는 그 자체가 우물(尤物)이라고 하지 않는가. 자기 자신에게 화를 불러오지 않으면, 꼭 남편에게 화를 부르는 것이라네. 내가 자네를 다른 역참으로 옮겨 줄 테니 그저 잠시

만 헤어져 산다고 생각하게. 부인 때문에 일을 그르치고 목숨까지 버릴 셈인가."

안현이 이를 갈며 밀쳐 버리자 이세화는 한사코 집까지 따라가 안현의 아내에게 달라붙었다. 잘못하면 자기까지 목이 달아날 이 마당에 말을 가릴 형편이 아니었다.

"거듭 말씀이지만 너무 겁만 집어먹을 일은 아닙니다요. 이아치 놈이 성미는 지랄 같습니다만 끗발 하나는 죽여 주죠. 조정 대신들 은 물론 임금님까지 꼼짝도 못하니까요. 제법 의리도 있어서 겉으 로는 점잔 떨지만 인간미라곤 눈곱만큼도 없는 고려인들하곤 달라 요. 이 일이 이 친구에게 좋은 기회가 될 수 있습니다. 이 친구처럼 공부도 많이 한 사람이 언제까지 이렇게 지낼 수도 없지 않겠습니 까? 저놈이 재미를 좀 보고 제 속을 차리고 나면……."

안현의 아내는 얼굴이 백지장처럼 창백해졌다. 그러나 이세화의 말은 이어지지 못했다. 안현이 독약이라도 마신 사람처럼 오장이 쥐어뜯기는 소리를 지르며 절구공이로 그를 후려쳤기 때문이다. 이 세화는 뒤통수에 피를 흘리며 꽁지가 빠지게 달아났다.

그날 밤 안현 부부는 한 잠도 자지 못했다. 이아치의 부하로 여겨 지는 몽골인이 집 주위를 오락가락하며 감시하는 것은 개 짖는 소 리로도 알 수 있었다. 안현과 아내는 문을 닫아 걸고 등잔불도 켜 지 않은 채 몸을 떨었다.

"저 같은 것은 아무래도 좋아요……."

드디어 밤새 입술을 깨물고 눈물을 흘리던 아내가 입을 열었다.

"말을 듣지 않으면 그것들이 당신의 목숨을……."

아내의 흐느낌이 안현에게 결단을 내리게 했다.

"여보, 아니오. 이렇게 당하느니 차라리 죽는 것이 나아. 죽더라 도 같이 죽읍시다."

이제는 죽기를 각오하고 도망치는 수밖에 없었다. 벌써 닭이 울고 날이 밝으려 하고 있었다. 두 사람은 뒤뜰의 싸리나무 울타리를 뜯어내고 집을 빠져 나왔다. 가장 가까운 나루터에서 두 사람은 앞뒤 생각할 겨를도 없이 작은 쪽배에 몸을 실었다. 그러나 이들의 탈출은 금방 발견되었고 이아치의 부하들은 여러 척의 배에 나눠 타고 안현의 뒤를 좇았다. 멀리 육지의 흰 물결이 보이는 곳에서 두 부부는 몽골인들에게 사로잡혔다. 몽골인들은 안현을 철퇴로 갈겨 바다에 차 던지고 그의 아내를 빼앗아 대청도로 돌아갔다.

주석 5. 황야

안현은 구사일생으로 지나가는 고깃배들의 구원을 받았다. 어부들은 의식을 잃은 안현을 벽란도까지 데려다 주었다. 그러나 철퇴를 맞아 머리가 깨지고 몸이 으스러진 안현은 거동은 물론 말조차 하기 힘든 상태였다. 몇 달이 지나서야 간신히 개경으로 사람을 보내 장인과 장모가 달려왔다.

장인은 딸을 만나 보고자 대청도로 배를 띄웠다. 그러나 어렵사리 찾아간 대청도에 딸은 없었다. 그 며칠 전 유배가 풀린 이아치는 딸을 데리고 몽골로 떠나 버렸던 것이었다. 병신이 된 사위만을 업고 개경으로 돌아온 장인은 그날로 병이 들어 앓다가 얼마 후 저세상 사람이 되고 말았다. 곧이어 장모도 쓰러져 장인을 따라갔다.

그 뒤 안현은 근 일 년이 넘게 불편한 몸을 추스르며 완전히 퇴락한 처갓집에 머물렀다. 늙은 처고모가 안현을 불쌍히 여겨 가끔 먹을 것을 갖다 주었다. 누가 봐도 정신이 온전치 못한 사람의 행색이었고 본인도 귀신에 홀린 것 같은 세월이었다.

안현은 흐릿한 눈빛으로 때국이 긴 봉두난발을 흔들며 눈앞의 허공만 보고 있었다. 기억은 쪼개지고 포개지고 곱해지고 사라지고 굳어지고 흐려지고 맑아졌다. 풍경은 오른쪽으로 왼쪽으로 뒤로 앞으로 흔들리고 모든 방향으로 휘청거렸다. 아내는 이아치에게 끌려 태양의 뒤편으로 걸어갔다. 아내는 "당신 앞에서 죽어서 진심을 보이겠어요!" 하고 외치며 시퍼런 바닷물에 뛰어들었다. 거친 바다가 길길이 날뛰었다. 불길한 황혼이 킬킬킬 웃었다…….

"여보? 여보오?"

어느 날 아침 안현은 외마디 소리를 지르며 헛간에서 깨어났다. 안현은 기나긴 잠에서 깨어난 사람처럼 눈을 크게 뜨고 주변을 둘러보았다. 다 쓰러진 문에는 칡넝쿨이 우거지고 담장은 헐어 무너졌으며 뜨락에는 쑥이 무성했다. 믿어지지 않는 풍경이었다. 안현은 장가 왔을 적에 윤기가 흐르던 이 집을 생각하고, 고왔던 아내의 자태를 생각했다.

안현은 비틀거리며 아내의 방에 들어갔다. 그 사이 여러 차례 도둑이 들었는지 방 안은 무척이나 황폐했다. 떨리는 손으로 방 안의 쓰레기를 휘젓는데 부서진 버들고리짝이 있었다. 그 속에서 아내의 버선 한 짝을 찾은 안현은 눈을 감았다. 얼굴을 버선에 갖다대고 아내의 그리운 살 냄새와 땀 냄새를 맡아 보려 했다. 그러나 거기에선 아무런 냄새도 나지 않았다.

며칠 후 안현은 작은 괴나리봇짐 하나를 지고 길을 떠났다. 길섶마다 노란 개나리꽃이 피어 더욱 마음이 시려 오는 봄날이었다. 부슬부슬 비가 내리는 진창길이 끝없이 북쪽으로 뻗어 가고 있었다. 일단 대도(북경)에 가서 이아치의 행방을 수소문할 생각이었다.

압록강을 건넌 뒤 길은 어느 나라 것인지 분간하기도 어려운 기묘한 말들 사이에 섞여 흘렀다. 거란인도 있었고 여진인도 있었으며 몽골인도 있었고 몽골에 귀부한 고려인도 있었다. 안현은 산적들에게 잡혀 몇 달씩을 부역하며 붙들려 있기도 하고 며칠을 밤을 새워 달아나 간신히 몸을 빼내기도 하였다.

이렇게 봄이 가고 여름이 가고 가을이 가고 겨울이 오자 안현은 고려에서 보낸 날들이 전생의 일처럼 아득하게 느껴졌다. 흘러간 날들이 우수수 낙엽으로 흩날리며 싸늘한 한야(寒野) 위에 첩첩이 쌓여 갔다. 어린 시절의 배움이며 희망들은 겨울 벌판에 희뜩희뜩 남아 있는 찬 서리 같았고 젊은 날의 포부와 갈등과 고통 들은 이제는 자기도 모를 공허한 꿈과 같았다. 다만 어디에선지 애타게 자기를 부르고 있을 것 같은 아내의 목소리만은 변함없이 가슴을 저미고 손발을 오그라들게 하는 것이었다.

이윽고 대도에 도착한 안현은 이아치가 항가이 산맥 서쪽에 보내진 것을 알았다. 한 부대를 이끌고 서방에서 반역을 경계하기 위해 비쉬발리크[北庭]로 떠났던 것이다. 대도로부터 비쉬발리크까지는 이만 리가 넘는 길. 수중에 푼전이 없는 안현은 비슷한 방향으로 떠나는 대상(隊商)을 찾아 하인으로 섞여들기도 하고 며칠 분의 먹을 것만을 가지고 정신없이 걷기도 하면서 여행을 계속했다. 이렇게 하여 비쉬발리크에 도착했을 때는 고려를 떠난 지 근 2년이 지난 뒤였다.

석양이 깔리는 비쉬발리크의 거리를 헤매다가 안현은 드디어 옛날 대청도에서 알고 지내던 이아치의 부하 한 사람을 만났다. 그는 완전히 거지 꼴이 된 안현을 한참 만에야 알아보았다.

"당신 마누라? 아, 여기 없지. 벌써 3년 전인가? 다른 데로 넘어갔어. 우리 주인님은 싫증을 잘 내거든."

다시 몇 년이 흘렀다. 안현은 바람이 전하는 희미한 아내의 소식을 따라 곳곳을 돌아다녔다. 가끔 몽골 군대에 잡혀 온 고려 여인들도 만났다. 안현의 이야기를 들은 여인들은 방울방울 눈물을 흘리며 먹을 것을 나눠 주곤 했다. 안현은 옵스 분지에서 샤르긴-고비 분지로, 보얀트 강가에서 훈구인하르 호수로, 남(南)항가이 고원에서 홉스골 산맥으로, 드디어는 오르혼 강에 이르렀다.

그러는 사이 또 계절은 바뀌어 나뭇잎이 완전히 물들고, 남쪽 나라로 돌아가는 철새의 슬픈 울음소리가 초원의 하늘에 메아리쳤다. 안현은 동상이 걸린 발에서 발톱이 빠져 더 이상 길을 걷기가 힘들었다. 때때로 그를 붙잡아서 재미 삼아 칼자국을 내고 불로 지지는 무뢰배들 때문에 여러 곳에서 진물도 흘렀다. 안현은 어느 유목민 집의 하인이 되어 잠시 방랑을 멈추어야 했다.

그해 겨울은 유달리 추웠다. 대지는 끝없는 설원(雪原)으로 변해 버렸다. 너덜너덜하게 해어져 찬바람이 숭숭 들어오는 하인의 천막에서 꼬질꼬질하게 더러워진 산양 가죽의 옷을 걸치고 웅크리고 있노라면 추위보다 먼저 배가 고파 죽을 지경이었다. 마흔 살로 다부진 체격의 장년인 주인은 입버릇처럼 말하곤 했다.

"음식을 절약해. 이러다간 여름이 되기 전에 모두 굶어 죽겠어."

원나라를 세우고 유라시아 대륙의 절반을 다스리게 되었다고 해서 모든 몽골인들이 잘살게 된 것은 아니었다. 부귀영화를 누린 것은 칸 씨족의 영주와 만호장, 천호장, 백호장 같은 각급 귀족들, 칸의 친위병들뿐이었다. 평범한 유목민들은 오히려 생활이 더 어려워지고 있었다. 끊임없이 사람이 죽는 정복 전쟁과 방대한 군대에 대한 급양비가 무한정으로 국력을 소모시켰기 때문이었다. 안현도 대부분의 가난한 유목민들처럼 들쥐 잡아먹는 법을 배워야 했다.

"알겠어? 쥐를 잡으면 이렇게 머리를 꿰란 말야. 다른 가죽에는 일체 구멍을 내면 안 돼. 그러면 요리를 할 수 없어. 그런 다음 이렇게 쥐의 입을 벌리고 손가락을 집어 넣어서 뱃속에 들어 있는 걸 다 빼내야 해. 즉시 이렇게 하지 않으면 이내 부패한단 말야. 그런 다음에는 여기처럼 이렇게 강가의 자갈돌을 불에 달구어서…… 알겠어? 항상 강가의 자갈을 쓰라구. 다른 돌은 불에 달구면 금방 금이 가거든."

쥐의 뱃속 안으로 뜨겁게 달군 자갈을 집어 넣고 쥐를 다시 불 위에 올려놓아 굽는 광경이란 보기만 해도 더할 수 없이 괴로웠다. 처음 주인이 안팎으로 잘 익어 벌겋게 요리가 된 쥐를 먹으라며 내밀었을 때 안현은 천막 밖으로 달려가 먹은 것을 다 토했다. 그러나 두어 달이 지나자 그런 요리에도 익숙해졌다.

들쥐를 잡아먹으며 안현은 겨울 내내 벌판과 하늘을 바라보았다.

오랫동안 황야(荒野)를 보고 있으면 황야는 보는 이의 살과 뼛속으로 스며들었다. 안현은 몽골군이 왜 싸움을 잘하는지 알 수 있었다. 몽골군은 강하다. 이 황야의 몰인정과 비정과 무책임으로 강한 것이다. 황야는 구더기와 파리가 뒤끓는 무수한 주검과 폐허를 남기고, 끈적끈적한 피웅덩이 속에 잠겨 있던 해골들을 남기고 세상 끝까지 뻗어 가고 있었다.

바람이 황야의 주인이었다. 몽골의 초원은 실상 사막지대로 봄여름에도 멀리서 보면 푸른 양탄자를 깔아 놓은 것 같지만 자세히 보면 풀뿌리 주변은 온통 모래뿐이다. 늘 바람이 그 모래를, 풀잎을 훑고 지나가는 것이다. 날이 추워지면 초원은 자신의 본색을 드러낸다. 9월에도 영하 30도를 가리키는 혹한에 땅은 얼고 녹고를 반복하면서 부스러져 가루가 된다. 그 가루는 모래가 되고 황토가 되어 다시 강한 바람에 흩날리는 것이다.

안현은 바람을 보는 일에 마음을 붙였다. 바람소리를 듣는 것이 아니라 바람을 보았다. 무한천공(無限天空)의 하늘로 불려 가는 시커먼 모래바람. 몽골의 황야는 불모 위에 혹한을 더한 가장 참혹한 사막이었다. 바람이 불 때마다 몽골의 사막은 이동했다. 이제까지 언덕이었던 곳이 평지가 되기도 하고 평지에 언덕이 생기기도 했다. 모래바람은 지표 깊숙이 뿌리를 내리고 안간힘을 다해 생명을 유지하던 마지막 들꽃들에게도 불어 갔다. 그러면 그곳도 그대로 사막이 되어 꽃들 또한 죽어 버리고 마는 것이었다.

안현은 그 황폐를 보며 주문을 외는 무당처럼 가끔 《시경》의 시들을 읊조리기도 했다. 그러나 모든 것 안에 존재하던 사랑과 모든 것 위에 존재하던 덕(德)은 그 어떤 것도 없는 황야의 무(無)에 부딪혀 이해할 수 없는 울림으로 스러져 갔다. 황야에 태양이 저무는 순간을 보고 있으면 안현의 가슴속에선 하나의 시대가 저물었다.

이제는 아내를 찾아야겠다는 생각도 떠오르지 않았다. 과거는 모래 위를 가로질러 온 바퀴 자국처럼 찬바람에 이지러지고 있었다. 아침나절 온 하늘을 수놓으며 반짝이다 사라지는 은빛 안개처럼 자신도 그런 기체와 같은 존재라는 생각이 들었다. 햇볕이 비치면 사라진다. 군대도, 재물도, 성곽도, 부귀영화도 모두 사라져 간다. 그리하여 언제까지나 이 슬프고 망망한, 하늘 끝까지 뻗어 간 황야만이 남는 것이다.

차라리 이대로가 좋다. 내내 이렇게 슬프고 가난한 유목민으로 살고 싶다. 이곳에서 누구도 모르게 일생을 마치고 싶다…… 안현은 어느덧 그러한 생각을 하게 되었다.

주석 6. 시인의 별

그러나 황량하던 벌판에 여름이 돌아왔다. 안현은 주인의 말고삐를 잡고 그 지역의 친왕(쾨베운)이 거행하는 말젖의 채유 축제에 갔다.

오색 비단으로 장식한 친왕의 어막은 강가의 넓은 언덕에 세워져 있었다. 어막 좌우엔 수십 개의 긴 장대를 꽂아 길게 말을 매어 두는 줄들을 치고 그 주위를 각 지역에서 온 영주(노욘)의 천막들이 화려한 병풍처럼 에워쌌다.

영주들은 저마다 금사 은사로 자수한 휘장을 내걸고 정교하게 조각한 흑단 의자 위에 앉아 축제를 구경하고 있었다. 그 옆에는 영주의 부인들이 금, 은과 녹주석 보석으로 장식한 붉은 모자와 아름다운 의복을 입고 눈부신 미모를 자랑하며 앉아 있었다.

그들 앞에는 달리는 햇망아지의 목에 말 잡는 망대로 줄을 걸어 매는 경기가 벌어졌다. 젊은 마부들이 일제히 준마에 올라타고 남자의 기량을 과시했고 구경하는 사람들은 술을 마시고 손뼉을 치면서 소리를 질러댔다.

말잡이 놀이가 벌어지는 광장 맞은편이 백성들의 천막이었다. '바얀' 혹은 '바투르'라고 불리는 부유한 장자들이 앞에 있고 '카라초'라 불리는, 안현의 주인과 같은 평민들이 그 뒤를 차지했으며 그 사이사이에 안현과 같은 '무칼리(하인)'들이 바쁘게 돌아다니며 시중을 들고 있었다.

그러나 친왕이 사슴 뿔로 만든 국자를 들어 마유주를 하늘과 땅에 바치는 채유식을 끝내자 이러한 신분상의 구분도 무너졌다. 마두금(馬頭琴)이 울려 퍼지는 가운데 사람들은 술잔을 들고 이 천막에서 저 천막으로 돌아다니며 떠들고 노래하고 춤을 추었다. 타오르는 마음을 가눌 수 없는 젊은 남녀들은 눈깜짝할 사이에 인적이 드문 돌산 쪽으로 사라지곤 했다. 그 왁자지껄한 혼란 속에서 안현은 우연히 흑담비 모자를 쓴 한 영주의 부인을 목격했다.

안현은 무슨 까닭인지 모르게 그 여자의 모습에 마음이 끌려 발을 멈추었다. 흰 진주 수술을 모자 양쪽에 길게 드리우고 붉은 연지를 입술과 양 볼에 바른 그 부인은 하얀 얼굴을 하고 있었다. 한눈에 봐도 몽골 여자가 아니었다. 그녀는 즐겁게 웃으며 옆에 선 남자아이를 쓰다듬고 있었다. 소매 끝에 담비털을 댄 몽골의 전통 의상 위에 목련꽃을 자수한 중국 비단 조끼를 덧입고 서 있는 부인은 더할 수 없이 편안하고 행복해 보였다.

부인이 이를 드러내며 웃는 순간 안현의 머릿속은 백지장처럼 하얗게 지워졌다. 심장으로부터 쿵쾅거리며 쏟아진 물결이 가슴에 세차게 굽이치며 이 생각 저 생각을 싣고 흘렀다. 안현은 자기도 모르게 한 걸음 한 걸음 그녀를 향해 걸어갔다.

부인은 주위를 둘러보다가 웬 때에 절은, 얼굴이 검고 곳곳에 동상 자국이 생긴 늙은 종놈이 자신을 뚫어져라 보고 있는 것을 알았다. 한동안 잠자코 있던 부인은 마침내 화가 난 얼굴로 걸어왔다. 무례한 종놈을 들고 있는 말채찍으로 때려 줄 생각이었다. 그런데 채찍을 치켜들던 부인은 갑자기 몸을 떨었다. 눈을 크게 뜨고 상대를 바라보았다. 돌처럼 그 자리에 얼어붙어 언제까지고 그를 바라보고만 있었다.

이튿날 영주 지다이〔者歹〕 노욘이 전령을 보내 안현을 찾았다.

안현은 전령이 가져온 말을 타고 부르칸 산으로 떠났다. 지다이는 북평왕 노무간의 신하였다. 쿠빌라이 칸의 셋째 아들인 노무간의 둔영은 유서 깊은 조종홍룡의 땅, 카라코룸이었다. 천호장 지다이는 카라코룸에서 서쪽으로 한 나절 거리인 부르칸 산에 자신의 둔영(코리야)을 두고 노무간을 보좌하고 있었다.

"자네는 내 아내의 사촌오래비라지? 듣자니 한문에 능하다고?"

지다이는 육십이 가까운 노인으로 머리카락은 이미 희고 이마에는 주름이 깊게 패인 사내였다. 그러나 옆에 앉은 서른 살 연하의 부인 아수친과 어울릴 만큼 구릿빛으로 그을은 얼굴은 살집이 좋고 목소리는 짱짱했다. 그들 앞에 무릎을 꿇고 엎드린 안현은 목이 메어 아무 말도 할 수 없었다. 혼이 녹아드는 듯 온몸이 떨렸고 눈에서는 방울방울 눈물이 떨어졌다.

"아내의 친척이 종살이한다니 그냥 있을 수 없지. 자네는 오늘부터 내 둔영에서 서기 일을 하도록 하게."

안현은 소매를 잡아당기는 사람에게 이끌려 영주 앞을 물러나왔다. 지다이 노욘은 안현에게 작지만 깨끗하고 바닥에는 무두질한

쇠가죽이 깔린 천막 하나를 하사했다. 벽돌 크기로 자른 차 한 덩어리와 딱딱하게 말린 양의 엉덩이 기름 두 덩어리, 양 열 마리와 말발굽 은(銀) 네 개도 주었다. 서기(비칙치)의 연봉으로 아껴 쓴다면 일단 굶주리지는 않고 살 수 있는 정도의 재물이었다.

감사의 인사를 하는 것이 자연스럽겠지만 안현은 아수친 마님을 찾아가지 않았다. 아수친 마님 역시 안현을 부르지 않았다. 어쩌다 마주치면 두 사람은 서로 눈길을 피했다. 살림살이에 봉사하는 '시바구치', 접객업무를 책임진 '카라치', 전령인 '구육치' 등과 같이 영주의 참모 집단에 속한 한 사람의 '비칙치'로서 안현은 묵묵히 자기 일을 할 뿐이었다.

그로부터 1년 후 북평왕 노무간이 후계자가 없이 죽었다. 그의 봉토는 쿠빌라이의 맏아들인 칭킴의 장남 카말라에게 넘어갔고 지다이는 영지를 잃었다. 지다이는 할 수 없이 일족을 거느리고 대도에 있는 칭킴의 삼남 테무르에게로 가서 궁정장관이 되었다. 그러나 영지를 몰수당한 울분을 삭이지 못한 지다이는 곧 병이 들어 세상을 떠나고 말았다.

"고향의 고모(姑母) 못에는 지금 연(蓮)밥이 한창이겠습니다……."

지다이의 장례식이 끝난 어느 날이었다. 아수친 마님에게 지출 장부를 들고 왔던 안현은 혼자말처럼 중얼거렸다. 아수친의 얼굴이 굳어졌다.

"박연폭포가 떨어지던 고모 못을 잊었습니까? 이렇게 가을 바람이 불면 젊은 부부들이 채련가(採蓮歌)를 부르며 연밥을 따지 않았습니까. 연꽃은 붉고 연잎은 넓적하고 연밥은 많고 많았지요. 나는 노를 잡고 당신은 소쿠리를 들고 연잎 속으로 배를 저어 가지 않았습니까?"

"대체 무슨 얘기를 하고 싶은 건가요?"

아수친의 목소리는 떨리고 있었다. 안현은 한숨을 쉬며 말을 이었다.

"저는 아직도 돌아오는 돛대에 어리던 그 달빛이 눈에 선합니다. 아내가 부르던 채련가도 전부 기억할 수 있습니다. 아내는 예뻤고 노랫소리도 곱고 빼어났지요. 요즘도 잠자리에 누우면 그 노래가 귓전에 울립니다. 그러면 연뿌리 끊기듯 애간장이 끊고 연밥알인 양 눈물이 방울방울 흐릅니다."

두 사람의 침묵은 깊어만 갔다. 바람이 잦아지면서 인근 호수의 물결소리가 또렷해졌다. 거기에 기러기 울음소리가 섞여 들었다. 이윽고 아수친이 슬픈 얼굴로 옛 남편을 응시했다.

"세월이 너무 많이 흘렀잖아요…… 이제 와서 대체 뭘 원하는 거예요? 철새는 날아갔다 돌아오지만 인연은 한 번 끊어지면 다시 잇기 어렵습니다."

"철새들이 남쪽으로 떠나고 있소. 여보, 우리도 고향으로 돌아갑시다. 지다이 노욘이 죽었으니 우리가 다시 맺어질 때가 온 것이오."

아수친은 아, 하고 가녀리게 외치고 천막 한구석으로 달아났다. 안현이 포옹하려 하자 아수친은 힘껏 떠밀며 그의 품을 빠져 나왔다.

"세상에는 도리라는 것이 있습니다."

"도리라니?"

"내 아들 우량카이가 성인식을 치르면 지다이 가문은 다시 영지를 얻을 수 있어요. 발리안 예케치(테무르의 어머니)께서 약속하셨단 말이에요. 일족 사람들이 오로지 그날을 기대하며 고생을 참고 있잖아요."

"일족 사람들이라니? 당신이 언제부터 이들의 일족이었던 말이오? 당신이 원해서 늙은 지다이와 산 것도 아니지 않소. 당신을 강제로 잡아왔고 나를 지난 10년 간 죽도록 고생시킨 몽골놈들이 아니오?"

그러자 아수친은 차갑게 말을 끊었다.

"그래요. 하지만 남편도 보호하지 못한 나를 지켜 주고, 들쥐를 잡아먹는 당신을 건져 준 사람들이기도 하지요. 지다이는 늙기는 했지만 지혜롭고 도량도 넓은 분이었어요. 당신이 나의 옛 남편이었다는 사실을 그가 모르고 있었다고 생각해요?"

아수친의 말은 더할 수 없이 아프게 안현의 가슴을 후벼 팠다.

"그렇다면 당신은 모든 것을 잊었단 말이오? 그토록 서로 애틋했던 날들을? 죽거나 살거나 같이 하자던 혼삿날의 약속을?"

"아니오. 잊지 않았어요. 기억하고 있습니다. 하지만 정직하게 말해서 지금은 어떻게 말해야 좋을지 모르게 되어 버렸습니다."

"여보, 제발 말해 주시오. 무엇이 당신을 이토록 변하게 했는지."

"이곳 사람들은 그러더군요. 양을 죽이지 않고는 고기를 먹을 수 없다고."

아수친의 얼굴이 창에 찔린 짐승처럼 일그러졌다. 그녀는 고개를 돌리고 입술을 사려 물었다.

그로부터 얼마 동안이 두 사람 사이에 가장 잔혹한 날들이었다. 구름이 부딪치면 비가 되고 말이 부딪치면 싸움이 된다는 상태가 만날 때마다 계속되었다. 그러는 동안 쿠빌라이 칸이 죽고 테무르가 몽골 제국의 대칸에 즉위했다. 발리안 예케치는 태후(太后) 마마가 되었고 아수친은 정식으로 태후를 시봉하는 여관장(女官長)이 되었다. 이렇게 되자 아수친은 일을 핑계 삼아 궁정에서 지내며 안현을 피하게 되었다.

지다이 가문의 둔영에 남은 안현은 말을 잃었다. 그의 심장에는 구멍이 뚫려 있었다. 심장에 깃들여 있던 무어라 형언할 수 없이 성스러운 것이 날아가 어딘가로 흔적도 없이 사라져 버린 것이었다.

거의 무한한 고독이 그의 기력을 앗아 갔다. 이제는 어떤 의문의 여지도 없이 자신의 인생이 헛되이 흘러갔다는 것을 알 수 있었다. 세상은 점점 더 부유해지고 백성들은 태평성대를 노래하고 있었다. 고려에서 온 사신들은 사람들이 점점 더 원나라의 관대한 통치를 고마워하게 되었다는 이야기를 전해 주었다. 황야는 오직 자신의 가슴속에만 살고 있었다. 황야를 사이에 두고 자신과 아수친은 서로를 우두커니 바라만 보고 있었다. 그것은 마치 영원처럼 보였다.

해가 바뀐 정월의 어느 날. 아수친이 그토록 고대하던 우량카이의 성인식이 치러졌다. 지다이 가문은 상하가 감격하여 큰 잔치를 벌였다. 며칠째 천막에 틀어박혀 잠을 이루지 못하던 안현은 집안 사람들이 자꾸 권하는 잔칫술을 마시고 쓰러져 혼곤한 잠에 빠져들었다.

꿈에 안현은 만리 산천을 넘어 고려 땅을 찾아갔다. 물가는 늦여름으로 연꽃 향기 가득하고 밭은 초가을이어서 보리 빛깔이 밝았다. 바람이 불어 물결이 찰랑찰랑 연잎에 부딪힐 때 누군가가 손뼉을 치며 안현을 불렀다. 아, 그곳에는 천진하고 아름답던 젊은 날의 아내가 장인 장모와 함께, 어머니와 함께 있었다. 평화와 선량함이 가득한 그들의 미소 옆에는 한 번도 본 적이 없는 아버지의 얼굴마저 어른거렸다.

안 서방 어서어서 연밥이나 따세나…… 장인은 웃고 아내는 달려와 자신의 팔을 끌었다. 꿈을 꾸면서 안현은 이것이 꿈이라고 느꼈다. 그러자 형언할 수 없는 충격이 안현을 스치고 지나갔다. 이것은 십여 년 전의 일이었지만 동시에 백 년 전의 일이었고 천 년 전의 일이었다. 아니, 수만 년 전부터 언제나 있어 왔던 일이었다. 빛과 향기로 엮어진 듯 사랑스런 아내의 눈길을 마주보자 세속에서의 삶은 죽어 버리고 시간은 흐름을 멈추었다.

한순간에 일어났지만 《시경》의 시들이 영원으로 봉인해 버린 사랑의 메아리. 부부의 다정한 눈동자에서 태어나 모든 살아 있는 것과 하나가 되는 사랑과 덕. 공자께서 돌아가시고 미언(微言)이 끊어진 뒤 모든 시인들이 그려 왔던 그 심원하고 아득한 길이 갑자기 안현의 눈앞에 열리는 듯했다.

안현은 땀에 흠뻑 젖어 잠에서 깨어났다. 비틀거리며 천막을 나서자 홀연 머리 위에 눈부시게 밝은 세계가 그의 시계(視界)를 가득 채웠다. 그것은 칠흙같이 어두운 밤하늘에 하얀 불꽃처럼 타오르는 별들이었다. 안현은 두 팔을 벌리고 찬 공기를 들이마시며 그 별빛을 껴안았다. 오래 전에 잊어버린 그의 별, 멀고 외로운 젊은 날의 별이 다시 보였다.

안현은 감격에 겨워 눈물을 흘렸다. 황야는 세상 끝까지 뻗어 가지만 그 위에는 억만 년 저런 별이 빛나고 있다……. 그러나 그때 북풍이 말로 표현할 수 없을 만큼 거대한 맹수처럼 웅웅대면서 질주해 왔다. 안현은 일순 이승과 저승의 경계에 선 듯했다. 지평선의 끝에서 끝까지 세계는 온통 모래들의 우수에 찬 외침, 휘어져 신음하는 나무들의 울음, 흩날리는 티끌과 지푸라기들의 슬픔으로 가득 찼다. 안현은 두려움을 떨쳐 버리려는 듯 고개를 저었다. 몸서리를 치며 머리를 감싸쥐었다.

그는 자신의 볼품없는 거처로 돌아가지 않았다. 그 대신 황야에 쫓기듯 아수친의 거처로 걸어갔다. 그날 밤 아수친의 천막에서 정확히 어떤 말다툼이 있었는지는 상상하기 어렵다. 먼동이 틀 무렵 아수친의 비명소리를 듣고 달려간 경비병들은 피묻은 칼을 쥐고 있는 안현을 현장에서 체포했다.

주석 7. 채련기

태후궁의 여관장 아수친을 살해한 안현은 재판 직후 곧바로 처형될 예정이었다. 그러나 몇 시간 후 새로운 명령이 내려 그 집행은 닷새 뒤로 연기되었다. 태후 발리안 예케치가 뒤늦게 두 사람이 고려국에서 부부 사이였다는 이야기를 듣고 이 사건에 흥미를 느꼈기 때문이다. 태후는 자신의 측근이었던 늙은 아랍 상인 사투르〔撒都魯〕를 감옥에 보내 안현의 사연을 들어 오게 했다.

평소 잘 아는 사이였던 사투르는 안현을 달래며 태후에게 탄원서를 쓰라고 권했다. 안현은 냉정하게 거절하고 대신 붓과 종이를 빌려 자신의 심정을 적은 〈채련기〉 한 편을 써 주었다. 사투르가 마지막으로 부탁할 것이 없느냐고 묻자 안현은 별이 빛나는 벌판에 묻히고 싶다고 했다. 그는 소원대로 태후궁 북쪽의 벌판으로 호송된 뒤 몽골의 귀족들을 예우하여 처형할 때처럼 황야에 산 채로 매장되었다.

초원을 걷는 남자

이 인 화

인생은 나의 것이며 나의 존재는

세상에 유일무이한 것이라고 생각했던 두 사람.

우리가 헤어진 뒤 그녀는 죽었고 나는 변했다.

그러므로 이것은 이미 존재하지 않는

두 사람의 이야기다.

그렇지만 두 사람은 어느 먼 곳에서

또 다른 남자와 여자의

모습으로 계속 존재할지도 모른다.

초원을 걷는 남자

처녀를 좋아하는 것은 남자들의 슬픈 습성이다. 다른 남자를 알아 버린 여자를 만날 때 우리 남자들은 자기도 모르게 마음의 문한 짝이 닫혀 버리곤 한다. 우란분재(盂蘭盆齋)의 향불에서 피어나는 정령들의 향기처럼 남자를 아는 여자에겐 너무 많은 세상이 묻어 있다. 이 여자를 안은 남자, 이 여자를 안은 남자를 안은 여자, 이 여자를 안은 남자를 안은 여자를 안은 남자……. 한 사람과 관계하는 것이 곧 세상 전체와 관계하는 것이라는 진실은 얼마나 끔찍한가. 한 사람의 타자(他者)가 곧 타자 전체라는 사실을 잊기 위해 남자들은 처녀를 사랑한다.

지금부터 내가 하려는 이야기는 이 슬픈 습성에 관한 것이다. 이것은 머릿속에서 꾸며 낸 이야기가 아니다. 내가 직접 겪은, 그러나 다른 사람에게는 몹시 황당할 수도 있는 이야기다. 쓰고 있는 나 자신부터 괴상한 예감에 시달리고 있으니까.

처음에는 이 이야기를 산뜻하게 각색할 수도 있다고 생각했다.

그러나 지난 몇 주 동안 날밤을 샌 뒤에는 바람벽에 머리를 박지 않을 수 없었다. 이제는 그저 실제로 일어났던 일을, 무엇 하나 덧붙이지 않고, 있는 그대로 쓰는 것이 최선이라는 것을 안다. 세련된 소설적 장치들은 아예 시도도 하지 않을 작정이다. 그러니 독자께서는 이야기에 조리가 없고 문장이 너무 밋밋하더라도 용서해 주시기 바란다.

내 이야기는 몽골에서 시작된다. 가 보신 분들은 알겠지만 몽골 사람들은 한국인과 아주 닮았다. 얼굴 생김이 중국인이나 일본인보다도 훨씬 더 한국인과 흡사해서 옷만 바꿔 입으면 도무지 구별할 수가 없다. 그러나 정작 어떤 몽골 남자가 나와 판박이처럼 똑같이 생겼다는 소리는 믿어지지 않았다.

어느 해 11월 몽골의 수도 울란바토르에서 있었던 일이다. 나는 친구의 아파트에 들르기 위해 시내 한복판에 있는 광장을 걸어가고 있었다. 한밤중이었고 시내는 정적에 잠겨 있었다. 멀리서 개 짖는 소리가 드문드문 들려왔다. 그런데 뒤처진 통역을 기다리기 위해 잠시 광장 모퉁이에서 걸음을 멈추었을 때였다. 어떤 여자가 어둠 속에서 내 앞으로 불쑥 튀어나왔다.

여자는 "차ー르카!" 하고 외치더니 갑자기 나를 껴안았다. 그리곤 가쁜 숨소리와 함께 알아들을 수 없는 몽골 말들을 내 귀에 퍼부었다. 미친 여자다! 기겁을 한 나는 여자를 뿌리치며 뒷걸음질쳤다. 그런 나를 보고 눈을 동그랗게 뜨던 여자의 얼굴이 아직도 잊혀지지 않는다. 스물대여섯쯤 되었을까. 영하 20도의 날씨였는데도 검은 모피 반코트 밑에 미니스커트를 입고 있었다. 여자는 화를 내면서 내 뺨을 때렸다. 믿어지지 않을 만큼 억센 손바닥이었다.

나의 통역이 달려와서 이 어처구니없는 소동은 끝났다. 내가 외국인임을 안 여자는 얼굴을 일그러뜨리더니 울음을 터뜨렸다. 그리곤 말을 붙여 볼 사이도 없이 몸을 돌려 바양골 호텔 쪽으로 달려가 버렸다. 나는 노상강도를 당한 것 같은 얼굴로 통역을 쳐다볼 수밖에 없었다.

그 다음날 통역은 그 여자가 창녀일 거라고 말했다. 내가 그녀의 애인과 닮아서 봉변을 당한 모양이라며 껄껄 웃었다. 그렇지만 가로등이 밝았고 머리 모양이며 옷차림도 무척 다를 텐데 어떻게 그렇게까지 착각할 수 있을까. 나와 몽골 남자가 그리도 똑같아 보일 수도 있단 말인가. 묘하게 마음이 불쾌해서 거울에 얼굴을 비춰 보았다. 거울에 비친 내 얼굴이 마치 딴사람처럼, 마치 넓은 공간과 긴 시간을 넘어서 있는 어떤 사람처럼 느껴졌다.

한국으로 돌아온 뒤 나는 가끔 나를 차르카 하고 부르던 여자의 목소리가 생각났다. 그러면 나는 무엇에 홀린 듯이 주위를 둘러보곤 했다. 시골의 버스 대합실이나 가게의 먼지 낀 유리창, 멀리 아물거리는 산들, 공중에 떠도는 먼지, 비 온 뒤 흙길을 뛰어가는 계집아이……. 그런 풍경들을 보면 울란바토르가 연상되었다. 거기서 어떤 알 수 없는 힘이 나를 잡아당기는 것 같았다.

그 이듬해 여름 나는 다시 몽골로 갔다. 지프를 타고 북부 ‘볼간’ 지역을 지나다가 죄수들이 길을 닦는 광경을 보게 되었다. 그것은 멀리 러시아의 바이칼 호수까지 이어지는 부텔린 산맥의 침엽수림 지대에서 좁고 긴 계곡을 타고 뻗어 나와 어떤 소도시로 이어지는 도로였다. 길은 무엇 때문인지 마구 패고 무너진 상태였는데 죄수들은 삽만 가지고 파손을 복구하는 중이었다. 몽골에서 죄수들은 흔히 이런 강제노역에 동원된다.

죄수들은 대부분 젊은 남자들이었다. 누덕누덕 깁고, 또 한편으로는 구멍이 뻥뻥 뚫어진 더러운 옷을 걸치고 있었다. 낡은 장화를 신고 있었지만 바지가 해어져 숫제 씻지도 못한 무릎이 껑충 드러난 사람도 있었다. 봉두난발이 된 머리를 해어진 헝겊으로 질끈 묶기도 했다. 그런 차림으로 그들은 여기저기서 꿈틀거리며, 온몸에 진땀이 담뿍 배어 덜덜 떨면서, 목재나 돌을, 망태기에 담긴 흙을 질질 끌고 가는 것이었다.

나는 문득 지난 겨울의 일을 떠올렸다. 그때 만났던 창녀의 애인도 저렇게 죄수가 되어 먼 곳에서 돌아올 수 없는 형편이 아니었을까. 그래서 두 사람은 오랫동안 만나지 못한 것이 아니었을까. 아무 근거도 없지만 썩 그럴싸한 추측처럼 느껴졌다.

그 여름이 지나고 다시 한국으로 돌아온 어느 날 나는 이상한 꿈을 꾸었다. 꿈속에서 나는 비가 내리는 몽골의 초원을 걸어가고 있었다. 걸어가는 나의 모습이 꿈을 꾸는 나의 눈에 보였다. 얼굴은 안 보였지만 나는 그 사람을 틀림없이 나라고 느꼈다. 그 사람의 얼굴을 보기가 무서웠다.

그 사람은 남루한 옷을 입고 긴 장화를 신고 있었다. 그 사람은, 꿈속의 나는 곤경에 처해 있고 가슴 가득 괴로움을 안고 있었다. 나는 그것을 느낄 수 있었다. 그의 누더기를 내 어깨에 느꼈으며 내 두 발이 그의 구멍난 신발을 신고 움직이고 있었다. 그것은 과거의 일도, 미래의 일도 아닌, 바로 지금 내가 모르는 세상 어딘가에서 일어나고 있는 일 같았다.

아침에 꿈을 깬 나는 몽롱한 의식 속에서 축축한 무엇이 눈 속에 끓어오르는 것을 느꼈다. 그 감정은 뭐라고 설명할 수가 없었다. 밤새 비오는 들판을 헤매다가 조금 전에 다시 이부자리를 찾아온 것 같은 기분이었다. 그곳에서 사랑하고 아끼는 뭔가를 잃고 온 기분이었다. 끈적이풀 같은 애수(哀愁)가 가슴 한켠에 들러붙었다.

그 꿈을 꾸고 난 뒤부터 내 주변에선 이상한 일들이 일어났다.

비가 많이 오는 토요일 나는 직장에 밤늦게까지 남아 있었다. 소변이 마려워 화장실을 다녀오던 나는 어두운 복도에서 자그만한 어린아이를 보았다. 이렇게 늦은 시간에 어린아이가 있을 장소가 아니었기에 나는 약간 당황했다. 많아야 예닐곱 살 정도 되어 보이는 그 아이는 순진하고도 촌스러운 얼굴로 나를 바라보고 있었다. 낡고 헐렁한 점퍼 하며 무릎이 튀어나온 바지가 어쩐지 서울 아이 같지가 않았다.

"누구를 찾아왔니?" 내가 물었다. 그러나 그런 친근한 질문이 채 끝나기도 전에 내가 있는 방에서 전화벨 소리가 들렸다. 고개를 돌렸다가 다시 아이를 향했을 때 아이의 모습은 갑자기 흔들리면서 반딧불처럼 가물가물 사라져 버렸다. 나는 충격을 받아 거의 제정신이 아니었다. 한참 만에야 감정을 수습할 수 있었다. "피곤해서 그래." 나는 혼자말을 중얼거렸다. 피로 때문에 헛것을 보았다고 결론짓고 나는 주섬주섬 가방을 챙겨 집으로 돌아왔다. 그리고 그 이튿날은 아예 직장에 나가지 않고 집에서 쉬었다.

그런데 그로부터 얼마 지나지 않은 어느 날이었다. 나는 면도를 하다가 갑자기 섬뜩함을 느꼈다. 욕실 거울에 비친 내 모습이 갑자기 스크린에 비친 영상처럼 입체감을 상실하기 시작했기 때문이다. 나의 얼굴은 윤곽만으로 이루어진 젤라틴처럼 흐물흐물해지면서 거울 표면에 눌어붙더니 점점 더 투명해졌다. 그리고 급기야는 거울 속에서 완전히 사라져 버렸다. 소스라치게 놀란 나는 면도기에 입술을 베였다. 한참 눈을 부비고 다시 보았을 때 그제야 거울은 입 주위가 피범벅이 된, 멍청한 삼십대 중반의 얼굴을 비춰 주었다.

나는 내 정신상태를 의심하지 않을 수 없었다. 얼마 동안은 휴식과 운동으로 마음을 안정시키려 했다. 그러나 며칠이 지나도록 일이 손에 잡히지 않았다. 나 자신에 대한 공포를 제어하기가 힘들었다. 나는 정신과 전문의를 찾아가기로 결심했다.

"자기상 환시(自己像幻視)로군요. 뇌혈관 장애를 일으킨 환자나 알코올 중독자, 마약 중독자에게 자주 나타나는 증상입니다."

내 이야기를 다 들은 의사는 침착하게 말했다. 약간 검고 둥근 얼굴을 가진, 충분히 성실한 느낌을 주는 사십대 남자였다. 술과 마약은 입에도 대지 않는다고 항변하자 의사는 건강한 사람에게도 일어날 수 있다고 다독거렸다.

"자기상 환시는 보통 현재의 자신과 똑같은 모습으로 나타나지만 선생님의 경우처럼 몇 가지 변형도 있습니다. 선생님이 어두운 복도에서 만났다는 그 어린아이를 잘 생각해 보세요. 아이의 모습이 낯익지 않았습니까? 그건 바로 선생님의 어린 시절 모습입니다. 그렇게 과거의 자기 모습이 어둠 속에서 나타나는 것을 후현적(後顯的) 자기상 환시라고 합니다. 마찬가지로 거울에 비친 자기 모습이 흐물흐물 사라져 버리는 것은 부정적(否定的) 자기상 환시라고 하지요."

의사는 옛날 사람들이 이 증상을 이혼병(離魂病)이라고 했다며 웃었다. 즉 자신의 혼이 몸 밖으로 빠져 나온 것을 보았다고 믿었고 그래서 그런 것을 본 자신은 얼마 안 가서 죽게 된다고 생각했다는 것이다.

"영화 〈베로니카의 이중생활〉을 보면 거리에서 자기 자신과 똑같은 모습을 한 여자를 본 여주인공은 며칠 후 노래를 부르다가 심장마비로 죽지요. 하하…… 안심하십시오. 물론 그런 건 미신입니다."

나는 이 의사가 편협한 직업의식에 사로잡힌 인간이 아닌가 의심하게 되었다. 너무 오랫동안 비정상적인 정신상태를 대하다 보면 모든 정서적 감정들을 하나의 병리적 현상, 미신이나 질병으로 생각할 수도 있을 것이다. 의사는 나의 과거 병력과 가족의 병력을 자세히 물었다. 나는 쭉 건강했고 나의 부모나 형제들에게도 아무 정신병리적인 문제가 없었다. 의사는 고개를 끄덕였다.

"그럼 몽골로 이야기를 돌려 봅시다. 선생님은 몽골의 첫인상이

'시대에 뒤떨어졌다'는 것이라고 했습니다. 그건 거기서 오래 전 한국에서 보았던 어떤 풍경들을 떠올렸다는 의미지요. 그런 첫인상 위에 선생님은 자기와 똑같이 생겼다는 어떤 몽골 남자의 존재를 알게 되었습니다. 이런 일이 어떤 계기가 되었을 수 있지요. 마치 나 자신도 알지 못하던 또 하나의 분신이, 나 자신과 똑같이 생긴 또 다른 내가 과거의 그곳에서 아직도 살고 있는 것 같다는 생각이 심어진 것입니다."

"하지만 그 겨울의 여행 뒤에는 아무 일도 없었습니다."

"그야 잠복기라는 것이 있으니까요. 잘 생각해 보십시오. 아마 선생님은 몽골에서 자기상 환시를 일으킬 만한 뭔가를 보았을 겁니다. 선생님의 의식은 몰랐지만 선생님의 무의식은 그것을 알았습니다. 예컨대 과거의 어떤 정신적인 상처나 죄의식을 환기시키는 강렬한 인상을 말입니다."

마음이 안정되기는커녕 더 혼란스럽기만 했다. 의식은 몰랐지만 무의식은 알았다? 프로이트식 말장난같이 느껴졌다. 이런 막연한 추리를 듣고 시간당 5만 원씩 면담료를 내는 것은 정말 내키지 않았다. 나는 예의바르게 이 면담을 끝내고 집에 돌아가 보약이나 달여 먹기로 결심했다. 그런데 그때 의사가 다시 입을 열었다.

"선생님은 몽골이 20년 전쯤의 한국과 비슷하다고 하셨지요. 20년 전쯤에 선생님은 어디에 살았습니까?"

"그야 고향에서 아직 학생으로……."

순간 나에게 어지럼증이 일어났다. 갑자기 기억과 기억이, 꿈과 기억이 이어지면서 머릿속에서 어떤 그림자가 생겨났다가 사라졌다. 그림자는 명확하지 않았으며 서로 엉키어서 떨어지고 물방울처럼 흩어졌다 다시 모였다. 마치 다시 또 하나의 꿈을 꾸고 있는 듯했다.

나는 숨이 막히는 것 같았다. 문득 울란바토르의 겨울이 다시 떠올랐기 때문이다. 낙심으로 일그러지던 그 몽골 여자의 얼굴이 새삼스러웠다. 그러고 보니 여자의 얼굴은 낯이 익었다. 이 깨달음이 망각의 강으로부터 떠오른 진실한 기억인지, 아니면 다른 기억과의 뒤섞임인지는 확신할 수 없지만 그것은 분명히 아는 얼굴이었다. 나는 17년을 거슬러 올라오는 한 조각 추억에 몸을 떨었다. 가슴이 저리다가 아픔이 홍수처럼 밀려왔다. 나는 자기도 모르게 바지를 움켜쥐면서 신음소리처럼 나직하게 누군가의 이름을 불렀다.

이 대목에 이르고 보니 나는 또 혼란스럽다. 지금까지 나는 내게 일어난 일들을 순서대로 단순하게, 소금 장수처럼 통속적으로 말해 버렸다. 사태는 투명하게 드러난 나머지 더 이상 감추고 뒤집을 여지도 없다.

여기까지만 읽어도 독자들은 뒤의 이야기를 훤히 다 짐작하실지도 모른다. 가령 의사와의 면담을 마친 뒤 주인공은 자신의 자기상환시가 과거의 어떤 정신적 상처 때문이라는 것을 발견한다. 몽골 남자와 그의 애인 이야기의 암시처럼 그 상처란 그렇고 그런 사랑 이야기다. 작자는 거의 어린애나 다름없었을 때 겪은 풋사랑의 에피소드를 묘사한 뒤 모두의 마음속에 어렴풋하게 양식화되어 있는 순애보의 여운을 반복하며 소설을 끝낼 것이다…….

그런데 사정은 그렇지가 않다. 그렇다고 독자들의 짐작이 틀린 것도 아니다. 나는 실제로 내게 일어난 일들을 그렇게 정리하려고 했다. 아니 이런 말을 하고 있는 이 순간도 그렇게 끝내 보려고 전전긍긍하고 있다. 그럼에도 불구하고 나는 지금 닭다리를 들고 오리발을 내밀어야 하는 요리사처럼 망연해진다.

그 여자의 이름은 혜연이었다. 그것은 1983년의 일이었으며 나는 막 열여덟 살이 되려고 하고 있었다.

　그러나 그것은 섬세하고 소중한 감정들로 이루어진 아름다운 첫 사랑이 아니었다. 그것은 처음부터 어울리지도 않고 희망도 없는 사랑이었다. 그리고 그렇게 어울리지 않는다는 사실의 밑바닥에는 사랑할 수 없다는 것을 알면서도 자신을 속여 그것이 사랑임을 믿게 만든 나의 비겁함이 깔려 있다.

　열여덟 살. 지금 생각하면 너무도 순진해서 애처로울 지경이어야 마땅할 그 나이에 나는 가증스럽게도 조만간 헤어질 수밖에 없는, 그런 여자를 선택했다. 나보다 세 살이나 연상인 찢어지게 가난한 집안의 둘째딸을, 하필이면 버스비를 걱정하며 여상을 다니다 중퇴한 가련한 건축사 사무실의 여직원을 선택했던 것이다. 그것은 내가 내 운명의 찻잔을 마지막 한 숟가락까지 다 계산한 뒤에 치게 된 한 건의 사기, 아직 응징당하지 않은 사기였다.

　인간의 외양이란 얼마나 거짓된 것인가. 나는 오래된 사진첩에서 그 시절 고등학생이었던 나의 모습을 본다. 헤르만 헤세의 소설을, 혹은 이성복의 시집을 끼고 있는 풋풋한 더벅머리 문학소년들의 한가운데서 환하게 웃고 있는 소년. 그렇다. 의심할 수 없이 그것은 나의 얼굴이다. 그러나 이 소년이 정말 나인가? 나와 이 순진해 보이는 소년은 정말 같은 사람이었나? 기억과 이미지는 서로 섞이면서 발효되고 과거는 뿌우연 막걸리처럼 불투명해진다. 나는 누구인가.

　나는 아직도 해가 지고 찬바람은 강하게 불며 나무들은 놀란 듯이 무거운 가지를 나부끼던 그 저물녘을 기억하고 있다. 혜연과 나, 그리고 두 사람의 사연이 그 스산한 저녁 어딘가에 함께 녹아 있는 것처럼 보인다. 그날 시장 골목을 지나 선배의 양품점 앞에 도착한 나는 울적했다. 사방은 쥐죽은듯이 조용하고 쓸쓸했다. 너무 쓸쓸해서 죽고 싶을 정도였다. 하루 종일 시내를 배회하다가 날이 저물면 그 양품점으로 기어든 것이 어느덧 일주일째 되던 날이었다.

내 하찮은 고교 시절이 어떤 꼴이었는지, 왜 멀쩡한 놈이 남의 양품점 곁방에 기식을 하게 되었는지 시시콜콜 털어놓고 싶지는 않다. 사실 별로 재미있는 이야기도 아니다. 다만 막 고3 신학기가 시작되려고 하던 그때 나는 무기정학을 당했고 아버지의 매질에 견디다 못해 집을 뛰쳐나온 처지였다는 얘기만 해두자.

입술을 깨물고 큰길을 향해 돌아서 보았다. 그러나 계속 기침이 나왔고 온갖 잡동사니를 챙겨 넣은 커다란 여행가방은 다리에 툭툭 부딪혔다. 우울하게 젖은 바짓가랑이를 내려다보다가 나는 결국 죽지 못해 양품점으로 돌아갔다.

그런데 그날은 내가 기식하던 방에 손님이 와 있었다. 두 명의 여자들이 주인과 소주를 마시고 있었다. 세 사람은 많이 취해 있었는데 이상하게 냉랭한 분위기가 감돌고 있었다. 나는 멋쩍게 웃으며 구석에 쪼그리고 앉았다. 주인은 내가 다니던 고등학교 문학 서클의 선배였다. 여자들은 내가 잘 모르는, 그 선배가 고교 시절 시화전과 백일장에서 사귄 후배들이라고 했다. 잠시 후 여자 가운데 하나가 말했다.

"오빠는 내 처지가 되어 보지도 않고 어떻게 날더러 이래라 저래라 하지?"

허리를 꼿꼿이 펴고 팔짱을 낀 그녀의 몸은 떨리고 있었다. 잘 빗겨진 앞머리를 넓은 이마 위에 비스듬히 드리운, 당시로서는 아주 세련된 숏 커트를 한 미인이었다. 달걀처럼 갸름하면서도 살집이 단단한 얼굴, 짙은 눈썹과 강렬한 눈빛이 독특한 인상을 빚어 내고 있었다. 그러나 그렇게 찬찬히 그녀의 얼굴을 뜯어볼 겨를은 없었다. 선배가 소주잔을 들어 그녀에게 술을 끼얹었기 때문이다.

"네 처지가 되면 모두 너처럼 몸을 파냐?"

모든 것이 눈 깜짝할 사이에 일어났다. 여자의 손이 소주병을 거꾸로 잡았고 여자의 예쁜 입술에선 욕설이 튀어나왔다.

"야 이 개새끼야! 니가 인간이니?"

소주병이 산산이 부서졌고 선배의 얼굴은 피투성이가 되었다. 술상이 엎어졌고 여자의 비명소리가 일어났고 한바탕 볼썽사나운 드잡이질이 있었다. 여자들은 선배의 주먹을 피해 달아났다. 싸움을 말리던 나도 얼떨결에 선배에게 얻어맞고 가게 밖으로 쫓겨났다. 화가 난 선배는 자기 가게까지 때려부수기 시작했다. 나는 두 여자와 함께 시장통을 빠져 나왔다. 등뒤에서 물건 깨지는 소리와 함께 그의 울음소리를 들을 수 있었다.

그날 밤 나는 포장마차에서 소주병을 휘두른 여자와 술을 마셨다. 그 여자가 혜연이었다. 그날 밤 둘이 무슨 이야기를 나누었는지는 기억나지 않는다. 별로 말도 하지 않았을 것이다. 어디선가 끊임없이 개 짖는 소리가 들려왔던 것이 생각난다. 혜연은 착 가라앉아서 내가 옆에 있다는 사실조차 잊어버린 듯이 허공만 쳐다보기도 했다.

갈 곳이 없었던 나는 그녀의 집까지 따라갔다. 그녀는 강변의 둑방 옆 낮게 팬 저지대의 연립주택에 혼자 살고 있었다. 이불을 깔고 혜연을 누인 뒤 나는 옷을 입은 채 벽에 기대어 잠이 들었다. 정신이 들었을 때는 새벽 네 시였다. 여닫기에 매우 뻑뻑한 문을 열고 나가서 찬물을 마시고 손발을 씻고 들어오니 그 서슬에 혜연이 깨어나 있었다. 겨울이라 방의 안팎은 아직 칠흑처럼 캄캄했다.

어떻게 우리 둘이 육체를 나누게 되었는지, 이제 와서 그걸 따져보는 것은 잔혹한 일이다. 정직하게 말해서 나는 그녀를 갖고 싶지 않았다. 원하지 않는 것이 아니라 무서웠다. 그러나 캄캄한 방에서 서로의 숨소리를 듣고 있자니 상대의 존재가 너무 강하게 느껴졌다. 갑갑했다. 그녀도 비슷한 심정이었으리라. 어떤 일이 이미 시작되었고 어떤 결말이 필요한 것 같은 갑갑함.

그러자 열여덟 살의 어리석고 무분별한 정욕이 꿈틀거렸다. 뜨거운 용암처럼 그 나이의 핏속을 흐르는, 과잉(過剩)된 목숨 같은 것이 나를 부추겼다. 혜연의 안에는 뭔가 어둡고 파괴적인 알맹이가 도사리고 있는 것 같았다. 무모하게도 나는 나의 알몸뚱이로 그 알맹이를 열어 보고 싶다고 생각했다.

왜 이래? 혜연은 저항했지만 이내 아무 말도 하지 않았다.

그 섹스는 조금도 좋지 않았다. 혜연의 몸은 운동선수의 근육질처럼 딱딱하고 가죽소파처럼 차가웠다. 통나무를 껴안은 것 같은 느낌이었다. 부딪히는 몸의 모서리마다 살의 위화감(違和感)이 묻어났다. 둘 다 아무런 감동을 느끼지 못했다. 행위가 끝나자 그녀는 내 얼굴을 피해 등을 보이며 돌아누웠다. 그리고 천천히 몸을 일으켜 담배를 피워 물었다.

"내가 너무 낡았지?"

나는 칼 끝에 찔린 사람처럼 목을 떨었다. 혜연의 말이 너무도 정확하게 나의 느낌을 지적했기 때문이다. 나의 목소리는 당황하여 떨렸다. 아, 아, 아니……. 담배 연기에 섞인 혜연의 한숨소리를 들을 수 있었다.

세월은 열정을 가져가지만 조그만 통찰을 선물하기도 한다.

열여덟 살 때 나는 혜연을 거의 이해할 수 없었다. 그녀의 불감증(不感症), 그녀의 자기 방기(放棄), 지독한 술주정, 입에 붙은 욕설…… 한 이불 밑에 인간으로서 취할 수 있는 가장 가까운 곳에 있을 때도 그녀는 낯설었다. 나보다 키도 큰 스물한 살의 여자. 나에게 그녀는 무엇을 생각하는지 짐작도 할 수 없을 만큼 깊은 내면을 지닌 어른 같았다.

그러나 십칠 년의 세월이 흐른 지금 나는 많은 것을 이해할 수 있다. 이제 혜연은 어른이 아니라 성숙이라는 괴로운 숙제 앞에서 영원히 벌받고 있는 어린 처녀로 떠오른다. 그녀는 스물한 살, 스물한 살이었던 것이다. 인생의 봄날. 아름다운 꿈을 품을 나이였고 체념을 익히기엔 너무 젊은 나이였다.

그런 나이에 혜연은 죽어 가고 있었다. 자신의 상처를 어루만져 줄 사랑의 손길을 갈구하면서. 언젠가 그녀는 TV를 보다가 지나가는 듯한 말투로 말했었다.

"요즘 세상에 선량한 부모가 어디 있어. 붙어먹지만 않으면 고맙지. 우리나라에서 일어나는 강간의 삼십 프로가 근친상간이라는 것 알아? 또 그 중의 십오 프로가, 누군지 알아? 친아버지야. 친아버지."

우매한 나는 그녀와 헤어지고도 오랜 시간이 지난 뒤에야 그것이 그녀 자신의 이야기라는 것을 깨달을 수 있었다. 나는 머리를 세게 얻어맞은 듯한 기분이었다. 그것은 차가운 불꽃을 튀기며 내 눈앞에 그녀의 수수께끼들을 환히 비춰 주었다.

그녀는 나에게 많은 것을 이야기했다. 어머니를 개 패듯이 때리던 아버지 이야기, 어머니가 파출부 다니다 쇠약해진 이야기, 등록금을 못 내어 겪은 수모, 취직을 한 뒤에 만난 사장 이야기, 두 번 임신중절을 한 이야기, 안경을 낀 차갑게 생긴 여의사 앞에 푸줏간의 고깃덩어리처럼 가랑이를 벌리고 떨면서 마취가 오르기를 기다리던 수술대 이야기, 수술이 끝난 뒤 회복실에서 먹던 미역국 이야기, 힘들게 혼자 병원을 나와 걷다가 문득 못 견디게 바나나가 먹고 싶어 사 먹고 다 토한 이야기……. 혜연은 그런 이야기를 조용하게, 그러나 아무렇지도 않게 이야기했다. 그럴 때마다 나는 눈물을 흘리며 그녀의 손을 어루만졌었다.

"내가 당신을 한 사람의 밝고 건강한 어머니로 만들어 주겠어요. 꼭 그럴 거예요. 약속해요."

나는 그녀가 나에게 비밀을 털어놓고 있다고 생각했다. 그녀에게 그 작은 연립주택을 내주고 약간의 용돈을 주고 그 대가로 일주일에 세 번씩 찾아오는 그 쉰여섯 살의 사장에게는 결코 하지 않는 이야기를 하고 있다고 생각했다. 그러나 그것은 착각이었다. 오히려 그녀가 정말로 숨기고 싶은 비밀을 털어놓는 사람은 내가 끔찍히도 미워하던, 그 흰머리의 배불뚝이 늙은이가 아니었을까.

그녀는 나에게 끊임없이 신호를 하고 있었던 것이다. 내가 눈치채기를 기다리고 있었던 것이다. 자신의 알맹이를 알아주기를. 자신의 내면에 각인된 그 어둡고, 구부러진 돌투성이 가시밭길을 알아주기를. 그래서 이해와 사랑의 손길로 그 거친 길을 쓰다듬어 주기를. 그러나 나는 끝내 서투르고, 어찌할 바를 모르고, 요령 없고, 분별 없고, 불안한 어린애로 남아 있었다.

나는 이제 슬픔과 연민이 없이 그 시절의 나와 그녀를 바라볼 수가 없다. 어린 나이에 갑자기 대체 이것이 누구의 인생인가, 어쩔 줄 모르던 두 사람. 인생은 나의 것이며 나의 존재는 세상에 유일무이한 것이라고 생각했던 두 사람. 우리가 헤어진 뒤 그녀는 죽었고 나는 변했다. 그러므로 이것은 이미 존재하지 않는 두 사람의 이야기다. 그렇지만 두 사람은 어느 먼 곳에서 또 다른 남자와 여자의 모습으로 계속 존재할지도 모른다.

일주일도 안 되어 나는 혜연에 대해 많은 것을 알게 되었다. 내가 나고 자란 지방 도시는 빤하고 알량했다. 그 도시의 시인들과 작가들, 그리고 작가를 지망하는 고교생들이 우글거리던 시내의 YMCA 다방에서 혜연의 소문을 듣기는 어렵지 않았다. 그러나 이야기를 들을수록 나의 마음 깊은 곳에는 그녀에 대한 사랑이 불처럼 일어났다.

이것이 사랑? 뭔가 사리에 맞지 않는다는 것은 나도 느꼈다. 나는 그때 그녀를 딱 한 번 만났기 때문이다. 그러나 이것이 사랑이 아니면 뭐란 말인가. 어린 나는 자신에게 말했다.

혜연의 몸 속에는 어떤 비통한 것이 있었다. 나는 그것을 알 수 있었고 그것을 내 것처럼 느낄 수 있었다. 그녀의 몸을 한 번 더 열고 싶었다. 그녀의 알맹이로 다가가 이해하고 싶었다. 다른 영혼을 이토록 가깝게 느끼고 싶은 이 감정이 사랑이 아니면 무엇이란 말인가. 타자에 대한 욕망, 내가 전혀 모르는 자에 대한 그 욕망은 사랑이어야 했다. 어린 나는 우리 시대에 널리 유포된 감성적 개인주의를 조금도 의심할 수 없었다. 나는 세상에 하나뿐이어야 했고 타자를 향한 내 느낌의 분명함과 확실함이 그 사실을 보증했다.

그것은 사랑이었고 그러므로 나는 애욕의 고뇌를 피할 수 없었다. 늦은 아침 나는 시외버스 정류장 옆에서 여관을 하는 친구 집에서 나와 혜연이 다니는 회사 근처를 얼쩡거렸다. 오후에는 다방에서 빈둥거리며 시간을 보냈다. 해가 저물면 다시 혜연의 집 근처를 서성거렸다. 혜연을 생각하며 걷는, 채 눈이 녹지 않은 골목길마다 무어라 형언할 수 없이 슬픈 정취가 서려 있었다. 나는 가스불을 끄는 것을 잊고 나온 사람처럼 언제 어디서고 혜연이 있는 쪽을 돌아보았다.

그러나 첫날 아침 연립주택을 나올 때 혜연은 이미 차가운 목소리로 말했었다.

"야 고삐리, 너 다시는 찾아오지 마. 남자는 이제 딱 질색이야. 알았어? 쓸데없는 짓 하지 마."

혜연의 집 앞까지 갔다가 돌아오기를 몇 번이나 반복했던가. 이 주일이 지난 어느 날 저녁 나는 결국 지갑을 다 털어 꽃다발과 과일을 사들고 그녀의 초인종을 눌렀다. 혜연은 몹시 놀랐고 화를 내면서 다시 문을 닫아걸었다.

예상된 거절이었다. 나는 조명등도 깨진 아주 어두운 계단에 쪼

그리고 앉았다. 공기는 뼛속을 엘 것처럼 차고 매서웠다. 한 달 가까운 가출로 몸과 마음은 지칠 대로 지치고 주머니엔 드디어 땡전 한푼도 없었다. 좋아하는 여자의 집, 그 열리지 않는 문 옆에서 얼어죽는 것도 나쁘지 않았다.

나는 정말 나쁘지 않다고 생각했다. 학창 시절의 가출이란 때가 지나면 낫는 감기 같은 것이다. 그러나 나의 경우는 좀 달랐다. 나는 아주 죽어 버릴 생각으로 집을 나왔기 때문이다. 나는 그때 나를 장식하고 있던 모든 것이 일거에 떨어져 나가고 세상의 모욕 앞에 알몸뚱이로 서 있었다. 나는 그 계단에서 덜덜 떨며 짐짓 얼어죽어 가는 자의 비통한 심정으로 내 인생에서 가장 아름다웠던 밤을 생각했다.

그 밤은 나의 왕국을 박살내고 나의 미래를 휴지처럼 구겨 버렸다. 내가 다니던 고등학교에는 20년 넘게 내려온 유서 깊은 문학 동인회가 있었다. 회장이 된 뒤 지난 2년을 다 바쳐 가꾸어 온 나의 왕국이었다. 그날 밤 나는 가족보다도 더 사랑하는 동인들과 함께 축하주를 마시고 있었다. 어떤 현상공모에서 내가 대상을 탔고 상금 20만 원을 받았던 것이다. 그런 상금은 절대 집에 알리는 법이 없이 전부 술값으로 유용해 온 나였지만 그때는 액수가 너무 컸다. 지금은 없어진 연매시장의 막걸리집에서 우리 열두 명은 머리 꼭대기까지 술을 퍼마셨다.

"모두 마시고 죽자!"

그러나 막걸리 한 되에 700원 하던 시절이었다. 열한 시가 넘도록 때려먹었지만 술값은 3만 원 남짓밖에 나오지 않았다. 땅이 출렁거리고 하늘이 돈짝만해진 우리들은 포르노 비디오를 틀어 주는 심야 다방으로 가서 널브러졌다. 따뜻한 우유를 홀짝거리며 취기와 잠기로 눈이 벌겋게 충혈되어 비디오를 보고 있을 때 동기가 옆구리를 찔렀다. 집에 갈 사람은 다 가고 일곱 명이 남았다는 것이었다.

새벽 한 시에 우리 일곱 명은 심야다방을 나와 돼지 멱따는 소리로 노래를 부르며 역전으로 걸어갔다. 청춘이었고 객기의 시대였다. 우리는 랭보처럼 스무 살까지 일생일대의 걸작을 쓴 뒤에 "잘 있거라. 쪼다들아!" 하며 유유히 사라질 생각이었다. 시인은 이렇게 온몸에 불이 붙은 것처럼 살아야 했다. 수많은 금기를 넘어 인생의 모든 것을 맛보아야 했다. 자신이 가진 힘과 가능성을 하나도 남김없이, 다 탕진해서 죽음에게 우리로부터 빼앗아 갈 수 있는 것이 하나도 없다는 것을 알게 하리라. 늙고 병들고 다 떨어진 가죽 푸대 외에는.

역전 골목에서 우리는 빨려 들어가듯 어느 집으로 사라졌다. 얼마 뒤 역 광장에서 다시 모였을 때 우리는 묘한 공범의식으로 그어느 때보다도 강한 친밀감을 느끼고 있었다. 가을이었고 하늘엔 별떨기들이 쏟아질 듯이 빛나고 있었다. 나는 두 팔을 벌리고 밤하늘을 쳐다보며 희랍인 조르바처럼 춤을 추었다. 죽을 때까지 잊지 못할 아름다운 밤이었다.

운명은 아름다움을 사랑하지 않는다. 별밤의 환희는 얼마 못 가서 처참하게 짓밟혔다. 아직 솜털이 뽀송뽀송했던 1학년 하나가 아침에 소변을 보다가 밑이 따끔따끔한 것을 발견했다. 내가 미리 누이들에게 신신당부했던 만큼 모두 신을 것을 다 신었고 절대 병에 걸렸을 리가 없건만 이 바보는 공포에 사로잡혀 죽는 것이 아닐까 괴로워하다가 어머니에게 자수하고 말았다. 학교가 발칵 뒤집혔고 일곱 명은 무기정학을, 다섯 명은 유기정학을 당했다. 학교는 나의 동인회를 아예 없애 버렸다.

삼십대 중반이 된 지금까지도 형벌은 계속되고 있다. 착하고 공부도 잘했던 후배 하나는 그때의 충격에서 영영 벗어나지 못했다. 학교로 돌아온 뒤 성적은 바닥이었고 졸업한 뒤에는 오랫동안 하는 일 없이 방황했다. 그 뒤 대학 진학을 생각하며 미국으로 건너갔으나 네바다 주의 어느 고속도로에서 총에 맞은 시체로 발견되었다. 모두가 나 때문에 생긴 일이었다. 나는 나를 믿었던 친구들에게 고통과 파멸을 안겨 주었다.

혜연의 집 어두운 계단에서 나는 골백번 나의 죄를 되씹었다. 한 번 더 그녀와 자고 싶었다. 나는 그것말고는 이 세상에서 할 일이 아무것도 없는 인간이었다. 그녀가 문을 열어 주지 않는다면 나는 지금이라도 인생을 하직하지 않으면 안 될 것이었다. 그런데 그때였다. 저 어두운 아래층 계단으로부터 거무죽죽하고 살찐 뺨을 가진 남자 하나가 뒤뚱거리며 올라왔다.

예순이 가까워 보이는 늙은이였다. 포마드를 바른 흰머리 아래 청색 남방셔츠와 포도주색 스웨터를 걸치고 목에는 너무 안 어울리는 야한 머플러까지 묶고 있었다. 늙은이는 사나운 눈초리로 위층 계단에 쭈그리고 있는 나를 노려보더니 혜연의 초인종을 눌렀다. 나는 충격으로 손발을 떨었다. 문에서 교태로운 웃음과 부드러운 손길이 나타나 늙은이를 안으로 데려갔기 때문이다.

이것이었나? 선배가 말하던 것이. 네 처지가 되면 모두 너처럼 몸을 파냐……. 그 기막힌 심정. 그 눈물이 쏟아지고 내장이 뒤틀리는 고통을 나는 지금도 생생히 기억하고 있다. 나는 그때 처녀가 아닌 여자의 끔찍함을, 혜연의 몸에 묻어 있는 세상을 받아들일 수 없었다. 타자란 바로 자기 속의 이질적인 부분이라는 것을, 그 야비한 늙은이와 내가 똑같은 사람이라는 것을 절대로 받아들일 수 없었다. 나는 나의 야비함을, 혜연의 추억을 하나의 감정적 자산으로 등기해 놓고 그 자산의 가치를 은밀히 계산했으며 이제는 이렇게 소설로 팔아먹을 수 있는 나를 깨닫지 못했다.

나는 벌떡 일어나 벽에 머리를 찧지 않을 수 없었다. 치가 떨렸고 심장이 펄떡거렸으며 얼어 있던 몸은 금방 불덩이처럼 뜨거워졌다. 그러나 한 시간이 지나고 또 한 시간이 지나자 나의 분노는 서서히 비탄으로 변해 갔다.

내가 뭔데 이래라 저래라 할 것인가. 나는 단지 그녀가 하룻밤 재워 준 '고삐리'인 것이다. 무의식 깊은 곳에 은닉된 열등감, 자괴감과 모멸감이 한꺼번에 밀려와 눈앞을 캄캄하게 했다. 문 안에서 가녀리게 혜연의 교성이 들린 것도 같았다. 나는 밑바닥의 밑바닥, 마치 이 세상보다도 더 낮게 패어 있는 우물 밑바닥에 내던져 있었다.

또 얼마의 시간이 지났다. 나는 가야 한다고 생각하면서도 여전히 같은 자리에 앉아 있었다. 혜연의 집을 나오던 늙은이는 나를 보고 눈이 휘둥그래졌다. 늙은이는 문 안으로 고개를 들이밀고 뭐라고 힐난했다. 그러나 그는 혜연의 앙칼진 목소리에 금방 잠잠해졌다. 혜연은 냉랭한 얼굴로 늙은이를 보내고 계단을 올라와 내 옆에 섰다.

그녀는 한참 동안 말없이 내 꼬락서니를 굽어보았다. 뜻밖에도 그 눈빛은 담담했고 비웃음이 없었다. 나는 더 이상 바보스러울 수 없는 얼굴로 그녀에게 꽃을 내밀었다. 그녀는 나를 부드럽게 안아서 집으로 데리고 들어갔다.

여성적인 것이, 그 비할 바 없이 강하고 큰 정열이 나를 위로 끌어올려 주었다. 혜연은 그때 스스로도 땅바닥을 기어야 할 만큼 아픈 상처를 안고 있었으면서 파탄의 폭풍 속에서 신음하는 나를 붙잡아 주었다. 한 송이 깨끗한 장미처럼 자신을 열어 나를 안아 주었다. 한 남자를 온갖 타락에서 지켜 주는 자부심을 일깨워 주었다. 그녀가 없었다면 나는 어떻게 되었을까. 나는 아마 죽었을 것이다.

"혜연 씨, 아직은 아니지만 나는 곧 돈을 벌 수 있을 거예요. 당신에게 돈을 벌어다 주겠어요."

"바보. 그렇게도 자신을 모르나? 자기는 글을 써야 할 사람이야. 자기는 재능이 있다구. 자신을 좀 사랑해 봐."

혜연은 나에게 옛날에 자신이 쓴 시들을 읽어 주었다. 유년의 여름날과 그 숨막히는 초록과 물빛과 사랑하는 지빠귀들, 맨드라미와 아가위꽃에 대해 얘기해 주었다. 혜연에게는 놀랍도록 예민하고 맑은 감성과 과도하고 폭풍 같고 그러면서도 정직한 의지를 가진 한 여자가 숨어 있었다. 그 여자는 나에게 용기를 주었고, 흐려지고 불안해졌던 문학에의 사랑을 되찾게 해주었다. 그러자 내 안에서 무너졌던 자신감이 아린 발가락처럼 다시 일어섰다. 나는 미래에 대한 소심한 걱정을 치워 버렸고 감히 문학으로 이루고 싶은 자신의 야망을 갖게 되었다.

그러나 배은망덕하게도 나는 나를 위로 끌어올렸던 그 힘 때문에 그 힘으로부터 멀어져 갔다. 술만 마시지 않으면 혜연은 천사였다. 나의 졸가리없는 이야기들을 부드럽고 영리한 눈길로 경청해 주었다. 그녀는 나를 격려해 주고 사랑해 주고 고통을 진정시켜 주었다. 그러나 술만 마시면 혜연은 폭발했다. 혼자 흥분하고 울었으며 머릿속에서 떠오르는 대로 퍼부어대고 그릇을 깨부수고 나를 때렸다. 나는 조용히 웅크리고 있다가 그녀가 잠잠해지면 그녀가 어질러 놓은 방을 치웠다.

말할 수 없이 자존심이 상했지만 그녀를 이해하는 데 시간이 걸리는 것이라고 생각했다. 시간이 걸릴 뿐이지 결코 이해할 수 없는 것은 아니라고. 가끔씩 이런 폭발을 면할 수 없는 것은 너무 피가 뜨거운 여자와 함께 사는 대가라고 생각했다. 나는 참으로 바보 같은 견인주의자였다. 끝까지 여자에 대한 진정한 배려가 무엇인지를 모르고 그녀의 자기 방기를 무조건 참기만 했다.

혜연의 집에 머무르고 있을 때는 그런 상태가 유지되었다. 늙은이와 나는 서로를 묵인했다. 늙은이는 일주일에 세 번, 저녁 무렵에 혜연을 찾아와서 서너 시간 정도 머물다 갔다. 나는 그때를 제외한 나머지 시간 동안 혜연의 집에서 뒹굴었다. 하루 종일 어디에도 나가지 않고 책을 읽었다. 무료해지면 청소와 빨래를 하고 퇴근하는 혜연을 위해 밥을 지었다.

그런데 선배들의 소개로 YMCA 다방에 아르바이트를 나가게 되면서 그런 상태는 깨어지기 시작했다. 혜연이 화를 내면 나도 함께 소리를 질렀고, 그릇을 깨면 나도 꽃병을 집어던졌다. 하루 종일 서빙을 하면서 만나게 되는 그 지방 도시의 작가들과 시인들, 신문 기자들이 나에게 세상 돌아가는 소식을 전해 주었기 때문이다. 그들은 나에게 막연하나마 '시대'를 냄새맡게 해주었다. 그것은 바로 1980년대만의 열기와 활력이었다.

시인들은 흔히 5월 광주로 시작된 80년대를 인간의 헤아릴 수 없는 악덕들이 장강의 물결처럼 펼쳐지는 거대한 연옥으로 표현한다. 거기엔 학살이 있었고 탄압이 있었으며 정경유착이 있었고 부정부패가 있었다고. 60년대 이래의 모순들이 증폭되는, 무모하기 짝이 없는 권력욕과 금전욕, 질투와 음모, 추잡한 성욕과 어리석은 명예욕과 뒤틀린 심성과 모자라는 지성으로 점철된 죄악의 시대였다고 말한다. 그것은 모두 맞는 말일 것이다.

그러나 동시에 80년대는 발전의 시대였고 영광의 시대였다. 가장 낙후된 후진 농업국가로부터 일어선 나라는 막 무역량 세계 10위의 선진 공업국가로 탈바꿈하려 하고 있었다. 사람들은 숨가쁘게 어디론가 달려가고 있었다. 학생들도 달렸고 전경들도 달렸다. 노동자들도 달렸고 넥타이 부대도 달렸다. 시대의 숨결은 뜨거웠다.

문인들도 달렸다. 다방에 모인 지방 도시의 문인들은 허위단심 펜 하나만 들고 서울로 올라간 선배와 동료들에 대해 이야기했다. 어떤 사람들은 상심하고 돌아왔고 또 어떤 사람들은 그 무서운 개미굴에 말려들어 하고많은 평범한 월급쟁이가 되었다. 그러나 얼마 전까지 이 지방 신문사에서 교정 보고 미다시를 뽑다가 서울로 올라가 불멸의 명성과 부를 움켜쥔 사람도 있었다. 그런 극소수의 성공담도 후배들의 야망을 불타오르게 하기에는 충분했다.

다방 일은 힘들었다. 커피가 넘치지 않게 찻잔을 나르는 일은 남들이 보기엔 간단해 보이지만 온몸의 근육과 신경을 긴장시켜야 하는 일이다. 열 시간씩 그 일을 하고 나면 다리가 후들거리고 머리가 띵하게 아프다. 집으로 돌아오면 책 한 장 들춰볼 힘도 없이 누구에게 두들겨 맞은 사람처럼 완전히 녹아떨어졌다. 나는 초조해졌다. 모두가 달리고 있는데 나만이 이렇게 낙오해 있었다. 혜연과 다투는 날이 점점 더 많아졌다.

그 사이 혜연과 나의 관계를 알게 된 부모들이 몇 번 나를 다방으로 찾아왔다. 어머니는 '그 추잡시러븐 창녀 같은 년'이 아들을 '망쳐 놓은 것'에 충격을 받았고 이제라도 아들이 돌아오게 하려고 애썼다. 그러나 부모의 출현은 우리 사이에 아무런 문제가 되지 않았다. 부모는 이미 나에게 무력했다. 성질이 불 같은 아버지도 때리기만 하면 집을 뛰쳐나가 며칠이고 몇 달이고 돌아오지 않는 아들에게 질린 지 오래였다.

혜연과 나와의 균열은 전적으로 나의 내부에서 진행되고 있었다. 여름이 되면서 정학이 풀렸지만 나는 학교로 돌아가지 않았다. 학교에는 나쁜 기억들이 너무 많아서 돌아가도 마음을 잡고 공부를 할 수는 없을 것이었다. 나는 아무에게도 말은 하지 않았지만 서울로 올라가 학원가에서 하숙을 하며 대입 검정고시를 치를 생각을 하고 있었다. 그러면 혜연은? 억눌린 고뇌는 시시때때로 터져나왔고 혜연의 집을 뛰쳐나와 선배들과 술을 먹는 날도 있었다.

그러던 어느 날 갑작스럽게 파국이 찾아왔다. 그날은 다방이 일찍 마쳐서 혜연이 나와 같이 퇴근하기로 약속한 날이었다. 그런데 저녁쯤에 옛날 동인회의 후배 둘이 다방으로 찾아왔다. 역전 골목으로 따라가지 않아 학교의 징계가 가벼웠던 후배들이었다. 그 고맙고 착한 후배들을 그냥 보낼 수 없어서 나는 혜연과 함께 드럼통으로 술상을 만든 고깃집으로 그들을 데려갔다. 소주를 마셨는데 술자리는 즐거웠다.

그런데 그곳을 일어서서 맥주집으로 가려고 할 때 혜연은 갑자기 신경질을 내며 그만 하고 집으로 가자고 명령조로 말했다. 내가 그러면 집으로 가서 한잔 더 하자고 하자 혜연은 화를 내었다. 내 후배들에게 욕을 했다. 혜연은 술이 취했던 것이다. 또 그 묘하게 상기되어 해롱거리는 얼굴을 보자 내 속에서 뭔가가 울컥했다. 절망이 날벌레처럼 춤을 추었고 나는 자제력을 잃었다.

나는 등받이 없는 나무의자를 들어 혜연의 머리를 내리찍었다. 너무 빨리 불처럼 격해졌기 때문에 옆에 있는 사람들은 깜짝 놀라 말릴 틈도 없었다. 혜연은 비명을 지르며 고꾸라졌고 나는 미쳐 버린 오델로처럼 거듭 나의 광기를 휘둘렀다.

혜연을 때리는 순간 나는 해방감을 느꼈다. 더 이상 착한 남자 행세를 그만두기로 작심하는 그 순간 내 몸 속에 쌓여 억눌린 어떤 것들이 거칠고 소란스럽게 분출하면서 나를 환희로 끌어올렸다. 그것은 사후의 어떤 말장난으로도 속일 수 없는 감정이었다. 말하자면 나의 사랑은 하나의 눈속임이었던 것이다. 사실은 사랑할 수도 없으면서 나 자신을 속여 그것이 사랑임을 믿게 만든 눈속임. 나는 내가 그녀를 사실은 얼마나 지긋지긋해했는가를 똑똑히 알 수 있다.

한 남자와 한 여자의 가장 초라하고 비참한 결별이 파출소 옆 빵집에서 이루어졌다. 혜연은 눈이 퍼렇게 멍들고 입술이 터진 얼굴로 눈물을 흘렸다. 나 술만 먹으면 그러는 거 알잖아……. 미안해. 다신 안 그럴게. 나 잘할 수 있어. 혜연이 내 마음을 돌리려고 그렇게 스스로를 내던진 적은 처음이었다.

그렇지만 나는 그때 그녀에 대해 완전히 냉담해진 자신을 발견했다. 나는 사납고 확고하게 그녀를 거절했다. 그녀의 눈을 똑바로 보고 우리는 이제 끝이라고 말했다. 나는 그녀가 화를 내며 콜라잔을 던지고 내 뺨을 때리기를 기다렸다. 그러나 그녀는 그러지 않았다. 그녀는 일그러진 얼굴로 눈물을 흘리며 총총히 사라졌다. 나는 파출소까지 나를 찾아온 어머니를 따라 여덟 달 만에 부모의 집으로 돌아갔다.

며칠 뒤 혜연은 나의 소지품을 챙겨 내가 있는 집으로 찾아왔다. 나는 그녀를 만나지 않았다. 그리고 9년 뒤 나는 혜연이 정신병원의 알코올 병동에서 죽었다는 소식을 들었다.

올해 여름 나는 비행기 좌석에 앉아 네 번째로 방문하는 울란바토르를 내려다보고 있었다. 나는 이제 삼십대 중반의 소설가였고 두 아이의 아버지였다. 그런데 착륙을 위해 갑작스럽게 강하하는 탓인지 또 심한 어지럼증이 일어났다. 지난해부터 나타난 증상이었다.

그 동안 나는 아홉 권의 책을 내고 다시 네 권 분량의 글을 썼다. 책상 앞에서 의자에 묶인 노예처럼 신음하며 지새운 무수한 밤들, 이 작품에서 저 작품으로 쫓기는 오랜 달음박질은 나의 몸을 망쳐 놓았다. 자다가 이부자리를 뒹굴게 만드는 위염은 소설가라면 누구에게나 있는 병이었다. 그러나 조금만 걸어도 숨이 가빴고 갑작스런 어지럼증이 일어났다. 귀와 사타구니, 발바닥에서는 원인을 알 수 없는 진물이 흘렀다. 의사는 내분비 반응 장애라고 했다.

나는 두 손으로 머리를 감싸면서 고개를 숙였다. 들이마시는 공기가 참을 수 없이 탁하게 느껴졌다. 그런데 그때였다. 비행기의 바퀴가 활주로에 닿는 충격과 함께 환청처럼 어떤 목소리가 들려왔다.

내가 당신을 한 사람의 밝고 건강한 어머니로 만들어 주겠어요……. 꼭 그럴 거예요. 약속해요……. 비행기가 멈추고 사람들이 부산히 짐을 내리고 있는데도 나는 얼굴을 일그러뜨린 채 자리에서 일어설 수가 없었다. 환청은 공항을 나올 때까지 나를 따라다녔다.

호텔로 찾아온 안내인은 나의 창백한 얼굴에 놀랐다. 타리아트 계곡까지는 700킬로미터도 넘는데 괜찮겠느냐는 것이었다. 그러나 잠이나 자려고 몽골에 온 것은 아니지 않는가. 나는 신열에 들뜬 몸을 지프에 묻고 울란바토르를 출발했다.

나는 출루트 성소(聖所)를 조사할 생각이었다. 출루트 성소는 타리아트 계곡을 흐르는 출루트 강 중류의 암각화 유적지대다. 1977년 러시아의 지질학자들에 의해 발견된 그곳에는 수십 미터가 넘는 현무암 절벽들의 표면에 기원전 20세기에 형성되었던 고대종교를 암시하는 생생한 그림 문자(몽골 룬 문자)들이 새겨져 있다.

어떤 미국인의 논문에서 이 유적지를 알게 된 뒤부터 나는 마음을 졸여 왔다. 기원전 20세기인 것이다. 많은 사람들이 한국인들의 먼 조상은 북방 대초원으로부터 남하한 기마민족들이었다고 말한다. 그렇다면 출루트 성소의 그 거대한 성서에는 어쩌면 단군 신화, 해모수 신화, 주몽 신화의 원형이 있지 않을까? 마침 한반도의 고대종교를 다룬 소설을 쓰고 있던 나는 내 소설에 나만이 답사하여 연구한 어떤 순금 부분을 꼭 집어 넣고 싶었던 것이다.

첫날은 유난히 날씨가 맑았다. 한없이 푸른 하늘을 배경으로 태양이 사정없이 내리쬐었고 지프는 초원의 풀 향기로 가득 찬 공기 속을 헤엄치듯 달려갔다. 가는 곳이 오지인지라 길은 단 1미터도 포장되지 않은 완전한 벌판이었고 지프는 시속 50킬로 이상을 내기가 힘들었다. 사람을 거의 볼 수 없었고 들리는 것은 그윽한 대자연의 소리뿐 양의 울음소리도 없었다.

그날 밤은 별빛이 눈을 찌르는 것같이 야성적인 별떨기들을 보며 지프 안에서 잤다. 아침에 일어나자 아스라한 안개가 걷히면서 멀리 출루트 강 하류가 바라보였다. 지프는 한 시간 정도 강을 거슬러 올라갔다. 암벽에 그려진 거대한 벽화들이 나타나기 시작했다. 지프는 곧 고고학자들에 의해 '출루트 2'라고 명명된, 가장 다양하게 신화적 주제의 그림들이 위치한 지역에 도착했다.

그곳은 빠른 물살이 우각호(牛角湖)를 만들며 지나가는 U자형 굽이의 암벽지대였다. 주위는 지극히 황량했다. 강 안에서는 잘 보이지 않는 암각화가 은밀하게 감추어진, 높고 가파른 암벽 위에 빽빽하게 새겨져 있었다. 암벽 앞의 작은 공간에는 고대의 예배와 의례가 행해졌던 평평한 제단 모양의 돌들이 놓여 있었다.

그런데 불행히도 나는 그날 강을 건너갈 수가 없었다. 나는 새벽부터 목이 붓고 열이 심했던 것이다. 한국에서 가져온 약들을 먹었지만 열은 점점 더 심해졌고 위통까지 일어났다. 전날 시간을 아끼기 위해 점심과 저녁을 지프 안에서 초코파이로 때운 것이 잘못이었다.

안내인 바트텔겔과 운전사 바잘기 노인은 끙끙거리는 나를 보고 어쩔 줄을 몰랐다. 설상가상으로 하늘 한쪽으로부터 먹구름이 다가오고 있었다. 비가 온다는 소리에 나는 가슴이 덜컥 내려앉았다. 내가 빌린 러시아제 군용 지프는 1943년에 만들어진 것이었다. 마른날에도 시동이 잘 꺼지는데 비까지 와서 진창길이 된다면 무슨 일이 생길지 몰랐다. 더구나 8월이었지만 비가 내리면 초원의 기온은 갑자기 내려간다. 바트텔겔은 따뜻한 화덕이 있는 유목민의 겔(천막집)을 찾아 비를 피하며 하루를 잘 쉰 뒤에 다시 오자고 제안했다. 나에겐 선택의 여지가 없었다.

우리는 왔던 길을 되돌아가 재빨리 좁은 바위 계곡을 빠져 나왔다. 비가 퍼붓기 시작했다. 지프는 평야로 나와 사방을 돌며 인가를 찾은 끝에 간신히 유목민의 겔 하나를 발견했다. 바트텔겔이 내딱한 사정을 설명하기 위해 달려갔다.

그 집의 주인은 예순이 훨씬 넘은 노인이었다. 천연두를 앓은 듯 얼굴이 몹시 얽은 부인과 아직 어린 아들 둘 딸 하나의 단출한 식구였다. 그들은 볼품없이 여윈 얼굴과 너덜너덜한 옷, 부실한 깔개를 하고 사는 몹시 가난한 사람들이었다. 그들은 좁은 겔 안에 겹치듯이 지내는 처지이면서도 나를 위해 자리를 마련해 주었다. 나는 염치불구하고 화덕 옆에 침낭을 깔고 누워 버렸다.

오후 세 시가 되어서야 나는 혼곤한 잠에서 깨어났다. 안내인과 운전사는 겔 밖의 지프에 있었고 아직 비가 내리고 있었다. 머리는 뜨겁고 입 안은 칼칼했다. 습기 때문에 연료로 쓰는 가축들의 분뇨가 눅눅해진 것 같았다. 겔 안은 분뇨 냄새, 볶은 조와 버터 냄새, 마유주 냄새, 사람들의 땀 냄새가 섞여 지독한 악취가 풍겼다. 나는 네 발로 기어가 겔의 나무문을 살짝 열었다. 그리고 바깥을 내다보며 맑은 공기를 들이마셨다.

비 내리는 초원은 잘디잔 물방울로 가뭇한 미로를 이루고 있었다. 초원엔 비가 오고 비가 가는 것이 보인다. 평평한 평야에서는 비구름 바깥으로만 지프를 달리며 아슬아슬하게 비를 피할 수도 있다. 하늘 한쪽이 차츰 밝아 오는 것이 비가 그치려는 것 같았다. 나는 가까운 풀잎에 튀는, 슬픔의 작은 살점들 같은 빗방울을 보며 막연한 감상에 젖어 있었다.

그런데 그때였다. 나는 갑자기 병든 까마귀처럼 떨면서 먼 곳을 응시했다. 내 눈을 의심하며 거듭거듭 눈을 부볐다. 멀리 빗물진 초원 한가운데, 마치 여름날의 풍경 속을 가로질러 가는 신기루처럼 물결치며, 한 남자가 걸어오고 있었다. 나는 머리칼이 곤두서는 것을 느꼈다.

모자도 쓰지 않고 두루마기도 입지 않고 검은 장화를 신은 남자였다. 남자는 고개를 떨군 채 묵묵히 걸음을 옮기고 있었다. 내가 있는 겔 쪽으로 걸어오고 있었다. 초원에는 어디에도 걸어가는 남자가 없다. 걸어서 갈 수 있는 곳이 없기 때문이다. 걸어가는 남자는 죄수이거나 가장 비참한 거지이거나 아니면 이미 죽은 자뿐이다.

전신을 꿰뚫을 것 같은 위통이 일어났다. 나는 신음소리와 함께 배를 감싸쥐며 고개를 떨구었다. 보이지 않는 공기의 벽이 찢어지면서 사방에서 뭔가가 달려드는 것 같았다. 빗방울들이 미쳐 날뛰며 낙지의 잔인한 촉수처럼 나를 휘감는 것이었다. 그러자 누군가가 내 어깨를 붙들고 나를 일으켰다.

"박시(선생), 왜 그러오? 많이 아프오? 사람들을 불러오리까?"

늙은 집주인이었다. 나는 고개를 저으면서 바깥을 가리켰다.

"저기 저 걸어오는 사람은 누굽니까?"

"걸어오는 사람이라니? 누구 말이오?"

"저기 저 걸어오는 사람 말입니다."

"아무도 없지 않소."

나는 한숨을 내쉬며 헐떡거렸다. 나는 서툰 몽골말로 더듬거리며 맨머리에 검은 장화를 신고 이리로 오고 있는 남자가 안 보이냐고 다시 물었다. 노인은 일그러진 나의 얼굴을 찬찬히 들여다보았다. 이윽고 노인은 씁쓸하게 웃으면서 고개를 끄덕였다.

"당신은 예라옹곤(야성의 옹곤)을 보고 있구료."

노인은 지극히 담담하게 말했다. 노인은 내가 마치 초원에 있는 말이나 낙타를 보고 있는 것처럼 당연하다는 태도였다. 나는 그게 뭐냐고 물었다.

"들판을 걸어 다니는 당신의 생령(生靈) 말이오. 당신은 이 겔 안에서 이렇게 게라옹곤(집안의 옹곤)으로 있지 않소. 잘 보시오. 당신과 똑같이 생겼을 테니. 그건 원래 당신의 눈에만 보인다오."

나는 다시 괴로운 얼굴을 들어 초원을 걷는 남자를 바라보았다. 생령을, 자신의 혼을 만나는 사람은 곧 죽는다는데. 그러나 나는 어떤 보이지 않는 손이 내 얼굴을 쳐드는 것을 느꼈다. 그 남자의 눈을 마주보지 않을 수 없었다. 그리고 나는 내가 죽기에도 너무

늦었다는 것을 알 수 있었다. 그 남자는 나를 닮았지만 나보다 17
년은 더 어려 보였다.

포구에서 온 편지

박덕규

1958년생. 대구에서 성장.

경희대 및 동대학원 국문학과 졸업.

1980년 동인지 《시운동》 창간호에 시 〈낙하산〉 등,

1982년 《중앙일보》 신춘문예에 평론 당선,

1994년 《상상》에 소설 〈날아라 지섭!〉을 발표하며

등단했다.

시집으로 《아름다운 사냥》·《꿈꾸는 보초》,

장편소설로 《시인들이 살았던 집》, 소설집으로 《날아라 거북이!》·

《함께 있어도 외로운 사람들》 등이 있다.

현재 협성대 문예창작과 교수로 재직중이다.

포구에서 온 편지

"너, 어디서 데모하고 왔냐?"

철우가 쳐다보지도 않고, 볼펜을 든 손으로 코밑을 부볐다. 코끝이 뭉툭한 특징이 오늘따라 더욱 선명했다. 접속중인 인터넷에서 마지못해 빠져 나오고 있는 눈치였다.

아닌게아니라 철우의 학원 맞은편 건물 앞에서 농성중인 사람들을 지나쳐 횡단보도를 건너온 창세였다. 창세가 한 달 전인가 두 차례 연이어 들를 때가 시작이었던 듯싶은데, 사람들은 더욱 거칠게 보였으나 그때나 지금이나 경찰이 투입된 흔적은 없어 보였다. 한데도 철우는 결국 재채기를 했다.

"샤워하고 옷 갈아입고 나온 사람한테 웬 덤터기야?"

철우의 회전의자 뒤에 서니까 창 밖으로 농성 현장이 그대로 내려다보였다. 4층 건물을 온통 현수막과 붉은색 구호가 에워쌌다. 현관 들보에 붙은 '총파업 29일째' 라는 글씨도 보였다. 지붕에 확성기들을 사방으로 매단 차량도 눈에 띄었다. 건물 앞 주차장 자리를 서른 명 정도의 사람들이 여전히 메우고 앉아, 메가폰을 든 삭발 사내가 핏대를 세우며 외치는 소리를 듣고 있는 중이었다. 머리 위로 내리비치는 저녁 햇살의 무게를 받아 내는 그들의 이마가 짙은 그늘빛으로 보였다.

"봄에 한바탕 하고 끝낸 줄 알았는데, 이번엔 더 길어. 33년 흑자 회사, 부당해고 웬 말이냐, 이거 아니겠어? 앉아, 시간은 아직 넉넉하니까. 차, 뭐 할래?"

철우가 창세 곁에 서서 농성장의 구호를 뇌어 보다가 이내 소파로 걸어갔다. 두 번째였고, 게다가 이번은 한 달 가까이 끌고 있는 장기전인데도 자신의 학원에 별로 해를 미치고 있는 것 같지 않아서 철우는 적당히 무덤덤해져 있었다. 처음에는 수강생들이 항의할까 봐 우려했었는데, 전혀 반응이 없었던 것이다. 철우에게도 확성기를 통해 매일 울려 퍼지는 북소리와 운동가요가 언젠가부터 차지나가는 소리로밖에 들려오지 않았다는 생각이 드는 중이었다. 이제 한국인들은 무슨 일을 하고 있는 중이더라도 저런 유의 소음 정도는 아무렇지도 않게 견딜 수 있게 된 거라고 철우는 혼자서 고개를 주억거리고 말았었다.

"김 선배는?"

창세도 철우 쪽으로 걸어오려다 말고 서서 물었다.

"아까 강의 끝나고 나갔어. 이따가 그리 바로 오겠대."

창세가 곧바로 "김 선배 저기 가는데? 맞지, 저기?" 하며 창 밖으로 손가락질을 했다. 김인기는 손에 흰 비닐봉투를 들고 철우네 학원 쪽에서 농성 건물 쪽으로 통하는 횡단보도 위를 걷고 있었다.

"하 참, 대단한 선배야. 나간 지가 언젠데 저러고 가나 그래?"

철우가 다시 창가에 와서 밖을 내려다보는 시늉을 했다. 김인기는 횡단보도 이쪽 한 건물에 세들어 있는 CD 가게에 들러 거의 한 시간을 지체한 게 분명했다. 철우는 책상 위에 놓인 인터폰으로 직원을 불렀다.

"여기 녹차 두 잔하고……, 어제 사서 포장해 두라는 거 있었지, 왜? 그거 좀 가져와."

금세 알아차린 창세가 "무슨 대단한 선물이라고 포장씩이나……!" 하며 멋쩍구나 하는 표정으로 점퍼 주머니 안에 넣어 온 CD 두 장을 꺼내 놓으며 소파에 와 앉았다. 얼핏 보기에도 새것은 아니었다. 앙드레 가뇽 모놀로그? 어디까지가 사람 이름이야 이거? 하고서 철우가 그 중 하나를 들고 읽다가 툭 던졌다. 음악이 뭔지 좀 아는 사람은 괜찮지만 난 문외한이니까 격식이라도 차려서 그럴 듯하게 해서 가져가야 할 거 아니겠냐고, 담배를 무는 철우의 무딘 얼굴이 말하고 있었다.

송미가 전부터 원하던 개업 선물이 CD나 카세트 테이프였다. 원래는 가게를 낼 형편도 아니었고 더구나 개업 선물 따위를 바랄 이유가 없었다. 어차피 개점 시간 동안은 무슨 음악이든 들려줘야 하는 곳이 술집이니까, 단골손님들 스스로가 잘 듣는 음악을 갖다 놓았다가 원할 때 신청해서 들으면 좋을 게 아니냐고, 지나가는 말로 송미가 흘린 걸 김인기가 먼저 기억해 낸 것이었다. 덕분에 흔히 개업 선물을 사야 할 때 생기는 정신적, 물질적 고민이 크게 절감되었다.

창세는 제자들한테 선물로 받아서는 상담실 책상 서랍에 두고 가끔 듣는 CD 중에서 두 장을 골라 왔다. 한 장은 잘 알려진 모차르트의 세레나데 제13번 곡이 든 것이었고, 손님이 적은 낮에 송미 혼자 조용히 감상해야 할 때 들으면 되겠다 싶어 집어든 게 캐나다가 낳은 뉴에이지 계열의 세계적인 피아니스트라고 소개된 앙드레 가뇽의 피아노 연주곡이었다. 고민한 게 있다면, 퇴근하고 집에 들어가면서 승용차 안에 두었다가 갈아입은 옷 주머니로 그걸 옮겨 간 것을 아내가 알면 괜히 트집잡히겠다 하는 정도였다. 승용차 안에서도 음악을 거의 안 듣는 철우는, 여직원에게 요즘 잘 듣고 있는 카세트 테이프와 같은 것으로 몇 개 사 오라고 부탁을 하게 되었다. 대신, 카세트 테이프 네 개에 삼만 원을 주고는 거스름돈은 필요 없다고 말해 버렸다.

문걸이나 호석 같은 친구도 어쩌면 오늘 초대되었을지도 모르지만, 모르긴 해도 송미가 가게의 새 주인이 된 걸 알지도 못하고 있을 가능성이 컸다. 그런 선물을 제대로 준비할 사람은 역시 김인기였다. 소속 회사에서 휴직하는 기간중에 철우 부탁으로 한시적으로 철우의 학원에 나와서 각종 교재를 살피고 보완책을 강구하는 일을 맡은 그였다. 그렇게 보이지 않으면서도 섬세하고 꼼꼼한 데다 예술적인 감수성마저 있는 사람이라는 걸 철우와 창세 같은 사람은 일찌감치 간파하고 있었는데, 회사 일로 의기소침해져서 그런지 부쩍 그런 면이 돋보였다.

오늘 그가 적어도 삼십 분 이상이나 숙고한 끝에 선택한 CD가 몇 장이고 그것이 어떤 것일지는 몰라도 송미가 필시 새벽꽃처럼 밝게 웃어 줄 게 틀림없었다. 그걸 보며 얼굴을 붉히고 쑥스러워할 김인기는, 방금 전에도 또, 거의 매일 보고 지나쳤을 농성장을 굽은 허리로 서서 한참을 지켜보고 있었다. 휴직 상태라 해도 크게 걱정스러울 형편은 아닐 텐데도 그랬다. 소속 회사가 지금 한창 구조조정 시기를 지나고 있지만 아직은 굴지의 언론사였다. 순번제 무급 휴직자 대상에 올라 있을지라도 사태의 추이에 따라 잔류될 가능성도 없지 않았고, 설사 퇴직 대상이 된다 해도 남들이 입을 쩍 벌릴 만큼의 퇴직금도 남아 있었으며, 또 일찌감치 장만해 둔 집이 두 채인 사람이었다.

"넌 어떠냐?"

창세가, 오늘 오전에 조기 퇴직을 결정했다면서 만감이 교차되는 복잡한 표정을 짓던 선배 교사 한 사람을 떠올리며 물었다.

"야, 저거 보이냐? 저게 지난 여름방학 때 수강생 인원이다."

철우가 화이트 보드 쪽을 뭉툭한 턱으로 가리켰다. 적다는 얘기 같았지만, 창세로서는 와 닿지 않는 숫자 놀음이었다. 그래도 2학기 야간반 수강생들은 많은 건지 왁자지껄 밖이 소란스러웠다. 여직원이 들어와 꽃무늬 종이로 예쁘게 포장한 한 더미 카세트 테이프와 녹차 잔을 내려놓고 가는 사이 걸려 온 전화를 직접 받고 난 철우가 말했다.

"오늘 천둥파만 부른 게 아닌 모양인데?"

"누군데?"

"문걸이 패들이 좀 늦겠대는데?"

"패?"

"그래, 여기 초대받은 우리 패들, 이러는데?"

의아스럽기는 철우가 더했다. 두 사람은 문걸이 모시고 다니던 상관들의 네모난 두상과 굳은 어깨들을 떠올렸다.

처음에 천둥파만 초대하겠다고 하는 걸 그럴 것 없이 곧바로 개업식을 거창하게 하라고 주장한 쪽은 오히려 천둥파였다. 송미가, 아무래도 그러는 게 낫겠죠, 라고 한 게 지난주 철우와의 전화 통화 때였다. 철우가 김인기와 창세에게 그렇게 알리면서 우리끼리 무슨 개업식이겠느냐고 동의를 구해 같은 뜻임을 확인했었다. 그런데 이번주 초에 송미는 각각 따로 전화를 걸어 아무래도 개업 전야제 삼아 특별한 분들만 먼저 불러서 대접하는 게 도리일 것 같다고 했다. 송미가 미국으로 이민 간 김선희나, 지리산에서 일 년에 한 번 올라오는 도 선생에게까지 전화할 수는 없을 터이고, 대체로 문걸이나 호석, 명수 정도를 포함시킬 수는 있겠다 싶었다. 혹 송미가 정말 고객 유치 차원에서 친지들이나 알려지지 않은 거물급 인사를 초대했을 수는 있겠는데, 문걸 패가 함께 몰려오는 것으로 되어 있다면 이건 계획이 아주 달라졌다는 뜻이었다.

“걔 좀 웃긴다? 오늘 낮에도 E 메일로 그림 카드까지 보냈던데?”

“난 오늘 아침에 학교에서 확인했어. 그래 놓고서 이제 와서 안면 싹 바꾼다?”

창세의 말에 철우가 맞장구를 쳤다.

“에이, 안면몰수해 봤자지, 뭐.”

두 사람이 다 송미의 언제나 생글생글 눈웃음치는 모습을 생각하고 있는 자신을 상대에게 들켰다고 생각했다.

“사정이 이러하다면…….”

창세가 새로 익힌 특유의 어법으로 흐트러진 감정을 무마시키려 했다. 철우가 뜻을 먼저 짐작했다.

“이 뒤에 새로 생긴 메밀 소바 집이 괜찮은데, 값도 싸고 양도 적당하고……. 아니면 정종 대포 한 잔씩 걸치고 가든가.”

어차피 어정쩡한 분위기가 된 바에는 미리 배를 채울 겸 적당히 취기를 올린 다음에 가는 게 낫다는 것이었다.

찜찜한 느낌에 오래 집착할 이유도 크지는 않았다. 둘이 꼬치와 정종만을 주로 파는 주점을 찾아 앉았을 때 해가 저물었다. 철우가 잘 다니는 사우나 부근이었다. 창세는 철우를 따라 지난 겨울에 한 번 들렀고 철우는 내내 가지 않다가 송미의 가게에 불이 난 이후 한 차례 더 김인기와 함께 들렀다. 계절과는 어울리지 않았지만, ‘부산 오뎅’이라 이름 붙은 굵고 다양한 꼬치의 맛과 부피로, 출출한 속을 일단은 부담 없이 달래 놓을 만했다.

이상했다. 둘은 말을 많이 나누지 않고 정종 한 잔씩을 붙들고 있었다. 철우는 재채기를 두 번째 하고 나서, 감긴가? 했다. 김인기에 대한 대화만이 조금 길었다. 철우가 먼저, 김인기의 의기소침함이 과장돼 보인다는 말을 했다. 타인의 시선을 끌려고 애쓰는 사춘기 소녀 같아 보인다고 덧붙였다.

“떠들고 다니는 건 아니겠지?”

창세는 소심한 김인기의 입에서 소문이 퍼져 나갈까 염려스러워했다. 철우는 그럴 염려는 전혀 없다고 말했다. 다만 송미가 이쪽에서 투자한 돈에 대해 약속대로 이자나 원금을 못 내놓는 일이 생길 때 김인기 때문에 추궁하기 어려워질 수도 있겠다고 했다.

"김 선배가 벌써 불혹 아니야? 자기는 불혹이 아니라 부록 인생이 되었다고 자조하더라만, 새삼 무슨 봄바람인지, 송미 가게 불난 뒤에 내부 공사중일 때도 자주 그 근처에 가서 송미 만나고 오는 것 같더라."

"송미가 여운데 그렇게 잘 되겠어? 김 선배가 어떻게 시사지 부장까지 됐을까 몰라."

창세는 꼬치를 한입 베어 물 때마다 오래오래 우물거렸고, 철우도 그렇게 김인기와 송미와의 관계를 단언해 놓고는 정종 잔을 들고 이리저리 돌리면서 홀짝거렸다.

천둥파는 십사 년 전 속칭 천둥산 아래 자리잡은 남녀 공학인 한 중고교에서 교생 실습을 하던 사람들이 친목을 다지자는 뜻에서 결성한 모임이었다. 처음에는 그 학교의 교생들에 대한 처우를 문제 삼아 모이기 시작한 것이었는데, 나중에는 실습이 끝난 뒤에도 서로 취업 정보 교환을 핑계로 몇 차례 더 만나게 되었다. 그게 정례화되었다가 이듬해와 그 이듬해의 같은 학교 교생 실습생들과 연계되고, 그 학교의 몇몇 젊은 교사들이 초청되면서 한때 삼십여 명까지 회원이 불어나 버렸다. 몇 번 시국적인 문제를 거론하다가 서로들 심하게 의견 충돌을 하는 통에 해체 위기를 맞기도 했지만, 결과적으로는 되는 대로 모이고 토론하고 마시고 놀아 온 셈이었다. 그런 중에, 몇은 너무 취지가 불분명하다는 이유로, 또 몇은 별 이유도 없이 떨어져 나갔다. 각각 정혼한 상대가 있으면서 서로 열렬히 밀애를 하다가 제풀에 놀라 무작정 연락을 끊어 버린 이상한 연인들도 있었다.

　그럴 즈음 절로 천둥회라는 이름이 생겨서 어느결에 천둥파라 부르기 시작했고, 몇 년 후에 회칙 비슷한 것도 생겨났다. 일 년에 두 번 모이자는 것, 경조사 때 다 같이 뜻을 표하자는 것, 교생 실습생으로부터 출발했으니 반드시 현직 교사로 진출하게 된 사람이 총무를 맡자는 것, 모일 때마다 모임 경비말고 따로 돈을 더 걷어 두자는 것, 이 년 이상 불참하는 사람은 회원으로 남을 뜻이 없다고 간주하자는 것, 어려울 때 서로 돕고 하다 보면 나중에 가서 뜻깊은 사회 활동을 할 수도 있지 않겠느냐는 것……. 대체로 그런 원칙이 지켜져 오는 가운데 세월이 흘러 지금은 한 번의 정기 모임 때 참석자가 열 명 내외가 되곤 했다.

　현재 총무를 맡고 있는 창세는 첫 모임에 나왔다가 이후 교사가 되어 지금까지 빠짐없이 참석하는 회원이었고, 초기부터 오 년 가까이 총무를 맡았던 철우도 같은 처지였다가 도중에 학원을 차리고 나선 경우였다. 세 살 위인 교생 동기 김인기는 졸업 후 곧 시사 잡지 쪽으로 진로가 정해져서 오늘까지였다. 지난번 총무였던 김선희는 그들보다 두 해 후배 교생이었다가 나중에 줄곧 여중 교사로 지냈는데, 이제는 이민을 떠난 처지였다. 도 선생은 그 당시 그 학교 교사 신분이었는데, 지금은 고향인 지리산 기슭에서 열린학교를 개교해서 비지땀을 흘리는 중이었다. 두 번째 총무였던 호석은 교사에서 교수로 변신했고, 명수는 교사가 되자마자 전교조에 가입했다가 지금껏 부침을 거듭하는 중이었다. 문걸은 뒤늦게 경찰로 입대를 해서 그 방향으로 자리를 잡아 무수히 인사 이동을 겪으면서도 모임에는 아주 열성적이었다. 인문계 계통이면 쉽게 교사 자격증을 딸 수 있는 마지막 세대였을 뿐, 실제로 교직에 몸담은 사람은 많지 않은 편이었다.

　별 구심점도 없어 보이는 이런 모임에 사천만 원 이상의 기금이 생겼다면 누가 봐도 놀랄 일이었다. 처음 천만 원까지는 호석이 총무를 할 때 은행에 다니던 그의 애인이 돈 관리를 잘해 준 덕이었다. 그때부터는 거의 기금의 이자만으로 회원 경조사 때 적지 않은 적정 금액을 부조금으로 내놓을 수 있었다. 이상한 조짐이 생긴 것은 삼 년 전이었다. 김선희가 총무를 맡고 있다가 남편을 따라 이민을 갈 때 다음 총무인 창세에게 인계를 한 것이 차압당한 팔백여만 원이 든 예금통장이었다. 공금을 남편 명의의 통장으로 관리하고 있던 게 우선 잘못이었고, 남편이 빚보증을 섰다가 부도가 나서 주거래은행 통장부터 차압을 당하게 되었는데도 미리 손을 쓰지 않은 것이 두 번째 실수였다. 김선희는 철우와 김인기가 함께 있는 자리에서, 대신 현금 백만 원과 언니 이름으로 된 시가 삼백만 원 상당의 주식을 양도해 주고 울면서 떠나갔다.

전화위복이었다. 여차해서 회원들 경조사 때의 부조금이 부족해지면 셋이 갹출하리라 마음먹고 있던 그들은 곧 전혀 엉뚱한 고민에 빠지게 되었다. 김선희가 남긴 주식이 몇 달 사이에 계속해서 상승 곡선을 긋다가, 정말 어느 날 갑자기 처음보다 열 배로 뛰어 올랐을 때 창세가 오히려 겁이 덜컥 나서 당초의 액수인 삼백만 원어치만 두고 그냥 매각을 해버렸던 것이다. 그 일로 철우와 심하게 언쟁을 벌였다. 평생 선생질이나 해 처먹어라, 이 좀생이야! 아직 주식을 팔 시기가 아닌데 함부로 팔았다고 철우가 힐난하면서 그런 말까지 했다. 넌 학교도 안 다녀 봤냐, 선생더러 선생질이라니, 너처럼 돈만 알고 예절은 모르는 쌍놈들이 학원 장사로 치부하고 있으니 나라가 될 게 뭐야! 창세도 질 수 없어서 소리쳤다. 송미가 종업원으로 있는 주점에서였다. 그때 김인기의 입에선가, 그 돈으로 이 술집을 인수하면 어떨까 하는 얘기가 처음 나왔다. 송미가 경영하면 되겠네 뭐, 하고 말한 것이 김인기인 것만은 확실했다. 송미가 어림없는 얘기라고 눈에 흰자위를 크게 드러냈다. 실제로 그 돈정도는 그 주점의 권리금도 해결 못할 수준이었고, 또 그때는 주점

사장이 집안이 안정돼 있을 때라 호황을 누리는 그 주점을 넘길 이
유가 없었다. 물론 모든 게 취중에 시작한 객적은 언쟁이고 농담이
었다.

철우가 그때 주장한 것이 확정 금리 단기 예탁이었다. IMF 직후
그런 금융상품이 쏟아져 나올 때였다. 이후, 세 차례에 걸친 단기
예탁에 기금은 사천만 원이 훌쩍 넘어 버렸다. 교수가 된 호석이
뒤늦게 어린 여자를 만나 늦장가를 가는데도, 도 선생의 열린 학교
를 처음 단체로 방문할 때도, 철우가 부친상을 당한 때도, 누군가
가 수술을 하고, 누군가가 장모상을 당하고, 누군가가 집들이를 하
는 때도 기금의 이자만으로 표나게 부조를 할 수 있었다.

어쨌든 그때는 그 돈이 실제로 송미의 주점 인수 자금에 보태질
줄은 정말 모를 때였다. 송미는 바로 천둥파의 근거지였던 그 고등
학교를, 이미 천둥파 회원들이 교생 실습을 마치고 사회에 진출하
고 난 뒤에 다녔다고 했다. 그 학교에 오래 근무했던 도 선생의 송
별연 때 처음 들른 술집에서 송미가 먼저 도 선생을 알아보았고,
그것이 인연이 됐다.

송미도 송미였지만, '도이치 하우스'라는 상호에 걸맞는 '도이치
스페셜 1, 2, 3'이라는 단계별 스테이크와 소시지 안주도 정갈했고,
무엇보다 그 집의 생맥주의 신선도가 최상이었다. 그게 처음에는
새로 술을 청할 때마다 잔을 언제나 냉장고에서 꺼낸 깨끗하고 찬
것으로 주는 덕인 줄로만 알았다. 천둥파 중에는 평소 '맥주주의
자'임을 자처해 온 사람으로 맨 먼저 그 집 단골이 된 사람이 호석
이었는데, 나중에야 그의 그럴싸한 설명을 들을 수 있었다. 생맥주
는 처음 출시될 때의 섭씨 4도의 온도를 어떻게 유지해서 소비자가
신선하게 마실 수 있도록 하는가가 관건인데, 그 집은 보통의 생맥
주 집에서는 잘 볼 수 없는 특수한 대형 냉각기로써 그 온도를 비
교적 고스란히 유지한다는 것이었다. 이미 철우나 창세도 단골이

된 이후라, 거의 그 주점이 처음 생길 때부터 고급 냉각기가 있었다는 사실이며, 그때껏 대형 냉장고 안에 보존돼 있던 사기 잔들이 개점 초기에 신선한 생맥주의 제공을 위해 유리컵 대신 쓰던 것이라는 사실 따위를 안 뒤였다. 그즈음에는 송미가 풍기는 매력에 한껏 끌려 있는 상태이기도 했다.

송미는 고교 졸업 후까지도 공부에 취미를 못 붙이고 재수를 하는 둥 마는 둥하면서 일 년여를 지냈다. 그후 친척 소개로 전자상가의 조그만 컴퓨터 판매 회사에서 이 년 동안 경리를 보았고, 뒤늦게 2년제 대학에 들어가 야간 아르바이트 자리를 구하다가 '도이치 하우스'의 전 주인 밑에서 일하면서 휴학과 복학을 거듭해 4년 만에 졸업을 했다. 다시 새 주인을 만나고도 종합대학에 편입학해서 3학년을 다니고 있던 중에 천둥파를 만난 셈이었다.

말을 드러내 놓고 하는 편인 철우는, 너, 나하고도 나이 차가 얼마 나지 않는다, 너, 졸업만 하면 내 꺼다, 이런 농담 반 진담 반의 말로 송미에 대한 호감을 표하곤 했다. 창세도 자주, 너 그렇게 가는 손으로 생맥주 잔을 다섯 개씩이나 어떻게 들고 나르냐, 하고 안쓰러운 감정을 드러냈다. 실제로 작지 않은 키와 적당히 볼륨도 있어 보이는 덩치에 비해 송미의 가늘고 하얀 손은 여자 손님들의 시선까지도 붙들곤 했다. 말과 행동이 과감해지게 마련인 단골 취객들 사이에서는 가끔 송미의 손을 누가 잡아 보나 하는 내기를 거는 일도 있었고, 불쑥 송미의 손목을 잡고 감탄사를 늘어놓는 중늙은이들도 자주 목도되었다. 호석의 인도로 단골이 된 왕년의 시인이었다는 한 노교수가 일본 중세의 유명한 시인 '마쓰오 바쇼〔松尾芭蕉〕'의 하이쿠〔俳句〕를 읊어 주는 앞에서 송미는 감동한 듯이 두 손을 가슴에 모으고 머리를 조아린 일도 있었는데, 그때 그 노교수의 손이 송미의 손을 오래오래 에워싸고 있다가 남의 시선을 한몸에 받기도 했다.

신선한 생맥주, 정갈하고 깔끔한 안주, 크게 부담을 주지 않는 적당한 가격, 서른댓 평 정도의 공간에 호화롭지도 너저분하지도 않은 인테리어, 취기에 어우러지게 이어지는 음악소리, 손님들에 대한 여주인의 능수능란한 결단과 예우, 그리고 송미의 손놀림, 그런 것들 덕분에 항상 삼사십대 중심의 화이트 칼라들로 만원인 집이었다. 바로 얼마 전인가, 김인기가 취한 소리로 얼핏 이런 말을 하는 걸 듣고 두 사람은 순간 술이 확 깬 적도 있었다.

"헛! 얘 말이지, 비겁하게 눈에 보이는 데만 가늘고 희더라구!"

그 소리에 표정을 일그러뜨리지도 않고 "어머, 미안해요. 제가 워낙 그래요" 하고 웃는 송미의 모습이 오래 인상에 남았다.

"선생님들 같은 좋은 분을 만나 결혼하고 아이 낳고 남편 뒷바라지하고 아이 기르고 책 읽고 음악 듣고…… 그게 제 꿈이죠, 뭐."

아주 평범한 얘기를 하는데도 세상의 이치를 새롭게 깨닫는 그런 순간의 느낌을 밖으로 환하게 담아 내는 표정과 어투가 송미의 매력이라는 걸 아는 사람은 많지 않다고 두 사람은 생각했다.

"좋은 분들하고 술 마시고 얘기하고 노래하고 이럴 때 참 행복하다고 느끼다가도 갑자기 내 속에 너무 들어 있는 게 없이 사는구나 하고 생각되어서 막 책을 읽고 음악을 듣고 싶은 거 있죠. 저요, 돈 벌면 음악 마음대로 듣고 책 실컷 읽고, 그리고 좋은 사람 많이많이 사귀고 싶어요. 밖에 나가기 귀찮을 땐 컴퓨터 통신으로 미지의 사람들과 얘기를 나눌 수도 있을 테지요."

실제로 많은 책을 읽고 사는 것 같지는 않았지만, 송미가 그런 말을 할 때면 타인과의 대화를 통해 인생에 대해 좀더 진지하게 생각해 보고 한 점 한 점씩 새로운 것을 깨달아 가는 한 젊은이의 설레는 숨결 같은 걸 느낄 수 있었다. 조금은 이국적인 정취를 자아내는 음악에 묻힌 채 낯선 체험을 안겨 주는 소설 책을 읽고 있는 처녀의 모습이 고스란히 그려지는 것도 같았다. 그리고 어쩌다가는 송미가 컴퓨터 통신을 통해 보내 온 편지를 그들은 읽을 수 있었다. 두 사람은 자신들이 송미에 대해 서로 비슷한 느낌을 갖고 있다는 사실을 눈치채곤 했다.

두 사람은, 송미가 가게를 인수할 뜻이 있는데 돈이 부족하니까 우리 기금을 빌려 주자는 얘기를 김인기가 먼저 했다고 해서 공금을 임의로 사적인 자리에 투자한 책임을 모두 김인기에게 돌려서는 안 된다고 생각하는 사람들이었다.

남편이 급성 간암에 걸린 데다 아들까지 교통사고를 내고 구치소에 갇히게 돼서 돈이 급하게 필요하게 된 것이 '도이치 하우스'의 여주인이 갑작스럽게 가게를 내놓은 이유가 되었다는 사실도 김인기가 먼저 알았다. 그가 무급 휴직에 들어선 지 얼마 있지 않아서였다. 송미가 그 집을 인수할 뜻이 정말 있다는 사실을 알려 온 것도 김인기였고, 그렇지만 돈이 턱없이 부족하다는 당연한 사실도 그가 먼저 얘기했다. 가게를 보러 오는 사람도 꽤 있는 모양이어서 아무래도 곧 낯선 주인을 만나게 될 것 같은 상태였다. 그때 가게에 불이 나서 내부를 새롭게 수리하지 않으면 안 되는 사태가 벌어지지 않았더라면, 갑자기 금이 내려갈 수도 없었고 송미가 인수할 엄두를 낼 수는 더욱 없었다.

현실적으로도 투자 가치는 충분했다. 나중에는 김인기보다 철우가 더 적극적이었다. 그래도 면죄부는 있어야 하니까 김선희 때의 책임 금액 팔백만 원은 유지하자는 창세의 의견이 받아들여지고도 며칠이 흘렀다. 불난 주점 앞 커피숍에서였다. 철우가 상환 조건을 제시하고 김인기가 중재를 했다. 그 이후에 생길 이익을 어떻게 할 것인가에 대해서는 다들 더 깊이 생각하지 못했다. 결국에는 창세가 통장에서 관리하고 있던 천둥파 기금 사천오백만 원 중에서 사천만 원이 송미가 가게를 인수하는 경비에 보태졌고, 송미는 그것에 힘을 얻어 처음 내세워진 시세에 비해 사천만 원이나 적은 금액으로 가게를 인수해 '도이치 하우스'의 새로운 주인이 되었다. 내부 수리는 그때부터 시작돼 보름 만에 끝났다.

두 사람은 정종을 마시는 동안 각각 한 차례씩 휴대전화를 받았다. 창세가 받은 것은 호석에게 온 것으로 '도이치 하우스'에 와 보니 아무도 없더라는 얘기였다. 호석에 이어 도착한 김인기의 재촉 전화가 철우한테 걸려 왔다. 왠지 조금 취한 음색이었다. 송미는 안 보이는 대신, 호석이가 제자들하고 같이 와 있고, 막 문걸이가 간부들 몇하고 들어오고 있는 중이라고 했다. 일부러 시간을 늦춘 두 사람이었지만, 알 수 없는 조바심을 느꼈다. 철우가 남은 정종을 다 비우고 "역시 감기엔 술이 최고야!" 하면서 주인에게 값을 치르고 나서 창세에게 물었다.

"그날 누구누구 있었지, 우리?"

"언제 말이야?"

창세가 되묻고 나서 미간을 좁혔다. 두 사람은 더 말하지 않고 길을 걸었다. 농성장의 사람들은 옥내로 자리를 모두 옮겨 간 듯했다. 둥둥둥 하는 북소리가 귀에 울렸지만 정작 그 소리가 농성 건물에서 나는 것 같지도 않았다. 한 블록을 지나 송미의 주점이 있는 단층 건물을 만났다. '도이치 하우스'는 새로 도색만 되었을 뿐, 외양이 그대로였다. 그 앞에 낯선 고급 승용차가 두 대 서 있었고, 출입문이 반쯤 열린 채 고정돼 있었다. 문 앞에 이르러 철우가 뒤를 돌아봤다.

"설마, 와 있겠지?"

"그렇겠지?"

창세도 얼굴이 붉어졌다.

"우리가 그래도 이 집의 대주주 아닌가?"

창세도 웃음을 되찾으며 맞장구를 치려다가 입을 꾹 다물었다.

주점 안은 아직 도색한 냄새가 채 가시지 않았다. 바텐더용 스탠드 테이블 쪽에는 스툴 의자가 몇 개밖에 놓여 있지 않아서 허전해 보였다. 주방 쪽에 얼핏 보이는 사람은 송미가 이모라고 부르는 주방장 아줌마 같아 보였다. 의자와 탁자는 새것이 대부분이었고, 모든 게 전과 같은 위치와 도색으로 조금 더 맑아지고 밝아진 느낌이었다. 아주 다른 게 있다면, 송미가 구상한 대로 카운터 뒤쪽에 컴퓨터를 한 대 설치해서 간단한 통신 업무를 볼 수 있는 유리방을 꾸며 둔 게 다른 점이랄 수 있었다. 그 유리방 안에 오디오 시설이 함께 자리한 것에도 송미의 체취가 느껴졌다. 마침 컴퓨터 앞에 앉아 있던 긴 머리 여자가 일어서는데, 보니까 전부터 자주 와 있던 숙희라는 아르바이트생이었다. 중앙에 자리한 원탁에 둘러앉은 사내 넷은 문걸 패였다. 짧게 깎은 머리부터가 당장 두드러졌다. 누군가의 음담패설쯤에 낄낄거리는 폭소에 젖던 문걸이 돌아보며 손을 흔들었다. 니들이 더 늦었구나 하는 표정이었다. 과연 이 맥주야! 하고 오늘도 적어도 첫잔 때는 그렇게 감탄사를 늘어놓았을 사람들이었다.

"어, 어디서 한잔 하고 오는 길이야?"

김인기가 호석 일행 자리에서 잔을 들고 건너오며 외곽진 자리에 둘과 한 테이블을 차지하고 앉았다. 개점 음식으로 특별히 마련한 시루떡과 모듬전이 각각 한 접시씩 놓여 있는 자리는 그게 끝이었다. 창세가 의자에 앉으려다 보니, 김인기가 가져온 것으로 보이는 하얀 비닐 봉투가 놓여 있었다. 역시 대단하지? 하고 창세가 철우에게 눈짓했다. 호석은 이쪽을 슬쩍 돌아보는 눈치더니 금세 자신의 강의 어투를 되찾아 갔다.

"관객을 무대로부터 떨어뜨려 놓는 북소리, 무슨 말인지 알아? 브레히트가 말한 소외 효과란 게 그런 거란 말이야. 무대 것은 연극이니까 정신차리고 보라는 정신……."

여학생 셋, 남학생이 하나, 모두들 그를 뚫어지게 쳐다보다가

"애, 좀 떨어지라니까!" 하는 호석의 말이 뒤늦게 우스개인 줄 알고 일제히 파, 하고 자세를 풀며 웃고 있었다.

"김 선배야말로 어디 가서 혼자 술을 드시고 오셨수?"

창세가 여전히 주변을 두리번거리며 물었다. 숙희가 와서 오백으로 드릴까요? 하고 물었다. 김인기가 그걸 자르듯 말했다.

"이 사람아, 너희 새 주인이 있어야 이 손님들이 오백이든 천이든 마음 편히 시켜 마실 것 아냐?"

예상보다는 더 취한 음색이었다.

"송미가 어디 갔는지를 김 선배가 모르면 누가 알아?"

철우의 말에 "그러게 말이야. 날 두고 어디 간 거야, 얘가?"라며 눙친 김인기가 한결 취기를 걷어낸 표정을 지으면서 "장사 잘되면 나 이 집 지배인으로 들어올 거다."

하고 말했다. 허, 장사 망칠 일 있어, 참아, 참아. 철우가 웃어넘겼다.

뭔가 이가 빠진 듯한, 페인트 냄새도 덜 가신 썰렁한 새 집 같은 느낌 속에서 그들은 잠시 멀뚱거리고 앉아 있는데 철우의 어깨를 툭 치며 문걸이 끼여들어 왔다.

"야, 이 집 불나고 처음이구나, 우리. 그날 참 신나게 놀았는데 ……."

거품이 찰랑거리는 500cc 잔을 두 개 들고 온 숙희가 철우 쪽을 보며 말했다.

"모두 다 오셨으면 E 메일을 확인하시라고 아까 언니가 전화하셨거든요."

"나? 누가?"

철우가 무심코 잔을 들어 입술을 축이다가 자신을 가리키는 시늉을 했다.

"네, 신 선생님요."

모두 영문을 모르겠다는 표정을 지었다. 그래도, 송미 주점에 오는 일로는 철우가 총무 역할을 할 때가 많았던 것은 다 인정하는 사실이었다.

"저기서 제 아이디로 들어가서 편지를 받으시면 됩니다."

철우는 잔을 든 채 숙희가 인도하는 대로 유리방으로 걸어 들어갔다. 이상하게 주점 안에 지나칠 정도로 깊은 정적이 흐르고 있다는 느낌이었다.

컴퓨터 안에는 뜻밖에도 E 메일이 아니라 일 대 일 대화가 기다리고 있었다. 모니터에 찍힌 "선생님, 정말 죄송해요" 하는 송미의 말을 만나는 순간 철우는 금세 자기 몸 속에서 청각기가 열리는 소리를 들을 수 있었다.

"저 지금, 선생님들께 큰 죄를 짓고 있는지 알아요. 조금만 참고, 지금부터 틀어 드리는 카세트 테이프 소리를 들어 주세요. 부탁합니다."

"나, 참 무슨 얘긴지……."

철우는 자판을 치다 말고 침을 꿀꺽 삼키고 뒤를 돌아봤다. 숙희가 오디오 앞으로 막 허리를 굽히고 있었다. 곧 주점 안에 새로운 음악이 흐르기 시작했다.

겨우, 이런 걸 관현악곡이라 하겠구나 하고 짐작했는데, 곧 찌직거리는 소음이 나더니 툭 줄 끊기는 소리가 났고, 또 한 번 "죄송해요"라고 송미가 찍어 놓은 모니터의 글자가 가물가물했다. 주점 안에 이상한 침묵이 잠깐 흐르다 다시 시끄러워지려는 순간 스피커에서 한 사내의 음성이 거칠게 터져 나왔다.

"자자자, 조용하시고…… 오늘은 특별히 '도이치 하우스' 사장님의 허락을 득하여 우리가 이 격조 높고 품위 있는 주점 안에서 고성방가를 할 수 있는 광영을 누리게 되었습니다. 먼저 오늘 이 자리를 마련해 주신 우리의 자랑스런 사장님께 박수!"

주절주절 내뱉는 취객들의 말소리와 웃음소리, 박수소리 들이 어우러진 배경에서 취한 남자의 우렁차고 탁한 목소리…….

녹음기 속 목소리의 주인인 문걸이 자기 패 쪽으로 돌아가 앉아 있다가 뒤늦게 알고 소리쳤다.

"어? 이게 뭐야? 하하하, 나 참! 언제 저런 걸 녹음했어?"

"미스 유니버스, 아니 우리의 미스 아르바스 박송미 양의 졸업을 축하하는 의미에서 축가를…… 우리의 영원한 오빠이시며…… 이십 세기 최후의 로맨티스트 김인기! 우와…….'

그날 그렇게 놀았다. 송미가 대학을 졸업하던 날이었다. 편입해서 이 년 반 만에 참여하게 된 8월의 졸업식이었다. 철우는 언젠가처럼, 졸업을 축하해 준다는 명분으로 송미를 데리고 소래 포구로 가서 놀다 올 생각을 품었었다. 송미는 생글거리면서 전 선약이 있다구요, 저녁에 가게로 놀러 오세요, 하고 발을 뺐었다. 그날 밤에 철우는, 창세가 술에 취해 휴대전화를 걸어 와 송미의 주점에서 만났다. 김인기가 혼자 와 마시고 있었고, 뒤늦게 문걸과, 호석과 친구 일행들이 우연히 왔다가 어울렸다. 누가 어떤 식으로 시작했는지 몰랐다. 만취하면 잘 가는 노래방이 따로 있는데도 그날은 밤 열한 시쯤부터 그 집에서 마이크를 빌려 놀았다. 그러다가 "오늘 뜻깊은 날이다. 이거 녹음해 두자!" 창세가 취한 몸짓을 했다. 사장인가 송미인가가 녹음 테이프를 하나 끼워 넣었을 것이었다.

테이프 소리를 듣다 말고 철우는 자판을 거칠게 두들겼다. 장난 치는 거 아니지? 그럴 리 없다고 생각하면서도 아, 이년 맹랑한데 하는 기분을 감출 수 없었다. 그러나 송미는 깜찍스럽고 당당하게 말을 전해 오고 있었다.

"저로서는 선생님들께, 그 테이프를 들으시게 하지 않을 수가 없답니다."

혀가 꼬부라진 김인기의 노랫소리 도중에 갑자기 테이프가 소리를 멈췄다. 뭐 저래, 하는 소리가 문걸 패한테서 났다.

"뭐하는 거야, 지금? 내가 언제 저런 노래를 불렀지?"

김인기가 철우의 등뒤에 와서 섰다. 철우가 뒤를 돌아보며 어이 없다는 표정으로 들썩 하는 어깻짓을 창세가 다가서며 보았다. 송미는 먼 곳에서 주점 안을 들여다보고 있는 것처럼 말했다.

"테이프가 멎은 줄도 모르고 모두들 그렇게 흥겹게 놀았지요. 그날 집안일로 어려운 일을 겪고 있는 주인 아줌마가 늦게 가게에 나왔다가 술을 마시고는 긴장이 풀렸는지 제게 마음대로 놀라고 그러셨지요. 저도 취해서 노래를 두 곡이나 불렀던 것 같아요. 선생님들이 제게 계속 앵콜을 외쳤지요. 제 노래는 다행히 녹음이 안 되었지만요. 테이프가 다시 돌아가기 시작한 것은 문이 잠긴 지 한참 뒤였습니다. 저를 너무 아껴 주시는 신 선생님, 유 선생님 그리고 김 선생님, 제발 끝까지 들어 주셔야 해요. 저를 이해하세요. 그날 저는 선생님들과 함께 노래방으로 옮겼습니다. 한참 뒤에 저는 잠시 가게로 다시 돌아갔습니다. 두고 온 물건을 가지러 간다고 했지만, 실은 물을 마시기 위해서였습니다. 제가 도망가려는 줄로 알고 양문걸 선생님께서 제 핸드백을 빼앗았는데 제가 간신히 가게 열쇠만 빼냈지요. 가게 문을 열었다가 열쇠를 꽂아 둔 채로 화장실에 다녀왔습니다. 저도 좀 취해서 그 사실도 잊고 화장실에 좀 오래 있었던 모양이에요. 다녀오니까, 가게 앞에 서 있던 김인기 선생님이 제 손을 붙들고 다시 노래방으로 끌고 갔습니다. 열쇠를 주시면서 가게에는 갈 것 없다, 다 널 위해서야. 이렇게 말씀하셨습니다. 철우 선생님도 제 쪽을 힐끗 보시면서 퇴근했으면 회사는 잊어버리는 게 건강에 좋아, 그러셨어요. 유 선생님은 제 차례라고 노래방 책을 펼쳐 내미셨습니다. 그러고는 얼마의 시간이 흘렀을까요. 잘 모르겠지만, 가게에 불이 난 걸 안 것은 한참 뒤 소방차 소리를 듣고 난 뒤였어요. 문을 부수고 들어간 소방대원들이 불을 껐는데 검은 연기가 가게 안을 가득 메우고 있었지요. 새벽에 주인 아줌마가 새하얗게 질려서 나오셨지요. 선생님들이 가게 문 밖에서 안으로 기웃거리면서 누전일 거라고 그러셨지요. 양문걸 선생님께서도 경찰관 아저씨들과 함께 안으로 들어갔다 나오시더니 누전이야, 이건, 이렇게 말씀을 하셨지요.”

문걸 패들이 한 차례 건배와 원샷을 외치며 잔을 부딪는 소리가 났다. 호석 자리에서도 다시 호석의 주점 강의가 속개되는 중이었다. 그 소음 사이로 셋은, 다시 찌직찌직 소리를 내면서 작동하는 테이프 소리를 들었다. 모두들 귀가 커졌다. 스파크가 일어나는 소리 같은 게 있었고 곧 희미하게 빠른 발걸음 소리가 났다.

그날, 정말 그렇게 즐겼다. 녹음중이던 테이프가 일시적으로 멎는 오디오 이상을 알 까닭이 없었다. 누구나 어디서든 그런 것처럼, 그런 놀이 외에는 아무것도 없는 사람들의 되풀이되는 주연이었다. 송미 같은 젊고 매력적인 여자가 아니더라도 아무 여자나 끼고 놀았을 것이다. 송미를 안는 남자들마다 노골적으로 가로채듯 밀어 내는 김인기 때문에 웃음바다가 된 날이었다. 자정을 넘긴 지 오래 뒤에 이웃집 노래방으로 옮겨 갔다. 송미가 그런 식으로 손님을 따라나선 것은 그날이 처음이었다. 송미가 택해 부르는 신세대 노래는 역시 학생들과 어울림이 잦은 호석이 잘 맞췄다. 남의 흥은 잘 돋구면서도 정작 자기는 분위기에 어울리지 않는 가곡만 부르는 위인이 문걸이었다. 김인기는 툭하면 자기 노래라고 마이크를 잡았다가 한 소절도 못 부르고 물러서곤 했다. 송미가 무얼 빠뜨리고 왔다면서 자기 가게로 찾으러 간다고 나간 사이 화장실에 다녀온 김인기가 “송미, 어디 갔냐?” 하고 찾기 시작했다.

“송미! 송미, 어딨냐!” 오디오에서 이상한 기계음이 들리다가 송미, 라고 부르는 남자의 목소리가 났다. 또 알 수 없는 잡음이 끼여들었다. 그리고 잠시 뒤 “어어어……!” 하고 들려 나오는 외마디

소리만은 김인기의 것이 분명해 보였다. 뒤이어 쿵쾅거리는 소리, 총 쏘는 소리, 기계가 쇠톱에 깎이는 소리…… 그런 소리들이 어우러지면서 이어지고 있었다.

"그만 해!"

김인기가 오디오 곁에 서 있는 숙희에게 소리치고 나서 분을 삭이는 한숨을 내쉬고는 철우에게 명령하듯 말했다.

"송미한테 여기 와서 얘기하라고 그래! 도대체 그년 지금 어딨는 거야!"

문걸이 낌새가 이상해진 걸 알아차리고 다가오면서 투덜거렸다.

"아이 참, 왜들 그래? 송미는 어디 갔어? 높은 분들 모셔 오라고 해서 모시고 왔는데 이게 무슨 망신이야?"

마침 테이프가 작동을 멈췄고 그러자 주점 안은 일시에 썰렁해졌다.

송미가 말했다.

"내놓은 가게가 불이 난 탓에 가게를 탐내던 사람들이 주춤하고 있었지요. 주인 아줌마는 마음이 더욱 급해져서 발을 굴렀지요. 그때 천둥파 선생님들이 도와 주셨지요."

도대체 무슨 얘기를 하려는 거지?

창세가 철우를 밀어 내다시피 하면서 자판을 대신 두들겼다. 천둥파의 기금이 얼마이고 그것이 어떻게 활용되고 있는지 모르는 문걸과 호석에게 당장 신경을 쓰지 않을 수 없었다.

송미는 눈에 안쓰러울 정도로 가늘고 길고 흰 손가락으로 자판을 두들기고 있었다. 오타가 자꾸 나서 하나하나의 문장은 더디고 어렵게 완성되어 갔다.

"저는 오늘 아침에 소래 포구에 왔습니다. 오늘이 세 번째랍니다. 소래에 올 때마다 여기서 안주감을 구하면 싸고 새로운 것들이 참 많겠구나 생각했었지요. 젓갈도 여러 가지 사고, 새우며 오징어도 샀지요. 한치는 더구나 안 살 수 없었지요. 이 한치가 베트남 산이라는 걸 저는 잘 알지요. 그렇지만, 오징어에 비해 희고 앙증맞기 때문에 값나게 매길 수도 있고 인기도 높을 거라고 추천하신 분들한테 맛있는 안주를 만들어 드리고 싶었어요.”

꼭 하고 싶은 말만 해라, 송미야. 철우와 창세는 그렇게 말하려다 입을 다물었다. 서로가 얼굴이 검붉어진 걸 들켰다고 생각했다. 송미는 비겁하게, 눈에 보이는 데만 가늘고 흰 여자였다. 적어도 김인기는 그걸 모를 거라고 두 사람은 믿고 있었다. 김인기는 송미가 보내는 편지를 미처 다 읽지도 못하고 “쟤, 송미 맞아? 쟤 좀 이상하잖아?” 하고 중얼거렸다.

“김인기 선생님, 진심으로 저 많이 사랑해 주셔서 감사합니다. 의심하지 않습니다, 저. 누전, 누전일 수도 있겠지요. 신철우 선생님, 유창세 선생님, 저에게 많은 것을 주셨습니다. 불이 난 곳을 모른 척하고 지나갈 수도 있었겠지요. 양문걸 선생님, 불이 난 곳을 더 조사를 해보지 않아도 첫눈에 누전인지 아닌지 아실 수 있을 만큼의 경험이 있는 분이시겠지요. 모두 고마운 분들입니다. 저는 덕분에, 그 좋은 가게를 정말 값싸게 인수했습니다. 저 나쁜 년입니다. 저 울고 있습니다.”

문걸은 별 흥미없다는 듯이 자기 패에게로 돌아갔다. 철우는 엉거주춤 일어서서 담배를 입에 물었다. 송미는 눈이 컸고 그 눈은 언제나 웃고 있으면서도 눈물이 잘 고일 것처럼 보였다. 송미는 말을 시작할 때 눈을 감았다 뜨면서 눈알을 한 바퀴 굴리는 버릇이 있었고, 말소리를 입 안에서 굴리는 경향도 조금 있었다. 크게 웃을 때는 하얗고 가늘고 긴 손으로 입을 가로막으며 하하하, 하고 과장된 소리도 잘 냈다. 남의 말에 동조할 때는 네에, 그렇군요, 하면서 고개를 까딱까딱 하며 장단을 맞춰 주듯 했다.

“이곳 소래에까지 이런 인터넷방이 생긴 줄을 전 몰랐어요. 낮에 여기 들어와 보고는 곧 선생님들한테 편지를 보내기로 작정을 하고

서 초대 손님을 몇 분 추가하게 되었지요. 창 밖으로 잠시 고개를 돌려 보면 옛날에 인천으로 가는 협궤열차가 지나다녔다는 철길이 보입니다. 철길 가운데는 깊은 어둠이 내렸습니다. 철길을 건너는 많은 사람들이 그 어둠 속에 잠시 감춰졌다가 새로운 모습을 드러냅니다. 그럴 때마다 제 마음속에 간직되어 있던 무수한 추억들이 마구 되살아나는 것 같답니다.”

아주 평범한 애기를 하는데도 세상의 이치를 새롭게 깨닫는 그런 순간의 느낌을 밖으로 환하게 담아 내는 표정과 어투를 송미는 구사했다. 송미에게서는 타인과의 대화를 통해 인생에 대해 좀더 진지하게 생각해 보고 한 점 한 점씩 새로운 것을 깨달아 가는 한 젊은이의 설레는 숨결이 자주 느껴졌다. 조금은 이국적인 정취를 자아내는 음악에 묻힌 채, 낯선 체험을 안겨 주는 소설책을 읽고 있는 송미의 모습을 생각하는 것은, 마음속에 젊은 날의 애인을 그려서 남겨 두는 일과 같았다.

그 애인은 그러나 말하고 있었다.

“이제 곧 선생님들 계신 데로 돌아가겠습니다. 경찰서의 높은 분들까지 모셔 놓고 무슨 짓이었느냐고 저를 때리고 욕해도 좋아요. 모든 것은 거기 계신 선생님들이 서로 말씀을 나누시면서 잘 해결하실 것이라고 믿습니다. 다만, 잊고 지우고 해서는 안 되는 것들을 너무 쉽게 잊고 지우고 하는 세상은 저 너무 싫다는 말씀 꼭 드리고 싶어요.”

징계위원회

배수아

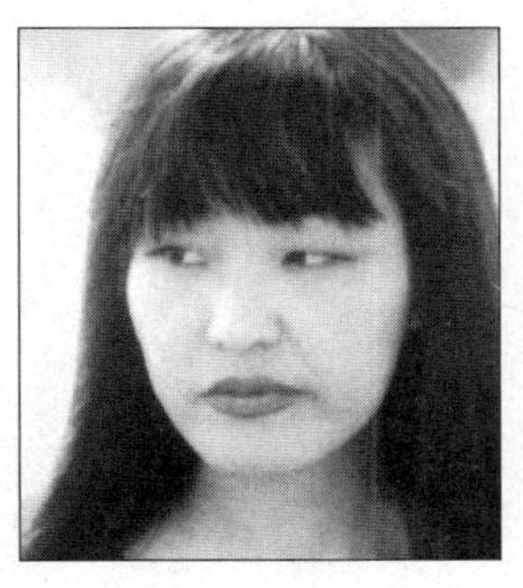

1965년 서울 출생.

이화여대 화학과 졸업.

1993년 《소설과사상》에

〈천구백팔십팔년의 어두운 방〉이 당선되어 등단했다.

소설집으로 《푸른 사과가 있는 국도》·《바람인형》·

《심야통신》·《그 사람의 첫사랑》,

장편소설로 《랩소디 인 블루》·《부주의한 사랑》 등이 있다.

제23회 이상문학상 추천 우수작에 선정된 바 있다.

징계위원회

토요일 아침 열 시에 징계위원회가 열릴 예정이니 참석해 달라는 통지를 받은 것은 화요일 오후였다. 김시무는 그것을 읽은 다음에 책상 아래 휴지통으로 집어 던져 버렸다. 참석할 생각은 없었다. 게다가 토요일 아침 열 시라면 일 때문에 시청에 출근하기에는 너무 어울리지 않는 시간이다. 어떤 바보가 이런 생각을 했는지 모르겠다.

징계위원으로 위촉된 것은 일 년 정도 전의 일이지만 그 동안 한 번도 징계위원회가 열린 일은 없었다. 징계위원이란 것은 시청의 고급 관리나 외부기관에서 위촉된 사람들, 그리고 영향력 있다고 생각되는 민간인들 중에서 추천된 자들로 이루어졌다. 김시무의 경우는 두 번째에 해당되었다.

징계위원으로 위촉되었다고 해서 명예가 되는 것도 아니고 급료를 받는 것도 아니고, 이런 식의 무례에 가까운 통지를 받는 것뿐이다. 김시무는 앞으로 시의원이 될 생각도 없었고 정당에 기부금을 내고 정치 연구원 직책을 얻는다거나 공천을 노리고 싶은 생각도 없었다. 김시무가 징계위원 촉탁을 승인한 것은 그가 속한 건축 연구소가 시(市) 중앙공원의 조경사업권을 따내려고 하고 있을 때 의뢰를 받았기 때문이었다.

그러나 토요일 아침 열 시에 시청으로 출근해야 한다는 것을 알았더라면 그는 절대로 승낙하지 않았을 것이다. 그것을 승인하든 하지 않든 관계없이 일정한 액수의 뇌물이 담당 국장의 자동차 트렁크로 들어가야 했으니까 말이다. 결과적으로 축소돼 버린 중앙공원의 조경 예산은 연구소의 기대에 훨씬 못 미치는 이익을 가져다 주었을 뿐이었다. 지금 와서 그는 실패한 선택이었다고 생각하고 있는 중이었다.

"토요일 아침 열 시라니, 누구 놀리나. 난 가지 않겠어. 전화가 온다면 그렇게 대답해 주도록."

김시무는 비서에게 신경질적으로 이렇게 말했다. 게다가 그는 금요일 오후에 휴가를 떠나려고 생각하고 있었다. 아내와 아이들은 벌써 일주일 전에 해변으로 떠났다. 이런 상황에서 토요일 아침 열 시의 징계위원회라니. 김시무는 시청에서 자신의 존재를 잊었기를 바랐다. 한 명 정도 참석하지 않는다고 해도 징계위원회가 열리는 데 아무런 지장이 없을 것이라는 생각을 했다. 그러나 수요일 아침이 되자 징계위원이라고 자신을 소개한 사람이 김시무를 방문했다.

"시 징계위원회 위원인 박학석이라고 합니다."

방문자는 경상도 지방 억양이 남아 있는 말투를 쓰고 무늬가 맞지 않는 천박한 인상을 주는 양복을 입고 있었다. 머리는 삐죽거리게 깎았고 땅콩기름이라도 바른 듯이 입술이 번들거렸다. 나이는 김시무보다 열 살 정도는 많아 보였다. 키는 보통이었지만 등이 구부정해서 왜소하고 작아 보였다. 처음 보는 사람이었지만 그는 김시무에게 친근하게 굴었다. 김시무는 그의 옷차림이 별로 마음에 들지 않았기 때문에 불쾌한 것을 참고 있었다. 하지만 그의 경상도 억양은 참는 데 상당한 노력이 필요했다. 김시무는 경상도 억양을 싫어했다.

"원래 직업은 치과의사죠. 병원은 역 근처에 있습니다."

박학석이 입을 벌리고 미소짓자 니코틴에 변색된 온통 뻐드렁니 투성이인 그의 이빨이 보였다. 김시무는 기가 막혔지만 시비 걸지 않았다.

"아, 미안하군요. 나는 단골인 치과가 있어서. 의사는 처가 쪽 일 가죠."

박학석은 벌린 입을 다물지 않고 수초 동안 그 형태로 미소를 유지하더니 김시무의 농담을 눈치채고 소리내서 웃었다.

"유감입니다. 하지만 내가 선생에게 가족들 치아 교정을 맡기라고 찾아온 것은 아니니 괜찮습니다."

그리고 박학석은 덧붙였다.

"사실 난 페이 닥터일 뿐입니다."

그 나이에? 김시무는 비웃듯이 놀랐다. 비서가 차를 가지고 오자 박학석은 새삼스럽게 자리를 단정히 하면서 수줍은 듯이 비서의 옆얼굴과 다리를 힐끔힐끔 보았다. 뭐 이런 게 다 있지? 김시무는 대상이 마음껏 경멸해도 되는 수준이라는 것을 알게 되자 갑자기 관대해지고 싶은 이상한 욕망이 피어 올랐다. 이 작자의 얘기를 진지하게 들어주고 싶어진 것이다.

"예쁜 아가씨군요, 당신의 비서는."

"예쁘긴 하지만 아가씨는 아닙니다. 다섯 살 난 아들의 어머니죠."

"아, 그러신가요."

박학석은 찻잔을 입가에 가져가다 말고 좀 놀라더니 소심하게 말했다.

"이곳 연구소는 진보적인 분위기인가 보군요."

"기혼의 여비서를 고용하기 때문에 하시는 말씀 같은데, 아주 단순한 사고의 전환 같은 거죠. 비서는 단지 비서일 뿐이지 기혼이냐 미혼이냐 하는 것이 문제될 소지가 없지 않습니까. 그런데 이렇게 찾아오신 이유는?"

"아, 그것. 참 그렇군요."

박학석은 자세를 바로하고 만년필이라도 꺼내듯이 안주머니에 손을 넣었다. 그러나 그가 꺼낸 것은 만년필이 아니라 세탁한 지 오래돼 보이는 검은색 손수건이었다. 박학석은 그것으로 땀이 흐르지도 않는 이마를 닦았다.

"본론부터 말씀 드리죠. 위원회에 회부된 안건에 대해서 말씀 드리려는 겁니다. 이렇게 하는 것이 부담되시지는 않겠죠? 자료를 보셨으면 알겠지만, 그 횡령액수라는 것이 미미합니다. 게다가 자료에는 나와 있지 않지만, 그가 횡령했다는 것도 결국은 시청의 공보관이 조작한 겁니다. 암, 조작이고말구요. 아시겠지만 구백만 원 정도는 공보관이 재량을 발휘할 수 있는 액수입니다. 그가 이번에는 리베이트 액수를 조작한 겁니다. 이건 확실해요. 공보실 말단 직원인 박승규는 공보관에게 이용당한 겁니다. 내가 증거를 댈 수도 있어요. 그리고 폭행 건에 관해서는……."

"아, 잠깐만."

김시무는 손을 들어 박학석의 말을 중지시켰다.

"말씀중에 죄송하지만 난 일이 있어서 위원회에 참석하지 못합니다."

"그게 무슨 말입니까? 참석하지 못한다니요. 당신은 시 징계위원회의 위원이 아닙니까?"

"그건 맞지만 난 금요일 해변으로 떠나기로 되어 있습니다. 아내와 아이들이 그곳에 가 있어요. 만나기로 되어 있습니다. 위원회

일은, 단지 나는 위원의 한 사람일 뿐이고 과반수의 참석만 있으면 되는 일이니까요."

그리고 김시무는 좀 짜증스럽게 덧붙였다.

"그리고 외부기관 위촉위원이라는 것은 어차피 구색 아닙니까."

"아니, 난 이해할 수가 없군요."

박학석의 얼굴은 금세 붉게 달아올랐다.

"공적인 일이고, 당신은 시의 일의 일부를 위임받은 것인데, 납세자의 한 명으로서 그렇게 무책임하게, 해변이라니, 아이들이라니, 난 도무지 무슨 말인지."

"내 가족과의 계획을 거스를 만큼 그 일이 결정적인 것은 아니지 않습니까. 적어도 나에게는 분명히 그렇군요."

김시무는 잘라 말했다.

"하지만 당신이 그 자료를 읽어 보았다면 회부된 안건에 대해서 분노를 느낄 겁니다. 도대체 누가 그렇지 않겠어요. 공보관은 자신이 삼킨 시 예산을 신문사에 리베이트한 것으로 조작하고 죄없는 직원을 횡령으로 몰아붙였습니다. 그 직원에게 과거에 폭행당한 것까지 한꺼번에 싸잡아서요. 공보관은 폭행당한 일 때문에 박승규에게 앙심을 품고 있는 것이 확실합니다. 박승규라는 그 직원은 구백만 원을 횡령한 것이 아닙니다. 그가 신문사에 전달해 준 봉투에 수표가 들어 있었다고 믿고 있습니다만, 그것은 단지 상품권이었을 뿐입니다. 공보관은 그에게 봉투를 주면서 분명히 수표라고 말했다는군요."

"말도 안 되는 소리."

김시무는 코웃음쳤다.

"있을 법이나 한 얘깁니까. 그래서 박승규라는 직원이 수표를 상품권으로 바꿔치기 했다구요? 그런 어린애 장난 같은 얼토당토않은 일이 시청에서 일어난다면 개도 웃겠군요. 난 그런 일로 두통거리를 만들기는 싫습니다. 내 일만 해도 숨이 휘몰아칠 지경인데. 그리고 돈에 관련된 횡령사건이면 무엇 때문에 징계위원회 따위를 열고 있습니까. 경찰에 수사를 맡기면 되는 거죠. 경찰은 그럴 때 필요하잖아요.”

“공보실의 신문사 리베이트 건을 경찰에 수사를 맡기라니요.”

“피차들 다 알지 않습니까.”

“그래도 공식화되지 못하는 부분 아닙니까.”

“어쨌든, 난 참석하지 못합니다. 그리고 그쪽에서 보내 온 자료라는 것도 읽어 보지 않았어요. 가지 못할 테니까. 위원들이 열두 명이나 되는 것으로 알고 있는데 다른 사람들이나 찾아가서 설득해 보시죠.”

“위원들은 열두 명이지만, 여섯 명은 시청의 직원이고 그들은 공보관의 사람이라고 봐야 되죠. 나머지 여섯 명은 외부인이지만, 그 중의 두 명은 현재 외국에 있고 나머지 두 명은 여자입니다. 한 명은 과거 시청 교통국장의 미망인이고 나머지 한 명은 시내 사립 여자 중학교의 교장으로 있는 오십대의 얌전한 노처녀입니다. 그녀는 가타부타 말없이 기권표를 던질 것이 뻔해요. 반대의견을 제시할 수 있는 사람은 당신이 가장 유력합니다.”

“당신도 있지 않습니까. 위원회에 참석해서 직접 말씀하시지 그래요.”

“물론 그렇게 하겠지만…….”

박학석은 조금 의기소침한 표정을 지었다.

“아마 징계위원회에 참석해 보신 일이 한 번도 없는 것 같군요. 사람들을 만나 보신 적이 없죠? 그들은, 나를 별로 신뢰하지 않습니다.”

“그럴 리가요. 당신은 시가 위촉한 사람인데요. 신뢰하지 않는다니 그럴 리가 없지 않습니까.”

"물론 노골적으로 그러지는 않습니다만……."

박학석의 목소리는 지나치게 높았다.

"내 힘만으로는 부족하니까요. 당신의 말이라면 시위원회 사람들도 무시하지는 못할 겁니다. 당신을 설득하려면 내가 어떻게 하면 됩니까. 시간이 있으시다면 점심을 들면서 천천히 그 사건의 처음부터 끝까지 말씀 드릴 수 있어요. 아주 더러운 일이죠. 암 더럽고 말구요. 조직의 관성이 한 무고한 하급 사무원을 말살하고 있죠. 난 분개를 느낍니다."

"진정하시죠."

"게다가 위원회의 일원인 당신은 주말을 해변에서 보내기 위해, 아내와 아이들이라니, 그렇게 쉽게 의무를 무시하다니, 난 이해가 안 됩니다."

"당신이 이해하지 못해도 어쩔 수 없어요. 우리 가족은 이 휴가를 얻기 위해 일 년을 기다렸습니다. 게다가 아이들은 그곳 해변학교의 캠핑에 참가하고 있습니다. 금요일은 아버지의 밤 행사가 있습니다. 저녁에 아버지와 함께 하는 연극 공연이죠. 토요일 오전은 해변에서 바비큐 파티도 있어요. 아이들에게 오래 전부터 약속한 일이죠. 그리고 난 오늘 점심 약속이 있어요. 이런, 벌써 나가 봐야 할 시간이군요."

박학석은 다시 한 번 더 얼굴이 시뻘개져서 자리에서 일어섰다.

"난 선생의 생각이 바뀌기를 바랍니다. 지난 호인가 선생의 사진을 잡지에서 본 기억이 나는군요. 진정한 오피니언 리더라면 그러시는 것이 당연합니다. 하, 아버지의 밤 바비큐 파티라니."

"오피니언 리더라니, 무슨. 이봐, 이 손님이 나가신다는군."

김시무는 실소한 채 박학석을 무시하고 비서에게 말했다. 박학석이 돌아간 다음 김시무는 약간의 의문이 생겼다. 뭐 저런 인간이 시 징계위원이라니. 그리고 단지 구색을 위해서 있는 외부 위촉위

원이 아무것도 아닌 시의 일에 저렇게 흥분하고 있는 것도 우스꽝
스럽다. 그러나 나는 가지 않겠다. 저런 명분뿐인 일로 귀찮게 하
는 사람은 용서하지 않겠다. 김시무는 연구소의 캡틴과 클라이언트
를 만나 점심을 먹기로 되어 있었다. 캡틴과 김시무는 건축기사 초
년생으로 일할 당시 처음 만나 친구가 되었고 지금도 물론 친구로
지낸다. 그러나 연봉으로 본다면 캡틴이 김시무의 두 배쯤은 쉽게
넘는다. 부동산과 투자수익 상황으로 본다면 더욱 비교가 되지 않
을 것이다. 캡틴은 건축기사로보다는 경영자로 성공한 사람이었다.
점심이었지만 그들은 유난히 두꺼운 생선회가 나오는 일식집으로
갔다. 클라이언트가 술을 마시지 않기 때문에 데운 정종을 주문하
는 것은 하지 않았다. 하지만 캡틴은 맥주를 마셨다. 김시무는 돌
아오는 길에 캡틴에게 징계위원회의 일을 말할까 하다가 그만두기
로 했다. 결국 가지 않기로 한 것이고 박학석이란 존재 따위는 신
경 쓸 것이 없다고 결론지었다. 캡틴은 운전을 하는 김시무에게 주
말 휴가에 대해서 물어 왔다.
　"시무, 금요일 떠난다고 했지?"
　"금요일 정오쯤 떠나려고 해."
　"아이들이 좋아하겠군."
　"이미 지금쯤 정신없이 놀고 있겠지. 워터 스키장이 생겼다는군.
밤마다 러시안 무용수들이 나오는 퍼레이드도 펼쳐지고 아이들을
위한 인형극과 팬터마임 공연도 있다는군."
　"시무, 자네 아내도 결혼 전에 마임 배우였지, 아마?"
　"정확하게 하자면 마임 학교를 이 년 다녔지. 극단에 정식으로 단
원이 되기 직전에 나와 결혼했으니까."
　"결혼한 후에는 별다른 활동이 없었지?"
　"전혀. 아이들 키우는 일이 만만치 않아. 미장원 갈 시간도 없다
고 불평이 대단했어."

"시무, 난 말이야, 내 아이들이 어디 있는지 모르겠어. 우린 한 십 년 정도 정신이 없었잖아. 얼마 전에 내 아이들이 어디 있나 갑자기 궁금해져서 아이들 방문을 열었지. 잠자는 아이의 엉덩이를 만져 보고 싶더라니까. 얼마나 오래 전인지, 나는 그런 걸 좋아했지. 잠자는 아이도 분명히 좋아하고 있었다구. 밤늦게 돌아와서 내 꼬마 천사야, 하면서 이불 아래에 있는 동그란 엉덩이를 만지면 두 명의 아이들이 깊이 잠들어 있다가도 방그레 미소를 짓곤 했지. 갑자기 그 생각이 났어. 그래서 방문을 열었더니 귀에 피어싱을 한 머리카락이 노란 녀석 하나가 불쑥 튀어나오면서 그러는 거야. 대디, 왜 노크도 없이 문 열어요, 라고."

김시무와 캡틴은 배꼽을 잡고 한참을 웃어댔다. 체중이 구십 킬로가 넘는 캡틴이 몸을 흔들면서 웃자 차에 진동이 느껴졌다. 캡틴은 너무 웃어서 눈물이 난다면서 손수건을 꺼냈다.

"아아 우스워. 키는 거의 나보다 머리 하나는 더 커서, 퉁명스럽게 대드는 꼴이라니. 가만히 보니 얼굴이 날 닮기는 닮았더군. 아, 그래서 얘가 내 아들이구나 했지."

캡틴은 김시무보다 결혼을 빨리 해서 큰아이가 벌써 고등학교에 다니고 있었다. 김시무의 큰아이는 올해 중학생이 되었다.

"그건 그렇고, 시무, 자네 막내아이의 일은 안됐네."

캡틴이 진지하게 표정을 바꾸고 말했다. 김시무의 아내는 얼마 전에 세 번째 아이를 임신했지만 팔 개월째에 조산하고 말았다. 아이는 인큐베이터에서 이틀을 버티다가 죽었다. 아내는 그 일로 심하게 충격을 받았다. 충격을 받기는 김시무도 마찬가지였다. 그 일로 그들 부부는 우울해했다. 눈을 마주치는 것을 피했고, 서로 큰 목소리를 내지도 않았다.

"괜찮아. 타고난 수명 아닌가. 어쩌겠나."

"이번에 해변으로 가면 아이들 엄마를 잘 위로해 주게. 상심이 크겠지."

"난 그런 방면에 영 재주가 없어서. 자네도 알잖아. 뭘 어떻게 표현해야 할지 잘 모르겠네."

"장미 같은 걸 선물해 주는 것도 좋아."

"장미라고?"

"그렇지. 바구니에 가득 담긴 장미 말일세. 직접 들고 가는 것보다 배달 서비스를 이용하는 것이 생색이 더 나지. 난 매년 하고 있어. 그리고 꽃을 싫어하는 여자는 없다네."

"나는 아직 한 번도 해본 일이 없는데……."

"드는 돈이나 정성에 비해서 효과가 크지."

"집사람은 그렇게 감상적인 여자는 아니야. 나와 비슷하네."

"하지만 이번 일은 여자에게는 큰 충격일걸세. 많이 상처 받았을 거야."

"한번 생각해 보지."

그날 김시무가 퇴근하려고 사무실을 나오니 여비서의 책상에 리본이 둘러진 커다란 장미 바구니가 놓여 있었다. 도무지 두 팔로 안을 수 있을 것 같지 않게 큰 것이었다. 현기증이 날 정도로 붉고 진한 색의 장미였다. 도무지 사람들의 협소한 상상력이란. 김시무는 맥이 빠지고 좀 시시해지는 기분이었다. 그러나 여비서에게는 크게 웃는 낯을 지어 보였다.

"이봐 정인. 오늘이 무슨 기념일인가 보군. 아니면 아침에 부부싸움을 했든지. 그나저나 그렇게 보이지 않던데 정인의 남편은 다감한 스타일인가 보군."

여비서는 자리에서 엉거주춤 일어서며 좀 난감한 표정을 지어 보였다. 여비서는 결혼하기 전부터 김시무의 비서였다. 그래서 그들은 서로 잘 알고 있었다. 서로의 배우자에 대해서도 취향이나 성격을 잘 알고 있었다. 김시무가 아는 여비서 정인의 남편은 장미 바구니를 보낼 스타일이 아니었다. 그는 아주 융통성 없고 몰취미한 제약회사 영업간부였다. 언젠가 주말에 두 부부가 저녁을 같이 먹었을 때 여자들이 없는 자리에서 정인의 남편이 김시무에게 말한 적이 있다.

"김 선생님은 여자들에게 적응할 줄 아는 타입으로 보이는군요. 나는 도무지 그러지 못하겠습니다. 솔직히 말하자면 여자들의 과도한 낭만성 지향에는 혐오감마저 느낄 때가 있어요. 젊은 시절에는 그것을 눈치채지 못해서 여자들과 화합할 수 없었고 나이가 들어서는 속에서 느글느글한 것이 올라오는군요. 나는 내 아내에게 다른 모든 것에 대해서 관대하다고 자신 있게 말할 수 있습니다만 기념일에 작은 선물을 사 가지고 들어오지 않으면 토라진다든지 상냥하게 한 마디 말을 해달라고 한다거나 같은 모양의 티셔츠를 입자고 한다거나 그런 것, 이유 없이 눈물을 흘린다거나 이 음악을 처음 들었던 날이 기억나지 않느냐고 하면서 클라이맥스도 없는 밋밋한 피아노 연주곡을 두 시간씩 틀어댈 때, 화를 내지 않을 수 없습니다. 다른 남자들은 어떻게 참고 있는지 모르겠어요."

그런 여비서의 남편을 생각하면서 김시무는 미소를 지었다. 장미라니. 게다가 저렇게 무식할 정도로 많은 양이라니. 뭔가 심각한 트러블이 있었음이 틀림없군. 누군가 곁에서 조언했겠지. 이봐, 장미를 보내라구. 꽃을 싫어하는 여자는 없으니까.

"그런 게 아니에요, 부소장님."

여비서는 자리에서 엉거주춤 일어나려는 몸짓을 했다. 그녀의 핸드백은 책상 위에 놓여 있고 작은 바이올렛 무늬가 수놓인 장갑은 핸드백 곁에 얌전히 자리를 지키고 있었다. 여비서는 일 년 내내 얇은 모슬린 천으로 된 장갑을 착용했다. 아주 작은, 눈에 띄지 않을 정도로 섬세한 금 체인이 장갑에 달려 있는 날도 있었다. 여비서의 검은 가죽 핸드백 안에 같은 모양의 손바닥 반만한 검은 가죽

지갑이 있고 그 안에는 지갑보다 더욱 작은, 복잡하게 세공된 은 십자가가 들어 있는 것을 김시무는 알고 있었다. 그것을 꺼내 보여 주면서 여비서는 살짝 얼굴을 붉혔었다. 그녀가 그것을 꺼내 보여 줄 용기를 가지게 된 것은 김시무가 그녀의 섬세하고 귀족적인 취향에 관심과 감탄을 가져 주었기 때문이었다.

"하하, 뭘 수줍어하나. 정인은 좀 뻔뻔해질 필요가 있어. 조금 있으면 학부형이 될 텐데."

"정말 그런 게 아니에요. 저어, 저녁 식사는 상공회의소에서 하시게 되나요?"

"그렇지. 일곱 시에 그곳에서 만찬을 겸한 출판기념회가 있어. 알고 있지? 이런, 서둘러야겠군. 아참, 남편에게도 안부 전해. 얼마 전에 승진을 했다면서? 조만간에 저녁식사 한번 같이 해야지."

"저어, 부소장님."

여비서는 김시무의 타이를 바로잡아 주면서 말을 꺼내려는 듯하다가 입을 다물었다.

"내일 아침 일곱 시 반에 조찬 미팅 있는 것 잊지 마세요."

"그럼. 잊지 않고 있지. 늦잠을 자지 말아야 할 텐데."

"알람을 맞춰 놓으세요. 자신이 없으시면 제가 모닝콜을 할까요?"

"그래 주면 고맙겠어. 언제나 누가 깨워 주는 데 익숙해져서 아내가 집에 없으니 불안하군."

"여섯 시에 모닝콜을 하겠어요."

"그래 고마워. 정인도 잘 자라구."

엘리베이터 문이 닫히는데 밖에 서 있는 여비서의 얼굴에 그늘이 스쳤다. 복잡한 표정이었다. 아무래도 싸운 것이 틀림없어. 김시무는 그렇게 생각했다. 여비서는 김시무를 붙들고 하소연이 하고 싶었을지도 몰랐다. 그러나 김시무는 시간이 없었다. 상공회의소 비즈니스 홀에서 열리는 출판기념회는 김시무의 대학 선배가 여는 것이다. 책은 건축경제학 관련 계통이어서 일반인들은 접근하기 어려운 분야의 책이었고, 한국에는 이렇다 할 전문가가 없는 것도 사실이었다. 그러나 김시무의 선배는 자비로 출판기념회를 열기로 했다. 그에게 책을 출판한다는 것, 그리고 출판기념회까지 연다는 것은 명백하게 과도한 호사 취미일 것이었다. 그래서 오늘 참석하기로 한 사람들도 대학에 있는 사람보다는 개인적으로 가까운 사람들이 대부분이었다.

"이런 말도 안 되는 책을 내다니, 돈을 처들여서 말이지. 도대체 제대로 이해하는 사람이 하나라도 있나."

상공회의소 비즈니스 홀의 입구에는 검은 양복을 입고 손님들을 안내하고 있는 김시무의 선배 모습이 보였지만, 가까운 친구들은 드러내 놓고 그런 말을 하고 있었다. 책에 대해서 뭐라고 한마디 코멘트를 해주어야 할 것이지만 김시무 자신도 그 책의 내용은 한마디도 이해할 수 없었다고 하는 것이 정직할 것이다. 물론 자세히 정독하지는 않았고 서점에서 구해 두어 페이지 정도 훌훌 넘겨 보았을 뿐이다. 하지만 김시무는 명색이 일급 건축기사에 건축연구소의 부소장이 아닌가.

"이봐, 왔나."

비즈니스 홀의 입구에서 김시무의 대학 동창이 어깨를 툭 치면서 말을 걸어 왔다. 그는 대학 졸업 후 엉뚱하게도 공인회계사가 된 친구다. 김시무는 사람을 두리뭉실하게 사귀는 취향이 있었다. 대부분의 무난한 사회생활을 하는 남자들이 그럴 것이다. 마음을 터놓을 정도로 특별히 친하게 지내거나 붙어 다니는 친구도 없지만 특히 냉담하거나 배제시키는 친구도 없다. 그러나 그중에서도 비교적 가까운 편이었던 친구다. 그가 김시무와 비슷하게 담백한 스타일이어서일 수도 있고, 아버지들이 역시 같은 대학을 나온 선후배 사이여서 그럴 수도 있다. 살고 있는 구역이 같았고, 술이나 여자에 대한 취향이 크게 다르지 않았고, 별로 열성적은 아니지만 집안이 같은 카톨릭이었고, 성장과정이나 경제적인 수준이 비슷했고, 나중에는 비슷한 과정을 거쳐 동류의 여자와 결혼한 것도 만만치 않은 우연이었다. 그 동창이 김시무와 책을 낸 선배에게 제안을 해온 것은 이 년쯤 전의 일이다. '박터 트라스' 라는 중소기업의 주식을 사라는 것이었다. 회계감사를 나갔다가 알게 된 기업인데, 적어도 일 년 안에 열 배는 성장할 수 있다는 비전을 잡았다는 것이다. 그는 자신도 박터 트라스에 적지 않은 돈을 투자할 생각이라는 것도 덧붙였다.

"도대체 박터 트라스가 무슨 뜻이야?"

선배가 물었었다.

"이름이 뭐가 중요합니까? 독일어 같군요."

김시무의 친구인 회계사는 이름 같은 것은 중요하지 않다고 주장했다.

"중요한 것은 물때를 잘 타는 것이죠. 우리 세 사람은 다 전문 주식 분석가도 아니고 증권 투자에 대해서 아는 것도 없고, 그리고 전문가가 되고 싶은 생각도 없는 사람이지만 이건 일확천금의 기회가 될 테니까요. 이런 이익은 분석해서 얻는 소규모의 이익이 아니라구요."

"난 지금 여유가 없어. 아내에게 말하면 찬성하지 않을 거야. 그리고 독일어에 그런 글자는 없어."

김시무가 먼저 솔직하게 털어놓았다.

"난 월급쟁이야. 투자하고 자시고 할 상황이 아니네. 내 생각에는 라틴어 같군. 아니면 그리스어든지."

선배도 마찬가지였다.

"그건 나도 마찬가지예요. 하지만 모두 아맥스, 갖고 있죠?"

그래서 그들은 도박을 했다. 아메리칸 익스프레스는 회원들 간의 상호 보증으로 최고 일억 원을 대출해 주고 있었던 것이다. 그들은 삼각보증을 했다. 회계사의 설득에 넘어가기도 했지만 혹시 하는 기대가 없었던 것도 아니었다. 그러나 회계사의 추측은 보기 좋게 틀렸다. 그래서 그들 세 명은 아맥스 회사에 매달 백만 원이 넘는 이자를 꼬박꼬박 일 년도 넘게 갖다 바치고 있는 신세가 되었다. 아무도 아내에게 말한 사람이 없었기 때문에 골치가 아픈 것도 같았다. 김시무는 도저히 참지 못하고 이제 최소한의 원금이라도 회수하는 것이 어떨까 생각하고 있는 중이었다.

"어떻게 지냈나? 늦더위가 심하다고 뉴스에서 크게 다루던데."

"글쎄. 늦더위라니. 햇빛은 쳐다보지도 못하고 미친놈처럼 일만 하고 있으니 지금이 여름인지 겨울인지 모르겠네."

"피서도 안 가고 있었다고? 자네답지 않군, 연구소 일이 바쁜 모양이지?"

"다 자네 덕분이지. 피서는 무슨. 얼어죽을."

"이봐, 그 문제 때문이라면 내가 할말은 없지만 자네보다 내가 더 죽을 맛이네. 난 장남 아닌가. 그 와중에 막내 여동생까지 출가시켜야 했다구. 하지만 이왕 이렇게 된 거 조금만 더 기다려 봐야지. 그건 그렇고 아이들과 집사람은 다 잘 있겠지?"

"못 본 지 일 주일 됐어. 지금 해변에 있네. 금요일엔 나도 내려갈 거야."

"결국 피서로군. 지금쯤은 해변이 한적해서 놀기 좋겠군."

그들은 각자의 이름이 나란히 적힌 테이블에 가서 앉았다. 이름이 씌어진 패찰 곁에는 저자의 사인이 든 책이 놓여 있었다. 이런, 이러면 책이 두 권이 되겠군. 김시무는 속으로 생각했다. 요식행사는 최소한으로 끝내고 선배는 김시무의 테이블로 와서 스테이크를 먹었다.

"도무지 이해할 수가 없군요."

회계사는 책의 페이지를 넘기면서 선배에게 물었다.

"뮌헨 스타디움에 숨겨진 국가보장제도의 모순이 도대체 무슨 말입니까?"

"그건 내가 박터 트라스를 이해할 수 없었던 것과 같네."

그들은 실소했다. 선배는 그들과 같은 테이블에 앉아 있던 두 사람을 소개했다. 한 사람은 사십대 후반 정도의 피부가 하얀 여자였고, 다른 사람은 서른 살 정도의 마르고 키가 큰 남자였다.

"인사하게. 시무, 이쪽은 정원영 씨. 사립학원 화란재단 이사장의 따님이고 화란여중의 교장으로 계시지. 내 누님과 여고 동창이기도 하신 분이고, 이 젊은이는 정원영 씨의 조카인 정민섭 씨. 경제경영서 전문 출판사를 운영하는 분이네. 이번에 나온 내 책을 출판하신 분이기도 하지."

"사실은 아버지가 하시던 일입니다. 전 아직 부족하죠."

젊은이가 겸손하게 대꾸했다. 김시무는 스테이크를 썰다가 손등이 정원영의 블라우스에 가 닿았다. 작고 얌전해 보이는 여자였다. 도무지 입을 열어 큰 소리를 낼 것 같지 않은 여자였다. 여학교의 교장이라는 직업과는 심하게 어울리지 않는다. 십 년 전만 해도 남자들의 눈길을 충분히 끌었을 법한 여자였다. 소심해 보이고 나약한 표정을 짓고 있지만, 목깃이 턱까지 올라오는 하이네크라인 블라우스로 늘어진 목의 주름을 감추고 있는 것이나 완전히 뒤로 넘긴 헤어스타일로 귀엽게 생긴 이마를 드러내고 있는 것이나 조심스럽게 마주친 눈길에 절대로 미소를 잊지 않는 것이나 모두 이 여자가 충분히 남자들의 시선에 길들여져 있다는 것을 의미한다고 김시무는 생각했다. 말하자면 치밀하게 계산된 소극성이다. 김시무는 이런 인상을 주는 여자를 몇 명 정도는 알고 있다. 그러나 그들 중 아무도 상류층 출신은 없다. 그렇다면 이건 이상한데. 김시무는 스테이크를 씹으며 묵묵히 선배와 정민섭의 말을 들으면서 적당한 순간에 끼여들기도 했다. 그러나 처음부터 끝까지 신경 쓰고 있었던 것은 정원영의 나이에 어울리지 않게 희고 통통한 손등이었다. 손톱에는 진줏빛 에나멜이 칠해져 있었다. 그녀가 손을 펴자 작은 손등 위로 희미한 주름들이 거미줄처럼 퍼졌다. 그러나 이상할 정도로 매끈거리는 느낌을 갖게 하는 손등이었다. 김시무는 잠시 스테이크 써는 것을 멈추고 정원영의 손등을 바라보았다. 뼈와 근육은 피부 깊숙이 숨어 버리고 부드럽게 발효된 빵처럼 부풀어 있는 작은 손. 김시무를 쳐다보지는 않았으나 정원영도 그의 시선을 눈치챈 것이 틀림없었다. 그녀는 냅킨으로 손을 닦는 척하면서 김시무의 시선을 벗어났다.

"자네, 지난번의 그 일은 어떻게 되었어? 시 스포츠센터 말이야."

회계사가 말이 없는 김시무가 심심해할 거라고 생각했는지 화제를 돌려 물었다.

"그 일은 아직 보류중이야. 타산도 맞지 않고 무엇보다 이번 분기에 예산이 감축될 가능성이 많아서. 캡틴이 비관적이지. 시청 공사일은 무리해서라도 하려고 하는 캡틴이지만, 이번 일은 좀 입맛을 당겨하지 않더군. 하지만 아마 하는 쪽으로 결정이 날 것 같네. 다른 건축사무소가 치고 들어오면 앞으로의 계약 건이 많은데 쓸데없는 경쟁사를 키워 주는 셈이 되니까."

"아참, 정원영 씨, 화란학원에서도 기숙사를 지을 계획이 있다고 들었는데, 그건 어떻게 됩니까? 이 친구는 아주 유능한 건축가고 조경 전문가이기도 하죠."

선배가 김시무를 가리키면서 정원영에게 물었다. 정원영의 눈길이 반사적으로 김시무를 향했다가 눈동자가 불안하게 흔들렸다. 이 여자는 낯선 사람을 정면으로 쳐다보는 것에 익숙하지 않은 듯하군. 김시무는 정원영을 안심시켜 주기 위해서 일부러 시선을 정원영의 입술쯤으로 고정하고 물었다.

"그것, 흥미를 느끼게 하는데요. 말씀을 들을 수 있을까요."

"오, 별다른 것은 없어요. 오빠의 생각이죠. 아직 교육청에서 허가를 받지는 않았지만 가능하다면 사설 기숙학교를 세우는 것이 오빠의 생각이라서."

"물론 정원이 딸린 거겠죠?"

"네, 그럼요. 가능하다면."

정원영은 미소를 지었다.

"와인을 한 잔 하시죠."

회계사가 정원영의 잔에 와인을 채우면서 김시무를 향해서 의미 있는 미소를 지어 보였다.

"전 술을 잘 못해요."

"이건 음료수죠. 여성을 위한 겁니다. 혹시 차를 가지고 오셨나요?"

"아뇨. 조카가 운전을 해줄 거예요."

저녁 시간은 두 시간 정도 되어 끝났다. 선배는 돌아가기 전 김시무와 회계사에게 말했다.

"박터 트라스인지 뭔지, 난 이제 도저히 버틸 힘이 없다. 다음 주말까지는 다 청산하고 싶을 뿐이야. 이젠 더 이상 돈 빌릴 데도 없어. 너희들도 어떻게 결정을 내려 주기 바래."

"난 아맥스에서 전화를 받고 있어요. 돈을 회수하고 싶어하는 눈치던데."

김시무도 그 일만 생각하면 우울했다.

"난 아맥스의 전활 매주 받아. 그렇지만 지금 주식을 팔면 수수료 제하고 뭐하고 나면 뭐가 남겠어. 누가 이따위 구제금융 시대가 올 줄 알았나. 경기가 회복되면 나아지지 않을까요. 난 좀더 버텨 보자는 데 걸겠어. 기왕 이렇게 된 거."

회계사는 좀더 버티자는 쪽이었다.

"못 알아듣겠어? 난 빈털터리란 말이야. 완전히 털렸다구. 아내에게 숨기는 것도 하루이틀이지. 구제금융 좋아하시네. 우리가 망한 것은 구제금융 때문이 아냐. 단순한 미스 초이스 때문이었다구. 황금벼락을 맞을 생각에 앞뒤 안 가린 거잖아. 네놈도 그걸 인정 좀 해라."

"선배님이 손떼신다면 삼각보증은 어떻게 됩니까."

"그러니까 하는 말 아닌가. 의견 일치를 봐야잖아."

"선배, 나도 완전히 그로기 상태지만 어차피 손해 보는 마당인데요."

"큰애 바이올린 스쿨에 유학 보내 주기로 한 것도 무기한 연기했네. 아버지로서 체면이 말이 아니야."

"선배, 이 상황에서 바이올린 스쿨 유학이라니요. 아이를 잘 달래세요."

"애는 달랜다 치고 아내는 어쩌나? 날 완전히 무능력자로 몰아붙이는데, 자기 돈으로라도 유학을 보내겠다고 펄펄 뛰고 있네."

"아맥스에 회담을 신청하면 어떨까요. 우리는 모두 하이 그레이드 회원이니 장기 대출이라면 이자율을 좀 낮춰 줄지도 모릅니다."

"그래요. 그 방법밖에는 없죠."

그들은 주차장으로 차를 가지러 내려왔다. 정원영이 주차장 입구에 서 있다가 김시무에게 말을 걸었다.

"무슨 말씀들을 하셨나요?"

"무너지는 중산층에 관한 토론이죠."

호호 하고 짧게 웃은 다음에 정원영이 말했다.

"중산층, 그런 것이 정말로 존재했을까요."

"개인 개인의 허상이었을지도 모르죠."

"구제금융 때문에 사회 구조가 허물어졌다는 것이 정말 사실일까요."

"변한 것은 하나도 없을지도 모릅니다. 나는 팔십팔 년에도 서울역에서 무수한 홈리스들을 봤습니다. 그때 한국은 호황기였죠. 구제금융 이전에 그들은 그렇게 언론의 조명을 받는 입장이 아니었습니다."

그들은 마주보고 미소를 지었다. 이번에 정원영은 김시무의 눈길을 피하지 않았다. 조카의 차가 다가오자 정원영은 다시 새침한 표정으로 돌아갔다. 김시무는 명함을 꺼내 정원영에게 주었다.

"전화를 주십시오. 언제 점심이라도 대접하겠습니다."

집으로 돌아간 김시무는 커튼을 열고 창문을 열고 선배의 건축경제학 책을 소파 한구석에 집어던지고 냉장고에서 물을 꺼내 마신 다음 자동응답기를 확인하고 샤워를 했다. 회계사가 늦더위란 표현을 한 것은 어쩌면 맞는 것도 같다. 에어컨이 없는 곳에는 거의 간 일이 없는데도 눈치채지 못한 끈끈한 땀이 온몸에 달라붙어 있었다. 휴가를 가 본 지가 언제였나 기억도 나지 않는다. 삼 년쯤 전에 아이들과 백제의 무녕왕릉이 있는 곳으로 여행을 갔고 돌아오는 길에 서해안에 들렀던 기억이 난다. 왕의 미라를 보고 싶다고 한 것은 아이들이었다. 실제로 그들이 본 것은 유리벽 안에 들어 있는 검은 관이었을 뿐이다. 아직 어렸던 작은아이는 울음을 터뜨리면서 김시무의 품에 안겼다. 아이들, 그래 나에게 아이들이 있었지. 김시무는 소파에 앉아 두 눈 사이에 손을 대고 잠시 감상적인 생각에 빠졌다. 전화벨이 울렸다.

"선배, 뭡니까."

"참석해 주어 고맙네."

"무슨 그런 의례적인 인사를. 생략해도 좋잖아요."

"아, 그리고 자네가 떠난 다음에 얘기했는데 아맥스에 말하는 것은 어쩌면 비전이 있을지도 몰라. 1997년도 환율로 계산해서 그 동안의 이자를 환불받을 수 있는 조항을 찾았다고 전화가 왔어."

"병 주고 약 주는군. 그래 봤자 손해가 얼만데. 생각하면 속이 아
프니 난 차라리 잊어버리려고 해요. 하지만 조만간 대책이 없으면
나도 어렵습니다."
"한숨만 나오는 건 마찬가지야."
"선배, 그래도 대단하시네요. 이런 책을 쓸 여유도 가지고."
"뭐 그 동안의 논문을 모아 놓은 거지."
"이상한 방면의 호사 취미가 있더군요. 아, 그런데 물어 보고 싶
은 게 있습니다."
"뭔데?"
"그 여자, 정원영에 대해서 잘 아시나요?"
"음, 잘 안다고까지야. 사실은 그 여자의 오빠와 더 잘 안다고 할
수 있지. 오늘 본 그 무미건조해 보이는 비쩍 마른 젊은 친구 정민
섭의 아버지지."
"누님의 친구라면서요."
"썩 친한 것은 아니고, 그냥 학교를 같이 다녔다는 정도지. 그런
데 왜 그러나?"
"나 사실 가능하다면 독립을 준비하고 싶습니다."
"캡틴 밑에 있기가 불편한가 보군."
"아직은 때가 아니지만 적어도 일이 년 내에는. 캡틴은 나와 맞지
않는 부분이 있어요. 나는 평생 시청 공무원들 로비나 하면서 일하
기는 싫습니다."
"그게 안전하잖아. 그래서 이번에 타격이 없었다면서. 내가 보기
에 그 캡틴은 아주 잘하고 있어."
"난 좀 다르게 하고 싶습니다. 그러기 위해서 이제 서서히 독자적
으로 일하고 싶기도 해서요. 학원 이사장의 딸이라면 도움이 될 것
도 같습니다."
"아, 기숙학교 건을 말하는 거구만. 내가 그 얘기를 처음 들은 건

정원영의 오빠인 정 사장에게서였어. 폼나게 투자해서 고급 사립학교의 효시를 열고 싶은 생각이 다분한 것 같은데. 그렇다면 정원영이 교장으로 갈 확률이 높지.”

“어떤 여잡니까? 정원영은.”

“그녀, 아직 미스야.”

“꽤 미인이었을 것 같은데, 왜?”

“그런 집안의 딸이니 주변에 남자도 많았겠지만, 왜 그랬는지는 알게 뭐야. 아마 쉰이 넘었을걸. 내 누님과 동갑이니. 피바디에서 교육심리학 석사를 했고, 게이오에서 무슨 연수를 받았다고 들었는데.”

“나이보다 젊어 보이는데. 사귀는 남자가 있을지도 모르겠군요.”

“아마 없을 거야. 그런 말은 듣지 못했네.”

그리고 선배는 덧붙였다.

“소문나는 일은 아예 근처에도 가지 않는 성격으로 보이더군. 뭐, 사람을 아주 안 사귄 것은 아니겠지만, 우리 누님 말로는 지나치게 정신적인 여자라고 하더군. 하지만 그건 내 누님의 생각일 뿐이고, 난 다르네. 아무리 대인관계가 소극적인 여자라고 해도, 그 나이가 되면 어쩔 수 없이 외롭겠지.”

여비서가 모닝콜을 해온 시간은 정확히 여섯 시였다. 김시무는 침대 위에서 굴러 떨어질 뻔하며 잠이 깼다.

“부소장님, 일어나세요. 여섯 시예요.”

“음, 아, 누구라구. 정인이군. 이런 새벽부터 웬일이지?”

“부소장님, 오늘 아침에 조찬 미팅 있다니까요. 모닝콜 해드리는 거예요. 얼른 샤워만 하고 나오세요. 이른 아침이라 차는 막히지 않을 거예요.”

“아아 이런. 맞아 그랬지. 잘 잤어? 고마워서 어쩌지, 점심 같이 할까?”

“그래요. 얼른 일어나세요.”

"커피 한잔 마실 시간도 없겠는걸."

조찬 미팅에 참석한 사람은 일곱 명으로 모두 건축연구소의 임원들이었다. 그들은 현재 진행중인 시 외곽의 동물원과 테마공원 사업에 관한 브리핑을 받고 의견을 교환하면서 연구소 구내식당에서 아침을 먹었다. 메뉴는 믿을 수 없게도 대구지리와 현미밥과 밀전병이었다. 도대체 아침 일곱 시 반부터 이런 것을 먹을 생각을 하는 사람은 어떻게 생긴 사람인가. 김시무는 캡틴을 쳐다보았다. 아침을 정식으로 먹는 것이 캡틴의 오랜 습관인 것은 알고 있지만 이건 좀 심하다. 김시무는 아침을 먹지 않고 블랙커피 두 잔이면 된다고 생각하고 있는 종류였다. 좀 식욕이 생긴다 싶으면 스크램블 정도가 고작이었다. 김시무는 김이 무럭무럭 오르는 대구지리를 보면서 불쾌감마저 느꼈다. 그리고 현미밥이라니, 이런 것은 말이나 먹는 것이다. 요즈음 들어 그토록 오랜 친구이자 사업 파트너인 캡틴에게 사소한 것에서 불만이 쌓이는 것은 무슨 연유인지 모르겠다. 동업의 시간이 너무 길었는지도 모르겠다. 김시무는 현미밥을 먹는 둥 마는 둥 하고 미팅이 끝나자마자 식탁에서 일어섰다. 사무실로 올라가니 여비서가 커피를 끓이고 있었다.

"아침 식사는 어땠나요? 미팅에 늦지는 않았구요?"

"아침 식사 얘기는 꺼내지도 마. 나에게 말 시키지 말고 커피나 한잔 줘. 아, 정인에게 화내고 있는 것은 아니니 기분 상하지 말고."

여비서가 가져다 준 커피를 두 잔 연거푸 마시자 기분이 좀 나아졌다. 여비서에게 심하게 말한 것 같아 사과하는 의미에서 원하는 메뉴의 점심을 사겠다고 했다. 그녀는 고개를 갸웃하더니 샤브샤브를 먹고 싶다고 했다. 종업원이 무릎을 꿇고 앉아 서빙하는 샤브샤브집에서 김시무는 선배의 책을 꺼내 그녀에게 주었다.

"이게 뭐죠?"

"내 선배가 쓴 책이야. 나에게는 두 권 있으니 하나를 줄게. 뭐 별로 재미없는 책이지만."

"건축경제학? 처음 들어 보는 말이군요."

"단어 조합하기를 좋아하는 사람들의 말이지."

"어쨌든 고마워요."

"어제 남편과는 잘 화해했나?"

"네?"

"화해를 위해 꽃까지 보내 왔잖아."

"아아, 그것."

정인은 입술을 깨물었다.

"남편과 문제가 있었지? 그래서 어제 나에게 의논하려고 했었지? 미안해. 어제는 이 책을 쓴 선배가 출판기념회를 한다고 해서 참석해야만 했었어."

"알고 있어요. 저어 부소장님, 남편의 문제가 아녜요."

"그럼 정인의 문젠가?"

"그런 것이 아니라. 말씀드리기 곤란하군요."

김시무는 웃음을 터뜨렸다.

"내가 말했지. 조금 더 뻔뻔해져도 된다고. 뭔가 은밀한 이야기라면 하지 않아도 좋아. 하지만 그래도 내가 인생의 선배인데, 정인에게 도움이 될 수 있을 거라고 생각하는데."

"역시, 말하지 않는 편이 좋겠어요."

"그래? 그렇다면 내가 정인에게 하나 물어도 되나?"

"뭔데요?"

"이봐, 여자들도 정말 흥분하나?"

"어머, 뭐예요? 그런 말!"

"아니, 난 진지하게 정인에게 카운셀링하고 있는 거야. 결혼한 지 이십 년 가까이 되지만 그건 모르겠더라구."

"사모님에게 물어 보시면 되잖아요."

"그런 문제는 말야, 자기 파트너에게는 절대로 사실을 말하지 않을 거 같아. 특히 내 아내 같은 타입은."

"정말 곤란하군요, 그런 말이라니."

"그러면 또 다른 것 하나 물어 볼까."

"장난하고 있군요. 그런 건 싫어요."

"난 장난이 아냐. 엄청 진지하다구. 정인말고는 물어 볼 사람이 없어서 그래."

"뭔데요?"

"쉰 살 정도 되면 여자는 어떤 기분이 들지?"

"무슨 뜻이죠?"

"음, 정인이 쉰 살 정도 됐는데, 결혼하지 않았다는 것만 제외한다면 불만이 없는 환경이야. 멋진 남자가 나타나서 유혹한다면, 여전히 낭만적인 마음이 일어나나? 왜 여자들은 그런 것 좋아하잖아. 멋진 남자, 꽃, 우연하고 환상적인 만남, 인생이 한순간 들썩거릴 정도의 연애."

"글쎄요. 어려운 문제군요. 얼마나 멋진 남자냐 하는 것이 포인트가 아닐까 싶은데."

"나 정도면 어때?"

"이런, 또 장난이군요. 왜 그러시는 거예요."

"아니 난 진지하다니까."

"불가능한 것도 아니죠. 하지만 난 싫어요."

"왜?"

"상상해 본 적은 없지만 어쩐지 무서워요."

"뭐가 무섭지? 이건 로맨틱한 얘기라고."

"아녜요. 그 로맨틱한 농담에는 뭔가 다른 것이 있어요."

"정인, 쓸데없이 민감하군. 그래서 연애를 못하는 거야. 왜 세상

일에 바로바로 못 부딪치나? 남자가 여자에게 좋다고 하는 것은, 단순한 거야. 정치는 그것을 해석하는 사람들의 이야기지 당사자들의 문제는 아니라고."

"하지만 저도 그렇고 부소장님도 결혼하신 분이잖아요."

"뭐?"

"괜히 쉰 살이니 어쩌니 해서 초점을 흐리고 있죠. 저도 부소장님이 참 좋은 분이라고 생각해요. 남자로서 매력이 있고 괜찮은 분이세요. 적당히 드라이하면서 눈빛도 강하고 예의바르고 사회적으로 성공도 하셨죠. 하지만 안 돼요. 부소장님 부부와 우리 부부는 너무 가까워요."

"이봐, 이봐. 무슨 얘기를 하는 거야?"

"농담을 끝내자구요. 그냥 농담은 농담일 뿐이잖아요."

"알았어, 정인. 알았다구. 나도 널 정말 좋은 여자라고 생각하고 있었어. 하지만 다른 생각은 없었어. 정말이야."

"그것이 정말 솔직한 마음인가요?"

김시무는 난감했다. 어떻게 대답해도 정인이 상처받는 것은 피할 수 없을 것 같았다. 그래서 그는 침묵을 지키기로 결정했다.

"거기에 대해선 아무것도 말하지 않겠어. 앞으로도 아무 말도 하지 않겠어. 날 이해하겠지? 우린 좋은 관계였고 앞으로도 그렇게 지내기를 바랄 뿐이야."

김시무는 조금 낮은 목소리로 정인의 어깨를 안고 이렇게 말해주었다. 정인은 말없이 고개를 끄덕였다.

"미안해요, 부소장님. 언제부턴가 기회가 있으면 말씀 드리려고 했지만 꺼내기가 쉽지 않았어요."

"왜 나에게 미안하나. 도리어 내가 미안하군. 정인이 고민하고 있는 줄은 몰랐어."

점심을 먹고 사무실로 돌아왔을 때 김시무의 자동응답기에 캡틴의 호출이 남아 있었다. 김시무는 오후에 현장을 방문하도록 되어 있었고 캡틴도 이것을 알고 있었다. 아주 급한 일이 아니라면 호출하지 않았을 것이다.

"미안해. 아직 현장으로 떠나지는 않았군. 급하게 할말이 생겨서."

캡틴은 책상 위의 우편물을 뒤적였다.

"오전에 편지를 하나 받았어. 퀵 서비스로 온 것이네. 보낸 사람은 처음 보는 이름인데, 하여튼 좀 이상한 내용이라서 상의를 하려고. 내가 어디 두었더라."

김시무는 시계를 들여다보았다. 현장까지 가려면 두 시간으로는 부족할 것이다. 게다가 지금은 차도 한창 막힐 것이다. 지금 떠나도 해가 질 때까지 돌아오려면 빠듯할 텐데 뭔지 모르는 편지 따위로 시간을 빼앗는 것이 마음에 들지 않았다. 살이 찌고 몸집이 둔한 캡틴은 머리 회전에 반해서 행동은 느린 편이었다. 간신히 편지를 찾아 캡틴은 김시무의 앞에 앉았다.

"뭐 시원한 것 좀 들겠나? 날이 덥군."

"아니, 생각 없네. 날이 더운가? 난 잘 모르겠는데."

"자네는 신기하게 더위를 타지 않더군. 난 여름이 싫어."

"나도 땀을 흘리네. 그건 그렇고 뭣 때문인가? 난 현장에 가 봐야 되는데."

"아아, 이것. 시무 자네, 시 징계위원회의 일을 맡고 있었지?"

"그렇지. 그게 편지와 무슨 상관이 있나?"

"이번 토요일에 참석하지 못한다고 했다면서?"

"금요일 떠나야 하니까. 그런데 그게 뭐가 문제가 되나?"

"박학석이란 사람이 보냈네. 자신은 시 징계위원회의 일원이자 납세자의 한 사람으로서 자네가 직무 유기를 한다는 생각이 들어 편지를 쓴다고 하더군."

"뭐야!"

"그리고 우리 연구소가 지난 오 년 간 시 예산 조경사업의 거의 대부분을 따낸 사실에 대해서도 자세히 알고 있더군. 그의 주장에 의하면 매년 정부로부터 연구비를 보조받는 명목의 연구소가 어떻게 이익사업에 열성적으로 손을 댈 수 있느냐는 거야. 건축학회에 제출한 논문의 수준까지도 언급하고 있어. 이미 이 년 전에 와세다 건축연구소에서 발표된 내용과 일부 일치한다는 거지."

"그런 문제를 왜 그자가 참견하나!"

"그리고 그의 말에 의하면, 우리가 시의 고위직과 결탁되어서 힘들이지 않고 계약을 따내고 있는 것이 공정하지 못한 일이라고 비분강개하고 있다네."

"그래서 뭐 어쩌라는 것인가? 그런 족속들은 마음대로 떠들게 내버려둬. 그러다 지치면 관두겠지. 내용은 하나도 심각할 게 없지 않나."

"그래. 내용은 하나도 심각할 게 없어. 뭐 공개된다고 해도 새로운 사실도 아니고 문제될 것도 없네. 그러나 박학석이란 자는 자네가 징계위원회에 끝내 불참할 경우 우리 연구소의 부정한 영업에 관해서 정식으로 시에 탄원할 예정이라고 적었네."

"미친놈!"

김시무는 신음처럼 내뱉었다.

"그리고 시의 대응이 미흡할 경우 언론에 고발한다고 으름장을 놓더군. 도대체 이번 징계위원회의 안건이 뭔데 이 난리인가?"

"나도 모르겠네, 모르겠어. 뭐 구백만 원이 어떻고 하는 말을 들은 것도 같지만 신경 쓰지 않았네. 더러운 쥐새끼 같은 놈. 감히 협박을 해."

"내가 시청에 있는 친구에게 전화해서 알아봤네. 그도 박학석에 대해 그런 말을 하더군. 쥐새끼 같은 약삭빠른 작자라더군. 남의

약점을 캐는 귀신 같은 재주가 있어서 시청의 관료들이 아무리 그
를 증오해도 정면에 대고는 아무 말도 하지 못한다네. 뇌물사건,
인사 청탁, 업무의 부실, 책임 소재가 불분명한 일들, 도박과 혼외
정사 같은 구린내 나는 사생활, 비리 사슬이나 조직적인 모순, 비
합리적인 행정 절차의 곳곳에서 그가 정보를 캐내고 있다는군. 언
론에 발표되지 않은 정보들이지. 그는 그것을 적절한 시기에 이용
해 먹는 모양이야. 그래서 노골적으로 무시하지는 못하지만 속으로
는 다들 구더기보다 더 싫어하는 인물이지."
　"도대체 그의 정체는 뭐야? 내게는 치과의사라고 하더니."
　"그가 치과의사인 것은 맞아. 그러나 그의 관심사는 관청 주위를
억울한 민원이 있는 것처럼 어슬렁대면서 먹이가 될 만한 정보를
물면 끝까지 놓지 않고 징그럽게 따라붙는 하이에나 짓이지. 그런
데 문제는 그런 그가 시청 내 국장과 비서실장의 권력 암투에 깊이
개입돼 있다는 것이고. 그는 필요한 때에 필요한 쪽에 먹음직스러
운 정보를 흘림으로써 사람들이 자신의 존재를 무시하지 못하게 만
드네."
　"하, 정말 쓰레기 같은 브로커 놈이구만."
　"아마 그 자신은 로비스트라고 생각하고 있을걸세."
　"그런데 그자가 노리는 게 뭔가? 그자도 목적이 있을 거 아냐. 치
과의사면 치과의사답게 얌전히 남의 썩은 이빨에서 흐르는 고름이
나 들여다보고 있을 것이지 뭐하러 그런 스파이 짓을 하는 거야.
그런 짓을 해서 얻는 게 뭐야?"
　"그게 좀 미심쩍네."
　캡틴은 미간을 찌푸리고 편지를 들여다보았다.
　"시청의 사람들도 그가 왜 그렇게 집요하게 달라붙는지 이해하지
못하더군. 다른 어떤 브로커보다도 심하다는군. 그를 유난히 싫어
해서 제거하려고 했던 국장과 과장 각각 한 명이 옷을 벗었네. 국

장은 뇌물 관련 스캔들이었고 과장은 승진에서 이유 없이 뒤로 밀리는 불이익을 당했네. 그 과정에서 두 사람 모두 다 당시나 혹은 그 이전의 혼외정사 건이 들통나는 수모를 당해야 했지. 그 두 건을 모두 다 박학석이 뒤에서 조종했다는 것이 중론이지만 물증은 없네. 그리고 법규의 미비 때문에, 행정 절차의 부조리나 혹은 공무원의 부주의로 부당한 일을 당했다고 생각하는 사람들을 뒤에서 조종해서 끊임없이 상급기관에 탄원을 하게 만드는 재주도 지녔지. 한 번 당한 사람들은 아주 꿈에 볼까 두려워하는 인물이네. 이름조차 상기하기 싫어하지. 그런데 그렇게 함으로써 그가 얻는 것이 무엇일까. 돈도 아니고 명예도 아니네. 그래서 시청 사람들은 오래전부터 그를 편집증 환자로 생각하고 있다는군. 행정조직에 대한 악질 바이러스 정도라고 생각하면 되겠지. 그러니 백신이 전혀 없네. 돈으로도 달랠 수 없으니."

잠시 침묵이 흘렀다. 캡틴이 먼저 입을 열었다.

"시무, 자네 반드시 금요일 해변으로 가야 하나? 하루 정도 늦출 수는 없나?"

"무슨 소리 하는 건가. 그런 쓰레기 하이에나 때문에 우리가 벌벌 떨어야 하나. 캡틴답지 않네."

당당한 목소리로 대꾸했지만 김시무는 희망이 사라지는 것을 느꼈다. 아주 더러운 구덩이에 넘어졌군. 사적인 사정만 내세울 상황이 아니라는 것을 알았다.

"음, 그렇게 생각하나."

"그리고 그자가 알고 있는 내용은 시에서도 다 알고 있는 일이네."

"하지만 공론화된다면 문제는 다르네. 어떤 형태로든 결론을 지어야 하니까. 게다가 언론까지 들먹였어. 그렇게 되면 시에서도 어쩔 수 없네. 관료들은 언론을 가장 두려워하네."

"고약한 일이군."

"최선의 경우라 해도 우리가 데미지를 피할 수 없어. 그는 단순한 로비스트가 아니네. 아주 악질이야."

"할 수 없지. 캡틴이 그렇게 신경 쓰고 있다면. 하지만 이번 일이 끝나면 난 시에 징계위원 사퇴서를 제출하겠어. 관청의 일이라면 이제 정말 지긋지긋하네."

"그렇게 하도록 하게. 하지만 자네 실제로 징계위원회에 참석한 적은 한 번도 없지 않나."

"이번 한 번으로 족하네. 충분히 당하고 있어. 생각해 보게. 캡틴은 박학석이란 작자를 실제로 본 적이 없어서 그렇지, 도대체 품위도 없고 염치도 없어 보이는 놈이야. 그런 인간에게 이렇게 쉽게 두손들고 만다는 것은 기가 막히는 일이네."

"진정하게 시무. 이건 헤게모니 싸움이 아니지 않은가. 그리고 단지 하루만 시청에 나가 주면 되는걸. 그 다음에는 다 잊어버리게. 필요하다면 월요일까지 쉬어도 좋네. 나도 일이 이렇게 된 것에 대해서 정말 미안하게 생각하네."

김시무는 온몸에서 힘이 빠져 나가는 것을 느꼈다. 화가 나서 견딜 수가 없었다.

"아내에게는 뭐라고 하지? 그리고 아이들에게는. 그렇게 기다렸는데. 해변학교의 아버지 날을."

"장미를 보내게. 큰 것으로."

캡틴이 위로했다.

"아이들이 인형극과 바비큐 파티에 대해서 언제나 말하곤 했는데. 그 프로그램이 집으로 배달되었을 때부터."

"내가 아는 꽃배달 업체는 아이들을 위해서 장미 바구니 속에 초콜릿 장미를 곁들여 주네. 진한 초콜릿빛 장미와 잘 구별되지 않을 정도지. 그리고 큐피드 모양의 막대 사탕도 곁들여 주네. 아이들에게 위로가 될 거야.”

“후, 초콜릿과 막대 사탕이라.”

“어때, 오늘 저녁에 집으로 와서 저녁을 들겠나? 아내가 요리를 준비하는 것 같던데.”

“아니, 고맙지만 저녁엔 약속이 있을 것 같네. 그리고 도대체 그 인간은 어떻게 해서 우리 연구소에 관한 정보를 하루 만에 얻어 낼 수 있었을까.”

“미리 파악하고 있었을지도 모르지. 그러고도 남을 인간이라니까. 그런데 이건 우스개로 덧붙이는 얘긴데 그가 편지의 마지막에 이상한 말을 썼네.”

“또 뭔가.”

“자네가 여비서 정인을 흠모하고 있다는 말이네.”

말하고 나서 캡틴은 웃음을 터뜨렸다. 재미있어 죽겠다는 태도였다. 그는 몸을 좌우로 흔들면서 눈물을 흘리며 웃었다. 처음부터 이 말이 하고 싶었지만, 캡틴 나름대로도 조크를 던질 수 있는 시간을 기다린 것이다. 그러나 김시무의 얼굴은 모욕감 때문에 창백해졌다.

“세상에 말도 안 되는 중상모략이야.”

“어쩌면 이미 관계가 깊어졌을지 모른다는 말도 썼어. 미안하네. 난 웃지 않을 수가 없네. 이자는 정말 필사적으로 자네를 징계위원회에 참석시키려고 하는 거야. 자네에게는 미안한 말이지만 정말 눈물겹더군. 나라면 성의에 감복해서 열 일 제치고 나갈 거라고 생각했어.”

“그래서 내가 위원회에 참석하지 않으면 그 일을 가지고 나와 정인의 집에다가 떠들 생각이었군.”

“당연하지. 그게 가장 즉각적인 효과 아닌가. 관료들의 책상을 몇 달씩 돌아다닐 복잡한 서류도 필요 없고.”

그리고 캡틴은 도무지 멈출 수 없다는 듯이 다시 웃어댔다.

"캡틴, 이해하지 못하겠나? 이건 폭력이야. 최악의 폭력일세."

"하루만 위원회에 참석해 주면 되는 것 아닌가."

"그렇게 단순하게 생각하나? 다음번에 이런 일이 없으리라고 어떻게 보장하지?"

"자네가 이제 위원직을 사퇴하면 이렇게 얽힐 일도 없지 않나."

"아니야. 이 방법은 거의 나에게 증오를 품은 것처럼 보이는데."

"그가 찾아왔을 때 심하게 대했나?"

"아냐. 예의를 차렸어."

"무슨 이유인지 모르지만 자네에게 심한 악의를 가지고 있는 것으로도 보이는군. 하지만 이번 일만 소리 없이 지나면 내가 보장하지. 내가 돕겠어. 적어도 자네 가정에 관한 일이라면 내가 법정에서는 한이 있더라도 증언하겠어. 하지만 그럴 만한 일이야 있겠나. 자네가 얌전하게 위원회에 참석만 해준다면 그도 망가진 자존심을 회복하게 되고, 그러면 쓸데없이 소모적이기만 한 신경전은 끝나지 않나 싶네."

"그런 걸로는 위로가 안 되네. 난 심하게 기분이 상했어."

"그리고 이건 그냥 단순한 관심인데 정인과는 정말 그런 오해를 불러일으킬 만한 사이인가?"

"캡틴!"

"도대체 이번 징계위원회의 안건이 어떤 내용인지 너무 궁금해지는구만."

"제대로 기억나지 않아. 뭐 시청 공보실에서 신문사로 리베이트 건이 관련되어 있고, 그 돈을 하급직원이 횡령했다는 등의 지저분한 사건이지."

"시청의 신문사 리베이트 건이라고?"

캡틴이 흥미를 보였다.

"도대체 무슨 신문사야?"

"나도 몰라. 물어 보지도 않았네."

"박학석이란 인간과 그 사건이 어떤 형태로 연결되어 있는 것이 분명하군. 그가 뭐라고 하던가? 회부된 안건에 대해서 횡령을 인정하는 쪽이던가?"

"그렇지 않네. 사회 정의가 어쩌고 하면서 모든 것이 공보관의 수작이라고 하더군."

"자넨 뭐라고 할 건가. 위원회에 나가서 말이야."

"난 맹세코 아무 말도 하지 않을 거야. 시궁쥐보다 더 더러운 놈, 내가 참석하는 것이 아무런 의미가 없다는 것을 증명해 보이겠어. 서랍처럼 입을 다물고 있어야지."

"자네 아내에게 장미 보내는 것을 잊지 말게. 그리고 이 편지 읽어 보겠나."

캡틴이 박학석의 편지를 내밀었다. 김시무는 이마의 주름을 잡고 단숨에 편지를 읽어 내려갔다. 캡틴의 말이 다 맞았다. 적어도 편지만을 본다면 이성적이고 합리적인 논조였다. 박학석이라는 작자는 보기보다는 지능적으로 변신하는 것이 틀림없다.

"그리고 여기 있네, 꽃배달 서비스 회사의 전화번호."

그날 김시무가 현장에서 돌아왔을 때 이미 퇴근 시간은 한참이나 지나 있었지만 그는 사무실에 들렀다. 딱히 집에 일찍 들어가야 할 이유도 없었고 머리가 복잡해서 잠시 생각하고 싶기도 했기 때문이다. 책상 위에는 여비서가 메모를 남겨 놓았다.

"정원영이라는 분에게서 전화입니다. 오후 다섯 시 이십 분. 연락 바랍니다. 남기신 번호는 02-3472-1785. 정인."

김시무는 물끄러미 메모를 바라보고 있었다. 여비서는 반드시 그럴 필요가 없는데도 불구하고 언제나 자신의 이름을 메모지에 남겼다. 평소 같으면 김시무는 별다르게 생각하지 않고 넘겼을 것이다.

그러나 지금은 달랐다. 해변에 있는 아내에게 꽃을 보내기 위해서 꽃배달 서비스 회사에 전화를 하면서도 김시무의 마음은 개운하지 않았다. 여비서는 오랜 시간 그와 함께 일했다. 서로 손발이 너무 맞아 타인이라는 의식조차 하지 않을 때가 있었다. 그렇다고 해서 그녀가 남자처럼 터프하거나 중성적인 이미지는 아니었다. 김시무는 그런 여자들은 좋아하지 않았다. 여비서는 지나칠 정도로 여성적인 편이었다.

"네, 꽃배달 서비스입니다."

김시무가 생각에 잠겨 있는 사이 전화가 연결되었다.

"장미를 배달하고 싶은데요. 가장 큰 것으로 해주시오."

"시간과 장소는요?"

"해운대의 대우 마리나 비치 아파트 302동 706호. 내일 오전중에 도착하면 됩니다."

"받는 분 성함은요?"

"미란과 그녀의 아이들."

"전하실 메시지가 있나요?"

"있습니다. 약속을 지키지 못해서 미안하다. 토요일 저녁에 내려 가겠다. 그렇게 써 주시오."

"네, 알겠습니다. 다른 주문 사항은요?"

"아, 그리고 너희들을 사랑한다고 써주시오. 혹시 초콜릿 장미가 있습니까?"

"있습니다. 얼마나 넣어 드릴까요?"

"두 명의 아이가 한 번에 먹을 수 있는 양이면 좋겠는데."

"여섯 송이 정도면 되겠네요."

"그리고 큐피드 모양의 막대 사탕도 같은 수로 넣어 주시오."

"네 알겠습니다. 더 이상 다른 것은 없으십니까?"

"이제 됐습니다."

"내일 오전에 배달하고 확인전화를 드리겠어요. 신용카드 번호와
전화번호를 불러 주세요."
　전화를 끊은 김시무는 다시 한 번 더 여비서의 메모를 내려다보
았다.

　집으로 돌아온 김시무는 샤워를 하고 진한 향기 나는 쉐이빙 크
림을 잔뜩 바른 채 면도를 했다. 애프터 쉐이브를 바르고 잘 쓰지
않는 불가리 옴므를 살짝 뿌렸다. 김이 서린 거울을 손바닥으로 닦
아 내자 거기 자신의 모습이 보였다. 김시무는 키가 178센티미터에
75킬로그램의 체중을 유지하고 있었다. 정기적으로 스포츠를 하고
있지는 않지만 초등학교 때부터 중학교까지 그는 꽤 우수한 주니어
하키 선수였다. 대학 시절에는 사이클을 해서 대표 선수의 기록에
도전한 적도 있었다. 그 자신감이 젊은 시절 내내 그를 지배했었
다. 지금도 그의 허벅지는 긴장하고 있지 않을 때도 암석처럼 단단
했고 허리 부분에는 군살이 없었다. 이 년 전에 담배를 끊었고 아
직 머리도 빠지지 않았다. 이쯤 되면 마흔다섯 살인 그는 굉장한
럭키 보이일지도 모른다. 동갑인 캡틴을 생각하면 더욱 그렇다. 캡
틴은 김시무보다 키가 십 센티나 작은데 체중은 거의 이십 킬로그
램이나 더 나간다. 머리가 M자 형으로 빠지기 시작한 지는 오래되
었고 작년에는 가벼운 심장 쇼크로 입원을 하기까지 했다. 캡틴이
김시무보다 운이 좋았던 것은 그의 아버지가 명동 암시장의 거부였
다는 점 정도밖에 없다. 김시무는 정성 들여 면도를 끝낸 다음 세
탁소에서 찾아온 속옷과 셔츠를 입고 타이까지 정성 들여 맸다. 마
흔 살이 넘은 이후에는 자신보다 나이 많은 여자와 관계를 가졌던
일이 없다. 당연하지 않은가. 정원영과 약속한 시간은 밤 열 시였
다. 김시무는 열 시 이십 분 전에는 도착할 예정이었다.

"토요일은 시청의 무슨 위원회에 참석해야 하거든요."

정원영은 조심스럽게 말을 꺼냈다. 그녀의 스타킹이 다리에서 흘러내리는 소리가 물에 젖은 실크와 실크가 스치는 것처럼 들렸다.

"아침 아홉 신가 열 시인가 그래요. 귀찮은 일이긴 하지만 일종의 의무감을 가져야 하는 일이라서. 몇 년 전에 그런 비슷한 일에 나간 적이 있어요. 썩 유쾌한 일은 아녜요. 점심 전에 끝나기가 어려울 것 같네요."

"어떻게 결론이 내려질 것 같습니까?"

"잘 모르겠어요. 난 결정하지 않을 거예요."

"왜죠?"

"상관없는 일이잖아요."

방은 완전히 어두웠다. 한 점의 희미한 빛도 없었다. 이미 영화가 시작된 어두운 극장으로 막 발을 내디뎠을 때처럼. 정원영은 불을 켜지 마세요, 했다. 희미한 소리조차 내지 않았다. 김시무는 예의를 지키기 위해서 그녀의 머리카락에 입맞추고 그녀가 신경 쓰고 있는 것이 명백한 아랫배에는 손대지 않았다. 텍스가 필요하냐고 묻자 그녀는 아니라고 대답했다.

금요일 아침 출근하자마자 김시무는 여비서를 방으로 불렀다. 언제나처럼 사무실로 뛰어들면서, "좋은 아침이야, 정인 잘 잤어? 혹시 어젯밤 꿈속에서 날 만나지 않았나? 난 봤는데" 이런 식으로 인사하지도 않고 무거운 걸음걸이로 말없이 사무실로 들어와 인터폰을 통해서 호출했다. 여비서가 커피를 가지고 들어오자 역시 말없이 손으로 앉으라고 했다.

"미스 문, 말해 봐. 수요일 퇴근 때의 그 장미, 누가 보낸 거지?"

여비서의 입가가 순간 굳어졌다. 위기를 만난 토끼같이 눈꺼풀 아래에서 빠르게 굴러가는 눈동자 소리가 들리는 듯했다.

"날 속일 생각은 하지도 마. 남편이 보낸 게 아니었지?"

"남편이 보냈다고 말한 적은 없어요."

간신히 틈새를 발견한 토끼가 안간힘을 쓰며 변호했다.

"나도 미스 문의 사생활에 관여하고 싶은 생각은 추호도 없어."

김시무의 목소리는 자신이 듣기에도 그럴듯하게 냉정했다.

"하지만 미스 문이 그런 장미와 달콤한 서비스를 받은 다음에 부주의하게 나에 대해서 함부로 지껄였다면 용서할 수 없어."

"부소장님, 함부로 지껄이다니, 무슨."

"그 거지 껄렁패 같은 놈에게 뭐라고 했는지 다 말해 봐, 말해 보라니까!"

"아무 말도 하지 않았어요."

여비서의 눈에서는 금방이라도 눈물이 쏟아질 것만 같았으나, 김시무는 공격을 늦추지 않았다.

"우리가 뭐 어떤 사이라고? 내 감정이 어떻다고? 그 거지 껄렁패가 어떻게 생각했겠나, 그 정도 머리도 없어? 왜 쓸데없이 있지도 않은 말을 만들어 내나, 만들어 내기는. 그 정도로 생각 없는 여자였나? 난 미스 문이 보통 여자들과는 좀 다를 줄 알았는데. 그 동안 그래서 신뢰한 거야."

한마디 한마디 씹어 내듯이 턱에 힘을 주면서 김시무는 발음했다. 그는 뭐라고 표현하기 힘들 정도로 불쾌했던 것이다. 감기로 한창 앓고 있을 때 익히지 않은 해삼을 덩어리째 삼킨 것 같은 기분이었다. 여비서의 남편은 말했었다. 여자들의 '느글느글한 낭만성 지향'이라고. 바로 그 기분이었다. 이제 정확히 알겠어. 왜 그가 그렇게 말했는지.

"전 정말 아무것도 말하지 않았어요. 부소장님을 어떻게 생각하느냐고 물어서……"

"그래서 뭐라고 했어?"

"좋은 분이지만 결혼하신 분이라고 했어요. 그러면 부소장님이 절 어떻게 생각하는 것 같으냐고 묻더군요. 그래서……"

"그래서 우리가 뭐 특별한 사이라도 되는 것처럼 그렇게 부풀렸나?"

"아니에요. 절대 그러지 않았어요."

여비서의 눈에서는 눈물이 맺혔다. 슬픔이라기보다는 이 상황이 몸둘 바를 모르게 수치스러운 것이다.

"잘 모르겠지만, 부소장님이 어쩌면 절 좋아하시는지도 모르겠다고, 그렇게 말했어요. 맹세코 그것뿐이었어요. 다른 것은, 하나도 말하지 않았어요. 그런 말을 한 것은 죄송해요. 하지만 단 한 마디였어요. 그리고 그분도 더 이상 캐묻거나 하지는 않았어요. 그래서 의심하지 않았어요."

"단 한 마디라도 그렇지, 뭐하러 그런 얘기를 아무 상관없는 놈에게 하나?"

"그분은 신사처럼 보였어요. 상냥하고 예의바르게 대해 주셨어요. 나쁜 사람이라고는 꿈에도 생각하지 못했어요. 게다가 치과의사라고 하시던걸요. 나와 부소장님이 무척 어울려 보인다고 하면서, 그렇게 말을 꺼내면서, 좀 질투가 난다고 하시더군요."

"그랬군. 그런 사탕발림과 장미에 넘어갔군. 그래서 동화를 썼군. 아니 미스 문, 아직도 자기가 뭐 무도회의 공주라도 된 듯한 기분이야? 정신차려. 당신은 해고야."

여비서는 의미를 모르겠다는 듯이 눈물 젖은 눈으로 김시무를 바라보기만 했다.

"내일부터 출근하지 않아도 되니 알아서 판단해. 남편에게 다 까발겨서 긁어 부스럼을 만들어 실업수당으로 살아가는 신세가 되든지, 아니면 집에서 살림이나 하면서 시간이 나면 논리학 책이라도 좀 읽든지. 당신 때문에 내가 당한 망신을 생각하면 이 정도로 넘어가는 것을 다행이라고 생각해. 하지만 이 시간 이후로 당신 얼굴을 안 봤으면 좋겠군."

"부소장님. 설마, 진심은 아니시겠죠."

여비서는 그제서야 상황의 심각성을 깨달은 듯이 얼굴이 일그러졌다.

"잘못했다고 말씀드렸잖아요. 앞으로는 절대 그런 일이 없을 거예요. 약속 드려요."

"당신의 약속 따윈 이제 필요 없어. 퇴직금과 해고수당은 경리부에서 보내 줄 거야. 난 지금 캡틴을 만나러 가는데, 돌아왔을 땐 당신이 없었으면 좋겠어."

캡틴은 책상에 앉은 채 블랙베리파이를 먹고 있었다. 파이 부스러기가 책상 위에 흩어져 있었다. 거의 수프 접시만큼 커다란 컵에 커피가 찰랑찰랑하게 담겨 있었다.

"시무, 이른 시간에 왔군. 이것 좀 들겠나? 세상에서 가장 맛좋은 블랙베리야."

"아니, 난 오전에는 탄수화물을 잘 먹지 않네."

김시무는 딱딱하게 대꾸했다.

"유감이군. 간식도 친구가 있으면 더 달콤한 법인데."

"아침으로 먹는 것이 아닌가?"

"난 새벽 다섯 시에 아침을 먹었네. 내 비서가 단골집에서 블랙베리파이를 사 가지고 왔는데 유혹을 참기 어렵더군."

"그게 유혹을 참기 어려운 정도인가? 그렇게 커다란 조각을 먹으면서. 잔소리 같지만 들어 두게. 그렇게 단것을 먹어대느니 차라리 담배를 다시 피우는 것이 나을지도 몰라."

"담배 얘기는 하지 말게. 아아, 다비도프 한 개비만 있으면."

커피를 훌쩍 마시다 말고 캡틴은 울 것 같은 표정을 지었다. 캡틴은 지금 담배를 끊기 위해서 분투하고 있는 중이었다.

"할 이야기가 있어서 왔네. 내 비서가 그만두기로 했어."

"정인이?"

캡틴은 날카로운 눈으로 김시무를 보고 물었다.

"자네가 해고시켰나?"

"합의를 본 것이네."

"그 일 때문에?"

"그렇다고 볼 수 있지."

"음. 새 비서를 구해야겠군. 당분간 내 비서에게 자네의 스케줄 관리를 부탁하면 되겠지. 하지만 좀 서운하네. 정인은 오랫동안 일 하지 않았나. 팔 년? 구 년? 괜찮은 여자였는데. 상냥하기도 하고 나름대로 유능하고 게다가 일품인 다리를 갖고 있었는데."

탐색하는 듯한 눈길로 캡틴은 김시무를 훑어보았다.

"좀 앉게. 왜 그렇게 서성대나. 피곤해 보이는군. 눈도 충혈되고. 아내에게 꽃은 보냈나?"

"그래. 보냈지. 초콜릿 장미와 막대 사탕도 같이 보냈네. 하지만 분명히 싸늘해져 있을 거야."

"어차피 내일 밤이면 만날 텐데 뭘 그러나. 그리고 오후에 건축저 널의 기자가 찾아오기로 했는데, 함께 만나겠나?"

"안 돼. 오후에는 일이 있네. 관심 분야의 논문과 자료를 좀 뒤져 볼 것이 있네. 그리고 어제 현장에서 문제점을 몇 가지 발견했어. 예상하지 못했던 일이라서. 어차피 오늘 해변으로 가지 못할 바에 야 그 일을 해결해야겠네. 현장 설계 담당자와 애기를 해야겠어. 어쩌면 저녁때는 현장에 한 번 더 가 봐야 할지도 몰라."

"현장의 문제점이라니?"

"지하수 때문이야."

"설계 변경이 필요한 정도인가?"

"그걸 설계 담당자와 얘기해 봐야지. 심각한 정도라고 판단되면 변경은 불가피하네. 그렇다면 한 번 더 현장을 보고 담당자와 함께 건물주를 설득해 봐야지."

"음. 차질이 있을 것 같으면 나에게 알려 주게. 그리고 자네의 관심 분야라는 것은 또 뭔가?"

"사립 기숙학교의 조경에 관한 것이야."

"사립 기숙학교? 일반적인 얘기는 아니군. 하, 그리고 쥐꼬리만한 학교재단 예산에서 뭐 파먹을 것이 있다고."

"기념비적인 작품을 머릿속에 담고 있다 보면 언젠가 기회가 주어지지 않겠나."

"기념비적이라고? 자네에게 명예욕이 다 있는 줄은 몰랐네."

"하여튼 난 가겠어. 내일 시청에 갔다가 오후에 해변으로 가겠네. 화요일에 돌아오겠어."

"잘 위로해 주라구."

"노력하겠지만 아내와는 길게 말하면 어쩐지 삐걱거려서."

"자네 아내가 아니라 정인 말일세."

김시무가 사무실로 내려오니 그 사이 여비서는 집으로 돌아가고 없었다. 몹시 서두른 듯 대부분의 물건을 챙기지 못하고 핸드백과 장갑만을 가지고 간 듯했다. 그녀가 아끼던 화분과 가족사진이 보이지 않았을 뿐이다. 그녀가 언제나 손을 씻곤 하던 주방의 싱크대 앞 거울에는 희미한 손자국이 남아 있었다. 김시무가 사용하는 찻잔은 씻겨져 물방울이 묻은 채 선반에 놓여 있었다. 순간 김시무의 마음이 편하지 않았다. 그러나 곧 그는 생각을 바꿨다. 이미 결심한 일이다. 시간은 빠를수록 좋고 방법은 단호할수록 좋다.

금요일 저녁, 현장 설계 담당자와 함께 건물주에게서 술과 중국 요리를 대접받았다. 중국 술을 취하도록 마신 것은 실수였다. 김시무는 정신없이 잠들었다가 두통과 전화벨 소리에 잠이 깼다. 그는 전화기를 집어들고 잠이 덜 깬 채 소리질렀다.

"뭐야, 정인."

"이봐, 정신을 아직 못 차리는군. 이제 일어나야지."

캡틴의 전화였다.

"자네가 늦잠을 잘 것 같아서 내가 전화를 걸었어. 이제 깨워 줄 아내도 없고 여비서도 없잖나."

캡틴은 조크를 던졌다.

"지금 도대체 몇 시야? 우, 지겨운 시청, 징계위원횐지 뭔지. 오늘 내가 그놈을 만나면 씹어먹어 버려야지."

"투덜거리지 말고 일어나 샤워하게. 머리에 찬물을 뒤집어쓰면 기분이 나아지겠지."

김시무는 화를 삭이지 못하고 면도하다가 기어코 살을 베었다. 오, 쉬트(shit)! 김시무는 젊은 시절에나 쓰던 욕을 뱉어 냈다.

김시무가 시청 회의실에 도착했을 때 백 명은 들어갈 수 있는 규모의 회의실에는 네 명의 사람들이 모여 있었다. 그들은 커피를 마시고 있다가 동시에 김시무를 바라보았다. 두 명의 여자와 두 명의 남자였다. 김시무는 정원영과 눈이 마주쳤지만 무표정하게 가벼운 눈인사만 건넸다. 어쨌든 그들은 공식적으로 상공회의소에서 이미 한 번 만난 일이 있는 안면인 것이다. 의자에 왜소하게 파묻혀 있는 박학석의 뻐드렁니가 눈에 들어왔으나 김시무는 아는 척하지 않았다.

"이제 다 모인 것 같으니 우리끼리 간단한 회의를 시작합시다. 그전에 초면인 분들도 있으니 먼저 소개부터 할까요."

부담스러울 정도로 깔끔한 정장을 차려 입은 중간 정도 키의 남자가 일어서더니 김시무에게 자리를 권하며 말했다. 그는 주름 하나 없는 셔츠와 바지에 금빛 커프스 단추, 녹색의 타이를 맸고 머리는 한치의 빈틈도 없이 빗어 넘겼다. 한 시간 전에 면도를 말끔

하게 끝낸 얼굴을 하고 있었고 손톱과 눈썹은 남성 전용 뷰티숍에서 정돈한 듯했다. 멜로 드라마의 정치인 역할을 맡은 연예인처럼 보였다.

"안녕하십니까. 난 유종민이라고 합니다. 무역업을 하고 있습니다. 하하, 사실은 이틀 전에 브라질에서 이곳에 도착했습니다. 위원회가 열린다는 소식을 그때서야 듣게 되었죠. 몸도 피곤하고 다른 일도 많았지만 이게 어떤 일입니까. 초면이시죠? 전 당신에 대해서 들었습니다, 김시무 씨. 다른 분들을 소개해 드리겠습니다. 전부 초면일 테니까요."

유종민이 처음 가리킨 사람은 자줏빛 하이네크 블라우스에 크림색 정장을 입은 정원영이었다.

"이분은 화란여중 교장으로 계시는 정원영 여사십니다. 그리고 화란학원 이사장의 따님이시죠. 화란학원 이사장님께서는 지난번 선거 때 이 구역에서 출마하기도 하셨습니다. 그리고 그 곁에 계시는 분은 김유엽 여사님. 1987년까지 시청 교통국장으로 계셨던 차현 국장의 미망인이십니다. 그리고 이분은 박학석 씨라고 치과의사십니다. 그리고 시립대학의 교수이신 한 분이 더 계시지만 그분은 현재 출장중으로 애틀랜타에 계시죠."

"처음 뵙겠습니다. 김시무라고 합니다. 건축기사죠."

김시무는 간단하게 인사하고 자리에 앉아 고개를 반쯤 숙이고 손가락을 이마에 갖다 댔다. 절대로 진지하지 않겠다는 태도였다.

"우리는 오전중에 간단한 의견서를 제출하면 됩니다. 그러면 우리의 일은 끝나는 것입니다. 모두 다 자료는 충분히 검토해 보셨겠죠? 더 필요한 사항이 있으면 시에 요구하라고 되어 있습니다만 나는 이 정도로 충분하다고 생각했습니다. 김시무 씨, 자료는 다 읽어 보셨겠죠?"

"보지 못했습니다."

자세를 바꾸지 않은 채 김시무는 퉁명스럽게 대꾸했다.

"그건 왜죠?"

전 교통국장의 미망인이 물었다. 그녀는 정원영보다 몇 살은 더 어려 보였지만 볼품없을 정도로 마르고 날카로워 보였다. 오랜 독신 생활의 스트레스가 아주 나쁘게 작용한 것 같았다. 검은 펠트 천으로 만든 모자를 벗어 곁에 놓아두었고 융통성이라고는 없을 것 같은 엷고 빈약한 입술에 거친 질감의 회색 천으로 만든 윗옷을 입고 있었다. 목소리는 고르지 않은 불안한 음역을 가지고 있었다. 십중팔구 저 여자는 종교에 귀의하고 있을 거라고 김시무는 생각했다.

"여기에 나오게 된 것은 예상하지 못했던 일이었습니다. 다른 예정이 잡혀 있었죠. 그런데 여러 가지 사정상 여기 참석하게 되었습니다. 그게 좀 갑작스러운 결정이어서, 자료를 읽어 보지 못했습니다."

"괜찮아요. 나에게 여분이 있습니다."

경상도 억양의 박학석이 끼여들었다. 김시무는 그를 노려보지 않기 위해서 외면했으나 박학석은 냉큼 서류더미를 김시무의 앞에 가져다 놓았다.

"간단히 읽어 보시고 의견서를 쓰십시오. 그러면 됩니다."

박학석은 시치미를 떼고 김시무에게 말했다. 한동안 회의실 안은 서류를 뒤적이는 소리뿐이었다. 서류의 맨 앞장에는 외부 위원들에게 보내는 시장의 편지가 들어 있었다.

"시청의 예산은 세금으로 운영되고 있습니다. 시민이 공무원을 고용하고 있는 셈입니다. 위원 여러분은 명망과 학식으로 위촉되신 분들입니다. 무임이고 이름이 나는 일은 아니지만, 그 자체를 명예롭게 여기시고 적극 협조해 주시기 바랍니다. 감사합니다."

"저는 사실 이런 일에 시간을 오래 끄는 것은 낭비라고 생각하는 편입니다."

유종민이 말을 꺼냈다.

"횡령 액수가 구백만 원인가요? 음, 그렇군요. 구백만 원이면, 일 개월 감봉이 적당합니다. 더 이상은 그 본인에게 괴로운 일이 될 테니까요."

"그것뿐입니까?"

박학석이 불만스러운 듯이 대꾸했다.

"난 뭔가 다른 조치가 따라야 한다고 생각했어요. 왜 그 공보관에게는 아무것도 묻지 않는 거죠?"

다른 사람들의 시선이 미미하게 박학석에게 향했다. 여자들은 경멸의 표정을, 유종민은 난감해하는 표정을 지었다. 이 자리가 처음이고 시간에 빠듯하게 온 김시무는 처음에는 잘 느끼지 못했지만, 이곳에 있는 사람들은 박학석을 괴로운 존재 정도로 여기고 있다는 것을 이제 알 수 있었다. 캡틴이 알려 준 바가 사실이라면 박학석은 시청에서도 어쩌지 못하고 위원회에 참석시키고 있는 것이고 이미 다른 사람들도 다 알고 있을 것이다. 어쨌든, 난 아무런 의견도 표시하지 않겠다. 김시무는 팔장을 낀 채 어서 이 자리가 끝나기를 기다렸다.

"김시무 씨는 어떻게 생각하고 계십니까?"

유종민이 도움을 구하는 목소리로 김시무를 불렀다.

"이 일에 대해서 공보관에게도 책임을 물어야 한다고 생각하십니까?"

"시장님은 이 일이 수습된 다음에 공보관을 산하 사업소로 전임시키려고 생각하고 계십니다. 그러니 이 자리에서 우리가 언급할 필요는 없다고 생각해요. 이 자리는 박승규의 횡령 건에 대한 징계위원회일 뿐이죠."

김유엽이 억양이 심한 카랑카랑한 목소리로 다시 끼여들었다.

"하, 말도 안 되는 소리. 산하 사업소라고? 육 개월이나 일 년이면 다시 그 자리에 눌러붙어 앉을 인간이오.”

박학석은 김시무를 바라보았다.

“김시무 씨, 당신도 뭐라고 말을 해주시오.”

“난 왜 이런 자리가 열려야 하는지 아직 납득하지 못하겠소, 선생.”

김시무는 표정을 바꾸지 않은 채 말했다.

“아니 뭘 납득하지 못한단 말입니까?”

박학석은 김시무의 대꾸가 고마운지 뻐드렁니를 드러내면서 화색이 도는 얼굴을 했다.

“전부 다요. 도대체 왜 ‘횡령’이라는 단어를 쓰고 있는지 맘에 들지 않소. 이건 명백한 절도 행위로군요. 절도사건은 우리들이 판단할 수 없소. 경찰이 할 일이오. 시 예산 구백만 원을 훔쳤다면 그건 큰일이오. 그리고 이미 이렇게 되도록 다 짜여진 일이라면 뭐하러 위원회 같은 것을 소집하는 거요? 이건 시 예산을 지키기 위해 시민의 의무를 다하는 것이 아니라 명백하게 예산을 낭비하는 일이잖소. 내 생각에는 이건 전부 다 관료적인 절차에 지나지 않는군요.”

“아니, 그건 당신이 잘못 생각하고 있는 점도 있어요.”

유종민이 분위기를 무마시키려고 했다.

“김시무 씨, 당신은 처음이라 적응이 안 될 수도 있어요. 네, 이해합니다. 그러나 관료들에게는 관료들의 절차라는 것이 있어요. 최대한 많은 사람들의 합의를 도출해야만 하는 일이죠. 볼펜 하나를 쓰는 일부터 건물 벽의 색깔을 무엇으로 하는지까지. 효율성을 최대로 따지는 우리들의 일과는 다를 수가 있는 겁니다. 내부 문제로 한정하자는 것은 시의회와 시장님의 생각입니다. 우리는 그냥 그 박승규라는 인물이 어느 정도의 징계를 받는 것이 적당할까 생각해서 시 위원회에 의견서를 제출하기만 하면 됩니다. 간단한 일이죠.”

"난 공보관의 처벌을 강력하게 피력하겠습니다. 박승규는 일 개월 감봉을 받아도 좋습니다만, 공보관의 음모가 있다는 것을 조사하라고 하겠습니다."

이렇게 말한 박학석은 김시무를 향해서 히쭉 웃어 보였다.

"물론 김시무 씨 당신도 나와 비슷한 생각일 줄로 압니다."

뭐야, 저 웃음은. 김시무는 머리칼이 쭈뼛해지는 불쾌감을 느꼈다. 뭐야, 저것이 바로 협박의 정체였던가. 더러운 놈. 아무것도 아닌 공권력의 끄트머리에서 찌꺼기를 탐내면서 콩콩거리는군. 김시무는 속으로 욕을 퍼부었다. 그리고 문득 생각이 나 물었다.

"그런데 공보실에서 리베이트를 주려고 한 신문사는 어떤 신문사입니까?"

"서류를 보시면 알 것 아닙니까."

박학석이 냉큼 대꾸했다.

"글쎄, 서류의 어디쯤에 있는지. 워낙 분량이 많고 글씨가 촘촘해서요. 사건의 개요에도 신문사라고만 나오고 명확하게 이름이 드러나 있지 않군요."

"가제트지입니다."

유종민이 한숨을 쉬면서 말했다.

"무슨 가제트죠?"

"시티즌 가제트."

"그런 신문도 있습니까?"

김시무는 어리둥절해졌다.

"지방지입니다. 시 뉴스를 주로 하고 파산이나 임용, 지방자치단체가 주관하는 시험의 합격자 같은 내용을 싣고 있죠."

그리고 유종민은 덧붙였다.

"모르시는 것 같은데 여기 김유엽 여사님이 운영하는 신문사입니다."

회의실 안은 이미 식어 버린 커피를 젓는 소리만 들렸다.

　그들, 김시무와 유종민은 복도의 흡연 구역에 서 있었다. 여자들은 화장을 고치러 화장실로 들어갔고, 박학석은 회의실에 남아 전화를 걸고 있었다. 회의 도중 잠시 동안의 휴식이었다. 토요일 시청의 복도는 인기척 하나 없이 고요했다. 건물은 오래되었지만 튼튼해서 지진에도 견딜 수 있을 것 같아 보였다. 아마도 일본 시대에 지어진 것 같았다. 창은 이중이었고 쓸데없는 장식 없이 견고했으며 아무것도 깔려 있지 않은 바닥은 건물 외벽과 같은 화강암이었다. 중앙 복도에는 어느 관공서나 그렇듯이 대형 거울이 설치되었고 터무니없이 커다란 관엽식물이 자리잡고 있었지만 그뿐이었다. 엘리베이터도 없고 천장의 스프링클러나 전자식 환기 장치, 감시 카메라나 사무실 입구에 설치되는 ID카드를 체크하는 장치도 보이지 않았다. 유종민은 복도 끝, 흡연 구역의 창을 열고 담배를 꺼내 불붙였다. 김시무는 커피를 마시고 싶어 주변을 둘러보았으나 벤딩 머신만 눈에 띌 뿐이었다. 그는 인스턴트 커피는 마시지 않았다. 그래서 포기했다.
　"권태로운 일이죠, 정말 그렇죠."
　유종민은 딱한 표정을 지었다.
　"하지만 어쩌겠습니까, 우리 생활은 모두 이곳과 무관하지 않습니다."
　"난 아니오."
　김시무는 부정했다.
　"그럴 리가요. 당신은 건축연구소의 부소장으로 알고 있습니다. 정부 예산에서 상당 부분 보조를 받고 있는 것으로 알고 있는데요."

"중앙 정부의 학술 예산이죠."

"그래도 당신네 연구소의 일을 허가해 주는 곳은 이곳 시청이잖습니까."

유종민은 반도 넘게 남은 담배를 비벼 끄고 성급하게 새 담배에 불을 붙였다.

"금연자신가 보군요. 실례가 되지 않았으면 합니다."

"괜찮소."

"그런데 어떻게 생각하십니까? 공보관에 관한 언급을 굳이 해야 하나요? 박학석이라는 저 사람은 고집이 대단합니다. 개인적인 의견서를 쓰는 동시에 우리 의견을 수렴해서 작성한 보고서가 필요하기 때문에 골치 아프군요."

"당신 생각은 어떻소?"

"난 그냥, 심플하게 감봉 일 개월로 끝내기를 바랍니다. 시끄러운 것도 싫고 박학석이 두고두고 악악대는 것도 싫고 김유엽이라는 말라깽이 여자가 앙심을 품는 것도 원하지 않습니다. 공보관의 일을 덮어 두면 박학석이 입에 거품을 물고 포기하지 않을 거고 부각시키면 김유엽이 가만 있지 않을 겁니다. 아무 영향력 없는 관보나 다름없는 신문에 구백만 원이라니, 나도 당신만큼 기가 막힙니다. 이건 명백한 붙어먹기죠."

"그런데 저 박학석이라는 자는 왜 그렇게 공보관을 물고 늘어지는 겁니까."

"모르시고 계셨나요?"

유종민은 눈을 가늘게 뜨고 김시무를 보았다.

"내년에 부시장이 출마할 겁니다. 박학석은 부시장 진영에서 일하겠죠. 현재 공보관은 부시장의 가장 강력한 견제 세력입니다. 그래서 박학석은 어떤 방향으로든지 이 사건을 팽창시키려고 하는 겁니다. 박승규를 파면하거나 하는 것도 생각했을 겁니다. 그러나 그 정도가 되면 박승규는 가만히 있지 않겠죠. 상급기관에 탄원할 겁니다. 하지만 파면되지 않는다면 그도 가만히 있을 겁니다. 시끄럽게 일이 번져, 그의 절도가 인정되면 처벌을 피할 수 없을 테니까요. 그러나 그것은 시 관료들 전체를 뒤흔드는 효과가 올지도 모르고 예상하지 못했던 부작용이 있을 수 있습니다. 그러니까 박학석은 공보관의 일을 이 위원회가 건드려 주기를 원하고 있는 겁니다. 어떤 방법으로라도 좋죠. 그냥 벌집처럼 건드려 주기를 바라는 겁니다. 이건 어디까지나 내 개인의 생각일 뿐입니다만 이번 사건도 박학석이 꾸민 일인지 모릅니다. 박승규라는 다혈질의 젊은 하급직원을 적당히 구슬려서요. 원래 박승규는 공보관에게 미움을 받고 있었으니까요. 그러나 지금 김유엽의 입장은 반대입니다. 이 일을 외부기관에서 조사한다면 시티즌 가제트라는 신문사에 대한 조사도 불가피해지니까요. 김유엽은 이 일이 커질까 봐 가장 안절부절못하는 사람이겠죠. 지금, 아주 태연한 척하고 있지만 말입니다."

그리고 유종민은 말소리를 낮췄다.

"사실 김유엽은 차현 국장의 아래에 있던 사람들을 부추겨 시청을 등에 업고 신문사를 키웠습니다. 누구나 다 공공연하게 아는 얘기죠. 그 사이에서 별별 루머가 다 돌았죠. 김유엽, 보기보다 지저분한 여자입니다. 지금은 어떨지 모르겠지만 차현 국장이 죽은 뒤 남자가 한둘이 아니었다더군요."

"음."

"하긴 이해가 가는 부분이 없지는 않죠."

유종민은 저 혼자서 고개를 끄덕였다.

"여자가 혼자 있으면 얼마나 견디기 힘들겠습니까. 여자의 몸으로 혼자서 신문사를 일으키자면요. 외롭기도 하겠죠. 하지만 추잡한 일은 추잡한 일이죠."

"김유엽은 잘 모르겠지만 정원영은 한 번 만난 일이 있죠. 상공회의소 비즈니스 홀인가, 출판기념회였죠."

"아, 정원영 여사를 압니까? 그녀는 다릅니다. 김유엽하고는 다른 종류죠."

"어떻게 다르다는 거죠?"

"그녀는 좋은 집안에서 태어났고 좋은 교육을 받았고 평생 진흙밭에는 들어가 본 일이 없는 핏줄이죠. 이런 데 나오는 여자치고는 지나치게 말이 없는 편이죠. 결혼하지 않은 것은, 아마도 종교적인 성향 때문이라고 사람들이 말하고 있습니다. 숭배자가 왜 없었겠습니까. 그런 집안의 딸이고 아름다운데. 나는 장사꾼에 불과하지만 가끔 그런 종류의 여자를 만날 때가 있습니다. 아주 가끔이죠. 나는 그럴 때면 언제나 감탄합니다."

유종민은 거의 찬미하는 표정을 지었다.

"그리고 그 박학석이라는 사람, 내가 충고하지만 가까이하지 마세요. 절대로요. 하지만 정면으로 대응하지는 마세요. 적당히 거리를 두고, 사소한 이익이라면 그냥 던져 주고 마세요. 너무 가까이하거나 단순하게 적개심을 보이면, 좋을 것이 없습니다."

"난 이제 위원회 일을 그만둘 생각입니다. 그러니 더 이상 그와 만날 일도 없죠."

"아니 왜죠?"

"시청의 일을 맡기로 한 것은 우리 연구소 소장의 생각이었습니다. 난 이런 것이 적성에 맞지 않아요. 반면에 소장은 그렇지 않죠. 내가 실제로 이렇게 끌려나오게 될 줄은 몰랐습니다. 소장은 내가 이렇게 하는 것이 연구소를 위해서 무리가 없을 거라고 생각한 겁니다. 난 이제 염증을 느낍니다."

"그래서 그렇게 굳은 표정을 하고 있었군."

"기분 상했습니까?"

"아녜요. 그렇지 않습니다. 난 어쩔 수 없지만요. 시청의 허가가 없으면 하기 어려운 일들이 많습니다. 관료들 책상에서 한 달씩 굴러다니는 서류가 얼마나 많은데요. 수없이 많은 도장과 사인과 허가증명이 필요한 온갖 절차에 불과한 일들. 난 징계위원회말고도 청소년 보호위원과 시립 노인복지회 임원까지 맡고 있습니다. 그렇게 되면 시청에 아는 사람도 많이 생기게 되고 수많은 절차가 필요한 온갖 일들이 훨씬 손쉽게 풀립니다. 아, 당신을 이해해요. 내가 이런 사업에 손대서 벌여 놓지만 않았더라도 당신처럼 생각했을 테니까요. 사실 오늘 이곳에 나타나지 않은 시립대학의 교수도 언제나 그런 말을 하곤 했었죠. 하지만 그는 어쩔 수 없이, 입장이 시립대학의 교수라서, 참석해서는 마치 당신과 같은 표정을 하고 있었어요. 결국 이해관계가 없으면, 무관심할 수밖에 없죠."

"박승규라는 사람에 대해서 좀 조사해 봤는데요."

휴식 시간이 끝난 다음 김유엽이 입을 열었다.

"단지 참고로 하기 위해서였습니다. 이 사람이 작년에 공보관을 폭행한 사건이 있었던 것은 알고 있죠? 둘은 사이가 나빴던 것이 사실이죠. 그리고 박승규는 결혼하지 않고 여자와 동거하고 있으며 은행에 빚이 삼천만 원 있습니다."

김유엽은 말을 끊었다. 사람들은 침묵을 지켰다. 유종민은 이마를 긁으면서 생각에 잠긴 척했고 박학석은 얼굴을 찌푸린 채 팔짱을 끼고 서류를 내려다보고 있었다. 정원영은 가느다란 금팔찌가 감긴 손목을 만지작거리면서 멍하니 창문 쪽을 바라보고 있었다. 김시무는 볼펜으로 메모지에 낙서를 하면서 그런 정원영에게 신경을 쓰고 있었다. 젊은 시절에는 정말 고적한 아름다움을 가지고 있었을 여자였다. 지금도 괜찮지만. 지나치게 말이 없는 것을 제외한다면. 도무지 목소리를 들을 수조차 없지 않은가. 그녀가 어떻게

여학교의 교장이란 자리에 있는지 알다가도 모를 일이다. 김시무는
그 도마뱀 같은 박학석이 의외로 점잖게 고개를 꼬고 앉아 있는 것
이 이상하다는 생각이 들었다. 어쩌면 박학석은 이 사건이 어떤 식
으로 끝나든 그 결과가 중요한 것이 아니고 사람들에 대한 영향력
을 일으키기 위해 이벤트를 열었을지도 모른다는 생각이 들었다.
박학석이 없었다면 위원들은 유종민의 생각대로 일 개월 감봉으로
간단하게 서류 작성을 마치고 이른 오전에 시청을 떠나 버렸을 것
이다. 여기 모인 위원들은 아무도 이 사건 자체에 대해 관심이 없
을 것이라고 김시무는 확신했다. 도대체 누가 언제 어떻게 무엇을
위해 돈을 횡령했는지 아는 사람도 없고 알고 싶어하지도 않는다.
우편으로 받은 서류뭉치를 소중한 듯이 뒤적이고는 있지만 아무도
그것을 읽지 않았을 것이다. 그리고 이제 사람들은 서서히 지루함
을 느끼고 있었다.

"말도 안 되는 소리. 그는 이 사건과 아무 관련도 없고, 그리고
사악한 음해입니다."

예상대로 박학석이 반발했다.

"그는 돈이 필요했을 겁니다. 도박빚을 갚지 않으면 손가락을 잘
라 버린다는 위협을 받고 있었으니까요."

의외로 강한 어조로 김유엽이 내뱉었다.

"그래서 일 개월 감봉으로 하자는 겁니다. 우리는 형사가 아니고
횡령 건에 대해서는 시청에서 이미 결론을 내리지 않았습니까."

유종민이 사람들을 달랬다.

"뭐가 횡령이라는 거요. 엄연한 절도지요."

김시무는 히죽거리는 박학석이 불쾌해서 차갑게 말을 던졌다.

"그가 횡령이든, 절도든 했다면 공보관도 책임을 벗어날 수 없다
고 의견서에 적지 않으면 나는 사인하지 않겠습니다."

박학석은 할말을 다 했다는 것처럼 어깨를 들썩거리고 김시무를

향해서 한마디했다.

"그나저나 당신의 어여쁜 여비서는 잘 있나요? 그날 맛있는 차를 얻어먹어서 언젠가 한 번 인사를 해야 하는데."

김시무는 얼굴이 순식간에 화끈거리는 것을 느꼈다. 이, 후레자식. 그러나 침착해야지. 사람들의 밋밋한 시선이 잠시 김시무에게 머물렀다. 나는 이따위 자식과 아무런 관련이 없다, 김시무는 변명하고 싶었지만 유종민이 재빨리 말을 꺼내는 바람에 기회를 잃었다.

"그러면 이렇게 할까요, 공보관에게 혐의는 없지만 부하 직원에게 편견을 가지고 있었던 관계로 둘의 의사소통이 원활하지 못했다. 그것에 대한 책임은 피할 수 없다."

이렇게 말하고 유종민은 자신의 민첩한 머리가 만족스럽다는 표정을 지었다. 그러나 김유엽이 불만을 나타내었다.

"시청의 징계위원들이 좋아하지 않을 겁니다. 그들은 공보관에 대해서 공식적으로는 완벽한 결백을 인정했으니까요. 말씀 드린 대로 산하 사업소로 전임될 텐데요."

"거기다 공보관의 지휘 능력에 의심이 간다는 말도 언급해 주시오."

박학석은 굽히지 않았다.

"그렇게 하지요. 김유엽 여사님, 이런 언급이 들어간다고 해도 공보관의 인사기록카드에는 어떤 기록도 남지 않습니다."

"난 공보관을 걱정하고 있는 것이 아닙니다. 쓸데없이 오해받기는 싫어요. 이런 일에 신문사가 연루되어서 정말 괴로울 뿐이에요."

"신문사에 관한 언급은 어디에도 기록하지 않겠습니다. 정부기록문서로 보존된다 해도 걱정하실 것 없습니다. 그렇지 않습니까? 누가 이런 징계위원회의 회의록을 들춰 보려고 하겠습니까. 이건 중요한 일도 아닙니다. 우리는 지금 대외적인 일을 하는 게 아니죠.

이건 시청 내부의 아주 사소한 인사 문제에 불과합니다.”

유종민은 이마의 땀을 주먹으로 닦았다. 아주 다급한 심정 같았다.

“어떻습니까? 박학석 선생. 당신이 말한 대로 쓰는 대신 신문사에 관한 언급은 전혀 하지 않겠습니다. 공보관과 신문사의 관계를 연상시키는 어떤 말도 하지 않겠습니다. 그대신 공보관의 지휘 능력에 관한 회의적인 문장은 넣겠습니다. 만족하십니까?”

제발 이대로 끝났으면 하는 마음에서 사람들은 간절하게 박학석을 바라보았다. 그래서 박학석이 고개를 끄덕이자, 휴우 하고 안도하는 표정들이 되었다.

“저어……”

그때 정원영이 입을 열었다. 거의 한마디도 하지 않고 있던 그녀가 입을 열자 사람들은 그녀를 돌아보았다. 무슨 폭탄선언을 하려고 그러나, 겁먹은 표정들이 되었다.

“이제 중요한 건에 대해서는 의견 일치를 보신 건가요? 전, 점심 약속이 있어서 빨리 끝냈으면 해요.”

뭐야. 김시무는 어이없는 마음과 동시에 희미한 실망을 느꼈다. 가능하다면 그녀와 함께 점심을 먹으면 어떨까 하는 마음이 있었기 때문이었다.

“그럼요. 이제 끝입니다. 그렇죠? 이제 한 삼십 분 간 각자 의견서를 간단하게 작성하십시오. 장황하지 않아도 됩니다. 내가 대표로 전체의 의견서를 작성하도록 하겠습니다. 그러면 한 시간 안에 모든 것이 끝날 수 있습니다.”

김시무는 다른 사람들과 함께 의견서를 썼다. 그의 의견은 짧았다.

“횡령한 박승규는 일 개월의 감봉이 적당하다고 생각함. 그를 제대로 감독하지 못한 공보관에게는 적절한 다른 조치가 있어야 한다고 생각함.”

왜 이런 것이 열려야 하는지 한심하다고 쓰려고 했던 처음의 생각은 사라져 버렸다. 어차피 자기와는 아무런 상관이 없는 일이고 어떤 형태로 결론이 나더라도 사실과는 거리가 멀 것이다. 이제 김시무는 그것을 알았다. 나는 정의의 재판관 역할을 하는 것이 아니다. 그러니 아무 상관 없다. 박학석이 두렵거나 그가 일으킬 문제가 귀찮아서 그런 것은 아니다. 그렇게 생각하면서 김시무는 자기 자신에게 변명했다. 유종민이 총무부로 의견서를 제출하고 그들이 모든 절차를 마치고 회의실을 나오는데 김시무의 책상 앞에는 반으로 접혀진 메모지가 놓여 있었다. 김시무는 화장실로 가서 그것을 읽었다. 정원영의 메모였다. 그래, 어차피 고속도로는 막힐 것이다. 조금 늦게 출발한다고 해서 이제 와서 달라질 것은 없을 것이다. 아버지의 밤은 이미 끝났다.

"오늘 참석해 주셔서 감사합니다. 아이들과 약속이 있으시다고 했는데도 불구하고."

화장실 입구에서 박학석과 마주쳤다. 박학석은 이제 아쉬운 것이 없다는 말투로 거드름을 피웠다. 김시무는 그를 무시했다.

"다음에 또 공익을 위한 이런 자리에서 만나게 되겠군요. 당신이 가족의 볼일을 희생하고 참석해 주신 것 잊지 않겠습니다."

"이제 그럴 일은 없을 것 같습니다. 난 이 위원직을 사임할 생각이오."

"아니, 무슨 말입니까?"

"말 그대로죠. 선생, 쉬운 한국말도 모릅니까?"

"잘 모르시는 모양인데 이건 선택받은 명예이기도 합니다."

"선생이나 많이 누리시죠. 그런데 뭐, 원하는 것은 얻으셨나요? 왜 내가 굳이 참석해야 하는지 모르겠군요."

"원하는 것이라뇨, 나는 그저 정당한 합의를 위해서 한 사람이라도 많은 위원이 참석하기를 바랐을 뿐입니다."

"당신 의견에 동조하는 한 사람이 아니고?"

“아니, 그러지 말고. 어디 가서 점심이라도 드실까요?”

“미안하군요. 약속이 있어서.”

김시무는 바삐 그를 떠났다. 김시무는 언제나 경상도인이 싫었다. 정확히 말하자면 김시무의 예민한 청각은 경상도인의 억양을 참지 못했다고 하는 것이 옳을 것이다. 그건 개인적인 기호의 문제였다. 그러나 그는 이런 자신의 기호를 가까운 사람 누구에게도 말하지는 않았다. 그렇게 말함으로써 전라도인으로 오해받을 수 있다는 것을 잘 알고 있었다. 그렇게 오해받는 것은 더 참을 수 없었기 때문이다. 만일 그렇다면 그건 거의 모욕의 수준이었다. 정원영과의 약속까지는 한 시간 정도 시간이 있었다. 김시무는 사무실로 들어가 시간을 보낼 생각이었다. 그가 막 사무실의 의자에 앉았을 때 전화가 울렸다. 캡틴이었다.

“잘 끝났나?”

“잘인지 뭔지, 끝나기는 했네.”

“어떻게 됐나?”

“뭐가?”

“결과 말일세.”

“흠, 일 개월 감봉이라더군.”

“오, 그거 안됐군.”

“안되기는. 그는 시 예산을 횡령했다는 판결을 받은 입장인데. 하지만 내가 볼 때는 차라리 그 상사인 공보관이나 아니면 박학석이 계획적으로 횡령했다고 보는 것이 더 타당한 것 같더군. 적어도 방조의 가능성은 있었네.”

“오, 그런가. 그런데 혹시 그 일에 대한 사실을 알고 있나?”

“나는 모르네. 당연하지 않은가. 그냥 단순히 박승규라는 그 직원이 꿀꺽 삼켜 버렸을 수도 있네.”

김시무는 퉁명스러웠다.

"나말고 다른 사람들도 별로 알고 있지 않더군. 알고 싶어하지도 않아. 그러면서 완벽한 시간 낭비에 정성을 들이고 있는 거야. 관료들이란."

"정인에게 퇴직금을 지불했네."

캡틴이 화제를 바꿨다.

"그런가."

"상당히 충격을 받고 있더군. 자네가 좀 심하지 않았나?"

"난 정당하다고 생각하네. 내가 어떤 망신을 당했는지는 잘 알지 않는가. 그녀는 실수로 없는 말을 만들어서 박학석이라는 쓰레기에게 정보를 준 거야. 설사 그녀가 내 정부였다 해도 용서받을 수 없는 실수를 한 거야."

"정인이 그러더군. 아마 부소장님은 정원영이라는 다른 여자를 사귀기 시작했나 봐요. 그래서 날 해고한 거예요. 하지만 난 원망하지 않겠어요. 그러더군."

"뭐, 기가 막혀 할말이 없네."

"정인이 좀 감성적이라는 것은 인정할 수 있어."

"그것은 남에게 피해를 주는 위험한 성향이네. 그녀는 좀더 자기역할에 충실했어야 했네."

"새 비서는 자네가 구하겠나? 아니면 연구소에서 알아볼까?"

"나는 신경 쓰지 않을 테니 캡틴이 알아서 해주게."

당신은 정말 찬미할 만한 여자다. 나는 당신을 만나게 된 것에 대해서 감사한다. 사람을 규정하는 것은 유전자와 그가 걸치고 있는 의상이다. 그 두 가지 다 당신은 나를 감동시켰다. 당신을 좀더 일찍 만났으면 하고 아쉬워한다. 당신의 몸이 욕망에 떨고 그것을 부끄러워하고 있는 것이 느껴진다. 당신, 원하는 것을 해라. 내가 이루어 주겠다. 김시무는 소리내지 않고 조용히 정원영을 등뒤에서 안았다. 그들의 점심은 뚜껑이 덮인 접시에 담겨 식탁에 놓여 있었다. 낮이었기 때문에 정원영은 옷을 벗지 않겠다고 했다. 그들은 강물이 보이는 창가에 앉아 단편적인 대화를 나누었다. 그들은 징계위원회에 대해서 말하지는 않았다. 그것은 그들에게 별로 의미 없는 시간이었기 때문이다. 김시무는 아내와 전직 여비서 정인, 그리고 정원영에게 그 나름의 적절한 대우를 한다고 믿었다. 그것을 정원영에게 얘기했다. 정원영은 귀를 기울였다. 김시무는 최근 사이가 좋지 않은 아내에게 최선을 다해야 했지만 징계위원회 때문에 약속을 지킬 수 없었고, 도저히 한심하기 때문에 오랜 여비서를 해고하지 않을 수 없었다. 여비서 정인과 관계를 가진 것은 아주 오랜 옛날, 그녀가 결혼하기도 전의 일이다. 짧은 관계였고 그녀가 결혼하자 그것으로 끝이었다. 나는 유부녀와 통정하는 것을 원하지 않았다. 그리고 나는 그것을 기억할 생각도 없었다. 그러나 그녀는 오래오래 그 일을 잊지 않고 있었던 것이 확실하다. 그래서 그녀는 나와의 관계를 과장했다. 그녀는 역할에 어울리지 않는 생각으로 오버한 것이다. 나는 지금까지 열심히 일했고 정말 성실했다고 자신 있게 말할 수 있다. 나 자신을 위한 것도 있지만 그 대부분은 가족을 위한 것이다. 나는 사회에 이익이 되는 인간이 되려고 노력했다. 내 자리에서 언제나 내 몫을 다했다. 그러므로 내가 고용하고 있는 사람에게 그 정도의 충실함은 요구할 수 있다고 생각한다. 내 모든 것을 이렇게 털어놓는 유일한 사람이 정원영, 당신인 것이 지금 나는 좋다. 다른 사람은 아무도 이해하지 못한다. 모두들 자기 입장에서 생각할 것이다. 당신 이마에 입맞춘다.

당신의 그런 점이 얼마나 나에게 매혹적이었는지 모른다. 정원영이 김시무의 벗은 하반신을 향해 얼굴을 기울이면서 말했다. 나는 많은 초인들을 만나 봤다. 피바디에 있을 때는 히피였고 일본에 있을 때는 목숨을 건 지독한 군국주의자이기도 했다. 파계한 승려도 있었고 초능력자도 있었고 지금은 지상에서 사라진 사회주의자도 있었다. 그들의 정말 모습은 모른다. 어쩌면 그들에게 정말 모습 따위는 없었을지도 모른다. 그러다 어느 순간부터 나는 일상의 언어말고는 말하지 않게 되었다. 학교에서도 사무실에서 결재를 마친 다음 중요한 일과는 대부분 교감에게 맡기고 나는 명상에 빠진다. 당신을 처음 본 순간부터 좋았다. 당신에게 가까이 가 닿고 싶었다. 그때 나는 내 껍질을 뚫고 허공으로 치솟는 날카로운 욕망을 알 수 있었다. 당신이 신비스럽지 않아서 그랬다는 생각이 든다. 그러나 지금, 나는 늙어 가고 있다. 어쩌면 지쳤을지도 모른다. 이렇게 당신을 보고 있으면 내가 이 세상에 보내는 마지막 인사라는 생각이 든다. 안녕, 잘 가라. 짧은 말이다. 그것뿐이다. 삶이 영원하다면 나는 이렇게 당신을 안지 않았을 것이다. 지독한 고독을 선택한 이 고행이 약속해 주는 것이 있다면 나는 당신을 욕망하지도 않았을 것이다. 정원영의 블라우스가 김시무의 다리 사이에서 바람 소리를 내고 있었다. 시무, 우리는 이제 마지막이다. 적어도 이런 식으로는 만날 수 없다. 오늘 이후, 나는 당신을 그냥 건축가 김시무로 알고 있을 것이고 당신은 나를 단지 클라이언트로 만날 것이다. 영혼을 뒤흔드는 감정 같은 것은 이 세상에는 없다. 혹 우연히 마주쳐 점심을 같이 먹을 수는 있다. 상공회의소의 만찬에서 같은 테이블에 앉을 수도 있다. 그러나 더 이상 이런 식은 아니다. 우리 사이에 있었던 일은 마치 징계위원회에 회부된 시청의 사건과 같다. 실체는 없거나 혹은 중요하지 않다. 충실해야 하는 것은 역할이다. 그것이 조직인간이다.

물 속의 집

원 재 길

1959년 서울 출생.

연세대 사학과 및 동대학원 국문학과 졸업.

1986년 시동인지 《세상읽기》에 〈거리에서〉를 발표하며

작품활동을 시작했다.

시집으로 《지금 눈물을 묻고 있는 자들》,

소설집으로 《누이의 방》, 장편소설로 《겉옷과 속옷》·

《모닥불을 밟아라》 등이 있다.

제23회 이상문학상 추천 우수작에 선정된 바 있다.

물 속의 집

물고기 두어 마리가 마루 위를 헤엄쳐 건너가서 안방 문을 주둥이로 툭툭 받는다. 물고기들은 눈에 보이지 않을 만큼 빠른 속도로 모든 지느러미를 움직이고 있다. 문이 약간 열리자 물고기들은 방으로 들어간다. 안방엔 이미 수십 마리의 물고기가 모여서 놀고 있다. 건넌방에서도 십여 마리가 꼬리를 물고 쫓고 쫓기며 장난치고 있다.

물 속은 전체가 온통 어두컴컴하진 않다. 어두운 곳은 어둡고 밝은 곳은 제법 밝다. 마당에서 물 그림자가 너울너울 춤춘다. 허공 저 위의 천장에서 반짝거리며 잔물결이 일고 있다. 나뭇잎이 물결을 타고 흔들리며 떠 가는 게 보인다. 물뱀 한 마리가 나뭇잎과 잔가지를 헤치면서 지나간다.

물고기들은 부엌에도 있고 외양간에도 있다. 어떤 놈은 벽시계 속에서 태엽을 주둥이로 건드리며 놀고 있고, 또 어떤 놈은 뒷마당 닭장에서 무언가를 열심히 먹고 있다. 붕어가 대부분이지만 간간이

잉어와 메기도 보이고 가두리 양식장에서 빠져 나온 향어도 눈에
뜨인다. 손가락 마디만한 잔 붕어와 피라미들은 지붕 위에 한데 모
여서 햇살을 즐기고 있다.

　가을 한낮. 햇볕 좋고 하늘빛이 눈 시리게 파랗고 바람도 잔잔하
게 불어 가는 쾌청한 날씨다. 버스는 훤히 트인 들판과 부드러운
곡선으로 이어지는 고만고만한 높이의 구릉 사이를 달려간다. 따가
운 햇살이 앞유리로 쏟아져 들어오고 있다. 운전사는 익살스럽게
얼굴 근육을 뒤틀면서 입이 찢어져라 하품한다. 눈물이 찔끔 나오
면서 시야가 흐려진다.

　순간 기사는 핸들을 놓친다. 중앙선을 밟으며 휘청거리던 버스는
황급히 자기 차선으로 돌아온다. 앞에서 트럭 하나가 나타난다. 흙
을 가득 싣고 달리는 트럭에서 뿌연 흙먼지가 날아온다. 트럭은 흙
한 줄기를 길게 바닥에 뿌리며 달리고 있다. 버스 기사가 왼손을
들어 창을 탁 소리내 닫으며 이맛살을 찌푸린다.

　곧 트럭은 공사 현장으로 방향을 틀어 사라지고, 시야는 다시 시
원스러운 풍경을 펼쳐 보인다. 버스가 달려가는 앞쪽으로 저 멀리
길 끝까지 자동차 한 대 보이지 않는다. 버스는 고속도로 두 개와
국도를 통해 서울에서 두어 시간 남짓 쉬지 않고 달려온 직행이다.
이런 날은 어디 그늘에 가서 한숨 자면 딱 좋겠구먼 하고 기사는
혼자말로 중얼거린다.

　승객들도 절반 이상이 졸고 있다. 햇살이 가 닿지 않는 버스 왼쪽
에 앉은 승객들은 거개가 눈을 감고 있다. 목을 한쪽으로 한껏 꺾
고 옆머리로 창을 툭툭 때리며 꽤나 곤하게 자는 사람도 있다. 어
떤 아가씨는 창틀에 머리칼이 끼는 바람에 놀라서 깨었다가 다시
잔다. 턱으로 침을 주루룩 흘리곤 재빨리 손등으로 닦아 내며 주위
를 살피는 사내도 있다.

　서울을 떠날 때부터 엄마의 속을 태우며 칭얼대던 아이도 오래

전에 곯아떨어졌다. 그러나 볕드는 오른쪽 창가는 사정이 딴판이다. 그곳의 승객들은 좀처럼 잠을 이루지 못하고 뒤척인다. 뻔질나게 커튼을 열었다간 닫고 앞으로 밀었다간 뒤로 당기는 사람, 모자를 눌러 썼다가 옆으로 삐딱하게 썼다가 해가며 햇볕과 다투는 사람이 보인다.

어떤 노인은 중절모를 벗어 햇볕을 가리고 멍하니 창 밖을 내다보고 있다. 노인은 흐뭇해하는 얼굴로 곡식이 무럭무럭 자라는 들판을 바라본다. 여름 햇살이 가을 햇살더러 형님 하고 인사한다더니 하나도 틀린 말이 아니야. 그렇게 중얼거리더니 얼굴로 와 닿는 햇살을 향해 인사하듯이 고개를 끄덕거린다.

막힘 없이 신바람 내며 달리던 버스는 교차로에 이르러 붉은 신호를 받고 속도를 늦춘다. 내리받이여서 기사가 엔진 브레이크까지 이용하는 바람에 버스는 덜컥대며 앞뒤로 크게 요동한다. 버스는 조심조심 우회전하여 백여 미터쯤 가다가, 묘산읍 방향을 알리는 표지판 앞에서 다시 오른쪽 길로 접어든다. 눈앞에 불쑥 임시 검문소가 나타난다.

기사는 일순간에 졸음이 깨끗이 달아난 얼굴이 된다. 버스가 완전히 멈추어 서자 무슨 일인지 궁금해하는 낯으로 여러 승객이 자세를 고쳐 앉으며 창 밖을 내다본다. 바리케이드와 순찰차, 군용 지프가 보인다. 순경 하나가 어떤 승용차를 길가로 유도하고 있다.

어깨에 소총을 메고 서류철과 무전기를 든 순경이 버스에 올라온다. 잠시 검문이 있겠습니다. 경례를 붙인 순경이 앞자리부터 승객들의 얼굴과 짐을 유심히 살피며 걸어온다. 순경은 한 청년의 어깨걸이 가방 속을 검사한다. 가방엔 옷가지와 책 몇 권이 들어 있다. 버스 중간에 앉은 어떤 여자의 얼굴에 긴장한 표정이 스민다. 삼십 대 초반의 여자는 침을 꼴깍 삼킨다.

버스가 달려오는 내내 여자는 의자에 뒤통수를 대고 있었다. 지금 여자의 뒷머리는 회오리바람 같은 모양새로 변해 있다. 새둥지 같기도 하다. 빛 바랜 쑥색 원피스에 연분홍 카디건을 걸친 차림이다. 여자는 순경의 동작을 응시하면서 옆의 빈자리에 놓인 남색 짐가방 끈을 세게 움켜쥔다. 제법 부피가 크고 무거워 보이는 가방이다. 여자의 창백한 손등과 주먹뼈 부위가 한결 흰 빛깔로 변한다. 효자손처럼 뼈만 앙상한 가늘고 긴 손목이다.

순경이 여자의 앞쪽으로 가까이 다가온다. 급기야 여자는 두 눈을 꾹 감는다. 거의 호흡을 멈춘 상태다. 관자놀이에서 푸른 혈관이 툭툭 튀기 시작한다. 여자 옆에서 걸음을 멈춘 순경은 먼저 여자의 얼굴을 쳐다보고, 여자 옆에 놓인 짐가방을 내려다본다. 뭐라고 입을 열려다가 멈칫 하며 순경은 다시 여자의 얼굴을 바라본다.

혈색이 좋지 않고 눈 주위와 볼이 쑥 들어간 모습이다. 중병에 걸렸다고 해도 믿을 얼굴이다. 순경은 잠깐 눈을 끔뻑거리더니, 뒷좌석의 승객들을 휘이 둘러본 뒤 그대로 돌아선다. 운전석 옆으로 걸어가서 승객들을 향해 돌아서며 경례를 붙인다. 순경이 내리자마자 버스는 출발한다.

여자의 뒤에 앉은 양복 차림의 사내가 동행에게 속삭인다. 아침에 뉴스 들었더니 군인 둘이 수류탄 들고 탈영했다고 하더라구. 점퍼 차림이 대꾸한다. 우리 군대 다닐 때 탈영하는 녀석들 보면 집안 문제일 경우가 많았잖아? 요즘은 여자 문제가 더 많다고 하더라구. 수류탄 들고 탈영했을 땐 상당수가 자폭해서 죽던데 아무쪼록 그런 일은 벌어지지 말아야지.

버스는 바리케이드 사이를 통과해서 임시 검문소를 빠져 나간다. 비로소 여자는 입술을 둥글게 만들어 소리 죽여서 길게 안심하는 숨을 내쉰다. 콧잔등에 송글송글 땀이 맺혀 있다. 이윽고 버스는 읍내로 들어선다. 다방과 국밥집 건물을 지나쳐 버스 터미널 건너편의 정류장으로 다가간다.

유난히 울퉁불퉁하게 파인 곳이 많은 도로다. 말이 포장도로지 차라리 포장하지 않은 것만도 못하다. 버스가 흔들리는 대로 승객들은 일제히 같은 방향으로 몸을 흔들며 춤춘다. 뒤늦게 짐가방 끈을 움켜쥐었던 손에서 힘을 빼면서 분홍색 카디건 여자는 창 밖을 바라본다. 손가락으로 빗을 만들어 위에서 아래로 머리칼을 빗는다. 여자는 눈을 가늘게 뜨고 이곳이 어딘지 살핀다.

버스는 정류장 앞에서 정차한다. 포장도로와 그 오른쪽으로 한 뼘 가량 낮은 맨땅에 두 바퀴씩 걸친 탓에 한쪽으로 기우뚱한 모습이다. 버스가 일으키는 먼지를 피해 미니 스커트 차림의 아가씨 둘이 탄 스쿠터가 재빨리 보도 위로 올라선다. 그늘에 누워 있던 눈두덩 부위만 시커먼 누런 개 한 마리가 화들짝 놀라며 일어나 뒷걸음질친다. 다방 아가씨들이 버스를 쳐다보며 눈을 흘긴다.

운전 기사가 마이크를 들고 분명치 않은 발음으로 뭐라고 중얼거린다. 승객들이 듣거나 말거나 상관하지 않는 듯한 목소리다. 스피커가 귀에 거슬리게 찍찍거린다. 잠에서 깨어난 승객들이 목을 길게 뽑고 두리번거린다. 그때서야 분홍색 카디건 여자는 서둘러 의자에서 엉덩이를 떼며 짐가방을 들어올린다.

여자가 통로로 나서려는 찰나, 뒤쪽에서 승객 셋이 낚시 가방을 어깨에 둘러메거나 머리 위로 들어올린 채 달려 나온다. 그들이 호들갑스레 외친다. 짐 나갑니다, 짐이요 짐. 여자는 그들한테 떼밀리는 바람에 좀전까지 자신이 앉았던 의자 위로 맥없이 엎어진다. 팔걸이에 허리뼈가 부딪힌다. 낚시꾼들은 기사한테 이곳의 위치를 확인하고 버스에서 내린다.

윗니로 아랫입술을 깨물며 여자는 두 손으로 짐가방을 들고 허겁지겁 통로를 빠져 나간다. 승객 서넛이 막 버스에 오르고 있다. 곧바로 출발하려고 버스가 부르릉거리는 소리를 낸다. 여자가 다급하게 소리친다. 잠깐만요, 저도 내려요. 여자는 차례로 기사에게 표를 내고 안으로 들어서는 승객들과 정면으로 마주선다. 승객들이 몸을 옆으로 틀어서 어렵게 여자에게 길을 터준다.

운전 기사가 인상을 구기고 돌아보며 쏘아붙인다. 미리미리 준비하고 있어야지, 이제 나오면 어떻게 해? 아예 반말이다. 기사는 짐가방을 질질 끌다시피하며 발판으로 내려서는 분홍색 카디건의 등을 노려본다. 발로 등을 냅다 걷어차 버렸으면 속시원하겠다는 눈빛이다. 늦게 나온 것에 대해 벌주듯이, 기사는 여자가 발판에서 버스 밖의 허공으로 발을 내딛었다 싶은 순간 거칠게 가속기를 밟는다.

미처 발판에서 나머지 발을 떼기도 전에 버스가 달려 나가는 바람에 여자는 허공에서 몸의 균형을 잃는다. 한 바퀴 가까이 몸이 빙그르르 돌면서 맨바닥에 호되게 나가떨어진다. 하마터면 버스 밑으로 빨려 들어갈 뻔했다. 앞으로 달려 나가는 버스의 뒷바퀴가 그녀의 한쪽 발을 살짝 스친다. 버스는 곧 먼지와 배기 가스를 뭉게뭉게 피워 올리며 멀어져 간다.

여보, 어떻게 된 거예요? 무슨 일을 저지른 거죠? 일거리 알아 본다며 나간 사람이 며칠 아무런 연락이 없다가 이런 꼴로 돌아오다니, 도대체 뭐가 잘못된 거죠? 미안해. 지금으로선 당신한테 뭐라고 할말이 없구먼. 일이 복잡하게 꼬였어. 정식이하고 당분간 어디 좀 가 있어. 박씨 아줌마한테 연락처 남겨 놓는 거 잊지 말고. 나가는 대로 찾으러 가리다.

먼지를 뒤집어쓰고 모로 누운 여자의 머릿속을 느닷없이 그런 대화가 스쳐 간다. 일 주일 전 어느 날 아침 나절에 남편과 창살을 사이에 두고 나누었던 대화다. 여자가 남편에게 항변했다. 그 동안 당신하고 같이 찾아가 보지 않은 데가 없잖아요. 사정을 누구보다 잘 알면서 우리더러 어딜 가 있으라는 거예요.

요즘 들어 여자는 자신이 옴쭉 못하고 유리 상자에 갇혀 있는 듯한 느낌을 받을 때가 많다. 발가벗은 원숭이 같은 몰골로. 그날 순경들은 여자와 남편을 번갈아 가며 쳐다보면서 혀를 끌끌 찼다. 지금 바닥에 여자가 쓰러져 있는 광경을 구경하는 자들은 먼저 버스에서 내린 낚시꾼들이다. 그들은 다가가서 여자를 도와 줄 생각이 전혀 없는 표정이다. 치마가 말려 올라가면서 드러난 허벅지를 바라보고 있다.

여자가 끙 소리를 내며 가까스로 몸을 일으켜 앉는다. 무릎 하나를 세우는 동작, 손바닥을 땅에 짚고 힘주는 동작, 나머지 무릎을 세우는 동작, 자리에서 일어서는 동작 하나하나가 분명하게 나누어진다. 여자는 한 손을 허리에 짚고 짐가방을 질질 끌며 눈앞의 건물이 만든 그늘 속으로 들어간다. 손수건을 흔들어서 옷에 묻은 먼지를 턴다.

어디에서 나타났는지 택시 한 대가 다가와 멈춰 서며 창문을 마저 내린다. 기사가 여자를 쳐다본다. 여자가 아무런 반응을 보이지 않자 택시는 몇 미터 앞으로 더 나아간다. 낚시꾼들이 앞으로 상체를 숙이며 외친다. 용두리 저수지 가죠? 택시 기사가 잔말말고 어서 타라고 손짓한다. 자동차 뒤 트렁크가 텅 하는 소리를 내며 열린다.

세 사내는 트렁크에 낚시 가방을 쑤셔 넣고 택시에 오른다. 사내 하나가 택시 속에서 뒷창으로 여자를 힐끗 돌아본다. 택시도 버스처럼 먼지구름을 일으키며 멀어져 간다. 정류장 앞은 곧 적막에 사로잡힌다. 여자는 읍내로 들어가는 길을 넋 나간 얼굴로 바라본다. 퇴색한 집과 건물이 길 양쪽으로 늘어서 있다. 하지만 이쪽에서 저쪽 끝까지 쥐새끼 그림자도 얼씬거리지 않는다.

터미널 주차장. 매미 소리가 요란하다. 주차장을 사이에 두고 차도의 반대편에 줄지어 자라는 대여섯 그루의 미루나무에서 매미들이 울고 있다. 족히 수십 마리는 됨 직하다. 나무 위로 바람이 불어

가고 있다. 수천 장의 나뭇잎이 바람결에 앞면과 뒷면을 번갈아 보여 주며 반짝인다. 노래를 부르면서 박자에 맞춰 빠르게 손목을 움직이는 어린애들의 손바닥 같다.

분홍색 카디건을 걸친 여자가 길을 건너 텅 빈 주차장으로 들어선다. 걸음을 멈추고 짐가방에 묻은 먼지를 손바닥으로 툭툭 턴다. 요구르트 빈 병이 또르르르 굴러와서 여자의 검정색 구두코에 닿아 빙글 돌곤 계속 저만치 굴러간다. 여자는 눈부신 햇살 속에서 손으로 차양을 만들며 주위를 둘러본다.

시멘트로 지은 일층짜리 터미널 건물은 출입구 위에 가로로 간판이 붙어 있다. 페인트 칠이 벗겨지면서 대팻밥처럼 비늘이 일었다. 그곳엔 묘산읍 버스 터미널이라고 적혀 있다. 예전엔 그런 건물은 없었고 너른 공터 한복판에 가판점 크기의 매표소가 외로이 서 있었다. 여자는 낡고 오래된 기억을 뒤적이면서 손수건으로 이마와 콧잔등과 뺨을 닦는다. 누런 먼지가 묻어 난다.

터미널 건물 속은 바깥과 정반대로 어두워서 명암이 뚜렷이 대비된다. 두 사람이 창구에 붙어서서 표를 사고 있다. 그리고 또 한 사람이 있다. 콜라병을 들고 빨대를 입에 물고, 한 손에 든 신문으로 부채질하며 어떤 사내가 여자를 쳐다보고 있다. 여자는 흠칫 놀란 표정을 짓는다. 사내도 놀랐는지 일순 부채질하던 동작을 멈춘다.

여자는 짐가방을 들어서 끈을 한쪽 팔뚝에 걸고 돌아선다. 잰걸음으로 터미널 주차장을 가로지른다. 폐타이어가 뒹구는 곳을 지나면 철조망이 터진 틈으로 열린 뒷길이다. 한 사람이 겨우 지나갈 수 있을 정도로 좁은 길이다. 물먹은 스펀지처럼 발을 디딜 때마다 물컹 하고 검은 물이 올라온다.

옆의 도랑엔 무지개 빛깔이 번들거리는 썩은 물이 고여 있다. 세차장과 식당에서 흘러 나온 기름, 쓰레기, 오물 따위가 뒤섞인 물이다. 여자는 엄지와 검지로 빨래 집게처럼 콧방울을 집고 종종걸음친다. 그래도 생선 썩는 냄새와 젓갈 썩는 냄새를 합친 듯한 역겨운 냄새가 콧속으로 새어든다.

여자는 샛길을 마저 빠져 나가 자갈을 깔아 다진 길로 올라서서 깊이 숨을 들이쉬었다가 토해 낸다. 전봇대에 붙은 팻말이 눈에 들어온다. 대환영. 용두리 낚시터 2킬로미터. 붕어·향어·메기의 천국. 일 주일마다 일 톤씩 방류. 잠시 햇수를 헤아리더니, 이곳에 와 본 지 벌써 십육 년이 지났다고 분홍색 카디건 여자는 중얼거린다. 중학교 3학년 여름방학 때 다녀간 이후로 처음이다.

여자는 길가에 한데 모여서 바람에 흔들리는 코스모스를 바라본다. 꽃잎 하나를 떼서 향기를 맡아 본다. 머릿속으로 의문이 스쳐 간다. 그들은 여전히 그곳에 살고 있을까? 예전에 살던 집으로 찾아가면 그들을 만날 수 있을까? 과연 그들은 귀 밑에 솜털이 보송보송한 단발머리 중학생에서 치렁치렁한 머리에 피부가 까칠한 애 엄마로 변한 나를 알아볼까?

자갈길을 터벅터벅 걸어서 야트막한 언덕을 넘자 눈에 들어오는 건 온통 논이다. 멀리 논둑에 시커멓게 칠한 목조 가건물이 서 있다. 인가는 보이지 않는다. 논마다 눈부신 햇살을 반사하며 볏잎이 물결치고 있다. 논둑도 빈자리 없이 콩잎과 깻잎으로 덮여 있다. 풍경 전체가 녹색과 노란색이다. 지난 여름에 대홍수가 지나갔지만 이곳은 피해 정도가 적은 편이다. 눈짐작으로 모로 쓰러진 벼는 일 할 안팎이다.

이곳은 올해도 풍년이 들겠네 하고 여자는 중얼거린다. 두어 번 밥을 나눠 주던 박씨 아줌마는 곧 여자에게 싫은 내색을 보이기 시작했다. 노골적으로 눈총을 준 적도 있었고, 한 번은 여자와 두 살 난 아들 정식이가 지켜보는 앞에서 라면을 끓여 먹기도 했다. 잘 찾아 봐, 어디 애 맡길 데가 없는지. 그래야 자네 입에 풀칠할 거라도 벌러 나갈 수 있을 거 아닌가? 자네 서방 금방 나오긴 어려울 거야.

  도심지의 공원. 수십 동의 텐트. 얼룩덜룩한 빨래들을 가지에 얹은 나무들. 음식 부스러기가 많아져서 즐거워하는 새들. 옹기종기 모여 앉아 겨울나기를 궁리하는 사람들. 그러던 어느 날 밤에 이번엔 아이한테 일이 벌어졌다. 질겁한 여자는 짐가방을 꾸려 달아나듯이 역전으로 갔다. 광장 한켠에 서서 큰길 건너 건물들 틈새로 떠오르는 해를 바라보는데, 느닷없이 머나먼 기억 속에서 용두리가 솟아올랐다. 바로 오늘 아침의 일이었다.

  한 시간 반 가량 길은 이어지고 또 이어진다. 짐가방은 돌덩이를 채워 넣은 듯이 무겁다. 기력이 없어서 여자는 한 번에 서른 발짝 이상 걷지 못한다. 걷는 시간과 걸음을 멈추고 쉬는 시간이 엇비슷하다. 어제 점심 때부터 지금껏 아무것도 먹지 못했다. 여자는 배를 움켜쥐고 길가에 쭈그리고 앉는다. 긴 장화를 신고 삽을 든 농부 하나가 지나간다.

  아저씨, 이리로 쭉 가면 용두리 맞죠? 아저씨도 용두리에 사세요? 아뇨, 난 용두리 저수지 건너편 동네에 살아요. 저수지라니요? 용두리에 저수지가 생겼나요? 저수지 생긴 지 십 년하고도 삼사 년쯤 됐지? 저수지 생기면서 용두리는 절반 넘게 저수지에 잠겨 버렸다우. 저기 보이는 저게 저수지 둑이오.

  여자의 얼굴에 금세 짙은 그늘이 드리워진다. 할머니는 여자가 마지막으로 이곳을 다녀간 해 겨울에 돌아가셨다. 그 뒤로 몇 년이 지나서 저수지가 생겼다는 얘기다. 여자의 눈 밑이 경련을 일으킨다. 바닥에 내려놓았던 짐가방의 끈을 쥐며 멀리 둑을 바라본다. 둑 위로 펼쳐진 하늘은 어느 곳보다 파란 색조가 짙다.

  여자는 다시 발걸음을 뗀다. 길 옆으로 시냇물이 흐르고 있다. 아이들이 물에 발을 담그고 고기를 잡고 있다. 여자애 하나가 플라스틱 대야를 앞에 놓고 물가에 앉아 있다. 기껏해야 네댓 살밖에 안돼 보이는 아이다. 여자는 어린 시절의 자신을 바라보는 듯한 착각이 인다.

대야 속에서 피라미와 작은 붕어들이 쉴새없이 파닥거린다. 물고기가 튀어 나가지 않도록 고사리손으로 막느라 여자애는 정신이 하나도 없다. 소년 하나가 여자애에게 외친다. 잘 보고 있어, 한 마리라도 도망가면 안 돼. 고개를 틀고 아이들을 내려다보며 걷는 여자의 얼굴에 희미한 미소가 스친다.

둑 앞의 갈림길에 이른 여자는 멈칫 하더니 오른쪽 길을 택한다. 예전엔 왼쪽 길이 없었다고 여자는 생각한다. 오른쪽 길은 다리를 건너서 이어진다. 그 시절에도 그 지점에 다리가 있었다. 하지만 지금과 같은 콘크리트 다리는 아니었다. 경운기 한 대가 겨우 지나갈 수 있는 너비의 나무 다리였다.

다리 중간쯤에서 여자는 난간에 바짝 붙어서며 옆으로 몸을 튼다. 자줏빛 승용차가 맞은편에서 다리로 들어서고 있다. 여자는 손으로 얼굴을 가리고 둑 위를 올려다보는 척한다. 언제부턴가 여자는 외진 곳에서 낯선 사람이나 자동차를 보면 외면하는 버릇이 생겼다. 차가 지나간 뒤에 다리를 마저 건넌다. 시간은 어느덧 오후 네 시 반. 한낮의 맹렬했던 햇살은 한풀 기가 꺾인 뒤다.

둑길을 돌아 올라가자 별안간 저수지가 모습을 드러낸다. 한 발짝 한 발짝 걸어 나갈수록 너비와 폭이 엄청난 저수지임을 알 수 있다. 웬만한 축구장 서너 개를 합한 크기다. 여자는 입을 약간 벌리고 놀라워하는 표정을 짓는다. 가슴이 쿵쿵 뛰기 시작한다. 제발, 하고 속으로 빌면서 여자는 걸음을 빨리한다. 터미널에 내린 이후로 이처럼 빨리 걷긴 처음이다.

길에 내려앉아서 모이를 쪼던 멧비둘기들이 푸드덕거리며 날아오른다. 어떤 멧비둘기는 날면서 물똥을 싼다. 여자는 거의 달리다시피하면서 계속 짐가방을 든 손을 바꾼다. 가방에 여자가 끌려가는 건지 여자가 가방을 들고 가는 건지 알 수 없을 지경이다. 얼마나 달렸을까. 일순간 무언가에 발이 걸리면서 여자는 또다시 호되게 나가떨어진다.

　버스 정류장에서 넘어질 때보다 상황이 나쁘다. 그때는 흙먼지가 두껍게 쌓인 땅바닥이었지만 지금은 자갈길이다. 먼저 몸이 허공을 난다. 짐가방이 비슷한 속도로 여자와 나란히 허공을 날아간다. 중간에 여자의 손은 가방을 놓친다. 여자는 두 팔을 앞으로 길게 뻗으며 바닥으로 퍽 하는 소리와 함께 추락한다. 짐가방이 앞쪽으로 서너 바퀴 데굴데굴 구르다가 멈춘다. 새들도 잠시 울음소리를 멈춘다. 완벽한 적막이다.

　바닥에 엎드린 여자는 사오 분 뒤에야 정신이 돌아온다. 양 손바닥에서 피가 배어 나온다. 한쪽 무릎이 붉고 푸르고 검은 빛깔로 멍들었다. 갈퀴 모양으로 여러 줄 깊이 파인 골에서 선혈이 흐른다. 여자는 자리에 일어나 앉아서 손과 무릎의 상처를 바라본다. 그때 어디선가 자동차 소리가 가까이 다가온다.

　여자는 가방을 끌고 엉금엉금 기어서 길가의 풀숲으로 내려간다. 씁쓸한 풀냄새가 달려든다. 풀숲에서 여자는 자세를 한껏 낮춘다. 차가 지나간 뒤에 제대로 앉아서 손수건으로 손바닥의 피를 찍어 낸다. 무릎의 피는 좀처럼 멈추지 않는다. 여자는 손수건을 무릎에 대고 꾹 누르고 눈을 감는다. 관자놀이와 뒷머리와 팔목과 가슴과 종아리와 발목. 여자는 몸 곳곳에서 맥박이 뛰는 걸 느낀다.

　시간이 흘러가면서, 멀찍이 간격을 두고 몇 사람과 여러 대의 자동차와 자전거와 경운기가 지나쳐 간다. 티격태격하면서 길을 가는 남녀도 있다. 당신이 똑바로 처신했어 봐, 그자들이 왜 당신을 희롱했겠어. 당신도 참? 도대체 누구 편을 드는 거예요? 난 가만히 있었단 말이에요. 그자들 눈에 내가 매력적으로 보였나 보지. 예쁜 것도 죄인가? 하여튼 집에 가서 거울 들여다보며 얘기해 보자구. 누가 엿들을까 봐 겁나니까.

여자가 다시 눈을 떴을 땐 길 건너편에 바짝 붙은 산자락 너머로 해가 넘어간 뒤다. 저수지 쪽은 아직 햇살이 가득하지만, 여자가 앉아 있는 일대는 어느 결에 그늘에 갇혔다. 여자는 한 발 한 발 어렵게 풀밭을 빠져 나간다. 짐가방을 두 손과 성한 쪽의 무릎을 써서 옮기며 길을 계속 걸어 나간다.

여자가 터미널부터 기억을 더듬어서 걸어온 길. 길은 저수지 쪽으로 급하게 휘어 밑으로 내려간다. 길이 휘는 지점의 둔덕에 밑동 두께가 이 미터는 넘는 버드나무가 거대한 우산처럼 가지를 길게 늘어뜨리고 서 있다. 여자는 그 버드나무를 분명하게 기억해 낸다. 그 옆으로 새로 난 길이 언덕을 넘어가고 있다.

여자는 기억 속의 길, 저수지 쪽으로 내려가는 방향의 길을 눈으로 따라잡는다. 길은 중간에서 저수지 물 속으로 사라지고 있다. 여자는 절망감에 사로잡힌 얼굴로 아! 하고 탄식한다. 혹시 길을 잘못 든 게 아닌가 하고 재빨리 뒤를 돌아본다.

한때 무당집이 있던 자리에 담장을 높이 올린 별장이 서 있다. 그 옆엔 우물터의 흔적이 그대로 남아 있다. 세월이 흐르고 저수지가 생기면서 모든 게 많이 변했다. 그러나 여자는 자신이 할머니의 집으로 내려가는 길 어귀에 서 있음을 확신한다. 다른 건 몰라도 길에 대한 감각과 기억력이 남다른 여자다. 삼십여 년의 생을 대부분 길 위에서 살아온 탓이다.

그 나이에 여자보다 길에 대한 경험이 많은 사람은 드물다. 여자가 지금껏 살아온 주소지는 스물다섯 곳이다. 태어날 때는 강원도 산골이었고 초등학교에 입학할 때는 전남 바닷가였다. 초등학교를 다섯 군데 다녔으며, 비교적 짧은 거리를 옮기며 살았던 건 중학교 시절이었다. 삼 년 동안 이사를 여섯 번 했지만 주소지는 하나같이 경기도와 충청북도였다.

여자는 고모 할머니가 살았던 집으로 내려가는 길의 입구에 서서, 허탈감에 젖은 낯으로 저수지가 노을빛에 물드는 광경을 물끄러미 바라본다. 길을 삼켜 버린 저수지의 앞쪽은 파닥이며 날뛰는 작은 물고기 천지다. 저수지 위로 굵은 빗방울이 후드득 떨어지고 있는 것처럼 보인다. 그 앞에서 두 남자가 낚싯대를 휘저으며 투덜거리는 소리가 들려온다. 온통 살치 천지네? 미끼 갈아끼우다가 일 다 보겠어. 어두워지기 전에 어서 다른 데로 옮기세.

이전날 용두리 터줏대감 집으로 통했던 집. 그 집은 고즈넉한 분지에 이십여 가옥이 둥지를 튼 고요하고 아름다운 동네에 자리하고 있었다. 언덕의 무당집에서 길을 돌아 내려가서 백여 발짝 걸으면 감나무가 여러 그루 서 있었고, 배나무밭이 시작되는 지점에 그 집이 있었다.

앞마당이 넓어서 온종일 동네 아이들이 다 모여 놀았다. 대문이 없었고 담 대신에 탱자나무 울타리를 둘러쳤다. ㄱ자 모양의 구조로 왼쪽에 외양간이 있었으며 정면으로 부엌이 있었다. 그 오른쪽으로 짧은 마루가 붙은 안방과 윗방과 너른 마루, 건넌방이 이어졌다. 뒷마당엔 살구나무와 포도나무, 앵두나무가 자라고 있었으며 울타리 쪽에 토끼장과 닭장이 있었다.

해가 지면서 금세 날이 어슬하게 어두워진다. 여자는 할머니의 집으로 가는 길이 끊어진 지점까지 내려가 본다. 찌르륵거리는 풀벌레 소리가 요란하다. 낚시꾼들이 패대기친 피라미와 살치들의 시체가 곳곳에 내장이 터진 채 널려 있다. 어떤 물고기는 아직 살아서 퍼드덕대고 있다. 여자는 막막한 심정으로 일대를 둘러본다.

물가 저쪽으로 얕은 언덕이 보인다. 그 위에선 저수지 전체가 한눈에 들어올 것처럼 여겨진다. 여자는 조심스럽게 발을 내딛어 비탈을 올라간다. 구두 밑에서 흙이 힘없이 부서져 자꾸만 미끄러진다. 짐가방을 머리 위로 들어올리면서 진땀을 뺀 끝에 여자가 이른 곳은 뒤쪽으로 소나무와 갈참나무와 상수리나무 따위가 빽빽이 자

라는 편편한 자리다. 앞쪽은 저수지로 이어지는 경사가 급한 벼랑
이다.

여자는 한참 가쁜 숨을 몰아쉰다. 아까 자갈길에서 넘어질 때 다
친 손바닥과 무릎이 몹시 시큰거려 온다. 손수건을 펼친 위에 무릎
을 세우고 앉은 여자는 한 손을 무심코 짐가방 위에 얹는다. 손바
닥에 와 닿는 감각이 물렁물렁하다. 놀란 얼굴로 여자는 가방에서
손을 뗀다. 손바닥을 들여다보다가 상처에 대고 호호 하고 입김을
분다.

하늘엔 어느새 별이 여럿 돋아나 있다. 여자는 일없이 하나둘 별
을 헤아리다가 저수지로 눈길을 내린다. 저 먼 곳까지 저수지 주위
에 터를 잡고 앉은 낚시꾼들은 하늘의 별과 경쟁하듯이 또 다른 별
을 만들고 있다. 야광찌 불빛, 미끼를 갈아끼우거나 바늘에서 물고
기를 떼어 내느라 밝힌 손전등 불빛, 밥 짓고 고기를 구워 먹느라
피운 불빛들. 여자는 시장기와 오한을 동시에 느낀다.

빠르게 대기의 온도가 떨어지면서 벌써 머리 위로 이슬이 내리기
시작한다. 여자는 짐가방 옆에 붙은 지퍼를 열어서 옷을 하나 꺼낸
다. 남편이 입던 점퍼를 어깨부터 머리까지 덮어 쓴다. 눈이 스르르
감긴다. 지칠 대로 지쳐서 이대로 잠들면 영원히 깨어나지 않을 것
같은 느낌이다. 얼마 전에 목욕탕에 가서 쟀을 때 몸무게는 사십 킬
로그램을 겨우 넘었었다. 지금은 그 밑으로 내려갔을 게 분명하다.

몸무게가 줄면 당연히 몸이 가벼워져야 하는 게 아닐까 하고 여
자는 고개를 갸웃거린다. 요즘처럼 몸이 무겁고 사지가 거추장스럽
게 여겨진 적이 없다. 눈꺼풀을 밀어 올려 어둠이 장악한 저수지를
내려다보며 다시 의문을 띄운다. 수몰된 집들은 물 속에서 어떻게
변해 갈까? 원래 모습을 얼마 동안이나 유지할 수 있을까? 일 년?
이 년?

어렸을 때 집 뒷산의 공동묘지를 다른 곳으로 옮기는 작업을 구

경했던 일을 여자는 떠올린다. 파헤친 무덤은 대부분 관이 다 썩고 시신도 썩어서 뼈만 남아 있었다. 그런데 이따금 시신이 별로 상하지 않은 경우를 볼 수 있었다. 살갗이 푸르죽죽하게 변했을 따름이었다. 여자는 지금 저 물 속의 집들도 고스란히 형체를 유지한 채 남아 있을지 모른다는 느낌이 들었다. 세월이 흘러도 변치 않는 무덤 속의 시신들처럼.

여자는 무릎에 얼굴을 묻는다. 윙 하고 귀가 울리면서 머릿속이 멍해지더니 서서히 의식을 잃는다. 흐릿하게나마 의식이 돌아왔을 땐 주위에서 풀벌레 소리가 많이 잦아든 시간이다. 누군가 가까이에서 두런대는 소리가 들려온다. 웃음소리도 들린다. 고기 굽는 냄새, 나무 타는 냄새가 난다.

분명히 몇 사람이 근처에 있다. 하지만 눈을 뜰 수도, 얼굴을 들어올릴 수도, 손가락 하나 까닥거릴 수도 없다. 얼마 만에 누군가 앞으로 다가서며 손전등 불빛을 비춘다. 여자는 무릎에 두 팔을 포개 얹고 그 위에 얼굴을 묻은 상태에서 머리에 와 닿는 불빛을 느낀다. 누군가 속삭인다. 아까 그 여자잖아? 버스 같이 타고 온 여자.

맞아, 치마 색깔하고 구두를 보니까 그 여자네? 짐가방도 그렇고. 버스에서 내릴 때 봤지? 땅에 넘어지면서 허벅지 맨살이 그대로 드러났었잖아. 모두 잔뜩 술에 취한 목소리다. 다른 사내가 끼여든다. 야야, 그만 민박집에 들어가서 자자구. 괜한 사람 집적거리지 말구. 눈 좀 붙이고 일찍 나오자구. 새벽에나 입질이 좀 있으려나?

누군가 나무에 대고 오줌 누는 소리가 들린다. 어허, 시원하다. 그 목소리가 바짝 다가온다. 미친 여잔가? 여기서 자면 추울 텐데? 그러자 누군가가 말을 자른다. 별걸 다 신경 쓰고 자빠졌네? 나 먼저 내려갈 테니까 어서들 내려와. 한 사내의 발자국 소리가 멀어져 간다. 그렇다면 남은 사내는 둘이다. 여자는 어떻게든 몸을 움직이려 했으나 여전히 꼼짝도 할 수 없다.

사내 하나가 여자의 어깨를 세게 흔든다. 이봐, 아가씨. 집에 가서 자야지? 다른 사내가 낄낄거리며 웃는다. 자기 집이 근처에 있으면 이런 데서 자고 있겠어? 그러면서 한층 거칠게 여자의 어깨를 떠민다. 순간 여자는 힘없이 옆으로 쓰러진다. 눈꺼풀에 와 닿는 손전등 불빛이 느껴진다. 뒤이어 손전등이 툭 소리를 내며 꺼진다. 눈꺼풀의 바깥은 완전한 어둠이다. 그때부터 얼마간 사내들은 대화를 중단한다.

여자는 그들이 멀리 가 버린 건 아님을 알고 있다. 사각거리는 소리, 무언가 규칙적으로 움직이는 소리, 점점 가빠지는 숨소리가 들린다. 담배 연기와 퀴퀴한 살 냄새도 콧속으로 빨려든다. 사내 하나가 침을 삼키며 속삭인다. 네가 먼저 해. 다른 사내가 말을 받는다. 괜찮겠지? 괜찮다마다, 아무 일 없을 거야. 이런 깜깜한 밤에 우리 얼굴을 알아볼 리가 없잖아. 주위엔 우리밖에 없어.

누군가 성큼 다가선다. 한 번에 여자의 치마 밑단을 휙 하고 들어 올린다. 여자는 그때 처음으로 몸을 약간 꿈틀거린다. 뜨거운 손이 치마 속으로 들어와 더듬거리며 허리께로 올라오더니 팬티 끈을 잡는다. 어떻게 이런 상황에서 손가락 하나 움직일 수 없단 말인가. 경악한 여자는 속으로 울부짖는다.

여자의 얼굴로 술과 고기와 마늘 냄새가 와락 달려든다. 누군가의 얼굴이 자신의 얼굴 앞에 있음을 여자는 느낀다. 세찬 콧김이 얼굴로 와 닿는다. 무언가 갑자기 여자의 몸 속으로 들어온다. 뭉뚝한 나뭇가지에 살이 찔리는 듯한 통증에 여자는 몸부림친다. 실제로 몸부림쳤던 건지 마음속으로만 자신이 몸부림치고 있다고 느꼈던 건지 알 수 없다. 사내의 동작 때문에 저절로 몸이 움직였던 건지도 모른다. 여자는 다시 의식을 잃는다.

온몸을 덜덜덜 떨면서 여자가 잠에서 깨어났을 땐 새벽이다. 사실 잠을 잤던 게 아니라 졸도했던 것이다. 여자는 이를 악문다. 가까스로 몸을 일으켜 앉으며 이슬에 흠뻑 젖은 몸을 한껏 웅크린다. 이가 부딪히는 소리, 두 무릎이 서로 부딪히는 소리가 요란하다. 이제 풀벌레 소리는 들리지 않는다.

여자는 발목 한쪽에 팬티가 걸려 있는 걸 알아챘다. 수치심이 온몸을 덮친다. 눈을 꾹 감았다가 뜬다. 감전된 듯이 떠는 발을 조금씩 움직여서 어렵게 팬티를 바로 입는다. 그리고 치마를 펴서 밑으로 내린다. 손을 뻗어 옆에 짐가방이 있는지, 짐가방 내용물이 그대로 남아 있는지 확인한다.

간밤에 텐트에서 있었던 일이 떠오른다. 잠자던 중에 아이가 보채기 시작했다. 배고파 배고파 배고파 하고 똑같은 소리를 되풀이했다. 그때 여자는 악몽을 꾸고 있었다. 무언가에 쫓기는 꿈이었다. 자신을 쫓아오는 게 무언지 알 수 없었다. 뒤를 돌아볼 엄두가 나지 않았다. 거친 숨소리와 시커먼 그림자가 계속 여자를 따라왔다. 여자는 숱하게 넘어지면서 터널과 다리 위와 가파른 산길을 달리고 또 달렸다.

아이가 칭얼대는 소리도 끊이지 않았다. 여자는 아이 때문에 주위의 다른 사람들이 잠에서 깨어날까 봐 걱정되었다. 그곳에서도 쫓겨나는 일이 벌어질까 봐 두려웠다. 그래서 아이의 입을 손바닥으로 막았다. 아이가 몸을 뒤트는 게 느껴졌다. 그 상태로 여자는 다시 잠들었다. 새벽에 깨어났을 때, 아이의 몸은 싸늘하게 변해 있었다.

먼동이 트고 있다. 하늘이 빠른 속도로 훤해지고 있다. 이런 시각에도 저수지에 둘러앉은 낚시꾼들은 멀쩡히 깨어 앉아 물고기를 낚고 있다. 야광찌들이 내는 불빛이 흐려지는 것과 반비례하여 하늘은 더욱 밝아 온다. 낚시꾼들의 모습이 눈에 잡히기 시작한다. 제자리에 서서 팔운동하는 사람, 무언가를 끓여 먹는 사람, 자동차에서 한숨 자고 걸어 나오는 사람들이 보인다.

여자가 자리에서 일어난 건 저수지 건너편에서 하늘 가득 붉은 기운이 번지며 해가 떠오르기 직전이다. 비틀거리는 걸음으로 짐가방을 질질 끌고 언덕을 내려간다. 어깨에 남편의 점퍼를 걸친 모습이다. 원피스 치맛자락에 흙과 솔잎이 잔뜩 묻었다. 여자는 자신이 편히 몸을 뉠 수 있는 집은 이 세상에 단 한 곳뿐이라고 생각한다. 어서 그 집에 가서 길게 누워 쉬고 싶은 마음뿐이다.

여자는 하늘로 주홍색 태양이 막 솟아오르는 걸 바라본다. 알을 까듯이 산등성이가 태양을 토해 낸다. 여자는 동녘 하늘을 응시하며 저수지로 발을 들여놓는다. 물은 생각했던 것보단 차갑지 않다. 소리없이 몸을 움직였기 때문에 아무도 여자가 물로 걸어 들어가는 걸 알아차리지 못한다. 발목에서 무릎 중간 부위까지 몸이 잠겼을 때 손에 든 짐가방도 물에 젖기 시작한다.

허벅지가 물에 잠겼을 때 가방은 절반쯤 잠긴다. 그러나 여자의 몸이 목까지 물로 들어갔을 때에도 가방은 부력 때문인지 계속 물에 절반쯤 떠 있다. 여자는 나지막이 할머니 하고 불러 본다. 여자의 얼굴에 부드럽고 해맑은 미소가 번지기 시작한다. 여자는 아늑하고 편안한 기분을 느낀다. 붕어 한 마리가 여자의 턱에 툭 하고 부딪히곤 깜짝 놀라서 급히 몸을 틀어 달아난다.

여자는 이제 눈 밑까지 물에 잠겼다. 여자가 마지막으로 본 건 산등성이 위로 완전히 제 모습을 드러낸 태양, 햇살의 아낌없는 세례를 받는 너른 저수지다. 잠깐 걸음을 멈추었던 여자는 앞으로 성큼 한 발짝을 내딛는다. 순간 여자의 머리가 물에 잠긴다. 여자의 입에서 꼬르륵 소리가 난다. 온몸이 물에 잠긴 여자는 자기 입에서 보글보글 거품이 나와 위로 올라가는 걸 바라본다. 그때 짐가방이 저절로 밑으로 내려온다.

찬란한 햇살이 물 위에서 물 속으로 쏟아져 들어오고 있다. 물고기들이 지느러미를 퍼득거리며 허공을 새처럼 날아다닌다. 여자는 가만히 짐가방 끈을 놓는다. 바닥에 내려앉은 짐가방이 꿈틀댄다. 여자가 가방의 지퍼를 열자 속에 누워 있던 아이가 일어나 앉는다. 잠시 후에 아이는 아장아장 가방 밖으로 걸어 나온다. 눈을 비비며 엄마를 바라보고 배시시 웃는다.

아이가 묻는다. 엄마, 다 왔어? 여자가 아이의 이마에 흘러내린 머리를 쓸어넘긴다. 음. 저기 보이지? 오른쪽에서 두 번째 집이야. 할머니가 얼마나 좋아하실까? 할머니 보면 인사 잘해야 해? 아이가 웃는 얼굴로 고개를 끄덕거린다. 모자는 손을 잡고 나란히 걸어간다.

아침 햇볕 속에서 새들이 짹짹거리며 바삐 눈앞을 날아다닌다. 어디선가 소 울음소리가 길게 들려온다. 눈앞에 보이는 집집마다 굴뚝에서 연기가 오르고 있다. 도랑에 흐르는 물에서 물안개가 피어 오른다. 감나무 몇 그루가 눈에 들어온다. 모두 조막만한 감을 주렁주렁 달고 있다. 그 옆을 지나가는데 개구리 몇 마리가 오솔길에 앉아서 아침 햇살을 쬐다가 풀숲으로 폴짝 뛰어내린다.

동네 풍경은 예전이나 지금이나 똑같다고 여자는 생각한다. 전혀 변한 게 없다. 누렁이 한 마리가 여자와 아이를 보고 컹컹 짖는다. 개 뒤쪽으로 어느 집 마당이 보이고, 그곳에서 머리가 허옇게 센 어떤 노파가 싸리비로 마당을 쓸고 있다. 개가 계속 짖어대자 노파가 허리를 편다. 저 놈이 아침부터 왜 짖어대는 거여?

이쪽으로 눈길을 주더니 할머니의 동작이 멎는다. 뒤늦게 여자를 알아본 할머니가 두 팔을 벌리고 다가온다. 아니, 이게 누구야? 오래도록 통 소식이 없더니 별안간 네가 할미를 다 찾아오고? 할머니가 여자를 포옹한다. 여자도 두 팔을 벌려 할머니를 껴안는다. 두 사람은 꽤 오랫동안 그 자세로 미동도 없이 서 있다.

얼마 만에 아이가 여자의 치맛자락을 잡아당긴다. 여자가 천천히 포옹을 풀며 아이를 번쩍 들어서 할머니의 품에 안긴다. 할머니, 제가 낳은 아이예요. 할머니가 아이의 뺨에 입술을 비비고 쪽쪽쪽

소리내서 빤다. 제 어미를 쏙 빼닮았구나. 오종종한 코하며 눈썹 생김새하며. 먼 길 오느라고 고생 많았다. 시장하지? 어여들 들어가자. 금방 할미가 맛있는 밥 지어 줄 테니까.

노란 햇살이 쏟아지는 지붕 위에 호리병박이 주렁주렁 열린 집 속으로 세 사람은 사라진다. 허공을 날던 새들이 물고기로 변했다 간 굴뚝새와 어치, 딱새로 돌아가는 변신을 거듭한다. 온몸을 휘감는 서늘한 물의 감각. 수초가 너불너불 춤추면서 발목을 휘감는다. 할머니의 집에서 백여 미터 뒷걸음질치면 저수지 바깥이다.

저수지 수면 위로 돌아 올라오면 즉시 눈을 멀게 만드는 강한 햇살이 달려든다. 물가에서 몽글몽글 끓는 샘물. 서늘하면서 맑고 상쾌한 공기. 풋풋한 풀냄새. 황금빛 햇살이 내리는 초록빛 들판. 저수지로 흘러 들어가는 계곡의 시내에서 졸졸졸 물 흐르는 소리. 허리를 꺾고 시냇물에 몸 씻는 풀자락들. 허공을 소리없이 날아 물 위에 얌전히 내리는 나뭇잎.

새들이 무리져 지저귀면서 숲 너머로 멀어지는 소리. 어느 집 닭장에서 걸어 나오는 닭들의 울음소리. 반짝이며 사라져 가는 이슬. 햇볕을 받아 눈부시게 빛나는 담벼락. 시원스레 하늘을 찌르며 자라는 나무들. 아무 일도 없었던 것처럼, 언제나처럼 평온하고 아름답고 싱그러운 한가을 물가의 아침나절.

아비의 잠

이순원

1957년 강원도 강릉 출생.

강원대 경영학과 졸업.

1988년 《문학사상》에 〈낮달〉이 당선되어 등단했다.

소설집으로 《얼굴》·《말을 찾아서》,

장편소설로 《압구정동엔 비상구가 없다》·《수색, 그 물빛 무늬》·

《독약 같은 사랑》·《해파리에 관한 명상》·《19세》 등이 있다.

현대문학상과 동인문학상을 수상했고,

제20회 · 23회 이상문학상 추천 우수작에 선정된 바 있다.

아비의 잠

1

“너, 며칠 전 여기 왔다 갔냐?”

몇 년 전까지만 해도 설악산에서 꽤 규모 있는 음식점을 하다가 지금은 구례로 내려가 작은 야생 차밭을 하는 친구였다. 거의 반 년 만에 하는 통화인데도 나는 한없이 가라앉아 있는 기분 그대로 전화를 받았고, 그는 내가 전화를 받자마자 다른 안부 없이 대뜸 그렇게 물었다.

“며칠 전 언제?”

아니니까, 당연히 아니라고 하면 될 대답을 나도 모르게 우물쭈물하다가 마치 거기에 갔다 오기라도 한 것처럼 되묻고 말았다. 지난 5월, 그곳 차밭에 다녀온 걸 마지막으로 그도 나도 전화를 하지 않았다. 연락이 없으면 없는 대로 으레 잘 지내겠거니 여기던 친구였다. 가깝지 않다는 것이 아니라 언제 만나더라도 다음 만날 때까지 서로 잊은 듯이 지내도 좋을 만큼 편한 사이였다. 단지 그가 전화를 했을 때 내 기분이 좀 그랬던 것뿐이었다.

"사흘이나 나흘 전에 말이지."

"아닌데……."

이번에도 나는 뒷말을 흐렸다. 뜻밖의 질문이기도 했지만, 그 말을 듣는 순간 나도 모르게 내가 정말 요 며칠 사이 물밑 같은 기분으로 거기에 다녀온 것이 아닐까 하는 착각마저 들던 것이었다. 지난 5월 이후 한 번 더 그곳에 간 적이 있긴 하지만 그땐 내가 일부러 연락하지 않았다. 여행 일정도 빠듯했고, 그의 집에 함께 가기 불편한 동행도 옆에 있었다. 잠시 전 우물쭈물하다가 며칠 전 언제? 하고 되물었던 것도 바로 그래서였을 것이다. 모르면 모르는 대로 편하겠지만 알면 또 아는 대로 섭섭하기도 한 일이었다. 그러나 그것도 벌써 석 달 전인 8월의 일이었다. 이제 와 새삼 며칠 전이라고 말할 일이 아닌 것이었다.

"왜, 누가 거기서 날 보기라도 했대?"

이번엔 내가 먼저 그렇게 물어 보았다.

"그러니 하는 얘기지. 여기까지 와서 연락도 안 하고 올라갔나 싶어서."

"거기 내 얼굴 아는 사람이 누가 있다고?"

"우리 마누라가 말이지."

그곳 압록역에서 나를 보았다는 것이었다.

"니가 한 손엔 커피를 빼 들고, 다른 손엔 복숭아를 들고 서 있더란다."

"복숭아?"

"그래. 어떤 여자하고 같이. 그래서 거기서는 널 부르지 못했는데, 다음날 강 이쪽 다리 건너에서 다시 널 봤다더라. 니가 그쪽에서 여자하고 같이 산으로 올라가는 걸. 이번엔 부르니까 니가 대답도 않고 휘이휘이 그냥 산길을 올라가더란다. 여자가 니 뒤를 따르고."

"거기가 어딘데? 산으로 올라가는 걸 본 데가."

문득 그것이 궁금해졌다. 가지 않았지만 간 것처럼 뭔가 머릿속에 짚혀 오는 게 있었다.

"구례 서쪽 끝이니까 곡성하고 구례 사이쯤 될 거다. 섬진강을 따라 올라가다 보면."

"밤에?"

"밤에는 임마. 우리 마누라가 밤에 거기 갈 일이 뭐가 있어서. 오후 늦게 저녁 다 된 시간에 봤다는데."

"뭔가 잘못 본 거겠지."

"너, 옷 중에 카키색 재킷하고 그보다 더 진한 코르덴 바지 없냐? 그걸 입고 있더라는데."

그건 요즘 내가 자주 입고 다니는 옷이었다. 그렇게 입으니까 잘 어울려요. 지난 여름 그곳에 함께 갔던 여자도 최근 내 옷차림에 대해 그렇게 말했다. 그래서 더 자주 그걸 입게 되는지 몰라도 며칠 전 그녀를 만나러 나갈 때에도 나는 그 옷을 입었다.

"갔다 해도 지금 철이 어느 땐데 복숭아냐? 그냥 커피만 들고 있었다면 몰라도."

"나도 그게 이상하다고 생각했지만, 정말 안 왔다 간 거야?"

나는 거듭 그렇다고 말했다. 그러나 지난번 일 때문이 아니더라도 썩 자신 있게 말하지는 못했다. 한동안 뜸하더니 또 그런 일이 생긴 것이었다. 살다 보면 누구나 한 번쯤 겪는 일이긴 하지만, 언제부턴가 내 경우는 더 자주, 그리고 상대가 잘못 본 것이라고 받아넘기기엔 놀라울 만큼 구체적인 모습으로였다. 한 번도 가 보지 않은 곳에서 날 봤다는 사람도 있었고, 언제 갔는지도 모를 만큼 오래 전에 갔던 곳에서 그때의 모습 그대로 날 봤다는 사람도 있었다. 설악산에 있을 때 그 친구도 한 번 그런 전화를 했다. 복숭아 얘기까지 포함해 그의 아내가 본 것은 지난 8월 그곳에 갔던 내 모습인지도 몰랐다. 아까도 압록역이라는 말보다 복숭아라는 말에 더 놀랐다. 커피는 몰라도 그때 나는 분명 손에 복숭아를 들고 있었다. 여자도 함께 있었다. 그렇다면 그의 아내가 보았다는 내 옷차림은 어떻게 된 것일까. 요즘 입고 있는 겨울옷에 지난 여름의 그 복숭아는.

그것말고도 궁금한 것은 또 있었다. 내 옆에 있던 여자의 옷차림은 어떤 것이었는지 묻고 싶었지만, 나는 그쯤에서 입을 다물었다. 하긴 그의 아내도 그에게 여자의 옷차림에 대해서까지는 말하지 않았을 것이다. 지난 여름에 갔을 때에도 나보다 여자가 더 그의 차밭에 가 보고 싶어했다. 차밭은 전에도 본 적이 있지만 야생 차밭은 또 어떻게 생겼는지 궁금하다고 했다. 그러나 나는 친구가 들으면 전에 줬던 차까지 내놓으랄 소리로 여자의 입을 막았다. 밭이란 어차피 야생이긴 마찬가지여서 잎을 따는 시기가 중요한 거지 야생이다 아니다 해서 별다른 차이가 있는 것은 아니라고. 그래도……, 하고 여자가 말했지만, 왠지 여자를 데리고 그의 집에 가는 일이 쉽지 않았던 것이다.

"누구 앞에 날 보이는 게 그렇게 싫나요?"

"그런 게 아니라……."

"더 말하지 않아도 알아요. 당신 옆이 내 자리가 아니라는 것도 잘 알고요."

여자는 아직도 내가 자신의 이혼력 때문에 그러는 게 아닌가 여길지 모르지만 절대 그래서 그런 것은 아니었다. 서른아홉 살이 되도록(그러나 이것조차 확실하지 않은 삶이라니) 나는 결혼을 하지 않았고, 서른 살인 그녀도 지금은 혼자인 몸이었다. 누구 앞에고 함께 나서지 못할 게 없는 사이였다. 그녀의 이혼력과는 관계없이,

단지 여자와 함께 있는 모습만으로도 누구 입에선가 지나가는 말로
라도 내 결혼 이야기가 나오는 게 싫은 것뿐이었다. 그래서 그녀와
함께 있을 때면 나도 모르게 자꾸 이런저런 핑계를 대며 사람들의
눈을 피하게 되던 것이었다. 그러잖아도 요즘 그 일로 마음이 안개
속처럼 심란했다. 느닷없긴 하지만 석 달이나 지난 다음 그의 아내
가 그곳에서 내 모습과 함께 여자의 모습을 보았던 것도 어쩌면 그
안개 속의 일 때문인지도 모르겠다는 생각이 들었다.

2

그러나 분명한 건 그의 아내가 그곳에서 봤다는 날, 내가 서울에
있었다는 점이다. 아니, 그날 내가 서울에 있었음에도 그의 아내가
그곳에서 날 여자와 함께 봤다는 점이었다. 압록역에서 봤다는 시
간은 확실하지 않지만 다음날 오후 늦게 저녁 다 된 시간이라면 그
녀와 함께 아직 호암갤러리에 있었거나 호암갤러리에서 서소문로를
따라 나무들의 숲이 아니라 사람들의 숲을 헤치고 시청 쪽으로 걸
어 나올 때였을 것이다. 전날과 마찬가지로 나는 카키색 재킷에 그
보다 진한 코르덴 바지를 입었고, 그녀는 그 중간색의 바바리 코트
를 걸쳤다.
　그녀를 만난 건 한 시쯤 태평로에 위치한 로댕갤러리 지하 일식
집에서였다. 그곳에서 점심을 먹고 함께 로댕갤러리로 가 〈지옥의
문〉을 보고, 같은 티켓으로 호암갤러리에 전시중인 국내 화가의 그
림을 보았다. 그녀는 로댕갤러리에 두 번째라고 했다.
　"뭐 하느라 그것도 안 봤어요?"
　전날 무슨 얘긴가 끝에 그녀가 말했다. 나는 그거야 뭐 아무 때나
가서 보면 되지, 하고 봐도 그만 안 봐도 그만이라는 식으로 대답

했다.

"그렇게 아무 때나 가서 아무렇게 보면 되는 게 아니었으니까 하는 얘기지요."

"이제 아주 사 와서 상설 전시하는 게 아닌가?"

얼핏 그렇다는 얘기는 들었다. 청동 조각의 경우 마지막으로 그것을 찍어내는 겉틀이라는 것이 있는데, 로댕갤러리에 들여 온 것은 이제까지 그렇게 찍어 낸 것들 가운데 여덟 번째 중 일곱 번째의 것이라고 했다.

"그래요. 이젠 당신 말대로 아무 때나 가서 봐도 되겠네요. 나머지는 어차피 파리에나 가서 봐야 할 테니까."

그녀는 로댕갤러리가 문을 열던 지난 5월부터 9월까지는 개관 기념으로 〈지옥의 문〉과 함께 파리 로댕미술관에서 가져온 수십 점의 다른 청동 조각과 석고 조각, 대리석 조각을 함께 전시했지만 지금은 그것들을 도로 가져갔을 것이라고 했다.

"〈성당〉이라고, 금방 기억나지는 않더라도 아마 사진으로는 봤을 거예요. 워낙 유명한 작품이니까. 제목은 〈성당〉이지만 두 손을 새장처럼 모아 올린 모양의 석고 작품인데, 사실은 그게 지난번 전시의 백미였는데. 해외 전시에 함께 잘 따라 나가는 작품도 아니고요."

"그러면 다음에 거기 가서 보면 되지 뭐."

"그게 말처럼 쉬워요? 여기 와서 여러 달 전시하는 동안에도 보지 않은 걸."

"그럼 마는 거고."

그러자 그녀는 전보다 많은 작품이 빠지긴 했겠지만, 다음날 다른 일이 없으면 로댕갤러리에 가 보자고 했다. 내가 썩 내켜하는 얼굴이 아니자 그녀는 다시 농담 반 진담 반처럼 말했다. 사실 그동안 우리는 문화 생활을 너무 안 했거든요. 당신이 사람들 앞을 싫어해 늘 숨어 다니고 숨어 만나느라고.

전시장의 한쪽 공간 전체를 차지하고 있는 〈지옥의 문〉은 첫눈에 그 앞에 선 사람들을 압도할 만큼 참으로 거대하고도 완강해 보였다.

"왜 이렇게 커? 조각이 아니라 무슨 청동 건축 같네."

"애초엔 이게 파리 장식미술관에서 자기들 미술관의 상징으로 입구에 설치할 목적으로 제작을 의뢰했던 거예요. 그러니 클 수밖에요."

"많이 아네."

"오면서 다시 책을 봤거든요."

그녀는 이 작품이 단테의 저작에서 영감을 얻고 피렌체에 있는 기베르티의 〈천국의 문〉에서 영향을 받아 제작된 것이라고 설명했지만, 나는 기베르티가 무얼 하던 사람인지, 그런 이름의 조각가가 있었던 것인지조차 몰랐다. 우선 작품의 크기와 청동의 차갑고도 단단한 질감 때문에, 그리고 제목 그대로 '지옥의 문'에 매달리고 뒤틀린 채 붙어 있는 다양한 인체들의 격렬한 운동감과 고통스러운 포즈들에 압도된 채 다만 그것을 쳐다보기만 할 뿐이었다. 거기다 작품을 보다 가까이에서 보기 위해 한참 동안 다가가 섰던 자리가 '지옥의 문' 꼭대기에 서 있는 '세 망령'이 마치 그 문으로 들어와야 할 사람을 지목하듯 팔을 뻗어 아래를 가리키는 바로 그 자리여서 나도 모르게 한 발 뒤로 물러서기까지 했다.

"참 대단하죠?"

그 말을 그녀가 이제라도 참 잘 왔지요? 하는 얼굴로 물어 나는 대답 대신 가만히 고개를 끄덕였다. 거의 한 세기 전에 제작되었다는 파리의 그것은 청동에 푸른 녹까지 슬어 그 느낌이 더욱 엄숙하고 장중하겠다는 생각이 들었다.

"지난번 혼자 왔을 때 저 〈허무한 사랑〉을 얼마나 오랫동안 바라봤는지 몰라요. 마치 지금 내 모습을 보고 있는 것 같은 게. 조각보다 허무한 사랑이라는 제목 때문에 더 그랬는지 모르고요.”

그러면 나는 할말이 없어지는 것이었다. 그것은 문 오른쪽 한가운데에 있었다. 엎드린 남자의 등을 대고 여자가 머리 위로 안타깝게 손을 뻗은 채 몸을 활처럼 펴고 뒤로 누운 모습의 조각이었다.

“당신은 어느 게 가장 인상적인가요?”

“글쎄…….”

“이 앞에 서면 누구나 한 가지씩 자기 모습을 본대요. 저 중에 가장 당신 모습 같다거나…….”

“지금?”

“아뇨. 당신 언제적 모습이든.”

나는 〈허무한 사랑〉 아래쪽에 두 남녀가 한 몸처럼 엉켜 있는 〈탐욕과 욕정〉을 바라보다가 왼쪽에 있는 〈우골리노와 그의 아이들〉을 가리켰다. 팸플릿에 적혀 있는 설명으로는 13세기 이탈리아 도시국가들 간의 전쟁에서 생포된 우골리노는 반역의 죄명을 지고 두 아들, 두 손자와 함께 기아의 탑에 투옥되었는데, 탑의 열쇠는 강으로 던져지고 그들은 이내 아사 상태에 빠졌다고 한다. 아이들이 먼저 죽고, 우골리노는 기아의 고통 끝에 자기 아들과 손자의 시신을 먹으며 마지막 생존자로 남았는데 그 죄로 지옥으로 보내졌다는 것이었다. 내가 굳이 그것을 지목한 것은 눈앞의 조각에서 받은 그것의 어떤 특별하고도 어두운 이미지 때문이 아니라 그런 설명을 단 팸플릿에서 받은 인상일지도 몰랐다. 그녀는 몰라도 나는 작품에서 직접 무엇을 느낄 수준이 아닌 것이었다.

“우골리노요?”

“아니. 그의 아이들 중 하나.”

“당신은 모든 걸 참 독특하게 보는 것 같아요.”

“사랑도 그렇겠지만 굶주림도 누구에게나 혹독한 거니까.”

“마치 그렇게 굶주려 본 사람처럼 말하는 것도 그렇고.”

"알 수 없지, 그건. 어느 시절 내가 저렇게 굶주려 본 적이 있는
지 없는지는."

"당신이 알 수 없으면 누가 알아요? 그걸."

"그래도 이 세상 어디에 아는 사람이 있겠지. 나는 내가 어디에서
태어나 어디로 왔는지도 모르니까."

그녀는 또 그 얘기예요? 하는 얼굴로 잠시 나를 바라보다가 저 위
의 세 망령은 어떠냐고 물었다.

"그것도 왠지 무섭게 느껴지고. 이 앞에 선 사람들을 심판하는 자
들같이."

"〈까미유 끌로델〉 안 봤다고 했지요?"

"그래."

"그 영화를 보면 로댕이 이걸 제작할 때 얘기가 나오는데, 처음엔
저 망령이 두 사람이었거든요. 그런데 까미유가 다른 여자 제자와
함께 사다리를 타고 저 위에 올라가 작업을 해요. 로댕이 밖에서
작업장으로 막 들어올 때였는데, 까미유가 이 문 꼭대기에 '여기
들어오는 자는 희망을 버릴지어다' 하는 현수막을 거는 거예요. 그
러자 로댕이 자기를 조롱하는 거냐고 화를 내고요."

"나만 그렇게 느낀 게 아닌 모양이군."

"로댕 자신이 먼저 느꼈겠지요. 그러다 까미유가 두 망령 사이에
서서 망령과 똑같은 포즈로 아래 문 앞에 선 로댕을 향해 주먹을
내밀어요. 그걸 보고 로댕이 거기 가만 있어 봐, 하고 까미유까지
포함해 세 사람의 망령의 모습을 떠올리는 거예요."

"이쁜 여자였군."

"로댕한테는 그랬지요. 그렇지만 그 영화를 보면 로댕이 까미유
한테 얼마나 아픈 사람이었는지 몰라요. 한동안 자기 작업이 아닌
로댕의 작업을 하고, 사랑에 상처받고, 그래서 나중엔 폐인이 되다
시피 하고."

나는 다시 할말이 없어졌다. 영화는 보지 않았지만, 전에 그 영화가 처음 들어왔을 때에도 그녀는 까미유 끌로델에 대한 얘기를 했다. 어쩌면 그래서 더 그 영화를 볼 마음이 나지 않았던 것인지 모른다.

"이상했나요? 내 말."

"아니."

"우리는 같은 일을 하는 사람도 아니잖아요. 당신은 학교에 있고, 나는 당신 집이 아닌 다른 집에 있고……."

전시장을 다 둘러보고 비디오 룸에서 로댕의 일대기와 작품 해설을 들을 때에도 참으로 묘한 마음이었다. 까미유를 모델로 제작했다는, 머리를 위쪽으로 풀어 늘어뜨리고 조금은 자극적인 자세로 엉덩이를 치켜 든 채 무릎을 구부리고 엎드린 여자의, 눈이 부시도록 흰 대리석 나신상이 소개될 때였다. 나는 눈으로는 카메라가 등쪽에서부터 훑어 내려오는 까미유의 잘룩한 허리와, 강렬한 조명 아래 희고 반짝여서 더욱 도드라져 보이는 허리 아래 양쪽의 장골을 바라보면서 마음속으로는 언젠가 내 손에 그렇게 만져지던 같은 부위의 그녀의 뼈를 생각했다. 옆에 앉았다가 나는 가만히 손을 내밀어 그녀의 장골에 손을 얹어 보았다. 그녀도 그 손길의 의미를 알았을 것이다. 그녀는 살며시 몸을 틀어 내 손을 내리게 했다.

나는 그녀 쪽으로 몸을 기울여 지난번 전시 때 저 작품도 왔었느냐고 물었다. 좁은 실내에서 텔레비전 수상기가 웅웅거리는 소리 때문에 그녀는 내 말을 알아듣지 못한 모양이었다. 뭐라고 했어요? 이거 언제 끝나느냐고. 로댕갤러리에선 내내 그렇게 마음이 불편했다. 그 기분은 호암갤러리에 가서도 마찬가지였다. 뒤늦게야 뭔가 다른 이야기가 있을 것 같다는 생각이 들었다. 어제 로댕갤러리도 그냥 꺼낸 말 같지 않았다. 뭔가 따로 할 이야기가 있는데 그 말을 하지 못해 로댕갤러리 얘기를 했던 것인지도 모르겠다는 생각이 자꾸만 들던 것이었다.

그러다 저녁에 함께 들어간 호텔에 누웠을 때 그녀가 아이를 유산했다는 얘기를 했다. 아니, 그 얘기를 하기 위해 내게 먼저 장골을 허락하고 우리 관계에 대한 자신의 꿈 얘기를 했다.

"내가 허무하게 느끼는 건 어쩌면 당신과의 사랑보다 그 사랑에 대한 내 꿈인지도 몰라요. 당신한테는 그게 불가능하다는 걸 알면서도 지금까지 당신을 만나 오는 동안 나는 이런 곳의 침대가 아니라 우리가 매일 함께 아침을 맞이할 수 있는 곳의 침대 시트를 하얗게 빨아 햇볕 아래 손질하는 꿈을 꾸곤 했거든요."

나는 대답하지 않았다. 이제까지 나는 한 번도 그녀를 내 아파트로 부른 적이 없었다. 연락 없이 그녀가 찾아왔을 때조차도 나는 집 바깥에서 그녀를 만났고, 함께 호텔이거나 여관에 가 잠을 자곤 했다. 때로 그녀가 그런 곳보다는 내 아파트에 가 잠을 자고 싶다고 말할 때에도 완강하게 그것을 차단해 왔다.

그러면 나는 다음에 널 만나지 못하게 될지도 몰라. 어쩌면 나는 그런 말로 그녀에게 내가 어떤 경우에도 결혼을 하지 않을 남자라는 것을 강조해 왔던 것인지도 모른다. 아니, 그녀를 만나기 전부터 어떤 경우에도 결혼도 하지 않을 거며 이 세상에 내 자식 같은 건 더더구나 낳지 않을 거라는 말을 스스로에 대한 다짐처럼 해왔다. 그녀에게도 여러 번 같은 얘기를 했었다. 사람들은 내가 고아로 자랐다는 것에서 쉽게 그 이유를 찾으려 들었지만 꼭 그래서 그런 것만도 아니었다.

"알아요. 이런 말조차 당신이 싫어한다는 거. 벌써 사 년째인걸요. 지옥의 문 어디에 걸어 놓아도 좋을 허무한 사랑처럼……."

그러면서 그녀는 어제와 오늘 긴 길을 돌아와 이제 마지막 남은 이야기를 한다는 얼굴로 그간 자신의 몸에 있었던 변화와 그 일로 혼자 병원에 다녀온 얘기를 했다.

“지난 여름 섬진강에 갔을 때였어요. 그날 밤에 당신이 산에 끌고 갔을 때…….”

이번에도 나는 말하지 않았다. 그냥 머릿속만 하얗게 비워질 뿐이었다.

“몇 번이고 당신한테 말하려다가 보름 전 혼자 병원에 다녀왔어요. 그때 내가 마지막으로 단 한 번만이라도 좋으니 당신 아파트에 가서 자고 싶다고 했던 다음다음날요. 생각나나요?”

나는 대답하지 않았다.

“그때 당신이 날 당신 집으로 데려갔다면 말했을지도 몰라요. 그렇지만 지금도 당신은 그런 일이 있었으면 왜 당신한테 말하지 않았느냐고 묻지 않잖아요. 왜 당신 생각은 들어 보지도 않고 나 혼자 병원에 갔었느냐고 말하지도 않고요. 그래서 혼자 병원에 가서 혼자 그런 결정을 했던 거예요. 하루하루 참담하게 몸은 달라져 오는데 당신한텐 말해 봐야 소용없다는 걸 내가 더 잘 아니까.”

끝내 그녀는 눈물을 보였고, 나는 다시 담배를 꺼내 물었다.

“아니, 어차피 그런 쪽으로 날 결정인데 얘기를 하면 더 비참해질 것 같았어요. 또 얘기를 하게 되면 그걸로 당신한테 매달리는 것처럼 보이지 않을까 그것도 비참해 싫었고요. 처음엔 이 일도 당신한테 말하지 않으려고 했는데, 그것까지 내 마음처럼 되지 않아 이렇게 말하고 마는 거예요. 이제 당신이 다시 날 보지 않는다 하더라도…….”

보름에 한 번씩이든 아니면 한 달에 한 번씩이든 그녀 말대로 벌써 사 년째 그녀를 만나 오고 있는 중이었다. 이렇게 한 여자와 지속적인 관계를 유지하다 보면 언젠가 한 번쯤 이런 일과 마주치게 되지 않을까 문득 두려워지곤 했었는데 결국 그 끝을 보고 만 셈이었다.

“무슨 말이든 해봐요. 당신은 내가 당신 모르게 병원에 갔다 온

게 오히려 다행스럽지 않나요? 그런 당신한테 내가 이런 말을 하고
있는 것은 아닌지……."
　머리가 하얗게 비워지는 속에서도 나는 지난 여름 우리가 함께
갔던 섬진강을 떠올렸다.

3

　그때 서울의 어느 환경 단체에서 구례와 곡성 사이에 있는 한 폐
교를 빌려 토요일과 일요일을 넣은 2박 3일 간의 일정으로 '섬진강
자연학교'를 열었다. 입교 대상은 초등부와 일반부였는데(일반부는
아이들과 함께 참여하는 학부모를 대상으로), 거기에 '한국의 나무와
풀'에 대해 어른과 아이가 함께 들을 수 있는 내용으로 두 시간 동
안 강연을 해달라는 부탁을 받았다. 강연 청탁을 받은 건 그보다
한 달 반쯤 전이었지만, 중간에 그 얘기를 하자 그녀도 그곳 섬진
강에 함께 가 보고 싶다고 했다.
　"그 동안 우리는 여행을 많이 하지 않았잖아요. 가도 맨 설악산이
었고……."
　"거기는 다 가족들이 오는 데야."
　"누가 그 사람들하고 같이 입교한다고 그랬나요? 당신이 가니까
나도 당신 따라 한번 가 보고 싶다는 거지요. 서울에서 머니까 강
연 전날에 내려가 그 부근 어디에서 쉬고, 다음날 오후 강연하고
올라오면 되잖아요. 피곤하면 하루 더 쉬고 그 다음날 올라와도 되
고요. 당신도 어차피 방학이니까."
　"그럼 2박 3일이네. 강연 전날에 내려갔다가 강연 다음날에 올라
오면."
　"그건 그때 상황을 봐서 결정하면 되고요. 1박이든 2박이든."

아비의 잠　219

그래서 강연 전날 둘이 함께 그곳으로 갔던 것이다. 서울에서 늦지 않게 출발해 오후 다섯 시쯤 광주를 거쳐 구례에 닿았다. 보다 정확하게 말하자면 구례 읍내로 들어가기 전 섬진강변의 신월이라는 곳이었다. 아직 숙소에 들어가기엔 이른 시간이었지만, 미리 그곳 강가의 한 모텔에(그러니까 다음날 가야 할 학교로부터 멀찍이 떨어진 곳에) 숙소부터 정해 놓고 다시 밖으로 나와 모텔 부근 강변에 자리잡은 어느 농가 식당으로 들어갔다. 휴게소에서 점심을 부실하게 먹었던 터라 일찍 저녁을 먹을 생각이었다. 복숭아를 얻었던 것도 바로 그 농가 식당에서였다. 마당 한켠에 원두막처럼 지붕을 꾸며 놓은 평상에 앉았는데, 그 평상 바로 옆에 가지마다 주렁주렁 열매를 매단 복숭아나무 두 그루가 서 있었다. 주문한 음식이 나왔을 때, 나는 주인 아주머니에게 따로 복숭아 값을 치를 테니 나무에 매달린 복숭아 하나를 내 손으로 따 보고 싶다고 했다.

"아이구, 값은 말고 그러고 싶으면 그러셔요. 어디 안 가고 여기서 주무실 거면 내일 아침도 여기 와서 드시고요."

나는 성큼 평상을 내려가 이 나무의 것을 대보고 저 나무의 것을 대보다 그중 가장 크고 가장 모양이 좋은 복숭아 하나를 내 손으로 뚝, 땄다.

"이리 주셔요. 씻는 것은 내가 씻어 드릴 테니까. 저기 수돗가에 가서 손이나 닦으시고."

나는 손바닥 가득 솜털이 묻어나는 복숭아를 엄지와 중지 끝으로 다시 잡아 아주머니가 반찬을 내왔던 쟁반 위에 올려놓았다.

"어디 보자. 이렇게 두 분만 다니시는 걸 보니 애기가 있나 없나, 바깥양반을 봐선 있어도 벌써 있을 것도 같고, 색시 얼굴을 봐선 아직 없는 것 같기도 하고, 여튼 이 참에 이쁜 애기 하나 들이셔요."

"예?"

"꿈에 복숭아를 봐도 태몽을 꿨다고 그러잖아요. 그런데 색시가 보는 앞에서 바깥양반이 이렇게 나무에서 골라 따기까지 하셨는데……."

물론 듣기 좋으라고 한 소리였을 것이다. 그녀는 내 얼굴을 어떻게 보았는지 모르지만(아마, 한순간 팍 굳어져 버리고 말았을 것이다), 그녀의 얼굴은 방금 전 내가 딴 복숭아의 한쪽 면처럼 발그스름하게 달아오르다가 이내 나와 눈이 마주치자 자기도 난감하다는 듯 금방 고개를 외로 틀었다. 나는 수돗가로 걸어가 복숭아 솜털이 묻은 손을 씻고 또 씻고 했다. 그러다 식사중 아주머니가 금방 목욕을 끝낸 여자의 속살처럼 말갛게 씻어 내온 복숭아를 상 위에 올려놓으며 또 한 번 듣기 곤혹스러운 소리를 했다.

"이 다음 애기는 누가 처음 씻길지 모르지만, 이 복숭아는 귀한 애기 들이라고 내 밭의 걸 내가 씻어 드리네요."

저녁을 먹은 다음인데도 아직 해가 있어, 그 복숭아를 들고 그곳에서 그리 멀지 않은 곳에 있는 압록역으로 나갔다. 뒤로는 산이고, 그 산 밑으로 기찻길과 자동찻길, 섬진강의 흰 물살이 나란히 달리고 나란히 흐르는 곳이라고 했다. 이름도 좋아 저 북쪽의 어느 큰 강과도 같은 압록이었다. 내가 운전을 하는 동안 그녀가 들고 있던 복숭아를 자동차에서 내려서는 아까 들었던 말이 마음에 걸려 도로 빼앗듯 내 손에 쥐었다. 그곳에서 해가 떨어진 다음까지도 한참 동안 앞산과 함께 어우러져 어두워져 가는 강을 내려다보다가 숙소로 돌아왔다. 그렇게 방에까지 가지고 온 복숭아를 그녀와 함께 나누어 먹을 것도 아니고, 그렇다고 어디에다 내다 버릴 것도 아니어서 아예 눈에 띄지 않게 가방 속에 던져 넣었다.

그러나 복숭아야 어찌 되었든 다음날 그쪽 여름학교의 일정대로만 강연이 진행되었더라면 아무 탈이 없었을지 모른다. 내 강연은 둘쨋날 두 시부터 네 시까지였다. 처음엔 그곳에 하루 더 머무를

생각으로 방을 얻었지만, 아침에 나올 때 아직 다 마르지 않은 양
말까지 넣어 나오며 키를 반납했다. 그녀와의 나이 차이로 이상한
시선을 받는 것도 싫었지만, 어제처럼 그런 얘기를 듣는 건 더더욱
견디기 힘든 일이었다. 아침식사도 그 식당이 아닌 다른 식당에 가
서 했다. 강연 시간 전까지 가까운 화엄사나 연곡사로 가 대충 시
간을 때우고, 오후 강연이 끝나면 바로 서울로 돌아갈 생각이었다.

그러다 연곡사에 가 있던 열한 시쯤 환경 단체 총무한테서 전화
가 걸려 왔다. 오후에 급하게 서울로 돌아가야 할 일이 있는 게 아
니면 낮 강연을 저녁 강연으로 바꾸어 줄 수 없겠냐는 것이었다.
애초 저녁 강연은 '환경 오염과 생태계의 변화'를 주제로 광주에
있는 어느 대학 교수가 하기로 되어 있었는데, 그 교수가 오늘중
급히 서울로 올라가야 할 일이 생겨 부득이 낮 강연과 시간을 바꾸
었으면 한다는 것이었다.

"나도 내일 일이 있어 일찍 올라가야 하는데……."

"사실은 그분의 가까운 집안 어른이 오늘 아침에 돌아가셨답니
다. 그래서 낮 강연도 한 시간쯤 당겨서 한 다음 여기서 바로 서울
로 올라갔으면 하고 연락이 와서요."

"그런 일이야 어떻게 하겠습니까. 제가 저녁 강연을 마치고 밤에
올라가는 수밖에요."

그녀가 무슨 전화냐고 물어 나는 강연 시간이 낮 시간에서 저녁
시간으로 바뀌었다고 말했다.

"그럼 그 시간까지 좀더 여유 있게 둘러봐도 되겠네요."

어제 자동차 안에서 했던 친구의 차밭 얘기도 그래서 다시 나온
것이었다. 이번에도 나는 그녀의 입을 막았다. 꼭 복숭아 때문이
아니더라도 그의 차밭에 그녀를 데리고 갈 생각 같은 것은 처음부
터 없었다. 연곡사에서 나와 내친 김에 화엄사까지 들렀던 것도 전
에도 몇 번 둘러보았던 그 절이 궁금해서가 아니라 갑자기 늘어난

오후 시간을 친구의 차밭 대신 그것을 표나지 않게 때우기 위해서
였다. 그래도 시간이 남아 어제처럼 이른 저녁을 먹고, 그녀와 함
께 여름환경학교가 열리는 곡성군 폐교로 갔다.

"학교 안으로 들어오지 말고 밖에서 기다려. 심심하면 자동차를
끌고 강 주변을 둘러보든가."

"다 어두운 저녁에요?"

"그럼 그냥 기다리든가."

"얼굴 좀 풀고 들어가요. 가지도 않았으면서 화난 사람 얼굴처럼
하지 말고요."

아이들 오십 명, 어른들 오십 명쯤 되는 교실이었다. 나는 전생에
내가 나무꾼이었는지도 모르겠다는 말로 인사를 했다. 그래서 전생
엔 나무를 베어 팔거나 숯을 구워 팔고, 지금은 그런 것을 법으로
금하니 나무와 풀을 연구하여 밥을 먹고 사는 식물학자가 된 것인
지 모르겠다고.

가족 여행을 겸해서 온 아이들과 어른들을 한 교실에 몰아넣고
한반도의 식물 분포도가 어떠니 또 그것들의 남방 한계선과 북방
한계선이 어떠니 하고 떠들 일도 아니어서, 우리나라 나무 중 제일
늦게, 그러니까 다른 나무들이 꽃과 잎을 거의 다 피운 다음 뒤늦
게 겨울잠에서 깨어나 늦봄부터 늦여름까지 일 년에 세 번이나 꽃
을 나누어 피워 다른 나무들보다 더 많은 열매를 가을에 한꺼번에
익히는, 늦지만 그래서 오히려 더 충실해 보이는 대추나무의 겨울
잠 얘기와, 들판에 흉년이 드는 해면 산에서 그것을 내려다보며 미
리 준비하고 있다가 다른 해보다 더 많은 도토리를 맺어 산 식구들
과 들 식구들을 먹여 살리는 떡갈나무와 상수리나무의 가을 준비
(사실 이 얘기는 학술적으로 관찰된 바는 없지만, 몇 년 전 강원도에
식물 표본 조사를 나갔다가 어느 노인에게 들은 얘기였다), 그리고 강
둑에 쇠말뚝을 박아 거기에 쇠사슬로 연결한 한강 유람선의 선착장

에까지 다리 아래로 떠내려와 걸리던, 몇 해 전 홍수에도 여의도 샛강 둑에 단단히 뿌리를 내리고 그 뿌리에 연결된 줄기 하나만의 힘으로도 거센 물결 속에 자기 열매를 꼭 붙들어 지키던 야생 호박의 강인한 생명력을 우리 사람들의 세상살이와 비교하여 얘기했다.

질문을 받겠다고 하자 한 여자아이가 자리에서 일어나 전생에 선생님이 나무꾼이었으면 선녀와 결혼을 했었느냐고 물었다. 나는 지금 기억나지 않지만 틀림없이 그랬을 거라고 대답했다. 그러자 이번엔 제일 앞자리에 앉은 남자아이가 손을 들고 일어나 〈선녀와 나무꾼〉의 나무꾼이 아니라 〈은도끼와 금도끼〉의 나무꾼이 아니었어요? 하고 언젠가 나도 학생들로부터 들은 적이 있는 우스갯소리를 했다. 아이들도 웃고, 어른들도 한꺼번에 와, 하고 웃었다. 두 시간 강연이었지만 한 시간이 조금 더 지났을 때부터 교실 뒤쪽으로 들어와 연신 시계를 들여다보던 환경 단체의 총무가 얼른 앞으로 나와 오늘 강연을 해주신 강병회 선생님은 전생에 어느 쪽 나무꾼이었는지는 모르지만 지금도 옛날의 그 선녀를 기다리느라 아직 결혼을 하지 않았다며, 바깥에서 곧 캠프파이어가 있을 것이라고 말했다.

예전 교무실 자리였던 진행 본부로 돌아오자 거기에도 이미 술판이 벌어져 있었다. 나는 그곳에서 총무가 내미는 영수증 위에 실제로는 언젠지도 모를 내 생년월일과는 아무 상관도 없는 주민등록번호와 주소를 쓰고 삼십만 원의 강연료를 받았다.

"허어이, 여기 지리산 자락에 그렇지 않은 길이 어디 있어? 산 사람들 위해 산 밑 사람들도 이런 빨래 저런 빨래로 서로 신호를 주고받고 말이지. 따지고 보면 내남없이 다 한집안 사람들 아니었겠냐구. 검은 옷 내걸면 위험하니 내려오지 마라, 흰 옷 마당 오른쪽에 걸면 지키는 사람 없으니 하룻밤 내려와 자고 올라가도 좋다, 뭐 그렇게 신호를 정하고."

"물론 그 사람들도 올라갔겠죠. 그렇지만 제 얘기는 그런 빨치산

들만 오르내렸던 게 아니라 남의 물건 훔치거나 남의 목숨 훔친 날
강도들이 더 많이 다니고, 안팎이 바람나서 붙은 연놈들도 제 서방
제 여편 버리고 이 길을 타고 야반도주하고, 또 야반도주해 왔을
거라는 거지요. 교통도 불편하던 때 어느 자락을 타고 넘든 이 산
만 넘으면 전혀 다른 곳에서 전혀 다른 익명성이 보장되었으니까.”
  무슨 얘긴가 싶어 그쪽을 돌아보는데 총무가, 그 얘기 아직도 하
고 있습니까? 하고 두 사람을 힐난했다.
  “무슨 얘긴데요?”
  나는 작은 소리로 총무에게 물었다. 안팎이 바람나서 붙은 연놈
들의 야반도주로라는 말이 갑자기 내 귀를 잡아당기던 것이었다.
  “강 선생님, 이제 강연도 끝났는데 제 잔 한잔 받으십시오.”
  먼저 빨치산 얘기를 하던 내 나이 또래의 친구였다. 나는 엉겁결
에 그가 내미는 술잔을 받았다.
  “여기 학교 앞 도랑을 경계로 이쪽은 곡성이고 건너편은 구례랍
니다.”
  총무가 마른안주를 내 앞으로 옮겨 놓으며 말했다.
  “그런 데야 많죠. 다녀 보면 작은 개울 하나로 도가 갈라지기도
하고.”
  “도랑이라기보다 여기가 바로 산 밑이다 보니 계곡이 되겠는데,
아까 낮에 계곡을 따라 저 위에 석탑이 있는 데까지 올라갔다 왔거
든요. 그랬더니 그 길을 가지고 여태 저러고 있는 겁니다.”
  “거기 탑이 있습니까?”
  나는 빨치산 얘기를 하던 친구로부터 받은 잔을 비우고, 그 잔을
총무에게 건넸다.
  “예. 올라가는 길은 계곡 이쪽이라 곡성 땅인데, 탑은 계곡 건너
편 구례에 있습니다. 전엔 몰랐는데, 아까 가 보니 논곡리 3층 석탑
이라고 제법 족보가 있는 건가 봐요. 보물로까지 지정된 탑인데,

여기서 그렇게 멀지도 않습니다. 걸어서도 이십 분이면 올라가니까."

총무는 캠프파이어 진행을 위해 밖으로 나가고, 나는 다시 그곳에서 술 몇 잔을 더 받았다. 두 잔째의 술은 내가 운전을 못하면 그녀가 하면 되지 하는 마음에서였고, 세 잔째부터는 어차피 불편할지도 모를 상행길, 차라리 한잔 더 하고 올라가는 게 낫겠다 싶어 받은 잔들이었다. 이내 몸에 기별이 왔다.

"야, 너희 집엔 맨 도둑놈들밖에 없냐? 말끝마다 연놈들이니 야반도주니 하고 떠들게."

"그럼 형님 집은 빨치산 내력을 가진 집안입니까?"

"그래, 임마. 그래도 그게 도둑놈보다는 훨씬 낫지, 뭘 그래."

내가 나올 때까지도 두 사람은 이제 술기운에 감정까지 실어 가며 그 얘기를 계속했다. 그러느라고 시간도 제법 지체되어 운동장에 피워 놓은 장작불도 한 기운이 꺾여 가고 있었다. 나는 멀찍이 운동장 가를 돌아 바로 코앞에 도랑을 둔 교문을 빠져 나왔다. 제법 물소리가 크게 들렸다. 나는 자동차가 있는 곳으로 가기 전, 어둠 속에 흰 시멘트 길이 나 있는 산 쪽을 바라보았다. 그러다 다시 자동차 쪽으로 가기 위해 막 고개를 돌릴 때였다.

바내야.

누군가 분명 그렇게 불렀다.

바내야.

나는 한순간 영혼이 붙잡힌 사람처럼 그 자리에 붙어서서 다시 산으로 난 길을 바라보았다. 어두컴컴한 하늘과 그보다 더 검은빛으로 눌려 있는 산말고는 아무것도 있을 게 없는 길이었다. 바내야. 나는 잠시 전에 들었던 소리 그대로 조그맣게 입을 떼어 보았다. 이젠 기억에도 희미할 만큼 아주 먼 옛날에 듣고 다시 들은 적이 없는, 일고여덟 살쯤 된 앳되고도 앳된 누이의 목소리였다. 바

내야. 아니, 그런 누이보다 더 기억이 멀어 얼굴 한 자락 떠오르지
않는 내 어미의 목소리였는지도 모른다. 바내야……

"뭐해요? 안 오고."

그녀였다.

"가만……"

"뭐가 있어요?"

그녀도 나처럼 어둠 속에 희끄무레하게 떠 있는 그 길을 올려다
보았다.

"술 마셨어요?"

"그래."

"안 가요?"

"……"

"벌써 열 시가 넘었는데……."

"아무 소리 하지 말고 날 따라와."

"예?"

"날 따라오라고."

나는 앞서서 그 산길을 올랐다. 길 옆에 마을이 있었다. 나는 뒤
돌아보지 않고 그 길을 올랐다. 금방 마을이 끝나고, 길은 산 쪽으
로 더 깊숙이 숨어 들어가 있었다. 예전에 화전터였을지 모를 밭들
이 나오고 다시 드문드문 불을 켠 인가가 나왔다. 나는 훅, 훅, 거
친 숨을 뱉으며 길을 걸었다. 이제 불빛 같은 것은 왼편 산허리에
걸려 옅은 구름 속에 들어갔다 빠져 나왔다 하는 달빛뿐이었다.

"갑자기 어딜 가는데요?"

나는 대답하지 않았다.

"정말 왜 그래요? 무섭게……."

예전에 어떤 남녀도 어둠을 타고 이 길을 걸었을 것이다. 사내는
남의 물건을 훔치거나 남의 목숨을 훔친 도둑이었을지 모르고, 제

서방 제 여편을 두고 안팎이 바람이 나 붙은 연놈들이었을지도 모른다. 얼굴에 덥수룩하게 수염이 자란 사내들도 총을 잡고 눈 속을 헤치며 이 길을 올랐을 것이다. 아까 사내의 말처럼 그래도 그들은 한때 그런 자신들을 스스로 자랑스럽게 여겼을지도 모른다. 저 아래 어느 집 마당에 흰 빨래가 걸리기도 하고 검은 빨래가 걸리기도 했을지 모른다. 그러나 조금도 자랑스러울 것 없는 어떤 사내와 계집은 지금 나와 저 계집처럼 이렇게 이 길을 걸어 또 다른 곳에 또 다른 익명성을 찾아 이 산을 넘었을지 모른다.

"무서워요."

그때 그 계집도 사내에게 그렇게 말했을지 모른다.

"저 산만 넘으면 돼."

사내도 애초 남의 계집이었을지 모를, 그리고 끝내 남의 계집이 되고 말 그 계집에게 그렇게 말했을지 모른다.

"산을요?"

"그래."

"정말 왜 그러는데요?"

"따라오기나 하라니까."

나는 탑이 있는 곳까지 그녀를 끌고 올라갔다. 내 키 두 배쯤 되는, 탑 꼭대기의 상륜부는 날아가 버리고 탑신만 남아 있는 3층 석탑이었다. 표지판에 보물 제509호라고 쓰여 있었지만 그런 것은 아무래도 좋았다. 예전엔 그냥 길 옆 숲속에 버려져 있었을지도 모를 탑 주변에 지금은 만(卍)자 무늬의 사각 철책을 둘러놓았다.

"이 시간에 이거 보자고 온 거예요?"

"아니."

"그럼요?"

"예전엔 어떤 사람들이 이 길을 넘었을까 싶어서. 그리고 어떤 사람들이 길을 걷다 이 탑에 몸을 기대고 쉬었을까 싶어서."

"갑자기 그건 왜요?"

"누군 그러더라. 빨치산이 이 길을 걸어 산을 넘었을 거라고."

"그랬겠죠, 더러는. 여기도 지리산 자락이니까."

"또 누구는 그러고. 남의 물건 훔치고 남의 목숨 훔친 도둑놈들과, 아니면 남의 계집을 훔치거나 안팎이 바람난 연놈들이 또 다른 곳에 또 다른 익명성을 찾아 이 길로 야반도주해 가기도 하고 또 오기도 했을 거라고."

"그래서 여길 온 거예요?"

"그래. 나는 모르는 일이어도 내 몸 속엔 분명 그런 피가 흐르고 있을 테니까. 사내의 피든 계집의 피든……."

"그렇지만 나는 당신한테 남의 계집이 아니에요."

"아니면?"

"그렇다고 당신 계집인 것도 아니고요."

이상하게 그 말이 나를 자극했다. 나는 철책을 넘어가 철책 바깥의 그녀를 철책 안으로 끌어들였다.

"아니. 이 세상 어느 여자도 나한테는 다 남의 계집이야. 내 애비도 그런 계집한테서 날 낳았는지도 모르고."

나는 그녀를 탑 받침대 위의 연화석에 엉덩이를 밀어뜨리고 거칠게 그녀의 옷을 벗겨 나갔다. 그녀가 반항했다. 나는 더욱 거칠게 그녀의 옷을 벗겨 나갔다. 내가 그녀 위에 몸을 엎드린 자세에서 바라보았을 때 달은 여전히 탑 왼쪽 산허리에 걸려 있었다. 달빛도 그녀의 얼굴이나 그 아래 드러난 그녀의 몸보다 머리카락 속에만 다 스며들고 마는 것 같았다.

"이러지 말아요, 제발."

"아니. 나는 이래야 돼, 나는……."

그러나 느닷없는 충동이었다고는 생각하지 않는다. 그 옛날, 내가 모르기도 하고 알기도 할 어느 사내와 계집도 이 길을 따라 야

반도주를 하던 중 이 탑 연화석에 몸을 받치고 서로의 몸을 섞었을
지 모른다. 그리고 사내는 말했을 것이다. 자, 또 올라가자. 그때까
지만 해도 계집은 도리없이 그 말을 따랐을 것이다. 그리고 그들은
이 자락을 넘고 다시 무수한 산과 강을 건너 멀리멀리 설악산 밑자
락까지 흘러 들어가 그곳 어느 깊은 산에 불을 지르고 화전을 일구
었을지도 모른다. 그곳 역시 내가 알 것 같기도 하고 모를 것 같기
도 한 곳이었다.

"그만 내려가요."

그녀를 따라 비척비척 아래로 내려올 때, 다시 그 길 뒤에서 누군
가 나를 불렀다.

바내야.

4

그러나 어쩌면 그날 밤 산길을 올랐던 것은 두 사내의 말과 교문
앞에서 환청처럼 들었던 누이의 목소리 때문만이 아니었을 것이다.
그보다 일찍 어렴풋하게나마 내가 기억하고, 내가 짐작하며, 내가
들었던 얘기가 있었다.

전에 내가 가지도 않은 곳에서 나를 보았다고 제일 처음 얘기한
사람은 지금은 어디서 무얼 하는지도 모르는 대학 동창생이었다. 2
학년인가 3학년 여름방학이 끝나고 다시 만났을 때, 그는 방학 동
안 미시령 너머 외설악 아래쪽의 어느 작은 마을에서 나를 보았다
며 거기에 혹시 내 친척이 있는 것 아니냐고 물었다. 아니라고 대
답하자 그는 내가 일고여덟 살쯤 된 어린 여자아이와 함께 냇가에
서 고기를 잡고 있더라고 했다.

"너는 족대를 들고 여자아이는 고기 담을 그릇을 들고 있고. 불러

도 대답을 안 해 너가 있는 물 쪽으로 가려고 신발을 벗는 사이 너도 없어지고 아이도 없어진 거야."

"나는 그런 가족도 없고, 한가하게 여행을 다닐 처지도 못 돼 방학 내내 아르바이트만 했다. 여기 서울에서."

"나도 이상하다고 생각했지만 비슷한 사람이라고 말할 수도 없게 꼭 너였거든. 그래서 거기 민가에서 점심을 사먹으면서 물어 보니까 너를 아는 사람도 없고 말이지. 동네 이름이 모스크바라더라. 소련 모스크바."

"모스크바?"

"그래. 육이오 때부터 그렇게 불렀다더라. 마을이 아주 조그만하던데 왜 그렇게 불렀는지는 그 사람도 거기에 오래 안 살아 잘 모른다 그러고."

그 친구만큼 구체적인 모습으로는 아니었지만, 그녀도 두 번 그런 얘기를 했었다. 그때 나는 이태 간의 시간강사 생활 끝에(군 면제자라 다른 사람들보다 상대적으로 빠르게) 지금 나가고 있는 대학의 전임 발령을 막 받았고, 그녀는 같은 과의 4학년 학생이었다. 가을 학기가 다 끝나 이제 수업이 없던 어느 날 학교에 들른 그녀가 내 연구실로 찾아와 지난 일요일 설악산에 가지 않았느냐고 물었다.

"아닌데……."

"이상하다. 미시령을 넘어가는 외설악 쪽에서 교수님을 봤거든요. 그러니까 잼버리 대회장 쪽에서요. 겨울 등산복을 입고 어떤 아이하고 손잡고 걸어가시던데……."

"다른 사람을 잘못 봤겠지."

"아니에요. 차를 타고 가면서 봤지만 저말고도 본 사람이 있어요. 과 친구들끼리 갔는데, 희수보고도 우리 교수님 맞지? 하고 얘기했거든요."

“그럼 어쩌지? 지나간 날이니까 내가 다시 거기 갈 수도 없고.”

나는 그녀에게 졸업 후엔 무얼 할 거냐고, 입사 시험 같은 것은 더러 보았던 거냐고 물어 보았다.

“아뇨. 다른 교수님들은 친구들이 얘기해서 다 아시는데…… 저, 졸업하면 바로 결혼해요.”

그녀는 조금은 쑥스러워하는 얼굴로 대답했다.

“축하할 일이구만. 가지는 못할 테고, 미리 축하하지 그럼.”

대학원 진학이나 취업 문제에 대해서도 그녀는, 다른 사람들은 결혼하고도 다들 사회생활을 잘 하던데 자기는 그게 좀 힘들 것 같다고 말했다. 선배 교수들에게 들은 얘기로도 일찍 결혼하는 여학생들 대부분이 그렇다고 했다. 졸업과 거의 동시에 하는 결혼이라면 남자 쪽에서 여자를 집안에 들어앉히기 위해 서두르는 경우가 많다고 했다.

“교수님은 안 하세요?”

“결혼?”

“예.”

“얘기 안 했던가? 나는 전생부터 나무와 결혼해 사람하고는 그런 거 안 할 사람이라고.”

“그런데 아무리 생각해도 이상해요. 정말 교수님이셨거든요. 설악산에서…….”

그때는 미처 그 생각까지 못했지만, 돌아보면 이상한 건 내 쪽도 마찬가지였다. 그녀는 일요일에 나를 보았다고 했지만, 서울에 첫눈이 내렸던 그 전날 저녁 나는 마포의 어느 허름한 음식점에서 내 속의 생각을 숨기고 그곳 외설악의 화전 얘기를 들었다.

“눈이 온다니까 갑자기 생각나는데, 당신들 그거 알아? 포유류 가운데 곰이나 박쥐, 다람쥐 같은 산짐승들만 동면을 하는 것이 아니라 상황에 따라서는 사람도 동면을 한다는 거.”

그 얘기를 꺼낸 사람은 강원도 고성에서 꽤 오랫동안 면사무소 근무를 하다가 등단했다는, 나보다 일고여덟 살은 더 나이가 들어 보이는 시인이었다. 드럼통으로 만든 화덕을 가운데 놓고 두 명의 시인과 그중 나이가 어린 시인의 친구인 나, 그리고 또 한 명의 출판사 기자, 이렇게 넷이 앉은 자리였다. 그러니까 시인 말로는 사람도 겨울잠을 잘 수 있다는 것인데, 나도 처음엔 그 말이 잘 믿어지지 않았다. 아마 다른 사람들도 그가 쓰는 시 속에서나 나오는 상징적인 의미의 동면을 생각하는 것 같았다.

바깥엔 언제부터인지 모르게, 이게 이 겨울의 첫눈이지 싶은 눈발이 날리기 시작했고, 화덕엔 돼지 각막이 살이 구워지고 있었다. 철제 간이의자에 엉덩이만 겨우 붙이고 앉았어도 바깥에 내리는 눈과 소주와 숯불이 타오르는 화덕만으로도 왠지 넉넉함이 느껴지는 술자리였다. 술병이 하나둘 비워져 감에 따라 화덕의 불길도 서서히 잦아들기 시작했고, 사람들의 얼굴도 보기 좋을 만큼씩 붉어져 가고 있었다. 그러다 누군가 바깥에 오줌을 누러 나갔다가 들어오며 눈발이 조금 더 굵어져 가는 것 같다고 하자 시인이 그 얘기를 했던 것이다.

"내가 면사무소 근무를 할 때인데, 거긴 70년대 중반까지도 화전이 있었어. 면사무소 업무 중 하나가 화전 단속일 만큼 말이지. 단속하지 않으면 여기저기 돌아다니며 불내고, 산 망가뜨리고 하니까. 서울 사람들은 산 밑에 있는 밭이면 다 화전인 줄 알지만, 원래 화전이라는 건 같은 밭에서 여러 해 지어먹을 수 없는 농사거든. 나무하고 풀을 태워 그걸 거름으로 쓰는 농사다 보니 이태쯤 지어 거름발이 떨어지면 또 그 옆에다가 불을 지르고."

"동면은 무슨 얘깁니까?"

나는 갑자기 나온 화전 얘기에 바짝 귀를 세우고 물었다.

"화전 농사라는 게 주로 감자나 콩, 옥수수를 심어 먹는 것이거든. 그래도 그게 다른 작물보다는 수확이 나아서 하는 건데 가뭄이 들면 그것도 제대로 안 돼. 말로는 들 가뭄이 산 가뭄 열 배라고 하지만 그건 그냥 말이 좋아 지어 낸 얘기고, 그렇게 되면 겨울 양식이 아예 없다는 얘기지. 그래서 동면 얘기가 나오는 건데, 나는 그래도 70년대에 거기 생활을 하느라 그런 꼴까지는 안 봤지만, 그때 나이로 마흔이나 마흔다섯쯤 된 주사(主事)들 얘기로는 그 전엔 가뭄이 들면 그 사람들이 정말 동면을 했다는 거야. 양식은 없지, 산 밑이라 겨울은 더 길지, 그러니까 식구 수대로 감자 몇 톨 쪄 먹고는 이틀이고 사흘이고 움직이지 않고 잠만 잔다는 거야. 그러다 도저히 배가 고파 견딜 수 없으면 그때 또 일어나 감자 몇 톨 쪄 먹고 내리 잠만 자고. 눈 뜨고 움직이면 더 배고프고 허기지니까. 강병회 선생은 우리한테 그런 시절이 있었다는 거 모르지?"

시인은 그렇게 물었지만, 시인의 얘기를 들으며 나는 내 머리는 다 잊었다 하더라도 내 몸 어느 구석은 아직도 그런 것들을 기억하고 있지 않을까 하는 생각을 했다. 바내의 시절, 죽도록 배가 고팠던 것은 아주 어렴풋하게라도 기억나는데, 죽음처럼 늘어져 잠만 잤던 것은 아무리 떠올리려고 해도 떠오르는 것이 없었다. 나를 바내라고 부르던 누이만 그 겨울 동안 그렇게 잠을 자고, 또 자고 했다. 그것은 누이가 잠을 자면서도 바내야, 하고 힘없이 부르던 목소리와 함께 내 기억의 가장 멀고도 슬픈 자리에 있었다.

"이건 나도 들은 얘긴데 오일륙 군정 들어서고 나서 박정희가 이쪽으로 민생 시찰을 위해 부관들을 보냈는데, 그때 시찰 나온 부관들이 저마다 올린 보고서에도 그런 게 있었다는 거야. 강원도 설악산 쪽의 화전민들이 실제 동면하고 있는 거 부관이 자기 눈으로 직접 봤다고 말이지. 보고서에도 '월동'이란 말 대신 아주 '동면'이라 써서 올리고."

"그런데 그 사람들은 어떤 사람들입니까? 애초에……."

나는 늘 그것이 궁금했다. 그렇다고 화전에 대한 어떤 자료가 따로 있는 것도 아니었다.

"화전민들?"

"예."

"우선은 집도 절도 없이 가난하니까 산으로 불을 놓으러 들어왔겠지. 그렇지만 그렇지 않은 사람들이 더 많았을 거야. 거기 노인들 얘기로도 화전에 비하면 남의 집 머슴살이는 비단 살림이라는데, 그런 머슴살이도 마음놓고 할 형편이 못 되면 산에 들어가야지."

"어떤 사람들인데요?"

"자세한 내력이야 알 길 없지만, 말로는 아래쪽에서 산 생활을 하다가 난리 끝난 다음 그쪽으로 올라와 숨어든 사람들도 있다 그랬고, 다른 데서 죄짓고 몸을 피해 들어온 사람들도 있다 그랬고, 또 가진 것 없이 남의 마누라든 남의 서방하고 눈이 맞아 도망쳐 나온 것들도 맞아 죽지 않고 살 데를 찾자면 산밖에 없는 거고. 그런데 재미난 건 화전에서도 바람이 나 저마다 제 집 양식 털어 도망치는 경우도 있었다는 거야. 그래서 살인이 난 경우도 있었고, 남은 안팎이 합쳐서 산 경우도 있었고."

"그거야 뭐 어디는 안 그렇겠습니까? 사람 사는 세상에……."

나는 표정 하나 바꾸지 않고 그렇게 대답했다.

"하나 더 말해 줄까, 화전 얘기."

"뭔데요?"

"나는 70년대에 공무원 생활해서 그런 공문 못 봤지만, 60년대 박정희 정부가 농가에서 몰래 양귀비를 재배하는 걸 단속하라고 내려보낸 공문 제목이 뭔가 하면 요즘 대학 교수들도 못 알아들을 '앵속 밀경(密耕) 단속'이거든. 그래서 면서기도 알아야 해먹는다는 얘기가 나오는 건데, 그런 공문을 면사무소로만 내려보낸 게 아니고 학교로도 내려보내고 말이지."

“앵속, 본 적이 있습니까?”

“나는 없지만, 우리 선배들은 많이 본 모양이야. 아예 밭으로 재배하는 걸 덮친 적도 있다고 그러고.”

“화전에서 말인가요?”

말을 하는 시인은 모르지만, 나는 그런 사내도 알고 있었다. 단지 그땐 그게 양귀빈지 아편인지도 모르고 더러 아비가 내미는 그 물을 받아 마시기도 했을 것이었다.

“거기밖엔 할 데가 없거든. 꽃이 좋다고 화분에든 울 밑에든 한 포기라도 심었다가는 바로 영창에 끌려가는 게 그건데 그거 심을 농가가 어디 있겠어. 그래서 사람들 눈에 띄지 않는 화전에서 즈들끼리도 모르게 심는데, 이것도 간덩이가 부었거나 세상 막가는 놈들이나 그랬던 거고.”

내가 아는 그 사내 역시 그랬을 것이다. 나는 시인에게 혹시 그곳 어디에 있는 모스크바를 아느냐고 물어 보았다.

“모스크바?”

“예. 육이오 이후에 그렇게 부르던 동네가 있다고 그러던데.”

“그건 잘 모르겠는데. 육이오 전에는 거기가 다 북쪽 땅이었으니까 면당 사무실이 있던 데라든지 아니면 그쪽 부대가 있었던 자리라면 혹 그렇게 부를지 모르지만.”

“아뇨. 제 생각엔 뒤늦게 생긴 화전터가 아닌가 싶은데요. 거기도 설악산 자락이니까 지금은 달라졌는지 모르지만 십 년쯤 전만 해도 산 밑 쪽으로 난 마을도 아주 작다고 그랬고.”

“거기에 어디 화전이 한두 군데라야 말이지.”

그날 밤 나는 제대로 잠을 이룰 수가 없었다. 확실히 내 아비는 도둑이었던 게 틀림없었다. 그것도 양귀비를 몰래 재배하여 아편을 내던, 간덩이가 부어오를 대로 부어오른 도둑이었다. 도둑의 아내인 어미의 얼굴은 내 기억에 단 한순간의 찰나적인 그림으로라도 떠오르는 게 없었다. 나를 늘 '바내'라고 부르던 누이의 얼굴이 내겐 이생에서 이루기 시작한 기억의 첫 장이자 그 기억의 가장 먼 끝자락이었다. 그러면 어미는 이생에서의 내 기억이 시작되기도 전 그 움막에서 어디로 간 것일까. 나이를 알 수 없는, 그리고 어미처럼 얼굴을 알 수 없는 형이 하나 있었음은 안다.

"바내야. 여기 오빠……."

마당도 없는 움막 같은 집 밭가에서 누이는 조금 봉긋하게 솟아오른 풀숲을 가리키며 여기 오빠……라고 말했다. 오빠 가자고 그러기도 하고, 또 먼저 그곳에 가선 바내야, 오빠 와, 그러기도 해서 나는 누이가 말하는 오빠라는 말을 나의 형이거나 그녀의 오빠가 아니라 그냥 그곳 풀숲을 가리키는 말인 줄 알았다. 어미도 오빠처럼 죽어 오빠가 되었다면 엄마라는 이름으로 누이나 나한테 또 하나의 풀숲으로 남았을지 모른다. 그러나 어미의 풀숲은 그 밭가에 없었다.

도둑인 아비는 우리에게 자주 어미 욕을 했다. 아비가 내는 화는 거의 다 어미의 욕이었을 것이다. 아비는 확실히 도둑이어서 늘 욕을 하고, 또 욕을 하며 화를 내곤 했다. 어쩌면 어미는 우리의 한 해 겨울 식량을 털어 야반도주한 또 다른 도둑이었는지도 모르겠다. 그래서 그해 겨울 우리는 깊고 깊은 겨울잠을 잤던 것인지도 모른다.

언제나 가장 슬픈 건 누이였다. 그러나 누이의 이름을 모른다. 도둑인 아비는 우리를 부를 때 늘 야, 하고 불렀다. 누이를 부를 때에도 그랬고, 나를 부를 때에도 그랬다. 야, 불 때라, 그러면 그건 누이에게 한 말이었고, 야, 문 닫아라, 그러면 그건 누이이거나 나 둘 중에 문 가까이 있는 사람에게 한 말이었다. 나만 누이로부터 바내라는 이름을 가지고 있었다. 바내야, 밥 먹어. 바내야, 이리 와. 바내야, 오빠 가자. 바내야, 이것 봐. 바내야, 누나가 해줄게……

아비가 지은 이름인지 누이가 저 혼자 부르던 이름인지 그것도 알
수가 없다. 누이가 늘 바내야, 바내야, 하니까 아비도 가끔 바내라
고 나를 부를 때가 있었다. 야, 야, 하고 여러 번 불러도 대답을 하
지 않을 때 야, 바내야, 하고 화를 내듯 내 이름을 불렀다. 누이만
이쁘게 야, 하지 않고, 그냥 바내야, 하고 나를 불렀다.
　그런 누이가 풀숲으로 갈 때를 기억한다. 아니 누이는 풀숲으로
가지 않고 오빠의 풀숲이 있던 자리 바로 옆에 쌓이고 쌓인 눈 속
으로 갔다. 그걸로 누이가 가던 때가 겨울이었음을 안다. 누이는
자주 기침을 하고, 기침을 하고 나선 다시 깨어나지 않을 것처럼
긴 잠을 자곤 했다. 자고, 또 잤다. 어떤 때는 잠을 자면서도 바내
야, 하고 작은 소리로 나를 불렀다. 아비가 하루에도 몇 번씩 누이
에게 삭정이처럼 누렇게 마른 풀을 삶은 물을 먹였다. 누이가 먹다
남기면 나에게도 먹였다. 기침을 하다가도 그것만 먹으면 누이는
자고, 또 잤다. 나도 그것만 먹으면 저절로 잠이 왔다. 그렇지만 누
이처럼 자고, 또 자고 하지는 않았다. 누이만 자고, 또 잤다. 그러
다 누이는 아주 잠이 들었다. 나는 한밤중에 도둑인 아비의 도둑
같은 비명을 들었다.
　"야, 야! 야, 이년아!"
　그리고 다시 아비는 어미의 욕을 했다. 욕을 하며 화를 내고, 화
를 내다가 이제 아주 깊이 잠이 든 누이를 잡고 울었다. 이년아, 이
불쌍한 년아…….
　나는 나중에야 아비가 기침을 하던 누이에게 먹이던 그것이 양귀
비를 삶은 물이라는 것을 알았다. 하긴 산중에 그것말고는 약도 없
었을 것이다. 또 그것이 아니었다면 누이는 잠도 자지 못하고 겨우
내 기침만 하다가 나중엔 목이 터진 채로 오빠 옆으로 가 또 하나
의 오빠가 되고 말았을 것이다. 다음날 도둑인 아비는 울면서, 또
울다가 도둑인 어미의 욕을 하며 눈을 헤치고 오빠 옆에 누이를 묻

었다. 나는 아비가 누이를 묻는 동안엔 나까지 그렇게 묻어 버릴까
봐 아무 소리도 못하다가, 아비가 누이를 다 묻고 나서 삽자루 끝
을 잡고 야아아아아…… 하고 소리를 지르며 그것을 저 멀리 공중
으로 던진 다음에야 이제 누이가 오지 않느냐고 물었다. 삽은 눈
위에 우리가 본 어떤 산의 비석처럼 바로 꽂혔다.

이제 나 혼자였다. 누이의 것까지 봉긋한 애기 무덤 두 개가 드러
나는 것으로 봄이 오고, 여름이 왔다. 나는 아비를 따라간 산중에
서 아비의 희고 빨간 꽃밭을 보았다. 그해 가을 아비는 주먹만하게
뭉친 약 뭉치를 밤이면 등잔 불빛 아래 비춰 보며 도둑처럼 흐흐흐
흐, 하고 웃었다. 그러던 어느 날 마당도 없는 우리 집에 어떤 사람
둘이 와서 아비와 이야기를 하고, 그때는 그게 무엇이었는지 몰랐
지만 그들은 아비에게 돈을, 아비는 그들에게 천장에서(그러나 천장
이랄 것도 없는 움막 지붕 아래에서) 꺼낸 두 개의 약 뭉치 중 하나
를 내주었다. 그날 밤 아비는 방 안 가득 펼쳐 놓은 돈을 바라보며
흐흐흐흐, 하고 웃었다.

그러나 아비의 웃음은, 그리고 아비와 내 인연도 그것으로 끝이
었다. 다음날 아비는 갑자기 들이닥친 여러 명의 사내에게 끌려갔
다. 나에게는 한 마디 말도 못하고 끌려갔다. 그들은 내 앞에서 도
둑이고 앵속 밀경자인 아비를 끌고 갔다. 천장에 감추어 놓은 나머
지 약 뭉치도 가져갔다. 너무도 무서워 나는 아비를 내놓으라는 말
도 하지 못했다. 그들이 산 아래로 내려간 다음에야 혼자인 게 무
서워 울었다. 그것도 크게 울면 더 무서울까 봐 소리를 안으로 삼
키며 작은 소리로 울었다.

이제 나는 정말 혼자였다. 다음날도 그 다음날도 아비는 돌아오지
않았다. 그들은 도둑인 아비를 보내 주지 않았다. 죽음처럼 깊은 잠
을 자다가 나는 부엌에 나와 불을 피우고, 전에 누이가 내게 구워
주었던 것처럼 감자를 구워 먹고 산을 내려왔다. 산을 내려와 다리

가 아프고 또 아플 때까지 들길을 걸었다. 하루이틀 그렇게 걷다가 그 다음부터는 밥을 찾아 걸었다. 바다가 옆으로 보이는 길고 긴 길을 밥을 찾아 걷고, 또 어디쯤에서부턴가는 자동차가 많이 다니는 길을 따라 걷다가 누군가의 차에 실려 서울까지 왔고, 이내 고아원에 보내졌다. 아마 내 생일 11월 13일이 바로 그날일 것이다.

그러나 그런 건 아무래도 상관이 없다. 한두 살 나이가 틀리다 해도 그것 역시 상관이 없다. 그것만 알았으면 좋겠는데, 누이가 늘 바내라고 부르던 그 이름이 어디에서 온 것인지 정말 모르겠다. 나중에 어른이 되었을 때, 행여 그곳 어디에 있을지 모를 내 기록 같은 것을 찾아보았지만 그런 기억의 흔적조차 없었다. 저녁에 술을 마시며 시인은 그 시절 화전 사람들은 아이를 낳았다고 그것을 신고하거나, 나이가 되었다고 학교를 보내고 했던 게 아니라고 했다.

뒤늦게 내 이름으로 정해진 병회는 아마 이런 것이었지 않나 싶다. 네 이름이 뭐냐? 바내요. 뭐라구? 바내요. 바내? 예. 무슨 반내? 그냥 바내요. 성은? ……. 다시 물어도 내 입에선 계속 바내만 나오고 그들은 바내, 바내, 하다가 병회로 적었는지 모른다. 처음 들어간 고아원에서 이름을 묻고 또 묻고 했던 기억이 난다. 바내에 맞추어 '반' 자도 생각해 봤겠지만 그 글자를 이름에 쓰기엔 어딘가 이상하다고 생각했을지도 모른다. 그러나 처음의 내 이름은 병회도 반회도 아닌 그냥 바내였다. 집이 어디냐? 산이요. 어디? 산이요. 어디 산? 저기 산이요. 그런 말도 하고 또 하고 했던 기억이 난다. 아비에 대해서 물었지만 왠지 그건 말해선 안 될 것 같아 대답하지 않았다. 이름 앞에 붙인 강은 어디에서 온 것인지 모르겠다. 그때 나는 내 나이도 정확하게 몰랐다. 학교도 가지 않을 산에서는 그걸 알아야 할 일도 없었는지 모르겠다. 그러다 중학교 때 수학여행을 가 먼발치에서 설악산을 바라보았을 때, 그 바위산을 보았을 때, 아, 이곳 어디…… 하고 그곳이 내게 어떤 곳이었음을 첫눈에 알아봤다.

바내야…….

어쩌면 누이는 바위야 하는 이름을 바애야 하고 부르다 자기 식으로 바내야 하고 불렀던 것인지도 모른다. 나는 다만 어른이 된 다음 이렇게 저렇게 짐작해 볼 뿐이다. 아직도 그녀는 그녀의 오빠하고 함께 그곳 어딘가의 풀숲 속에 잠들어 있을 것이다.

그러다 다시 희연이 그녀를 만난 건 그로부터 삼 년 후 봄의 일이었다. 길에서, 정말 우연히 길에서 그녀를 다시 만났다. 아니, 길이라고도 할 수 없는 동서울 터미널에서였다. 그때 나는 학교로 찾아온 누군가를 그곳까지 배웅하고 막 돌아서려던 참이었다.

"어머, 교수님. 어느 차 타셨어요?"

처음엔 누군지 알아보지 못했다. 뜻하지 않은 장소에서 뜻하지 않게 얼굴을 마주친 탓도 있지만, 학교 다닐 때의 모습에 비하면 아이에서 어른으로 성장했다고 해도 좋을 만큼 성숙해진 모습 때문이었다. 뒤늦게 내가 이름을 기억해 내자 그녀는 다시 내게 어느 차를 탔던 것이냐고 물었다.

"어느 차라니?"

"아까 미시령 휴게소에서 잠시 버스가 멈춰 섰을 때 교수님을 봤거든요."

"미시령에서?"

"예. 거기 원두커피 파는 데서요. 제가 휴게소 안으로 들어가니까 교수님이 저쪽에 먼저 와 계시더라구요. 그래서 저도 커피를 뽑아들고 인사를 하려고 다가가니까 남자 화장실 쪽으로 가셨거든요."

"아니. 나 거기서 오는 길이 아니야. 지금도 여기 누구 데려다 주러 나왔다가 막 들어가려던 참이고."

"예? 저는 그래서 혹시 우리 차에 타셨던 게 아닌가 하고 일부러 둘러보기까지 했는데……."

어쨌거나 그렇게 그녀는 내가 가지도 않은 곳에서 두 번이나 나를 보았고, 나 역시 그렇게 그녀를 다시 보게 되었다. 잠시 들어간 터미널 구내 다방에서 그녀는 3년 전 겨울에도 자신이 설악산에서 나를 보았던 얘기를 하며 우리는 어떤 인연이 있는 모양이라고 말했다. 나는 의례적으로 그녀의 근황을 물었고, 그녀는 그저 그렇죠 뭐, 예, 뭐, 잘 지내죠 뭐…… 하는 식으로 자기의 근황과 내가 물은 부군의 안부에 대답했다. 예전 그렇게 서둘러 한 결혼이라면 있어도 벌써 있을 거라고 생각한 아이는 예, 뭐 그건 아직……이라고 말했다. 그녀 또한 내게 여전히 독신이냐고 물었다. 나는 여전히가 아니라 아마 언제까지나 그런 상태일 것이라고 대답했다.

"그럼 이제까지 연애도 한번 안 해보셨던 거예요?"

그녀는 커피잔으로 반쯤 입술을 가리고, 학교 다닐 때에도 저는 그게 늘 궁금했거든요, 하고 다소 도발적인 태도로 물었다. 삼 년의 시간이, 그리고 학교 바깥에서의 만남이 그런 것인가 보았다.

"했지만 다 헤어졌지."

"왜요?"

"다 남의 여자들이니까. 지금도 남의 여자하고 커피를 마시는 거고."

"교수님 여자는 왜 없는 건데요?"

"그걸 누가 아나. 원래 없도록 되어 있으니까 그렇겠지."

"그런 사람들은 자기도 모르는 마음의 상처가 있어서 그렇다고 그러던데……. 혼자 살겠다, 연애는 해도 결혼은 하지 않겠다, 또 결혼은 해도 아이는 낳지 않겠다, 하는 사람들은요."

"그만 일어서지."

"정말 그런가 봐요, 교수님도. 그 얘기하자마자 금방 일어서자고 그러시잖아요."

그녀는 내 자동차가 있는 곳으로 따라왔고, 가다가 시내 아무 곳에나 내려 주면 된다고 했다. 그러다 시내로 돌아오는 차 안에서 팔 개월 전 자신이 이혼한 이야기를 했다. 이렇게 혼자 여행도 다니고, 퍽 행복한가 봐? 하고 묻자 행복하죠 지금이야, 하고 그 얘기를 하던 것이었다.

"사람에 대한 집착이 강하다 하는 것은 알았지만, 그때는 아직 어려서 그게 무엇인지 몰랐던 거지요. 그 집착이 결혼 후엔 어떤 모습으로 어떻게 나타나게 되는지. 아이가 없었던 것도 어쩌면 그래서였는지 몰라요. 결혼하고 나서 두 달 후부터 이 년 이 개월 동안 어떻게 하면 거기서 벗어날 수 있는지만 생각하고 살았으니까요."

함부로 묻는 것이 아닌데 괜한 말을 한 것이었다. 시내에서부터는 서로 가야 할 방향이 다른데도 그녀의 집 앞까지 그녀를 데려다 주게 된 것도 그녀가 이제 혼자라고 해서가 아니라 묻지 않았어야 좋을 말을 물었던 것에 대한 내 근거 없는 부채감 때문이었다.

이유와 과정이야 어쨌든 그걸 시작으로 그녀는 내게 전화를 했고, 만나서 식사를 했고, 다시 여러 번의 그런 과정을 거쳐 우리는 그녀가 나를 보았다는 미시령 휴게소에서 원두커피를 마시고, 그 아래 설악산 어느 호텔에서 함께 잠을 잤다. 그녀는 두 번이나 내가 아닌 나를 본 것을 대단한 인연처럼 말했지만, 나는 혼자서는 가끔 그런 생각을 할 때가 있어도(그래서 언젠가는 서로 햇수도 맞지 않는 누이의 죽음과 그녀의 출생 연도를 계산해 봤을 때까지도) 한 번도 그녀 앞에 그런 내색을 하지 않았다. 봄부터 가을까지의 변화였다.

그러나 정말 그런 인연이 있기라도 한 것처럼 설악산에서 다시 서울로 올라오던 날 밤, 그때까지는 아직 그곳에서 식당을 하던 그 친구한테서도 똑같은 전화가 걸려 왔다.

"너, 오늘 여기에 어떤 여자하고 같이 왔다 갔지?"

마치 정통으로 걸린 것 같아 첫 마디에 나는 그렇다고 대답했다.

"내가 다 봤다."

"너 보지 말라고 거기 식당 근처에는 얼씬거리지 않았는데."

"그래서 대명 레저타운 있는 데 가서 얼씬거렸냐?"

"거기가 아닌데."

"아니긴 임마. 넌 주황색 점퍼 입고 여자는 빨간색 점퍼 입고. 맞지?"

나는 맞지만 여자는 아니었다. 그리고 우리는 신흥사 아래의 어느 호텔 안에서만 있었다. 그러나 애써 변명할 일도, 극구 아니라고 부인할 일도 아니었다.

"널 보려고 그랬는지 어쨌는지 오늘 모처럼 만에 그쪽으로 바람 쐬러 나갔거든. 아는 척하면 니가 민망해할 것 같아 참았다. 거기서 조금 더 가면 예전 잼버리하던 데가 있고."

가지도 않은 설악산에서 그녀가 나를 처음 보았다는 곳도 바로 그곳이었다.

그리고 결국 이런 일이 생기고 만 것이었다. 아니, 이런 일이 생기려고 사 년 전 그녀와 그가 내가 가지도 않은 그곳에서 나를 보고, 그의 아내가 우리를 보게 되었던 것인지도 몰랐다.

도둑이었던 아비는 풀숲에 아이 둘을 묻었다.

그의 아들 바내는 또 다른 아이 하나를 여자의 자궁 속에 묻었다.

5

언젠가 눈 내리는 미시령에서 그녀가 이런 얘기를 했었다.

"나는 이런 말을 할 자격 없긴 하지만 재미있는 얘기 하나 해줄게요. 알프스로 가는 여러 쌍의 신혼부부가 탄 자동차 속에 나이든 할머니 한 분이 끼여 있었어요. 그래서 다들 의아하게 여겼는데, 그 할머니가 자기도 오십 년 만에 지난번에 다하지 못한 신혼여행을 왔다고 말하는 거예요. 누가 물었죠. 할머니 혼자서 말입니까, 하고요. 그러자 할머니가 남편은 지금 거기 알프스에 먼저 가서 기다리고 있다며 오십 년 만에 다시, 그것도 혼자 신혼여행을 오게 된 사연을 얘기하는 거예요. 나도 당신들처럼 오십 년 전에 남편하고 여기로 신혼여행을 왔는데, 저 알프스 꼭대기에서 남편이 그만 발을 헛디뎌 눈 속에 파묻히고 말았다고 말이죠. 그런데 그때 거기에 있던 안내원이 말해 주었대요. 오십 년 후 다시 저기 산 아래로 오면 남편을 만날 수 있을 거라고 말이죠. 밑에서부터 얼음이 조금씩 조금씩 녹아 흐르면서 산꼭대기의 얼음이 아래로 다 밀려 내려오는 데 걸리는 시간이 오십 년이라는 거죠. 오늘이 바로 그날이고, 그래서 자동차를 탄 사람들 모두 그 산 아래로 갔어요. 그런데 거기에 정말 옛날 모습 그대로 젊고 잘생긴 남편이 아내를 기다리고 있었다는 거예요.”

“그런 엉터리가 어디 있어?”

“엉터리죠. 엉터리인 줄 알면서도 중학교 2학년 지리 시간에 듣고 감동받았던. 여기도 그만큼은 아니지만 왠지 저 아래 눈 속에 묻혀 버리면 그 눈이 날 덮고 또 덮어 봄날 때까지 깊은 잠 속에 빠져들 것 같아요.”

지금 그곳으로 가면 나야말로 왠지 아주 깊고도 깊은 잠 속에 빠져들 것 같았다. 어쩌면 누이가 잠든 곳일지도 모를 내 꿈속의 모스크바도 그곳 어디일지 몰랐다.

로댕갤러리에 갔다가 그러고 헤어진 지 9일째 되는 날이었다.

나는 그녀에게 전화를 했다.

나 이제 누이 옆에 누이처럼 깊은 잠을 자러 떠난다고.

바내야.

바내야…….

나의 자줏빛 소파

조경란

1969년 서울 출생.

서울예대 문예창작과 졸업.

1996년 《동아일보》 신춘문예에

〈불란서 안경원〉이 당선되어 등단했다.

소설집으로 《불란서 안경원》,

장편소설로 《식빵 굽는 시간》·《가족의 기원》이 있다.

제1회 문학동네 신인작가상을 수상했다.

나의 자줏빛 소파

어쩌다가 그 외투를 태워 먹었는지 모르겠어요. 초대받아 간 그 집이 유난히 춥긴 추웠더랬죠. 일행들이 맥주를 마시고 식은 낙지 볶음을 다시 데우고 생굴과 쪽파를 섞은 전을 한 장 더 지지고 누군가는 고스톱을 치는 사이사이, 저는 거실 한가운데 놓여 있던 석유난로를 껴안다시피하며 서 있곤 했었답니다. 해가 바뀌었으니 그게 벌써 지난 연말의 일이군요.

한껏 멋을 부리느라 외투 속에 춘추용 검정 원피스를 입고 둥글게 팬 목둘레를 가리기 위해 비로드 목도리를 한 게 전부였습니다. 저녁식사나 하자고 해서 나선 자리였는데 제가 아는 얼굴이라고는 저를 초대한 집주인 내외밖에 없었습니다. 실내에 들어서서 외투를 벗자마자 금방 팔뚝이며 목도리로 여민 목언저리에조차 소름이 돋는 것이 느껴졌어요. 그 집 남편이 카디건을 가져다 걸쳐 주었지만 입지는 않았습니다. 검정색 원피스에 털오라기가 일어난 낡은 브라운색 카디건이 어디 어울리기나 하겠습니까. 저는 카디건으로 무릎

위를 덮고는 그냥 버티고 있었지요. 남대문 시장에서 그릇 도매상을 한다는 사람, 몇 년째 영화사를 전전하며 시나리오를 쓰고 있다는 사람, 아, 게다가 집주인 후배라는 변호사도 있었습니다. 저에게 언제 또 그런 부류의 사람들을 만나 볼 기회가 생기겠습니까. 게다가 초대를 받아 모인 사람들은 모두 미혼이었습니다. 귓불이 시릴 정도의 추위에도 불구하고 제가 왜 카디건을 걸치지 않았는지 이해하시겠지요.

새벽 두 시가 넘어 자리가 파했습니다. 몇몇은 노래방으로 이차를 간다고 했지만 저는 따라가지 않을 작정이었어요. 물론 남대문 시장에서 그릇 도매상을 한다는 사람이나 시나리오 작가 지망생, 그리고 변호사 모두 저에게 같이 가자는 말을 하지 않은 탓도 있었지만, 저는 무엇보다 그 집 실내의 추위를 감당할 자신이 없었습니다. 어서 나의 방으로 돌아가 따뜻한 온돌방에 언 몸을 녹이고 싶은 생각밖에 들지 않았어요. 외투를 껴입고 구두를 신기 전 한 번 더 난로 쪽으로 바싹 붙어선 기억이 있습니다. 후각이 꽤 민감한 편인데도 왜 냄새조차 맡지 못했는지 모르겠습니다. 그날 새벽 일행들과 헤어져 집으로 돌아온 저는 얼굴도 씻지 못하고 잠이 들어 버리고 말았지요.

외투 자락이 손수건 크기만큼 타 버렸다는 사실을 발견한 것은 다음 다음날 오전 아홉 시 십오 분이었습니다. 식사를 마치고 사거리에 있는 은행과 슈퍼에 다녀올 참이었거든요. 제가 시간까지 정확하게 기억하고 있는 건 그만큼 외투에 대한 애정이 컸던 탓일 거예요. 하나밖에 없는 겨울용 외투이기도 하지만 우선 저는 그 외투를 발견했을 때부터 아, 저건 내 옷이구나, 했더랬어요. 왜 그런 옷이 있잖아요. 입어 보지 않아도 그냥 저절로 나를 위해 만들어졌다는 느낌을 주는 옷 말입니다. 그 외투가 그랬습니다. 좀처럼 백화점에서 옷을 사는 일은 없었는데 검정색 나일론과 폴리에스테르로 만들어진 외투는 다시 한 번 생각하지도 않고 냉큼 사 버렸어요. 옷 한 벌에 그렇게 큰돈을 들이기는 처음이었습니다. 허리 라인이 쏙 들어간 데다가 발목까지 타이트하게 내려오는 그 외투를 입고 외출할 때면 저는 저의 볼품없이 깡마른 몸매가 자랑스러웠고 아주 간혹은 예뻐졌다는 소리도 듣곤 했습니다. 사람을 돋보이게 하는 옷이 있잖아요 왜. 그런데 외투를 태워 버렸으니 참 속이 상하더라 구요.

불에 덴 자국은 마치 입에서 훅훅 불길을 내뿜는 짐승이 한 번 입을 댔다 뗀 것만 같았습니다. 언젠가 한번 여동생과 말다툼을 하다가 몸싸움까지 이어진 적이 있었습니다. 머리채를 낚아채려는 저를 확 떠다밀며 여동생이 손톱으로 제 왼쪽 뺨을 할퀴었는데, 그때 얼굴에 난 상처를 들여다보며 확인할 때보다 더 속상하고 마음이 아프더라니까요. 버리자니 아깝고 그렇다고 그냥 그대로 입고 다닐 수도 없고……. 외투는 여태 행거 맨 앞쪽에 걸려 있습니다. 그나마 올 겨울이 그닥 춥지 않은 것이 다행이긴 다행입니다. 눈길이 갈 적마다 속상해져서 쳐다보지 않으려고 애쓰긴 하지만 병든 거북을 들여다볼 때처럼 마음이 한없이 불편해지곤 한답니다. 당신은 몇 개의 외투로 이 긴 겨울을 지나고 계십니까.

저는 오후 다섯 시의 나른함을 이기지 못하고 느릿느릿 기지개를 펴고 누워 버리는 고양이처럼 긴장을 풀고 소파 위에 엎드려 있습니다. 겉으로 보기엔 잠이 든 것 같아도 고양이는 언제든지 제가 앉은 자리에서 뛰어내릴 준비를 하고 있답니다. 설령 그곳이 수심 천여 미터가 넘는 바다 위를 세차게 질주하고 있는 대형 어선 갑판 위라고 해도 말입니다. 아니에요, 저는 사실 고양이에 관해서는 아는 것이 없답니다. 그러나 고양이처럼 정확한 이해와 날카로운 판단력을 갖고 있는 짐승이 또 있을까요. 저는 저 병든 거북을 키우는 것을 후회하는지도 모릅니다. 거북은 왜 고양이처럼 자살도 하지 못하는 걸까요.

지난번 편지에 제가 요즘은 뜨개질하며 소일하고 있다는 이야길 쓴 적이 있나요? 이게 벌써 몇 번째 편지인지 기억이 흐릿합니다. 서른일곱 번째? 아니면 쉰여섯 번째 편지? 아무려나 제가 시내 서점에서 하던 일을 그만두었다는 이야기는 이미 한 것 같은데요. 이제 저는 당신께 하지 않은 이야기는 거의 없을 지경이랍니다. 취면 의식이라는 것이 있지요. 잠자기 전 일정한 순서로 일정한 동작을 되풀이하지 않으면 잠이 오지 않는 일종의 강박관념 같은 것 말입니다. 당신에게 편지를 쓰는 일은 제게 있어 그런 의식에 가까운 일이었습니다. 그래서일까요. 당신은 스냅 사진을 찍어 놓은 것처럼 나에 관한 것은 무엇이든 정확하게 기억하고 있더군요. 당신의 편지를 받을 때마다 깜짝깜짝 놀란 적이 한두 번이 아니랍니다. 아마 저뿐만 아니라 당신께 편지를 보내는 모든 사람들에 대해 그렇겠지만요.

초록색 담당(mohair, 모직물의 일종)과 면사로 바닥 무늬에 나뭇잎 모양을 짜 넣은 어린이용 스웨터를 뜨고 있습니다. 취미 삼아 뜨개질을 시작한 지 수년째이긴 하지만 나뭇잎 무늬는 처음 시도해 보는 것이라 뜨개방 주인 아주머니께 새로 방법을 배웠습니다. 게이지(표준 치수)를 내느라 방석 크기만하게 떠 보기도 했지요. 뜨개질할 때 중요한 건 익숙한 솜씨가 아니라 집중력과 인내심이에요. 잠시만 딴 데 정신을 팔아도 겉코 뜨기 해야 할 때 안코 뜨기가 돼 있고, 그러다 보면 무늬는 엉망이 돼 버리고 말지요. 사실 뜨개질도 생각처럼 쉬운 것은 아니랍니다. 한 코만 놓치거나 실수를 해도 금방 표가 나고 틀린 자리부터 다시 시작해야 하니까 말이지요.

뜨개방 아주머니가 제 솜씨를 눈여겨보았던 모양입니다. 제가 뜨개질한 스웨터나 털모자, 숄 같은 것들이 동대문 상가나 남대문 시장으로 팔려 나가게 되었습니다. 뜨개방 주인 아주머니하고 실을

대주는 업자가 연결되어 있는 눈치입니다. 아주머니는 동대문 상가
나 남대문 시장이라고 말했지만 어쩌면 백화점으로도 유통되곤 하
는지 모릅니다. 그만큼 나의 뜨개질 솜씨는 뛰어난 편이지요. 저와
가까운 사람치고 제가 뜨개질한 스웨터를 선물받아 보지 못한 사람
이 없답니다. 그렇다고 당신도 알다시피 저에게 그다지 많은 친구
가 있는 편은 아니구요. 그랬다면 당신께 이렇게 편지할 기회도 주
어지지 않았을 터이지요. 아, 그러고 보니 아직 당신을 위한 뜨개
질은 한 적 없는 것 같군요.

 솜씨가 좋은 편이기도 하고 또 지금은 다른 직장을 갖고 있는 것
도 아닌 터라 아이들 스웨터 같은 것들은 꼬박 나흘 정도면 완성할
수 있습니다. 앉은자리에서 뚝딱 완성할 수 있는 목도리나 털모자
같은 소품들을 제외하고도 열심히만 하면 한 달에 스웨터 서너 벌
은 뜰 수 있기 때문에 당분간 먹고 사는 일은 걱정하지 않아도 될
듯싶습니다. 뜨개방 아주머니가 그리 인색하게 구는 것 같지도 않
고요. 물론 그 동안 해놓은 약간의 저축도 있답니다. 그렇다고 언
제까지나 뜨개질만 하면서 살 수는 없는 노릇이지요. 뜨개질도 겨
울 한 철 반짝 하는 정도니까요. 그래도 올 겨울에 털실로 짠 스웨
터나 모자 같은 것들이 인기 상품이니 그것도 다행이지요. 생활비
를 벌 요량으로 가을 접어들자마자 뜨개질을 시작한 건 아니었습니
다. 뜨개방 아주머니의 권유가 그다지 나쁜 제의는 아니었기 때문
이죠. 그리고 사실 특별한 일도 하지 않은 채 하루를 지내기란 정
말이지 심심하고 무료합니다. 여느 여자들처럼 독서를 하거나 비디
오를 보거나 하는 취미도 없으니 말입니다.

 매일 오후 뜨개방에 모이는 여자들은 생김새만큼이나 다양합니
다. 대개 중년 여자들이긴 하지만 가끔은 시집간 지 얼마 안 되는
젊은 새색시도 함께 섞여 뜨개질을 하다 가곤 합니다. 그곳은 털실
이나 바늘 같은 것들을 팔고 원하는 견본대로 뜨개질을 가르쳐 주

기도 하지만, 제가 보기에는 동네 여인들이 모여 수다 떠는 그런 장소에 더 가까울 듯싶습니다. 나이 든 여자의 수다만큼 재미있는 것이 또 있을까요. 부부관계는 물론이고 이제는 뉘집 남편이 언제 치질 수술한 것까지도 환하게 알 정도랍니다. 그런 이야기들을 할 때마다 뜨개방 주인 아주머니는 저기 시집 안 간 처녀도 있는데 그만들 해라, 하며 짐짓 저를 한 번 슥 건너다보곤 하는 것입니다.

이불이며 털실 같은 물건을 진열해 놓은 장소를 제외하고 한 평 반쯤 남짓한 방구들 위에서 여자들이 다리를 오그리고 오붓하게 마주앉아 뜨개질도 하고 더운 김이 올라오는 순대를 사다 먹기도 하고 아주 간혹은 겨냥도 없이 털실뭉치나 날카로운 대바늘들을 막 집어던지며 싸움을 하기도 합니다. 너, 거기를 확 뒤집어 버릴란다. 그런 욕이 나왔을 땐 싸움을 하는 당사자들을 제외하곤 모두 뜨개질감에 고개를 처박고는 쿡쿡 웃음을 터뜨리기도 했지요.

뜨개방에 하루 종일 붙어 있다시피 하는 노랑 아주머니는 오후 여섯 시만 되면 자리를 뜨곤 합니다. 무도(舞蹈)학원에 가기 위해서지요. 노랑 아줌마라는 별명이 붙은 건 손톱 끝이 싯누래질 정도로 귤을 까먹어서 붙여진 것입니다. 뜨개방 주인 아주머니와는 한집안 식구와 다름없는 사이라고 들었습니다. 노랑 아주머니가 뜨개방 한 켠에 쭈그리고 앉아 염색한 갈색 퍼머머리를 쓸어 넘기며 담배 연기를 날리거나 군에 간 큰아들 스웨터를 뜨고 있는 모습은 참 근사해 보입니다. 큰아들 이야기를 할 적마다 아주머니는 개진개진 젖은 눈을 들어 먼데를 바라보곤 합니다. 제 어머니도 언젠가 저렇게 고개를 숙이고 앉아 손끝이 아픈 것도 모르고 어린 저의 스웨터를 짜거나 하셨을 터이지요.

새우튀김덮밥 같은 따뜻한 음식이 먹고 싶은 오후입니다. 참 그런데, 혹여 저의 편지가 벌써 지루한 것은 아닌가요?

그 거리를 잊을 수가 없답니다. 언젠가 당신도 광화문 사거리에서 YMCA로 이어지는 거리를 자주 산책하곤 한다는 이야기를 한 적 있습니다. 평일 오후에도 수많은 인파로 붐비고 거리에는 각종 전단지와 쓰레기들이 넘쳐나곤 하지만 그래도 퍽이나 정든 거리입니다. 꼭히 제가 육 개월 동안이나 D서점에서 근무했던 탓만은 아닙니다. 서점에서 근무하기 전에도 종종 그 거리에 나가 하릴없이 쏘다니거나 거리가 환히 내다보이는 패스트푸드점에서 식은 프렌치프라이를 잘근거리며 지나다니는 사람들을 쳐다보는 것을 좋아했더랬지요. 그러고 보니 그때 내가 앉아 있던 창가를 지나다녔던 사람들 중에 당신이 있었는지도 모르겠습니다. 어쩌면 당신은 내게 와서 명함을 만들어 갔던 손님들 중 한 사람일 수도 있었겠습니다.

 스캐너나 고급 기종의 컴퓨터가 일반화되지만 않았더라도 좀더 그 일을 할 수 있었을 거예요. 당신도 알다시피 저는 종로 지하 출입구로 통하는 D서점 한구석에서 스캐너와 프린터, 컴퓨터를 올려놓은 작은 책상에 앉아 하루 종일 즉석 명함을 만들곤 했었지요. 팬시용 명함이라 손님은 대개 젊은 여성들이었습니다. 제가 하는 일은 아주 간단했어요. 진열된 스물네 가지 견본들 중에 손님이 선택한 그림에 간단한 멘트나 이름을 새로 기재하고 프린트하면 되었지요. 스캐너로 사진을 받아 명함에 새겨 넣을 수도 있었습니다. 프린터 한 장에 스물여섯 장의 명함이 새겨져 있고, 마지막으로 그것을 자를 대고 반듯하게 자르면 그만이었지요. 손님 한 사람의 명함을 만드는 데 약 이십 분 정도 걸렸어요. 그 동안 명함을 맡긴 손님들은 옆 코너의 아동용 도서물들을 구경하거나 아니면 지하에 있는 문구점에 들렀다가 명함을 찾으러 오곤 했습니다. 저는 그 단순하고 간단한 일이 제게 아주 적격이라고 여겼습니다.

 당신도 혹시 그때의 저를 기억하실지 모르겠습니다. 아동용 도서와 문예물 코너 중간 작은 틈새에 하루 종일 앉아 명함을 만들거나 책을 고르는 사람들을 물끄러미 쳐다보곤 하던, 긴 웨이브 머리의 여자를 말입니다. 서점은 늘상 오전 시간부터 붐비기 시작했습니다. 어떤 날은 양희은을 닮은 여자가 지나가기도 했고, 이름은 욀 수 없지만 텔레비전에서 본 듯한 낯익은 얼굴들이 지나치기도 했습니다. 선글라스나 두꺼운 테의 안경으로 얼굴을 가린 인사들도 있었지만, 저는 쌀그릇에서 콩을 가려 내듯 단박 그들의 얼굴을 알아차릴 수 있었답니다. 오전에는 비교적 명함을 만들려는 손님이 없는 터라 팔을 겯지르고 앉아 책을 사러 나온 사람들, 그들의 옷차림새며 가방 혹은 구두 모양이며 얼굴 표정들을 늘 유심히 살피곤 했습니다. 마치 아주 오래 전 어디선가 잃어버린 핏줄을 찾기라도 하려는 듯 말입니다. ……제가 지금 핏줄,이라고 썼나요?

언젠가 졸음을 쫓느라 잡지 코너를 서성거리다가 어떤 그림을 본 적 있습니다. 무슨 과학 잡지였던 걸로 기억하는데, 6주 된 인간의 태포에 갇힌 태아와 4주 된 여우원숭이 그리고 3주 조금 지난 닭의 사진을 보았어요. 당신, 지금 한번 상상해 보시겠어요? 인간과 여우원숭이 그리고 닭의 모습 말이에요. 저는 사진 옆에 붙은 설명을 읽지 않고 사진을 먼저 보았답니다. 그리곤 아주 깜짝 놀라고 말았습니다. 물론 아직 완벽한 형체가 만들어진 것은 아니지만, 글쎄 6주 된 인간과 4주 된 여우원숭이 그리고 3주 된 닭의 사진들 중에서 인간의 것을 확실히 구별해 내기 어려웠습니다. 사진 설명을 가렸더라면 저는 3주 된 닭의 모습을 인간의 것이라 선택했을 정도였답니다. 정말이지 잠이 확 달아나 버리더군요.

그러니까 수정란 초기를 거친 후 배(胚)가 만들어지고 태아로 자라나는 동안 인간을 비롯한 생물들은 꽤 오랜 시간 비슷한 형태로 자라나는 것이었어요. 저는 문득 제가 인간이 아니라 인간의 모습을 한 여우원숭이이거나 아니면 배가 발생하는 단계에서 잘못 진화된 닭이나 침팬지는 아닐까 하는 상상을 하게 되었습니다. 그건 정말이지 끔찍한 생각이었지만, 그래도 저는 얼떨결에 제 몸을 더듬거리며 잡지를 내려놓고 말았습니다. 그 상상이 계속 이어졌더라면 저는 저의 부모나 형제가 배가 발생하는 단계에서 운명이 엇갈려 버린 다른 생물들은 아닐까 하는 의혹까지도 했을 게 분명합니다. 그러나 나는 믿고 싶어요. 내가 아직은 사람의 자식이라는 그 불확실함을 말입니다.

우리의 몸을 둘러싼 십만 킬로미터도 넘는 혈관으로 아마도 나는 나의 부모 형제들과 이어져 있을 것입니다. 그렇지만 그 사진을 본 이후 의심을 떨쳐 버릴 수가 없습니다. 우리가 정말 한 개의 핏줄로 연결되어 있었을까, 우리가 정말 사람이었을까. 운명이 뒤바뀌었다면 저는 아마도 닭이나 여우원숭이가 되었을지도 모릅니다. 그랬다면 저는 제 앞을 지나치는 혈육들 얼굴이나 내가 사랑한 당신들 얼굴을 알아볼 수 없었을 터이지요. 어쩌면 우리는 지금 사람과 닭이 만나고 있거나 닭과 여우원숭이가 만나고 있는지도 알 수 없습니다. 그래요, 그렇다면 사람이 사람을 알아본다는 것은 운명과 운명이 만난다는 말과 다르지 않을 것입니다. 그러나 우리는 가끔 서로를 지나치기도 합니다.

저는 아침 아홉 시에 출근했고 오후 네 시에 교대하곤 했습니다. 점심시간은 고작 삼십여 분밖에 되지 않았습니다. 옆 코너 아동물 담당 직원에게 자리를 잠시 맡기고 서둘러 끼니를 해결해야 했답니다. 주로 지하에 있는 패스트푸드점에서 치즈 햄버거에 얼음이 가득 든 스프라이트를 마시곤 했습니다. ……아, 스프라이트요? 저는 코카콜라는 안 마셔요. 카페인이 든 탓도 있지만 코카콜라는 너무 평범하지 않습니까.

아무튼 그 짧은 시간에도 어둡고 먼지 뭉치가 굴러다니는 지하도를 빠져 나와 거리로 나가는 것을 즐겼습니다. 왜, 생각나요? 그 거리에는 먹거리 음식을 파는 노점상들이 유난히도 많이 즐비해 있잖

습니까. 중국 호떡이나 오뎅, 떡볶이, 튀김, 샌드위치, 오방떡, 밤
과자 같은 것들 말예요. 참 메뉴도 다양했지요. 저는 주로 노점상
한 곳을 골라 이름도 모르는 사람들 틈에 끼여 한 끼를 해결하곤
했습니다. 자주 다녔던 노점상은 달걀말이김밥을 주메뉴로 내놓는
곳이었습니다. 왜 기차역이나 공원 입구에서 아주머니들이 파는 조
그마한 미니 김밥 있잖아요. 달구어진 팬에 달걀물을 풀고 그 김밥
을 다시 둘둘 마는 거예요. 물론 김밥 속에는 달걀이 들어 있지 않
지요. 소시지도 없이 고작해야 단무지와 채썬 당근만 들어 있었지
만 그런대로 맛은 있었어요. 노랗게 둘둘 말린 김밥 네다섯 개를
오뎅 국물과 함께 먹고 나면 금세 배가 불러요. 노점상 아주머니는
제가 가면 주문하기도 전에 달걀물을 팬에 휙 뿌려요. 기름이 탁
튀어 오르면서 치치직 나는 소리가 그렇게 경쾌하게 들릴 수가 없
습니다.
　아니, 당신께 달걀말이김밥 이야기를 하려던 게 아니었는데…….
아무래도 그 남자 이야기를 해야겠어요, 오늘은.
　그는 일주일에 한 번씩, 그것도 꼭 금요일 오후에 나에게 왔습니
다. 나에게 왔다,는 표현은 적절하지 않습니다. 그는 그저 명함을
만들고자 온 손님이었으니까요. 다른 손님들처럼 그 남자는 이름
위에 어떤 문장도 원하지 않았어요. 이를테면 손님들이 주로 새겨
주길 원하는 '언제든 연락 바랍니다', '건강하세요' 같은 아주 기본
적인 문구들 말입니다. 제가 그 남자를 기억하고 있는 것은 단지
남자의 외모나 차림새 같은 것들 때문은 아닙니다. 오히려 남자는
종로 거리 어디에서나 마주칠 법한 아주 평범하고 밋밋한 인상에
가까웠죠. 차림새도 그닥 특이할 것도 없었구요. 구두코가 몹시 낡
았다는 것과 오래 전 유행이 지난 군청색 바바리는 기억할 수 있습
니다.
　남자는 제게 와서 명함을 만들 때마다 이름을 달리 했습니다. 어

떤 날은 김철수였다가 또 어떤 금요일에는 박민철, 이석호, 정찬기…… 그 이름들을 지금 모두 욀 수는 없습니다. 제가 그에게 만들어 준 즉석 명함만 해도 아마 스무 개는 훨씬 넘었을 테니까요. 남자의 얼굴을 익히게 되었을 무렵, 저는 제 쪽에서 먼저 아, 정찬수 씨죠? 하고 되물은 적이 있었습니다. 남자는 단호하게 고개를 저었어요. 그리고 저에게 이렇게 말했습니다. 아뇨, 제 이름은 오정숩니다. 오, 정, 수, 그렇게 새겨 주세요. 한 자 한 자 찍어 누르듯 힘주어 말하곤 했었지요. 저는 아무것도 묻지 않고 남자가 원하는 대로 일주일에 한 번씩 새 이름이 새겨진 즉석 명함을 만들어 주었습니다. 그러니까 그는 일주일마다 다른 이름을 가진 남자였던 셈이지요. ……저는 그 이상 남자에게 가까이 다가가지 않았습니다. 누군가를 사랑하는 방법은 저마다 다 다르지 않습니까.

그것은 제가 기르던 거북한테도 마찬가지였습니다. 그것이 병의 원인이었는지는 아직도 확신할 수 없습니다. 주먹 쥔 손등만하게 자란 거북의 양쪽 눈이 부어 오르다 못해 툭 튀어나와 버린 사실을 발견한 건 어항물을 갈아 주다 말고서였습니다. 눈 주위는 백태 낀 것마냥 뿌옇고 끈적거리는 점액들로 뒤덮여 있었습니다. 좀처럼 잘 움직이지 않는 터라 늘 한자리에 꼼짝 않고 있어도 그러려니 하고 여기곤 했습니다. 이를테면 창틀 앞에 놔둔 아마존이라는 다년생 화초의 화분처럼 말입니다. 그렇게 저와 함께 벌써 이 년이나 한방에 기거하고 있는 동물이었지요. 여름이면 마치 부평초 뿌리가 썩는 듯한 냄새가 진동하긴 했으나 그것은 애완용 개나 고양이처럼 저를 성가시게 하는 일도 없었습니다. 거북은 사각 어항에서 한 발짝도 나오지 않았습니다. 저는 그런 점들이 아주 마음에 들었습니다. 그저 이따금씩 물을 갈아 주거나 먹이를 넣어 주면 그뿐이었습니다. 저도 모르는 새에 거북은 실명이 된 상태였습니다.

거북의 상태를 한참 들여다본 수족관 주인은 아무래도 바이러스에 감염된 것 같다는 진단을 내렸습니다. 물을 제때 갈아 주지 않은 것이 원인이라고 했습니다. 더러워진 물 속에 기생하고 있던 바이러스가 거북의 눈을 멀게 한 것이지요. 만 원이나 하는 가루약을 한 봉지 샀습니다. 수족관 주인은 그 가루약으로 거북의 눈을 씻기고 물에도 타 넣어 주라고 했습니다. 한 삼 개월쯤 상태를 지켜봐야 한다는 조언도 잊지 않았습니다.

당신도 짐작하고 있겠지만 제가 거북을 사랑하지 않은 것은 아닙니다. 다만 저는 너무 가까이 다가가고 싶지 않았던 것입니다. 거북을 잃고 싶지 않았습니다. 그리고 그 남자 또한 말입니다. 그래요. 어느새 저는 또 오래 전 내가 사랑했던 그녀를 떠올리고 말았습니다.

……당신, 아직 저의 편지를 접지 마셔요. 오늘은 당신께 꼭 하지 않으면 안 될 말이 있습니다. 그리고 이것이 당신께 보내는 마지막 편지이기도 하답니다.

전화를 할 때는 밑져야 본전이지, 싶은 심사였을 것입니다. 이미 이 년 전에 산 옷을 수선해 줄 거라고는 전혀 기대하지 않았으니 말입니다. 본사 소비자 수선실로 전화를 넣어 본 백화점 여점원은 외투 길이를 자르는 방법밖에 없다고 말했습니다. 수선이 가능한 건 다행이었지만 저는 잠시 망설이지 않을 수 없었지요. 제 깜냥으로는 외투 겉감과 비슷한 천으로 덧대는 방법이 있지 않을까 했는데 그건 불가능하다는 이야기였어요. 그러나 불에 탄 자리를 잘라 낸다면 발목까지 내려오던 외투 길이가 무릎선까지밖에 오지 않을 터였습니다. 그 외투는 하이웨이스트부터 발목까지 내려오는 라인이 장점이었으니 그만큼이나 길이를 잘라 내 버린다면 그 옷의 매력이 사라져 버리는 셈이었습니다.

  백화점 이층 여성 매장을 두 바퀴나 더 돈 후에 결국 옷 수선을
맡겨 버렸습니다. 아주 못 입는 것보다는 낫다는 판단을 한 것입니
다. 그리고 저에게는 하나밖에 없는 겨울용 외투였습니다. 아직 겨
울이 지나려면 족히 두어 달은 있어야 합니다. 비오는 날 변변한
우산 하나 없이 거리를 헤매 본 적이 있으시다면 아마 제 심정을
헤아리실 수 있을 것입니다. 여점원은 일주일 후에 외투를 찾으러
오라고 했습니다.

  그래서 그날 결혼식장에 저는 얇은 검정색 원피스 위에 뜨개방
아주머니의 주문으로 완성한 숄을 두르고 나갔던 것이지요.

  초대받아 간 자리는 아니었지만 어쨌거나 친구 결혼식장에서 저
는 아주 오래 전, 내가 사랑했던 그녀를 만나게 되었습니다.

  사람을 사랑하는 올바른 방법 같은 것들은 어디에서도 가르쳐 주
지 않았습니다. 그때는 겨우 열일곱 살이었고 저는 타인을 사랑하
는 데 몹시 서툰 수많은 여자아이들 중 한 사람에 지나지 않았습니
다. 그녀와 저는 한반이었고 그 토요일 오후에 결혼한 친구와 그렇
게 셋이서 단짝이었지요. 그녀의 이름은 시내,였습니다. 한시내.
수많은 명함을 만들어 왔지만 그렇게 아름다운 이름은 들어본 적
없었습니다. 한시내. 저는 교과서 맨 뒷장마다 그녀의 이름을 적어
놓았습니다. 그녀가 이름만큼 그렇게 아름다운 얼굴을 갖고 있었던
것은 아닙니다. 오히려 약간 여드름이 돋은 발그레한 살빛과 두드
러지는 덧니를 갖고 있었지요. 그러나 저는 지금도 기억할 수 있습
니다. 늘 한쪽 손에 반듯하게 다린 분홍색 손수건을 쥐고 있던 손
가락의 곡선과 0.5밀리도 안 되는 가는 펜으로 원을 그리듯 둥글게
쓰던 필체, 랜드로바 속에 착착 접어 신은 흰 양말이나 포크로 말
아 올린 칼국수 면발을 오물거리던 입술의 움직임 같은 것들……
  아, 또 기억나는 것이 있군요. 그녀는 역사나 국어 같은 과목은
늘 우수했지만 수학만큼은 유독히 약했습니다. 수학은 제가 가장

잘하는 과목이었어요. 아니 어쩌면 제가 수학 과목을 좋아했던 게 아니라 수학을 못하는 그녀를 위해서 더 열심히 공부했을지도 모르겠습니다. 수학 선생님은 수업 시간마다 칠판에 문제를 내서는 번호대로 대여섯 명의 아이들을 지명해 문제를 풀도록 시키곤 하였지요. 그녀는 수학 수업이 든 날은 늘 우울해했습니다. 도시락도 먹지 않았고 가끔은 아프다는 핑계를 대고는 양호실에 가 누워 있곤 했습니다. 어느 날 또 수학 선생님께서 그녀의 번호를 호명했습니다. 그녀는 고개를 떨구었고 저는 침착하게 자리에서 일어나 칠판 앞으로 나갔습니다. 다행히 아이들은 아무 말도 하지 않았습니다. 운이 나빠 저의 번호가 함께 호명된 날은 결혼식한 그 친구가 대신 나가 주었지요. 그날 이후로 늘 그녀 번호가 불릴 때면 제가 그녀 대신 수학 문제를 풀곤 했습니다. 그건 결코 그녀가 시켜서 한 행동이 아니었습니다. 수학이 든 날은 아침에 버스를 타고 한강을 건널 때마다 그냥 강물에 버스가 처박혔으면 싶어. 그녀는 더 이상 그런 말들을 하지 않았습니다.

저는 늘 그녀의 곁을 떠나지 않았습니다. 도시락도 함께 먹었고 보충수업을 끝내고 집으로 돌아갈 때도 혹은 그녀가 화장실 갈 때도 뒤에 서서 그녀가 나오기를 기다리곤 했었지요. 그녀가 교과서를 포장한 포장지와 똑같은 것을 구입하기 위해 혼자 버스를 갈아타고 이대 앞 문구점까지 가기도 했습니다. 어느새 저의 손에는 그녀의 것과 똑같은 손수건이 들려 있었고 랜드로바나 심지어는 양말 브랜드까지도 똑같은 것을 신게 되었습니다. 저는 그녀를 사랑했어요.

그렇게 사랑했던 그녀를 십이 년 만에 친구 결혼식장에서 만나게 된 것입니다.

열여덟 살이 될 무렵, 책가방에서 그녀의 편지 한 통을 발견하게 되었습니다. 저는 그녀의 짧막한 문장들을 제대로 이해할 수 없었지만 우리는 헤어지게 되었습니다. 그녀 곁에는 결혼식한 그 친구가 함께 있었고 저는 혼자가 되었습니다. 혼자 도시락을 먹고 혼자 자율학습을 하고 버스 정류장까지의 긴 길을 혼자 걸어다녔습니다. 우리들은 졸업을 했고 그 이후 다시 그녀를 만날 수 없었습니다.

아주 이따금씩 그녀 생각을 하기도 했었습니다. 그리고 그녀가 내게 왜 그런 편지를 쓰지 않으면 안 되었을까 하는 생각도 말입니다. 그녀의 것과 똑같은 손수건이나 양말, 블라우스, 교과서를 싼 포장지 때문이었을까요. 아니면 어느새 그녀의 것을 닮게 되어 버렸던 나의 말투와 표정 때문이었을까요. 당신은 무엇 때문이라고 생각하십니까? 그녀와 내가 헤어졌던 이유, 아니 그녀가 제게 결별을 선언했던 이유들 말입니다. 저는 그녀를 제 방식대로 사랑했을 뿐 결코 그녀의 모든 것들을 흉내내려 했던 게 아니었을 겁니다.

신부 대기실에서 마주친 그녀가 저에게 한 첫 말은 이랬습니다.

숙자? 너, 박숙자 맞지?

저는 아연한 얼굴로 그녀를 돌아봤습니다. 그러고는 오래된 책갈피에서 묻어난 얼룩의 무늬를 손끝으로 만져 보는 심정으로 천천히 그녀를 마주보았습니다. 그녀가 설핏 웃고 있었습니다. 예의 그 입술 왼쪽의 덧니를 드러낸 채 말입니다. 더 이상 예전에 저를 쳐다보던 배타적인 눈빛이 아니었습니다. 그녀의 손에는 분홍색 손수건이 들려 있지 않았고 착착 접어 만 면양말 같은 것도 신고 있지 않았습니다. 우리 그렇게 서로 어색하게 마주선 채 아주 짧은 시간이 흘렀다고 생각됩니다. 제가 기억하고 있던 그녀의 고유한 이미지 때문만은 아닐 것입니다. 그녀는 이 도시 어디에서나 마주칠 법한, 어깨를 부딪치거나 발을 밟아도 한 마디 인사 없이 지나쳐 버리는 그런 낯선 얼굴이었습니다.

결혼식이 끝난 후 여고 친구들 서넛이서 근처 카페에 가게 되었습니다. 물론 그 자리에는 한시내도 함께 있었습니다. 그리고 서른 갓 넘은 그녀들의 긴 수다가 시작되었지요.

이윽고 그녀가 이야기를 시작했습니다.

한 육 개월 전에 모임을 하나 만들었어. '편지를 전하는 사람들의 모임'이라고. 생활 정보지에 광고를 냈었는데, 정말 믿기지 않을 정도였단다. 일주일 만에 수십여 통의 편지가 날아오는 거야. 이름도 얼굴도 모르는 나한테 말이지. 그 정도로 반응이 올 줄은 상상도 하지 못했어. ……좀 힘에 부치기는 하지만 약속한 대로 그 사람들한테 꼭 답장을 하긴 해. 아주 일상적인 이야기들로 말이야. 그들이 원하는 건 의외로 아주 간단해. 그건 바로 타인과 교통(交通)하고 있다는 느낌이야. 이 세상에 혼자가 아니라는 것 말이지.

저는 그 옛날 그랬던 것처럼 줄곧 그녀에게서 눈을 떼지 않으며 그녀의 이야기에 귀를 잔뜩 곤추세우고 있었습니다.

……사는 게 너무 지루하고 권태롭지 않니? 그냥 다른 사람들 이야기를 들어 보는 것도 나쁘지 않다고 생각했어. 마치 한 편의 영화를 보거나 소설을 읽는 것처럼 말이야. 그리고 사실 내게는 그것과 별로 다르지 않고. ……편지를 읽을 때는 흥미롭지만 막상 답장을 쓰는 일은 생각처럼 쉬운 게 아니란다. 그들은 늘 지쳐 있거나 몹시 고독해. 무엇보다 그들을 격려하고 위로하고 그리고 중요한 건 어떤 희망적인 메시지를 줘야 하는 거야.

그녀는 제법 엄숙하고 진지해 보였습니다. 마치 이웃 나라의 옴진리교 교주나 이 땅의 종말론을 전파하는 수많은 사이비 교주 같은 표정을 하고서 말입니다.

당신, 잠깐만 기다려 주시겠습니까? 갈증이 나는군요. 물 한 잔 마시고 와서 다시 이야기를 계속하고 싶습니다.

그곳은 '북마트'라는 염가도서 매장으로 바뀌어져 있었습니다. 삼십에서 육십 퍼센트까지 할인된다는 플래카드가 서점 기둥에 길게 나붙어 있습니다. 그때 옆 코너였던 아동용 도서 판매장까지 터서 염가도서 매장을 만든 셈입니다. 아동용 도서 매장은 '북마트' 바로 앞 코너에 새로 자리잡고 있습니다. 그러나 제가 하루 종일 앉아 명함을 만들던 자리는 서점 어디에도 보이지 않았습니다. 서점 안은 여전히 낯선 사람들로 붐비고 그중에 제가 아는 얼굴은 아무도 없습니다.

저는 수선 맡겼던 외투를 찾아 입고 있었습니다. 발목까지 내려오던 긴 외투였던 터라 짤막하다 못해 깡충한 것 같은 길이가 여간 어색한 게 아닙니다. 그러나 숄을 걸친 것보다는 한결 따뜻했습니다. 그래도 마치 남의 옷을 빌려 입은 것 같은 느낌은 떨쳐 버릴 수 없었습니다. 찬바람이 몹시 불어대던 그때도 저는 이 외투를 입고 앉아 명함을 만들곤 하였습니다. 아마도 남자는 이 외투만큼은 기억할 수 있을 것입니다. 책을 고르거나 약속한 사람들을 만나기 위해 서 있는 낯선 사람들 틈을 비집고 다니며 매장을 두어 바퀴나 더 돌아봤습니다. 그러나 역시 그 자리는 찾을 수 없었습니다. 한 손에는 어림짐작으로 치수를 맞춰 완성한 남자의 낙타색 스웨터 한 벌이 든 불룩한 종이가방을 들고 있었습니다. 남자의 스웨터엔 뜨개질하기 까다로운 솔잎뜨기 무늬를 뒤판까지도 촘촘히 떠 넣었습니다. 뜨개방 아주머니의 주문을 받은 옷들을 짜는 틈틈이 완성한 것입니다.

실을 사기 위해 며칠 만에 뜨개방에 들렀더랬습니다. 소매 한 짝을 남겨 두고 실이 떨어졌던 때문이었습니다. 어쩐 일인지 뜨개방 문이 굳게 닫혀 있더군요. 남자의 스웨터도 스웨터이지만 여성용 털모자 세 개를 토요일까지 완성해 주기로 돼 있었습니다. 뜨개방 옆 옷 수선집 주인에게서 노랑 아주머니가 뜨개방 아주머니의 곗돈을 떼먹고 달아나 버렸다는 소식을 들었습니다. 옷 수선집 아주머니는 뭔가 켕긴 표정으로 저에게 물었습니다. 아가씬 뭐 걸린 것

없수?라고 말입니다. 그날, 버스로 네 정거장이나 되는 이웃 동네 재래시장에 가서 새 실을 사 와야 했습니다. 같은 낙타색 면사임에도 불구하고 어쩐지 실 색깔이 다른 것만 같아 스웨터 앞, 뒤판, 오른쪽 소매와 꼼꼼히 비교해 보기도 했습니다. 그 밤으로 나머지 한쪽 소매를 떠서 스웨터를 완성했습니다.

김태주,라는 이름으로 새 명함을 만들어 가던 날 그는 저에게 저녁식사를 하자고 말했습니다. 아주 무뚝뚝한 얼굴을 하고서 말입니다. 그때도 그는 제 얼굴을 정면으로 쳐다보지 않고 제 정수리나 그 어디쯤에 시선을 둔 채였습니다. 저는 남자의 가슴과 목도리로 친친 동여맨 목덜미를 지나 얼굴을 올려다보곤 얼른 표정을 수습했습니다. 그리고 저는 깨달았습니다. 우리들 사이의 긴장은 이미 깨어져 버렸다는 사실을 말입니다. 침착하고 담담한 어조로 이렇게 말했습니다. 저는 네 시에 퇴근해요.

손에 쥔 한 장의 그림엽서를 들여다보듯 여태도 그날을 정확하게 기억하고 있습니다. 남자가 김태주라는 이름의 명함을 건네받고 돌아간 시간은 오후 두 시 오 분이었습니다. 외투 속에 두꺼운 회색 폴라 티셔츠를 입고 있었고 그날 점심식사로는 달걀말이김밥 다섯 개와 오뎅 국물을 먹었습니다. 남자가 오기 바로 얼마 전에 직원들 사이에서 사서라 불리는 사내들이 책 훔치다 들킨 젊은 여자 두 명을 영업관리 사무실로 끌고 가는 것을 묵묵히 바라보았고 아주 잠깐 정전이 되기도 했습니다. 두꺼운 커튼을 둘러친 것마냥 사위가 금세 희슥해지고 말았지요. 짧은 시간이었지만 정전된 서점은 창졸간에 아수라장같이 변해 버렸습니다. 사람들이 비명을 지르기 시작했고 출입구 쪽에서는 뭔가 우당탕 무너져 내리는 소리가 들리기도 했습니다. 저는 리히터 규모 3.6의 지진을 만난 사람처럼 얼떨결에 책상 밑으로 기어 들어갔습니다. 그곳 역시 어둡기는 마찬가지였습니다만 어쩐 일인지 저는 저 먼 곳, 이를테면 한 번도 가 본 적 없

는 오를레앙 섬의 고요 속으로 침잠해 들어가고 있는 듯한 느낌이
었습니다. 그건 일종의 고절감 같은 것이었을까요. 금세 불이 들어
온 것이 천만다행이었습니다.

  일 년 중 어둠의 길이가 가장 길다는 동지(冬至)였습니다. 그래
요, 저는 아주 환하게 그날을 기억하고 있습니다. 남자는 오후 네
시, 제 퇴근 시간에 맞춰서 종로 쪽 출입구 앞에서 기다리겠다고
하였습니다. 저는 화장실에 가 입술 화장을 고치고 손등에 바셀린
로션을 발랐습니다.

  …… 남자는 오지 않았습니다. 그날따라 저와 교대할 직원은 십
분이나 늦게 도착했습니다. 허겁지겁 가방을 집어 들고 서점 종로
쪽 출입구로 갔습니다. 십 분이 늦긴 했지만 남자가 이미 다녀갔을
거란 짐작은 들지 않았습니다. 남자가 늘 다니던 길로 다녔더라면
저는 제가 앉은 자리에서도 남자의 모습을 볼 수 있었을 것입니다.
남자는 늘 광교 쪽 출입구를 통해 서점에 들어와 나에게 명함을 부
탁하고 명함이 완성되면 저의 책상을 지나 종로 쪽 출입구로 나가
버리곤 했기 때문입니다. 아무튼 그날 남자는 저녁 일곱 시가 넘도
록 오지 않았습니다. 그날 밤부터 감기가 치밀어 오르기 시작했습
니다. 한 이틀인가 결근을 해야 했습니다. 저는 우울이 제게 달려
들어 심장을 꽉 깨물지 않도록 온몸을 웅크리고 오래 앓았습니다.

  보름 후 직장을 잃게 되었습니다. 제가 그 일을 그만두게 될 때까
지 남자는 다시 서점에 나타나지 않았습니다.

  아, 이 스웨터요? 글쎄요. 딱히 무슨 작정을 하고 뜬 것은 아닙니
다. 다시 남자를 만날 수 있을 거란 생각도 해보지 않았습니다. 그
러나 저는 이렇게 가끔 한때 근무했던 서점에 나와 공연히 어슬렁
거리거나 지나가는 사람들 얼굴을 유심히 살펴보곤 합니다. 저는
우연을 믿지 않습니다. 다만 오랜 시간이 흐르긴 했지만 혹시라도
남자가 마음을 바꿔 약속 장소로 나오지는 않을까 싶은 생각이 들

때도 있답니다. 그 남자는 여태도 이 도시 어딘가를 떠돌며 매일
다른 이름으로 바꿔 가며 살고 있을까요.

　아주 이른 시간이었습니다. 아침 다섯 시나 여섯 시쯤 되었을까
요. 골목에는 아직 출근하는 사람 하나 보이지 않았고 새벽녘에 청
소차가 지나간 골목길은 가는 겨울비가 쓸고 간 것처럼 청결하고
젖은 풀 냄새 같은 것이 풍겨나기도 했습니다. 눈앞을 가로막는 그
어스레함을 뚫고 누군가 불쑥 저쪽 골목 어귀에서 나타나 제 앞을
가로막을 것만 같은 조바심이 일기도 했습니다. 저는 거북이 든 어
항이 깨지지 않도록 손아귀에 단단히 힘을 주고는 골목길을 타박타
박 걸어 내려갔습니다.
　수족관집 문은 굳게 닫힌 상태였습니다. 저는 굳게 내려진 셔터
를 공연히 잡아 흔들어 보거나 네온이 꺼진 간판을 올려다보곤 했
습니다. 거북은 그때껏 사각 어항 속에 든 작은 바윗돌 위에 올라
앉아 꿈쩍도 하지 않고 있었습니다. 찬 기운 때문이었는지 팔과 다
리를 몸통 안으로 잔뜩 우겨 넣고 말입니다. 약을 발라 주고 물에
타 넣어 주긴 했어도 거북의 눈을 둘러싼 점액은 조금도 얇아지거
나 사라질 기미가 보이지 않았습니다. 게다가 이즈음은 먹이의 양
도 부쩍 줄어든 것 같습니다. 아무래도 거북이 아니라 개나 고양이
같은 엽렵한 짐승들을 키울 걸 그랬습니다. 수족관 주인은 한 삼
개월쯤 경과를 지켜보자고 했었지요. 어쩌면 그동안 거북은 완전히
두 눈이 멀게 되거나 아니면 그예 죽게 될지도 모릅니다. 제 방 한
구석에서 거북은 아무도 모르게 죽어 가고 있는 성싶습니다. 육안
으로 보이지는 않지만 바이러스는 점점 더 거북의 몸을 에워싸고
있을 것입니다. 저는 아무것도 자신이 없습니다. 죽은 거북의 시체
를 치워야 할 일도 눈을 뜨게 된 거북의 파열된 눈동자를 들여다볼

자신도 말입니다.

 양손에 사각 어항을 든 채 누군가를 기다리는 사람처럼 수족관집 앞을 서성거리다가 셔터 밑 시멘트 바닥 위로 슬그머니 어항을 내려놓았습니다. 물이 출렁거리며 어항의 전으로 약간 흘러 넘칩니다. 생혼(生魂)을 잃어버린 거북은 이미 죽어 버린 듯 미동도 하지 않습니다. 머리까지 몸통 안으로 집어 넣은 거북은 한 개의 푸른 돌 같아 보입니다. 한 개 핏줄도 생명도 없는 돌멩이 말입니다. 미혹에 사로잡힌 것마냥 얼마쯤 더 그 자리에 움치고 앉아 있다가 자리를 떴는지 알 수 없습니다.

 거북은 눈을 뜨게 될까요.

 ……여기까지 쓴 후에 다시 앞장부터 꼼꼼히 편지를 읽어 보았습니다. 혹여 당신께 아직 하지 못한 말이 있는가 하고 말입니다. 언제 다시 우리가 만나게 된다면 그때 당신은 제 얼굴을 알아볼 수 있을까요.

 뜨개방 문은 열려 있지 않았습니다. 털모자 세 개를 떠 주기로 한 약속도 지킬 수 없게 되었고 새 실을 살 수도 없습니다. 열 정거장이나 되는 먼 길을 가 실을 사야만 합니다. 저는 남자의 낙타색 스웨터를 천천히 풀기 시작했습니다. 앞판도 풀고 뒤판, 양쪽 소매 두 개 모두 풀었습니다. 열흘이나 걸려 애써 뜬 솔잎뜨기 무늬도 제 눈앞에서 서서히 사라져 갔습니다. 실 뭉치가 엉킬 만큼 잔뜩 풀었다가 한쪽 실 끝을 잡고는 둥글게 말았습니다. 앞판의 실 끝과 뒤판의 실 끝, 그리고 양쪽 소매 실 끝도 이음새가 표나지 않도록 조심하면서 털실을 이었습니다. 주전자에 한소끔 물을 끓인 후 그 훈김에 실을 쬐었습니다. 고불거렸던 털실은 다시 새 실처럼 곧게 펴졌습니다. 이 정도 파운드의 실이면 외투 양쪽 자락은 충분히 완성할 수 있을 것입니다. 외투 주머니에 넉넉한 주머니도 달고 단춧구멍도 만들 것입니다. 아마도 그때쯤이면 뜨개방 문도 다시 열릴 터이고 저는 모자라는 실을 살 수도 있을 것입니다.

제 옷을 뜨개질하기는 처음입니다. 그리고 커다란 외투를 떠 보는 것도 말입니다. 무늬를 고르는 것이나 게이지를 내는 일도 마치 생전 처음 대바늘을 잡아 본 듯 서툴기만 합니다. 언제쯤 저의 겨울 외투를 완성할 수 있을지 가늠할 수는 없습니다. 그러나 저는 곧 낙타색 긴 니트를 둘러 입고 속이 오른 배추를 사러 가거나 눈 내리는 날이면 먼 길을 걸어 산책도 할 것입니다. 겨울은 상기도 두어 달이나 더 남았습니다.

……편지를 접으려다 말고 저는 새로 펜을 고쳐 잡습니다. 아직도 저에게는 남겨진 일이 있습니다.

어떤 문구가 좋을지 영 알 수 없습니다. 언젠가 당신이 그랬던 것처럼 "잎이 지고 나면 꽃이 피고, 꽃이 지고 나면 잎이 지고 마는 식물이 있습니다. 잎과 꽃들은 서로를 그리워하지만 결코 만날 수 없습니다. 여기 '편지를 전하는 사람들의 모임'으로 연락 주시겠습니까"라고 해야 할까요. 제가 당신의 그 글월을 본 것이 벌써 언제였던가요. 모든 것이 까마득하기만 합니다. 그래요. 물론 당신도 그랬던 것처럼 저도 제 이름이 아닌 새로운 이름 하나를 더 만들어야 할 것입니다. 그리고 이렇게 덧붙일 것입니다. '또 하나의, 편지를 전하는 사람들의 모임'이라고 말입니다.

1999년 1월 26일 금요일
'편지를 전하는 사람들의 모임', 박숙자 씀

*추신 : 이것이 저의 본명입니다.

돛 낡는 어부

한창훈

1963년 전남 여수 출생.

한남대 지역개발학과 졸업.

1992년 《대전일보》 신춘문예에

〈닻〉이 당선되어 등단했다.

소설집으로 《바다가 아름다운 이유》·《가던 새 본다》·

《바다도 가끔은 섬의 그림자를 들여다본다》,

장편소설로 《홍합》이 있다.

제2회 한겨레문학상을 수상했다.

돗 낚는 어부
— 남쪽 섬

어부는 어떤 소리를 듣고 잠에서 깨었다. 잠이 깨고 나서도 무슨 소리인지를 몰랐다. 벽장 옆에 달려 있는 오래된 괘종소리도 아니고 라디오소리도 아니었다. 누가 지나가면서 뭐라고 소리를 지른 것도 아니고 바람이 빈 세숫대야를 건드는 소리도 아니었다. 집 나간 괭이가 배가 고파 자존심 상하는 것을 무릅쓰고 귀가함을 알리는 것도 분명 아니었다.

그러나 분명 무슨 소린가를, 외부에서 만들어지는 그런 것은 아닌 듯하지만, 듣고 잠에서 깼기에 그 소리가 무엇인지 궁금했다. 드문드문 찢겨 나간 벽지도 바라보고 문도 열어 보고, 헝클어진 머리칼을 뒤로 쓸어 보기도 하고 생으로 담배를 피워 보기도 하다가, 이런저런 궁리를 해보다가 그 소리가 자신의 옆자리에서 났던 소리란 걸 깨달았다. 옆자리는 늘 그랬던 것처럼 비어 있었고 결국 그를 깨웠던 소리는 비어 있는 것의 소리였다. 그러니까 소리라기보다는 빈 공간이 만들어 내는 울림 같은 거였다.

아내와 자식들이 차례차례 저 세상으로 가고 나서 그의 옆자리는
언제나 아무도 없었다. 홀로 먹고 홀로 자는 생활이 한두 해가 아
니었기에 새삼 외로움이 그를 건들 이유가 없었다.

그는 잠시 생각하다가 그게 어젯밤에 다녀간 잠녀의 흔적이라는
결론을 얻었다. 그리고 허허 그거 참, 웃었다. 잠녀가 다녀가는 것
은 혹간 있어 왔던 터라 엉뚱하게도 그의 옆자리가 외롭다고 울려
대는 까닭을 알 수가 없었다. 하나 알 것도 같았다.

어제는 산날맹이에서 사는 노인 내외가 같이 죽었다. 죽을 때가 아
직 덜 되었다고 말하는 사람이 없었기에 아무도 울지 않았다. 어부는
말린 생선 한 두름을 부조(扶助)로 내놓았고 그것은 부엌 깊은 곳으
로 숨겨졌는데 그중 몇 마리는 몇 되지 않은 문상객의 술안주로 자리
를 옮겼다. 기근(飢饉) 중이라 죽음만큼은 풍성했다. 부부 한날 한시
에 죽어 얼마나 복받았냐고, 대놓고 부러워하는 이도 있었다.

그는 그곳에서 잠녀를 보았다. 그가 유독 그 집에 다른 이들보다
부조에 손을 아끼지 않은 것은 순전히 죽은 이의 조카인 잠녀 때문
이었다. 곡 없는 초상은 오래 지킬 것도 없어 그는 과히 늦지 않게
집으로 돌아와 몸을 눕혔고 개잠이 설핏 들까말까 할 때 마당에 들
어오는 이가 있었다.

주무시오?

사립문을 닫아건 적이 없기에 이곳에서는 사람의 방문이 목소리
로 시작됐다.

누군가? 이. 워쩐 일로.

잠시 누웠다 일어난 탓도 있었지만 그 무엇에 눌려서 그랬는지
어쨌는지 마당에 서 있는 여인네가 잠시 죽은 아내로 보였다. 혼백
이 강령해서 달빛 아래 서 있는 듯한 모습이었다. 하지만 여인네는

잠녀였다. 어부는 잠시 멍한 상태가 되었다가 정신을 차리면서 그러나 잠녀를 보며 아내를 떠올린 게 이번이 처음은 아니라고 생각했다.

혼자 바다에서 나와 형설이를 메고 집으로 걸어가는 모습을 먼발치에서 보고 있노라면 마치 예전의 아내가, 죽어 썩기 전의, 같이 걸어가다가 한 발 앞서 사립문을 여는 모습으로 비쳐 자신도 모르게 어이, 머시기 어매, 불러질 것 같았다. 수건으로 머리를 감고 밭으로 가는 모습도 순간순간 아내로 여겨졌다.

하긴 죽은 아내도 잠녀였고 그리고 잠녀답게 물 속에서 죽었다.

괴기(생선) 없는 시절에 부주를 여러 마리 했습디다. 고맙소.

고맙기는 뭐가 고맙소. 나도 거기 신세지고 사는 입장인디.

잠녀는 잠시 끊었다가 말을 이었다.

내일도 바닥(바다)에 나가시지라?

그럴 것이요.

어디로 나가시오?

글쎄, 정하지는 않았는디.

형광등 불빛에 본 잠녀는 늙어 있었다. 예전에 근동에 아름답다고 소문났던 이다. 막 피어나던 동백 같던 시절이 있던 여인네를 보며 어부는 흘러간 시간을 떠올렸다.

시간이란 언제나 같은 속도로 흘러가지만 때에 따라서 그것을 받아들이는 사람의 몸 속에서는 길게 늘어날 수도 아주 짧게 줄어들기도 했다. 시간이라는 것이 몸 속에 녹아들면서 세포들을 거듭 늙고 낡게 만들었음에도 그는 간간이 과거와 현실의 틈바구니에 끼여 옛날로 돌아가곤 했다. 기억의 힘이라면 힘이겠으나 어쨌든 그 증세는 흰머리가 늘수록 더해 갔다.

낚시를 나갔다가도 언뜻 정신을 차려 보면 예전에 두 자 반짜리 능성어를 낚았던, 그러나 지금은 지나가던 기름배가 가라앉아 주변이 까맣게 죽어 버린 곳에 낚싯줄을 던져 놓고 있는 자신을 발견하기도 했다.

그는 기억 속에서 다시금 능성어를, 현실에서는 기름이 테 둘러진 돌멩이를 낚는 거였다. 그런 증세가 시작되면서 사람들이 늙어 간다는 게 그들이 잡아먹은 생선이나 소라의 시간이 몸으로 옮겨 와서 그렇지 않나, 조금은 희한한 생각까지 들었다. 몸은 녹아서 사라져 버리지만 그것들이 자라났던 시간은 사람 몸에 그대로 쌓여 결국 늙어 간다는 것이다. 그렇게 본다면 그가 낚아 올린 고기의 수는 물질의 수이면서 시간의 양이기도 했고 시간이라는 것은 몸을, 즉 형체나 틀을 지니게 되는 거였다.

잠녀를 바라보는 것도 그런 것이다. 잠녀도 그 동안 잡아먹은 시간의 양이 대단해 그만큼 낡아 가는 중이었는데 사내의 눈으로 보기에는 부드러운 각을 그리며 내려간 눈가의 서늘함은 아직도 남아 있었다. 그래서 그랬나? 저 여인네는 다름 아닌 여인네 바로 그거여서 뜬금없이 아내와의 잠자리가 떠올랐고 하여 달밤에 서 있는 모습을 보며 홀로 몸을 떨었다.

낼은 바람이 좀 터질랑가 모르겠네이.

그러게 말이요. 어저께 질네가 웃섬에서 이짝(아랫섬)으로 내려와 또 춤을 췄다고는 합디다.

소 접붙이는 질네 말인가?

야.

허헛. 그 썩을 것이요. 초상난 디 와서.

그년 말이 지 딴에는 천도(薦度)랍시고 췄답디다.

허 참.

사내란 그런 소리에 그렇게 웃을 수밖에 없었는데 질네의 춤이란 좀 괴상한 데가 있어, 서방바위를 부여잡고 무슨 물귀신 소리를 내며 추는 것으로 춤이라고 하기에는 미친 짓에 가까웠다. 남자의 물건 모양을 그대로 빼닮은 바위를 빙빙 돌아가면서 쓰다듬고 만지고 퉁기고, 마치 능숙한 여인네가 길 잘못 찾아든 나그네의 고의춤을 벗기고 서너 달의 방랑에 지친 물건을 애무하는 모습으로, 고행의 끝에는 지독한 욕구가 솟게 마련이듯이 질네의 애무를 받은 서방바위는 한 자씩 더 자라나기도 하더라고 누군가 말을 하기도 했다.

그러나 남세스러운 짓이라 외면한다 하면서도 그런 소문이 돈 다음날은 어부도 어쩔 수 없이 그곳을 눈여겨보았는데, 한 자씩이나 자라나 있지도 않았고 설사 자랐다고 해도 남자의 물건은 한 번 자란 다음에는 다음을 위해 쇠약해져 버리게 마련이기도 해서 언제나 같은 크기였다.

차라리 질네 미친 짓으로 날이나 한번 사납게 불었으믄 좋겠소.

섬에 사람들이 남아 있지 않고부터는 질네의 이상한 춤을 아무도 탓하지 않았다. 아니 미친 짓으로 바다나 한번 뒤집어졌으면 좋겠다고 흔히들 잠녀처럼 말했다. 그건 어부도 마찬가지였다. 거대한 풍랑이 일어 바다가 한번 발광을 하고 나면 가깝고 먼 물이 바뀌고 위아래 물도 바뀌고 돌멩이들도 몸을 뒤집고 썩은 해초는 떠밀려가고 밑바닥의 흙 알갱이들도 한바탕 몸살을 앓고 해서 새로운 색깔을 띠었다. 그것은 새로운 탄생이었다.

그러나 섬은 오래도록 바람 없이 잔잔한 기운에 의해 지배당하고 있는 중이었다.

썩을 것이요 한번 지랄을 할라믄 제대로 해서, 그렇게 옷도 홀랑 벗어 삐리고 그냥…….

어부는 혼자 생각하다가 헤헤스러워서 생각을 멈췄다. 저 낡았으되 아직은 서늘한 눈매의 여인네가 눈앞에 있었다.

　노루섬에 혹시 안 가실라요?
　…….
　특벨히 안 정했으믄 노루섬으로 갑시다.
　갑시다? 이녁도 물질을 그짝으로 간다는 말이요?
　어부의 입에서 자신도 모르게, 자연스럽게, 이녁 소리가 나왔다.
　야.
　초상은 워짜고.
　뭐 일이 있어야제라. 차라리 물질이나 해서 초상에 쓸 것이나 좀 건져 올라고 그라요.
　이. 헌디 노루섬에서 왜 요전에 재미 좀 봤등가?
　간밤에 꿈을 한나 뀄는디라 거그서 풍랑이 이는디 수염이 허연 신령 한 분이 서 있습디다.
　그랬등가?
　그래서 한번 가 보고 잡소.
　아무리나 그래 보세.

　꿈 이야기 탓인 듯 잠녀는 샐풋 웃었다. 그제야 어부는 아직도 자신이 손님 대접을 하지 못하고 있다는 것을 알아차리고 서둘러 어서 좀 앉으라고 걸레로 마루를 닦았다.
　홀아비 과부로 살아오면서 그들은 아주 가까워질 여건을 갖게 되었지만 정작 그래서 늘 거리를 두고 살아야 했다. 마을이란 사람들의 눈과 귀와 말로 만들어지는 것이었다. 어부의 입장에서 보면 저 여인네가 밥상 차릴 때 수젓가락 한 벌 더 놓는다고 해서 크게 탈

될 것은 없지만, 마을이란 그게 바로 탈인 곳이어서, 그들은 꺼려했으며 남들이 하는 정도의 교류도 조심해하며 지내 오던 중이었다.

그러나 바다에 기근이 들고 섬의 사람들이 줄어들자 마을의 형태는 점차 바스라졌고 그만큼씩 둘은 자유스러워졌는데, 그러고 보니 둘은 이미 늙어 있었다.

잠녀는 이제 신경 쓸 것 없는데도 버릇처럼 주변을 흘끗 한번 둘러보고 마루에 엉덩이를 슬쩍 걸쳤다.

밥이나 잡수구 주무시오?

거 뭐, 거그서 좀 주서 묵었는디.

고구마라도 좀 갖고 올 걸 그랬소이.

아닐시. 저 참에 준 것도 아직 남었는디.

그라믄 주무시오.

가, 갈라고?

야.

여인네는 달빛과 한 색깔로 멀어졌다.

어부는 허전하다고 보채는 이부자리를 다독여 개어 놓고 낚시를 챙겼다. 바다로 나가면서 잠시 봉우리 꼭대기 아래, 먼 옛날 신선들이 바둑이나 두러 들르곤 했다는 신선대를 바라보았다. 마을이란 어차피 몸을 담고 있는 곳이라서 잠깐 동안이라도 떠나는 이에겐 새삼스러운 존재였고 바다란 이제부터 하루 종일 바라보아야 할 곳이기에 시작부터 눈이 갈 리 없었다. 그가 바다를 본 것은 일어나서 잠깐 동안 표정을 살피는 것으로 충분했다.

바다는 처음부터라고 해도 무방할 정도로 여러 달째 같은 모습이었다. 바람도 별로 없고 따라서 파도도 없다. 그는 따로 물때를 계산하지 않았다. 어제의 물때에 숫자를 하나 더하면 그만인 것이다.

어제가 두 물이었으니 오늘은 세 물인 것이다. 사리철이라 물의 흐름이 조금씩 빨라지는 중이었다.

그가 신선대를 잠시 올려다본 것은 혹 무리돌이 굴러내리지 않아서일까였다. 오랜 버릇이었는데도 몹시도 오래 전부터, 그의 아버지의 아버지의 아버지의 또또 그 위의 아버지들로부터 내려오는 것이다. 그렇다고 그곳이 무슨 성황당이나 대나무 높이 세운 무당집은 아니었지만 그곳에서 무리돌이 굴러 떨어지면 아버지들은 바다로 나가지 않았다. 한낮에 만약 돌이 떨어지면 마을에 남아 있는 사람들이 바다로 쫓아 나가서 데리고 왔다. 돌이 쏟아지고 잠시 동안, 그러니까 바다로 나갔던 이들이 마을로 돌아올 정도의 시간이 지나면 잠잠하던 하늘에 돌연 흑빛이 깔리고 바다에서는 풍랑이 일었다.

오랜 버릇이란 그런 거였다. 신선대를 바라보며 오늘의 일기를 살피는 것.

그가 아버지를 따라 바다의 일과 물고기들의 생태와 버릇들에 대하여 배우기 시작했을 적부터 그들은 풍랑의 예견을 라디오에서 듣기 시작했다. 들물 때와 날물 때, 해 뜨는 시간과 해 지는 시간, 멀리에서 만들어지는 태풍과 파랑에 대해서 들었다. 그러나 그것은 틀리기 쉬웠고 고기를 낚거나 그물질하는 바위섬의 이쪽저쪽에서 일곤 하던 풍랑과 돌풍에 대해서는 나오지 않았다. 라디오에서는 지난 풍랑에 죽어 버린 이들에 대해서는 알려 주지만 오늘 오후에 풍랑을 만나 죽을 자들에 대해서는 한 마디도 알려 주지 못했다.

그의 아버지도 라디오의 일기예보보다 신선대를 더 믿었고 그것은, 언제부턴가 신통력이 없어져 버렸다고 말들 하던 뒤에도, 그도 마찬가지였다.

어부는 선착장에서 늙은 구장을 만났다.

인자 나가는가?

예. 인자 나가요. 밥은 자셨소?

구장은 그의 아버지의 친구로 친구들이 모두 죽고 홀로 남은 이가 흔히 그렇듯 훨씬 더 늙어 버린 관계로 잠시 정신이 오락가락했기에 그는 목소리를 잔뜩 높였다.

요즘 갈치가 무는가, 돔이 무는가?

암것도 안 무요.

이. 그라믄 나도 한 마리 좀 낚어다 주소.

어르신. 바다에서 고기가 한 마리도 안 문단께라.

죽어야 쓰는디.

정신의 오락가락은 말의 오락가락으로 바뀌기 쉬웠다.

무슨 말씀이요. 오래 사시야지.

죽는 것이 좋아. 죽어 삐린 것이 좋당께.

죽는 것이 뭐가 좋습니께. 이승 강아지가 죽은 정승보다 낫다고 안 그랍디여.

다들 죽어 삐리잖어. 죽어 뿔고 나서 죽어 간 디가 고약타고 돌아온 사람이 있등가?

그는 낚시 채비를 내려놓고 늙은이를 내려다봤다. 눈물과 눈곱이 항시 머물러 있는 그곳에는 그러나 보기에 무슨 기운이 지나가는 듯도 했다. 이제 죽어야 할 때를 알아차린 듯도 했고 어쩌면 산 귀신이 되어 가는 듯도 했다.

이? 봤냐고. 거그가 싫다고 온 사람을.

그 말도 맞소.

어부는 대답을 작게 했다.

어부는 그쯤에서 대꾸를 멈추고 배의 밧줄을 끌어당겼다. 늙은이만큼이나 늙은 배가 느릿느릿 다가왔고 그는 잠시 배의 움직임이 구장의 걸음걸이와 비슷하다고 생각했다. 배 갑판이 간밤의 이슬로 촉촉해서 늙은이의 입에서 끊임없이 흘러내린 침을 꼭 닮아 있었다.

그렇다믄 어이, 나 참짱애(장어)나 한 마리 낚어다 주소이? 그놈이나 한 마리 과서 묵으믄 좀 살 것 같네 이.

늙은이는 아주 짧은 순간에 죽을 것에서 살 것으로 돌아와 있었다.

그놈을 들지름 쪼깜 놓고 볶아 갖고는.

늙은이의 말은 거기에서 멈췄다. 입을 다문 게 아니라 기계소리에 묻힌 것이다. 어부가 그의 오래되고 작은 배의 기계를 돌리고 나서도 늙은이의 말은 뭐라고 구시렁구시렁 계속되었던 것이다. 늙는다는 것은 어쨌거나 젊은 것들이 짐작하기 어려운, 죽음이나 또 다른 삶에 대한 쪼가리 또는 샛길을 발견해 가는 중이라 할 만한데 그래서 그들은 수시로 이곳을 떠나 저곳으로 잠시 다녀오는 버릇이 생긴 것이다. 여전히 늙은이는 서서히 꽁무니를 빼는 배를 바라보며 뭐라고 궁시렁대는 중이었다.

그는 늙은이를 뒤로하고 섬을 돌아 반대쪽으로 갔다. 하긴 어부도 이미 늙기 시작하는 중이어서 이미 아비 어미와 아내를 땅이나 바다에 묻었고 자식 둘도 가슴에 묻은 지 한참이나 된 데다가 머리는 이미 반백이었다. 잠녀는 약속대로 바다와 섬이 만나는 곳의, 무슨 선심이라도 쓰는 모양으로 둥글넓적하게 자리잡은 바위 위에 걸터앉아 있었다. 그 밑이 움푹 패 물이 깊건만 그는 서른 팔 길이 전부터 속도를 줄여 천천히 다가갔고 너무 일찍 후진 기어를 넣어서 하마터면 배의 주둥아리가 바위에 닿지를 못해 다시 한 번 전진을 해야 했다. 이것도 흰머리가 생기면서 나타난 버릇으로 이제는 자신의 것들 중에 사소한 어느 한 가지라도 깨어져 나가는 것을 견디지 못하기 때문이다.

　오셨소?

　많이 지달렸는가?

　아니요.

　좋은 꿈 또 꿨는가?

　어부는 잠녀의 꿈에라도 기대어 보고 싶었다. 늙은 여편네란 아무래도 신통력이 없지 않지는 않겠는가 말이다.

　꿈을 뭐 만날 꾼다요, 잠은 잘 주무셨소?

　이녁이 왔다 가고는 통 못 잤네.

　왜 못 주셨소?

　난들 알겠는가.

　늙을수록 순해지는 것은 있어 배는 별 투정 없이 탕탕탕거리며 바다로 나아갔다. 그가 사는 남쪽 섬이 조금씩 멀어졌다. 멀어질수록 푸른 바다와 색깔을 알 수 없는 공기와 사람과 사람 사이를 막연하게 만들어 버리는 거리라는 것이 그 가운데 들어차서 아늑하고 그런대로 조금은 포근해 보이기도 했다.

　노루섬. 노루를 닮았다는 섬. 어부나 잠녀는 노루를 눈으로 직접 본 적은 없다. 먼 옛날에 탐라의 어부 하나가 풍랑을 따라 떠밀려 왔다가 섬의 생김생김이 한라산에서 사는 노루를 닮았다고 한 데서 이름이 지어졌다고 하지만 한라산에서 곰이 살았으면 곰섬이 되고, 또 사슴이 살았다면 사슴섬이 되었지 않았겠는가. 어쩌자고 나무 한 그루 변변찮은 돌섬에 이름은 향기 나는 것으로 붙였단 말인가.

　어부는 갑판에 두었던 차비를 꺼냈다. 잠녀는 말없이 그의 동작을 바라보기만 했다. 그가 한 마리만 낚으면 온 동네 사람들 배를 불리고도 남는다는, 깊고 깊은 바다 속에서 살다가 어쩌다 한 번씩 마실을 나온다는 돗을 낚으러 다닌 게 벌써 칠 년째다. 그 세월은

다른 것을 낚으러 다니지를 않았다는 뜻이고 낚을 고기가 없다는
의미였다. 바다에는 이제 고기가 없다. 그가 연명을 해오는 것은
집 앞에 있는 약간의 텃밭에서 나는 푸성귀와 섬의 옹두라지에 넣
어 둔 열댓 개의 통발에 걸린 잡어들, 그리고 잠녀가 남 눈에 뜨이
지 않게 가져다 주는 알곡식들이었다.

그건 섬의 사정도 마찬가지였다. 어느 순간 고기가 나지 않기 시
작했다. 빈약해진 바다는 한순간에 다가왔다. 징조가 없지 않았다.
촘촘한 그물로 바다를 쓸어낼 때 이미 기근은 시작되고 있었던 것
이다. 작은 배들은 할 일이 없어지고 큰 배들은 더 멀리 나갔다. 고
기가 나는 곳은 점차 멀어지고 거기에서 또 더 멀어졌다. 다음에
는, 고기가 나는 곳이 너무 멀어 기껏 잡아와 봐도 수지타산이 맞
지 않고 더군다나 그 바다가 남의 영토로 정해지면서 큰 배를 부리
던 젊은이들은 섬에서 사라졌다.

남은 이들도 끊임없이 떠나고 싶어했고 그 희망만큼은 하늘에 의
해 받아들여졌다.

또 한 번 대통령이 갈리던 그 어느 해 이후 그 증세는 심해지다
못해 하나의 질서가 되어 갔다. 그가 도미나 농어 따위를 낚으러
다니던 차비를 돗낚시로 바꾼 게 그 어름이었다. 그리고 그해는 주
민들이 시름시름 앓기 시작하던 때이기도 했다.

돗의 골을 먹이믄 좋은디.

늙은이들의 말이 아니더라도 어부는 그걸 알고 있었다. 그러나
평생을 낚시로 목숨줄을 이어 온 그도 돗을 낚아 본 적은 없었다.
그렇다고 그물질하고 낚시하는 것 외에는 무엇을 할 줄도 몰랐다.
돗을 낚아 보았다는 어부의 말을 들어 둔 것은 있었다. 그는 날마
다 예전에 돗이 물린 적이 있다는 곳을 돌아다니며 줄을 던졌다.
돗은 잡히지 않았고 아들은 그해 겨울이 깊어지기 전에 벼랑에서
몸을 던졌다. 그는 아들을 제 어미의 가묘와 누이 옆에 묻었다. 기

근이 깊어지고 있었다.

옛이야기에 듣자면 예전에는 기근이 들면 이웃도 잡아먹고 심지어는 제 새끼를 고기로 팔아먹거나 직접 잡아먹기도 했으니 사람의 본모습이란 어쩌면 그런 것인지도 몰랐다. 제아무리 높은 탑을 쌓아도 배가 고프면 눈이 돌아가고 입이 비뚤어지니 그것이 담고 있는 마음인들 제자리에 옳게 붙어 있을 리 있겠는가.

굶주림으로 육신은 말라 가고 마음의 빈곤으로 해서 섬사람들은 그악스럽게 변해 갔다. 이게 이르는 데로 망할 징조라는 것인가. 어부는 그게 무서웠다.

이거 쫌 따라 왔는디 어쩌실라요, 이따가 꾸죽(소라)이나 하나 잡히믄 그것 깨서 안주로 하실라요 아니믄,

잠녀는 반 정도 든 소주병을 들어 보이고는 마늘 몇 쪽을 꺼냈다.

이것에다가라도 한 꼬푸 하실라요.

어부는 노루섬 바위에 배를 붙였다. 꾸죽이라니. 팔기도 아쉬운 것 아닌가.

쥐 보소.

잠녀가 잔에 소주를 따르고 마늘 껍질을 벗겼다.

이것이 샛밭에다가 심었던 것인가?

야. 비가 안 와서 밑이 잘 들었습디다.

어부는 언젠가 밭에서 마늘을 심고 있던 잠녀를 떠올렸다. 거름을 두어 바지게 내어다 준 적도 있었다.

이거라도 찍어 잡수시요. 맛이 독하요이.

저런 물건이 있었더랬지. 잠녀가 내놓은 것은 검정색 필름통에 든 된장이었다. 어부는 두 가지 독한 맛이 다 좋았다. 독한 맛은 잠시 시름을 잊게 하는 마력이 있다. 잠시 어부의 얼굴을 바라보던 잠녀

는 마늘을 몇 알 더 까서 사내 손 닿기 좋은 곳으로 밀어 둔 다음 흙가루 묻은 손가락을 몸뻬에 스윽 닦고는 고개를 바다로 돌렸다.

이녁 꿈대로 오늘은 좀 잡았으믄 쓰겠네이.

어부는 받아먹은 인사를 차렸다. 잠녀는 실풋 웃고 말았다.

이녁이나 돗 한번 진짜로 낚어 보시요.

낚을걸시.

…….

꼭 낚어서 동네 사람들 한번 배 터지게 맹글고 말걸시. 죽은 새끼들한티도 한 상 차려 줄걸시.

그라시요. 나야 노상 손구락만한 것 건지로 댕기지만은 이녁은 참말로 한번 낚어 보시요. 나도 돗이라는 것을 구경 좀 해봅시다.

아니네. 괴기가 안 나고부터 다들 이녁이 갯것하고 물질해서 잡은 것으로 안 묵고 살았는가. 다 이녁 덕이지.

그래 봤자 미역이나 고동뿐이 더 있소.

그래도 그것이 어딘디.

…….

…….

다 잡아먹기만 바빠서 이리 된 거 아니겄나. 나는 이런 생각을 해보네. 옛날에 우리 할배들의 할배들, 그보다 더 오래된 할배들의 시절에도 우리는 바다에서 괴기를 잡고 소라를 따묵고 살았지 않았겄는가. 헌데 숭년(흉년)이 들어 굶어 죽거나 전쟁이 나서 칼 맞고 총 맞아 죽던 시절은 있었어도 바다에서 괴기가 나지 않아 못 묵고 살았다는 시절은 들어 보지를 못했네.

어부는 두어 잔의 소주에 말이 좀 많아지고 있었다.

숱헌 임금들의 시절에도 말이네이. 하늘 아래 부러울 것이 없는 것이 임금들이었제만 나라가 망할 때의 임금은 촌무지렁이네 개새끼만도 못한 신세 아니었겄는가? 근디 말이여. 우리는 임금은 새로

간에 갱번가에 굴러댕기는 면서기 이서기 급도 못 되는 주제들이
말이여 어쩌자고 나라 망할 때의 임금처럼 말이여, 말이니까 말이
지만, 똑 우리 때에 와서 이런 일이 벌어지느냐 이 말인데 이? 물론
괴기 새끼라도 살려내서 바다로 돌려보내지 못한 우리들이 잘못을
했기는 했지만 말이여, 말하자믄 끝장나는 이유가, 묵어 조지고 살
려내지를 못했다는 것이다 이 말인디 이녁 생각은 어짠가?

사람이 사는 이상 꼭 나쁘기만 하겠소?

그런 소리 말소. 이녁도 나 맹키로 펭생(평생)을 바다 속에서 돌
멩이나 뒤지고 안 살었는가.

그란디요.

나가 나를 생각해 봐도 좀 거시기한디, 펭생 잡아 쥑이기만 했다
이것이네. 새 씨를 뿌려 볼 생각도 못하고 노상 받아묵을 생각만
하고 살었다 이거네. 그래서 어쩐 때는(어떤 때는) 나중에 죽어 저
승에서 그것들한테 당하느니 차라리 이승에 남은 시체나 그것들한
테 줘서.

벨소리 다 하요이.

이녁도 노상 들췄던 돌멩이 또 들추고 지내쟜는가. 그러니 무슨
소라 새끼라도 한 마리 붙을 새가 있었는가. 어쩌믄 이녁도 가슴속
에 든 돌멩이를 자꾸 까불거려서 가루를 내불고 싶은 심정 아니겠
는가 그 말이네, 나 말은.

꼭 그렇기만 하겠소. 나는 미역 탱탱 마른 것이 찬물 양푼 속에서
파랗게 몸 푸는 것 보믄이라 기분이 영 좋소이. 꼭 처녀 때 맹쿠로
보기가 좋고 순심이 낳을 때도 생각나고 그러요이.

좋기야 하지. 하지만 말이여. 미역이라믄 아무래도 애기를 낳고
허허, 거 참 좋은 거 안 있는가이. 아그들을 많이 낳고 또 그래야
미역도 보기가 좋고 하는디.

말없는 어부가 말이 많아지자 잠녀는 조금은 걱정스런 얼굴을 했다. 어부도 입을 다물었다. 속에서는 이러고 저런 말이 만들어지고 있었으나 말 되어질 게 딱히 더 있는 것도 아니었다.

어쨌거나 그 돛을 낚어서 말일시. 이녁부텀 배 한번 터지게 맹글어 줄 모양이니께.

그라믄 낚어 보시요.

그랬다. 어부는 떠드는 것보다는 돛을 낚아 사람들의 입을 채우는 일이 급했던 것이다. 그는 생각났다는 듯 말을 바꿨다.

참, 옷 갈어입어야제?

잠녀가 물에 들어가려면 옷을 갈아입어야 했다. 그러나 어차피 배에서 물 속으로 들어갈 것인데 섬에 내려서 갈아입고 다시 배에 오르는 수고를 할 것 없다고 말하고 돗자리의 반의 반만도 못한 배 갑판에서 윗옷을 벗었다. 어부는 고물 쪽으로 몸을 피해 고개를 바다로 돌렸다. 그러나 눈은 머리를 따라가지 못했다.

하긴 이제는 어차피 늙어 가는 와중이고, 또한 보기에 따라서는 이미 늙은 뒤라고 말할 수 있기에 극단적인 내외를 할 것까진 없다고 어부는 생각했다. 올 뜯어진 속내의를 통해 본 잠녀의 젖은 이미 말라서 뼈에 붙어 있다시피 했다. 하긴 뭐 젖 쪽으로 들어갈 만한 것을 먹어 봤어야지, 싶어 어부는 혀를 찼다. 먹는 게 부실하면 남자는 아랫도리 힘이 빠지고 여자는 젖이 약해지는 법인가. 어부는 그쯤에서 담배를 하나 피웠다.

잠녀가 몸을 돌리고 갑판에 앉아서 옷을 갈아입었기에 그의 눈에는 아랫도리가 보이지 않았다. 그러나 얇은 내의는 바깥으로 튀어나온 등뼈를 고스란히 내보이고 있어 어부는 너나 나나 참으로 말라 보타지는 세월을 살았구나, 혼자말을 했다.

옷 갈아입는 여인네를 통해 저 밑바닥으로부터 남자의 그 무엇이 슬슬 솟지 않는 것은 아니지만, 더군다나 여인네가 사내의 눈앞에

서 겉옷이나마 개의치 않고 갈아입는다는 것은 조금 골똘히 따져
보면 무엇을 의미하는지 모를 바도 아니지만, 그렇다고 남자와 여
자의 사이로 생각해 보기에는 둘은 너무 익숙해 있고 너무 쓸쓸하
고, 또 생산을 하기에는 무기력한 그런 공통점이 있었다.

　물옷으로 몸을 한 꺼풀 씌운 잠녀는 뒷머리를 틀어 올려 모자 속
에 숨기고 물안경을 쓰는 것으로 준비를 끝냈다. 여인네는 손을 들
어 섬 저쪽에서 이쪽으로 길게 원을 그렸다. 한 바퀴를 돌고 와서
저만치에서 만나자는 뜻이다. 그 저만치란 섬의 노루목 끝머리로
그들이 어린아이 시절에 돗이 낚인 적이 있다는, 그래서 돗이 다니
는 길목인, 곳이며 어부도 그 자리를 생각하고 온 것이었기에 잠녀
의 짐작이 기특하고 고마웠다.

　풍덩. 잠녀는 물 속으로 들어갔다. 곧이어 휘이우 휘파람소리가 들
렸고 그 소리는 조금씩 멀어졌다. 닻을 끌어올린 어부는 배가 그 자리
쯤으로 떠밀려 가기를 기다렸다가 다시 닻을 놓고 차비를 꺼냈다.

　삼치 낚싯바늘에 오징어를 통째로 한 마리 끼우고 멀리 던졌다.
바다의 표면은 고인 물처럼 잔잔하지만 속은 그래도 사람의 핏줄모
양 흐름이 있어 줄은 멀리멀리 해류를 따라 풀어져 나갔다. 태풍만
한번 온다면. 까짓것 확 뒤집어지는 거대한 태풍만 온다면. 병든
사람의 핏줄을 바꾸듯 해류를 바꾸어 놓을 만한 게 온다면.

　줄은 오십 미터도 더 풀어져 나갔다. 그리고 기다렸다. 오지 않는
것을 기다린다는 것은 거의 도를 닦는 경지라 할 만하지만 물론 어
부는 구도자가 아니었다. 몸에 밴 습성으로 기다리는 것이다. 무언
가를 구할 수 있는 행동이란 여기까지다.

　더 이상 뭘 더 구할 도리는 없다. 뭔가 사람의 삶을 이어갈 만한
것을 찾기보다는 어쩌면 바닷물을 성수로 받아들여 그걸 받아 마시

고 소화해 내는 것을 연습하는 것이 더 빨랐다.

　섬의 가장자리에서는 잠녀의 머리가 보였다 안 보였다 했다. 속에 소라나 해삼 따위가 있을 리 없다. 그가 반종일 물 속을 뒤집어 봤자 미역이나 톳이나 이런 것들뿐일 것이다. 그래도 여인네는 부지런히 들고났다.

　물고기들이 준비해 온 시간이 그것을 잡아먹은 인간들의 몸 속에 축적되어 늙는 것이라면, 그 육신과 시간을 되돌려주는 것도 나쁘지 않겠는가. 그는 어제 초상집에서 하던 생각을 이어갔다. 어차피 머잖아 죽을 것이고 벌초해 줄 식구가 남은 것도 아니라면, 평생을 두고 사람의 삶을 이어가 보고자 잡아죽인 숱한 것들이 죽은 다음에도 살아 있는 듯하니, 버리고 갈 물건쯤이야 던져 놓고 간들 뭐 아까울 거 있겠나. 평생을 얻어먹었으니 물고기의 육신으로 쩌 오고 그들의 시간으로 늙어 온 몸뚱어리를 이제는 그들의 한 끼 점심으로 되돌려주는 것도 결코 나쁘지만은 않겠다고 생각을 잠시 했는데 그러고 보면 어부는 잠시 졸았지 않았나 싶다.

　졸지 않았다면 저 선착장의 노인처럼 잠시 다른 세계를 다녀왔는지도 몰랐다. 하나 그는 새로이 정신이 들자 그러기에는 그의 다리가 이 세상에 너무 깊이 박혀 있다는 것을 깨달았다. 우선, 그도 생명이고 또 뭇 생명이 모두 그러듯, 자신의 흔적을, 그러니까 몸을 통로로 하여 또 하나의 자신을 세상에 남겨 두어야만 했고, 과제를 남겨 두어야만 했으며, 과제가 있는 동안만 세상은 존재하는 것인지도 모르니까, 갈고 닦아 온 터전의 용도가 이어질 것이었다.

　훗날 언젠가는 물고기들이 다시 떼지어 몰려올 텐데, 물고기들이 바글거리는 바다 위에서 그걸 건지는 어부가 없다면 그것을 풍요라고 말해 줄 이 누구겠는가.

어부는 잠녀와 자고 싶어졌다. 동침을 통해, 수태가 될지 안 될지는 모르지만, 대신 희망이나 미래라고 불러야 될 어떤 것을 낳고 키우고 싶었다. 말라 비틀어진 몸이지만 혼신의 힘을 다한다면 그 희망이나 미래의 한 토막 정도는 일궈 낼 수 있지 않겠는가.

그러기 위해서라도 돗을 낚고 싶었다. 어쩌면 제법 오랫동안 그는 그 밤을, 잠녀와 동침의 밤을 돗을 낚는 날로 정해 놓은 것일지도 몰랐다. 돗을 낚지 못해 욕정과 정념을 쌓아 오기만 했지 않았나 싶다. 돗을 낚아, 그 어른 두 명의 키만큼이나 크다는 놈을 낚아 저 태평양 깊숙한 곳에서 키워 온 살덩어리로 국을 끓이고 차가운 기운으로 뭉쳐진 골을 꺼내 먹으며 에헤 술비야, 노래를 부르는 그 풍요로운 밤에, 동네 사람들 모두 배가 불러 땀이 흘러내리고 아껴 둔 술에 취해 노랠 부르는 그 풍성한 밤을 위해 그는 희망이라거나 미래라고 부를 만한 것의 생산을 미뤄 둔 셈이었다.

그는 오늘따라 몹시도 그 밤을 앞당기고 싶어졌다. 어쩌면 저 잠녀는 저대로 더 늙어 버려 문이 닫혀 버리거나 그 자신이 먼저 사내 노릇을 할 수 없는 지경에 이를지도 모른다고 생각했다.

두툼한 낚싯줄은 제 무게만으로도 묵직하게 손가락 매듭을 파고 들었다. 그의 손에 오랜 경험으로 인한 굳은살이 없었다면 필경 그 줄은 살을 파고들어 뼈를 잘라 버릴 지경이었다. 시이이웅, 시이이웅, 물살 속에서 줄이 떨었다.

어쨌거나 그렇다면 오늘 그 늙은이 원대로 참장어는 아니드래도 흔했던 붕장어 새끼라도, 아무튼 바다는 매우 넓은 곳이라 길 잃고 헤매는 놈 한 마리 정도는 아주 없지 않을 터이니 한 마리 걸린다면 제잡담하고 앉은뱅이 냄비에 푹 고아설랑 합환주라도 한 잔……. 흐흣, 하는데 갑자기 거대한 힘이 그의 손목을 바다로 끌어당겼다.

헤헷,도 없고 아이구머니,도 없다. 어부란 이런 경우에는 동물적

인 반사신경뿐이다. 낚싯줄이 손마디를 파고들어 피가 났다. 줄을
뱃전에 대고 몸을 구부렸다. 피웅. 줄이 울었다. 어부의 반사신경
은 그것으로 끝나지 않았다. 배가 끌려가자 그는 낫으로 닻줄을 잘
랐다. 배는 떠밀리고 그는 감각적으로 알아차렸다.

　돗이다.

　묶어 놓은 섬이 떠밀려가듯 거대한 힘이 오로지 가느다란 낚싯줄
하나에 실렸고 그는 정신이나 몸이 한 가지로 좌우 구분을 못했다.
딱 하나. 돗이 바위에 줄 감을 틈을 주지 않는 것과 줄이 끊어지지
않을 정도로 풀어 주며 따라가는 것, 그 양극단의 접점을 지키는
것, 오로지 그것만 남았다.

　그러나 바다에서 끌어당기는 힘은 그가 지금까지 숱하게 낚았던
그 어느 것보다 훨씬 강했다. 그 정도 힘을 쓰는 놈은 돗밖에 없었
다. 드디어 네가 왔구나. 나는 네놈을 칠 년이나 기다렸다. 사람들
이 그렇게 죽어 나자빠지고 나서야 네놈이 나타나는구나. 탱탱한
긴장의 와중에도 이제 다시 풍요의 세상이 펼쳐지겠다, 여겨졌는데
돗이 한 번 힘을 쓰며 줄을 당기자 뱃전에 줄 대어 놓은 곳에서 연
기가 피어 올랐고 급기야는 가지고 있는 줄이 모두 다 풀려 버리는
지경에 이르렀다.

　어부는 줄의 마지막 끝을 손목에다 친친 감았으나 팔이 뽑혀 나
갈 것 같아 어쩌면 이게 돗이 문 게 아니라 줄이 배의 스크루에 걸
렸나, 또는 승천하는 용의 꼬리에 감겼나 싶었는데 그럼과 동시에
몸이 바다로 끌려 들어갔다. 몸이 허공을 나는 아주 잠깐 동안 그
는 저만치에서 이쪽을 향해 부지런히 헤엄쳐 오는 잠녀를 바라보았
다. 여인네의 얼굴에는 물안경이 있어 표정을 보지는 못했다.

　조금 뒤 어부는 돗을 낚긴 했지만 끌어올리지 못하고 되려 끌려

들어가 죽었다. 잠녀가 종일 자맥질로 바다를 뒤졌으나 어부를 찾지 못하고 물 속에서 떠다니는 낚싯줄만 찾았다. 커다란 낚싯바늘에는 잇갑으로 썼던 오징어는 간 곳도 없이, 무슨 가느다란 살점 하나만 달려 있었다. 결국 어부는 돗의 입술에 달린 살점 하나만 낚고 죽은 것이다. 고동이나 잡어 새끼들이 그리하여 며칠 동안 배를 불리게 되었는지는 사람으로서는 아무도 몰랐다.

매미의 일생

최수철

1958년 강원도 춘천 출생.

서울대 및 동대학원 불문학과 졸업.

1981년 《조선일보》 신춘문예에

〈맹점〉이 당선되어 등단했다.

소설집으로 《공중누각》·《화두, 기록, 화석》·

《내 정신의 그믐》·《분신들》,

장편소설로 《고래 뱃속에서》·《어느 무정부주의자의 사랑》·

《벽화 그리는 남자》·《불멸과 소멸》 등이 있다.

〈얼음의 도가니〉로 제17회 이상문학상 대상을 수상했다.

매미의 일생

1

어느 날, 매미가 되어 버린 사내가 있었다. 그가 바로 나다. 나는 매미가 되었고, 이제 나는 매미로서 살아가고 있다. 나는 우연히도 매미의 힘을 빌려, 단 하루 동안에 인간으로서의 삶을 처음부터 전혀 새로이 모두 살았다. 그로 인해 나는 더 이상 인간으로서 남아 있을 수가 없게 되었다. 인간의 껍질을 벗고 탈바꿈을 해야 했으며, 그리하여 나는 매미가 된 것이다.

매미로서의 삶도 생각했던 것보다 그리 나쁘지 않다. 나 또한 다른 매미들 속에 섞여서 아침부터 어두워질 때까지 쉬지 않고 울어댄다. 그러나 나는 짝짓기에는 별로 관심이 없다. 내가 원래 인간이었기 때문에 암컷 매미에게 덜 익숙한 탓인지도 모른다. 그러나 그 때문만은 아니다. 수컷 매미의 시각에서 볼 때, 암컷 매미의 매력은 쉽게 물리칠 수 있는 것이 아니다. 그럼에도 불구하고, 실제로 당신들이 생각하는 것보다 훨씬 많은 매미들이 짝짓기와 상관없이 울며 살아간다. 그들은 세상이, 달리 말하여 인간 세상을 포함한 자연계 전체가 그들에게 불러일으키는 온갖 예감에 자기들도 모르게 감응되어 달리 어쩔 수 없이 부르르부르르 몸을 떠는 것이며, 당신들도 알다시피 그 떨림이 소리가 되어 밖으로 퍼져 나가는 것이다.

그런 의미에서, 우리 매미들은 자연계 속의 모든 생명체들에게 매순간 임박해 있는 새로운 징조를, 그 위기감이나 기대감을 예언하거나 경고하고 있다고 할 수 있다. 남들은 전혀 짐작조차 하지 못하는 파국이나 대변화의 도래를 본능적으로 감지하고서 때로는 비장한 사명감으로, 때로는 고통스런 체념으로 속절없이 우주의 닫힌 귀를 온몸으로 두드려대는 것이다. 그럴 때 우리 매미들은 인간 세상에서 원시 부족의 주술사들과 같은 존재라고 할 수 있다. 감히 말하자면 이 세상이 이렇듯 그런대로 유지되고 있는 것도 우리 매미들 덕분이라고도 할 수 있다. 주체할 수 없는 격정에 사로잡힐 때, 매미들은 스스로 우주의 주술사가 되어 그 도저한 울음소리로 신의 강림을 이끌어 내어 사악하고 파괴적인 기운을 사전에 막아 내고 있는 것이기 때문이다.

매미가 우는 것을 전적으로 짝짓기와 관련시키는 것도 그러하지만, 그 외에도 인간들이 매미에 대해 가지고 있는 오해의 역사는 실로 깊다. 일례로, 동양에서는 매미의 생김새와 생태에 주목하여, 그리고 특히 아무것도 먹지 않고 이슬만으로 살아간다는 그릇된 판단에 근거해서, 군자지도(君子之道)의 상징으로 삼고 있다. 그런가 하면 울음소리가 공연히 요란하다고 하여 쓸데없는 의론과 형편없는 문장을 일삼는 선비에 빗대고 있다. 이때 와명선조(蛙鳴蟬噪)라 하여, 매미의 울음소리를 개구리의 울음소리와 하나로 묶고 있는데, 이는 실로 부당한 노릇이 아닐 수 없다. 매미의 울음소리에 배

어 있는 삶의 공력으로 말하자면 개구리의 경우와는 결코 비교가
될 수 없는 것이다. 또한 고대 신화 속에서 매미들이 차지하는 역
할도 한마디로 매미들의 삶의 명분을 충분히 반영하지 못하고 있다
고 생각되는데, 그러나 서론이 너무 길어지는 듯하니 이런 유의 이
야기는 이 정도로 줄이기로 하자.

　여하튼 매미가 된 후로, 나는 가급적 인간적인 입장을 모두 떨쳐
버리고서 명실상부 매미가 되고자 했다. 나 또한 매미들에 대한 기
존의 그런저런 오해에서 전적으로 자유롭지 않았기 때문이었다. 나
름대로 노력을 경주한 결과, 나는 그럭저럭 새로운 삶에 적응할 수
있었다. 그런데 내게는 차마 떨쳐 버리지 못한 인간적인 습성이 남
아 있었다. 그것은 내가 나무에 앉을 때 다른 매미들과 달리 머리
를 바닥으로 향한다는 점이었다. 당연히 하늘을 향하는 나무의 방
향과 내 몸의 자세를 일치시켜야 마땅했는데, 그 간단한 일이 내게
는 무척이나 어려웠다. 어쩌면 매미가 되긴 했어도 인간 세상에 대
한 미련을 완전히 떨치지 못한 채 최소한 그쪽을 바라보고 있기라
도 해야 마음이 안정될 것 같았기 때문인지도 모른다. 이유야 어찌
되었든, 처음 한동안 나는 수시로 마음을 다잡고서 바닥으로부터
등을 돌린 자세를 취하곤 했다. 그러나 문득 정신을 차리고 보면
어느새 내 몸은 뒤로 돌려져서 다른 매미들과는 반대 방향으로, 그
러니까 거꾸로 앉아 있곤 했던 것이다.

　결국 나는 나 자신의 그런 행태에 대해 저항을 포기하고 말았다.
그리고 아예 처음부터 거꾸로 앉는 쪽을 택했다. 다른 매미들은 그
런 나를 보고서 돌연변이라고 하기도 하고 심지어 변태라고 부르기
도 했다. 나의 출신 성분을 모르는 그들로서는 당연한 반응이었다.
그런데 시간이 흐르면서 그들 중에 나를 이해하고 암암리에 동조하
는 자들이 생겨났다. 그들은 나의 자세가 상당히 현명한 것이라고
생각했다. 이제 그들에게 가장 심각한 천적은 다른 곤충이나 새 따

위가 아니라 인간 혹은 인간 문명인 터라, 공중보다는 지상을 경계해야 마땅하다는 것이었다. 또한 그들은 거꾸로 앉는 것이 약간 어색하고 거북하기는 해도, 자기들에게는 거꾸로 앉을 자유도 있는 것이며, 요컨대 어떻게 앉느냐 하는 것은 단지 선택의 문제일 뿐이라고 입을 모았다. 그리하여 내 주위에서는 나처럼 거꾸로 앉는 매미들도 심심치 않게 눈에 띄기 시작했으며, 내가 앞서 매미로서의 삶도 생각보다 그리 나쁘지 않다고 말한 데에는 이런 사실이 적잖이 작용했다고도 할 수 있다. 만약 그레고리 잠자가 그 끔찍한 갑충이 아니라 매미로 변신했다면, 그토록 고통스럽게 생을 마감하게 되지는 않았으리라는 것이 나의 믿음이다.

장담할 수는 없지만, 훗날 나는 누구에게든 매미로서의 삶에 대해 좀더 길게 이야기할 기회를 가질 수 있을지도 모른다. 그러나 그러기 위해서는 아마도 나는 서둘러야 할 것이다. 시간이 더 흐르면, 나는 인간의 언어를 완전히 잊어버리고서 매미의 언어로 말을 하게 될지도 모르기 때문이다. 물론 매미의 언어도 나쁠 것은 없다. 실제로 이 얼마나 아름다운가, 이 소리, 인간들이 그저 맴맴, 혹은 매애애앰맴매맴매애애앰이라고 표기하는 이 소리가 말이다.

하지만 그 전에 나는 내가 떠나 온 인간의 삶에 대해 이야기하고자 한다. 더 늦기 전에 그래야만 할 것이다. 나중에 매미의 언어로도 말할 수 있겠지만, 그때는 내 말을 알아들을 수 있는 인간이 아무도 없을 터이니 말이다. 그리하여 지금부터 나는 내가 매미가 되어 버린 그날 하루에 대한 이야기를 시작하려 한다. 내게는 그날 하루밖에 더는 할 이야기가 없다. 그날 외에는 아무것도 중요하지 않기 때문이기도 하고, 또한 이미 반쯤 매미가 되어 버린 지금, 내게는 그날 단 하루만의 기억이 있을 뿐이기 때문이기도 하다.

2

그날, 나는 낯선 곳에서 잠을 깼다. 나는 지어진 지 얼마 되지 않은, 그러나 급조된 것이 분명한 모텔의 어느 방 안에 누워 있었다. 창 밖으로는 가까이에 소나무 숲이 군데군데 자리잡고 있었고, 그 너머에 폭이 제법 넓은 강이 북서쪽으로 천천히 흐르고 있었다. 나로서는 내가 왜 그곳에 있게 되었는지, 무슨 연유로 그곳에 찾아들었고 어쩌다가 그곳에서 깨어나게 된 것인지 알 수가 없었다.

오랫동안 창가에 서서 기억을 더듬어 보니, 어쩌면 내가 누군가를, 아마도 어떤 여자를 그곳에서 만나기로 하여 며칠 전부터 기다리고 있었던 것이었는지도 모른다는, 그런 막연한 짐작만이 머릿속에서 맴돌고 있을 뿐이었다. 그러나 말 그대로 그것은 막연한 짐작일 따름이었고, 확실한 것은 아무것도 없었다. 그 때문에 내게는 심지어 눈에 보이는 풍경이나 사물들까지도 막연하고 비현실적인 것으로 여겨지고 있었다. 하지만 단 하나, 눈을 떴을 때부터 소나무 숲으로부터 들려오는 매미들의 요란한 울음소리가 귓속으로 아프게 파고들고 있었는데, 그 소리만은 부인할 수도 거역할 수도 없는, 지극히 현실적인 것이었다. 말하자면 내게는 그 소리만이 유일한 실재였다.

나는 그 소리에 마취되고 최면을 당한 듯한 기분으로, 그 소리에 이끌려 건물 밖으로 걸어나갔다. 모텔 주변은 쇠락한 유원지의 흔적을 곳곳에 남기고 있었다. 음식점 겸 술집으로 사용되었으나 이제는 속이 텅 빈 채로 버려져 있는 낮은 건물 하나, 그리고 곳곳에 울긋불긋하게 장식된 가건물들 여러 채가 마찬가지로 이미 오래 전에 사람들의 손길로부터 벗어난 채 흉물스런 모습을 드러내고 있었다.

문득 걸음을 멈추고서 모텔 건물을 돌아보니, 주차장으로 통하는 입구 위쪽에 '특수조명', '물침대' 따위의 글귀가 적힌 플래카드가 바닥으로 반쯤 내려앉은 채 바람에 너덜거리고 있었다. 내가 잠들었던 방도 그런 시설을 갖추고 있었던가 생각해 보았으나, 그것조차 기억이 선명하지가 않았다. 나는 다시금 머릿속이 멍멍해졌다. 시끄러운 매미 울음소리로 인해 그 멍멍함은 더욱더 극심해졌다. 그러나 한 가지 내가 분명히 감지할 수 있는 사실이 있었다. 그것은 아직까지 내가 과거에 대한 기억이 있든 없든 그와는 상관없는 삶, 말하자면 과거와는 무관한 삶을 살아왔다는 것이었다. 그것만은 틀림없는 것 같았고, 그렇다면 지금 이 순간도 아무래도 상관이 없는 것이었다.

그때 저쪽으로, 힘껏 돌을 던지면 닿을 만한 거리에서 한 여자가 종종걸음을 치는 것이 눈에 띄었다. 그녀는 머리를 묶어서 등뒤로 드리우고 있었는데, 더운 날씨에도 불구하고 상체를 잔뜩 웅크리고 단단히 팔짱을 끼고서 엉덩이를 비죽이며 서둘러 걸음을 옮기고 있었다. 나는 시선으로 그녀의 움직임을 뒤따랐다. 그러나 그녀의 모습과 거동이 내 눈에 확실하게 포착된 후에도, 나로서는 여간하여 그녀의 나이를 가늠할 수 없었다. 걸음걸이에서 젊은 사람다운 탄력성이 약간 엿보이기는 했지만, 달리 보면 온갖 착잡한 감정과 지리멸렬한 상념으로 단단하게 응축되어 조그맣게 오그라들어 있는 품이 마치 벽의 모서리를 따라 맹목적으로 줄달음치는 지네류의 모습을 연상시키고 있었다.

그러나 그녀는 젊은 여자였다. 그녀가 콜록거리며 기침을 하는 소리를 듣는 순간, 나는 그 사실을 알았다. 주변을 완전히 장악한 매미 울음소리를 뚫고 놀랍게도 생생하게 내게 들려온 그 기침소리는 분명 젊은 성대를 막 통과하여 나오는 그런 소리였다. 나는 그 소리에서 신선한 충격을 받았다. 그리고 바로 그 순간, 나는 간밤에 꾸었던 꿈을 머리에 떠올렸다. 방금 전 그녀의 기침소리가 그러했듯이, 그 꿈에 대한 기억이 온갖 집단적인 장애물을 뚫고서 내게

돌아온 것이었다. 우리의 기억체계는 까맣게 잊어버렸던 꿈을 우연
히 되살리는 방식으로 작동되게 되어 있었다. 그렇다면 때로는 의
식적으로 꿈을 복원하여 그 꿈속으로 이끌려 들어갈 필요가 있을
것이다. 그런 이유에서 이제부터 나는 잠시 그 꿈에 대해 이야기하
고자 한다.

3

　완전한 정적의 세계였다. 모든 사물들이 자기들 모습의 정체를
숨기고 감추고서, 없는 듯 숨을 죽이고 있었다. 실제로 그것들은
존재하지 않는 것이나 다를 바 없었다. 그 정적의 세계 속에, 그 넓
고 텅 빈 공간 한가운데에, 뚜껑이 열린, 제법 큰 상자 하나가 놓여
있고, 그 상자를 사이에 두고서 나와 한 남자가 서로를 마주보며
서 있었다. 우리에게는 피차 아무런 할말도, 할일도 없었다. 그러
나 그 때문에 우리는 초조해하고 있었다. 우리는 서로를 견디지 못
하고 있었다. 정적이 우리를 더욱더 견딜 수 없게 만들고 있었다.
　마침내 그가 먼저 몸을 움직였다. 그는 내 쪽으로 다가와서 두 손
으로 내 몸을 붙들었다. 그러고는 나를 상자 쪽으로 밀었다. 나는
그가 나를 상자 속에 집어 넣으려 한다는 것을 알았다. 그는 나를
상자에 담아서 뚜껑을 덮어 버리려 하는 것이었다. 하기야 이 마당
에서 그가 할 수 있는 일이라고는 그것밖에 없었을 것이다. 어쩌면
나라도 내 쪽에서 먼저 그렇게 하려 했을지도 모르는 일이었다.
　그러나 나는 저항했다. 누군가가 상자 속에 들어가야 할 이유가
있든 없든 상관없었지만, 그것이 반드시 나여야 한다는 사실은 받
아들일 수 없었기 때문이었다. 그러나 그는 아무런 설명이나 설득
이나 부탁의 말도 하지 않았다. 처음부터 다짜고짜 나를 상자 쪽으

로 밀어붙일 뿐이었다. 게다가 그의 완력은 예상했던 것보다 훨씬
대단했다. 결국 나는 그의 두 손바닥으로부터 결정적인 일격을 받
아 커다란 마분지 상자 위로 넘어졌다. 곧바로 그는 상자의 모서리
에 걸쳐져 있는 내 팔과 다리를 안으로 밀어 넣고서 상자의 뚜껑을
들어올렸다. 그 순간 나는 더 이상의 저항을 포기했다. 막상 등을
바닥에 대고 누우니, 그런 대로 편안했던 탓도 있었다.

　그런데 놀랍고도 어처구니없는 일이 일어났다. 그리 넉넉하지는
않아도 상자 안에는 내 몸이 들어갈 만한 공간이 충분히 있었는데,
어찌된 일인지 막상 그가 뚜껑을 닫으면 내 몸 중의 일부가 밖으로
비어져 나가는 것이었다. 처음에 그는 내가 일부러 그러는 줄로 생
각하고서 얼굴을 일그러뜨리며 손에 힘을 더했다.

　그러나 정작 내 쪽에서는 전혀 몸을 움직이지 않고 있었다. 나는
그저 그가 하는 대로 몸을 맡기고 있을 뿐이었다. 팔다리가 밖으로
비어져 나가는 것은 저절로 그렇게 되고 있는 것이었다. 나는 팔다
리가 잘 접히지 않는 등신형의 인간일 따름이었다.

　그 상태로 얼마간의 시간이 지나자, 그제야 그도 사태의 심각함
을 깨달았다. 그는 잠시 손길을 멈추고서 당혹스러워하는 표정을
지었다. 그러나 그는 거기에서 포기하려 하지 않았다. 심기일전하
는 기색으로 두 손바닥을 바짓단에 쓱쓱 문지르고서, 다시금 계속
하여 내 몸 중에 밖으로 빠져 나오는 부분을 안으로 밀어 넣고 뚜
껑을 닫으려 하기 시작했다.

　그러나 매번 뜻대로 되지 않는 것은 변함이 없었다. 한 번은 팔이
빠져 나갔다가 다음번에는 발이 빠져 나가고, 그 와중에 몸도 여러
번 뒤집어졌다. 그로서는 마치 흘러 넘치는 물을 주워 담는 기분이
었을 것이다. 그의 표정을 지켜보건대, 이제 당혹감은 낭패감으로
바뀌어 있었다. 하지만 사실 낭패감으로 말하자면, 내가 느끼고 있
는 낭패감이 그가 느끼는 것보다 더 작다고 할 수는 없는 것이었

다. 그런 상황에서는 오히려 상자 속에 집어 넣으려 하는 사람보다, 상자 속에 들어가지 않는 사람이 그런 자기 자신에 대해 느끼는 낭패감이 한결 더 클 수도 있는 노릇이었다. 물론 그로서는 그 사실을 결코 받아들일 수 없을지도 모르지만 말이다.

여하튼 그의 손놀림과 몸의 움직임은 더욱 빨라지고, 거기에 맞춰 그 희극적이자 비극적인 상황은 점점 더 빠르게 반복적으로 진행되어 나갔다. 결국 나는 한편으로는 거의 웃음이 터질 지경이 되었고, 다른 한편으로는 눈물이 쏟아져 나올 것 같은 기분이 되었다. 내 얼굴 위로 뚜껑이 닫혔다가 이내 다시 젖혀졌다. 빛이 들었다가 어둠이 찾아왔고, 세상은 어두워졌다가 다시 밝아졌다. 하루의 낮과 밤이 빠른 속도로 교체되는 것과 흡사했다.

그때 문득 그가 움직임을 완전히 멈추었다. 그의 얼굴에는 절망감이 짙게 배어 있었다. 나는 천천히 몸을 일으켜서 상자 밖으로 나왔다. 내가 그의 곁에 우뚝 서자, 이번에는 그가 순순히 상자 안으로 들어갔다. 그가 실패한 이상, 이제는 내 차례였다. 나는 그의 몸이 상자 속에 채워진 것을 확인하고서 뚜껑을 닫았다. 그러나 지금까지 그래 왔던 것처럼 그의 몸도 상자 안에 온전히 들어가지가 않았다. 그의 사지를 차곡차곡 접고서 이제는 됐다 싶어 뚜껑을 닫으면, 어김없이 몸의 일부가 천연덕스럽고 노골적이고 뻔뻔스럽게 밖으로 비어져 나와 있는 것이었다. 한 번은 팔이 빠져 나왔다가, 다음번에는 발이 빠져 나오고, 다음에는 머리가 불쑥 내밀어지고, 몇 번은 엉덩이도 비어져 나오고, 그 와중에 몸도 여러 번 뒤집어졌다. 그 모습은 거의 벌거벗은 몸으로 침대 위에 아무렇게나 널브러져 있는 낯선 남자나 여자의 모습을 연상시키기에 부족함이 없었다.

몇 번의 시도 끝에, 마침내 나 또한 그를 상자 속에 완전히 가둬두는 것이 불가능하다는 사실을 깨달았다. 아니, 그 사실을 받아들였다. 나는 나 자신이 더할 나위 없이 무기력해지는 것을 느꼈다.

그러나 머릿속의 생각과는 달리 내 손과 몸은 관성적인 움직임을
멈추지 않았다. 그러다가 어느 순간, 문득 나는 그 사내가 바로 나
자신임을 깨달았다. 아까와 마찬가지로 어쩌면 그 사실을 단지 수
동적으로 받아들인 것인지도 모른다. 여하튼 내가 나를 상자 속으
로 집어 넣으려 하고 있었고, 나는 자꾸 상자 밖으로 비어져 나오
고 있었다. 그 상태가 끝날 줄 모르고 지속되고 있었다. 문득 보니,
내 몸에는 금이 잔뜩 가 있었고 여기저기에 각이 져 있었다. 그제
야 나는 알았다. 금이 가고 각이 진 나의 몸이 바로 상자였다. 그때
마침내 뚜껑이 완전히 닫혔다. 나는 상자 속에 담겼다. 나는 내 속
에 담겼다.
  그 순간, 나는 잠에서 깨어났다.

4

  물론 꿈이었다. 그러고 보니 이제 비로소 방금 전의 상황이 선명
하게 기억된다. 꿈이 나를 어디론가 이끌어 가려고 하다가, 아무렇
게나 나를 내팽겨쳐 버리고 말았다. 그리고 꿈에서 깨어났을 때,
이미 세상은 환하게 밝아져 있었다. 눈을 뜨자마자, 기다렸다는 듯
이 다시금 매미 울음소리가 귓속으로 쏟아져 들어왔다. 소리에도
질량이 있음을 생생하게 절감할 수 있을 정도로, 매미 울음소리는
내게 파도처럼 밀려와서 온몸을 뒤덮었다. 가시처럼 내 몸의 모든
구멍으로 파고들어 나의 감각체계를 단번에 장악해 버렸으며, 약물
처럼 혈관을 통해 뇌 속으로 스며들어 내 정신세계마저도 제 수중
에 넣어 버리고 말았다. 꿈속에서의 그 진절머리가 날 듯한 정적은
현실에서의 이 끔찍스런 울음소리 탓이었다. 그 정적 속에는 모든
사물들이 내지르는 아우성이 들어 있었다.

나는 누운 채로 오랫동안 꼼짝도 할 수 없었다. 방 안을 가득 채운 매미 울음소리가 최면을 걸 듯 내게 집요하게 뇌까리고 있었다. 너는 아무것도 기억하지 못한다, 너는 너 자신에 대해 아무것도 아는 게 없다, 너는 모든 것을 잊었다, 너는 기억상실자다, 너는 기억상실증 환자다. 맞는 말이었다. 적어도 이 순간, 나는 완벽한 기억상실자였다.

나는 몸을 뒤채서 머리 밑에 팔을 괴고 옆으로 누웠다. 매미 울음소리는 당연히 그칠 기색을 보이지 않았다. 나는 자포자기의 심정으로, 마치 땀에 전 무기를 던져 버리고 적에게 투항하는 패잔병의 기분으로, 나 자신을 그 소리에 온통 맡겨 버리고 말았다. 그러자 사정이 달라졌다. 이제 그 소리는 내 속에서 울려 나오고 있었다. 내 몸을 떨림판으로 삼고 내 속을 공명통으로 삼아서, 나로부터 맹렬하게 울려 나오고 있었다. 그러고 보니, 방금 전에 매미 울음소리가 내게 뇌까린 그 말들은 내가 나 자신에게 한 말이었다. 내가 바로 한 마리의 매미였다.

과거가 없는 삶, 전부터 나는 얼마나 그런 삶을 꿈꾸었던가. 이제 마침내 나는 그런 삶을 얻었다. 그러나 매미에겐들 과거가 없겠는가. 허물을 벗어 버린다 하더라도, 또 하나의 허물로서 몸이 남겨져 있지 않은가. 나는 매미가 벗어 놓은 허물과도 같은 육체를 추스르며 천천히 자리에서 일어났다. 상자 속에 든 영혼이여, 내 영혼이여, 너는 왜 하필 이런 허약한 몸에 갇혀 버렸는가. 기억을 잃어버린 영혼이여, 네가 곧 그 자체로 또 하나의 허물이 아니겠는가.

나는 내가 잠에서 깨어난 강변을 선뜻 떠날 수가 없었다. 이대로 그곳을 벗어나면, 중심을 잃고서 내내 낯선 곳을 방황하게 될지도 모른다는 불안감 때문이었다. 하여 나는 스스로도 설명하기 어려운 절박함에 사로잡혀 느린 걸음으로 이곳저곳을 기웃거리며 시간을 보냈다.

우선 나는 모텔 앞의 버려진 건물을 살펴보았다. 그 건물은 죽어
버린 거대한 곤충의 유해처럼 바닥에 납작하게 엎드려 있었다. 나
는 가능하면 안으로 들어가 보고 싶었다. 그러나 출입문뿐만 아니
라 모든 창문이 안으로 잠겨 있었다. 유리창을 통해 안을 들여다보
기라도 하려 했으나, 하나같이 안쪽으로 검은 장막이 드리워져 있
어서 그 또한 여의치 않았다. 나는 모퉁이마다 곤충의 다리처럼 비
죽이 나와 있는 빗물 홈통을 하나하나 헤아리며 건물을 한바퀴 돌
았다. 건물 뒤쪽에는 지하실로 통하는 계단이 있었다. 아래로 내려
가서 지하실 문을 열자 어둠 속으로부터 퀴퀴한 냄새가 훅 끼쳐 왔
다. 그곳에서 나는 그 거대한 곤충의 상태를 정확히 파악할 수 있
었다. 잡동사니가 무질서하게 널려 있는 시멘트 바닥에 시커먼 물
이 고여서 썩어 가고 있었던 것이다.

나는 몸을 돌려서 다시 지상으로 올라왔다. 건물 주위에는 정자
모양으로 지어진 가건물들이 무질서하게 늘어서 있었다. 그것들의
출입문 위에는 노래방이나 간이주점 따위의 간판이 붙어 있었다.
문짝과 유리창이 허름하고 허약하기 짝이 없는 것으로 미루어 보
아, 영업을 하는 동안 주변을 얼마나 시끄럽게 했을지 짐작이 가고
도 남음이 있었다.

그때 강변 쪽으로부터 왁자지껄한 사람들의 소음이 들려왔다. 나
는 그 소리가 나는 쪽으로 걸음을 옮겼다. 소나무 숲을 지나자 관
광버스 두 대가 눈에 들어왔다. 그리고 그 앞쪽으로 적지 않은 수
의 사람들이 강기슭에 모여 있었다. 그들 중 일부는 바지를 걷고서
얕은 물 속에 들어가 있었다. 물에 잠긴 돌을 뒤집으며 뭔가를 찾
는 모양으로 보아, 아마도 우렁이나 고동이라고 부르는 것들을 잡
고 있는 모양이었다. 그들이 일으키는 소음을 가까이에서 들으며,
나는 점점 더 맥이 빠지고 있었다. 이 강변은 나의 불안한 여정을
위한 출발점인 것이 분명했지만, 그러나 이곳에는 내가 찾아내고

확인하고 기억해 둘 것이 아무것도 없었다. 그렇다면 더 이상 이곳에 머물러 있을 이유도 없는 것이었다.

다시 모텔 쪽으로 걸음을 옮기기 시작하면서 나는 내 속에서 거북함과 불편함이 점점 더 커지는 것을 느꼈다. 그 불쾌한 감각에 내 몸은 거의 마비되어 버릴 지경이었다. 매미의 울음소리는 여전히 귀가 감당할 수 없을 정도의 높은 주파수를 지니고 있었다. 그 소리로 인해 내 몸의 마비 증세가 더욱 극심해져 가고 있었다. 지금 생각하면 그 마비 증세야말로 나를 매미로 만들어 버리는 힘에 다름아니었다. 그때부터 이미 나는 서서히 매미가 되어 가고 있었던 것이었다. 이윽고 우렁이 잡던 사람들이 내게로 우르르 몰려오기 시작했고, 나는 천천히 뒷걸음질을 쳤다.

5

마침내 나는 그곳을 떠나기로 마음을 정했다. 모텔의 주차장에는 낡은 자동차 한 대가 서 있었고, 첫눈에 나는 그날 아침부터 내게 찾아든 일종의 감응력에 의해 그것이 나의 것임을 확신할 수 있었다. 예상했던 대로 주머니 속에 들어 있던 열쇠에 의해 간단히 차 문이 열렸다. 나는 자동차에 올라서 시동을 걸었다. 차체가 비상 직전의 매미처럼 부르르 몸을 떨었다. 날곤충에게도 날아오르는 일은 그리 자연스러운 일이 아니었다. 날아오르려 할 때마다 매번 긴 장감으로 인한 전율이 일어나는 것이었다. 그 떨림이 내게도 그대로 전이되어, 나로 하여금 잠시 온몸으로 진저리를 치게 했다. 그러나 지금 이 순간 내가 믿고 의지할 수 있는 것이라고는 내 몸과 내 몸을 관통하는 낯선 감각밖에 없었다.

나의 낡은 자동차는 쉬지 않고 부르르부르르 몸을 떨면서도 그런

대로 속도를 내어 도로 위를 달리기 시작했다. 딱히 갈 곳이 없는 처지라, 자동차의 빠른 속도는 내게 적잖이 부담스러웠다. 차라리 주위를 두리번거리고 머뭇거리고 주저하며 나아가는 느린 걸음걸이가 어울릴 상황이었다. 그러나 나는 속도를 줄이거나 멈춰 서지도 못하고서, 무엇인가에 내몰리듯 초조하고 황망한 심정으로 앞을 향해 쏜살같이 내달렸다.

열린 차창을 통해 매캐한 냄새를 머금은 오염된 공기가 차 안으로 쏟아져 들어왔다. 이 공기 속에는 유독 가스나 타이어가 마멸되며 만들어 내는 미세한 가루들뿐만 아니라, 중금속 입자들도 무수히 들어 있을 것이었다. 인간들은 그것들을 제거하여 공기를 정화시키고자 노력하고 있는 것이지만, 그전에 인간 자신들의 몸이 그런 성분들을 거르는 일종의 기계인 셈이었다. 인간들은 그것들을 자기들의 몸 속에 받아들여서 호흡기와 소화기에 축적시킴으로써, 그야말로 몸으로 공기를 정화시키고 있는 것이었다. 그리하여 그것들이 함유된 몸으로 죽음에 이름으로써, 그것들과 함께 부패되어 흙의 일부가 되는 것이다. 실제로 나의 눈앞에는 푸르게 변색된 인간들 뼈의 환영이 무수히 널려 있었다.

그런 생각 때문이었는지, 그때 왼쪽으로 약간의 녹지대의 풍경과 더불어 공원 이름이 씌어 있는 팻말이 눈에 확 들어왔다. 나는 여전히 속도의 관성에 내밀린 채, 그러나 주저하지 않고 과감히 유턴을 하여 공원 입구 쪽으로 자동차를 몰았다. 매미에게 그러하듯, 그곳에 가면 잠시나마 몸을 쉬며 생각을 가다듬을 수 있을지도 모른다는 거의 본능적인 느낌이 억누를 수 없는 힘으로 내게 다가왔기 때문이었다.

주차장에 차를 세운 후에, 나는 포장된 도로를 따라 걸었다. 공원은 예상했던 것보다 훨씬 넓었다. 그러나 곧 포장도로가 끝나고 흙길로 된 산책로가 나오리라는 나의 기대는 서서히 무너져 내렸다.

아무리 둘러보아도, 시멘트길만이 이리저리 뻗어 있었고, 그 사이 사이에 약간의 잔디와 나무가 누런 흙과 더불어 간신히 공원의 구색을 갖추고 있었다. 곳곳에 자리잡고 있는 간이 판매대와 화장실과 식당 따위의 낮은 건물들도 불쑥 튀어나와서 나의 시야를 어지럽혔다.

나의 두 발이 시멘트만큼이나 딱딱한 바닥에 닿을 때마다, 흡사 테니스공을 칠 때 나는 것 같은 소리가 일어났다. 그러나 그 소리는 경쾌함과는 거리가 멀었고, 단지 속이 텅 빈 무엇인가가 완강한 벽에 부딪히며 내는 공허한 소리에 가까웠다. 다른 무엇보다도 나는 그 소리가 견디기 힘들었다. 나 자신이 아무런 공기의 저항이 없는 곳에서 쉴새없이 튀어오르는 공이 된 듯한 기분이었다. 약간의 휴식과 안주는 그곳에 없었다. 사람들이 주위에서 앞서거니뒤서거니 걸어가고 있었다. 삼십대 중반에서 사십대 초반의 남자들, 초등학교에 다니는 어린아이들, 사내들과 비슷한 나이의 여인들, 지극히 진부한 조합의 사람들이 한 일행을 이루고 있었다. 강아지들도 간간이 눈에 띄었는데, 그것들은 한쪽 다리를 들고 오줌을 누는 법을 배우지 못했는지, 아니면 모두가 암컷인 까닭인지, 하나같이 엉거주춤 몸을 쭈그리고서 바닥에 오줌을 싸고 있었다.

나는 포장도로와 사람들의 행렬에서 벗어나서 경사진 언덕을 걸어 올라갔다. 그러나 잔디는 별로 없었고, 발에 밟히는 흙은 너무도 퍼석퍼석했다. 여기저기 봉곳이 솟아오른 바닥이 약간 저항을 하는 듯하다가, 이내 너무도 간단히 부서져 발 밑에서 무너져 버렸다. 오래된 유해의 두개골이나 갈비뼈를 발로 밟을 때 이런 느낌이 들 것 같았다. 심장과 뇌는 어디로 갔을까. 유해는 심장과 뇌가 있던 자리의 표식일 터였다. 미처 준비도 없이 황망히 여름을 맞은 도심 속의 자연은 존재하지 않는 그 무엇인가의 표식으로 누렇게 들떠 있었다. 겨울 내내 간직하고 있던, 얼음으로 만들어진 심장이 녹아 버린

것이다. 세상은 부황(浮黃) 들린 환자와도 같은 모습이고, 나 또한
그 자연의 일부이므로 나 자신도 부황에 걸린 환자였다.

 길은 계속하여 경사가 져 있었지만, 다행히 대체로 걷기에 무리
가 없었고, 그나마 심심치 않게 눈에 띄는 푸른 기운이 걸음에 다
소나마 활기를 주고 있었다. 그러나 점점 더 커지는 몸의 움직임에
내 속에서는 들숨과 날숨이 서로 얽혀들어 부자연스런 화음을 만들
어 내고 있었다. 헐벗은 나무들은 대부분 꺾기에 더할 나위 없이
적당해 보이는 가지들을 어색하게 내밀고 있었다.

 이윽고 공원의 후미진 곳에 이르렀을 때, 나는 청설모 한 마리가
재빨리 줄달음치는 것을 보았다. 그리고 청설모가 사라진 곳 뒤쪽
으로 네댓 명의 청소년들이 한데 모여 있는 것이 보였다. 나는 아
무런 생각 없이 그들 쪽으로 걸어갔다. 애초에 내 걸음의 방향이
그렇게 잡혀 있었기 때문이었다. 좀더 가까이에서 보니, 그들 중에
는 여자아이도 눈에 띄었다.

 서로 머리를 맞댈 듯이 하고서 뭔가 수군거리고 있던 그들은 나
를 발견하고서 슬금슬금 걸음을 옮겨 내 쪽에서 멀어지기 시작했
다. 나는 여전히 뭘 어쩌자는 생각이 없이 계속하여 그들 쪽으로
걸어갔다. 그들 중에 둘은 손에 검은색 비닐봉지를 들고 있었다.
그들의 앳된 얼굴에는 알지 못할 음모의 기운이 어려 있었다. 그
모습을 보고서 나는 속으로 중얼거렸다. 니들이 뭘 원하는지, 니들
이 왜 그러는지, 나는 다 안다, 다 알아.

 그들은 계속하여 나와의 거리를 넓히려 하고 있었고, 나는 나도
모르는 사이에 그 거리를 좁히려 하고 있었다. 그러다 보니, 내가
그들의 뒤를 쫓는 형국이 되고 있었다. 매미들만이 울고 있는 한적
한 숲에 갑자기 침입자가 나타나 매미들이 어지러이 날아오르고,

나는 그것들을 잡기 위해 이리저리 허둥거리고 있는 것이었다. 그러나 정확히 말하자면, 나는 그들을 잡으려 하는 것이 아니었다. 나는 그들과 합류하여 그들의 일부가 되려 하고 있었다. 나는 일행에게서 떨어져 나온 어린 코끼리처럼 당황한 나머지, 때늦게 일행의 뒤를 따라 열심히 내닫고 있는 것이었다. 더욱이 내게는 그들이 나를 자기들 속에 끼워 주려 하지 않을까 하는 조바심도 있었다. 그 조바심은 까닭 모를 절박한 안타까움이 되어 나를 사로잡았다.

그들이 언덕 아래쪽의 모퉁이를 돌아 시야에서 사라졌을 때, 나는 그들을 놓치지 않기 위해 걸음을 빨리했다. 곧 나도 모퉁이를 돌았고, 그때 나는 갑자기 그들 모두와 맞닥뜨렸다. 그들은 자기들을 미행하는 자의 정체를 알아내기 위해 그곳에서 나를 기다리고 있었던 것이었다. 어느새 그들은 반원을 그리며 나를 둘러싸고 있었다. 그들이 생각하는 대로 나는 명백히 그들의 미행자였다.

그때 그들 중에 가운데 서 있던 아이가 다짜고짜 두 손바닥으로 나의 양쪽 어깨를 세게 밀쳐 냈다. 뭘 어쩌자는 거야. 그때 나는 갑자기 매미 울음소리가 맹렬하게 들려오는 것을 느꼈다. 조금 전까지만 해도 그 소리를 전혀 의식하지 못하고 있었던 것이 믿기지 않는 노릇이었다. 그들이 내게 계속하여 뭐라고 소리를 질러대고 있었지만, 나는 귓전을 점령한 매미 울음소리 때문에 그들의 말을 알아들을 수 없었다. 나는 목소리를 높여서, 아까 혼자 중얼거렸던 말을 그들에게 했다. 니들이 뭘 원하는지, 니들이 왜 그러는지, 나는 다 안다, 다 알아.

그러자 다시금 내 몸에 충격이 가해졌다. 나는 몸의 균형을 잃지 않기 위해 비틀거리며 뒷걸음질을 쳤다. 잠시 나는 얼이 빠져 나간 듯한 느낌을 받았다. 그러나 그 까닭이 그들의 느닷없는 폭력 때문이라기보다는, 점점 더 크게 울려대는 매미 울음소리 때문이라고 해야 할 듯했다. 저 소리를 들어 봐, 저 소리를 들어 보라구. 그러

나 그들은 매미 울음소리는 고사하고 내 말조차 듣지 못하는 것 같
았다. 계속하여 그들의 손과 발이 내 몸에 와 닿았고, 결국 나는 주
저앉듯 바닥에 쓰러졌다. 여자아이가 비명을 질렀다. 뭘 하자는 거
야, 아니야, 아니야, 뭐가 있는지 살펴봐, 기왕에 돈 가진 거 있는
지도 뒤져 보라구, 가진 걸 다 빼앗아 버려. 대충 그런 말이 내 귀
에 들려왔다. 그들의 말이 나를 아프게 했다. 나로 하여금 마음속
깊이 죄의식을 느끼게 했다. 그들의 말과 행동이 내 속에 들어 있
는 무엇인가를, 아마도 과거의 일과 관련된 무엇인가를 자꾸 건드
리고 있는 것이 분명했다. 나는 심한 자책감에 사로잡혔다. 니들은
모른다, 그러나 나는 다 안다, 다 알아, 그래서 정말 미안하다, 미
안하다.

나는 땅 위에 드러누운 채로 꼼짝도 할 수 없었다. 나는 주먹을
쥐고 있었다. 내 손 안에는 매미가 한 마리 들어 있었다. 그 매미는
쉬지 않고 날개를 퍼덕거렸다. 주먹을 움켜쥔 채 나는 무작정 쫓기
고 있었다. 그러나 내게는 쫓겨갈 곳도 없었다. 나는 나 자신에게
로 쫓기고 있었다. 공포감과 흡사한 마비감으로 인해 나는 온몸이
뻣뻣해져 있었다.

그때 한 아이의 손이 내 상의 주머니를 뒤져서 지갑을 끄집어 냈
다. 그의 얼굴에 노골적인 경멸의 표정이 어렸다. 그는 몇 푼 안 되
는 돈을 꺼내고서 지갑을 내 몸 위로 던지고는 몸을 돌렸다. 다른
아이들도 그와 함께 내게 등을 돌렸다. 그들은 천천히 내게서 멀어
져 갔다.

그들의 뒷모습이 완전히 사라진 뒤에도 나는 흙바닥에 누워 있었
다. 그 상태로 나는 정면을 응시하듯 바라보았다. 내 눈앞에서는
수많은 매미들이 분분히 날아다니고 있었다. 나는 환상을 보고 있
었다. 환상이 꼬리를 물고 일어나고 있었다. 그러나 그 환상들이
차츰 나를 자유롭게 했다. 어차피 과거와 단절된 마당에, 나는 자

유로웠다. 환상 속에서 나는 나 자신이 나무가 되기도 하고, 청설
모가 되기도 하고, 또 매미가 되기도 했다. 그 광경에 현기증이 일
어났지만, 현기증이야말로 내가 자유롭다는 증거였다. 나는 두 손
가득히 흙을 움켜쥐었다. 그 순간, 나는 한 줌의 흙이었다. 그 흙이
손가락 사이로 빠져 나가고 있었다. 영혼이여, 나를 떠나라, 나를
여기 버려 두고 너 혼자 멀리 떠나라. 누군가가 내 귀에 대고 그렇
게 소리치고 있었다. 그러나 그 소리는 분명 환청이 아니었다.

6

언뜻 정신을 차려 보니, 어느새 나는 다시금 차갑고 단단한 금속
물질에 둘러싸여 있었다. 자동차 안이었다. 인간들이 광물이나 금
속으로 주위를 꾸며 놓고서 다소나마 안도감을 느끼는 것은, 오만
함이 아니라 차라리 가련함이었다. 이 사실은 어쩌면 다른 누구보
다도 허물을 벗는 매미와 같은 곤충들이 애초에 잘 알고 있었던 것
인지도 모르는 일이다. 더욱이 그 광물이나 금속에 속도가 붙게 되
면, 고속도로 위에서의 사고가 증명하듯, 하시라도 흙덩어리나 종
잇장 같은 것에 불과해질 위험에 노출되는 것이다.
　　그러나 나는 자동차를 버릴 수가 없었다. 마땅히 행선지라고 해
야 할 곳이 없었기 때문에, 그나마 맹목적인 속도감이 내게 순간
순간 방향을 설정해 주고 있었다. 자유로운 만큼 거칠 것이 없었
다. 후회나 미련은 느리게 움직일 때만 들러붙게 되어 있는 것이었
다. 게다가 내 몸도 또한 광물과 금속으로 이루어진 허약한 틀과
그다지 다를 바가 없었다. 이미 나는 허물과 허물로서 자동차와 한
몸이 되어 있었다.
　　나는 잠시 자동차 전용도로를 달리다가 국도로 접어들었다. 도중

에 길 가장자리의 깊게 팬 바닥에 물이 고여 있는 것을 보지 못하여, 하마터면 사고가 날 뻔했다. 갑자기 요란한 소리와 함께 물이 튀어오르고 운전대가 크게 흔들렸던 것이다. 두 번쯤 무인 속도 감시기와 마주치기도 했다. 공중에 매달린 카메라가 시야에 들어올 때, 나는 그 기계의 외눈을 정확히 응시했다.

도심지의 외곽지역에 진입하면서부터, 나는 가급적 천천히 차를 움직였다. 두 갈래 길이 만나는 곳 신호등 앞에서 차가 멈춰 섰다. 망각과 각성, 두 갈래 길을 앞에 두고서 나는 내 정신의 두 가지 가능성인 망각과 각성에 대해 생각했다. 바로 그때 쾅 소리가 일어나면서 차체와 더불어 온몸이 크게 흔들렸다. 순간, 내 귀에는 거대한 매미가 꽥 하고 지르는 소리가 들린 듯했다. 그러고 보면 지금 나는 자동차라는 거대한 매미 속에 들어 있는 것이었다. 충돌과 동시에 차 안에서 어중간하게 자리잡고 있던 카세트 테이프 등속의 물건들이 왈칵 쏟아져 나와 바닥에 떨어졌다. 나는 한참 후에야 정신을 차릴 수 있었다. 마치 두개골 속의 뇌가 밖으로 쏟아져 나온 듯한 기분이었다.

뒷목에 뻐근한 통증을 느끼며 실내 후면경을 통해 뒤쪽을 보니, 흰색 승용차의 앞 유리창이 작은 사각형의 거울 속에 클로즈업되어 있었다. 그렇지 않아도 아까부터 흰색 차 한 대가 뒤에 지나치게 바짝 붙어 따라오는 듯싶더니, 기어이 추돌을 하고 만 것이었다. 내가 차를 인도 쪽으로 붙이자, 흰색 차도 뒤를 따라왔다.

나는 한 손으로 뒷목을 주무르는 진부한 동작을 보이며 차에서 내렸다. 내 차는 왼쪽 깜박이등이 깨지고 범퍼가 움푹 들어가 있었다. 그러나 흰색 차는 겉보기에 아무런 손상도 입고 있지 않았다. 내가 자동차들의 앞뒤를 살펴보고 난 후에야 흰색 차에서 한 여자가 밖으로 나왔다. 나이는 삼십대 초반쯤 되어 보였는데, 아마도 운전이 초보인 듯했고, 사고도 처음 당하는 것인지 얼굴이 하얗게 질려 있었다. 여자는 놀람의 충격에서 채 벗어나지 못한 듯 당황한 표정으로 약간 비틀거리면서 내 쪽으로 다가왔다. 그러고는 말없이 내 곁에 바짝 붙어섰다. 그 모습이 지극히 자연스럽고 꾸밈이 없어서, 내 쪽에서도 아무런 어색함을 느낄 수 없었다. 그녀는 나와 거의 몸이 닿을 듯이 서서 서로 맞닿아 있는 두 대의 자동차를 걱정스런 눈길로 내려다보았다. 지나가는 운전자들이나 보행자들의 눈에는 우리가 서로 친분이 있는 두 남녀로 보였을 것이다.

가까운 정비소로 같이 가시죠. 그녀가 고개를 돌려 가늘게 뜬 눈으로 나를 바라보며 말했다. 보험으로 처리할게요. 나는 그녀의 입가와 눈가에 보일 듯 말 듯 새겨져 있는 미세한 주름살들을 가만히 들여다보았다. 섬세하고 정교한 문양을 그리고 있는 그 주름살들은 갓 태어난 애벌레들이 서로 몸을 포개고서 잔뜩 웅크리고 있는 모습을 연상시켰다.

그 애벌레들이 조금씩 꿈틀거리고 있었다. 그녀가 내게 뭐라고 말을 하고 있는 모양이었다. 그러나 짧은 순간이나마 내게는 그 말이 들리지 않았다. 대신 내 귀에는 애벌레들이 내는 소리, 중얼거림 같기도 하고 그냥 아기처럼 칭얼대거나 웅얼거리는 듯한 소리, 여하튼 내가 알아들을 수 없는 말에 가까운 소리가 전해져 오고 있었다. 그때 나는 비로소 내가 처한 상황을 정확히 알 수 있었다. 나는 들리는 것을 듣지 못하고 있었다. 나는 들리지 않는 것을 듣고 있었다. 또한 나는 눈에 보이는 것을 잘 보지 못하고 있었다. 내게는 언젠가부터 보이지 않는 것이 보이고 있었다.

나는 구둣발로 자동차의 타이어를 툭툭 차는, 또다시 진부하기 짝이 없는 동작을 보이며 중얼거리듯 말했다. 그냥 가세요. 그녀는 자신이 잘못 들었다고 생각했는지, 목을 뽑아 얼굴을 내 쪽으로 들이대며 물었다. 뭐라구요? 나는 혹시 그녀가 지독한 근시이거나 아니면 가는귀라도 먹은 게 아닐까 생각했다. 그녀에게서는 상대방을 대할 때 가능한 한 밀착된 상태를 유지하려 하는 노력이 분명하게 느껴졌기 때문이었다. 그러나 그것이 단순히 습관적이거나 본능적인 것인지, 아니면 뭔가 실제적인 필요 때문에 그러는 것인지는 알 수가 없었다.

나는 그녀의 얼굴을 마주 바라보며 같은 말을 반복했다. 그녀의 몸으로부터 은근한 향기와 더불어 미지근한 체온이 내게 전해지고 있었고, 그녀의 얼굴 위에서는 작은 애벌레들이 잠에서 깨어나 부산스레 움직이고 있었다. 그녀는 자기 귀를 믿지 못하겠다는 듯이 이마를 찌푸리고 눈에 힘을 주어 한동안 말없이 나를 바라보았다. 나는 더 이상 말을 할 필요를 느끼지 못하고서 몸을 돌렸다. 나는 지금 그녀에게 호의를 베풀고 있는 것이 아니라, 보상을 하고 보상을 받고 하는 현실적인 일에 무심해져 있는 상태였다. 지금의 내 정신으로는 그런 번거로운 일을 감당할 자신이 없었다. 그리고 내 딴에는 그녀가 전혀 예상하지 못했던 나의 태도에 놀란 나머지, 내게 어떻게 고마움을 표해야 좋을지 몰라서 머뭇거리고 있는 줄로만 생각하고 있었다.

그러나 그것이 아닌 모양이었다. 내가 나의 차 쪽으로 걸어가서 막 문을 열려 할 때, 그녀가 내 뒤를 따라와 몸으로 앞을 가로막듯이 하며 다시금 얼굴을 바짝 들이밀었다. 그러고는 이대로 그냥 가버리면 어떻게 하느냐고 물었다. 그 말에 나는 깜짝 놀랐다. 그녀의 목소리와 말투에서는 고마움보다는 조심스럽게나마 오히려 불신과 두려움의 기미가 느껴졌기 때문이었다. 그제야 나는 그녀의 심중에 나와는 다른 어떤 생각이 들어 있음을 알았다. 그러나 나로서는 그것이 무엇인지 선뜻 알아낼 수가 없었다. 알아낼 수 없었기 때문에, 당혹스러웠고 한편으로는 두렵기까지 했다.

달리 어찌할 바를 몰랐던 나는 몸을 비켜서 문의 손잡이를 잡았다. 그러자 그녀가 한 발 뒤로 물러서며 내게 빠른 어조로 말했다.

이러지 마세요, 나한테는 그런 게 안 통해요, 속셈이 뭔지 다 안다구요, 나를 만만하게 보지 말아요, 물론 댁도 사정이 있겠지요, 하지만 얼마 전에 내 친구가 이런 식으로 당했다는 이야기를 들었어요, 그러니 나한테는 이러지 말아요, 나와 함께 지금 정비소로 가요, 그래야 해요, 그 편이 좋겠어요.

그녀의 입에서 갑작스레 쏟아져 나온 말의 홍수 혹은 말의 세례에 나는 머릿속이 얼떨떨해졌다. 그러나 그 말들이 무슨 뜻을 가지는지, 그녀가 왜 그런 말과 행동을 하는지는 어렴풋하게나마 감을 잡을 수 있을 것 같았다. 하지만 여전히 사태를 명료하게 파악하지 못하고 있었기 때문에, 나로서는 한동안 문의 손잡이를 잡은 채 엉거주춤 서 있을 수밖에 없었다. 비록 무심함에서 비롯된 것이기는 해도 호의를 베풀고 있는 것이 분명한 마당에, 이런 식의 대접을 받는다는 것은 분명 부당한 노릇이었다.

그때 때맞춰 저 멀리에서 순찰차 한 대가 시야에 들어왔다. 예상했던 대로, 순찰차는 도로 위에서 실랑이를 벌이고 있는 두 남녀를 발견하고서 속도를 줄여 슬금슬금 다가오더니, 흰색 차 뒤에 멈춰섰다. 정복 차림의 경관이 나타나자, 그녀는 약간 당황한 기색을 보이며 나의 기색을 살폈다. 경관은 맞닿아 있는 두 대의 차를 옆눈으로 힐끔거리며 우리 사이로 끼여들었다. 곧 나를 제외한 두 사람 사이에서 끊길 듯 끊길 듯 하면서 대화가 오가기 시작했다.

그녀가 머뭇거리고 주저하면서 하는 말을 옆에서 들어 보니, 그녀가 두려워하고 있던 바가 무엇인지 명료하게 드러났다. 그녀는 내가 일단 자기를 안심시키고 돌려보내고 나서 나중에 뺑소니로 몰아 금품을 뜯으려 하는 것이 아닌가 의심하고 있었다. 그렇지 않다면 이런 세상에 누가 이렇듯 스스로 피해를 감수하면서까지 선선히 가해자를 보내 주겠느냐는 것이 그녀의 말이었다. 한마디로, 초보 운전자의 피해의식이 과도하게 드러난 결과였다. 그러나 나는 그녀의 말을 듣고 어이가 없거나 화가 치미거나 하지 않았다. 오히려 아, 그럴 수도 있겠구나 하는 생각이 들어 나도 모르게 고개를 주억거렸으며, 마음속으로 그녀의 영민함과 주도면밀함에 경탄을 느끼고 있었다.

면허증 좀 봅시다. 경관이 내게 말했다. 당연히 나는 당황하지 않을 수 없었다. 면허증이 어디 있는지는 고사하고, 내게 면허증이 있는지 없는지조차 기억할 수 없었기 때문이었다. 나는 경관의 쏘아보는 시선에 밀려, 반사적으로 몸을 더듬었다. 다행히 바지 뒷주머니에서 지갑이 만져졌다. 아까 바닥에 내던져진 것을 챙겨 둔 모양이었다. 그러나 이미 한 차례 털린 지갑 속에는 주민등록증과 은행 카드 한 장을 제외하고는 아무것도 없었다. 나의 행동을 지켜보던 경관의 얼굴에 뭔가 재미있는 일이 생길지도 모른다는 기대감과 더불어 짓궂은 호기심이 섞인 미소가 떠올랐다. 나는 허둥거리기 시작했다. 이렇게 어처구니없이 당할 수는 없는 노릇이었다. 나는 혹시나 하는 마음으로 차문을 열고서 운전석 앞의 햇빛가리개를 내렸다. 거짓말처럼 면허증은 그곳에 꽂혀 있었다. 나는 면허증을 찾았고, 또한 여유를 되찾은 것이었다.

건망증이 심하시군요. 경관이 면허증을 들여다보며 말했다. 지금도 사고에 대한 보상을 받으실 생각이 없으신가요? 경관이 내게 면허증을 되돌려주며 물었다. 그의 목소리는 심드렁했으나, 그의 얼굴은 속도 감시 카메라처럼 불쾌한 금속성의 빛을 번득이고 있었다. 그를 마주 바라보고 있자니, 실제로 기계 외눈을 쳐다보고 있는 듯한 기분이 들었다. 나는 말없이 고개를 끄덕였다. 차후로 이 일을 가지고 문제를 삼지 않으실 것을 약속하시나요? 이어지는 경관의 말에 나는 방금 전과 똑같은 반응을 보였다. 서약서를 받을까요? 경관이 이번에는 그녀를 바라보며 물었다. 나는 눈길을 돌려 그녀를 바라보았다.

그때 나는 그녀의 얼굴이 벌겋게 달아올라 있는 것을 보았다. 그녀는 더욱더 심한 낭패를 겪고 있는 사람의 표정을 짓고서 나와 경관을 번갈아 바라보고 있었다. 그녀는 차라리 내 쪽에서 어떤 말이나 행동을 보여 주었으면 하는 기색이었다. 그러나 나는 더 이상 그들의 대화를 들을 수 없었다. 그들이 주고받는 말소리가 점점 커지더니 마치 앰프라도 동원한 듯 쾅쾅 울리기 시작했다. 그리고 그 소리는 마침내 다시금 매미 울음소리가 되어 내 귀를 뒤덮어 버렸다. 오늘 아침부터 내게서 감정의 수위가 어느 선에 이르면 매번 습관처럼 찾아오는 현상이었다. 랄랄라, 나는 입 안에서 혀를 움직여 가락 없는, 가망 없는 노래를 불렀다. 내가 할 수 있는 일은 그것뿐이었다.

한동안의 시간이 흘러서, 그토록 맹렬하던 매미 울음소리가 차츰 사그라지기 시작할 때, 그녀와 경관은 각기 자기들의 차로 돌아갔다. 그녀의 차가 먼저 천천히 앞으로 나아가기 시작하자, 순찰차도 차도로 진입하여 이내 나로부터 멀어져 갔다. 애초에 잘못된 만남이었다. 후세 사람들이 말하리라, 이 시대는 도저히 정신문명과 과도한 기술문명 사이에 끼여든 인류의 신경증의 시대라고, 나는 할 말을 잃고서 혼자말을 중얼거렸다. 적어도 내게는 그런 말을 할 자격이 있었다.

내가 하릴없이 다시 차문을 열려 할 때였다. 얼핏 저 앞쪽에 흰색 차 한 대가 비상등을 켜고서 정차해 있는 모습이 보였다. 설마 하는 생각이 들었으나, 나는 몸의 움직임을 멈추고서 계속 그 차의 뒷모습을 바라보았다. 그때 그 흰 차에 후진등이 들어왔다. 초보운전답게 자동차는 짧게 짧게 지그재그를 그리며 아주 천천히 내 쪽으로 다가왔다. 그녀가 돌아오고 있었다. 잘못된 만남은 아직 끝난 것이 아니었다. 자동차의 뒷걸음질이 끝나고 후진등이 켜졌을 때, 문득 내 속에서 까닭 모를 어떤 안타까움이 강하게 자리잡았다. 나 자신에 대한 모멸감과 타인에 대한 사랑이 정확히 맞물리는 순간이었다. 그녀가 마치 화가 잔뜩 난 듯한 얼굴로 차에서 내렸다. 내게 기회를 주세요. 그녀가 여전히 화가 난 표정으로 내게 말했다. 내가 뭔가를 할 수 있도록 해주세요. 그녀가 내게 바짝 다가섰다.

7

그녀와 함께 차를 타고 있는 동안, 나는 내내 아무 말도 하지 않았다. 나 자신에 대한 모멸감과 타인에 대한 사랑이 정확히 맞물리는 순간의 절박함, 나는 줄곧 그 생각에 사로잡혀 있었다. 아마도 자신이 큰 실수를 저질렀다는 사실에 대한 자각 때문이었겠지만, 그녀는 갑작스럽게 내게 집착했다. 그녀는 방금 전의 과거를 어떻게 해서든 자기 식으로 변화시키고 싶어했다. 그리고 자신이 정한 방향에 따라 미래 속으로 진입하고자 했다. 나는 그녀에게 나를 맡겼다. 그녀가 제시하는 방향에 저항할 만한 나만의 방향이 따로이 없었기 때문이었다. 그런 의미에 오히려 내 쪽에서 그녀에게 맹목적으로 이끌렸다고 하는 편이 더 정확한 표현인지도 모를 일이다.
그녀는 나를 자신의 세계로 이끌었다. 나는 소경처럼, 행려병자처럼 그녀의 뒤를 따라갔다. 사실 나는 아까 그녀가 떠나갈 때 까닭 모를 아쉬움을 강하게 느꼈었다. 그 아쉬움은 이를테면 나무 위에 앉아 있는 매미를 잡기 위해 손을 뻗을 때의 조바심과 흡사한 것이었다. 조바심으로 인해 나 또한 그녀에게 집착했다. 그녀가 돌아와서 내게 자신과 동행할 의사가 있는지 물었을 때, 내가 선뜻 승낙을 한 것도 그런 까닭에서였다. 나는 서슴없이 내 자동차를 골목 안쪽의 빈 공간에 세워 놓고서 그녀의 차에 올랐다. 나는 집단

생활에서 본의 아니게 떨어져 나온 한 마리의 곤충이 그러한 것처럼 다시금 무엇인가에 연루되고 싶었다. 때로 곤충들이 보여 주는 게걸스러움, 한데 모여 맹목적으로 바글거리는 것, 바로 그런 욕망이 내 속에도 있었다. 더욱이 꽁무니를 훼손당한 자동차는 이미 내가 벗어 버려야 할 껍질 같은 것이었고, 일단 그로부터 빠져 나온 이상 그리로 돌아갈 이유가 없었다.

얼마 후, 나는 그녀와 함께 어둠침침한 지하 카페로 들어갔다. 실내의 중앙에는 타원형으로 칵테일바가 만들어져 있었고, 그 주위에 사면의 벽쪽으로 탁자들과 의자들이 붙어 있었다. 아직 비교적 이른 시간이었는데도 바텐더의 손길이 분주했다. 그러고 보니 대부분의 탁자가 사람들로 채워져 있었다. 뭔가 가시적인 어수선함과 잠재된 부산함이 음험하게 공존하고 있는 공간이었다. 스탠드바 앞에 앉아 있는 사람들에게서 고음의 웃음소리가 간간이 일어나고 있었다.

"여기에서는 매미 우는 소리가 전혀 들리지 않는군요."

그녀의 맞은편 자리에 털썩 주저앉으며 내가 혼자말을 하듯 말했다. 실제로 나는 그 사실을 절실하게 느끼고 있었다. 그녀가 의아해하는 표정으로 나를 바라보았다. 그러나 이내 그녀는 내 말을 대수롭지 않게 넘겨 버리고서 입을 열었다.

"여긴 좀 특별한 곳이에요. 누구든 아무리 큰 소리로 말해도, 심지어 소리를 지르고 탁자를 두드려대도 허용이 되지요. 춤을 춰도 되고요. 벌써부터 사람들이 이렇게 많은 것도 그 때문이에요. 비록 아직은 그런 대로 조용한 편이지만, 시간이 조금만 더 지나면 모두들 광란의 소음 속으로 휘말려 들어갈 거예요. 매미 울음소리 정도는 비교도 안 되지요."

그녀는 말을 마치고서 뭔가를 주의 깊게 살피는 듯한 표정으로 주위를 돌아보았다. 잠시 후, 그녀의 시선이 다시 내게로 향했을 때, 문득 나는 그녀로부터 뭔가 까칠까칠한 것이 내게 와 닿는 것을 느꼈다. 그녀의 외모에서 풍기는 전체적인 분위기는 부드러움이었지만, 나와 맞닿은 그녀의 감촉은 까칠까칠함이었다. 세상은 여전히 부드럽게 느껴지고 있었지만, 나와 그녀가 앉아 있는 이 자리, 그리고 나와 그녀가 맺고 있는 관계는 까칠까칠하기 그지없는 것이었다.

그녀는 내게서 어떤 말이 나오기를 기다리고 있는 듯했다. 그러나 내가 여전히 묵묵히 앉아 있자, 약간 맥이 빠지는 듯한 표정을 지으며 말을 이었다.

"내가 하필 이런 곳으로 모신 이유는, 어쩌면 그것의 분위기가 선생님께 조금은 도움이 되지 않을까 하는 생각이 들어서였어요. 바깥 세상에 대해 반응을 보이기를 포기한 듯한, 그 차갑게 가라앉은 정적인 모습에서 뭔가 변화를 이끌어 내고 싶었던 거지요. 나도 나름대로 절박함을 느꼈어요. 그런데 혹시 이곳이 거북하지는 않나요?"

"그렇지는 않습니다. 말씀하신 대로 여기에 들어오니 차라리 마음이 홀가분해졌습니다. 오늘 아침부터 나는 이 세상에 매미와 인간만이, 그 두 종의 생물만이 살고 있다는 느낌에 시달리고 있었답니다. 그런데 여기에서는 그 느낌이 점점 더 생생해지고 있습니다."

마침내 내게서 말을 이끌어 냈다는 사실에 아주 잠깐 그녀의 얼굴에 만족스러워하는 표정이 어렸다. 그러나 곧 그녀는 미간을 찌푸리며 말했다.

"아까부터 자꾸 매미 이야기를 하시는군요. 그럴 만한 특별한 이유라도 있는 건가요? 그리고 보니 선생님은 우는 법을 잃어버린 매미처럼 보이네요. 내 말이 실례가 되었나요?"

"아니요, 그렇지는 않습니다. 오히려 정확히 보신 겁니다. 지금 내 머릿속에는 매미가 한 마리 들어 있습니다. 그놈이 자꾸 내게 매미에 대해 생각하게 하고, 매미에 대해 말을 하게 하는 겁니다. 사실, 아까 이곳에 발을 들여놓았을 때, 매미소리가 들리지 않는다는 생각에 적잖이 안도감을 느꼈습니다. 바깥에서는 그 소리에 속수무책으로 노출되어서 당장이라도 미쳐 버릴 것 같았으니까요. 그런데 알고 보니 내가 잘못 생각한 거였어요. 지금 나는 매미들의 세계에, 그러니까 매미들의 소굴에 들어와 있는 겁니다. 그리고 이곳의 매미들은 이제나저제나 모두 함께 한바탕 울어대기 시작할 때를 기다리고 있는 거지요. 매미 울음소리가 들리지 않았던 것도 그 때문이고요. 말하자면 이곳에 있는 모든 인간들이 매미인 거지요."

"그 말을 들으니 기분이 이상하군요. 내가 선생님을 여기로 데려온 게 아니라, 애초에 그쪽에서 원격조종을 해서 나를 앞장세워 이곳으로 함께 오도록 한 거라는 느낌이 든다는 말이지요."

"그럴지도 모르지요. 나는 과거도 미래도 없이 매미처럼 울어대는 사람들과 함께 있고 싶었습니다. 그리고 여기에서 나는 나 자신이 매미라는 걸 다시 확인했습니다."

나의 말에 결국 그녀는 뜨악한 표정을 감추지 못한 채 할말을 잊고서 물끄러미 나를 건너다보았다. 그녀는 입가에 미소를 지어 보려 했으나 여의치 않은 듯했다. 우리는 서로를 향해 마주앉아 있었으나, 눈길은 상대방의 얼굴 너머 뒤쪽의 사물들에 허약하게 매달려 있었다.

그렇듯 허약하고 허망한 시간이 얼마간 지났을 때, 문득 실내의 조도가 반쯤 낮아졌다. 그 동안 비교적 잔잔하게 흐르던 음악도 헤비 메탈까지는 아니어도 하드록 계열의 것으로 바뀌어서 실내의 공기를 어지럽게 휘저어대기 시작했다. 그와 동시에 술잔을 나르던 세 명의 여종업원이 기다렸다는 듯 바 앞에 나란히 서서 서로 어깨동무를 하고는, 운동경기장에서 치어리더들이 그러하듯이 팔을 흔들고 다리를 들어올리는 격렬한 율동과 함께 스피커에서 흘러 나오는 노래를 소리 높여 따라 부르기 시작했다. 그리고 그녀들의 음성과 움직임은 곧 실내에 있는 사람들에게로 순식간에 퍼져 나갔다.

나의 오감을 통해 생생히 전달되는 그 소음과 움직임은 그러나 이미 본능적으로 예감하고 있었던 것이므로, 나는 별다른 동요를 느끼지 않았다. 오히려 내 얼굴에서는 스스로 생각해 보아도 까닭을 알 수 없는 미소가 천천히 번져 나가고 있었다. 그때 나는 맞은편 벽에 내실 쪽으로 통하는 것으로 보이는 문이 열리면서 한 깡마른 사내가 모습을 드러내는 것을 보았다. 그는 뼈대만으로 이루어진 사지를 건들거리며 천천히 실내를 가로질러 내가 앉아 있는 쪽으로 걸어왔다.

이윽고 내 앞에 거의 이르렀을 때, 그는 걸음을 멈추고서 선 채로 내 맞은편의 여자를 내려다보았다. 가까이에서 보아도 그는 말 그대로 피골이 상접하여 얼굴뼈의 윤곽을 그대로 드러내고 있는 탓에 나이를 짐작하기가 쉽지 않았다. 그때 그녀가 무심코 고개를 돌리다가 그를 발견하고서 선뜻 엉덩이를 움직여 옆자리로 옮겨 앉았고, 그는 서슴없이 빈자리에 털썩 주저앉았다. 그가 상체를 뒤로 잔뜩 젖힌 자세로 그녀와 나의 얼굴을 번갈아 바라보고 있을 때, 어깨동무를 푼 여종업원들 중의 하나가 곁에 와서 섰다. 그는 우리에게 묻지도 않고서 그녀에게 마르그리타 세 잔을 가져오라고 말했다.

호기심에 찬 그의 눈길을 의식한 그녀가 손을 들어 나를 가리키며 불쑥 말을 던졌다. 이분은 자기가 매미랍니다. 그녀는 그렇게 말하고서 나를 빤히 바라보았고, 나는 여전히 입가에 희미한 미소를 지은 채 그녀를 마주 바라보았다. 그러자 그가 잠시 그녀와 나를 번갈아 힐끔거리더니, 정색을 한 얼굴로 입을 열었다.

"그렇지요, 인간은 매미지요. 생태적으로나 습성으로나 동물들 중에 매미만큼 인간과 유사한 게 따로이 없지요."

그러고서 곧 그는 옆자리의 여자와 공모자의 눈길을 슬쩍 주고받은 후에 말을 덧붙였다.

"하지만 그렇다고 우리 쪽에서 내가 바로 매미다 하고 나설 수는 없는 거지요. 아무도 자기가 매미라는 걸 증명할 수 없으니까요."

나는 몸을 앞으로 굽혀서 비밀이라도 털어놓는 표정으로 말했다.

"솔직히 말하지요, 나는 기억을 상실했습니다. 오늘 아침에 일어난 일입니다. 나는 어제 이전의 일을 전혀 기억하지 못합니다. 그러다가 문득 생각이 났습니다. 내가 매미인지도 모른다는 생각 말입니다. 지금 나는 매미처럼 고목 등걸에 매달려 있습니다. 그리고 내 눈에는 다른 사람들도 나무 위에 앉아서 울 준비를 하고 있는 것처럼 보입니다."

그의 얼굴에 호기심이 진하게 번져 나갔다. 그러나 그는 입으로 쯧쯧 소리를 내고는 고개를 가로 저으며 말했다.

"내가 보기에는 당신은 적어도 아직은 매미가 아닙니다."

"겉으로 보기에는 그렇겠지요."

"당신은 자신이 미쳤다고 생각합니까?"

"내가 스스로 진단을 내리자면, 나는 정신병자가 아닙니다. 정신병자이기에는 뭔가 모자릅니다."

"그렇지요, 당신은 단지 기억상실자일 뿐이라는 거지요."

"엄밀히 말하면, 나는 제대로 된 기억상실자도 아닙니다. 말하자면 나는 사이비 기억상실자입니다."

"그렇다면 왜 자신이 매미라고 생각하는 건가요?"

"그저 행복해지려 하는 거지요. 그리고 그렇게 생각하니까 실제로 행복하기도 합니다."

"참으로 정치적인 말이군요. 하지만 인생은 형벌입니다."

"압니다. 그래서 지금 나는 나를 임상 실험하고 있답니다."

"모두들 자기 삶은 무척이나 복잡하다고 생각하지요."

"나는 그 복잡함을 단순함으로 풀어 보려고 하는 겁니다."

"그러고 보니 당신은 정말 매미군요. 그래서 오히려 행복해 보이는 거군요."

"이제 곧 내 허물이 사람들의 손길에 훼손되고, 자연에 의해 풍화되겠지요."

나의 말에 그가 가벼운 한숨을 내쉬며 눈길을 내리깔았을 때, 내가 그에게 물었다.

"당신은 뭘 하는 사람인가요?"

"나는 책을 씁니다. 책은 언어로, 문자로 이루어지는 건데, 나는 언어를 잃어버렸습니다. 언어들이 내게 덤벼듭니다. 내게 공격을 가합니다."

"나도 예술가입니다. 예술가 중에서도 실험 중독자입니다. 그런데 중독된 실험은 더 이상 실험이 아니더군요. 그런데도 기회만 생기면 모든 사람들이 내게 공격적으로 달려듭니다."

"서로 통하지 않는 말들이 이렇게 연속될 수 있다는 게 정말 놀랍군요."

"그래요, 이런 식으로 대화가 계속 진행된다는 게 실로 경이롭기까지 합니다."

"천재는 가장 비천함과 가장 비참함 속에 있답니다."

"당신은 계속하여 저 여자와 공모의 눈길을 교환하는군요."

"사랑하되, 욕망하지 말아야지요. 그래야지요."

"인간들에게 가장 깊고도 보편적인 성향은 낭만성이지요. 인간들 누구에게나 도저한 낭만성이 있지요."

"나는 수수께끼를 만들어 내려 했어요. 하지만 그 대답이 무엇인지는 나도 몰라요, 나도 몰라요."

"저 젊은이의 웃음소리가 나를 절망하게 만듭니다. 저 철없음에 치가 떨립니다."

"포르노와도 흡사한 일상의 강한 힘이 마약처럼 나를 움켜쥐고 있습니다. 일상의 그 강력한 손아귀로부터 놓여나는 것은 육체의 노쇠를 통해서일 뿐입니다. 젊음이라는 것, 자신의 몸 속에 들어 있는 생명력이야 말로 자신을 움켜쥐고 중독시키는 가장 강력한 힘입니다."

"내게는 아무런 이데올로기도 없습니다. 때문에 나는 아무것도 믿지 못하는 자의 외로움에 떨고 있습니다. 외로움으로 인해 일을 벌여 놓고 나서, 그 일에 대한 두려움으로 인해 쩔쩔매고 있습니다. 진정한 것이든 거짓된 것이든, 이데올로기만이 인간을 인간답게 만드는 모양입니다."

"우리는 컨베이어 벨트 위에서 덜그럭거리며 어디론가 옮겨지는 존재들이지요."

"살아가면서 어떤 식으로든 비록 미미하게라도 행복감을 지속적으로 느끼는 사람들이야말로 가장 용감한 자들입니다. 그들이야말로 세상에 제대로 저항을 하며 살아가는 것입니다. 거기에 비해, 공연히 고통스러운 자의식에 젖어서 신경증에 시달리는 것은 가장 비겁하고 가장 허약한 태도입니다. 실상은 삶에 대해 전혀 저항하지 못하는 겁니다."

"우리는 뭔가 하며 시간을 보내는 것이 아니라, 어쩌다 보니 시간의 지옥 속에 빠져들어서, 그 후로 시간의 물살에 휘말려들어 어쩔 수 없이 사지를 허우적거리고 있을 뿐입니다. 넘어지지 않고 균형을 잡으려고 몸을 움직이고 있는 겁니다. 줄로 조종하는 인형, 마리오네트가 우리가 처한 운명입니다. 시간의 흐름이 수력발전소식 동력을 만들어서 우리의 팔다리를 쉴새없이 움직이게 하고 있는 것입니다. 그러다가 시간은 얼마쯤 있다가 우리를 다른 것으로 갈아 치웁니다. 우리로 하여금 자식을 낳게 해서, 우리 대신 우리의 자식들을 가지고 놀며 지루함을 피하는 것입니다."

"지금 우리는 서로 매미처럼 울어대고 있군요."

“지금 우리는 서로를 향해 발작을 하고 있는 겁니다.”

끊이지 않고 말이 오가는 동안에, 그와 나는 자신들도 모르는 사이에 점점 더 목소리를 높여 나가다가 급기야 서로를 향해 악을 쓰고 있었다. 그때 그녀가 갑자기 벌떡 몸을 일으켰고, 그 순간 우리의 대화도 중단이 되었다. 그녀는 거칠게 몸을 움직여서 자리를 벗어나더니, 내 오른팔을 움켜쥐고서 강하게 잡아당겼다. 그 바람에 내가 엉거주춤하게 몸을 일으키자, 맞은편의 그가 상체를 앞으로 기울여서 나를 향해 손을 내밀었다. 나는 그가 나와 작별 인사를 대신하여 악수를 하자는 것인지, 아니면 내 손을 잡아당겨서 나를 그녀로부터 떼어놓으려 하는 것인지 알 수가 없었다.

그러나 그 모습을 본 그녀가 내 팔을 잡은 손에 힘을 더했고, 나는 반사적으로 손을 뻗어서 그의 손을 잡았다. 그러고는 내가 손에서 힘을 풀자 그도 순순히 내 손을 놓아주었다. 나는 더 이상 선택의 여지를 가지지 못한 채, 다시금 그녀에게 이끌려 밖으로 나왔다.

바깥 공기를 쐬자 정신이 조금 돌아오는 듯했다. 마치 한바탕 싸움을 벌이고 난 것 같은 기분이었다. 나는 묵묵히 그녀의 뒤를 따라 걸음을 옮겼다. 나로서는 그녀가 우리의 말싸움을 견디다 못하여 우리를 서로에게서 떼어놓으려 한 것인지, 아니면 우리의 사이가 갑작스레 너무도 가까워지는 것을 보고 질투심을 참지 못하여 나를 되찾기 위해 끌어당긴 것인지조차도 알 수가 없었다.

8

“이게 내 두 번째 삶이에요.”

자동차를 골목에 세워 놓고 낮은 대문 안으로 들어서면서 그녀가 한 말이었다. 나는 그녀를 따라 소박하게 꾸며진 정원을 가로질러

집 안으로 들어갔다. 실제로 거실에 들어선 순간부터 그녀는 마치 허물을 벗은 곤충처럼, 전혀 다른 여자가 되어 있었다. 그녀는 파출부로 보이는 중년 여인을 돌려보내고서, 아무 말 없이 자신의 방으로 들어갔다.

나는 거실에 혼자 남겨졌다. 소파 위에는 사내아이 하나가 누워서 잠이 들어 있었다. 나는 맞은편 자리에 앉아서 잠든 아이의 얼굴을 물끄러미 바라보았다. 잠시 후, 푸른색 실내복으로 갈아입고 나온 그녀가 내게 찬물을 컵에 따라 가져다 주었다. 그러고는 아이 곁에 앉아서 아무런 표정도 없이 손으로 아이의 이마를 부드럽게 쓰다듬었다. 그녀는 아이의 아버지가 어느 날 갑자기 사라져 버렸다고 말했다. 삼 년쯤 전의 어느 날 저녁에 집을 나간 후로 영영 돌아오지 않는다고 했다. 때문에 지금 그녀는 법적으로나 심리적으로 지극히 모호한 상태에 처해 있다는 것이었다.

그때 아이가 잠을 깼다. 손등으로 눈을 부비며 일어난 아이는 주위를 두리번거리다가 나를 발견하고서 깜짝 놀라는 기색을 보였다. 그러더니 다음 순간 엄마의 손길을 밀어내고 내 쪽으로 달려와서 덥석 품에 안겼다. 잠결에 나를 자기 아버지로 착각한 것인지, 아니면 그 동안의 외로움과 심심함에 대한 단순히 반동적인 행동인지는 알 수 없었지만, 여하튼 아이의 행동에는 어딘가 가슴 뭉클하게 하는 데가 있었다. 나는 두 팔로 어설프게 아이를 끌어안고서 그녀를 바라보았다. 그녀는 무표정한 얼굴로 물끄러미 나를 건너다보고 있었다.

아이는 다시 잠이 들려는 듯 칭얼거리는 소리를 내면서, 한편으로는 두 손으로 내 바지 주머니를 더듬었다. 아이의 작은 손이 꼼지락거리며 주머니 속으로 파고들었다. 내가 영문을 몰라하는 표정을 지으며 그녀를 바라보자, 그녀가 입가에 미소를 지으며 말했다.

"아마도 옛날 일을 생각해 내고서 그러는 걸 거예요. 맞아요, 그 아이는 지금도 간간이 그 이야기를 하지요. 남편이 사라지기 며칠 전에, 하루는 저녁에 산책을 나갔다가 바지 주머니가 불룩해져서 돌아왔어요. 얼굴에는 장난기 섞인 웃음이 가득했지요. 남편은 아이를 앞에 세워 놓고서 주머니에 손을 넣어 뭔가를 끄집어냈어요. 그건 놀랍게도 매미였어요. 매미가 그이의 손에서 푸드득 소리를 내며 공중으로 날아올랐지요. 아이는 눈이 휘둥그래져서 고개를 젖혔어요. 매미도 놀라고 아이도 놀란 거지요. 그때 그이의 주머니에서 또 한 마리의 매미가 나왔어요. 그 매미도 공중으로 날아올랐어요. 그리고 또 주머니에서 매미가 나오고 날아오르고, 계속해서 매미가, 매미들이, 수십 마리의 매미들이 끝날 줄 모르고 쏟아져 나와서 천장에 닿을 듯이 날아다녔어요. 아이는 까르륵거리며 웃었어요. 아이와 함께 나도 오랫동안 웃음을 그치지 못했어요. 그날 밤, 매미들은 커튼에도 앉고 문짝에도 앉고 찬장 위에도 내려앉아서 늦게까지 울어댔어요. 우리는 다음날 저녁에야 창문을 열어서 매미들을 내보냈지요. 다시 여름이 와서 매미 울음소리가 들리니까, 저 애도 그때 일이 기억나는 모양이에요. 사실, 당신을 만나서 처음 매미에 대한 말을 들었을 때, 나도 남편을 머리에 떠올렸는데, 공교롭게도 저 아이도 당신에게서 나와 같은 느낌을 받은 모양이군요. 그러고 보면 당신에게는 정말 매미와 흡사한 데가 있는 게 틀림없어요."

그녀가 말을 마쳤을 때, 아이의 움직임도 그쳐 있었다. 그녀는 몸을 일으켜 내 쪽으로 걸어와서 아이를 안아 들었다. 방에 데려다 재워야겠어요. 그녀는 내 뒤쪽의 문을 열고 안으로 들어갔다. 다시금 혼자 남겨진 나는 갑작스레 피로가 몰려오는 것을 느꼈다. 나는 상체를 뒤로 젖히고서 눈을 감았다. 그때 나는 내가 천천히 환몽의 세계 속으로 들어서고 있음을 깨달았다. 여기저기에서 다시금 매미 울음소리가 들려오기 시작했다. 돌아보니 아주 가까이에 매미들이 앉아 있었다. 인간들이 만들어 놓은 사물들 하나하나에 밀착하여 붙어 있는 매미들은 그 사물들만큼이나 내게 친숙하게 여겨졌다. 그리고 그들이 내는 소리는 내게 건네지는 인간들의 말처럼 부드럽고 자연스러웠다.

그곳은 나를 위해 꾸며진 공간이었다. 이제 나는 알 수 있었다. 그곳은 그녀가 나만을 위해 미리부터 적절히 꾸며 놓은 공간이었다. 지금 나는 더욱 깊이 그녀의 세계 속으로 들어와 있는 것이었다. 그때 누군가의 두 팔이, 그 두 팔의 환상적인 감각이 뒤에서부터 나를 감싸는 것이 느껴졌다. 나는 눈을 감은 채로 몸을 돌려 그녀를 껴안았다. 처음 만난 순간부터 내게 줄곧 까닭 모를 조바심을 느끼게 하던 그녀가 내 품에 들어온 것이었다. 우리는 서로를 꼭 껴안고서 몸을 더듬었다. 그러나 그 행위는 저항할 수 없는 것이긴 했어도, 또한 실로 고통스러운 것이었다. 여전히 우리 서로에게 상대방의 몸은 너무도 까칠까칠했다. 하지만 우리는 몸의 움직임을 멈출 수 없었다.

마침내 우리는 조심스레 매미를 포획하듯 서로를 손에 넣었다. 다시금 내 손안에 매미가 한 마리 들어 있었다. 그러나 막상 매미가 손에 들어오자, 차츰 그것은 처치 곤란한 것이 되어 가고 있었다. 내가 움켜쥔 그 매미가 내게 고통을 가하고 있었다. 하지만 손을 풀어 그 매미를 놓아줄 수는 없었고, 그렇다고 달리 어쩔 수도 없었다. 대신 나는 그 매미를 입에 넣고서 질겅질겅 씹었다. 그러나 내 손에서는 매미가 끝없이 쏟아져 나오고 있었다. 나는 계속하여 씹고 또 씹었다. 나는 돌아온 남편이었다. 나는 그 아이의 아버지였다. 그 아이는 지금의 정사로 우리가 낳은 것이었다. 오늘, 지금, 나는 결혼을 하고 정사를 하고 출산을 했다. 출산을 마치고 났을 때, 나는 완전히 탈진해 버렸다.

정말로 나와 잠을 자고 싶었군요. 반쯤 마비된 내 귓속으로 그녀의 목소리가 부드럽게 흘러 들어왔다. 그러면 이제 잠을 자도록 해요. 나는 알아요, 욕망이 가라앉고 나면 내 몸은 추해 보이겠지요, 그러니 이제는 꿈을 꾸세요. 아무 걱정도 하지 마세요. 나는 새장 안에 갇혀 있었다. 사람들은 나를 새로 착각하고서 모이 대신에 죽은 매미들을 새장 안으로 밀어 넣어 주었다. 나는 바싹 마른 매미들을 뜯어먹었다. 그리고 먹으면 먹을수록 나는 그녀에 대한, 그녀의 몸에 대한 갈증에 더욱 깊이 빠져들었다.

그때 막연하게나마 어떤 확신이 내게 찾아들었다. 나에게 자연은 여자뿐이었다. 아니, 여자의 몸뿐이었다. 그리고 그것을 추구하는 내 몸은 기계적이었다. 아니, 기계였다. 나는 내 몸이 켄터키 후라이드 치킨처럼 토막이 나서 뜨거운 기름에 튀겨지는 듯한 느낌을 받았다. 여자가 물었다. 당신한테도 아이가 있나요? 나는 고개를 저었다. 아이가 없다기보다는 기억나지 않는다는 뜻이었다.

그때 바깥에서 어떤 소리가 들려왔다. 여자가 놀란 목소리로 소리쳤다. 거기 누구세요? 나는 손을 들어 그녀의 입술을 만지면서 중얼거렸다. 아무 말도 하지 말아요. 그녀가 물었다. 왜 그래야 하죠. 내가 말했다. 양심의 가책 때문이죠. 그녀가 한숨을 내쉬며 말했다. 걱정 마세요. 아무 걱정도 하지 마세요. 그때 인기척과 비슷한 소리가 다시 들려왔다. 거기 누구세요? 누구냐구요? 그녀의 목소리가 아주 가까운 곳에서 계속 이어지고 있었다. 나는 천천히 잠 속으로, 꿈속으로 걸어 들어갔다.

9

나는 침대 위에 누워서 반쯤 잠이 들어 있었다. 또한 나는 반쯤 깨어 있었다. 창문은 열려 있었고, 그 위로 반투명의 흰색 커튼이 드리워져 있었다. 때때로 바람이 커튼을 흔들며 방안으로 흘러 들고 있었다. 그 가볍고 신선한 바람은 어린 나이에 죽은 아이의 영혼처럼 나의 몸 위를 넘어다니면서 실내의 곳곳을 기웃거렸다. 대기의 스산한 움직임, 그 바람은 내게 사람의 영혼을 연상시켰다. 태풍은 집단으로 비명횡사한 이들의 영혼이 불길한 운명으로 한데 엉겨 원한과 증오와 미련을 악의 씨앗처럼 지상에 뿌리고 다니는 것. 그리고 미풍은 오랜 병으로 앓다가 언제 죽는 줄도 모른 채 숨을 거둔 이들의 영혼이 아스라한 여운처럼, 미세한 울림처럼 지상에 남겨져 있는 것.

그때 창문의 커튼이 소리 없이 걷혔다. 나는 누군가의 몸이 바람처럼 실내로 밀려드는 것을 보았다. 그것은 정체를 드러낸 바람의 몸이었다. 나는 바깥의 풍경이 환영이 되어 내 영혼 속으로 들어서는 듯한 느낌을 받았다. 바람이 된 죽은 자의 영혼이 생전의 육체를 내게 드러내고 있었다. 그러나 전적으로 꿈만은 아니었고, 내 눈앞에서 움직이고 있는 인간의 육체도 결코 죽은 자의 것만은 아니었다.

낯선 방문객의 몸짓은 신중하고도 부드러웠다. 그는 서두르거나 두려워하는 기색이 전혀 없었다. 오히려 그는 여유로워 보일 정도로 찬찬히 주위를 돌아보고 있었다. 그는 장애물을 피하듯 발을 높이 들어올려 걸음을 떼어놓으면서 고개를 이리저리 돌리고 있었다. 그 모습은 마치 가볍게 춤을 추는 듯, 물고기가 물 속을 유영하는 듯했다.

나는 반쯤 벌어진 눈꺼풀 사이로 그의 행동을 지켜보았다. 그러나 나 또한 그 사내가 그렇듯이 지극히 여유로운 심정이었다. 나역시 오히려 경이와 찬탄의 심정으로 그자를 바라보고 있었다. 그의 몸은 바깥으로부터 벽을 통과하여 실내로 스며들어 온 그림자와 같이 여겨졌다. 그는 계속하여 걸음을 떼어놓았다. 이윽고 그는 방

한가운데에서 잠시 움직임을 멈추었다. 처음에 나는 그가 약간 놀란 것이 아닐까 생각했다. 텅 비어 있는 줄로 알았던 이 방의 침대 위에 내가 죽은 듯이 누워 있는 것을 발견하고서 말이다. 그러나 곧 나는 그렇지 않다는 것을 알았다. 그자는 내가 실내에 있다는 것을 미리 알고 있었던 것이 틀림없었다. 그는 주위를 두리번거리기를 마치고서 침대 쪽으로 천천히 다가왔다.

그가 내 옆에 멈춰 섰을 때, 나는 눈을 번쩍 뜨고서 그를 바라보았다. 그 순간 그가 흠칫 몸을 움츠리면서 움직임을 멈추었다. 그때 나는 거대한 매미, 거의 인간의 몸 크기만한 매미 한 마리가 내 앞에 서 있는 것을 발견했다. 인간이라고 생각했던 그가 이제 보니 매미였다. 매미는 툭 불거져 나온, 광물처럼 매끄러운 두 눈으로 나를 응시했다. 나도 딱딱하게 경직된 눈으로 그를 마주 바라보았다. 우리는 그렇게 미동도 없이 오랫동안 서로에게서 눈길을 돌리지 못했다.

그러나 놀랍게도 매미의 모습은 내게 그리 기괴하게도, 심지어 낯설게 여겨지지도 않았다. 오히려 나는 그걸 바라보면서 일종의 후련함을 느끼고 있었다. 뭔가 오랜 갈증 같은 것이 해소된 듯한 기분이었다. 하지만 우리는 대화를 나눌 수 없었고, 단지 바라볼 수만 있을 뿐이었다. 때문에, 피차 시선만으로 상대방을 얽어매고 있는 동안, 나는 차츰 불안감을 느끼기 시작했다. 시간이 흐를수록 불안감의 수위는 점점 더 높아져 갔다. 그러나 그는 계속하여 나를 뚫어지게 바라보고 있었다. 나는 내가 그 매미로부터 달아날 길이 없다는 사실을 알고 있었다. 그때 문득 나는 찌르는 듯한 위기의식을 느꼈다. 그에게 나의 눈동자를 빼앗길지도 모른다는 두려움이 찾아든 것이었다. 그리하여 나는 오히려 내 쪽에서 그의 눈알을 빼앗으려 하고 있었다. 그렇게 하여 나는 조금씩 나의 눈과 그의 눈 사이에 길을 이루어 나가려 하고 있었다.

"이 꿈에서 깨어날 준비가 되어 있나요?"

매미가 내게 불쑥 그렇게 물었을 때, 나는 깜짝 놀랐다. 나는 내 귀를 의심하지 않을 수 없었다. 매미가 말을 한다는 사실 때문이 아니라, 매미의 목소리가 나를 이곳으로 데려온 여인의 목소리였기 때문이었다.

"잠이 들었다가 영영 깨어나지 못하는 사람들이 있어요. 이런 꿈을 꾸게 되면 종종 생기는 일이지요. 당신은 어떤가요? 잠이 들 때 미리 대비를 했나요?"

나는 고개를 가로 젓고서, 잠시 사이를 두었다가 그에게 물었다.

"이 꿈에서 빠져 나가려면 어떻게 해야 하는 건가요?"

매미가 여러 개의 다리를 어지럽게 움직이며 말했다.

"평소에 잠이 들기 전에 미리 장치를 해놔야지요. 꿈속에서 어찌해보려 할 때는 이미 늦은 거지요. 나도 삼 년 전에 이 꿈을 꾸었어요. 물론 아무런 대비도 없었어요. 매미들이 극성스럽게 울어대는 밤이었어요. 매미 한 마리가 내게로 와서 곁에 재워 달라고 부탁했지요. 단 한 번만이라도 그렇게 해달라고 그토록 소원하기에, 나로서는 어쩔 수가 없었지요. 그런데 얼마 후에 보니 그 매미가 죽어 있었어요. 그 매미가 바로 남편이었어요. 나는 너무도 놀라서 마구 소리를 질러댔지요. 그러다가 그만 내가 지르는 소리에 갇혀 버리고 말았어요. 그래서 이렇게 남들의 꿈속을 찾아다니고 있는 거지요."

나는 머릿속이 어쩔어쩔해지는 것을 느꼈다. 매미가, 아니 그녀가 계속하여 말했다.

"당신에게도 가족이 있겠지요? 그럼 가족에게로 돌아가야지요. 이 방에도 우리 가족에 관한 모든 추억이 그대로 남아 있어요. 저 벽 속에 우리가 찍은 사진들이 들어 있지요. 사면의 벽에 우리 셋이서 찍은 사진을 가득 붙여 놓고서 그 위에 다시 벽지를 발랐어요. 벽지만 뜯으면 사진들이 고스란히 나타나는 거지요. 당신도 그런 상황일 테지요. 누구나 마찬가지니까요."

나는 다시금 세차게 고개를 가로 저었다.

"지금 당신은 꿈을 꾸고 있어요. 나도 그랬지요. 모든 인간은 하나의 도그마(dogma)이자, 꿈이에요. 당신과 나 사이의 지난 모든 일도 한바탕의 꿈이에요. 꾸고 나서 한 차례 크게 울어야만 할 꿈이지요. 꿈은 언제까지고 살아 있는 문자처럼 꿈틀거리며 납처럼 냉랭한 우리의 언 발을 녹인답니다. 나는 순간의 영원 속에서 눈을 깜박이듯 당신을 꿈꿨지요. 그러니 이제 그만 가족에게로 돌아와요. 나는 줄곧 당신을 기다리고 있었어요. 벽지 속에 당신과 함께 찍은 사진들을 붙여 놓고 당신을 기다려 왔어요. 당신은 우연히 이곳에 들어온 게 아니에요. 내가 이 방과 더불어 당신을 꿈꾸고 있었어요."

바로 그때 나는 언뜻 정신을 차렸다. 의식하지 못하는 사이에 매미는 내게 바짝 다가서서 나를 껴안으려는 듯한 자세를 취하고 있었다. 그러나 나는 그녀에게서 몸을 빼내어 자리에서 일어났다. 일단 그녀의 착란적인 행동에 빠져들면, 다시는 벗어날 수 없을 것 같았기 때문이었다. 나는 뒤로 물러서서 벽에 기대어 무표정한 얼굴로 그녀를 바라보았다.

나의 냉담한 반응을 확인한 그녀는 애원하는 듯한 표정을 지으며 말했다.

"아이가 없다고 했지요. 나도 아이를 낳고 싶지 않았어요. 아이를 낳게 되면 마치 내가 우주의 하수구가 되는 듯한 느낌이 들 것 같았기 때문이지요. 하지만 이제는 달라요. 아이를 보면서 나는 내가 이 우주의 중심이라는 생각을 한답니다. 이제 나는 그것이 무엇이든 내 몸에서 빠져 나갈 수 있게 하고, 내 몸을 통과하게 할 수 있게 되었어요. 당신도 원한다면 내 속으로 들어와서 머물다가 언제라도 다시 나갈 수 있어요."

그러나 나는 여전히 무표정한 얼굴로 아무 말도 하지 않았다. 그러나 그것은 그녀에 대한 거부감 때문이 아니라, 내 머릿속을 점령하고 있는 혼란스러움 때문이었다.

결국 그녀는 아쉬움과 회한이 한데 섞인 숨을 토해 내며 말했다.

"알았어요. 그래요. 내가 잘못했어요. 나 때문에 하마터면 당신도 영원히 깨어나지 못할 뻔했군요."

그녀의 얼굴 위로 절망과 고통의 표정이 스쳐 지나갔다. 그러나 곧 그녀는 애써 입가에 미소를 지으며 말을 이었다.

"그 수많은 끔찍한 육체들 중에 유독 당신의 육체에는 친근감이 느껴지는 게 정말 놀랍군요. 하지만 어쨌든 이제 당신은 이 꿈을 벗어날 수 있게 되었어요. 우리도 헤어지게 되겠지요. 그래도 당신과 내가 이렇게 한 순간이나마 경험을 나누어 가졌다는 것은 참으로 다행한 일이에요. 부적을 찢어서 나누어 가지는 거, 혹은 거울을 쪼개어 나누어 가지는 거, 지금 그런 걸 하고 있다는 느낌이 들어요. 나 혼자만의 경험으로는 너무도 힘들어요. 그것만으로는 아이를 키울 수도 없어요. 당신과 함께한 나의 경험이 나를 비로소 혼자 있게 해줄 거예요. 당신도 그렇겠지요. 하지만, 하지만 말이에요……."

그때 나는 매미의 눈빛이 순간적으로 심하게 흔들리는 것을 보았다. 그와 동시에 그녀는 천천히 뒷걸음질을 치기 시작했다. 뒷걸음질을 치면서 그녀는 서서히 무너져 내리고 있었다. 무너져 내리면서 그녀는 공기의 일렁거림을 일으켰다. 그러고는 이내 바람이 되어 창 밖으로 사라졌다.

10

  나는 여자의 집에서 도망치듯 빠져 나와 어두운 거리를 달렸다.
그러나 이내 나는 걸음을 멈추고서 사람들이 오가는 인도 한가운데
우뚝 설 수밖에 없었다. 도처에서 사람들과 차량들이 계속하여 어
딘가로 밀려가고 끊임없이 어딘가로부터 밀려들고 있었다. 그 광경
을 바라보는 것만으로도 나는 온갖 종류의 기이한 존재들이 질주하
며 교차하는 사거리 한가운데에 서서, 어디로도 발을 떼놓지 못하
고 있다는 느낌에 사로잡히지 않을 수 없었다.
  방금 전에 나를 감싸고 있던 침묵과 정적, 그리고 부드러운 속삭
임의 세계는 이미 사라지고 없었다. 나의 두 귀는 다시금 매미 울
음소리와 흡사한 소음으로 인해 먹먹해져 있었다. 나는 희번덕거리
는 눈빛으로 주위를 돌아보며 생각을 가다듬었다. 어디로 가야 하
나. 잠시 나는 택시를 잡아타고서 자동차를 찾으러 가는 일에 대해
생각해 보았다. 그리고 가능하다면 주민등록증 따위를 찾아내서 거
기에 기재되어 있는 대로 나의 거주지로 돌아가야 할 것이었다.
  그러나 생각이 거기에 미친 순간, 나는 나도 모르는 사이에 아랫
입술을 지그시 깨물었다. 내게는 이미 나의 집도 자동차도 허물 같
은 것, 매미와 같은 곤충들이 벗어 놓은 허물 같은 것에 불과한 것
이었다. 이런 상태로 자동차를 타고 집으로 돌아가는 것은 흡사 매
미가 얼마 전에 자기가 빠져 나온 허물 속으로 되돌아가려 하는 것
과 다를 바 없는 노릇이었다. 그것은 우스꽝스럽고 끔찍스러울 뿐
만 아니라, 애초에 불가능한 일이었다. 적어도 지금으로서는 내게
속해 있는 모든 것, 과거에 내게 속해 있던 모든 것은 허물일 수밖
에 없음을 나는 다시금 확인했다.
  나는 강하게 불어오는 역풍을 몸으로 받아내듯 고개를 떨구고 어
깨에 힘을 주고서 무작정 앞으로 걸음을 옮겼다. 그런데 그 모든

것이 허물이라면, 과연 나는 살아 있는 매미이기는 한 것인가. 아까 본 여인이 그러하듯이, 혹시 지금의 나 또한 그런 허물들 중의 하나인 것은 아닌가. 진짜 나는 어디론가 빠져 나가고, 지금도 나는 진짜 내가 존재했다는 허물에 지나지 않는 것이 아닐까.

나는 계속 걸음을 옮기면서 입 속으로 같은 말을 되뇌었다. 나는 매미가 벗어 놓은 허물인가, 허물을 벗어 놓은 매미인가. 만약 내가 매미라면 어떻게 해야 할까. 더 늦기 전에 당장이라도 눈에 보이는 저 고층 건물의 벽을 타고 기어 올라가서 짝을 찾기 위해 맹렬하게 울어대야 하는 것이 아닐까. 그런데 만약 내가 매미가 아니고 허물이라면 어떻게 해야 하나. 내가 허물로 세상에 남겨진 것이라면, 대체 뭘 할 수 있고 뭘 해야 하는 것일까.

도심의 곳곳에서는 현란한 색채의 크고 작은 발광체들이 부산스럽게 몸을 떨어대고 있었다. 자연계에서 색이란 생존과 직결되는 중요한 요소이듯이, 도시에서도 사정은 그리 크게 다르지 않았다. 색뿐만 아니라 소리도 생명체에게는 생존과 직결되는 요소임이 분명했다. 주위에 온통 생존 본능으로 인한 격렬한 떨림이 가득했다. 실제로 나는 그 발광체들에게서 울려 나오는 소리를 들을 수 있었다. 그 소리는 어찌 들으면 매미의 울음소리와도 흡사한 데가 있었다. 그런데 자세히 들어 보니, 그 속에서 세상에 대한 조소와 자신에 대한 연민이 뒤섞인 공허한 웃음소리가 요란하게 울리고 있었다. 소리가 그러했듯이, 실상 그 발광체들이 내비치고 있는 색이라는 것도 허약하기 그지없었다. 언젠가부터 내 눈에는 세상이 그저 창백한 색채의 셀로판지를 이어 붙여 놓은 것처럼 보이고 있었다. 그 사실을 깨달았을 때, 그 순간 나는 내 앞에 하나의 커다란 껍질, 거대한 매미의 허물이 자리잡고 있는 것을 보았다. 그리고 그와 동시에 나는 나의 두 눈에 급작스레 공포감이 어리는 것을 스스로 느낄 수 있었다.

내게는 그것이 나 자신이 들어 있는 세계의 모습이었다. 그 허물은 너무도 장대하여서 더할 나위 없이 거창하고 위압적이었지만, 또한 너무도 얇고 건조하여서, 땅의 미약한 진동이나 약간의 바람에도 바스라져 허공으로 사라져 버릴 것 같았다. 그리고 그 허물과 더불어 나 자신도 당장에라도 재처럼 부서져 버릴 존재였다.

나는 걸음을 멈추고서 주위를 살폈다. 내게는 어딘가 머물러 있을 곳이 필요했다. 그리하여 그곳에서 이렇듯 나를 과거의 수렁 속에 남겨 둔 채 속절없이 흘러가는 시간을 멈추게 해야 했다. 그때 골목 안쪽으로 사진관 간판이 눈에 들어왔다. 그곳이라면 사전에 마음의 준비를 하지 않고도, 특별한 목적이 없어도, 그리고 무엇보다도 기억을 상실한 상태에서도 별 부담 없이 들어갈 수 있는 곳 같았다. 그리고 솔직히 말하여 나는 그곳에서 사진을 찍고 싶었다. 그렇게라도 해야 할 것 같았다.

사진관의 출입문은 멀리서 보았을 때보다 훨씬 초라했다. 문을 미는 순간, 나는 종잇장이 펄럭이는 듯한, 허물의 일부가 찢겨지고 틈이 벌어지는 듯한 느낌을 받았다. 실내에는 아무도 없었다. 나는 사진들이 진열되어 있는 유리상자 쪽으로 다가갔다. 그러고는 위쪽의 유리판을 두 손으로 짚고서 안을 들여다보았다. 내 눈에 그것은 곤충들을 채집해 놓은 상자처럼 보였다. 그 속에 사람들과 풍경들의 허물이 죽은 곤충들처럼 가지런히 정리되어 있는 것이었다. 그렇다면 나야말로 바로 그 상자 속에 어울리는 존재였다. 기억을 상실한 나는 허물을 벗은 자인 동시에 허물로만 남은 자이기 때문이었다.

그제야 비로소 나는 알 수 있었다. 내가 굳이 사진관으로 들어올 생각을 했던 것은, 사진을 찍음으로써 나 자신의 허물을 확인하고, 가능하다면 그것으로써 또 다른 하나의 허울을 만들기 위한 것임을. 그리하여 내 몸이 포르말린에 적셔지거나 오랫동안 정성스레 말려진 뒤에 그 상자 속에 전시되기 위한 것임을. 기왕에 그렇게 된다면, 그때는 어쩌면 허물이 더 이상 끔찍하지 않고 오히려 정겹게 여겨질지도 모르는 일이었다. 어차피 남은 것은 허물밖에 없고, 어차피 그로부터 벗어날 수 없으며, 어차피 우리는 허물로서 세상을 살아가고 있는 것이 아닌가.

 기분이 조금 나아진 나는 필요 이상으로 크게 인기척을 냈다. 잠시 후, 안쪽의 휘장이 걷히더니 머리가 덥수룩하고 몸집이 작은 초로의 남자가 걸어나왔다. 주인 사내는 지독한 근시인 듯 눈을 가늘게 뜨고서 안경 너머로 나를 잠시 바라보다가 말했다.

 "어서 오세요, 오랜만에 오셨군요."

 예상하지 못한 말에 놀란 나는 고개를 들어서 그를 빤히 바라보았다. 나의 눈은 그에게 나를 기억하느냐고 묻고 있었다. 그러자 그는 얼굴을 붉히면서 시선을 옆으로 돌렸다. 아마도 그는 단지 의례적인 말을 던진 것이거나, 아니면 나를 다른 누군가와 착각한 모양이었다. 여하튼 분명 그는 손님과 주인 사이에 흔히 오갈 수 있는 말에 내가 과민한 기색을 보이는 것을 보고는 당황해하는 기색이 역력했다.

 그러나 사실 나는 내심 눈물이 날 것 같은 기분이었다. 만 하루 동안 황막한 시간을 보냈던 터라, 내게는 그 정도만으로도 충분히 정겹고 따뜻한 말이 건네진 것이 아닐 수 없었다. 더욱이 나는 적어도 그 사내만은 나를 알아본 것이 틀림없다고 믿고 싶었다. 어쩌면 실상은 모든 사람들이 과거의 나를 알아본 것인지도 모르는 일이었다. 그러나 그들은 무슨 이유에선가 그런 내색을 하지 않고 있는 것이었다. 나만 그들을 못 알아보고 있고, 모두가 나에 대해 잘 알고 있는 것이었다.

 "사진을 찾으러 오신 게 아닌가요?"

 그러나 이어진 그의 말로 인해 그에 대한 나의 기대는 무너져 버리고 말았다. 나는 실망감과 더불어 배신감 같은 것이 내 속에서 빠른 속도로 부풀어오르는 것을 느꼈다. 나는 그가 무척이나 예민한 성격의 소유자임을 짐작할 수 있었다. 온갖 종류의 사람들을 상대해야 하는 처지에, 쉽사리 얼굴을 붉히는 것만 보아도 그러했다. 하지만 그의 예민함에 일말의 기대를 거는 것 또한 무의미한 일일 듯했다. 방금 전에 단지 눈길이 마주치는 것만으로도 당혹스러워하던 그가 어느새 사업을 하는 사람들 특유의 무심하고 덤덤한 표정을 짓고 있었으며, 게다가 공연히 하찮은 일로 무안을 당한 사람처럼 조금은 불쾌해하는 기색을 드러내고 있었기 때문이었다.

순간 나와 그 사이에서 돋아나려 하던 동질감의 싹도 슬그머니 문드러져 버렸다. 나는 그의 태도에 의심을 품지 않을 수 없었다. 나로서는 혹시 그가 나를 속이려 드는 것은 아닐까 생각했다. 직업상의 수완을 발휘하기 위하여 그는 자신의 상점을 찾아온 적이 있는 모든 사람들을 기억하고 있다는 듯이 행동하다가, 여의치 않게 되면 짐짓 기억상실자 혹은 기억불능자인 척하는 것이다.

내가 아무 말도 하지 않자, 그도 역시 좀처럼 입을 열려는 기색을 보이지 않았다. 한동안 나는 그와 나의 역할이 서로 바뀌었다고 생각했다. 내가 보기에 그는 필요하다면 세상의 모든 기억상실자들을 대신하여 스스로를 기억상실자로 자처할 용의가 있는 사람 같았다. 우리는 까닭 모르게 우는 법을 잃어버린 매미처럼 그렇듯 묵묵히 서로를 바라보며 마주서 있었다. 어쩌면 우리는 서로 다른 방식으로 맹렬히 울어대고 있으면서도, 피차 그 소리를 알아듣지 못하는 두 마리 매미인지도 모를 일이었다.

그때 나는 사진을 찍고자 한 나의 생각이 얼마나 잘못된 것인지 절감했다. 어떤 종류의 사진을 찍으려 하십니까. 그의 말에 나는 정신을 차리고서 주위를 돌아보았다. 주인은 이미 내게서 몇 발짝 뒤로 물러서 있었다. 나는 증명사진을 찍고 싶다고 대답했다. 그는 몸을 구부정하게 하여 한쪽 팔로 휘장을 걷고는 나를 안쪽으로 이끌었다. 촬영실 안은 어둡고 눅눅했다. 그가 스위치를 올리자 몇 개의 조명기구에 불이 들어오면서 실내가 단번에 환해졌다. 그러나 답답하고 음습한 느낌은 오히려 더욱 생생하게 피부에 감지되었다.

그는 나를 등받이가 없는 푹신한 긴 의자에 앉게 했다. 긴 의자는 앉기에 편안해 보였지만, 막상 앉고 보니 자세가 어색하고 거북했다. 나는 두 발을 벌리고서 양쪽 무릎을 손바닥으로 짚었다. 그러고 보니 실내의 장식과 시설이 모두 구식이었다. 아까부터 흡사 시간이 정지된 곳에 들어와 있는 듯한 느낌이 들었던 것도 그 때문이었다. 그가 벌려진 내 두 다리를 오므려 주며 물었다. 정확히 어떤 판형을 원하는 건가요? 증명판, 명함판, 반명함판, 여권용 중에 말입니다. 나는 선뜻 대답할 말을 찾지 못했다. 그가 어느새 여유를 되찾은 얼굴로 싱긋 웃으며 다시 물었다. 마지막으로 사진을 찍어 본 게 언젠가요?

그러나 그 질문은 나를 더욱 난감하게 했다. 이제 겨우 하루의 삶을 산 나로서는 '마지막으로'라는 말 앞에서 속수무책일 수밖에 없었다. 그는 뒤로 물러서서 사진기에 손을 얹었다. 얼굴이 무척 창백하시군요. 어디 멀리 떠나시려는 게 아니가요? 그렇다면 여권용 사진이 필요하겠군요. 이어진 그의 질문에도 나는 묵묵히 입을 다물고서 사진기와 그의 얼굴을 번갈아 바라보았다. 그러나 그는 이번만은 끈질기게 나의 대답을 기다렸다. 하는 수 없이 나는 고개를 끄덕였다.

글쎄, 그런지도 모르지요. 하지만 지금으로서는 딱히 갈 곳이 없으니, 그렇다면 나는 어쩌면 어디론가 멀리 떠나려 하는 것이 아니라, 어느 전혀 다른 세계로 들어가려 하는 것인지도 모르지요. 그 미지의 세계로 통하는 문지방을 넘어설 때, 이 세상이 내게 부여한 나 자신의 허물, 곧 나의 사진들이 내 두 손에 들려 있게끔 하려는 것인지도

모르지요. 일종의 통행증처럼 말이지요. 그러나 머릿속에서 만들어
지는 그 단어들은 채 밖으로 발설되지 않은 채 입 안에서 작은 벌레
들처럼 혓바닥에 끈적하게 들러붙어 한데 뒤섞이고 있었다.

　주인은 내가 물러서려 하는 것을 보고는 오히려 호기심을 느끼고
서 내게 다가왔다. 주인은 조각상을 데생하는 미술학도처럼 면밀히
나의 자세를 살피고는 사진기에 붙어 있는 검은 보 속으로 머리를
들이밀었다. 그의 머리가 시커먼 구멍 속으로 사라졌다 나타났다
하는 것을 지켜보면서 나는 다시금 어쩔 수 없이 허물을 벗는 곤충
의 모습을 연상하지 않을 수 없었다. 그리고 그때 내 머릿속에서는
다시금 두서없이 단어들이 만들어지고 있었고, 그것들이 굳게 닫힌
입 속으로 꾸역꾸역 밀려들고 있었다. 아니지요, 생각해 보니 나는
떠나려는 게 아니에요. 그 반대지요. 나는 여기에 영원히 정착하려
는 거예요. 사진은 그래서 필요한 거예요. 내게는 증인이 필요해
요. 내가 이 세상에 속해 있다는 사실을 증언해 줄 증인 말이지요.
당신과 당신이 찍는 내 사진을 가지고 나는 이 세상에 지문을 남기
려는 거예요. 당신들이 내가 이대로 소멸해 버리고 마는 걸 막아
줄 거예요. 그러니 빨리 시작합시다.

　나는 순교자처럼 입을 약간 벌리고서 눈을 위로 치떴다. 내 몸이
의자 위에 붙박여서 정물처럼 그 자세 그대로 응고되었을 때, 플래
시가 강한 불빛을 터뜨렸다. 나는 순간적으로 온몸의 살갗이 갈라
지는 듯한 고통을 느꼈다. 동시에 사방의 벽이 옥죄어 들어와서 그
어둡고 좁은 공간 속에 나를 가두어 버렸다. 그때 나는 함정에 빠
졌음을 깨달았다. 이제 보니 사진기는 나를 잡기 위한 포충망이었
고, 플래시가 터지는 순간 나는 그 포충망 속에 빨려 들어와 있는
것이었다. 사진사는 일부러 어리숙한 표정을 지으며 나를 유인한
것이었다. 그러나 그 누구도 탓할 수 없었다. 나 스스로 내 발로 걸
어서 그곳에 들어왔음에야.

나는 몸을 뒤틀며 주위를 돌아보았다. 캄캄한 어둠 속을 순간순간 섬광이 번개처럼 종횡으로 가로질렀고, 그때 나는 내 주변에 수많은 허물들이 널려 있는 것을 보았다. 주인이 두 번 검은 보를 벗었고 더불어 몇 번에 걸쳐 플래시가 터진 그 짧은 시간 동안에, 나는 세상을 뒤덮고 있는 수많은 허물 속을 한없이 헤매고 다녔다. 때로 허물이 찢기면서 속에 들어 있던 빛덩어리로부터 날카로운 섬광이 쏟아져 나오기도 했고, 걸쭉한 체액이 흘러나와 몸에 엉겨붙기도 했다.

주인은 내게 사진을 현상하고 인화하는 데 한 시간 남짓 걸릴 것이라고 말했다. 그는 내가 그때까지 그곳에서 기다리고 있으리라는 것을 의심치 않고 있었다. 나는 촬영실에서 나와 사진 진열대 앞의 소파에 앉아서 상체를 웅크렸다. 그러나 나는 여전히 그 좁고 어둡고 혼란스러운 세계로부터 헤어나오지 못하고 있었다. 나는 마비되어 있었다. 간간이 사람들이 들어와서 필름을 맡기고 사진들을 찾는 일이 되풀이되었는데, 내 눈에는 쉬지 않고 움직이는 그들의 다리만이 보이고 있었다. 그것들은 곤충의 가늘고 거친 다리들처럼 부산하게 파들거리고 있었다. 그러나 그것들은 또한 나의 팔다리이기도 했다. 나의 팔다리가 끈끈한 인화지에 들러붙어 부들부들 떨리고 있었다. 점차 내 온몸이 인화지 속으로 빨려 들어가면서 납작하게 오그라들고 있었다.

그때 기형적으로 비틀어진 듯한 느낌을 주는 누군가의 손이 내 어깨 위에 올려졌다. 고개를 들어 보니, 주인이 나를 내려다보고 있었다. 그의 다른쪽 손에는 사진들이 들려 있었는데, 주인의 얼굴은 표백된 듯 하얗게 질려 있었다.

나는 긴장된 눈으로 사진들을 하나씩 들여다보았다. 우려했던 대로 그 속에는 예외없이 낯설고도 친숙한 어떤 존재가 자리잡고 있었다. 분명 그것은 나의 모습이기도 했지만, 또한 한 마리 매미의 모습이기도 했다. 방금 전에 인화지 속으로 빨려들던 나의 모습 그대로였다. 나는 사진을 든 손에 잔뜩 힘을 주고서 그 기괴한 형체를 유심히 살폈다. 그러자 사진 속의 존재도 더듬이를 곤추세우고서 그 돌출된 겹눈으로 나를 뚫어지게 응시했다. 몸집에 비해 머리가 훨씬 큰 그는 옷깃이 벌어져 드러난 가슴과 팔뚝이 각질화된 살갗으로 덮여 있었고, 그 위로 털이 부숭부숭 나 있었다.

순간 나는 긴장감을 견디다 못한 나머지 손에서 스르르 힘이 빠져 나가는 것을 느꼈다. 그와 동시에 사진들이 내 손에서 벗어나 팔랑거리며 떨어져 내렸다. 그러나 그것들은 바닥에 닿기 직전에 마치 살아 있는 생명체들처럼 더욱 세차게 팔랑거리며 바람을 일으키더니 모두들 공중으로 날아오르기 시작했다. 이윽고 사진들은 각기 한 마리의 매미가 되어 허공에서 분분히 날아다니고 있었다. 나는 그 사진들을 향해, 그 매미의 환영들을 향해 두 손을 내뻗었다. 나는 손에 들고 있던 사진들을 계속하여 허공으로 날렸다. 나는 온몸으로 퍼드덕거리고 있었다. 나의 거대한 몸이 부르르 떨리더니, 그로부터 수없이 많은 작은 매미들이 쏟아져 나오기 시작했다. 내 몸은 조각조각 부서져서 공기 속으로 흩어지고 있었다. 내 몸이 사진들의 일부가 되고 있었다. 나는 매끄러운 인화지 위에서 한없이 미끄러지고 있었다.

주인은 잔뜩 질린 얼굴로 내 곁에 서 있었다. 나의 행동을 지켜보는 그의 눈에는 공포감에 가까운 감정이 어려 있었다. 생각은 달아나고 격한 감정에 얼이 빠져 쭈글쭈글한 가죽으로만 남은 그의 얼굴은 매미의 허물과 흡사했다. 그는 누군가가 벗어 놓은 허물, 혹은 그 자신의 허물이었다. 그의 손에서 포충망이 떨어져 내렸다. 나는 그에게 몇 걸음 다가섰다. 그에게 속해 있던 사진기들, 그 흉측한 모습의 기계들이 덜그럭거리며 소리를 내기 시작했다. 기계들이 내게 저항하고 있었다. 그들은 나를 포획하는 것이 불가능하다는 것을 알고 있었다.

좁은 사진관 안에서 삽시간에 벌어진 그 혼란은 내게는 하나의 축제였다. 나는 허공을 날아다니고 있는 사진들을, 그 매미들을 손으로 붙잡아서 닥치는 대로 나의 입에, 그리고 사진사의 입에 처넣었다. 그가 견디다 못해 비명을 내질렀다. 나는 그를 놓아주었다. 그러고는 사진사의 몸을 통과하여 사진관을 빠져 나왔다. 그의 몸은 나를 가두고 있던 뜨겁고 끈끈한 허물이었다. 바깥의 서늘한 공기가 내 몸을 휘감았다.

11

나는 불어오는 바람을 얼굴에 맞으며 걸었다. 여전히 내게는 딱히 갈 곳이 없었다. 그러나 나는 점점 더 턱없이 걸음을 서두르고 있었다. 나는 이제 내게 시간이 얼마 남지 않았음을 알고 있었다. 애초에 내게는 만 하루의 시간만이 주어져 있었던 것이다. 그 동안에 나는 인간으로서의 삶을 모두 살아내야 했다. 그렇다면 내게 남아 있는 삶의 단계는 어떤 것일까. 어쩌면 그것은 모든 삶의 마지막 과정인 죽음이 아닐까.

저만치 앞에서 지하도가 직사각형의 아가리를 크게 벌리고서 나를 기다리고 있었다. 가까이 다가가자, 그 아가리는 건조한 먼지 냄새가 진하게 배어 있는 입김을 내 쪽으로 후후 불어대고 있었다. 나는 계단을 따라 아래로 내려갔다. 모퉁이를 돌면 어릿광대를 만날 것이다. 신탁이 내리듯 엉뚱한 생각이 머릿속으로 찾아들었다.

사방을 메우고 있는 매끄러운 타일들이 전등빛을 받아 번들거리며 질퍽하게 녹아들고 있었다. 각진 모서리들에 의해 하나같이 각진 걸음걸이로 걷고 있는 몇몇 사람들의 뒷모습 또한 당장이라도 녹아 내릴 듯 눈앞에서 어른거리고 있었다. 그때 나는 그곳이 바로 심연임을, 내가 거대한 심연 속으로 걸어 들어가고 있음을 깨달았다.

끝나지 않을 듯이 이어지던 계단에서 마침내 벗어난 심연의 바닥에 발을 디뎠을 때, 나는 가까운 곳에서 뭔가가 붕붕거리는 소리를 들었다. 지하의 통로가 직각으로 꺾여 있었던 탓에 눈으로 확인할 수는 없었지만, 날개가 부산하게 움직이는 소리와 몸이 벽에 부딪히는 소리만은 선명하게 귀에 들려왔다. 나는 걸음을 서둘러 모퉁이를 돌았다. 그러자 당장이라도 무너져 내릴 듯 벽에 등을 기대고 있는 한 늙은 남자의 모습이 눈에 들어왔다. 그 남자 외에 그곳에는 아무도 없었다. 저만치 앞의 또 다른 모퉁이에 이르기까지 순백색의 통로는 텅 비어 있었다.

나는 그 자리에 멈춰 서서 눈앞의 풍경에 멍한 눈길을 보냈다. 그때 그 노인이 수그리고 있던 고개를 들었다. 어지럽게 흐트러져 있는 반백의 머리카락 사이로 그의 퀭한 두 눈이 노려보듯 나를 바라보았다. 그러나 그의 눈동자에는 어떤 절실한 감정이 어려 있었는데, 그것은 공포감에 가까운 것이었다. 실제로 그는 나를 발견한 순간 두려움에 사로잡힌 듯 등을 벽에 붙인 채 뒤로 슬슬 물러서기 시작했다. 그와 동시에 다시금 붕붕거리는 날갯짓소리가 일어났다. 놀랍게도 그 소리는 그 늙은 사내의 몸에서 울려 나오고 있었다.

나는 나도 모르는 사이에 그에게 이끌리듯, 그에게로 빨려드는 듯 그를 향해 걸어갔다. 내가 다가가자 그는 뚫어지게 나를 응시하면서 계속하여 천천히 뒷걸음질을 쳤다. 붕붕거리는 시끄러운 소리는 그치지 않고 있었다. 그 소리가 그의 몸에서 일어나고 있는 것이 더욱 분명해졌다. 나는 긴장감으로 인해 다리가 후들거리는 것을 느꼈다. 네가 바로 지금 이 자리에서 쓰러진다면, 아니면 몸을 돌려 달아나다가 넘어진다면, 너 또한 한 마리의 매미가 될 것이다. 또 하나의 신탁이 내 귀에 들려오고 있었다.

그때 늙은 남자가 갑자기 절망적인 표정을 지으며 그 자리에 털썩 주저앉았다. 그러고는 이내 바닥에 길게 드러누워 버렸다. 나는 이유는 알 수 없어도 어쨌든 그가 일부러 그런 행동을 하는 것으로 생각했다. 그러나 가까이에서 내려다보니 그는 두 눈을 꾹 지려 감은 채 몸을 부들부들 떨고 있었다. 그제야 나는 뭔가 심상치 않다는 것을 깨달았다. 내가 무릎을 굽히고 앉아서 팔을 잡고 흔들어 보았으나, 그는 아무런 반응도 보이지 않았다.

나는 그를 일으켜 세워서 등에 들쳐업었다. 그의 몸은 예상했던 것보다 훨씬 가벼웠다. 그를 업은 내가 오히려 더 가벼워진 것 같은 느낌이 들 정도였다. 계단을 올라가 땅 위로 나왔을 때, 그 동안 축 늘어져 있던 그의 몸에 다소 생기가 돌아오는 것이 느껴졌다. 어딜 가는 거야? 노인이 내 귀에 미지근한 입김을 쏟으며 물었다. 병원에 가야지요. 내 말에 그가 낮게 가라앉은, 그러나 단호한 어조로 대꾸했다. 병원에는 안 가. 나는 약간 어이가 없었다. 그럼 어디를 가나요? 가야 할 곳이 있나요? 나는 그 자리에 멈춰 섰다. 초대를 받았어. 계절이 왔거든. 그러니 그곳으로 가야지. 순간, 나는 나도 모르게 그를 내려놓으려 했다. 더 정확히 말하자면 그를 내 몸에서 떼어 내려 했다. 그러자 그는 전혀 예상하지 못한 완강한 힘으로 내 몸에 들러붙었다.

나는 뭔가 크게 잘못되어 가고 있다는 것을 알았다. 신밧드가 다섯 번째 여행에서 만난 그 고약한 노인이 여기에도 하나 있었던 것이다. 그러니 그곳으로 가야지. 이제 그는 몸까지 흔들어대며 채근을 하고 있었다. 여자들이 나를 초대했지. 내게는 매미들이 여자들이야. 그 말에 나는 깜짝 놀라 고개를 쳐들었다. 매미들이라니요? 그곳이 어디지요? 내가 묻는 말에, 노인이 심드렁한 목소리로 대답했다. 매미들의 나라지. 나는 무심결에 발걸음을 떼어놓으며 다시 물었다. 어디로 가야 하나요? 그가 말에 박차를 가하듯 발을 흔들었다. 그냥 곧장 앞으로 가면 돼.

나는 그를 업은 채 앞쪽으로 똑바로 나아갔다. 그 상태로 우리는 함께 차도를 가로지르고 건물들 사이를 빠져 나갔다. 내가 계속하여 열심히 발을 놀리고 있음에도 불구하고, 그가 초조해하는 목소리로 같은 말을 반복했다. 서둘러야 해. 시간이 별로 없어.

그러고 보니 시간이 지날수록 도처에서 매미 울음소리가 점점 더 맹렬하게 일어나고 있었다. 저 소리가 들리지? 저게 시간의 유한함에 대한 처절한 절규가 아니고 뭐겠어. 매미들은 가능한 한 빨리 생명력을 소진시키기 위해서 저렇게 울어대는 거야.

그때 나는 노인의 몸이 시간이 지날수록 오히려 더욱더 가벼워지고 있음을 느꼈다. 노인이야말로 말을 하면서 점차 생명력을 낭비하고 있는 것이었다. 그가 말을 하는 건 자신의 생명력을 고갈시키기 위한 것이었다. 노인은 스스로 가벼워지기 위해 쉬지 않고 말을 이어 나가고 있었다.

나는 그의 말에서 뭔가 심상치 않은 기운을 느끼면서도, 짐짓 시치미를 떼고서 물었다.

"그런데 노인께서는 어떻게 매미들에게 초대를 받은 거지요?"

"사실은 매미들이 초대를 한 건 내가 아니라, 자네야. 내가 매미들의 세계로 가고 있는 게 아니라, 자네가 가고 있는 거야. 지금 나는 자네를 안내하고 있는 거고. 아직도 모르겠나? 나는 이제 죽을 날이 하루도 채 남아 있지 않은 늙은 매미야. 그 동안 나는 줄곧 자네를 미행해 왔지. 때가 되면 자네를 데려가려고 말이야. 그러다가 조금 때 이르게 자네에게 들키고 말았지."

"내가 왜 매미들의 세계로 가야 하는 건가요?"

"나는 이 세상에 존재하는 모든 것에서 시간의 광란을 보지. 비극은 시간 속에서 잉태되는 거야. 때문에 젊음은 시간이 일으키는 발작 현상 중의 하나인 셈이야. 자네도 지금 그 발작 상태에 들어 있어. 나는 자네를 거기에서 꺼내 주려는 거야."

"매미들이 왜 유독 내게 관심을 가지게 되었습니까?"

"그 질문에 대한 답은 자네 속에 있을 거야."

"나는 단지 나 개인의 욕망의 채널이 아닌, 어떤 다른 채널로 세상을 보고 싶었을 뿐입니다."

"그것도 이유들 중의 하나가 되겠지."

"이 세상에서 내가 원했던 것은 단 한 줌의 살덩어리뿐이었습니다. 내가 움켜쥐고 매달리고 빨고 뜯어먹고 칼로 찌르고 구멍을 후벼 파서 내 살을 끼워 넣을 수 있는 한 줌의 살 말입니다."

"그건 아주 중요한 이유가 되는 거지. 그리고 그런 면에서 자네는 나와 아주 흡사하지."

"그렇다면 이제 나도 노인처럼 한 마리의 매미가 된다는 말입니까?"

"그럴 수도 있고, 아닐 수도 있겠지."

"노인께서는 자신이 매미라고 하는데, 그렇다면 지하에서의 그 오랜 삶을 기억하고 있습니까?"

"인간으로서 지상에서 살았고 이제 매미가 되었으니, 지상에서의 삶이 내게는 지하에서의 삶이 되는 거겠지. 그리고 지상에서 사는 동안 남들도 나와 똑같은 인간임을 깨닫는 데 한평생의 시간이 걸렸으니, 이제는 내가 다른 매미들과 똑같은 매미라는 사실을 받아들이는 데 남은 시간을 바쳐야겠지."

"하지만 고백하건대, 나는 도저히 나의 이 육체의 틀에서 벗어날 수 있을 것 같지가 않습니다. 그런데 하물며 매미가 된다니요."

"기억하지 못하는지 모르지만, 자네는 오래 전에 이미 늙은이였어. 천진난만하기 짝이 없는 어른이었고, 인생 낙오자였어. 나이보다 훨씬 늙은 얼굴을 가진 노쇠한 스피노자 거지였고. 자네는 사소한 일에도 아주 기뻐졌다가 또 아주 불행해지기도 했어. 자네는 한 번도 자기 욕망의 주인이었던 적이 없었어. 그러면서도 뭔가를 끊임없이 찾고 있었지. 자네 머릿속에서는 매미 한 마리가 날개를 붕붕거리며 울어대고 있었어. 낡아 빠진 문틀에서 문풍지가 붕붕거리며 떨리고 바람 새어드는 소리가 슉슉거리며 일어나듯이 말이야. 이 땅의, 이 지상의 허약한 풍토가 자네 속에서 찢겨진 미농지처럼 펄렁거리고 있었어. 자네 자신을 망각한 일상의 미봉책이 그렇게 요란한 소리를 내고 있었어. 그건 적어도 자네 자신에게는 아주 절실한 문제였지. 그래서 이런 상태에 이르게 된 거야. 마치 매미들이 온갖 착잡한 감정과 온갖 잡다한 상념의 결과로 몸을 떨며 울어대듯이 말이야."

노인과 나는 그렇듯 업고 업힌 채 끝없이 대화를 나누었다. 그러는 동안 우리는 무수히 많은 거리를 지나고 헤아릴 수 없이 많은 사람들과 몸을 스치며 지나쳤다. 그리고 이윽고 도시를 벗어난 후에는, 바람을 맞으며 산도 넘고 발목을 적시며 물도 건넜다. 노인의 몸은 점점 더 가벼워지고, 거기에 비례하여 나의 몸은 점점 더 무거워졌다.

결국 내 두 다리가 둔중한 움직임을 더는 계속하지 못하기에 이르렀을 때, 나는 걸음을 멈추고 서서 그에게 물었다.

"그렇다면 이제 나는 뭘 어떻게 해야 합니까?"

"선택을 해야겠지. 아주 자발적인 선택 말이야. 내게도 악마가 찾아와서 내가 내릴 수 있는 선택에 대해 제시를 했지. 이대로 노후에 이르러 비교적 안락한 삶을 살다가 죽을 것인가. 아니면 비록 고통스럽고 때로 끔찍하다고 해도 완전히 새로운 삶을 살아 볼 것인가를 선택하라고 말이야. 그래서 나는 후자를 택했고, 그 결과로 매미가 되었지."

그의 말에 나는 갑자기 온몸에 소름이 끼치는 것을 느꼈다.

"이제 보니 노인께서는 내게 죽음을 강요하고 있군요. 노인이야말로 내 죽음의 모습이군요."

"아니야, 그렇지 않아. 죽음은 선택할 수도 강요할 수도 없는 것
이야. 게다가 죽음은 우리와 친숙해지지도 않지. 죽음은 우리가 거
기에 익숙해지지 못하게끔 끊임없이 뭔가를 분비하니까. 일종의 독
을 말이야. 그러니까 우리는 번잡한 세상에 중독된 상태를 벗어나
서 돌아갈 길을 과감히 끊어 버려야겠지. 그리하여 필요하다면 죽
음을 향해 육박해 들어가야겠지. 어차피 삶이란 죽음에 집중하는
행위니까. 우리 속에는 집착을 떨치고 모든 것을 관조할 수 있는
크나큰 욕망이 들어 있어. 그런데 그 큰 욕망이 아주 사소하고 하
찮은 욕망들에 의해 결정적으로 쐐기가 박힌다는 걸 잊지 말아야
해."

마침내 그의 말은 내게 더 이상 참을 수 없는 고통을 불러일으켰
다. 나는 그가 쏟아내는 말을 그저 듣고 있었던 것이 아니라, 그 끔
찍한 장광설에 속수무책으로 당하고 있는 것이었다. 나는 온몸으로
경련을 일으키면서 그를 떨쳐 버리기 위해 상체를 격하게 흔들었
다. 그러나 그 순간, 나는 이제 더 이상 그가 존재하지 않는다는 것
을, 어디론가 연기처럼 사라져 버렸음을 깨달았다.

어느새 내 몸은 날아갈 듯이 가벼워져 있었다. 노인이 내게서 허
물처럼 벗겨져 나간 것이었다. 아니, 나야말로 노인이 벗어 놓은
허물이었다. 나는 나도 모르게 소리내어 중얼거렸다. 오, 나는 살
인을 저질렀다. 그로 인해 그 노인과 나의 영혼이 뒤바뀌고 말았
다. 그러니 이제 그 노인은 나의 감옥이 될 것이다. 나는 살인을 저
지른 자의 참담한 심정에 빠져들었다. 그러나 어차피 돌이킬 수 없
는 노릇이었다. 그때 나는 강력한 죄의식과 더불어 온몸이 두 쪽으
로 갈라지는 것을 느꼈다.

12

나는 발길 닿는 대로 정처없이 걷고 있었다. 그러다가 언뜻 정신을 차리고서 걸음을 멈추고 주위를 돌아보았을 때, 내 주변에는 아무것도 없었다. 나는 그곳이 어딘지 알 수 없었다. 세상은 어두웠다. 조금 전에 지나쳐 온 가로등의 희미한 불빛이 어슴푸레 사위를 밝히고 있을 뿐이었다. 아까부터 내 오른쪽에서 사람 키 높이의 담장이 줄곧 나와 동행을 하고 있었다. 내가 걷고 있는 길의 바닥은 포장이 되어 있고, 담 안쪽으로 키 큰 나무 여러 그루가 나뭇잎 무성한 가지를 길 쪽으로 내뻗고 있었다. 그러나 나는 그곳이 어딘지 알 수 없었다. 얼마 전부터 나는 내가 있는 곳이 어딘지도 모르는 채 살고 있었다. 그리고 나는 어딘지도 모르는 채 그 장소에 익숙해져 왔다. 어쩔 수 없이 아마 이번에도 그러할 것이었다.

바람이 불어오고 있었던 모양이었다. 바닥에 떨어진 낙엽이 이리저리 쓸리고 있었다. 그런데 아직 한여름이 채 끝나지 않은 시기에 낙엽이라니. 게다가 대기 중에는 바람 한 점 없었다. 습기를 잔뜩 머금은 찌는 듯한 더위는 아무런 방해도 받지 않고 있었다. 그리고 보니 이상한 점이 몇 가지 더 있었다. 그 낙엽이, 아니 내가 낙엽이라고 여겼던 것들이 그냥 되는 대로 나뒹굴고 있는 것이 아니라, 내 발길이 다가갈 때마다 살아 있는 생물처럼 소스라치듯 놀라서 부르르 몸을 떨며 빙글빙글 도는 것이었다. 나는 눈앞에서 벌어지는 상황을 믿을 수 없어 발 끝에 힘을 주어 조심스레 앞으로 내디뎠다. 그러나 사정은 달라지지 않았다. 내가 움직일 때마다 여기저기에서 그 낙엽 같은 것들이 단말마의 고통에 사로잡힌 작은 곤충처럼 필사적으로 날갯짓을 하며 맴을 돌았다.

오오, 나는 걸음을 멈추었다. 잠시 후 내 발 주변의 그 격한 소란도 차츰 가라앉았다. 그리고 그때 나는 그것들, 그 작은 프로펠러

같은 것들이 실제로 살아 있는 생물, 바로 매미들이라는 사실을 깨달았다. 낮 동안에 나뭇가지에 매달려 그토록 모질게 울어대던 매미들이 어찌 된 일인지 풀 한 포기 없는 이 딱딱한 바닥에 집단으로 떨어져 내려 마지막 숨을 몰아쉬고 있다가, 예기치 못한 인간의 발길에 놀라 파닥거리는 것이었다. 다시 걸음을 옮기자 매미들이 발에 밟혀 툭툭 터지고 있었다. 그 순간 나는 그 자리에 두 발이 얼어붙는 것을 느꼈다. 이 조용하고 어두운 곳에서 나는 낯선 존재들이 그리는 작은 원들에 의해 포위되고 그 원들의 함정에 빠졌으며, 이제 비로소 나는 내가 어느 곳에 있는지 알 수 있었다.

그때 나는 비로소 내가 엊저녁의 출발점에 되돌아와 있음을 알았다. 시간이 지날수록 내게는 내가 어젯밤에도 이곳에 있었다는 사실이 더욱 분명해졌다. 어제 나는 바로 이곳에서 까닭 모를 광란의 고통에 사로잡혔고, 그 순간 기억을 상실한 것이었다. 물론 반드시 이 장소, 이 시간이 아니었을지도 모른다. 그러나 여하튼 나는 나도 모를 어떤 힘에 의해 밖으로 튕겨 나갔다가 크게 원을 그리며 한바퀴를 돌아와서 이제 다시금 출발의 자리에 선 것이었다. 그러나 그 외에는 여전히 아무것도 인식할 수도 기억할 수도 없었다. 광란의 고통이라는 것도 단지 막연한 미래형의 예감처럼 남아 있을 뿐이었다.

나는 그 자리에 주저앉았다. 나는 터널 속에 들어와 있었다. 나는 텅 빈 노아의 방주에 타고 있었다. 세상의 노한 파도가 세차게 몰려와서 내 몸을 뒤덮고 있었다. 온몸이 저리고 으슬으슬 떨려 왔다. 그러나 나는 이제 비로소 세상의 물살과 만날 수 있을 것 같았다. 그 사실을 깨닫기 전에야말로 나는 기억상실자였다. 하지만 사람들은 언제까지고 나를 기억상실자로 기억할 것이고, 나는 그들의 판단을 그대로 받아들일 것이다. 그리하여 앞으로도 나는 기억상실자로 살아갈 것이었다. 그것이 내게 주어진 운명이었다.

그 사실을 받아들였을 때, 나는 내 몸에서 어떤 변화가 일어나는 것을 느꼈다. 처음에 나는 내 몸이 크게 부풀어오르는 듯한 느낌을 받았다. 그러다가 이내 나의 몸을 감싸고 있는 껍질이 알의 껍질처럼 갈라졌다. 부화를 하고 있는 듯한 기분이었다. 그러나 곧 나는 내가 탈바꿈을 시작한 것임을 알 수 있었다. 나는 나를 두텁게 감싸고 있는 단조로움과 역겨움으로부터 힘들게 빠져 나와, 일말의 평온과 휴식을 향해 끈질기게 다가갔다. 그토록 미만했던 고통마저도 사라지고 없었다. 이윽고 내 몸이 갑작스레 차가운 공기의 흐름에 노출되어 한쪽으로 휘청하고 쏠렸을 때, 나는 내 몸 속의 아주 깊은 곳, 혹은 내 기억의 가장 깊고 먼 곳에서부터 어떤 소리가 울려 나오는 것을 들었다. 그것은 분명 매미의 울음소리였다. 그때 내 등은 완전히 반으로 갈라졌고, 마침내 나는 거대한 매미의 환영을 이루어 나로부터 걸어 나왔다. 나는 그 자리에 우뚝 서서 날개가 마르기를 기다렸다가, 잠시 후에 푸드덕 소리를 내며 날아 올라 키 큰 참나무의 가지 위에 내려앉았다. 어느새 나의 시야는 매미들의 세계로 가득 채워져 있었다.

13

이제 나는 매미로서의 삶을 살아가야 한다. 내가 원하든 원하지 않든 간에 이미 돌이킬 수 없는 노릇이다. 방금 나는 오늘 하루 동안 내가 나 자신을 미행해 왔음을 깨달았다. 내가 누군가를 미행한 것도, 노인이 나를 미행한 것도 아니었다. 그리고 내가 아침에 잠에서 깨어났을 때, 그때 이미 내게서는 매미로의 탈바꿈이 시작된 것이었다. 매미 울음소리에 최면이 걸리듯 나는 기억상실자가 되었고, 그것이 내가 매미가 되어가기 시작하면서 처음으로 찾아든 현상이었다.

그리하여 나는 오늘 하루에 사람으로서도, 매미로서도 평생을 살았다. 어미의 자궁을 빠져 나와 태어나고, 홀로 성장하고, 거리를 걸으며 사람들을 만나고 싸우고 사랑하고, 한 여자를 만나 정사를 나누고, 아이를 낳았다. 거지 노인이 길가에 웅크리고 있는 것을 보았고, 나도 그 옆에 자리를 잡기도 했다. 사진관 옆의 진열창에는 형편없이 늙어 버린 나의 모습이 비치고 있었다. 그러다가 문득 원점에 이르러, 나는 단 하루에 늙은이가 되었다.

그러나 나는 이제 비로소 시간 속에 제대로 자리잡게 되었음을 느낀다. 이 우주의 억겁의 시간대 속에서 내가 점유한 시간, 지극히 짧은 이 시간만은 온전히 나의 것이다. 지금의 어느 순간에 다행히 추락을 모면했다고 해도 다행스러워할 일이 아니다. 마찬가지로 파멸에 처해졌다고 해서 불행해할 일도 아니다. 현재는 시간의 세계 속에서 영원히 존재한다. 그리하여 나는 이 시간의 흐름 속에, 그리고 우주 속에 영원히 존재하게 되었다. 그러니 나는 더욱 깊이 이 시간 속으로 파고들어야 한다. 그러다가 시간의 문이 열릴 때 나는 다시 살아날 것이다.

지금 내가 앉아 있는 참나무 등걸은 내게 더할 나위 없는 편안함을 제공하고 있다. 일종의 가슴 저린 향수가 느껴지고 있다고 해도 과언이 아니다. 나를 기억하는 사람들이 내 발치에서 어리둥절한 표정을 지으며 우왕좌왕하고 있다. 나는 나무에 거꾸로 앉아 그들을 내려다보면서 씁쓸한 회한에 젖어든다. 그러나 이미 나는 지하의 삶을 청산했다. 어쩌면 그들도 또한 나에 대한 기억을 청산하고서 마무리 작업을 벌이고 있는 것인지도 모른다.

이제 나는 막연하게나마 몇 가지 사실을 짐작할 수 있다. 나 또한 오랫동안 보통 사람들의 삶에 연루되고 싶은 강한 욕구를 느껴 왔고, 실제로 그러기 위해 많은 노력을 했다. 내가 한 인간으로서 겹

없이 다른 인간에게 다가가는 일을 즐겨했고, 그때 내 속에서 일어나는 때로 파괴적이기까지 한 힘을 나는 사랑했다. 그러나 그 욕구는 대개 일회적이었기 때문에 매번 충동으로 끝났다. 어둠이 끈끈한 접착력으로, 일종의 끈처럼 내 손을 묶어서 춤을 추게 했다. 그로 인해 나는 일종의 반의식적인 절대 고독 속에 빠져들어, 인간적인 모든 것들을 비웃었다. 내가 보기에 인간들은 지상의 삶에서 자연의 드라마를 몰아내고 있다. 자연의 드라마와 하나가 되는 것이 얼마나 놀라운 일인지 인간들은 짐작조차 하지 못한다.

나로서는 그 점이 적잖이 안타까웠다. 그러던 어느 날 나는 매미 울음소리가 우레처럼 울리는 것을 들었다. 그 속에는 군화발 소리와 탱크의 캐터필러 소리도 들어 있었다. 내 주변에서, 그리고 내 속에서 내란이 발발한 것이었다. 나는 기꺼이 그 내란에 동참했다. 내란의 동기는 나 자신에게도 여전히 불분명한 것으로 남아 있긴 하지만, 그만큼 내게는 더욱더 절실함을 불러일으키는 것이었다. 그 절박함이 바로 급기야 나를 매미로 만든 것이다.

어쩌면 나를 포함한 모든 인간들의 관성적인 고통의 결이 너무도 생생하여, 그것이 내 몸에 금이 가게 하고 주름이 잡히게 하여, 지금의 이런 모습으로 만든 것이라고 할 수 있을지도 모른다. 그러나 여하튼 이제 비로소 나는 야유를 그칠 수 있을 듯하다. 야유란 조롱과 자조가 서로 비벼져서 일어나는 마찰음에 불과한 것이다. 그 대신, 나는 바람과 비와 나무와 더불어 살아갈 것이고, 그것들 속에서 영원히 살아남을 것이다. 물론 평범하기 그지없는 한 마리의 매미로서.

풍경소리

최일남

1932년 전북 전주 출생.

서울대 국문학과 및 고려대 대학원 졸업.

1953년 《문예》를 통해 등단했다.

소설집으로 《서울 사람들》·《타령》·《젖어드는 땅》,

장편소설로 《거룩한 응답》·《그리고 흔들리는 배》·

《하얀 손》 등이 있다.

〈흐르는 북〉으로 제10회 이상문학상 대상을 수상했다.

풍경소리

"내보내지."

정 총재가 말했다. 매다 만 넥타이가 두 갈래, 와이셔츠 위에서 힘이 없다. 너부죽한 쪽이 그나마 밑으로 더 좀 처져 자칫 주르륵 흘러내릴 기세다.

"……무슨 말씀이신지."

반은 짐작이 갈망정 부인은 당장 뜨악하다. 머리와 꽁지를 떼낸, 생선 가운데 토막 같은 다짜고짜 말투에 아무리 익숙한 부부 사이기로 나머지 반은 때때로 헛짚는 수가 많다. 따라서 부인은 흔히 딴전을 편다. 그 동안에 진의를 파악해도 늦지 않다는 계산이 몸에 배었다.

"저 사람 말이야, 가정부."

정 총재는 잔뜩 짜증이 실린 표정으로 가슴팍 양켠에 늘어뜨린 넥타이를 확 뽑아 주먹에 한 움큼 쥔다. 상징이 풀린 와이셔츠 차림이 갑자기 낯설다. 뱀대가리 모양의 매듭이 바짝 멱을 죄고 있을 때는 한 남자의 사회성을 대표하는 치장으로 그럴싸하다. 한데 넥타이를 곁들이지 않은 민짜 와이셔츠 바람은 눈동자를 그려 넣지 않은 용 그림이 이럴까 싶을 만큼 허전하고 쓸쓸하다. 노상 안경을 쓰고 다니던 사람이 어느 날 갑자기 안경을 벗고 나타났을 때의 서먹한 느낌과 비슷하달까. 아닌게아니라 부인의 뇌리에는 이때 옛 생각 하나가 불현듯 떠오른다. 어떤 친구와 주고받은 얘기 말이다.

그날 친구 쪽에서 꺼낸 화두가 바로 안경이었다.

이상하더라구. 너도 아다시피 우리 그이는 근시가 심하잖니. 안경 없이는 아무 짓도 못해. 하지만 잠자리에서는 벗을밖에. 그런데 어땠는 줄 아니. 처음 한동안은 무척 섬뜩했어.

부인이 자발없이 물었다.

느네는 불 켜고 우동 먹니?

친구는 펄쩍 뛰었다.

아냐. 어떻게 불을 켜. 불 끄고 먹는단다.

그렇담 안경 끼나마난데 섬뜩하고 말고가 어딨어. 더듬이만 실하면 그만인걸.

모르는 소리 마. 칠흑 같은 방이라고 생긴 윤곽마저 분간 못할까. 그이는 얼굴이 유난히 희기 때문에도 쉬 드러나. 게다가 십오야 달 밝은 밤이라도 되어 봐. 커튼 사이로 스며든 달빛 덕에 보일 것 다 보이지. 그러노라면 안면을 싹 바꾼 이 사람이 정녕 내 남편인가, 순간적으로 낯이 선 경우가 간혹 있다구.

뻥이 너무 심하다. 설사 느낌이 그렇다 쳐. 것도 나쁘지 않겠네 머. 환상의 타인으로 바꿔치기하는 재미도 있다더라.

얘가…… 한술 더 뜨고 나서네. 자기 고백으로 들린다.

농담도 못하니.

하여간 사람은 평상시의 겉치장 하나를 떼고 붙이는 차이가 엄청 커.

"나도 궁리가 많아요. 내보내기는 내보내야겠는데 이 나이에 부얼으로 다시 들어가자니 심란하기도 하구.”

“어쩌겠소. 차츰 쓰임새를 줄여야지. 붙박이로 사람을 두고 부릴 형편이 못 되면 파출부로 돌려야 하잖아. 식구도 단출하겠다.”

“두 식구는 일이 없는 줄 아우. 두 식구나 다섯 식구나 밥하고 빨래하는 허드렛수고는 마찬가지예요.”

“암튼 매사가 그전 같지는 않을 테니 빨리 현실에 적응하는 게 좋아.”

“그러는 당신은? 왜 오늘도 아침부터 차려 입고 나섰다가 주저앉고 그래요. 착각도 하루 이틀이지 남이 볼까 무섭네요. 평생 습관이 하루 이틀에 고쳐질 건 아니지만 그럴수록이 진중하게 처신해야 돼요.”

“시끄러!”

스스로도 무참했던가 정 총재가 빽 소리친다. 거칠게 와이셔츠를 벗는 손길이 조금 떨린다. 그 통에 더욱 단추 풀기가 힘겨워 애를 먹는다.

부인은 안다. 반드시 오늘 아침에 들고 나오지 않아도 될 가정부 문제를 꽤나 다급한 일인 양 꺼낸 이유를 짐작한다. 공연한 자격지심 탓이다. 부인이 마침 화장실에 앉아 있는 동안 정 총재는 벌써 가정부에게 아침을 차리라고 재촉했다. 관직에서 물러난 후로는 이 댁 조반이 늦다. 오랫동안 시간에 매여 지내다가 모처럼 한갓져 살 것 같다며 늑장을 부렸다. 하지만 오래가지 못했다. 자기 입으로 공사(公事)에서 놓여 난 기쁨을 구가하던 정 총재는 작심 삼 일 아닌 방심 삼 일 만에 만판 늘어난 시간을 주체하지 못해 쩔쩔맸다. 그러다 느닷없이 부산을 떤다. 일부러 그럴 리는 없다. 자기도 모르게 채비를 하고 나섰겠는데 오늘 아침이 바로 그런 날이다.

“출근하시게요?”

가정부가 예사롭게 묻는다. 가정부가 말하는 출근은 단순한 출타

까지 포함한다. 호텔 조찬회가 있는 날은 여느 때보다 더 일찍 서둘
러야 할지언정 식탁을 차리는 처지에서는 굳이 둘을 구분할 필요가
없다. 그러나 정 총재는 그 한 마디에 퍼뜩 정신을 차린다. 또 실수
했구나 여기고 자신의 거듭된 호들갑에 기분이 잡친다. 습관도 병인
가 겁이 덜컥 난다. 나중에는 가정부까지 나를 머쓱하게 만드는가
고리눈을 치켜 뜬다. 안에서나 바깥에서나 이것들이 어느새 사람을
우습게 알고 비아냥거리는 것이 아닌가 거꾸로 눈치를 살핀다.
  "김 기사는 아직 출근 안 했나."
  가정부가 아침 인사처럼 던진 말을 묵살하는 장면전환용 반문이
다. 비약 어법으로 뒤틀린 아침 기분을 얼버무린 셈이다. 자리는
떴어도 기사까지 해고할 수는 없는 노릇이다. 타기만 하는 세월이
하도 길어 부부는 운전면허를 따지 않았다. 그보다는 손수 운전의
초라함이 싫어 가는 곳마다 데리고 다니는 운전기사는 늘 한결같
다. 그때그때 호칭과 직급이 다를 뿐이다. 정 총재가 회사 사장으
로 들어가면 김 대리요, 장관이 되면 김 계장이라고 부른다. 직함
이 오르락내리락 바뀔 따름인데 정 총재로서는 그냥 기사가 편하
다. 입에 붙었다.
  "열 시가 돼야……."
  가정부는 말꼬리를 사린다. 퇴임 후 기사의 출근 시간도 늦췄다.
특별히 하명하지 않는 한 오전 열 시에 나오라고 이른 게 언젠데
…… 가정부의 혀짧은 대답은 그런 암시를 풍긴다.
  정 총재는 따분하다. 이따 김 기사가 온다 한들 오늘은 갈 곳이
마땅찮아 승용차를 놀릴 판이다. 그게 견디기 어렵다. 차를 굴려
당도할 목적지가 없다니. 번히 세워 두고 바라만 보다니. 미리 맥
이 빠진다. 일생에 드문 일이다.
  누구나 그렇듯이 젊어 한때는 고생깨나 했다지만 후반으로 접어
들면서 고급 승용차가 상징하는 자리를 징검다리 건너듯 차례차례

거쳤다. 노력 못지않게 운도 따랐겠지. 한시도 쉴 겨를 없이 사장 회장 이사장 총장을 두루 역임하고 한 달 전까지도 현직 장관으로 있었다. 그것도 두 번째였다. 비로소 보통 야인으로 낙착하는가 하자 어떤 민간단체에서 제각 명예총재로 추대하고 나섰다. 국회의원을 안 해본 것이 아쉽다면 아쉽되 마음만 먹었으면 그것 역시 떼어논 당상이었다. 그걸 안 한 것은 마누라가 죽어라고 반대했기 때문이다. 떨거지들 치다꺼리를 생각하면 끔찍하다고 오만상을 지었다.

들었죠? 최 의원네 현관에는 늘 구두가 스무 켤레라는 것. 졸자는 그렇지도 않겠지만 이왕 할 바에야 그 정도의 실력은 갖춰야 않겠어요. 비례대표요? 처들인 밑천을 언제 뽑는대요. 그 돈 가지면 편히 누워 까먹어도 수수십 년은 가겠수. 이랬거늘, 그 무렵에 또 두 번째 입각 교섭을 받아 그나마 없던 일로 쳤다. 불과 달포 전에 물러난 것이 그 자리다.

남의 말 하기 좋아하는 위인들은 손금이 지워지도록 손바닥을 잘 비비기 때문이니 어쩌니, 물밑정치를 잘하느니 못하느니 찧고 까불었지만 정 총재는 그딴 뒷공론에 코방귀를 퐁퐁 뀐다. 기관 운영의 운자도 행정의 행자도 모르는 주제에 입으로는 갖은 방정을 다 떤다고 치부한다. 그런 치들일수록 어쩌다 장관차에 태워 점심이라도 한 끼 사 줄라치면 뒤로 돌아 공치사가 또 요란할 게다. 악수를 나누고 떠나는 검은 차를 향해 허리를 깊숙이 꺾지 말란 법 없다.

그런데 지금은 그 차의 갈 곳이 막막하다. 비록 장관차가 아니고 회장차도 못 되지만 번드르르하기는 매일반인 고급차를 굴릴 곳이 마땅찮다. 목적지는 잃고 납작 엎드린 차가 자신의 무료를 대변하는 것 같아 못내 조바심을 한다.

정 총재의 새 직함도 이름 장식의 방편으로는 일단 버젓하다. 하지만 명함치레로나 알맞다는 걸 누가 몰라. 달에 한 번 얼굴을 비쳐도 그만 안 비쳐도 그만인 명예직인 까닭에 산 총재가 죽은 장관만 어렴없다고 다들 여긴다. 이 바닥의 데데한 습속대로 장관은 죽을 때까지 장관이므로 총재가 시위소찬(尸位素餐)이라면 장관은 명목상으로나마 수양산 그늘이 관동 팔십 리의 여세를 누리는 폭이다. 왕조시대 이래 정승을 가문의 영예와 출세의 완결판으로 치던 사회의 묵은 관념 탓으로 돌릴 수도 있다. 그와 같은 인식의 연장선에서 전직 호칭 또한 오래간다. 그렇다면 이건 무언가. 정 총재는 요즘 들어 허공에 대고 이런 불만을 가끔 터뜨린다. 불과 한 달 만에 사람도 차도 기동할 건수조차 없다니 너무하다고 생각한다.

할망정 정 총재는 여전히 정 장관으로 불러 주기를 선호하는 편이다. 그럼에도 불구하고(필자가) 굳이 '정 총재'를 고집하는 이유는 간단하다. 두 차례의 장관 시절을 포함하여, 또는 그것을 중심으로 자꾸 뒤를 돌아보기 쉬운 그의 눈을 현재진행형으로 바꿔 가기 위해서다. 어차피 유명무실할 바에야 '총재'가 차라리 제격이다. 그것으로 눈을 가린다기보다는 그것으로 시력을 보강하여 진짜 진짜 세상 속으로 들어가라고 우길 판이다.

새삼스럽기는 하지만 정 총재는 김 기사가 모는 승용차 뒷좌석에 앉아서도 영 마음이 썰렁하다. 누구는 옷을 벗자마자 수발 들던 군식구들이 떨어져 나가 홀가분하다고 했는데 그것도 사람 나름일 게다. 그는 오히려 허전하다. 우선 조수석이 비어 이 빠진 느낌이다. 전에는 앞에 앉은 수행비서가 온갖 시중을 들었다. 음식점에 들어서면…… 시찰을 가면…… 파티장에 얼굴을 내밀면……. 이제는 아니다. 융단을 타고 바그다드 하늘을 날다가 맨땅으로 내려선 느낌이다. 다 늦게 홀로서기를 시도하자니 부자유스러운 것투성이다. 기중 힘든 것이 일일계획 세우기다. 꽉 짜인 스케줄대로 움직이다가 자기 손으로 이틀 사흘치 일과표를 작성하는 일마저 수월하지 않다.

처음 얼마 동안은 괜찮았다 하랴. 위로전화에 점심 저녁 초대에 골프 권유에 제법 바빴다. 질색인 것은 중간에 뻥 뚫린 시간이나 온전히 뜬 빈날 메우기다. 점심과 저녁 초대가 겹친 날의 틈새 처리도 난감하다. 일단 귀가했다가 되짚어 나오자니 번거롭고, 빈둥거리자니 시간이 너무 길다. 그럴 만한 장소도 별로 없다. 사우나나 이발로 때우기도 했지만 그러고도 남는 자투리 시간이 지겹다 못해 처치 곤란이다. 그런 때는 영화관람을 예상하고 나오기도 하지만 막상 발걸음이 떼어지지 않는다. 늙은이 혼자 무슨 초친 맛으로 깜깜절벽 속을 기웃거린단 말인가.

초친 맛으로 칠 것 같으면 오늘의 산소행 역시 엉뚱하다. 늦가을 찬 날씨에 어쩌자고 부모님 묘소를 찾아 길을 나섰는지. 다행히 자동차로 두어 시간이면 닿을 지역이긴 해도 어지간히 멋쩍다. 한다한 정치인들이 새로 큰 역할을 맡거나 추락했을 무렵, 조상의 무덤 앞에 엎드리는 광경을 상상하지 않았다면 거짓말이다. 그럴싸하게 보였다. 그렇다고 그걸 전적으로 본뜨자는 건 아니다. 마침 외출할 데도 없겠다, 공허한 심정도 심정이겠다, 바람쐬는 기분으로 겸사겸사 나들이를 마음먹었다. 그리고 그 뜻을 아내에게 비쳤다. 웬걸, 미처 동행을 제의하기도 전에 손사래를 쳤다.

지난 추석에 성묘했으면 됐지 무엇하러 거푸 간대요.

다시 가면 어때. 자주 갈수록 조상님이 반길 텐데. 대과 없이 소임을 마치고 보고차 왔습니다 하면.

이 양반이.

아내는 탐탁잖은 기색으로 입을 빼물다가 주뼛주뼛 덧붙였다.

조상 탓하러 왔느냐면 어쩌시려구.

그래 놓고 웃는 낯을 꾸몄던 것 같다. 농담도 아닌 것이 진담도 아닌 것이, 불쑥 터뜨린 말의 서슬에 자신이 먼저 데어 조금은 겸

연쩍었을까.

뭐라고? 여기서 그 말이 왜 나오누.

있잖아요. 잘되면 제 탓이고 못 되면 조상 탓한다는 속담.

갈수록.

그렇게 효를 닦고 격식을 차리자면 취임하는 족족 갔어야죠.

옳아. 성공했을 때 가야지 실패했을 때는 찾아뵙는 것 아니다? 앞 뒤가 틀렸다? 별 희한한 소리 다 듣겠네.

비약하지 마세요.

관둬. 함께 가지 않으려거든 잠자코나 있으라구.

그래요. 혼자 다녀오세요. 나는 몸도 찌뿌드드하고 그러네요.

사람이 어찌 그래. 나 같으면 내키지 않더라도 동무 삼아 냉큼 따라 나서겠다. 쌀쌀맞기는.

미안하구려.

정 총재는 어느덧 새치가 드문드문한 김 기사의 뒤꼭지를 쳐다보다 말고 창 밖으로 시선을 옮긴다. 낙엽을 떨군 야산이 하마 잿빛이다. 간간이 섞인, 스러지기 직전의 단풍이 회색 숲에 점점이 흩어져 아름답다. 실직에서 오는 감정의 낙차는 계절따라 다르고, 이혼도 봄과 가을의 차이가 현격하다는 것을 어디서 읽었던가 본 듯하다. 사람들의 속절없는 노릇을 자연의 전이(轉移)에 빗댄 발상이겠는데 정 총재는 불시에 끼여든 상념이 가당찮아 얼른 고개를 흔든다. 자기답지 않은 감상을 밀어내는 한편으로 내친김에 더 그 속으로 파고들고픈 유혹에 번갈아 빠진다.

긴 세월 직장생활에 골몰하다가 집 안에 처박히게 되면 대개 그런다고 들었다. 강퍅하게 굴던 사람도 여간해서 내색은 하지 않지만 깊은 밤 홀로 눈을 뜨고 있으면 듣는다고 한다. 야반 삼경에 나는 집 안의 여러 소리를 놓치지 않는다는 것이다. 천장이 툭 하면 냉장고는 딱 하고 받는다. 텔레비전인들 가만히 있을손가. 타다닥

하고 장단을 맞춘다. 요것들이 제각각의 체수나 규격에 알맞은 단 발음을 내는 푼수로 실직한 가장도 제 몸 깊숙한 곳에서 간헐적으로 토해 내는 신음을 듣는다고 한다. 둔감해서 못 들었다면 다행이지만 민감한 자는 깊이 잠든 처자식들의 숨결이 고우면 고울수록, 나팔꽃처럼 당나귀 귀처럼 한껏 열린 귀로 애간장이 녹아 내리는 소리를 듣게 마련이라고 했다. 몸을 뒤척이면 뼈마디가 우두둑 비명을 지른다. 그게 두려워 잔뜩 숨을 죽이면 쇠잔한 내장 기관들의 음험한 아우성 같기도 한 소리가 괴괴한 야음을 타 한층 또렷하게 들린다고 경험자들은 입을 모은다.

제법 강한 장골(壯骨)이 그럴진대 나이가 시들어 빠진 데다 애초부터 심약하게 생겨 먹은 가장의 경우는 어쩌겠는가. 삼십 년이면 삼십 년, 사십 년이면 사십 년을 한 가지 일에만 코 박고 살았기 때문에 그 밖의 일에는 당최 소용이 닿지 않는 인사는 더 말할 나위 없다. 냉장고나 텔레비전이 딸꾹질하듯 딱 타다닥 하는 것은 물건의 수명 다된 탓이 크다. 아니 그게 신경에 거슬리거들랑 아예 플러그를 잡아 빼 밤새 찍소리 못하도록 다잡으면 그만이다. 천장의 툭 소리는 스팀 파이프의 온수 유통 때 흔히 나는 잡음일 수도 있으므로 그다지 걱정할 것이 없다. 정 시끄러우면 스팀 아웃되기 전에 사람을 불러 고칠 일이다. 문제는 나이 지긋한 실직자의 귀 밝음이다. 밤에 혼자만 듣는 불쾌한 암호에 시달린다. 살아도 살았달 것이 없고 죽어도 죽었달 것이 없는 한밤의 어떤 그가 그래서 더욱 가엾다.

그런 사람은 불을 켤 염조차 내지 못한다. 이를테면 무더기무더기 엉겨 하늘을 향해 솟은 아파트촌의, 밤꽃인 양 띄엄띄엄 불을 밝힌 창은 희망의 한 표징일 수 있다. 죄 그렇지는 않을갑세 시험 준비로 밤을 새는 고삐리의 머리 싸맨 모습이 거기 있다고 믿기 때문이다.

잠들지 않는 도시의 풍경으로 여긴들 상관없다. 어둠 속에 몸을 가둔 채 그걸 바라보는 끈 떨어진 자의 눈에도 때로는 위안으로 다가온다. 볼륨을 벙어리로 줄인 케이블 TV '심야극장'은 재탕 삼탕으로 시답지 않다. 열에 일곱은 발가벗고 윗부분으로만 거시기 흉내를 낸다. 탕 탕! 총질을 한다. 나쁜 놈은 한 방에 갈망정 좋은 사람은 서너 방을 맞고도 멀쩡하다. 종당에는 애인을 으스러지게 보듬고 키스를 한다. 세속의 현실과는 딴판이다. 그짓에 물린 눈으로 쳐다본 바깥 세상의 정밀이 차라리 편안하되 마음은 또 편안하지 않다. 내일에 대비하여 코를 고는 당신들은 이런 복합심리를 아느냐 묻고 싶어진다. 모조리 불을 껐으면 밤을 못 느낄 것을, 듬성듬성 불을 환히 밝힌 창이 있어 밤이 한층 명료하다. 그러므로 말할 수 있다. 불빛이 새어 나오는 창보다 불 꺼진 창 안에 잠 못 이루는 주민이 더 많다는 것을. 그들의 상당수는 아직 내일의 지향이 없어 눈 멀뚱히 뜨고 쉰 밤을 지킨다는 것을.

그렇다면 정 총재 역시 이런 범주에 든단 말인가. 아니다. 실직자 일반의 속성 묘사가 다소 장황하여 오해를 살 만도 한데 달라도 상당히 다르다. 쇠퇴한 노동력이나 지긋한 연세로나 그는 실업자 통계에 잡히지도 않을 것이다. 먹고 사는 걱정과는 무관하기 때문이다. 오직 여타의 실업 군상과 겹치는 특징이 있다면 아깟번에 본 것과 같은 고질적 출근병이다.

병통으로 규정하는 게 너무 심하다면 길들여진 습관의 반복적 증후군으로 말을 바꿔도 된다. 게다가 고통 감내의 방법도 여러 가지다. 나만 몹쓸 병에 걸렸다고 생각하면 죽을 맛이다가도 여럿이 함께 당한다고 생각하면 아무것도 아니다. 그것이 증후군 원래의 특징이다. 동네방네 나발불고 다닐 것까지는 없지만 시일이 지나면 사그라지는 유행성 돌림병이나 매한가지다. 그러나 반드시 그럴까.

아닐 공산이 크다. 정 총재의 예를 두고 출근병 아닌 반복적 습관

증후군의 고약한 성질을 가늠할 수 있다. 본인도 그걸 깨닫고 일찍 다스리고자 애쓴다. 아침에 일어나 넥타이를 매고 출근을 서두르는 따위 볼썽사나운 짓을 하지 말기로 다짐한다. 하다가도 눈을 뜨면 반사적으로 같은 행동을 여러 번 반복했다. 어떤 날은 아차! 도중에 주저앉기도 한다. 오늘은 실수를 면했구나 자위하는데 곧 속이 상한다. 내가 왜 이러고 있다지 서성거리다가 끊었던 담배를 다시 찾는다. 거기까지는 좋은데 다음에는 또 시간대별로 자신의 예전 위상을 상상한다.

여덟 시―현관을 나선다. 빌라 경비원이 지키고 섰다가 차렷 자세로 경례를 한다. 김 기사와 수행비서가 빠른 동작으로 승용차 문을 연다. 여덟 시 반―시내를 달린다. 그 사이 조간신문에 대충 한눈을 판다. 여덟 시 오십오 분―청사 앞에 내린다. 전용 엘리베이터를 탄다. 그때마다 순식간에 나타난 부하직원들이 작은 줄을 지어 꾸뻑꾸뻑 인사를 한다. 아홉 시 십 분―관계자들의 보고사항을 듣고 하루 스케줄을 점검한다. 열 시―열한 시―열두 시―.

정 총재는 자신의 익숙한 오전 그림자를 좇다 말고 후유 한숨을 쉰다. 도무지 기다림이 없었던 세월이다. 기다림은커녕 짱짱하게 잡힌 시간을 따라 분 단위에 가까운 생활을 잘게 저미며 살았다. 먹는 일도 시간의 한계에서 벗어나지 않고 잠자리에 드는 시간도 크게 보면 할당받은 시간의 한 자락에 지나지 않았던 셈이다.

그랬으면 자신의 시간을 자신이 마음대로 주무르게 된 처지가 더할 나위 없이 자유로워서도 해방감이 여간 아니련만 오히려 부자유스럽다. 퇴임 직후엔 이런저런 미련이 제법 많았다. 공무에 짓눌려 생각조차 못했던, 그토록 좋아했던 승마는 일진이 나빴는지 나가던 날로 다리를 삐어 물리치료를 받았다. 무엇도 하고 무엇도 하겠다는 계획 중에 여행이 어찌 빠질라구. 두 번째로 꼽았다. 그러나 대번에 시들해졌다. 해외여행에 앞서 연습 삼아 떠난 국내 나들이는

당초에 예정했던 일정을 반도 채우지 못하고 발길을 돌렸다. 풍경
은 휴식이다. 일과 일 사이에 가로놓인 숨고르기의 어떤 장(場)이
라고 했을 때 소화하기 힘들 정도로 많은 시간을 하릴없이 끌고 다
니는 구경꾼에겐 드디어 적막강산 이상도 이하도 아니다. 마냥 마
음을 풀어헤치는 것도 돌아갈 긴장이 전제되어야 포근한 법이거늘
뿌리 뽑힌 나그네 신세로는 되레 초조하다. 정 총재는 더구나 들끓
는 관광객의 한 사람으로 치부되는 게 견디기 어려웠다. 밥 한끼
사 먹자고 여기 기웃 저기 기웃 하는 꼴이 제물에 궁상스럽고 초라
하다. 여간 피곤한 일이 아니었다.

  자기만 그런가 했더니 먼저 자리를 떴던 옛 동료나 친구들은 이제
사 그걸 알았느냐고, 말도 말라고 시쁜 입맛을 다셨다. 출근 증후군
에 감염된 경우 또한 그런 축일수록 비슷했다. 그들이 체험한 치유
기간은 각인각색이었으나 대충 한 달에서 석 달로 잡는 게 보통이었
다. 가시적인 증세 소멸이 그렇다 뿐이란다. 속병으로 잠복하기 시
작하면 달수로는 계산이 안 될 뿐더러 죽음에 이르는 병으로 도질
가능성마저 배제하기 힘들다고 겁을 주었다. 그게 괜한 협박이 아니
라면서 귀띔한 여러 사례가 듣기에 끔찍한 건 또 어쩌고. 어떤 사람
은 자다가 벌떡벌떡 일어나 문 밖으로 뛰쳐 나갔다. 증세가 날로 심
해 병원 출입을 하던 끝에 차에 치여 즉사했다. 스트레스성 우울증
에 시달리던 몇몇은 기어코 암에 걸려 이승을 떴다. 들먹인 이름 가
운데에는 안면이 있는 이도 있어 벌로 들리지 않았거늘, 초기에 잘
다스려 질기게 오래 사는 예가 더 많아 안심이 되었다.

"할아버지 거기 공 좀 던지세요."
  동네 놀이터 옆을 지나던 정 총재는 걸음을 멈추고 소리나는 쪽
으로 흘깃 고개를 돌린다. 놀이터는 길보다 높다. 어른 키 곱절은

될 게다. 그곳에서 농구공을 가지고 놀던 녀석이 금방 또르르 굴러 내린 공과 자기를 동시에 손가락질하며 외친다. 초등학교 고학년쯤 되나 보다. 던져 주세요도 아니고 던지세요라니. 아무리 천지 분간을 못하는 어린것이기로 맨입의 사역형 어투가 언짢다. 이 노릇을 어쩐다? 무슨 말버릇이냐고 혼을 내자니 그 조무래기에 그 좁쌀영 감이라는 빌미를 살까 두렵다. 군소리 않고 집어 던지자니 불가불 손에 흙이 묻을까 봐 싫다. 그렇다고 모른 척 지나치자니 어른스럽지 못한 소행으로 비칠까 신경이 쓰인다.

"빨리요오."

녀석은 응석조로 재촉한다. 뒤늦게 다소 미안한 기색이다.

정 총재는 할 수 없이 공을 주워 녀석을 향해 힘껏 던진다. 공이 놀이터까지 올라가다 말고 허망하게 도로 떨어진다. 이번에는 길 건너까지 굴러가다 멎는다.

"에이."

아이 녀석이 한심하다는 듯 혀를 차며 후닥닥 뛰어온다. 정 총재가 그걸 물끄러미 바라본다.

이웃 안팎에서 맞닥친, 그를 시험에 들게 하는 것 같은 일은 여기서 그치지 않았다. 그 뒤로도 계속 생겨 정 총재의 입지를 마구 흔들었다. 이런 일도 있었다.

때는 밤 아홉 시 무렵이고 장소는 동네에서 한참 떨어진 행길가였다. 그날 밤 그 시간을 아홉 시로 또렷이 기억하는 것은 횡단보도를 건너기 위해 서 있던 자리에서 아홉 시 뉴스를 들었기 때문이다. 등 뒤 과일가게 텔레비전에서 흘러 나왔다. 시청자 여러분 안녕하십니까. 아홉 시 뉴스를 말씀 드리겠습니다. 이렇게 운을 뗀 목소리를 분명히 들었다. 아홉 시면 어떻고 열 시면 어떨까마는 이 것도 정 총재의 다음 행동과 조금은 관계가 있다.

실상 정 총재가 그때 생각한 것은 푸른 신호가 떨어지기를 기다리는 동안의 싱숭생숭한 마음이었다. 자기 발로 땅을 딛고 서서 교통신호의 가시오 멈추시오를 성마르게 기다린 적이 드물었던 탓이다. 항상 승용차 안에서 건너고 멈췄다. 네거리 복판에 정차해 있을 때는 앞을 스쳐 좌우로 교류하는 통행인들을 구경하는 재미도 괜찮았다. 남녀노소의 표정이나 걸음걸이, 계절에 따른 입성의 변화와 여자들의 옷맵시 등을 본의 아니게 바짝 붙어 살피노라면 그런대로 짐작할 수 있을 것 같았다. 세상의 평화와 분란과, 부자와 가난뱅이의 몸짓을 거기서도 감지할 만하다고 여겼다. 발에 흙 안 묻히고 사는 사람들이 그만 못한 대중들의 실생활을 알면 얼마나 알겠느냐고 흔히 타박하지만, 당신들의 부엌과 안방을 일일이 살피는 것만이 능사가 아니다. 통계와 여론을 기반으로 현상을 파악하고, 가령 승용차 보닛 앞 인파의 활갯짓이나 웅크린 어깨를 통해서도 당신들 삶의 얼룩과 때깔을 얼추 엿볼 수 있다고 믿었다.

정 총재는 그런 지난날들을 잠시 회상하다가 길을 가로질렀다. 곧바로 건너지 않고 건너편 못미처에서 오른편으로 살짝 몸을 비튼 것은 다만 몇 발짝이라도 손해볼 필요가 없다는 순식간의 계산에서다. 집으로 가는 마음이 그만큼 바빴다기보다는 술기운이 시킨 짓이다. 친지끼리 어울려 마신 술이었다.

도시의 가로수는 언제부터인가 은행나무 천지다. 그늘을 드리우기로는 종전의 활엽수만 못하되 정갈하고 곧은 성깔이 좋다. 눈에 아름답기로는 가을철이 오히려 전성기나 다름없다. 샛노란 이파리들이 우중충한 건물을 상대적으로 더욱 초라하게 만들지언정 시민들의 가슴에는 모처럼 순수한 우수가 고인다.

그때 한때를 보자고 가로수로 심었는가 싶을 지경인데, 그날 밤의 은행나무는 아직이었다. 정 총재가 뜬금없이 밤하늘을 우러러 확인했을 리 만무다. 무심코 걷다가 은행나무를 에워싼 서너 남녀의 수선스런 행동을 보다 말고 느꼈다. 잎은 아직 파랗더라도 열매는 노랗게 여물었으며, 남자와 여자들이 그걸 털고 줍느라 한참 부산을 떨고 있다는 걸 알았다. 그러자 몹시 화가 났다.

이게 무슨 짓들이오!

정 총재가 버럭 호통을 쳤다. 도시의 아홉 시는 시골에 비하면 초저녁이다. 그토록 이른 시간에 떼를 지어 버젓이 은행알을 훔치다니.

이래도 되는 거요?

재차 내질렀다.

왜요. 좀 주워 가면 안 돼요?

자동차가 바람을 일으키며 내닫는 아스팔트길을 마다않고 은행을 줍던 부인네 하나가 당돌하게 나섰다.

시민의 공공 시설물을 이렇게 훼손해서 쓰겠소.

정 총재는 주변에 어수선하게 흩어진 잎새라든가 짓이겨진 은행알을 가리켰다.

공공 뭐요? 문자 쓰시네. 그러는 아저씨는 나무 임자라도 되시나. 덮어 놓고 반말이셔.

제이의 여자가 되받았다.

아저씨라니?

황당했다. 처음 듣는 아저씨 칭호가 기막혔다. 큰 시비로 번져 휘둘리기 전에 자리를 뜨려던 발길을 그 여자가 붙잡았다.

아저씨가 싫으시면 영감님, 그냥 놔두면 어차피 썩어 문드러지거나 날짐승들 차지가 될 것 아닙니까. 하기야 새들이 은행을 깨먹을 줄 모르는지, 차들이 질주하는 길바닥이기 때문에 언감생심 날아오지를 않는지 도통 볼 수가 없드만요.

제삼의 여자가 곱게 타이르듯 구슬렀다. 셋 다 사십은 넘지 않은 듯했는데 차례차례 꼬박꼬박 대꾸하는 말솜씨로 미루어 근방에 사는 가정주부가 아닌 것은 분명했다.

영감님은 또 뭐야.

정 총재는 물러설 명분을 서서히 찾아야 할 형편이었다. 아저씨에 영감님이면 갈 데까지 간 폭이다. 길섶에 깔린 잡초처럼 흔한 게 그거다. 헌칠한 남근주의에 카리스마를 보탠 위신도 때와 장소에 아랫사람이 있을 때 얘기다. 삼위일체 아귀가 맞아떨어져야 한다. 대로변이기는 해도 사정없이 쌩쌩 달리는 자동차 소음과 불빛으로 눈이 부실 따름인 곳에서는, 지나다니는 사람마저 뜸한 통행인의 사각지대에서는 부질없기 이를 데 없는 망상이다. 꺼풀이 벗겨지고 으깨어진 은행의 구릿한 냄새가 역겨워서도 어서 퇴로를 터야겠다는 생각이 간절했다.

아저씨도 싫다 영감님도 싫다. 그럼 무어라고 불러 드리리까.

자기 차례가 돌아왔다는 푼수로 제일의 여자가 까놓고 빈정거렸다. 손으로는 쉴새없이 우두두두 쏟아지는 은행을 라면박스와 쌀부대에 주워담으며 이죽거렸다. 말다툼은 자기네의 우세승으로 이미 결판이 났다는 투로 기세등등했다.

그때다. 마지막 쐐기를 박는 소리가 은행나무 위에서 꽥 터졌다.

사장니임, 집에서 손주가 기다려요. 참견 그만 하시고 빨랑빨랑 댁에 가서 손주들 볼기짝이나 토닥거리세요. 네? 회장님.

이 사람들이 도무지 경우가 없군 그래.

정 총재는 고개를 뒤로 삐딱하게 젖힌 채, 은행나무 가지를 팔로 발로 흔들어대는 사내의 실루엣 같은 검은 덩치를 노렸다. 노리다가 참담한 기분으로 돌아섰다.

집으로 돌아와서도 내내 분을 삭이지 못했다.

밖에서 불쾌한 일이 있었나 보군요.

부인이 조심스레 기색을 살폈다.

무슨 일이 있었는지는 모르지만, 이리 와 앉아서 입가심으로 이거나 한잔 드시고 푸세요. 접때 애들이 잠 안 올 때 나나 먹으라고 보낸 술인데 온 더 록으로 해서 마시면 덜 달아요. 아시죠, 코앵 트로.

부인이 잔을 들어 보였다. 혼자 카푸치노를 만들어 먹던 참인가 했더니 술이었던 모양이다. 색깔이 비슷했다. 정 총재는 말없이 부인이 따라 준 잔을 입에 대고 한 모금 마셨다. 혀에 닿는 단술의 차디찬 촉감 덕이었으랴. 집으로 오면서 겪은 일을 요점만 주섬주섬 꺼냈다. 부인은 그러자 대뜸 이맛살을 찌푸렸다.

상종할 것들을 상종해야죠. 무엇하러 껴들어 가지고 우세(憂世)를 삽니까.

우세라니, 내가 못할 말 했나. 돼먹지 않은 짓을 보고 어떻게 가만히 있누.

못할 말을 했다는 게 아녜요. 그래서 얻은 게 뭐냐구요. 괜스레 체면 깎일 일을 왜 합니까. 격이 맞을 때나 상관을 하든 간섭을 하든 해야지, 까탈 부릴 건덕지만 찾는 사람들과는 아예 상종을 안 하는 게 수예요. 모르면 몰라도 앞으로 조심해야 할걸요. 그들을 다루는 법도 배울 겸.

배울 것도 많네.

할 수 없잖아요. 아주 딴 나라에 가서 살기 전에는.

정 총재는 언뜻 미국에서 사는 아들딸들을 떠올린다. 그쪽으로 가서 노후를 보낼 궁리를 하지 않은 건 아니었으나 후취인 마누라가 딱 거절했다. 가려거든 혼자나 가라고 고개를 젓는 통에 두 번 다시 입 밖에 내지 않는다.

나는 버얼써부터 치르고 있어요.

치르다니 무얼?

정 총재의 눈이 번득였다.

당신이 오늘 밤 겪은 일 같은 거. 들어 보실래요?

정 총재는 해보라고도, 하지 말라고도 이르지 않는다. 하리망당트릿한 안색으로 표정이 없다.

날개 잃은 새로 사는 방법을 싫어도 터득할 밖에요. 멀리 갈 것도 없다구요. 우리 주위에 있는 사람들의 눈치가 진작에 달라진 것 몰라요? 김 기사의 속내도 수상쩍고…… 그들은 모두 눈치박사예요. 예전같이 섬기는 줄로만 알았다간 큰코다치기 쉬울걸요.

끄응.

식탁 의자를 뒤로 밀치고 일어선 정 총재는 잔뜩 힘이 들어간 몸을 소파에 무겁게 부렸다.

우연치고는 공교롭다. 바로 다음날 정 총재 또래 퇴직자들의 작은 모임에서도 자신들을 에워싼 주변 인물들의 표변이 화제의 중심을 이루고 있다. 말이 끝날 때마다 참석자들의 앞뒤 형색을 묘사한달지 전직이 무엇인가를 설명하기 번거롭다. 묘사는 지겹고 설명은 지루하기 십상이다. 그러다 장 파하는 우를 범하지 않기 위해 두서없이 엇섞인 말만 곧이곧대로 옮기기로 한다.

"천하에 믿을 게 못되는 것이 민심이야. 이리 쏠리고 저리 쏠리면서 잇속만 챙기려 들어."

"간에 붙었다 쓸개에 붙었다."

"맞아. 그래도 거대한 집합명사로 뭉뚱그리면 근사하지. 국민 시민 민중 대중 서민 백성 민초……."

"풀뿌리는 어떻고. 반대편엔 인민이 있고."

"한 대상을 놓고 우리처럼 그렇게 명칭이 많기도 어려워. 아마 세계적으로 드물걸세."

"헷갈려. 그중 어떤 것을 택하느냐에 따라 장본인의 위상이랄까 신분과 사상이 드러나게 마련이지."

"그런데 재밌어. 같은 말이라도 시민은 좀더 산뜻하게 들린단 말이야. 체제보수파에 대한 진보적 이미지라는 도식으로 비칠 뿐더러 범지구적 국제성마저 띠거든. 시민혁명이라고 할 것을 백성혁명이

나 서민혁명이라고 명명해 봐. 우선 촌스럽잖아. 핫바지들의 행렬 같아서."

"그건 말을 위한 말장난에 불과해. 핫바지는 혁명을 못하나? 시민이라는 것도 근대적 서구사회의 내림으로는 하나의 신분이었거든. 자유와 참정권을 전제한. 위로 나랏님이 있고 밑으로 사농공상이 줄을 선 사회와 동렬에 놓고 볼 게 못 된다고 생각해. 자본주의 부르주아지의 다른 말이었다가 근대 민주주의 형성의 주도세력으로 부상하면서 보편적 모델로 삼게 된 거지. 특히 후진국들이 경쟁적으로 말이야."

"다 좋은데 자네는 적(的)자가 너무 많아서 탈이야. 좀 뺄 수 없나."

"버릇이 그런 걸 어떡하나."

"요컨대 브랜드의 차이 아닌가. 같은 사람을 두고 이렇게 저렇게 부르던 나머지 이왕이면 우리도 듣기 좋고 보기 좋은 시민을 따르자. 이거 아니겠어?"

"옳거니. 듣던 중 근사한 해석이군 그래."

"그나저나 어려운 이야기는 집어치우자구. 비싼 밥 소화 안 될라."

"조석 변하는 민심인가 인심인가를 따지다가 골로 빠졌구먼."

"쉬운 얘기를 하자니 말인데, 야 무섭더라. 획획 달라지는 속도가 어찌나 빠른지."

"야속하던가?"

"야속하고 자시고 간에 사람을 사람으로 안 보는 것 같애."

"이 자리에서는 내 실직 햇수가 젤 기네."

"선배로서 한말씀 하시겠다?"

"가령 연하장을 예로 들어 봄세. 현직에 있을 적에는 귀찮을 정도로 많이 쌓여 제대로 눈을 주지도 않고 치운 사정이야 다들 짐작하겠지. 그만둔 다음해까지만 해도 소불하(少不下) 백 장은 되데. 차츰 절반으로 팍팍 줄다가 사 년차인 금년 정초에는 얼만 줄 알아? 열다섯 장인가 열넉 장인가…… 그걸 한 장 한 장 세다가 또 마누라쟁이한테 들켰네. 궁상떤다고 압수해 갔는데 아마 쓰레기통에 당장 버렸을 거야. 얼마나 무안하고 부끄럽던지.”

“내 집 앞이 파출소 아닌가. 집을 들락거리자면 불가불 그 앞을 지날밖에 없는데 소장이 기다리고 있었다는 듯이 번번이 튀어나와 경례를 붙였어. 남들이 이르기를 말려도 소용없는 일이라길래 웃음으로 받았지. 백수가 된 뒤로는 길에서 눈이 마주치면 마지못해 팔을 들어올렸는데 점점 팔이 밑으로 처지지 뭔가. 요새는 아예 외면을 해버려.”

“못 보았겠지.”

“그럴 리가. 지나가는 사람도 얼마 없었는데. 내가 저 사람한테 무얼 잘못했을까 한참 생각했네.”

“자네는 왜 시종 입을 다물고 있나. 전립선염 때문에 고생한다더니.”

“가소로워서 그래.”

“뭐가. 우리 화제가?”

“물론.”

“어째서? 어떻게 가소로워?”

“창피하지들도 않아? 할 얘기가 그렇게도 없어서 쩨쩨하게……나 갈래. 내가 밥값 낼 차례 아니지?”

“저 친구 왜 저래?”

“심기가 매우 불편할 거야.”

“무엇 때문에?”

“사기를 당했거든. 당해도 크게 당했지. 믿던 도끼에 발등 찍힌 폭이야. 재직 때 민원까지 해결해 준 친구에게 고스란히 속았어.”

“저런.”

“알고 보면 우리는 세상을 너무 몰라. 남의 집에서 꾸어다 놓은 수탉마냥 전후좌우를 분간 못하겠으니 힘들고 고달파서 원. 지난날 쌓은 지식이나 경험이 백병전으로 치고 받는 현장에서는 도대체 별 무소용이라는 실감이 갈수록 더하다구.”

“그만큼 편하게 산 증좌라고 역으로 힐난하는 보통시민도 있을걸세.”

“그들이 보통시민이면 우리는?”

“이스터브리시먼트.”

“많이 듣던 소리군. 끝났는데도 그래?”

“알아서 재활훈련을 해야 돼.”

“그런 훈련소를 만들어야겠군.”

“누가 들을까 어색하지만 얼마 전부터 내가 버스 타는 연습을 하고 있다면 놀라겠지.”

“것도 연습이 필요한가?”

“암.”

“웃기는 군.”

“웃을 일이 아냐. 요금이 얼만 줄 아나?.”

“몰라.”

“거 봐. 잘못하면 간첩 소리 듣게 생겼어. 군중 속에 섞여 부대끼노라면 별별 생각이 다 들어.”

“어떤 생각?”

“직접 타 보고 얘기하자구.”

반드시 옛 동료의 흉내를 낸달지 자극을 받아 시도한 건 아니지만 우리 정 총재도 오늘은 단단히 결심하고 나섰다. 혼자 지하철을 타기로. 마침 김 기사가 친상을 당해 승용차를 세워 두고 고향에 간 이유도 있었다. 임시로 스페어 운전사를 부를까 망설였다. 김 기사도 그렇게 연락을 취해 놓겠다고 했으나 말렸다. 이런 틈을 타 대중교통 수단을 이용해 보는 것도 나쁘지 않겠다는 호기심이 겸사 겸사 발동한 탓이다.

한없이 땅속으로 뻗은 지하철 계단이 우선 섬뜩하다. 지표면에서 위로 솟구치는 내력에만 익숙했지 땅밑으로 꺼져드는 일이 좀처럼 없었던 까닭에 조심조심 떼는 발걸음이 위태롭다. 가벼운 현기증으로 머리가 핑 돌라고 한다. 나락으로 떨어지는 감정까지는 아닐망정 마음이 영 안 좋다. 거따 대고 거의 뛰다시피 나대는 사람들의 성급한 발소리가 투당탕 겁을 준다. 늙다리 똥차가 남의 바쁜 앞길을 가로막는 장애물 구실을 한다고 몰아붙이는 것 같다.

어렵사리 계단 밟기를 끝내고 평평한 돌마루에 서자마자 불어온 바람은 웬 바람. 갑자기 온몸을 휩싼다. 땅속 깊은 데서 올라온 냉기가 뭇사람의 체온을 만나 일으키는 회오리인가 싶다. 때문에 공기가 전체적으로 뜨뜻미지근하다. 데데하게 들척지근하다.

걸음을 멈춘 정 총재는 땀이 배지도 않은 이마에 접은 손수건을 꾹꾹 눌러 숨을 돌리는 척한다. 그제서야 목적지조차 정하지 않은 사실을 깨닫고 잠깐 생각을 가다듬는다. 발길을 돌려? 말어? 이왕지사 전동차를 타? 말어? 골똘히 궁리한 끝에 자동판매기를 향해 걸어간다. 자신이 없는 눈으로 다시 주위를 두리번거리다가 역무원이 표를 파는 창구를 발견한다. 그러면 그렇지.

요금표가 따로 없어 덮어놓고 천 원짜리 지폐를 내민다. 접때 모임에서 들은 바로는 한 장에 오백 원인가 오백오십 원이다. 그렇다면 천 원으로 너끈하다. 거스름돈으로 요금을 역산할 작정이다.

“……”

역무원이 말없이 정 총재를 쳐다본다.

"한 장 주시오."

뜨악하기는 내 쪽도 마찬가지라는 뜻을 담아 재촉한다.

"몇 구간요?"

"구간이라니."

"구간도 몰라요?"

약간 짜증 섞인 눈치다.

"글쎄."

조금 초조해진다. 자기 뒤에 서 있는 청년이 행선지를 말씀하시라고 이른다.

"그러니까 광화문을 가야겠는데."

"구간을 모르면 목적지라도 빨리빨리 댈 일이지."

표 파는 직원이 손끝으로 민 티켓과 오백 원짜리 동전을 주섬주섬 거머쥐는 정 총장의 더딘 손등 위에, 그새를 못 참아 던진 등뒤 청년의 만 원권이 얹힌다. "정액권!" 소리와 함께.

정 총재의 굼뜬 거동은 다음 단계에서 또 헷갈린다. 남들 하는 대로 째진 일자 구멍에 표를 디밀기를 예닐곱 차례. 차단기가 꿈쩍하지 않는 건 고사하고 들어가지조차 않는다.

"영감님. 일자표에 집어 넣으면 안 돼요. 화살표가 있는 곳에 넣어야지. 보세요. 드나드는 통로를 반반씩 갈라 일자표와 화살표로 구분했잖아요."

자세히 가르쳐 준 중년여인이 몸소 시범을 하듯 차단기를 열고 나간다. 표를 넣고 뽑아드는 동작이 팅팅 불은 것 같은 몸집치고는 제법 날렵하다.

그러고 보면 역 구내는 화살표 천지다. 똑바로 서 있는가 하면 옆으로 뻗은 놈이 있다. 비스듬이 누운 놈도 많다. 정작 광화문을 찾아가기가 막연하다. 미리 전철 노선도를 챙기지 않은 불찰을 자책했으나 오늘은 어차피 맛보기 삼아 나선 길이니까 되는 대로 간들

대수랴 자위한다. 광화문도 애초에 겨냥한 곳이 아니다. 다급해서 입에 담았을 뿐이므로 광화문을 가자면 바꿔 타야 할 종로 3가를 지나치고도 아뿔싸 낙담하지 않는다. 그나마도 통과한 다음에야 알았으나 실패한 도중하차를 후회할 생각이 없다.

그러려니 치부하고 대롱대롱 춤추는 손잡이 하나를 골라잡아 쥐고 이를테면 정처 없이 어디론가 가는 판이다. 깜냥껏 여유를 부린다고 볼 수도 있겠는데 뭇사람의 체온과 인내로 후텁지근한 차내 공기로 미루어 천만에다. 가는 데까지 가다가 정 숨이 막힐 지경이면 후닥닥 뛰어내려 지상으로 피난할 속셈으로서 갈 따름이다. 그 사이에 자기와 승객들의 거리랄까 형색 따위를 살피기로 한다. 아니거든 시선이 마주치는 걸 꺼려 시종 멍청히 앉아 있다든가 눈을 감은 사람의 속내를 뜯어보기로 한다. 저러다가도 타고 내릴 때는 탈토(脫兔)처럼 빠른 순발력을 발휘하겠지. 어디서 그런 힘이 나올까. 느려터진 자기 행보에 딴지를 걸듯 밀치고 들치고 법석을 떠는 군중을 이미 보았다. 싫다. 함부로 덤부로 몸을 부딪는 게 싫고, 그러고도 미안해하기는커녕 당연한 노릇인 양 시치미 떼는 대중을 감내하기 어렵다고 속으로 고개를 젓는다.

그게 무섭다. 질주하는 일상에 무식할 정도로 길들지 않은 자신의 앞날이 걱정스럽다. 저들과 함께 엉겨 살지 않으면 안 될 처지가 미리 지겹고 맥풀린다. 오랫동안 등돌리고 산 누항(陋巷) 속으로 들어가기 위해 멋모르고 꼽은 리허설 프로그램이 암만이었다. 도상 연습 아닌 실제상황용 계획표에는 포장마차에서 닭똥집을 저작하며 소주 마시기, 놈팡이처럼 백화점에서 쇼핑 카트를 밀며 마누라 뒤나 졸졸 따라다니기, 등이 들어 있다. 그것도 어지간히 물리거들랑 통일호를 덜커덩 덜커덩 타고 가다가 아무 한역(寒驛)에서나 무작정 내리기, 하다가 산사에서 하룻밤 신세를 지며 주승이 잠든 사이에 홀로 풍경소리 듣기 등등, 요량이 많다. 한데 첫날 첫 시도부터 일이 버그러지고 말았달까. 지레 피곤하고 시들하구나…….

정 총재는 미구에 지하철에서 튀어나온다. 답답하도록 폭이 좁은 엘리베이터에 육신을 기대고, 앞으로 쏟아질 듯 직립한 높은 계단을 이리저리 에돌아 허우허우 오른다. 깊은 굴속을 빠져 나와서야 입 안에 고인 텁텁한 침을 꿀꺽 삼킨다. 칵 배알었으면 시원하련만 차마 그럴 수는 없어 목 안에 억지로 밀어 넣고 코로는 더운 김을 후유 뿜는다. 거리가 갑작스레 낯설고 다리가 후들후들 떨려 억지로 눈을 감는다. 완전한 이방인이 따로 없다는 실감이 몸과 마음을 짓눌러 주저앉고 싶다.

생활이 곤궁하여 할 수 없이 견뎌야 한다면 모를까 멀쩡한 정신으로는 못할 짓이라는 거부감이 앞선다. 위장도 유만부동이다. 그래서 무얼 어쩌겠다는 것이냐는 자문자답이 허망하다. 하루 종일 바람같이 통과하는 특급열차만 보내던 시골역에 내려 감상을 씹는다? 더러 읽은 글줄이다만 만고에 쓸데없는 자작극이다. 조용하다 못해 귀신이 나올 것 같은 고찰에 누워 풍경소리와 더불어 깊은 사색에 잠긴다? 절밥 이틀 만에 일게 마련인 소증(素症)이나 아귀처럼 머리에 달라붙는 잡념은 어쩌고. 감상도 사색도 웅숭깊이 해본 사람들의 것이다. 글을 쓰기 위해 꾸민 억지 춘향이다.

"오늘은 또 어디로 발걸음을 하시려우."
부인이 심란한 안색으로 묻는다. 아니 살짝 비꼬는 투다.
"점심 약속이 있잖아. 내일은 필드에 나가고."
"점심 잡순 후에 말이에요."
"글쎄."
"정처 없는 발길이라더니 그짝 났네."
"이 사람이 누굴 놀리나."

"그렇잖아요. 매일매일 시간 때우기가."

"좀 좋아. 시간에 매여 살다가 시간을 맘대로 부리는 주인이 되었으니."

"좋기도 하겠수."

"아닌게아니라 무슨 수를 쓰긴 써야겠어."

"독서에 취미를 갖도록 해보세요."

"그것도 쉽지 않아. 안 하다 할라니까 잘 안 돼."

화제를 일으킨 책을 몇 권 사기는 샀다. 하지만 진도가 잘 나가지 않는다. 곧 피로를 느낀다. 방금 읽은 내용이 머리에 곧바로 들어오지 않아 이미 읽은 구절로 다시 눈을 되돌리기 일쑤다. 하다 보면 슬그머니 잠이 온다.

"세상에 쉬운 일이 있나요. 진득하게 참고 재미를 들여야겠죠."

"독서깨나 한 사람의 말투로군."

"빈정대지 마세요. 내가 뭘 알까마는 이치가 그렇다는 거죠."

"그건 그렇고 새 기사가 모레 온댔나."

"김 기사 말로는 글피나 돼야 한다더군요."

언젠가 부인이 귀띔한 대로 김 기사는 친상을 치르고 온 지 며칠 안 되어 그만두었다. 개인택시를 몰아 볼 심산이라고 했다.

"먼저 있던 곳에서 처리할 게 남아 있대요."

"몸만 빠져 나오면 될 텐데 뭬가 그리 더디노."

"아무나 들이기로 하면 오늘이라도 쎘죠. 워낙 사람이 참해서 그쪽도 잘 놓아 주지 않는다나 봐요."

"젊다고 했지?"

"서른 몇이라더라. 김 기사에 비하면 훨씬 젊대요."

정 총재가 당초에 꿈꾼 새잡이 적응훈련에는 자가운전도 포함돼 있었다. 차제에 운전면허마저 따려다 그만두었거늘, 손수 운전의 불편이나 사고 염려보다는 남의 눈을 먼저 의식한 탓이다. 물정에 어두운 혹자는 뒷좌석에 편안히 파묻혔다가 앞으로 자리를 옮겨 약간의 노동을 할 따름 아니냐고, 대범하게 보아 넘기기도 할 게다. 단신의 자유로움으로 되레 거치적거리는 것이 없어 얼마나 속편하냐고 넘겨짚을 수도 있다. 그렇담 말 다했다. 그런 이는 그런 이들대로 살게 내버려두려니와, 딱 한 가지 짚고 넘어갈 것이 있다. 정 총재가 굳이 전담 기사를 '태우고' 다니는 것은 자신이 상대하는 인물들의 체면을 존중하기 때문이라는 사실을 분명히 밝힌다. 혼자 거동했을 때 느끼는, 수족 하나가 떨어져 나간 것 같은 상실감은 둘째치고, 자기 때문에 상대방 삶의 격을 낮춰서는 안 된다는 이유가 제일 크다.

엇비슷한 얘기지만 그러한 측면에서 정 총재는 최근 들어 익명의 두려움을 떨어내지 못한다. 이러다 시민의 한 사람으로, 군중의 한 입자로 묻히면 큰일이라고 질겁을 한다. 정 총재가 아니라도 마찬가지일 듯싶다. 이름 석 자로 존재를 확인받는 인사는 항용 그렇다. 석 달 열흘은커녕 홑사흘만 이름을 안 부르거나 들먹이지 않으면 안달이 난다. 그런 사람들은 어중이떠중이 인총(人總) 중에서 특히 표가 난다. 여간해서 한눈 팔지 않고 똑바로 걷는 폼이 벌써 남다르다. 누가 나를 바라봐 주지 않나 탐색하는 눈치를 얼굴에 나타내지 말자는 겸손이 역으로 긴장을 불러 표정이 빳빳한 편이다.

하물며 정 총재는 어쩌겠는가. 자리에서 물러난 지 한 달 남짓밖에 안 됐으므로 웬만하면 인사를 걸어 오는 사람이 있을 법하건만 별로다. 지하철의 불특정 다수는 어차피 서로 노는 동네가 달라 치지도외(置之度外)하기로 한다. 오히려 악수를 청할까 무섭다. 맞닥뜨려 반갑고 전화 목소리만 들어도 처진 마음이 좀 풀릴 만한 인사와는 여간해서 조우하지 못하고 기별을 주고받지 못했다. 그게 걸린다. 자신의 이름에 어느덧 먼지가 한꺼풀 덮였을까 걱정스럽다. 잊었으면 자진해서 일깨워 주는 방법을 찾아야지 마음먹는다.

"실컷 데리고 있다가 뒷말해서 안됐지만 김 기사는 워낙 언행이 느려. 눈치도 모자라고."

"그만한 사람도 드물죠. 입이 무겁고. 기사는 첫째 입이 무거워야 하는 거 아녜요."

"새로 올 친구는 어떨는지. 젊어서 민첩하기는 하겠구먼."

"김 기사말고 나간다는 사람이 또 있어요."

"누구?"

"아줌마요. 그만 집에 들앉겠다는데 속셈은 그게 아닌지도 모르죠. 다른 데로 갈지. 당신이 집에 있으니까 더욱 어렵답디다. 열흘 후에 나가요. 그 안에 딴 사람 구하랬어요."

"다들 나가는군…… 나간다는 말이 났으니 말인데…… 나도 한두 달 미국에 가 있을까 해."

"그런 소릴 왜 인자 하세요?"

"인자가 아냐. 진작부터 생각했던 일이야. 가서 말이나 타면서 머리를 식힐까 해."

"말을 타요?"

"왜. 내가 승마 좋아하는 것 몰라서 묻나. 마침 애들 집 근방에 유명한 승마 클럽이 있겠다, 안성맞춤이지."

"갔다 온 사람이 그러는데 말은 영국이 그만이랍디다. 초원이 어찌나 널찍하고 좋은지, 반했대요. 몽골은 훨씬 비용이 싸게 먹히고."

"이 사람 한데로군."

"뭐가요?"

"내가 순전히 그 때문에만 가는 줄 알아? 미국이 어떤 곳이야. 우리나라 정세를 여기서보다 더 정확히 판단할 수 있어. 미국에 있어야 남의 눈에 안 띄게 손쓰기 쉽고 무슨 소식이 있어도 곧장 연락이 닿아 달려오기 쉽지."

"하면 거기서 로비 같은 걸 할 셈이에요? 서울을 놔 두고?"

"누가 듣겠다. 딱히 그렇다기보담도 일단 생각할 수는 있는 문제 아닌가. 가능하면 어느 대학 연구소에 적을 둘까도 해. 재충전이라는 거겠지."

"나는요?"

"같이 가면 더할 나위 없지. 내키지 않으면 왔다갔다 드나들면서 견문을 넓히든지."

"아직 포부가 커서 든든하네요."

"계획이 그렇다 뿐이야. 결과가 어떻게 될지는 나도 장담 못해."

정 총재는 그 뒤부터 바짝 준비를 서둘렀다.

무료한 나날을 망연히 보내느니 그렇게라도 해서 일을 꾸미는 편이 낫겠다고 다짐했든 어떻든 매우 바삐 움직였다. 아들에게 팩스를 띄우고 이리저리 알아보는 등 스스로를 다그치는 기세다.

그런 어느 날이다. 혼자 집을 지키던 부인이 어디론가 전화를 걸어 긴 이야기를 늘어놓는다.

"나예요. 응 응. 잘 있지. 때가 됐나 봐. 이 집을 떠날 때가…… 이 양반은 미국에 가 있겠대…… 아니 아니. 그건 아니고, 공부도 할 겸, 머리도 식힐 겸 가나 본데…… 전혀. 아직 말을 꺼내지는 않았지만, 이때를 놓치면 안 될 것 같아요…… 그렇기는 해. 이 양반 처지가 처지인 만큼 무척 야속하기도 하겠지만 어떡해. 결단을 내릴 때 내려야지…… 이 양반도 제이의 인생을 서두르는 마당에 나는 어쩌겠어요. 나이 차가 얼만데…… 맞아. 나라고 하루 이틀 생각한 일 아니잖아…… 그래, 만나. 자세한 이야기는 만나서 하기로 하자구. 그건 말해 무엇해. 감회가 복잡하지…… 언제? 금요일 …… 그 카페 알 만해요. 네거리에서 왼쪽 골목길로 가다 보면 …… 생각 나. 그때 갔었지…… 알았어요. 그럼 오늘은 이만…… 안녕히……."

누구와 전화를 하는 건지 도통 짐작하기 힘들다. 반말을 했다가 경어를 쓰다가 하는 바람에 더 가늠이 안 간다. 친정 식구일까. 친한 여자 친구일까. 혹은 남자 친구일까. 통화를 끝낸 부인의 표정이 상당히 심각한 점으로 미루어 그냥 건 전화가 아닌 것만은 확실하다.

그러나저러나 우리 정 총재는 지금쯤 어느 지경을 헤매고 있을까.

이인화의 수상 소감과
문학적 자서전

● 수상 소감

가장 인간다운 지점을 찾아서

문학의 위대함은 새시대의 변화에 편승하지 못하고 망해 간다는 사실에 놓여 있습니다. 이 위대함과 망함의 형용 모순을 문학을 하는 사람들이 하나의 숙명으로 받아들일 때 그의 문학 속에 인간 정신의 가장 강력한 에너지가 생성된다고 생각합니다.

● 나의 문학적 자서전

문학이 있었기에 행복했던 그 순간순간들

소설은 문단에서나 통하는 나긋나긋한 문학이어서는 안 되며, 실생활을 헤쳐 나가는 박력을 가진 문학이어야 한다. 열심히 사는 사람들에게 인생은 어떻게 살아가는 것이 좋으냐를 가르쳐 주는 문학이어야 한다며 직접 팔을 걷어붙였으나 오히려 민폐만 끼친 것이 아닐는지.

가장 인간다운 지점을 찾아서

문학의 위대함은 새시대의 변화에 편승하지 못하고 망해 간다는
사실에 놓여 있습니다. 이 위대함과 망함의 형용모순을 문학을 하는 사람들이
하나의 숙명으로 받아들일 때 그의 문학 속에 인간 정신의
가장 강력한 에너지가 생성된다고 생각합니다.

이 인 화

▶ 문학은 독자와 사회 그리고 역사가 공유하는 보편성의 형식

새해 벽두부터 생각지도 못한 큰 상을 받게 되었습니다. 솔직히 이상문학상이라는 영예를 감당할 자신이 없어서 앞으로는 어떻게 작품을 써야 할지 눈앞이 캄캄합니다. 여러 가지로 어려운 우리 문학이 고심 끝에 젊은 세대에게 큰 기대를 걸어 준 것이라 생각하고 최선을 다하겠습니다.

지금 우리는 사람들의 일상 생활이 지역과 국가를 넘어선 전 지구적인 차원에서 재조직되는 과도기를 살고 있습니다. 변해야 하고 변하지 않을 수 없다는 말들이 메아리치는 현재의 정보혁명은 우리 모두에게 곤혹스럽습니다. 지금 우리가 겪고 있는 변화는 과거 산업혁명과 달리 정보통신기술과 생명공학, 신(新)인공물질 등 각각 다른 발전 사이클을 가진 여러 개의 지식산업이 동시에 진행되기 때문에 언제, 어떤 형식으로 사회가 안정될 것인지 예측하기 어렵습니다.

저는 어쩌면 무한히 정신 없이 계속될 수도 있는 이같은 변화 때
문에 문학의 역할이 중요하고 유의미하다고 생각합니다. 모든 지식
인들의 논의가 글로벌 팬터지와 글로벌 포비아 사이에서 갑론을박
의 과정성을 헤매고 있는 지금도 사람들은 살아야 하고 자신의 자
존심을 지켜야 하기 때문입니다. 문학은 그것이 안고 있는 꿈 때문
에 우리를 살게 하고 인간으로서의 기품을 지키게 만듭니다.

모든 인간적인 욕망들의 사랑스러움, 착한 감정들의 진실함, 인
간 정신의 자유, 덕(德)의 고귀함. 시대에 적응하기 위해 많은 것을
버릴 수 있지만 우리가 마지막까지 버릴 수 없는 이 최후의 것들이
《시경》으로부터 이어지는 문학의 꿈속에 담겨 있습니다. 저는 이같
은 꿈의 무거움 때문에 문학은 세계화의 기로에 선 사람들에게 흔
들리지 않는 하나의 지점을 보여 줄 수 있다고 생각합니다.

새로운 세기를 맞아 우리 문학이 안팎의 위기에 직면해 있다는
우려의 소리가 높습니다. 새롭고 위력적인 멀티미디어의 등장으로
활자 문화가 퇴조하는 것이 외부의 위기라면 동서 냉전의 종결 이
후 나타난 보편적인 시대정신의 상실은 내부의 위기라고 합니다.
그러나 저는 오히려 이같은 변화가 문학에 힘과 정신을 더해 줄 좋
은 계기라고 생각합니다. 문학은 문인들만의 문학이 아니라 독자와
사회 그리고 역사가 공유하는 보편성의 형식입니다. 문인 개인의
기분에 따라 망하거나 흥할 수가 없는 것입니다.

▶ 문학을 하는 사람의 숙명

저의 작품 〈시인의 별(부제:채련기 주석 일곱 개)〉은 사마천의 사
기 열전 문체, 사전체(史傳體)를 모방하여 씌어졌습니다. 세상에서
가장 낡고 촌스러운 이 사전체 문장과 탈현대적인 주석으로서의 글
쓰기를 조화시키기. 이것은 유치하나마 흔들리지 않는 하나의 지점

을 찾아보려는 고심참담한 모색의 산물입니다. 이같은 형식에 슬프고 아름다운 한 남자의 순애보를 담은 이 작품이 과연 어떠했는지는 독자들이 판단해 주시리라 생각합니다.

문학은 고대 초기 노예제가 몰락해 가던 공자의 시대에도, 몽골에 의해 최초의 세계화가 이루어졌던 안현의 시대에도, 그리고 미국에 의해 또 다른 세계화가 이루어진 나의 시대에도 한결같이 망하고 있었습니다. 문학의 위대함은 새시대의 변화에 편승하지 못하고 망해 간다는 사실에 놓여 있습니다. 이 위대함과 망함의 형용모순을 문학을 하는 사람들이 하나의 숙명으로 받아들일 때 그의 문학 속에 인간 정신의 가장 강력한 에너지가 생성된다고 생각합니다.

시인 안현이 팍스 몽골리아의 세계에서 발견한 황야와 어여쁜 아내와 함께 연밥을 따던 달밤의 기억을 대비시키기. 지금 들짐승처럼 세계화의 황야를 떠도는 전 인류의 통곡과 우수를 알레고리로 표현하기. 이것은 아마도 그와 같은 생성에 실패했을 것입니다. 그러나 성공할 때까지 반드시 계속하겠습니다.

감사합니다.

문학이 있었기에 행복했던 그 순간순간들

소설은 문단에서나 통하는 나긋나긋한 문학이어서는 안 되며, 실생활을
헤쳐 나가는 박력을 가진 문학이어야 한다. 열심히 사는 사람들에게 인생은
어떻게 살아가는 것이 좋으냐를 가르쳐 주는 문학이어야 한다며
직접 팔을 걷어붙였으나 오히려 민폐만 끼친 것이 아닐는지.

이 인 화

　　인생은 시끄럽게 덜컹대며 빠르게 지나간다. 소설은 자신이 창조
한 세계이기에 단순하고 아름다울 수도 있겠지만 실제의 인생은 복
잡하고 혼란스럽다. 멀리서 보면 평온한 초록빛이지만 가까이 가
보면 곳곳에 자존심을 저미고 간 붉은 핏빛의 칼자국들이 있다.

　　인생을 사랑하는 자에겐 이 모든 상처들이 심오한 행복이 되어
빛날 것이다. 나는 감히 인생을 사랑하는 자라고 말할 자격이 없지
만 그런 눈으로 지난날을 보고 싶다. 그러면 모든 상처들은 희미해
지고 몇 개의 별들만이 아스라하게 빛날 것이다. 그 별들은 수많은
선택의 가능성 속에서 나의 등을 떠밀어 문학의 길을 걷게 했던 몇
개의 이미지였다. 어쩌면 이것은 글로 다 표현할 수 없을지도 모른
다. 그것은 논리화되기 힘든 이미지, 지극히 심정적인 이미지이기
때문이다.

▶햇빛 찬란한 날들

나는 1966년 1월 5일에 대구에서 태어났다. 2남 1녀의 장남이었
다. 7남 3녀의 장남이었던 아버지는 월급에 비해 지출이 많아서 집
안은 그리 넉넉하지 못했다. 아버지는 점심을 도시락으로 해결하고
술은 일체 입에도 대지 않는 등 본인부터 최대한 절약해서 가정을
꾸려 갔다. 어머니 역시 검소하고 부지런한 분이었다.

문학에 대한 나의 첫인상은 아버지의 서재에서 시작된다. 빽빽이
꽂힌 책으로 3면의 벽을 덮은 좁은 방. 자신의 조그마한 앉은뱅이
책상에 앉으면 아버지는 제일 먼저 네 자루의 연필을 깎았다. 손을
베기 쉬운 낡은 면도칼로 아주 천천히 나무를 깎고 연필심을 다듬
었다. 그런 뒤에는 책상 위에 책을 펴고 책의 여백이나 누우런 표
지의 노트에 깨알처럼 촘촘한 연필 글씨로 주석(註釋)을 적어 넣었
다. 한참을 적고 나면 다시 못 쓰는 종이 한 장을 펴고 연필심을 뾰
족하게 다듬었다.

아버지가 쓰는 노트는 적을 때는 이십 권, 많을 때는 사십 권이
넘었다. 주제별로 각각 다른 노트에 주석을 작성하던 아버지의 표
정은 마치 요즘 포켓 몬스터의 색칠 공책을 그려 모으는 어린아이
의 그것과 같았다. 더할 수 없는 몰입과 충만. 남들이 알 수 없는,
어떤 확고하고 풍요로운 세계와 하나가 된 조화감. 아버지의 하찮
은 동작 하나하나가 지극히 평화로운 한 세계에서 너무도 자연스러
운 필요에 따라 생겨나는 움직임 같았다. 나는 아버지와 자신을 동
일시하면서 언젠가는 나도 저같은 행복을 느껴 보리라 기대했다.

그러나 어린 시절의 환상은 곧 깨어졌다. 불행히도 나는 공부를
못했던 것이다. 여덟 살이 되자 나는 부유한 계층의 자녀들이 다니
는 국민학교에 들어갔다. 지금도 국민학교 동창들을 만나면 그 자
리에 군대에 갔다 온 사람은 나밖에 없다는 사실을 확인하게 되는,
그런 학교였다. 그후 6년 동안 나는 자신의 추첨운을 저주하면서

나보다 똑똑하고 집도 잘사는 친구들을 심란한 마음으로 구경해야 했다.

공개수업이 있는 날이면 어머니는 수수한 옷을 입고 기가 죽은 얼굴로 교실 뒤의 구석자리에 눈에 띄지 않게 서 있었다. 공개수업이 끝나면 나를 데리고 집으로 돌아가면서 어머니는 혼자말처럼 늘 똑같은 소리를 하곤 했다.

"공부를 잘한다고 해서 꼭 좋은 건 아니야. 잘난 사람들은 잘난 대로 다 고달픈 거란다."

그러나 공부를 못하는 것은 더 고달프다. 3학년 때는 1년 365일 단 하루도 매를 맞지 않고 집에 간 날이 없었다. 시험 문제를 많이 틀렸거나 숙제를 잘못해서였다. 담임 선생님은 나를 아예 내놓고 지진아로 취급해서 그 이유 때문에 아버지가 학교까지 불려 오기도 했다. 사십대 중반의 아버지가 스물여덟 살의 선생님에게 거듭 머리를 조아리던 모습이 아직도 잊혀지지 않는다.

그러나 유년 시절이 마냥 우울했던 것은 아니었다. 하루라도 장난을 치지 않으면 견딜 수 없다는 쾌활한 친구들이 있었고 싱그러운 교정이 있었다. 무엇보다 교육대학 부속 국민학교여서 아름답고 우아한 여대생들이 있었다. 그들은 일 년에 두 번씩 교생 실습을 나왔다. 가끔 그들은 나를 햇빛이 쏟아지는 연못가의 잔디밭으로 데려가 아이스크림이나 샌드위치를 함께 먹기도 했다.

아버지의 제자이기도 했던 교생 선생님들은 항상 나를 격려해 주고 싶어했다. 그러나 아무리 생각해도 쥐뿔도 잘하는 것이 없었기에 그들은 자주 화제를 찾지 못해 끙끙거렸다. 어떨 때는 나도 너무 민망해서 왜 교생 실습이라는 것은 있어 가지고 동네방네 남의 성적을 까발리게 만든단 말인가 하고 원망한 적도 있었다.

그러다가 4학년 때 담임이었던 이명수 선생님께서 내가 글재주가 있다고 칭찬해 주셨다. 그때의 고마움은 아직도 기억에 생생하다.

그것이 아마 학교에 들어와서 난생 처음 들어 본 칭찬이었을 것이
다. 교생 선생님들의 고민도 해결되어서 그때부터 나는 '글을 잘
쓰는 아이'가 되었다. 여전히 공부는 못했지만 나는 열심히 글을
쓰기 시작했다. 새들이 지저귀고 물 속에 유유히 고기가 헤엄치는
연못가 잔디밭에서는 햇빛이 찬란하게 느껴졌다.

▶ 물의 골짜기

  평안한 저녁 노을 속에서 일가붙이들이 사는, 가난하고 사랑스러
운 마을을 굽어본 적이 있는가? 밥 짓는 연기를 따라 그 마을로 들
어가 따뜻한 환대를 받은 적이 있다면 누구나 평생 그 목가적인 경
험을 잊지 못할 것이다.
  그 마을은 물의 골짜기〔水谷里〕라 불리었다. 산이 많은 안동군 내
의 동북부 지역에서도 특히 더 농경지가 적은 좁고 척박한 골짜기.
구석구석까지 이 잡듯이 개간한다면 200호나 먹여 살릴 수 있을까
싶은 외진 곳이었다.
  내가 이 마을에 처음 깃들인 것은 국민학교 5학년 때였다. 나는
그때 아버지를 따라 안동 예안의 왕고모님 소상(小祥)에 가고 있었
다. 나는 그 이전에도 그 이후에도 자주 안동에 들렀다. 그러나 나
는 그때 처음으로 그 마을과 가슴으로 만났으며 문중(門中)이라는
것을 알게 되었다.
  나의 문중은 하나도 대단하지 않은, 이 땅 어디에나 있는 평범하
고 조촐한 가문이다. 나의 본명은 유철균(柳哲鈞)으로, 아버지 대까
지 안동군 임동면 수곡리에서 태어난 전주 유씨 집안의 사람이다.
나의 문중은 유안진 선생의 《바람꽃은 시들지 않는다》, 《땡삐》에서
무척 장엄하게 묘사되기도 했다. 집안 고모 되시는 선생께는 죄송
하지만 그것은 어디까지나 소설이라는 점을 미리 고백하고자 한다.

도회에서 나서 도회에서 자란 소년의 눈에 물의 골짜기에 웅크린 나의 문중은 어이가 없을 정도로 한미한 동족촌이었다. 이 외진 골짜기의 오른쪽은 학봉 김성일을 모신 천전리의 의성 김씨 집안이다. 산봉우리를 넘으면 영양 석보의 재령 이씨들, 영양 감천의 낙안 오씨들, 영양 일월의 한양 조씨들이 있다. 강을 건너 위쪽으로 올라가면 바로 퇴계 이황을 모신 예안 온계리의 진성 이씨들이 있고, 왼쪽으로 나아가면 검제의 안동 장씨들, 군자리의 광산 김씨들, 소호리의 한산 이씨들, 오미동의 풍산 김씨들, 풍천면 가일의 안동 권씨들, 분천리의 영천 이씨들, 하회마을의 풍산 유씨들…… 세상이 다 아는 명문가들이 줄줄이 나타난다.

벼슬로나 학통으로나 더 훌륭한 집안들이 많지만, 나는 나의 문중을 어느 집안보다 자랑스럽게 생각하고 사랑한다. 물의 골짜기에 살았던 조상들의 개성은 의례적인 유훈이 아닌, 본능적인 기질이 되어 나의 핏속을 흐른다.

저마다 의미를 주장하는 너무나 화려하고 잘난 세상에서 나는 가끔 상처를 받고 자신이 이 땅에 아무렇게나 내던져진 존재라고 느껴 왔다. 그러나 그럴 때마다 나는 생의 허무를 부정하는 영원(永遠)의 강력한 이미지를 찾아내곤 한다. 그것은 내가 태어나기 이전부터 이어 와서 내가 죽은 뒤에도 이어질 존재의 긴 사슬, 바로 나의 조상들이었다. 그들은 '다감한 격렬함'이라고 표현될 수 있는 이미지를 가진 생생한 인간 군상으로 나의 가슴에 살아 있다.

나의 문중을 이 골짜기로 데려온 것은 1560년에 죽은 유성(柳城)이라는 남자였다. 그의 생애는 지리멸렬했다. 몹쓸 병을 얻어 마지막 숨을 거둘 때의 나이 불과 28세. 평생 출세도 못했고 별다른 학문적 성취도 없었으며 죽은 뒤 세상에 남긴 것이라고는 아내 김정옥(金貞玉, 당시 25세)과 여섯 살, 세 살 난 아들 둘이 전부였다.

3년 뒤 김정옥이 남편의 삼년상이 끝난 그날부터 물 한 모금 마시지 않고 굶어 자결했을 때 사람들은 모두 놀랐다. 김정옥은 처녀 시절 아름다운 용모와 기품으로 인근에 소문이 자자했던 재원이었다. 그런 그녀가 어린 아들들을 두고 평생 가난했고 주변머리없이 글만 읽던 남편의 뒤를 따라간 것이다. 사람들은 혀를 내두르며 유성이 아내에게 그토록 사랑을 받을 만한 사내였더냐고 서로의 얼굴을 쳐다보게 되었다.

이 두 사람이 나의 17대 조상들이다. 그 뒤 이들의 다정다감하면서도 어느 순간에는 물불을 가리지 않는 격렬한 기질은 이후 사백사십 년 동안 빈번히 나타나게 된다.

나의 16대 조상들, 얼떨결에 고아가 된 두 아들 유복기(柳復起)와 유복립(柳復立)은 외가에 맡겨져 외조부의 손에서 컸다. 장성한 뒤에는 학봉 김성일에게서 학문을 배웠고 어머니의 유훈을 느꼈음인지 꿋꿋하고 매서운 천품의 청년들이 되었다. 임진왜란이 일어나자 형제는 학봉 선생을 따라 6년 간 예천 송구 전투, 화왕산성 전투, 진주성 전투 등에 종군했다. 학봉은 군량이 거의 바닥난 진주성에서 죽었다. 진주성이 함락되던 날 아우 복립은 스승님도 죽고 성마저 잃었으니 무슨 낯으로 고향 사람들을 보겠는가 하고 울면서 제발 형님은 돌아가 제사를 모시라고 했다. 말을 마치자 칼을 물고 자결하니 그의 나이 34세였다.

우리 문중은 혼자 귀향한 유복기에 의해 물의 골짜기에 퍼졌다. 유복기는 본래 조부 대까지 서울 묵사동에 살았고 그의 친척들은 대부분 서인(西人)이었다. 그 무렵 조정에서는 서인이 크게 득세하여 가까운 친척인 유영경(柳永慶)은 영의정이 되어 있었다. 유영경은 여러 차례 사람을 보내 복기를 불렀다. 그러나 그는 그때마다 매몰차게 거절하고 남인(南人) 일색인 안동 땅에서 가난하게 살았다.

이렇게 어려운 선택이었기에 더 격렬했던 것일까. 골남(골수 남인) 기질은 아랫대로 내려가면서 더 심해졌다. 퇴계 이후 영남 만인

소의 절반을 유복기의 자손들이 썼다고 말할 만큼 문중의 글재주가 비상했는데 한결같이 심한 물의를 일으키는 과격한 글들이었다.

1650년 송시열에게서 배운 효종은 즉위하자마자 이율곡과 성혼을 문묘에 모시라는 어명을 내렸다. 유복기의 손자 유직(柳稷)은 영남 유생들의 영수가 되어 도끼를 들고 만인소를 올렸다. 어명을 취소하지 않으시려면 이 도끼로 신의 머리를 부셔 주소서, 외치는 이른바 지부(持斧) 상소였다. 효종은 격분하여 그를 유적(儒籍)에서 삭제, 파문하고 그의 자손들은 영원히 사대부가 될 수 없다는 부황(付黃)의 처분까지 내렸다.

이 처분은 곧 풀렸지만 나의 조상들의 다감하고 격렬한 기질은 조금도 변하지 않았다. 영·정조 시대를 거치면서 영남 남인의 영수들이 거듭 나왔지만 1855년 사도세자의 추존을 주장하다가 79세에 무인도로 유배되는 유치명(柳致明)을 비롯해, 이건 박해를 받고 싶은 정열에 신들린 게 아닌가 싶을 만큼 참담한 일들이 많았다.

나이가 들면서 조상들의 삶은 나의 자아상에 점점 더 큰 영향을 끼쳤다. 그들은 입신양명이나 명철보신과 거리가 멀었다. 대부분의 시간에 농사를 지으며 가난하게 공부했고, 어느 순간에는 필생의 공부를 쏟아부은 무서운 글을 써서 세상을 놀라게 했다. 그리고 자신과 집안을 파멸시킬지라도 끝까지 자존심을 지켰다.

예로부터 도(道)는 이쪽에도 저쪽에도 치우치지 않는 것이라고 했다. 치우칠 수 없으면 이것과 저것을 함께해야 한다. 이것저것을 함께하다 보면 인생은 점점 더 온갖 이물질들이 뒤섞여 더러워진다. 그래도 할 수 없는 일이다. 더럽지만 따뜻한 구들장에서 살기 싫은 인간은 문고리를 붙들고 얼어죽어야 하는 것이다. 그런데 세상에는 얼어죽기를 마다하지 않는 사람들도 있다. 최대한 문제의식을 날카롭게 하여 한계를 뚫고 끝까지 가 보려는 사람들이 있다. 나의 조상들은 바로 그런 이미지로 내 안에서 살게 되었다.

▶ 계단 위의 성소(聖所)

악몽 같았던 국민학교 시절이 끝나자 나는 차츰 밝아졌다. 중학생이 되었다는 단순한 사실만으로도 나는 뿌리 깊은 열등감을 덜 수 있었고 공부에 재미를 붙이게 되었다. 학생회 간부가 되었고 발군의 글짓기 실력을 발휘하여 거의 매달 상장을 받았다. 이런 식으로 나가면 인생이 계속 잘 풀릴 것 같았다. 그러나 고등학교에 진학하면서 나는 새로운 갈등을 겪게 되었다. 즉 사춘기가 시작되었던 것이다.

고교 시절을 돌아보면 나는 아득히 뻗어 있는, 끝간 곳 모를 계단 하나가 떠오른다. 애초에 그것은 평범한 굴절 계단이었다. 계단은 층마다 ㄷ자로 꺾어지면서 공립고등학교 특유의 날림공사로 대충 지은 콘크리트 3층 건물을 아래위로 잇고 있었다. 3층에는 옥상으로 통하는 계단의 마지막 굴절 부분이 있었는데, 학교 당국은 썩은 곰팡이 냄새가 풍기는 합판으로 문을 만들어 달아 그 부분을 막아놓았다.

나의 청춘이 세든 곳은 그 합판문 안쪽, 얼마간의 계단과 계단이 꺾어지는 2평 정도의 공간이었다. 나와 네 명의 친구들, 이제는 그립기만 한 '계단문학동인회'의 까까머리 시인들은 그곳에 쓰다 남은 책상과 의자를 들여 놓고 동아리방을 만들었다. Y자를 왼쪽으로 눕혀 놓은 것 같은 이상한 방이었다. 문을 열면 계단이 있고, 계단을 올라가면 약간의 좁은 공간이 있고, 다시 옥상으로 올라가는 계단이 있었다. 뉘어진 Y자의 오른쪽에는 3미터도 넘는 높은 벽이 있고, 벽 꼭대기에는 먼지 낀 창문이 달려 있었다. 담배를 피우면 창문으로부터 들어오는 한 줄기 뿌윰한 햇빛 속에서 연기의 입자들이 춤을 추었다.

동아리방이 정말 계단이 된 것은 우연이었다. '계단문학동인회'라는 이름은 내가 회장을 맡을 당시에도 벌써 20년이 넘고 있었기

때문이다. 방과후에 수업을 마치고 올라가면 그 계단에는 하나 혹
은 두 명의 졸업한 선배가 늘 우리를 기다리고 있었다.

대개는 하는 일마다 실패하고 공상과 습작으로 나날을 보내고 있
는 시인 지망생들이었다. 재수생, 옷가게 점원, 대학 중퇴자 혹은
대학 중퇴 예정자, 출판사 임시직 사원. 자기 증명의 요구에 시달
리고 있는, 자기 앞가림에도 바쁜 사람들이었다. 그러나 그들은 우
리에게 '문학하는 사람들'에 대한 존경심을 불어넣어 주기 위해 자
신들이 할 수 있는 모든 일을 했다.

그들 가운데 특히 잊을 수 없는 사람은 성종하 형이었다. 당시 재
수생이었던 그는 물들인 군복에 검정 고무신을 신고 거의 매일 우
리의 동아리방으로 '등교'했다. 합판문을 열면 어김없이 기다리고
있는, 검정 고무신에 꿰인 그의 새까맣게 때 낀 맨발이 우수에 젖
은 반항자의 낭만적인 후광을 우리의 머리 위에 던지고 있었다.

그가 역설한 것은 문학이 곧 존재의 목적이라는 과격한 예술지상
주의였다. 그는 늘 가정이나 사랑, 사회적 성공 따위는 문학 한 글
자를 위해 일척(一擲)해 버리고 아예 거들떠보지도 않았던 사람들
에 대해 얘기했다. 문학을 하는 우리는 너무나 훌륭하기 때문에 일
상의 의무에 짓눌려 있는 아버지들의 세계에 자신을 낭비할 수 없
다는 것이었다.

이같은 교화는 매우 난폭한 방식으로 행해졌다. 무의식적으로 퇴
적된, 스스로를 정당화하고 입증해야 한다는 보상 욕구는 유치하게
도 백일장이나 현상공모에 대한 집착으로 나타났다. 중요한 백일장
에서 한 명도 입상하지 못한 날은 어김없이 줄빳다가 돌아왔다. 여
학생들이 많이 찾아온 시화전 전시회장에서 성종하 형이 우리에게
'머리 박아'를 시킨 적도 있었다. 자존심이 상한 우리는 기합을 받
다 말고 일어서서 도망쳤고 형은 몽둥이를 휘두르며 동성로에서 대
봉교까지 무려 4킬로미터가 넘는 거리를 쫓아왔다. 이제는 아련한

추억 속에 떠오르는, 중년의 외로움 때문에 눈물 없이는 돌아볼 수 없는 아름다운 추억이다.

우리는 차차 형의 열성에 세뇌되었다. 그렇지 않아도 재미없고 부자유스러운, 단조롭고 음울한 학교 감옥에서 뭔가 숭배하고 몰두할 거리를 찾아야 했던 우리들이었다. 우리는 추모받아 마땅한 시인과 소설가들의 기일(忌日)을 챙겨서 그것을 핑계로 그 난방도 전등도 없는 계단에서 담배로 향불을 피우고 소주를 홀짝거렸다.

금복주에 취해 널브러져 있노라면 머리 위의 창문이 노을에 물들면서 옥상으로 올라가는 계단이 주홍빛으로 빛났다. 그것은 영원하고 성스러운 빛이 가슴 깊숙한 곳에 내리는 정밀(靜謐)한 순간이었다. 눈앞의 계단은 정신적인 감흥 속에 승화되어 불멸의 별들이 빛나는 문학사의 밤하늘로 올라가는 성소(聖所)가 되었다.

우리의 성소는 두 개의 기둥에 의해 지탱되고 있었다.

한 기둥은 우리로 하여금 완전한 고독과 무한한 비참함을 깨닫게 만드는 '성스러움'이었다. 이상(李箱)과 김유정(金裕貞) 같은 작가들이 자멸과 요절을 통해 만들어 낸 신화들의 성스러움은 태양의 높이만큼이나 무섭고 황홀했다. 원근법의 불가사의한 조명을 만드는 창문의 햇살, 그 배후의 일점(一點)은 우리의 인생에는 연결되지 않고 다음 세기에서나 맺어질 빛덩어리처럼 보였다.

또 하나의 기둥은 '새로움'이었다. 우리에게 문학은 '생활'의 저편에 펄럭이는 보헤미안의 깃발이었고 더 모던(modern)한 것, 더 새로운 것, 우리의 내부에 결핍된 것이었다. 더 조야하게 말하면 이 변소 냄새나는 학교에는 없는 것이었다. 지방 학생다운 촌스러운 상상력으로 우리는 그것이 서울에 있으리라 믿었다.

우리는 서울에 가서 글쟁이로 출세하고 싶었다. 풍문만 무성한 지방도시의 수선스러움을 떠나 진짜 작가들을 만나고 이야기하고, 스스로 인생의 의미를 깊이 통찰하며 언어로 삶의 전체상을 부활시킬 수 있는 힘을 가진 작가가 되고 싶었다. 서울에 가면 장차 글을 팔아서 먹고 살리라 생각했다. 절대로 건실한 회사원도, 경영자도, 교사도 되지 않을 것이며 월급봉투도 받지 않으리라. 그런 굴욕적인 제도나 인습의 노예가 되지 않고 가난한 출판사들에게서 인세와 원고료를 등쳐먹고 살아가는, 아주 야비한 날품팔이 글쟁이가 되리라 생각했다.

그러나 불안은 주사약보다도 빠르게 희망의 핏속으로 번졌다. 나의 펜촉 끝은 뚝방의 구멍 같아서 무한한 저수지의 물이 끝도 없이 넘쳐흐르리라는 확신에 들뜨다가도 금방 두려운 난파에의 예감이, 우리는 모두 세상에서의 자기 증명에 실패하고 요 모양 요 꼴로 살게 되리라는 예감이 벼락처럼 떨어졌다. 지금은 거대한 쇼핑 센터가 들어선 연매시장의 막걸리집에서 술에 만취하면 그런 불안의 쓰라림을 〈클레멘타인〉의 노래에 실어 불렀다.

엄마 엄마 나 죽거든 낙동강에 뿌려 주. 푸른 강물 바람 따라 넋새 되어 날으리. 꽃이 지고 별이 지고 우리 사랑 지고 나면 잠 못 드는 긴 세월을 풀잎 되어 울으리. 겨울 오고 기나긴 밤 창문 밖엔 바람 소리. 허문 육신 버려 두고 길 떠나는 내 청춘. 목숨 지던 그 생각에 잠 못 드는 서러운 밤. 험한 세상 눈물 많던 우리 엄마 설운 밤.

불안한 마음은 환상적인 조숙(早熟)에의 열망으로 이어졌다. 빨리 최인호나 황석영처럼 고등학교 재학중에 신춘문예에 당선되어 스스로의 재능을 검증하고 싶었다. 혹은 김현처럼 스무 살에 완벽한 평론을 발표하고 싶었다. 그런 천재들의 예는 우리를 자극해서 친구들의 눈에, 특히 시화전 때마다 만나는 여학생들의 눈에 얼마간의 존경심을 불러일으키기 위해 최선을 다하는 정열적인 노력을 경주하게 만들었다. 우리는 동인지 《계단문학》을 발간했고 문예지들을 샅샅이 읽었으며 새 시집이 나오면 반쯤 미쳐 날뛰며 그것을 비평했다. 겨울이 오면 공부를 뒷전으로 미루고 신춘문예에 당선될 불멸의 작품(?)을 쓰면서 밤을 새웠다.

나는 이제 쓴웃음을 지으며 내 청춘이 거느렸던 야심들을 회상한다. 조숙은 천재의 증거가 아니었고 그 자체로 의미 있는 증거도 아니었다. 조숙한 천재를 흉내내기 위해 우리는 우리 나이의 정상적인 삶을 희생해 버렸다. 그 대신 충동적인 토론과 아는 체하기, 부모와의 갈등과 고백하기 힘든 퇴폐 속에서 시간을 낭비했던 것이다.

삶은 환상을 사랑하지 않으며, 인생을 탕진한 죄에는 오랜 징벌이 따른다. 나는 대학입시에서 실패했고 그 실패는 나의 시민적 본능을 자극했다. 정말로 비참했던 것은 내가 특별한 인간이 아니라는 깨달음이었다. 나는 세상의 거절을 웃어넘길 수 없는, 절대로 소속감과 장래성이라는 시민계급의 기본 욕구를 외면할 수 없는 지극히 범용한 인간이었던 것이다.

그리고 아직도 잊지 않고 있는 1984년 12월 14일 오전 10시 25분. 우리를 그토록 사랑해 주었던 성종하 형이 포항 성모병원 중환자실에서 숨을 거두었다. 술에 만취해서 친구집 아파트 계단을 올라가다가 뒤로 넘어져 뇌출혈을 일으킨 것이었다.

《위대한 개츠비》의 마지막 대목처럼 형의 장례식은 아주 초라했다. 생전에 그토록 많은 후배들에게 그토록 많은 정을 주었던 형은 너무나 초라한 문상을 받았다. 입시 일정에 바쁜 후배들은 거의 오지 않았다. 바로 다음날 아침 9시 30분에 영결식이 거행되었다. 독경하는 스님의 축수가 있었고 형이 생전에 쓴 시 〈산사(山寺)에서〉가 낭송되었고, 곧바로 형을 실은 버스는 포항을 출발해서 화장터에 도착했다. 화장터에서 형은 눈 깜짝할 사이에 한 줌의 재로 바뀌었다. 불과 한 시간 정도였다고 기억된다. 그리고 형은 화원 유원지로 옮겨져 노래처럼 정말 낙동강에 뿌려졌다. 형의 나이 23세였다.

그리고 며칠 뒤 나는 스무 살의 나이를 완장처럼 차고 세상을 걸어 보았다. 조금도 힘이 나지 않았다. 가로수 잎잎이 추억되는 형의 목소리만이 슬프고 허무했다. 사랑한다는 것은 이해한다는 것. 사랑한다는 것은 아껴 준다는 것. 사랑한다는 것은 용서한다는 것. 사랑한다는 것은 어쩌면 침묵한다는 것…… 생전에 형이 좋아했던 그 말들이 하늘과 땅에 서글픈 뉘우침으로 울려 퍼지고 있었다.

서울로 떠나기 전날은 마지막으로 계단에 올라가서 소주를 마셨다. 저물녘 다시 낙조의 주홍빛이 방 안을 가득 채웠지만 나는 더 이상 성스러움을 느낄 수 없는 나 자신을 발견했다. 계단 위에 어렸던 성스러움은 죽은 종하 형이 가지고 가신 듯했다. 그리하여 형을 잊지 못하는 나는 인생을 시작하기도 전에 지쳐 버린 것이었다. 나는 계단을 걸어나와 남겨진 '새로움'을 향해 걸어갔다. 오만과 편견의 담을 쌓고 그 담을 높이며 타산에 젖어 추하게 늙어 갈, 긴 긴 서울 생활이 나를 기다리고 있었다.

▶청춘의 무덤

나의 흔적 찾기는 드디어 스무 살에 이르렀다. 서울의 신림동을 배회하며 보낸 대학 시절은 이 문학적 자서전을 쓰면서 가장 망설였던 대목이다. 나는 그 시절 많은 소설적인 소재들을 보고 들었지만 지금 와서는 모두 잊어버렸다. 나는 그것을 조금도 애석하게 생각하지 않는다. 지난날에 대한 회상은 사람들을 즐겁게도 하지만 쓸쓸하게도 한다. 특히 80년대의 대학가처럼 어둡고 질퍽거리는 시공간에 생각을 매어 둔다는 것은 실로 괴로운 일이 아닌가.

지금 이 순간에도 '80년대'라는 말은 마치도 사막 저편, 지평선 너머에 존재하는 황폐한 도시의 이름처럼 들린다. 나의 낙타는 너무 멀리 떠나온 것이다. 내 영혼의 육봉(肉峰)엔 그 시절로부터 길어 올릴 단 한 방울의 물기도 없었다. 순전히 이 재미없는 자서전을 이어가기 위해, 억지로 다시 그 황폐한 도시로, 헛되이 낭비해 버린 젊음의 한때로 돌아가 보자.

노량진에서 썩은 1년의 재수생활은 내게 분에 넘치는 학력고사 점수를 하사했다. 서울대의 모든 과에 들어갈 수 있을 만큼 과분했다. 덕분에 나는 고교 시절 생각지도 못했던 '설대'에 장학생으로 들어가 그 알량한 지적·사회적 우월감의 비참함을 물리도록 맛보게 되었다.

대학 시절을 생각하면 맨 처음 떠오르는 것은 학생들이 '녹두거리'라 부르는 후줄근한 하숙촌 거리다. 녹두거리 입구를 흘러가는 복개되지 않은 시커먼 개천으로부터 이른 봄의 태양이 발효시킨 정겨운 악취가 모든 신입생들을 맞아 주었다.

생선의 비린내와 쥐 썩는 냄새가 혼효(混淆)된 그 퀴퀴한 냄새의 물결을 헤치고 들어가면 녹두거리는 관악산을 향해 가파르게 뻗은 오르막길을 따라 대학생들을 상대하는 싸구려 술집과 만화방과 당구장, 순대국집과 간이식당들을 줄줄이 거느리고 있었다. 길가에는 누군가 토해 놓은 오물과 개똥, 담배꽁초, 사과 껍질, 구겨진 신문지, 비닐봉지 나부랭이가 흩어져 사열을 받는 병사들처럼 나를 쳐다보고 있었다.

오르막길 좌우로 좁은 골목들이 뻗어 있고 골목마다 대학생들의 하숙집이 밀생해 있었다. 하숙집들의 숲에는 밤늦도록 이 방 저 방 다니며 '오가는 화투 속에 싹트는 우정'을 추구하는 퇴폐파와 책상 앞에 '나의 꿈 작을쏘냐, 재학중 고시 합격' 같은 쪽지를 써 붙여 놓는 것이 취미인 고시파, 새빨간 눈을 하고 최루탄의 대기 속에 진화된 학생운동파라는 세 종류의 동물들이 서식했다.

나는 개포동에 있는 후배의 아파트에 잠시 얹혀 살다가 곧 이 체질에 안 맞는 숲에 섞여들었다. 나태와 정열이, 극단적인 이기주의와 극단적인 이타주의가 혼효된 신림동의 숲에서 나는 동류가 없는 이상한 짐승이었다. 어느 쪽도 마음에 들지 않았기에 나는 고교 시절부터 꿈꾸어 왔던 내 길을 계속 가기로 했다. 1년 안에 등단하여 진짜 글쟁이가 된다는 목표를 정하고 장르는 문학평론을 택했다. 이미 시와 소설로는 몇 번 고배를 마신 후였다.

그리하여 고시파의 꽁무니에 붙어 이른 아침부터 도서관에 나가 문학작품과 문학이론서를 뒤적이는 생활이 시작되었다. 평생 그만큼 뭐에 씌인 사람처럼 공부만 해본 적이 없다. 도시락을 두 개 싸들고 가서 하루에 열두 시간, 열세 시간씩 책을 읽었으므로, 내 공부를 하는 틈틈이 강의를 듣고 학과 공부를 하며 머리를 식힐 여유도 있었다. 학과 공부를 하는 학생이 아주 드물었기에, 나 같은 둔재도 매해 우등장학금을 받았고 월급처럼 학업장려금도 받을 수 있었다.

그러나 애초에 목표로 했던 등단은 매해 죽을 쑤고 있었다. 1학년 때부터 끊임없이 평론을 써서 투고질을 했지만 이런저런 대학문학상들을 받았을 뿐 정작 중요한 등단은 번번이 좌절되었다. 어쩌면 이토록 재능이 없단 말인가. 나는 그때까지도 고교 시절부터의 조급한 야심에 골똘하게 사로잡혀 있었고 신춘문예 결과가 발표되는 1월에는 미칠 것같이 우울했다. 화염병을 던지다 잡혀 징역을 살든지, 아니면 새 면도칼을 사서 목이라도 따 버려야 했다. 그냥 이대로는 견딜 수 없을 것 같았다.

1987년에 나보다 더 늦게 시 공부를 시작한 장정일이 김수영문학상을 받았고, 나이까지 동기인 구광본은 오늘의 작가상을 받았다. 친구들의 등단을 보면서 나는 점점 더 신경질이 많고 위악적인 인간이 되어 갔다. 커피를 탄 다음에는 반드시 볼펜으로 저어 마셨고 말을 할 때면 최대한 악랄하고 시니컬하게 들리도록 노력했다.

"민주주의에 대해 어떻게 생각하느냐고? 아, 너의 순수함을 보니 나의 비천함이 괴로워지는군. 정말 더할 나위 없이 순수하고 명석

하고 진실한 청년이야. 그런데 말야, 내가 하려는 문학은 범생이들이 자신의 수치심을 비버댈 언덕으로 만들어 내는 그런 빤한 해답들을 좋아하지 않는 것 같아."

친구들에게 그런 소리를 퍼부어대고 나면 잠시는 속이 시원했지만 곧 절망이 몰려왔다. 나는 도대체 어떤 인간이 되어 버린 것일까. 아무것도, 특히 자기 자신까지도 존중하지 않는 나라는 인간은 도대체 어떤 시대가 만들어 낸 괴물일까. 문학도 못하고 인생만 망칠 것 같은 예감이 나를 괴롭혔다.

돌이켜보면 그 시절이 내 인생의 봄날이었는데, 그 당시는 추호도 그렇게 생각하지 못했다. 나는 끝없는 불만족과 초조감에 사로잡혀 있었고 뒤를 돌아보지 않고 앞으로, 앞으로만 달려가고 싶었다. 깨어 있다고 하기엔 너무나 꿈결 같고, 잠들었다고 하기엔 너무나 생생했던 청춘의 날들이었다. 내가 가야 할 길의 빛나는 정점만을 눈앞에 그리면서 스스로의 청춘을 무덤에 파묻었다.

▶ 악몽의 1988∼1989년

1988년 가을, 나는 계간 《문학과사회》에 문학평론을 추천받아 문단에 나왔다. 그 글은 양귀자론이었고 대학 4학년이던 스물세 살 때의 일이었다. 꿈에도 그리던 등단을 한 것이다. 그러나 감격도 잠시, 이념의 시대였던 80년대가 무너지는 굉음이 내 인생을 엄습했다. 당시 지식인 사회에 광범위하게 유포되어 있던 사회주의에 대한 환상이 깨지고 지식인들이 전망 부재의 늪 속으로 빠져드는 과도기가 시작된 것이다. 이 과도기의 혼란은 89년 베를린 장벽 붕괴와 더불어 절정에 달했지만 이미 그전부터 민감하게 느껴지고 있었다.

그 무렵 나는 '예술운동' 이라는 서울대 주변의 글쟁이들이 결성한

창작집단에 나가고 있었는데, 이 무렵의 혼란은 마치 도스토예프스키의 《악령》 이야기를 그대로 옮겨 놓은 듯했다. 좌파와 우파, 딜레탕트들이 제각기 중구난방의 전망을 토로하며 목소리를 높였다. 지금 여기에서 문학을 한다는 것이 무엇인가? 무엇이 유의미한 문학인가? 술만 마시면 싸움이 벌어졌고 술자리에서 누군가를 업고 병원으로 달려간 것이 네다섯 차례였다. 나 역시 내 방에서 극작가 J모에게 유리 재떨이로 얻어맞아 머리를 꿰매기도 했다. 그리하여 얼마 뒤 각자도생(各自圖生)의 길을 걸었을 때, 우리는 평생 다시 만나는 일이 없도록 하자고 다짐할 만큼 충분히 정이 떨어져 있었다.

이 시절 나의 번민을 반영한 것은 평론가 김윤식 선생을 논한 〈문학비평의 근대성과 유토피아〉(1989)라는 긴 평론이다. 나는 근대화 혁명이 시작된 60년대 초부터 30년 간 한국 문학이 근대성의 행동 원리와 가치체계를 그 정점에까지 추구해 왔다고 생각했다. 근대로의 발전을 지향하면서 고향의 가족과 공동체에 대한 그리움을 경험하는 의식이 지난 30년 간의 시대의식이었다는 것이다. 나는 이 평론에서 1989년의 한국 문학을 이같은 시대의식이 리얼리즘과 모더니즘으로 분화되고 심화되어 절정에 달한 일종의 포화 상태로 이해했다.

모든 변화의 근저에는 하나의 동기가 자리잡고 있으니 그것은 바로 포화 상태다. 맹자는 다스림이 극에 달하면 어지러움이 생기고 어지러움이 극에 달하면 다시 다스림이 생긴다는 말로 이같은 원리를 제시한 바 있다. 바로 나의 눈앞에 그런 포화 상태가 있었다. 그렇다면 다가오는 90년대는 어떤 시대가 될 것인가. 사회주의의 몰락과 더불어 관료적 권위주의라 불리던 우리의 체제도 격렬하게 뒤틀리고 있었다. 사회 구석구석으로 뻗어 가는 깊고 빠른 균열들을 목격하며 나는 이같은 자기 부정의 시대 뒤에 출현할 새로운 세계를 질문하지 않을 수 없었다.

어떤 세계가 도래할 것인가? 일정한 정치적 민주화가 진행되면서 60년대 이래의 후기 후발 자본주의적 근대화가 계속될 것인가? 그것이 아니라면 정녕 모든 것을 다시 시작해야 한다는 생각, 국민경제의 대외적 자립과 대내적 평등을 위해 우리의 근대화 모델 자체를 대체해야 한다는 생각이 실현될 것인가? 나는 꼬리를 무는 의문 앞에 해답을 찾을 수 없었고 앞이 보이지 않았다. 더 이상 글을 쓸 수 없었기에 절망했다. 그해 가을, 나는 대학원을 다니다 말고 군대에 들어가 서울을 떠나고 말았다.

대구의 공군기지에서 보낸 방위병 시절에는 전혀 예상치 못했던 경험이 기다리고 있었다. 군대는 나에게 인간관계의 가치를 가르쳐 주었고 짧지만 밀도 높은 사색의 시간을 주었다. 기지 안의 지상 장비 수리공장에서 온몸을 움직여 열심히 일하고 나면 머리는 맑게 비워지고 가슴은 책을 읽고 싶은 욕망으로 터질 것 같았다. 일과가 끝나면 스스로의 활용인시수 기록부를 만들어 적으면서 하루 여섯 시간에서 열 시간씩 꼬박꼬박 책을 읽었다. 대학에서는 갖지 못했던 우정의 따뜻함도 절절히 경험했다. 군복무가 끝나던 날 공장 바깥까지 전송 나온 하사관들과 군무원들, 기간사병들을 보고 이별의 괴로움에 눈물이 나던 것을 지금도 잊을 수 없다.

1988~89년의 악몽은 군입대를 계기로 끝났다. 근대성에 대한 나의 탐구는 새로운 단계로 접어들었다. 군대 시절에 발표한 평론들 가운데 시인 이성복에 대해 쓴 〈고향과 근대〉는 내 심경의 변화를 잘 보여 주고 있다. 나는 보들레르의 영향을 강하게 선보였던 이성복이 《논어》에 심취한 한 사람의 현자로 변한 것에 강한 충격을 받았다. 그는 나에게 한국에서 서구적인 근대성이 가진 허약한 지반을 보여 주었고 동아시아적 가치의 힘을 일깨워 주었다.

이같은 각성 속에, 근대적 삶을 살았던 대부분의 한국인들은 고향을 거부한 것이 아니라 스스로의 삶 속에 다시 고향을 만들어 온 것이라는 또 하나의 근대성이 보이기 시작했다. 근대화의 어떤 내면적인 힘도 "다음 대(代)의 자식들을 위해 우리 대는 희생해야 한다"는 윤리적 요구를 돌파할 수는 없었다. 한국인들의 생활 태도를 좌우하는 가장 강력한 힘은 바로 이런 경건주의, 조령(祖靈) 신앙에 기초한 유교의 가족적 경건주의였다. 한국 사회는 이같은 경건주의의 내면화를 통해 근대화의 대격변을 이겨 내었던 것이다.

가난했던 개발 연대에 허리띠를 졸라매고 직장에 매달렸던 아버지들. 그들은 박봉을 쪼개서 봉양해야 할 부모와 공부시켜야 할 자식들 때문에 아침마다 비장한 각오로 집을 나섰다. 생활고에 시달리면서도 가정을 버리고 도망가지 않았던 어머니들. 그녀들은 나 하나가 아니라 친정을 대표하는 얼굴이었기에 어떤 경우에도 이혼의 불명예를 선택할 수 없었다. 산업전사라는 입에 발린 소리를 들으며 저임금 중노동을 감내했던 구로공단, 구미공단의 우리 누이들. 그녀들은 고향의 집에 공부시켜야 할 남동생들을 두고 온 사람들이었다. "잘살아 보세"라는 박정희 시대의 국가적 이상은 바로 이같은 가족 윤리 때문에 현실화될 수 있었다. 자기 자신에 대해서는 박(薄)하지만 가족에 대해서는 한없이 희생할 수 있는 문화적 토양이 한강의 기적을 가능하게 했던 것이다.

이 시기에 독파한 조셉 니담의 웅편거작(雄篇巨作)《중국의 과학과 문명》은 나에게 이같은 동아시아적 가치의 힘이 결코 관념적인 것이 아님을 가르쳐 주었다. 구체적인 인간, 즉 주어진 질서에 의하여 자신에게 가까이 있는 인간들(가족)에 대해 최우선적으로 부여되는 유교의 경건주의는 종교의 과제가 '현세의 합리화'에 놓여질 수밖에 없는 동아시아의 행복한 물질적 조건으로부터 나온 것이었다. 모든 농업 가운데 가장 생산력이 높은 쌀농사를 짓는 미작문명권으로서의 동아시아는 18세기 이전까지 지구상에서 가장 부유한 지역이었으며 기원 후 1세기부터 13세기까지 과학기술에 의한 인류

문명의 진보를 선도한 지역이었다. 그렇다면 일시적인 근대의 충격
이 극복되는 순간 동아시아는 곧바로 자기 고유의 가치관을 회복할
것이며 또 그래야 했다.

▶ 소설가로 변신하다

1991년 서울로 돌아왔다. 대구에 있던 몇 년 사이 서울은 너무나
도 많이 변해 있었다. 우리 세대들이 입었던 청춘의 푸른 옷깃은
남루해졌다. 베를린 장벽이 무너졌고, 욕망의 해방구 압구정동이
나타났다. 전대협 학생들이 국무총리에게 달걀과 밀가루를 던졌다
가 인륜도 모르는 '용공좌경 폭력집단'이 되어 침몰했으며, 서태지
가 〈난 알아요〉를 내놓으며 태풍처럼 등장했다. 80년대는 눈 깜짝
할 사이에 잊혀지고 있었다. 가 버린 날들, 가고 또 가서 추억의 먼
하류에 모여 있는 날들이 되어 갔다.

다시 문단에 섞여들었지만 옛날과 같은 열정이 살아나지 않는 것
은 당연한 일이었다. 나는 다른 사람이 되어 있었다. 나는 옛날에
읽던 하버마스나 블랑쇼 대신 《논어》를 끼고 서당에 다니고 있었으
며 한국 문학의 근대성을 보는 눈은 차가워져 있었다. 소련과 동구
의 사회주의가 붕괴한 뒤 한국 문학이 보여 주는 90년대의 혼미가
너무도 당연하게 느껴졌으며, 서구적인 근대성에 의지한 문학비평
의 미래에 대해 어떤 희망도 가질 수 없었다. 그해 내내 나는 반란
을 꿈꾸고 있었다.

1992년 나는 첫 소설 《내가 누구인지 말할 수 있는 자는 누구인
가》를 발표했다. 유철균이라는 이름을 버리고 이인화라는 필명을
쓰면서 소설가로 변신한 것이다. 이때부터 스테판 츠바이크의 표현
을 빌리면 "용광로에 석탄을 던져 넣듯 인생을 책상에 던져 넣어"
밤과 낮을 거꾸로 살며 소설을 써 내는 달음박질이 시작되었다.

《내가 누구인지 말할 수 있는 자는 누구인가》는 ‘내면의 고백’에서 출발한 한국의 순수문학, 한국 문학의 근대성에 대한 도전이었다. 김동인과 염상섭은 자신의 내면을 드러내는 고백의 형식으로 근대소설을 쓰기 시작했고 이것은 독자들에게 ‘자아의 발견’이란 명목으로 수용되었다. 그렇다면 근대를 넘어선 소설, 포스트모더니즘 소설은 누구도 내가 누구라고 고백할 내면을 가질 수 없다는 선언으로 시작되어야 했다. 내가 책으로 쓸 내 안의 고유한 내면이란 없다. 내가 창조할 수 있는 고유한 문장도 없다. 나는 세계(텍스트로 씌어진 세계) 속에 있고 내가 누구인지를 아는 것도 그 세계 속인 것이다. 이 작품은 제목에서부터 작가의 이름, 그리고 문장 하나하나까지가 이미 씌어진 다른 작품들의 혼성모방으로 이루어졌다.

1993년 나는 두 번째 소설 《영원한 제국》을 발표했다. 《영원한 제국》은 첫 소설의 문제의식을 더 밀고 가 소설가라는 지위를 포기하고 스스로 이야기꾼의 자리로 내려온 역사소설이었다. 나는 이런 자기 격하를 통해 이전까지 우리의 역사소설이 가졌던 사담(史談)적 한계를 돌파하고자 했다. 즉 역사의 이야기에 작가 나름의 재미있는 해석을 덧붙임으로써 만족했던 기존의 역사소설 대신, 이야기꾼의 자율성과 구성력으로 가장 새로운 형태의 현대적 플롯에 담겨진 역사소설을 쓰는 것이다. 이같은 창작방법은 생생한 당대의 감각으로 재현된 현대의 전사(前史)로서의 역사소설을 성립시킬 수 있다고 보았다.

1994년 나는 이사벨라 버드 비숍의 《한국과 그 이웃나라들》을 번역했고, 계간 《상상》의 편집위원이 되었다. 《상상》에서 행해진 작가 장정일 씨와의 대담 〈UR시대의 문화논리〉에서 나는 평소 내가 느끼고 있던 대중화의 문제를 제기했다. 소설작품에 대한 비판 위에 문학의 상업주의를 우려하는 많은 분들로부터 내 문학관에 대한 비판을 받았다. 그러나 다음 장에서 논하겠지만 나는 이 대담에서 제기한 많은 문제들이 아직도 중요하고 유효하다는 생각을 버릴 수 없다.

1997년 나는 세 번째 소설 《인간의 길》 1, 2, 3권을 발표했다. 이것은 한국 현대사에서 박정희란 무엇인가라는 질문에 대한 대답으로, 나의 근대성에 대한 탐구를 결산한 작품이다. 허구의 인물 '허정훈'을 통해 보통명사로서의 박정희가 갖는 한국 특유의 근대화 혁명이 내장한 우리 근대성의 웅숭깊은 내면을 그려 보고 싶었다. 이것은 한 인간의 운명이 시대의 운명과 얽혀듦으로 하여 발생하는 거대한 벽화가 될 것이다. 나는 톨스토이의 《전쟁과 평화》에 필적하는 대하 장편소설을 기획했고, 성(聖)과 속(俗), 선과 악이 공존하는 중후장대하고 복합적인 인생을 그리고 싶었다. 현재 후속편 《혁명의 길》을 쓰고 있다.

1998년 나는 네 번째 소설 《초원의 향기》 1, 2권을 완간했다. 내가 가장 되고 싶었던 인생이 무엇이었느냐고 묻는다면 나는 이 소설의 주인공 '고문간'이라고 말하고 싶다. 소심하고 우유부단하고 너무 나약하지만, 그래서 아름다운 인간 고문간. 이 소설에서 나는 고구려 문명이라 부를 수 있는 우리만의 독자적인 가치관과 신과 인간의 문제, 신의 의지가 개입된 사건과 단순한 세계 사건의 차이 문제, 요셉주의의 문제를 탐구하려 했다. 너무 조급하게 출간해서 애초의 의도가 다 관철되지는 못했고 아쉬움이 많지만, 그래도 가장 애정이 많이 가는 소설이다.

▶그 시절 초심(初心)을 영원히 간직하고 싶어

2000년 1월 9일 이상문학상을 받게 되었다는 통보를 받고 돌아보니, 어느새 등단을 한 지 13년째가 되었다. 이렇게 긴 세월 동안 매일 뭔가를 쉬지 않고 쓰고 있었는데, 도대체 무엇을 썼는가 하고 되물으면 망연해진다. 이거다 하고 내놓을 작품이 하나도 없으니 괴로울 뿐이다. 소설은 문단에서나 통하는 나긋나긋한 문학이어서는 안 되며, 실생활을 헤쳐 나가는 박력을 가진 문학이어야 한다, 열심히 사는 사람들에게 인생은 어떻게 살아가는 것이 좋으냐를 가르쳐 주는 문학이어야 한다며 직접 팔을 걷어붙였으나 오히려 민폐만 끼친 것이 아닐는지.

그러나 종종 비가 오고 바람이 불고 마음에 낙숫물 지는 날이 있어서, 나는 옛날 까까머리 고등학생들이 작가가 되겠다고 모여들었던 계단 위 골방을 생각한다. 혹은 아름다운 여대생 선생님들에게 칭찬을 받던 그 햇빛 찬란한 연못가를 생각한다. 문학을 알게 되었기에 인생이 사랑스러워 견딜 수 없었던 그런 순간순간들을 생각한다. 세상이 너무도 많이 변했지만 그때 문학에 대해 가졌던 그 초심(初心)을 영원히 간직하고 싶다.

〈시인의 별〉의
작품 세계와 작가 이인화

● 이인화의 〈시인의 별〉과 그 작품 세계

삶의 원형(原型)을 찾아
—— **진형준**(문학평론가·홍익대 교수)

이인화는 이제 소설에서 삶의 그 어떤 원형, 운명의 그 어떤 원형을 우리에게 보여 줌과 동시에, 우리가 잃어버릴 수 있는 유토피아의 꿈, 근원적인 꿈을 환기시킴으로써, 그만의 독특한 방법으로 우리 소설의 새 길을 열고 있다고 우리는 말해야 할 것이다.

● 작가 이인화를 말한다

지식인 소설의 새로운 개척자
—— **이하석**(시인)

그의 작업은 처음 문단에 발을 들여놓았을 때나 지금이나 변함없이, 고뇌하는 인간에 초점이 맞추어져 있는 지난한 지적 탐색으로 가득 차 있다. 그것은 자신이 접하고 마주하는 현실에 대한 지식인으로서의 성찰이 간단없이 이루어짐으로써 가능했다.

삶의 원형(原型)을 찾아
─ 역사와 상상력, 과거와 현재의 결합에 성공

이인화는 이제 소설에서 삶의 그 어떤 원형, 운명의 그 어떤 원형을
우리에게 보여 줌과 동시에, 우리가 잃어버릴 수 있는 유토피아의 꿈,
근원적인 꿈을 환기시킴으로써, 그만의 독특한 방법으로
우리 소설의 새 길을 열고 있다고 우리는 말해야 할 것이다.

진 형 준(문학평론가 · 홍익대 교수)

▶ '주석'의 의미에 담긴 작가의 길

이인화의 소설 〈시인의 별〉(부제:채련기(採蓮記) 주석 일곱 개)은 그
부제부터가 심상치 않다. '주석(註釋)'이라는 것은 원 텍스트가 이
미 존재한다는 것을 전제로 하여 그 텍스트의 의미를 밝혀 내는 작
업을 뜻한다. 우리가 흔히 알고 있기로는 소설은 소설가의 '독창적
창작물'이다. 그런데 이인화는 자신의 소설에 '주석'이라는 부제를
달았다. 그렇다면 그는 창작자로서의 독창성을 포기한 것인가? 예컨
대 1900년대를 마감하고 2000년대를 맞은 한국이라는 시대적 상황
에 속한 이인화라는 한 개인 소설가로서의 아이덴티티를 포기하고
이미 주어져 있는 옛 생각, 옛 문헌, 옛 역사 속에 자신을 묻어 버
린 것인가?

사실, 《내가 누구인지 말할 수 있는 자는 누구인가》라는 소설을
발표한 이래 그에게 가해졌던 온갖 비난과 오해는, 소설은 소설가
의 독창적 창작물이어야 하며, 소설가의 아이덴티티는 역사적 · 시

대적 좌표의 한 지점에만 위치해 있다는 고정관념에서 비롯된 것이라고 보아도 무방하다. 그런데 이인화는 그러한 고정관념의 한가운데에서 온갖 오해와 비난을 무릅쓰고 장인처럼 자신의 길을 나아간다. 그 길이 어떠한 길인지 〈시인의 별〉을 통해 간략히 살펴보기로 하자.

▶ 격변기 지식인의 존재 의미에 대한 물음

〈시인의 별〉은 팍스 몽골리아의 세계하에 고려 말을 살았던 안현(安顯)이라는 불우한 시인, 지식인의 이야기다. 그 줄거리를 요약한다면, 배경이 없어 출세도 못하던 안현이라는 고지식한 지식인이 운명의 장난처럼 자신의 사랑하는 아내를 원나라의 왕자에게 빼앗긴 뒤 아내를 찾아 중국과 몽골, 시베리아 대륙을 유랑한다, 대륙을 샅샅이 뒤진 끝에 마침내 아내를 찾았으나 그 역시 우여곡절 끝에 몽골인 귀족 부인이 된 옛 아내는 함께 고향으로 돌아가기를 거부한다, 안현은 결국 아내를 살해하고 몽골의 귀족들을 예우하여 처형할 때처럼 황야에 산 채로 매장된다, 로 매우 간단하다고 할 수 있다. 하지만 그처럼 매우 간단해 보이는 소설 〈시인의 별〉의 내적인 구조는 아주 정교하게 여러 겹을 이루고 있다.

우선, 소설 자체의 틀. 〈시인의 별〉은 고려 충렬왕 때 사람인 안현에 대한 역사적 기록(그가 불우한 지식인이었으며 결국 서해의 대청도로 나가 일개 수역〔水驛〕의 역참 관리가 되기까지의 과정만 기록되어 있다)과, 1997년 8월 앙카라 대학의 한 교수가 발견한 17세기 필사본에 들어 있는 〈고려인 비칙치(서기) 안의 이야기〉를, 작가가 상상력을 발휘하여, 안현과 비칙치 안을 동일인으로 상정하고 한 편의 소설로 재구성한 것이다. 무엇이 그러한 상상력을 가능하게 하였을까? 그 답은 소설 속에 이렇게 표현되어 있다.

어느 시대, 어느 나라에도 불우한 식자(識者)들은 있다. 갑자기 열린 새시대 속에 전통적인 문인 집단들이 소멸되고 그들을 대신할 신흥 사대부들은 아직 출현하지 않았던 과도기. 낡은 교육제도의 관성에 의해 만들어졌으되 새시대의 물결에 적응하지 못하고 익사해 버렸던 무수한 지식인들. 그러나 그뿐이었을까. 어쩌면 안현은 그렇게 무의미하게 스러져 버리지 않고 시대의 심연, 그 깊은 혼돈 속으로 내려가 자기 운명의 의미를 알아내려고 하지 않았을까. 그래서 저 〈채련기〉와 같은 글을 남기지 않았을까.

위의 내용대로라면 소설 〈시인의 별〉을 쓰게 한 상상의 뿌리는 두 갈래다. 하나는 격변기 혹은 과도기를 살고 있는 지식인, 필경 패배자가 될 운명을 더 많이 타고난 지식인의 삶과 의미에 대한 작가의 진지하고 간단없는 성찰이며, 또 다른 하나는 역사적 기록, 사실(史實) 속에서, 과거에 붙박힌 현상을 보는 것이 아니라 인류의 삶의 원형(原型)을 보는 작가의 눈, 바로 그것이다. 바로 그 상상력에 의해 〈시인의 별〉은 각기 따로 떨어진 두 가지 역사적 사실의 결합이라는 형식적 겹 외에 역사적 사실과 상상력의 결합, 과거와 현재의 결합, 역사성(당대성)과 원형성의 결합이라는 여러 겹들을 가지게 된다.

그렇다면 우리는 이제 왜 이 소설에 작가가 '시인의 별'이라는 제목을 붙이게 되었는지 이해할 수 있게 된다. 고려 말에 살았던 안현이라는 인물에 대한 작가의 지식, 작가가 우연히 접하게 된 '고려인 비칙치(서기) 안'의 이야기는 따로 떨어져 존재하는 과거의 역사적 사실이다. 그러나 작가의 상상력은 그러한 역사적 사실을 과거의 시간 속에 묻어 버리지 않는다. 그러한 역사적 사실들은 삶의 하나의 원형이 되어 시공을 넘나든다.

따라서 작가가 〈채련기〉를 주석하는 행위는 현재의 자신의 아이덴티티를 상실하고 과거에 묻힌 복고주의자, 보수주의자의 작업이 아니라 우리의 삶의 거대한 원형을 시야에서 놓치지 않은 채, 그 원형들의 변형을 시공의 좌표 속에서 함께 고려하는 태도이다. 주석이란, 따라서, 역사성, 시대성과 함께 초월성을 함께 묻겠다는 이인화의 야심이 빚은 자연스런 해결책이다.

이인화의 그러한 야심은 우리가 소설에 대해 이미 내리고 있던 고정관념적인 틀을 깨고 그 영역을 확장해 보이는 한편, 아울러 격변기의 지식인이란 과연 누구이며, 그 존재 의미는 무엇인가를 우리에게 되묻게 한다.

"거의 무한한 고독이 그의 기력을 앗아 갔다. 이제는 어떤 의문의 여지도 없이 자신의 인생이 헛되이 흘러갔다는 것을 알 수 있었다"라는 소설 속의 지문은 고려 말에 실존했던 안현이라는 한 불우한 지식인의 탄식이라기보다는 과도기·격변기를 살았고, 살고 있는 모든 지식인의 원형이 되어 우리에게 저리게 다가온다.

어떤 의문의 여지도 없이 자신의 인생이 헛되이 흘러갔다는 탄식! 그것은 안현이라는 불우한 예외적 지식인의 탄식이 아니라, 격변기의 지식인인 모두의 탄식이 된다. 그리고 그 탄식은 바로 우리의 탄식이 되어, 오늘날의 우리를 "낡은 교육제도의 관성에 의해 만들어졌으되 새시대의 물결에 적응하지 못하고 익사해 버렸던 무수한 지식인들"의 하나로 만들어 버린다. 그 끔찍한 생각! 우리는 나름대로 세계의 변화의 의미를 묻고 또 올바른 방향을 제시하기 위하여 나름대로 노력하고 있으며 그 결과 다양하게 현상을 분석하고 진단하는 안목과 의견들을 생산해 내고 있지 않은가? 그런데 우리 모두는 낡은 타성에 젖어 있을 뿐이며 결국은 새 물결의 의미도 모르는 채 그 물결에 익사해 버릴 뿐이라는 냉정한 전언(傳言).

하지만 우리는 그 전언에서 다양한 의견, 다양한 세계관을 지닌 지식인들을 너무 거칠게 한 다발로 묶어 버리는 것이 아닌가 하고 불만을 토할 것이 아니라, 우리의 표면상의 다양함과 진지함이 실은 커다란 낡은 관성 속에 함께 속한 갑론을박에 불과한 것이 아닌가, 우리의 진지함은 과연 올바른 방향을 향하고 있는지 가슴 시리게 자문해 보아야 한다. 그러한 자문이 있고서야 우리는 좀더 거시적인 안목에서 삶을, 역사를 성찰할 수 있다는 것이 〈시인의 별〉을 통해 이인화가 우리에게 제시하는 전언이다.

▶ 황폐화하는 세상 속에서 유토피아의 꿈 간직하기

그러나 〈시인의 별〉의 전언은 거기서 그치지 않는다. 아래의 인용을 보자.

세상은 점점 더 부유해지고 백성들은 태평성대를 노래하고 있었다. 고려에서 온 사신들은 사람들이 점점 더 원나라의 관대한 통치를 고마워하게 되었다는 이야기를 전해 주었다. 황야는 오직 자신의 가슴속에만 살고 있었다. 황야를 사이에 두고 자신과 아수친은 서로를 우두커니 바라만 보고 있었다.

위의 인용에서 우리가 찾아낼 수 있는 대립항은 '가슴속의 황야/태평성대', '헛된 삶을 산 안현/현실 속의 영화를 택한 아수친'이다. 그 대립항만으로 본다면 안현의 삶은 헛된 삶, 패배한 삶, 좌절한 삶이다. 그리고 그 반대편에 성공한 삶, 현실에 안주한 삶이 있다. 하지만 안현은 〈채련기〉를 남긴다. 그것은 무슨 의미를 지니고 있는가?

저는 아직도 돌아오는 돛대에 어리던 그 달빛이 눈에 선합니다. 아내가 부르던 채련가도 전부 기억할 수 있습니다. 아내는 예뻤고 노랫소리도 곱고 빼어났지요. 요즘도 잠자리에 누우면 그 노래가 귓전에 울립니다. 그러면 연뿌리 끊기듯 애간장이 끊고 연밥알인 양 눈물이 방울방울 흐릅니다.

안현이 이제는 아수친 마님이 된 옛 아내 앞에서 하는 말의 내용이다. 위의 내용은 그대로 안현의 기억 속에 남아 있는 잃어버린 낙원을 묘사하고 있으며, 〈채련기〉는 현실 속에서 패배한 안현이, 황폐한 황야에 홀로 버려진 안현이 남긴 그 낙원에 대한 기록이다. 그렇게 되면 우리가 앞서 설정한, '헛된 삶을 산 안현/현실 속의 영화를 택한 아수친'의 대립은 무화(無化)되어 버린다. 그 대립을 가능케 했던 것은 기준이 현실 속의 성공과 패배였기 때문이다. 그러나 잃어버린 낙원에 대한 기록인 〈채련기〉를 통해 안현의 헛된 삶과 영화를 누리는 아수친의 삶은 이미 대립이기를 포기하고 하나의 현실적 삶으로서, 동류항으로서 묶이게 된다. 대립항이 '잃어버린 낙원/현실 속의 삶'으로 바뀌게 되는 것이다.

그 대립항을 바꾸기, 바로 거기에 〈시인의 별〉이 전하는 또 다른 전언이 있다. 현실에 대한, 장래에 대한 집착에서 벗어나, 그것을 또 다른 패러다임 속에서 재구성하여 성찰하기, 그리하여, 황폐화하는 세상 속에서 여전히 하나의 유토피아의 꿈을 간직하기. 그것이 〈시인의 별〉이라는 소설이 우리에게 전하는 또 하나의 메시지다. 따라서 〈시인의 별〉에는 원형의 의미 또한 겹쳐서 드러난다. 격변기의 패배한 지식인의 원형으로서 안현의 삶과, 현실 내에서의 개인의 성공, 실패와 대비되어 인류에게 언제나 존재하는 유토피아의 꿈으로서의 원형…….

〈시인의 별〉을 통해, 이인화는 이제 소설에서 삶의 그 어떤 원형, 운명의 그 어떤 원형을 우리에게 보여 줌과 동시에, 우리가 잃어버릴 수 있는 유토피아의 꿈, 근원적인 꿈을 환기시킴으로써, 그만의 독특한 방법으로 우리 소설의 새 길을 열고 있다고 우리는 말해야 할 것이다. 그런 의미에서 과거의 역사를 향한 그의 시선은 언제나 새로운 시선이다.

지식인 소설의 새로운 개척자
―고뇌하는 인간에 대한 열렬한 탐색의 노력 돋보여

그의 작업은 처음 문단에 발을 들여놓았을 때나 지금이나 변함없이,
고뇌하는 인간에 초점이 맞추어져 있는 지난한 지적 탐색으로
가득 차 있다. 그것은 자신이 접하고 마주하는 현실에 대한
지식인으로서의 성찰이 간단없이 이루어짐으로써 가능했다.

이 하 석(시인)

▶ **첫만남―지적이고 문제적인 똑 소리 나는 친구**

1993년 겨울, 《문학정신》 봄호에 필자의 특집(《말·삶·글》)을 한
다며 송재학과 이인화(당시에는 유철균이란 본명을 썼다)가 대담자로
나의 집에 왔을 때 이인화가 한 말이 생각난다.

저 역시 인간이 가진 자연에 대한 보편적인 친화력을 부정하는 것은
아닙니다. 그러나 고향의 농경사회와 그 자연은 이미 관찰의 대상이지
생활의 대상은 아니지 않은가 하는 생각입니다. 나아가 자연이 반드시
그런 모성의 안온한 이미지로 다가오지 않는다는 점도 말씀드리고 싶습
니다. 도시에서 나서 도시에서 자란 세대에게 선생님의 고향 같은 곳은
너무 낯설고 화려하며 무서운 곳입니다. 그런 곳이 도시에서 느낀 절망
에 대한 대립항으로 다가올 이치가 없지요. 벌레들이 잉잉거리는 소리,
벌들이 붕붕거리는 소리, 매미소리, 바람소리, 낙엽이 바스락거리는 소
리…… 그런 낯선 소음으로 가득 찬 자연. 밤이면 얼음 칼날같이 빛나

는 별빛이 나를 쏘아보는 그런 불안한 자연은 생활의 장소가 아닙니다. 저희 세대들의 경우라면 공해로 뿌우연 도시의 밤하늘에 빛나는 가로등의 불빛이 훨씬 안온하고 편한, 인간적인 느낌을 줍니다.

내 시의 자연에 대한 언급에서 세대간의 차이나 불화랄까, 그런 것을 말하고 싶어하는 것일 텐데, 아무튼 이 말에는 이인화의 자연관, 또는 자연에 대한 태도가 드러난다. 그의, '자연은 관찰의 대상이지 생활의 대상은 아니다'라는 말은 내게 적지 않은 충격을 주었다. 이후 그의 자연에 대한 말이나 글을 더 이상 접할 수 없어서 나는 괜히 그것이 궁금하기도 했다.

자연의 소리를 소음으로 듣는 이 기막힌 세대의 마음속에 든 것은 무엇일까. 아니, 별빛이 얼음 칼날같이 빛나면서 '나'를 쏘아본다고 말하다니, 이런 감성을 어떻게 대해야 하나. 나는 그런 걱정에도 휩싸였다.

이 대담 이후 나는 그를 다시 본 셈이다. 자연에 대한 우리 세대와 전혀 다른 인식을 가진 세대의 문학에 대한 인식이 어떠할까 하는 궁금증이 불현듯 들었던 것이다. 당연히 그의 세대가 갖는 삶에 대한 인식이 우리 세대와 어떻게 다른지도 궁금해지기 시작했다. 어떤 면에서 그의 자연에 대한 언급은 지적인 인식의 소산인 것처럼 느껴지기도 한다. 그러한 지적인 자기 차별성의 드러냄이 당돌하면서도 때로는 우리를 섬뜩하게 하기도 하는 것이다.

그것은 문제적이기도 하다. 당연히 이 문제는 격렬한 논의를 부를 소지가 있다. 그의 지금까지의 문학은 한결같이 논의의 중심에서 시끄러웠는데, 이런 식의 입장 밝힘과도 관계가 있는 게 아닌가 하는 생각이 든다. 이 똑 소리 나는 친구가 80년대의 중반을 서울대를 거쳐 서울에서 보내면서 문학평론을 통해 우리 문학의 본질적인 문제를 탐색하고 있었으니, 그의 세대의 생각과 감성과 정서가 우리 문학의 전망을 시사한다는 점에서도 관심이 가지 않을 수 없었다.

▶다방 한구석에서 진행된 이인화의 수업시대

그는 자신의 말마따나 '도시서 나서 도시서 자란 세대'였다. 그러니까 우리같이 농촌에서 유년을 보낸 세대에게는 당돌하게 보일 수밖에 없는 행동이 은연중 풍기지 않을 수 없다.

그는 나의 고등학교 후배다. 대구고등학교 문예반 반장으로 가끔 교복을 입고 까까머리로 나를 찾아왔던 때가 엊그제 같다. 지금도 변함없지만, 그는 고등학생 때에도 귀공자처럼 곱상하니 생긴 데다 눈이 반짝이는 영민한 모습이었다. 대학에 가고 나서도 방학 때면 대구로 내려와 나를 찾곤 했다.

그에게는 늘 세련미와 함께 어떤 지적인 분위기가 풍겼다. 시사적인 문제에 대한 토론을 하면서 그것을 자신의 삶과 깊숙하게 연결시키려는 열의 같은 것을 언제나 내비쳤다. 글도 열심히 썼다. 그런데 그 글쓰는 모습이 도시적이라는 느낌으로 내게 비쳐지곤 했다.

한적한 다방(다방이란, 우리 세대에게는 어떤 문화적 공간으로 느껴지곤 한다)의 한구석에서 글을 쓰는 그의 모습을 상상해 보라. 한때 그는 이 세상에서 가장 안정되고 고요한 곳이 다방 구석이라고 생각을 하는 게 아닌가 하고 여길 만큼 다방 구석에서 글쓰는 모습이 많이 눈에 띄었다. 지금의 카페와는 전혀 다른 그 공간은 도시가 갖고 있는 가장 문화적인 구석이라는 느낌을 주었던 것일까. 그런 그의 모습도 조금은 의외였고, 어쩔 수 없이 도시인의 세련되고 모던하면서도 고독한 탐색자의 모습으로 비쳐지곤 했다.

▶ 첫 작품이 가져다 준 찬사와 좌절

나와 대담을 했던 그해 그는 일대 변신을 했다. 문학평론을 하는 그가 의외로 소설을 발표함으로써 문단을 놀라게 한 것이다.

1992년 제1회 작가세계 문학상을 받은 그의 장편소설은 《내가 누구인지 말할 수 있는 자는 누구인가》였다. 이름도 이인화로 바꾸어 버렸다. 이름을 이인화라 한 이유도 특이하다. 현 정치·사회적인 환경이 염상섭이 《만세전》에서 묘사한 분위기와 흡사해서 그 소설의 주인공 이름을 빌려 왔다는 것.

우리 문단사에서 문인 가운데 문학평론가가 정식 데뷔 절차를 밟아 소설을 쓴 것으로는 그가 처음이다. 그의 소설을 두고 당시 심사를 맡았던 이들이 "지적인 문학의 새로운 도래를 예견케 한다"고 극찬한 것도 이례적이다.

소설의 내용 역시 새로웠다. 동구 사회주의 몰락 이후 좌표를 상실한 젊은이들의 방황을 그린 이 소설은 장이 바뀔 때마다 1인칭 나레이터가 바뀌는 보기 드문 형식을 보여 주었다. 주인공은 신예 작가로 설정되었으나, 그의 주변 인물들이 저마다 각자의 음성으로 내면의식을 털어놓는다. 이를 통해 그가 드러내고 있는 것은 80년대를 대학에서 보낸 새로운 세대들의 다양한 내면 풍경들이었다.

이 소설은 최인훈, 이청준, 이문열 등으로 이어지는 한국문학의 관념소설 계보를 계승하면서도 표현방식이 메타픽션의 구조에다 새롭게 문화예술계에 등장한 포스트모더니즘 기법을 본격적으로 드러낸 야심찬 신세대 문학이었다. 그러나 비평가들의 혼성모방이란 말이 이 소설을 두고 번번이 빈정대는 소리로 되뇌어지며, '베끼기'에 대한 논란이 끊일 새 없었다. 특히 표절에 대한 논란은 그를 크게 상심케 했다. 이에 대해 그는 독서토론 자리 등에서 '혼성모방은 제법무아(諸法無我)의 시학'이라는 말을 써 가면서 옹호했지만, 끓어오르는 비난의 말들을 가라앉히기에는 역부족이었다.

이런 빈정거림과 논란이 그를 상당히 괴롭힌 것임에 틀림없다. 어떤 글에서 그는 '주위의 친구들은 떠나고 세상은 쉴새없이 으르렁거리며 나를 비난하고 있었다'며, '두 손으로 머리를 괴고 파탄을 맞은 내 인생, 스러져 가는 내 인생의 덧없는 장식들을 생각했다'고 괴로웠던 당시를 회고했다. 그러면서도 그는 세상의 소리에 귀를 막고 혼자 아파트에 틀어박혀 하루 종일 컴퓨터를 두드리기를 멈추지 않았다.

그 작업의 결과가 이듬해 출간된 《영원한 제국》이다.

그가 "체념할 수도, 어리광을 부릴 수도, 울음을 터뜨리며 매달릴 수도 없는" 상태에서 "나 자신의 선택이 만든 고단하고 팍팍한 외길을 끝까지 걸은" 것은 그야말로 '운명을 짊어지려는 용기'이기도 했다. 그는 자신에게 닥친 불운에 좌절하지 않고, 자기의 창작에 대한 태도를 끝까지 믿었으며, 그래도 쓴다는 작가로서의 외고집을 지킨 것이다. 많은 말들을 잠재우기 위해서는 수없는 변명의 말들을 통한 대응보다는 한 편의 작품을 들어 보이는 것이 낫다는 믿음을 신봉한 것이다.

그는 어릴 때 들은 조선 정조 임금의 독살설을 떠올렸다. 이 얘기는 작가가 되면 반드시 소설로 만들어 보겠다고 작심한 것이기도 했다. 어린 시절부터 꿈꾸어 왔던 중요한 주제를 가지고 씨름을 하려고 마음먹은 것은 그만큼 그의 야심이 크게 꿈틀거리고 있었다는 것을 말해 준다. 그는 작품으로 그를 빈정대는 이들 앞에 당당히 서고 싶었던 것이다. 그리고 그의 그러한 믿음은 옳았다.

▶소설가로서의 확실한 자리매김

《영원한 제국》은 조선조 정조 말엽을 배경으로 붕당정치의 이념적인 근거와 정조의 개혁정치를 둘러싼 계파 간의 갈등을 다룬 역사소설이다. 조선조 당쟁이 단순한 권력다툼이기보다는 어떤 이념적인 기반 위에서 전개되었다는 시각은 분명 홍미로운 역사관이다. 규장각 서고에서 일어난 의문의 살인사건을 쫓는 형식으로 전개되는 이 소설은 그가 밝힌 대로 움베르토 에코의 《장미의 이름》의 모티프를 응용한 것은 사실이지만, 그리고 그 때문에 이 소설에 대한 비판이 제기되기도 했지만, 그러한 비판은 어떤 면에서 지엽적인 것에 불과했다.

《영원한 제국》은 출간되자마자 화제를 불러일으키면서 한 달 만에 서울 시내 대형서점의 베스트셀러 1위에 오르는 등 기염을 토했으며, 그후 1백만 부를 넘기는 놀라운 판매고를 보였다. 이 소설은 꼬박 1년 2개월 동안 걸려 쓴 것으로, 작가 서문만 일곱 번이나 고쳐 쓸 정도로 심혈을 기울였다. 그 결과 이 회심작으로 그는 첫 소설 《내가 누구인지 말할 수 있는 자는 누구인가》에 대한 논란을 하나의 화젯거리로 돌려 버리면서 소설가로서의 역량을 확실하게 인정받았다.

소설 《영원한 제국》의 성공은 그에게 여러 가지 의미를 갖는 중요한 사건이 된 듯하다. 이를 통해 그는 이른바 포스트모더니즘에 대한 보다 유연한 태도와 확신을 갖게 됐으며, 고전의 패러디에 대한 믿음을 확고히 하게 된 듯하다. 동시에 동아시아 문화에 대한 이론적인 틀이 세워지면서 자연스럽게 주체의 문제라는 큰 담론으로 이것이 연결되어지는 계기를 찾아낸다.

《영원한 제국》은 동아시아 문화의 이상인 주나라를 지향하고 있는데, 정조는 바로 이를 실현하려는 이상주의자였다. 그렇다고 해서 이 소설이 주나라라는 먼 옛날의 시대로 되돌아가자는 얘기는 물론 아니다. 그는 앞이 안 보여 뒤돌아보았으며, 그때 그에게는 동아시아의 주체적인 역사를 읽게 되고, 동시에 서구와는 아무 상관이 없는 그야말로 자립적이고 자주적인 문명의 전개틀을 확인한 것이다.

이런 점에서 《영원한 제국》은 거대 담론체계이면서 이른바 구화(歐化) 주의에 대한 주체적인 시각을 드러낸 우리 문학사상 최초의 본격 역사소설이라 할 만하다. 동아시아 문화에 대한 이론은 이후 우리 문단사에서도 상당히 심도 있게 논의되면서 비중 있게 떠올랐다.

이후 그는 대학원을 마치고 이화여대 국문과에 자리를 잡은 지 2년 만인 1997년에 다시 박정희를 모델로 한 소설 《인간의 길》을 내놓아 화제를 모은다.

이 소설은 박정희의 평가가 유보되고 있는 현실에서 과감하게 그를 치켜세우고 있다는 데서 다시 한 번 평단은 물론 학계의 표적으로 떠올랐다. 마침 이 시기에 여러 박정희 관련 글들이 집중적으로 나타남으로써 이른바 '박정희 재평가'의 바람에 휩쓸리는 게 아닌가 하는 우려도 나왔을 정도다. '독재자를 미화시켰다'는 비난도 나왔다.

그러나 이 소설은 당연히 이인화의 인물 탐색의 결과로 나온 것이었다. 전 10권의 3부작으로 그 첫 번째에 해당하는 것이 나와 있는 상태인 만큼 이 소설에 대한 평가는 아직 본격적으로 논의할 단계는 아니지만, 어쨌든 이 소설 역시 이인화의 고도의 지적 탐구의 소산인 것만은 틀림없어 보인다.

▶ 평론가, 교수, 소설가로 살아가는 지적 전사

이인화라는 작가이면서 유철균이라는 평론가요, 동시에 일 주일에 여섯 시간의 문예창작론을 강의하는 대학교수인 그는 매사에 문제적이면서도 뛰어난 순발력을 갖춘 지적 전사다. 그것은 자신이 접하고 마주하는 현실에 대한 지식인으로서의 성찰이 간단없이 이루어짐으로써 가능했다.

그는 '매일 아침 양말을 사는 남자'라는 야릇한 별명을 갖고 있다. 낮에는 교수로 밤에는 소설가로 연구실에 붙어 있다 보니 집에 들어갈 수는 없고, 양말은 갈아 신어야 하니 매일 아침 이대 앞 단골 편의점을 들락거릴 수밖에 없다. 그만큼 그는 지독하게 일에 매달린 삶을 살고 있다. 그리고 그 일은 처음 문단에 발을 들여놓았을 때나 지금이나 변함없이 고뇌하는 인간에 초점이 맞추어져 있는 지난한 지적 탐색으로 가득 차 있다.

'이상문학상'의 취지와 선정 방법

— 알기 쉽게 풀이한 이상문학상 규정

1. **취지와 목적** : 〈문학사상사〉(이하 주관사라고 약칭)가 제정한 '이상문학상(李箱文學賞)'(이하 본상이라고 약칭)은 요절한 천재 작가 이상(李箱)이 남긴 문학적 업적을 기리며, 매년 가장 탁월한 작품을 발표한 작가들을 표창하고, 《이상문학상 작품집》을 발행하여 널리 보급함으로써, 순문학 독자층을 확장케 하여, 한국 문학의 발전에 기여할 것을 목적으로 한다.

2. **수상 대상 작품** : 전년도 심사 대상(對象) 작품의 마감 이후인 당해년도 1월부터 12월 말 사이에 발표된 작품은 모두 수상 대상에 포함된다. 문예지(월간지의 경우 당해년도 1월 초부터 12월 말일 이전에 발행된 '2월호'에서 다음해의 '1월호'까지 포함)를 중심으로 해서, 각종 정기 간행물 등에 발표된 작품성이 뛰어난 중·단편소설을 망라하여, 예비심사를 거쳐 본심에 회부한다. 예비심사 과정에서는 수상 대상(對象)으로 물망에 오른 작품의 작가에 대하여, 저작권과 출판권과 관련된 특별한 사정의 유무와, 대상 또는 우수작상으로 선정될 경우, 본상의 규정에 따른 수락의사 유무를 직접 또는 간접적으로 확인한다. 중·단편소설을 시상 대상으로 하는 까닭은 문학의 중심이 장편소설에서 점차 중·단편소설로 이행하는 추세를 감안하고, 작품 구성과 표현에 있어서의 치밀성과 농축성으로, 짙고 강렬한 소설 미학의 향기와 감동을 자아내게 한다고 믿기 때문이다.

3. 상의 종류 : 본상은 대상(大賞) 1명과 추천 우수작상 10명 이내로 하되, 특별한 경우에는 복수의 대상 수상자를 선정할 수 있다. 상금(현상 매절 원고료 포함)으로서 대상 3,000만 원, 우수작상은 각 250만 원이 수여된다. 이미 대상을 받은 작가의 당해년도 발표 작품 가운데 1~2편을 선정하여, 기수상작가(旣受賞作家) 우수작상(상금은 각 250만 원)을 수여함으로써, 수상 후에도 계속 창작의욕을 고취케 한다. 대상(大賞)의 상금 비율이 높은 까닭은, 서명(書名)의 표제작 독점 사용권과 3년 간에 한해서 주관사가 독점 발행권을 갖게 되는 본 규정에 의한 제한적인 저작재산권 양수대금이 포함되어 있기 때문이며, 기타의 우수 작품은 본 작품집에 수록하는 매절 원고료만이 상금에 포함되어 있다.

4. 예심 방법 : 예심은 월간 《문학사상》 편집진이 매 연도의 1년 동안 각 매체에 발표된 작품을 수집하여, 주관사의 편집위원과 경영진 및 편집진으로 구성된 이상문학상 운영위원회에서 대학 교수·문학평론가·작가·각 문예지 편집장·일간지 문학담당 기자 등 약 1백 명에게 추천을 의뢰한다. 3회 이상 우수작상을 받은 작가는 당해년도에 발표된 작품 중 뛰어난 1편을 선정하여 본심에 회부한다.

  그 모든 자료를 일괄하여 주관사 편집주간이 위원장이 되어 편집위원들과 예심위원들의 의견을 수렴하여, 본심에 회부할 작품을 선별한다.

  이 단계에서 월간 《문학사상》 정기 독자에 대한 설문 및 일반 독자를 대상으로 한 앙케이트 조사 결과도 추천 작품 선정에 참고한다. 본심의 심사위원은 예심위원회에서 본심에 회부된 작품 이외의 작품을 본심 대상에 포함시키고자 하는 경우에는, 본심위원의 반수의 찬

성으로 이를 예심 작품에 추가할 수 있다.

　이와 같은 독특한 예심 과정은 소수의 예심위원이, 짧은 시일 내에 수많은 작품 속에서 본심에 회부할 작품을 선정하는 단점을 보완하고, 가능한 한 문학발전에 관심 있는 다수인이 장기간에 걸쳐 되도록 많은 작품을 심사 대상에 망라함으로써, 신중하고 세심한 예심 과정을 밟기 위한 것이다.

5. **본심 방법** : 예심을 거쳐 본심에 회부된 작품은 권위 있는 평론가와 작가로 구성된 5인 이상 7인 이내의 심사위원회에 넘겨져, 수일 간 세심한 개별적인 검토를 거친 후 본심 회의에서 최종의 결정이 내려진다. 본심 회의는 대체토론을 통해 예심에 회부된 작품 가운데 10편 내외의 작품을 먼저 선정한다. 이 작품 속에서 1편(예외적인 경우 2편)의 대상을 선정하고, 나머지 작품 중에서 우수작상 작품을 선정한다. 수상 작품 결정에 있어 심사위원의 의견이 일치하지 않을 경우에는, 무기명 비밀 투표로써, 다수결 원칙에 의하여 최종 결정을 한다.

　그러므로 이상문학상의 대상과 우수작상은 모두 거의 동일 수준의 작품이라고 볼 수 있으며, 전문 문학인이나 독자의 주관적인 판단에 따라 그 평가는 달라질 수 있다. 때문에 한 번 우수작상을 받은 작가는 대부분 자주 우수작상을 받게 되며, 3~4회 내지 5~6회 만에 대상을 받게 되는 경우가 적지 않다.

6. **저작권** : 대상 수상 작품(이하 '대상 작품'이라고 약칭)의 저작권은 본 규정에 따라 주관사에 귀속된다. 단, 2차 저작권(번역 출판권, 영화화·연극화 등의 저작권)은 저자에게 있고, 《이상문학상 작품집》 발

행 후 3년이 경과하면 동 대상 작품을 저자의 작품집 또는 저자의 전집에 한해서 수록할 수 있다. 다만, 어떤 경우에도《이상문학상 작품집》의 표제(대상 작품명)와 중복되거나, 혼동의 우려가 없도록 하기 위하여 대상 작품명을 대상 수상작가 작품집의 서명(書名, 표제작)으로는 쓰지 않기로 한다.

우수작상 및 기수상작가 우수작상은 상금 속에 매절 원고료가 포함된 출판 관습과 본상 규정에 따라, 수록된 당해년도 작품집에 한하여 본사가 계속 제한적인 저작권(사실상의 저작이용권)을 갖는다.

7. 이상문학상 작품집 발행 : 〈이상문학상 운영 규정〉에 따라 대상 작품과 추천 우수작품, 기수상작가 우수작품을 모아, 염가 대량 보급을 목적으로 《이상문학상 작품집》을 발행한다.

이 작품집은 이상문학상의 공정성과 권위를 독자에게 다시 묻고, 수록된 작품과 그 작가들에 대한 표창과 홍보의 뜻도 담고 있다. 한편 이 작품집은 해마다 문단의 작품 경향과 흐름을 알 수 있는 앤솔러지적인 성격을 띠고 있다. 또한 이 작품집은 아무리 세월이 흘러가도 한 사람이라도 독자가 있는 한 이윤을 초월해서 제한 없이 영구히 보급함으로써, 이상문학상과 그 수상작가에 대한 영원성과 영예를 오래도록 선양하고 세계에 그 유례를 찾아볼 수 없는 문학상 작품의 영원불멸성을 유지케 한다.

우리나라의 출판계에서는 하루 1백 권에서 2백 권 내외의 새 책이 출간되고 있다. 이런 출판 홍수 사태를 이룬 그 많은 책 속에서, 그리고 수백 명을 헤아린다는 많은 작가 속에서, 독자가 뛰어난 문학 작품과 탁월한 작가에 대한 선택과 판단을 내리기란 지극히 어려운

실정이다.

　그런 뜻에서 《이상문학상 작품집》은, 그 영예로운 작가와 작품을 일과성(一過性)이 아닌 영구적으로 널리 독자에게 보급하여 읽히게 하고, 그 작가에 대해 더욱 탁월한 작품을 창조하기 위한 끊임없는 격려와 기대의 뜻을 담고 있다. 때문에 20여 년 전의 작품도, 계속해서 한결같이 널리 알려, 독자의 관심권에서 벗어나지 않도록 하는 매우 독특한 작품집으로 정착되었다. 그러한 노력은 작품의 우수성과 더불어, 이 작품집이 매년 수많은 독자들에게 애독서로 선택되고, 20여 년 전의 《이상문학상 작품집》도 계속 독자가 끊이지 않게 하고 있다. 그처럼 매년 한 권의 책으로 묶은 중·단편 창작 소설집이 장기간에 걸쳐 다량으로 발간되고 있는 것은, 세계적으로도 매우 희귀한 예로 알려지고 있으며, 그것은 우리의 문학과 독자의 성장도와 성숙도를 가늠케 하는 한 단면이기도 하고, 세계 제일의 출판대국이며 인구만도 우리의 3배에 가까운 일본에서도 볼 수 없는 순문학 중·단편집의 대량보급과, 순문학 애호 인구의 저변확대에 크나큰 기여를 한 바 있다.

8. 이상문학상 운영위원회 : 주관사의 발행인을 위원장으로 하고 월간 《문학사상》의 편집인과 편집 주간 및 문학사상사 이사회가 선임한 3인의 위원으로 구성되며, 본상의 제도와 운영에 관한 모든 업무를 관장한다.

9. 이상문학상 선고위원회 : 이상문학상 운영위원회는 매 연도마다 5~7인의 이상문학상 심사위원을 위촉하여 이상문학상 선고위원회를 구성한다.

동 선고위원회는 연장자를 위원장으로 하여, 이상문학상의 대상과 우수작상 그리고 기수상작가 우수작상을 수여할 작품을 심의 결정한다. 수상자를 결정함에 있어 의견의 일치를 보지 못한 경우는 투표로써 결정한다.

10. 규정의 수정 : 본 규정은 이상문학상 운영위원회에서 3분의 2 이상의 찬성으로 수정할 수 있다.

문학사상사
이상문학상 운영위원회

제24회 이상문학상 작품집

초판 발행 | 2000년 1월 25일
초판 20쇄 | 2016년 10월 28일

지은이 | 이인화 외
펴낸이 | 임홍빈
펴낸곳 | (주)문학사상
주소 | 서울특별시 송파구 중대로38길 17 (05720)
등록 | 1973년 3월 21일 제1-137호

전화 | 02)3401-8540
팩스 | 02)3401-8741
홈페이지 | www.munsa.co.kr
이메일 | munsa@munsa.co.kr

ISBN 89-7012-345-8 03810